KB115535

아름다움의

지성

오길영 평론집

아름다움의 지성

초판1쇄발행 2020년 7월 10일

초판2쇄발행 2021년 1월 10일

글쓴이 오길영 **펴낸이** 박성모 **펴낸곳** 소명출판 **출판등록** 제13-522호

주소 서울시 서초구 서초중앙로6길 15, 1층

전화 02-585-7840 **팩스** 02-585-7848

전자우편 somyungbooks@daum.net **홈페이지** www.somyong.co.kr

값 25,000원

ISBN 979-11-5905-542-3 03810

ⓒ 오길영, 2020

*2020년도 충남대학교 학술연구비의 지원을 받았음.

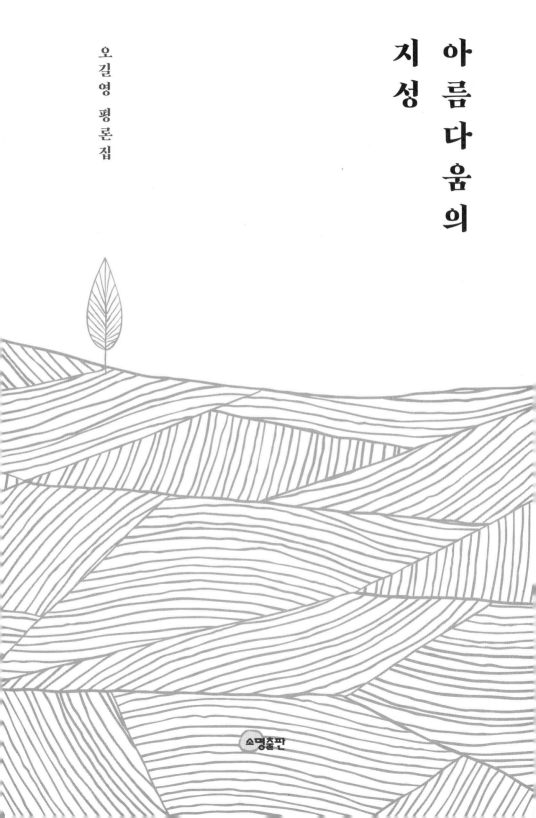

지성 아름다움의

오길영 평론집

소명출판

한 비평가의 몇 가지 불평

서문은 저자의 변명이 어느 정도는 허용되는 공간이다. 그 공간이 주는 자유를 이용해 지금의 문학과 비평에 대해 한 비평가가 느끼는 주관적 단상을 적으며 이 책을 묶는 문제의식을 요약하겠다. 이런 문제의식은 이 책의 본문에서 구체적으로 개진될 것이다.

순문학과 기타 문학

얼마 전에 한국문학 작품 번역의 범주를 다시 논의하기 위한 회의에 참석했었다. 놀랐던 사실. 여전히 문학의 범주를 순문학·본격소설과 기타 문학·장르소설로 나눈다는 것. 한국문학사에서 언제부터 소위 순문학 혹은 본격문학과 기타 문학을 날카롭게 구분했는지는 별도로 살펴볼 일이다. 그러나 적어도 지금 이런 구분은 납득하기 힘들다. 굳이 구분하자면 좋은 문학과 그렇지 않은 문학이 있을 뿐이다. 누가, 어떤 기준으로 문학의 정전正典을 정하는가? 그런 질문에 대한 논쟁만이 가능하다. 예컨대 정유정, 김탁환의 소설들, 일본문학의 미야베 미유키, 미국문학의 스티븐 킹은 어디에 속하는가? 종종 순문학을 대표하는 노벨상 후보로 거론되는 무라카미 하루키의 작품은 어떤가? 무라카미는 종종 자신의 문학적 원류로 F. S. 피츠제럴드와 레이먼드 챈들러를 동시에 꼽는다. 그의 작품은 기존의 범주 구분을 무너뜨린 하이브리드(혼종)소설이다. 그의 작품에 대한 평가를 제대로 하려면 이런 하이브리드적 속성을 고려해야 한다. 한 사회의 문학이 풍부해지려면 다양한 분야에서 다양한 시도의 작품이 축적되는 것이 필요하다. 종종 장르문학 작가로 폄하되는 미야베 미유키의 작품이 보여주는 매력적인 서사나 인물형상화는 웬만한 순문학 작품보다 뛰어나다. 순문학 작가니까 장르문학 작가보다 우월하다는 근거 없는 생각은 이제 사라질 때가 되었다. 그런 점에서 SF문학을 대상으로 한 평론집인 『SF는 공상하지 않는다』(복도훈) 같은 작업은 뜻깊다. 창작이 그렇듯 비평도 좋은 비평과 그렇지 않은 비평이 있을 뿐이다.

픽션과 논픽션

어느 기사에서 읽은 이런 구절이 마음에 남는다.

조선시대 행장(죽은 이의 언행을 기록한 문장)의 전통까지 겹쳐져서일까. 번듯하게 한자리 차지했으면 무조건 훌륭한 사람이고, 혹 잘못이 있다 해도 그저 어쩔 수 없었을 뿐이며, 그런 자리 하나 못 차지해본 사람은 바보다. 한 사람의 일생에서 이런 방식으로 내면적 깊이를 제거해버리고 나니, 우리 사회엔 제대로 된 자서전, 평전, 구술문화가 없다.

이 구절을 읽고 든 질문. "내면적 깊이"를 표현하는 "자서전, 평전, 구술"

은 문학의 범주에 포함되는가? 미국의 큰 서점에 가면 문학 서적은 픽션fiction과 논픽션non-fiction으로 나뉜다. 픽션 서가에는 고전 작품과 함께 방금 출간된 다양한 서브 장르소설들이 나란히 꽂혀 있다. 논픽션 서가에는 다양한 "내면적 깊이"를 표현한 책들이 독자를 기다린다. 각 나라의 문화 상황이나 독서 시장이 다르기에 단순 비교는 조심해야 한다. 하지만 언제까지 한국문학의 서가에는 근대문학의 케케묵은 분류의 결과물인 소설, 시, 극(드라마)의 작품들만 전시되어야 하는가? 여기에는 "내면적 깊이"를 가능케 하는 개인주의 전통과 사유가 턱없이 부족한 한국 문화의 어떤 결핍이 배경으로 작용하는 걸 부인할 수 없다. 근대문학의 적자라고 하는 (장편)소설도 유럽문학의 경우만 봐도 시민계급의 생활과 "내면"의 표현이었다. 그 결핍의 문제는 단지 픽션에만 해당되는 것은 아니다. 그런 점에서 나는 지금 가상공간, 특히 소셜네트워크SNS를 통해 쏟아져 나오는 수많은 내적 표현의 글들에 주목한다. 문학 범주는 언제나 역사적으로 재구성된다. 어떤 글쓰기가 문학에 포함되느냐는 문제도 고정된 것이 아니다. 소설도 글쓰기의 혼종 과정이 낳은 결과물이다. 순소설은 없다.

해설과 비평

조심스러운 판단이지만 지금 한국비평계에는 두 가지 이해할 수 없는 통념이 작용한다. 첫째, 해설과 비평을 동일시하는 것. 둘째, 작품 분석만을 비평의 대상이라고 여기는 작품물신주의. 둘 모두 비평의 영역을 협소하게 만든다. 작품 해설은 비평의 한 부분일 수는 있지만 전부는 아니다. 다시 영미문학 출판계를 예로 들자면 고전적인 장편소설의 경우든 중단편 소설집이든 그 작품을 현재적 시각에서 다시 평가하거나 소개가 필요한 경우는 해설을 단다. 현대 독자와 고전의 시공간적 거리가 있기 때문이다. 그러나 당대 작품의 경우 작품 해설은 없다. 종종 해설로 오해하는 실제비평practical criticism은 좁은 의미의 작품 해설이 아니다. 그리고 실제비평과 이론비평theoretical criticism은 칼로 무 자르듯이 나뉘지 않는다. 모든 실제비평은 비평가가 그것을 의식하든 않든 이론비평을 전제한다. 그 역도 마찬가지다. 실제비평은 작품 앞에 무조건 머리를 조아리는, 작품의 논리와 체계를 무비판적으로 '이해'만 하려는 내재주의 비평이 아니다. 내재주의 비평이 필요 없다는 뜻이 아니다. 그것이 비평의 전부는 아니란 뜻이다. 이와 관련해 제임슨Fredric Jameson의 조언을 인용해 둘 만하다.

한 개별 작가만을 다루는 전문적 연구는 — 아무리 능숙하게 추구된다 하더라도 — 바로 그 구조상 왜곡을 낳을 수밖에 없는데, 즉 실제로는 인위적으로 고립시킨 것에 불과한 것을 전체로 투사하는 총체성의 환각을 낳을 수밖에 없는 것이다.

비평은 모든 형태의 "총체성의 환각"에 거침없는 "불평"을 퍼붓는다. "이 시대의 영웅은 스탈린도 김일성도 아니고 가장 불평을 잘 하는 사람이다."(김수영) 이 시대 비평에는 "불평"이 너무 적다.

비평과 작품물신주의

작품(텍스트)과 작품 밖(컨텍스트)을 인위적으로 구분하고, 작품^{text}만이 비평의 대상이라고 보는 것은 작품물신주의(테리 이글턴)이다. 작품물신주의는 문학주의의 다른 표현이다. 작품이 중요하지 않다는 뜻이 아니다. 당연히 작품은 비평의 핵심 대상이다. 다만 작품만이 비평의 대상이라고 보는 태도가 잘못되었다는 말이다. 지금 한국문학 비평에는 "총체성의 환각"이 활동한다. 그 결과 작품만이 비평의 대상이고 작품 밖의 것들은 비평의 대상이 아닌 것처럼 호도하는 경향이 득세한다. 나는 최근에 작품비평집과는 다소 거리가 있지만 지역문학의 여러 쟁점을 천착하면서 중앙-지방으로 위계화된 한국비평장이 지닌 문제들을 꼼꼼하게 천착하는 평론집인 『로컬리티라는 환영』(박형준)을 흥미롭게 읽었다. 작품물신주의자들의 시각에서 보면 이 책은 작품에 대한 내재적(sic!) 비평이 별로 없기에 본격 비평집이 못될 것이다. 동의할 수 없다.

작가가 작품을 통해 삶과 세계에 대한 새로운 감각과 인식을 생산하듯이, 비평은 작품을 매개로 한 비평적 글쓰기를 통해 고유한 인식을 생산한다. 비평은 창작의 종속 변수, 혹은 창작의 노예가 아니다. 창작의 노예가 되는 걸 비평의 겸허함이라고 주장해서는 곤란하다. 작가나 비평가는 다른 방식으로 미지의 것을 향한 "사유의 모험"(D. H. 로런스)을 감행하는, 긴장된 관계의 동반자다. 그 동반의 여정에 선험적으로 우월한 존재는 없다. 작품 앞에 내재적으로 머리를 조아린다고 겸허한 비평이 되는 게 아니다. 창작이든 비평이든 겸허함은 자기가 표현하는 인식의 한계에 대한 성찰에서만 가능하다. 비평은 작품에 대한 정서적 감화나 동조가 아니다. 비평은 새로운 감각과 지성의 표현인 작품에 맞서고 대화한다. 지성이 없거나 부족한 창작이 좋은 작품이 못 되듯이 비판적 지성이 빠진 비평은 하나마나한 해설에 그치기 십상이다. 비평이 작품 앞에 겸허하라는 말뜻은 무조건 작품을 찬양하라는 뜻이 아니다. 작품이 하는 말을, 작품이 표현하는 고유한 감각과 인식을 찬찬히 새겨듣고, 그 의미와 한계를 사유하고, 그에 대한 비평가 자신의 견해와 인식을 밝히라는 뜻이다. 작품과 지성적 대화를 나누라는 뜻이다. 내가 이해하는 공감의 비평이다. 공감의 비평이라는 말뜻도 정서적 친화감의 표현으로 잘못 이해되고 있다. 강하게 말하면 새로운 인식, 그만의 지성적 사유를 표현하지 못하는 비평은 작품 해설일 수는 있어도 비평은 아니다. 이런 나의 주관적 불평은 비평적 공론장에서 논의되고 그 타당성이 검증되어야 한다. 다만 읽기의 엄정함 운운하는 듣기 좋은 말로 비평이 감당해야 하는 새로운 인식의 생산과 문학적 지성의 표현이라는 과제를 덮어서는 곤란하다.

5년 만에 두 번째 평론집을 낸다. 이번 평론집의 키워드는 문학적 지성 혹은 감각적 지성이다. 그래서 책 제목을 '아름다움의 지성'으로 정했다. 다소 딱딱하게 들리는 말이지만 이 개념이 이 책의 문제의식을 집약해 준다고 믿는다. 한국문학 공간을 지배하는 어떤 오해와는 달리 문학(비평)은 단지 감각이나 감성의 문제가 아니다. 무엇보다 지성, 감각화된 지성의 문제다.

크게 4부로 책을 짰다. 1부와 2부는 작품론을 묶었다. 1부는 몇 년간 계간 『황해문화』에 써 온 문학평이다. 주로 작품론이지만 그렇지 않은 글도 있다. 그때그때 주요하다고 여겨지는 작품과 쟁점을 다룬 글들이다. 비평의 실효성은 궁극적으로는 작가론·작품론에서 드러난다는 판단으로 1부를 구성했다. 비평에서 작품 분석과 해석은 중요하지만 그것이 비평의 전부는 아니다. 앞서 언급한 작품물신주의와는 다른 작품론을 쓰고 싶은 것이 내 욕망이다. 그런 의도가 얼마나 내실 있는 결과물로 이어졌는지는 읽는 분들이 평가해주실 일이다. 2부는 계간 문학 평과는 별도로 쓴 작품론을 모았다. 3부는 문학 일반론이다. 그때그때 제기되는 문학적·문화적 쟁점들을 다뤘다. 4부는 이론비평, 문화론, 외국문학을 다룬 글들이다. 대상은 한국문학과 거리가 있어 보이지만 다루는 시각은 한국문학과의 접점을 찾으려는 것이다. 외부와의 접점과 소통을 상실한 한국문학은 왜소화된다고 믿는다.

글은 혼자 쓰지만 동시에 많은 이들의 음덕에 기댄다. 비평공간의 경계인이라 할 외국문학 전공 비평가에게 늘 따뜻한 격려와 조언을 해주시는 권성우 선생님, 지난 몇 년간 계간 문학평을 쓸 기회를 마련해주신 『황해문화』의 김명인 선생님께 특별한 고마움을 표하고 싶다. 오랫동안 한국문학·문화의 쟁점들을 같이 논의해 온 독회모임 크리티카 동인들께도 감사를 전한다. 비평의 위상이 갈수록 약화되는 시대에 두 번째 평론집의 출간을 선뜻 맡아주신 소명출판의 박성모 대표님, 꼼꼼하게 원고를 만져주신 윤소연 편집자님께도 감사드린다. 작년에 낸 산문집과 이번 평론집을 통해 맺은 인연이 앞으로도 소중하게 이어지길 바란다. 내가 쓰는 글의 첫 번째 독자인 아내의 꼼꼼한 논평이 없었다면 이보다도 못한 글이 나왔을 것이다. 고마움을 전한다.

아름다움의 지성

차례

4부, 근본을 사유하기

1부

감각적 지성의 문학

중견 작가에게
기대하는 것

은희경『빛의 과거』와 올가 토카르추크『태고의 시간들』

작가에게 나이란 무슨 의미일까? 어쩌면 의미 없는 질문이다. 젊은 시절에 이미 걸작을 남기고 그 이후에는 작가로서는 사망한 이들도 있다. 나이가 들수록 더 뛰어난 작품을 쓴 이도 있다. 하지만 나이에 걸맞은, 좀 더 깊어진 작품을 기대하는 것도 자연스럽다. 예컨대 중견 작가라는 개념이 그렇다. 중견은 신진의 시기를 지났고 노년의 원숙기에 접어들기 직전의 독특한 시기를 가리킨다. 그래서 한편으로는 성숙해진 면모를 지니고 섣불리 달관이나 깨달음을 떠들지 않으면서도 날카로움이나 까칠함을 담은 작품을 기대하게 된다. 은희경 작가(호칭 생략)의 경우 생물학적 나이(1959년생)로나 활동 경력으로나 중견 작가에 어울린다.『빛의 과거』는 그의 최근작이다. 2019년 노벨문학상 (공동)수상자인 올가 토카르추크Olga Tokarczuk는 1962년생이다. 역시 중견 작가지만 이 글에서 살펴볼 작품『태고의 시간』은 1996년, 만 34세에 발표되었다. 이 작품은 작가에게 생물학적 나이가 큰 의미를 지니지 못한다는 걸 보여준다. 중요한 건 삶과 세계를 대하는 태도와 감수성의 깊이다.

1

은희경의 『빛의 과거』(이하 『빛』)에는 정세랑 소설가와 신형철 평론가(호칭 생략)의 '추천의 말'이 달려 있다. 추천의 말이 대개 칭찬일색이지만 이런 과찬은 눈길을 끈다.

은희경이 1970년대 말 서울 어느 여자대학교 기숙사 이야기를 썼다고 하면 우리가 다음과 같은 기대를 품는 것은 당연하고 정당하다. 첫째, 이 소설은 당대의 정치적 공기와 문화적 풍속도를 생생하게 복원해낼 것이다. 게다가 그것을, 정치적 중심부가 아니라 (반)주변부에서 더 미묘하게 흔들리는 주인공의 눈으로, 문화의 지역 격차를 예민하게 감지할 수밖에 없는 지방출신 상경민의 눈으로 그릴 것이다. 둘째, 77학번 신입생의 첫 1년이 그려진다면 이 소설은 여성의 경험적 진실에 충실한 '입사 이야기(initiation story)'의 전형을 보여줄 것이다. (…중략…) 셋째, 이 소설은 또렷한 젠더 렌즈에 포착된 한국근대성의 성별을 드러낼 것이다. (…중략…) 넷째, 은희경 문학의 힘은 '무엇을'에도 있지만 '어떻게'에 더 있다. 관념어를 적재적소에 투입하고 빈틈이 없게 구문을 압착하여 서술 대상을 틀어쥐는, 특유의 악력(握力) 넘치는 문장이 매력적일 것이다. (…중략…) 은희경의 신작이 '나왔다'는 소식은 뉴스가 되지만 그 작품이 '좋다'는 사실은 뉴스가 되지 못한다.

신형철이 종종 이런 '칭찬의 비평'을 쓰는 건 그의 선택이니 뭐라 할 건아니다. 더욱이 이런 평가가 본격 평론이 아니라 추천의 말에 나온 것이니 정색하고 따질 일도 아니다. 그러나 짧은 추천사에서도 어쨌든 평가는 이뤄진다. 신형철은 그런 평가를 명확히 한다. "그 작품이 '좋다'는 사실은 뉴스가 되지 못한다." 내 판단은 다르다. 이 작품은 은희경이 그간 쌓아 온 작가적 역량을 의심하게 만드는 태작이다. 왜 그렇게 생각하는지를 신형철이 평가한 대목을 중심으로 살펴보겠다.

첫째, "이 소설은 당대의 정치적 공기와 문화적 풍속도를 생생하게 복원"하는가? 신형철이 말하는 "당대의 정치적 공기와 문화적 풍속도"가 무엇인지 불명료하지만 이 작품은 1977년 여자대학에 입학한 주인공·서술자인 '나'(김유경)의 시점에서 여자대학의 생활상을 다룬다. "40년 전 우리는 여자대학 신입생 때 기숙사에서 처음 만났다."* 여자대학생들의 미묘한 신경전, 대학축제, 미팅 등이 그들의 생활을 구성한다. 그런데 이런 생활 묘사가 당대의 "문화적 풍속도"에 해당하는지는 의문이다. "정치적 공기"는 아마도 1970년대 말 유신독재 말기의 시대적 분위기를 가리킬 것이다. 그러나 이 작품에서 그런 시대적 분위기는 거의 찾기 힘들다. 몇몇 대목에서 당대의 정치·문화적 상황을 나열하고 있으나(155·315~316면), 그런 상황이 주인공이나 주인공의 시선에 포착된 주변 사람들의 삶에 의미 있는 인장을 새기지는 못한다. 인물들이 당대의 "정치적 공기"를 직접적으로 호흡하는 인물들이 못 된다고 힐난하는 게 아니다. 소설의 인물은 적극적인 문제적 인물만이 아니라 "(반)주변부에서 더 미묘하게 흔들리는 주인공"이 될 수도 있다. 그런 "(반)주변부" 인물의 시점에서 새롭게 부각되는 것은 무엇인가? 그

...

* 은희경, 『빛의 과거』, 문학과지성사, 2019, 9면. 이하 인용 시, 면수만 표기한다.

지점이 문제다. '나'의 생활에서 "문화의 지역 격차"는 얼마나 드러나는 가? 시대의 "복원"은 그런 묘사의 생생함에서 가능한 게 아니다. 『빛』처럼 두 개의 서술시점을 택하는 경우는 특히 그렇다. 소설은 2017년의 현재시점에서 '나'가 40년 전인 1977년의 대학 신입생 시절을 되돌아보는 서술구조를 택한다. 서술시점과 서술대상 사이에는 긴 시간의 간극이 놓여 있다. 그렇다면 당연히 독자는 과거를 되돌아보는 '나'가 자신의 과거를 어떻게 되새기고 성찰하는가를 주목하게 된다. '나'의 현재적 평가를 기대하게 된다. 그러나 이 작품에 그런 되새김과 성찰은 찾기 힘들다. 복고적 회상이 지배적이다. 그런 '나'의 회고에서 지난 대학시절의 아련한 추억을 되새기면서 어떤 동일시나 감동을 느낄 수도 있을 것이다. 그러나 그것만으로는 "좋은" 작품이 되기는 힘들다. 그런 소설을 보통 풍속소설이라 부른다.

둘째, "이 소설은 여성의 경험적 진실에 충실한 '입사 이야기'의 전형"인가? 여기서 "입사"란 새롭게 어떤 일을 시작하면서 깨닫게 되는 감각이나 인식을 뜻한다. 대학이라는 새로운 삶의 단계에 진입한 여성이 그런 공간에서 "여성의 경험적 진실"을 알게 될 가능성은 열려 있다. 그러나 그건 단지 가능성일 뿐이다.

모범생들은 눈치를 본다. 문제를 낸 사람과 점수를 매기는 사람의 기준, 즉 자기를 어디에 맞춰야 할지 알아야 하기 때문이다. 정답을 맞히려는 것은 문제를 내고 점수를 매기는 권력에 따르는 일인 것이다. 그렇게 그저 권력에 순종했을 뿐이면서 스스로의 의지로 올바른 길을 선택했다고 생각하는 것이 바로 모범생의 착각이다. 그 착각 속에서 스스로를 점점 더 완강한 틀에 맞춰가는 것이다. 다행히 나는 진짜 모범생은 아니었다. 나는 부모와 고향을 떠나는 순간 거짓 순종과 작별할 생각이었다. (116~117면)

작품에서 드물게 '나'의 자기 인식이 드러나는 대목이다. 마지막 문장이 특히 그렇다. "나는 부모와 고향을 떠나는 순간 거짓 순종과 작별할 생각이었다." 그런데 막상 작품에서는 '나'가 걸어가는 "거짓 순종과 작별"하는 행적은 구체적으로 제시되지 않는다. 대충 짐작 가능한 세태 묘사적 일화들이 나열될 뿐이다. 서술자 '나'가 그런 "작별"을 제대로 못했다고 비판하는 게 아니다. 작별의 궤적이 성공적이었든 그렇지 않든 그 성공과 실패의 과정과 부침을 작가는 성실하고 꼼꼼하게 따라갈 의무가 있다. 작가가 인물에 대해 지녀야 할 애정이다. 그런데 그런 애정이 잘 드러나지 않는다. '나'는 이런 저런 사람을 만나고 상처도 입고 나름대로 좌충우돌하는 경험을 한다. 그러나 그것이 과연 '나'만의 개성적이고 독특한 "여성의 경험적 진실에 충실"한 것인가? 그래서 단지 개별적인 독특함만이 아니라 한 시대를 살았던 지식인 여성의 전형적 경험에 도달하는가? 역시 회의적이다. 여러 여성 인물이 등장하지만 각 인물은 정해진 틀에 따라 움직인다. 이런 틀에 충격을 주는 장면도 있다. 예컨대 이런 묘사.

그녀에게는 사람을 대할 때 미묘한 권력 관계를 만드는 습성이 있었다. 끊임없이 자신을 중심으로 돌아가는 관계의 자장(磁場)을 만들어내고 우월감과 피해 의식을 번갈아 써가며 그것을 정당화했다. 거기에는 증인이 필요했다. (…중략…) 그렇다고 그녀를 싫어했는가 하면 그건 아니다. 그녀가 만들어내는 전도되고 돌발된 상황은 마치 단조로운 여정에 가로놓인 과속방지턱처럼 내 인생에 작은 잡음을 만들며 짧게나마 그것을 변속했다. (…중략…) 어느 순간 나는 그녀에게서 나의 또 다른 생의 긴 알리바이를 보았던 것이다. (12~13면)

이 작품에서 드물게 서사적 긴장을 자아내는 '나'와 작가가 된 김희진의 관계를 이 문장에서 은희경다운 세련된 비유법으로 제시한다. 그런데 그 다음이 없다. 이런 관계의 의미를, "내 인생에 작은 잡음을 만들며 짧게나마 그것을 변속"하는 김희진이라는 친구가 40년의 세월이 지난 뒤 '나'에게 지니는 의미는 무엇인지를, 과연 "나의 또 다른 생의 긴 알리바이"는 무엇인지를 작가가 더 깊이 탐구하지 않는다. 그냥 여성들만의 내밀한 애증관계라고 정리하는 인상이다. 그 결과 어떤 등장인물도 깊이를 지니지 못하고 납작해진다. 여기에는 서사를 이끌고 가는 '나'의 생활과 관념, 감각에 작가가 깊은 관심이 없다. '나'의 견해와 감각이 맞고 틀리고가 문제가 아니다. 오래전 과거를 회상하는 '나'의 현재적 삶과 문제의식을 생생하게 제시하지 못한다는 말이다. '나'를 바라보는 작가의 관점이 명확하게 드러나지 못했다는 뜻이다. 1인칭 서술자 시점을 택하고 있는 이 작품에서 다른 인물들의 묘사는 기본적인 제약을 지닌다. 인물들은 '나'의 시점을 통해서만 제시된다. 따라서 그만큼 그런 인물들과 사건들을 대하는 '나'의 서술자적 위치와 시각이 중요해진다. 그러나 '나'는 그런 역할을 제대로 감당하지 못한다. 대학 신입생 시절을 회상하고 서술하는 작업의 의미를 작가는 깊이 사유하지 않는다. "그저 내 청춘의 무위한 열기와 어리석음에 염증이 들었다."(178면) 문제는 그 "염증"의 뿌리를 '나'도, 작가도 구체적으로 천착하지 않는다는 것이다. 그런 문제의식이 약할 때 이런 유의 과거 회상 작품은 뻔한 후일담 문학이 되거나 풍속문학이 된다. '그때 사람들은 이렇게 살았다'는 풍속의 전달에 만족하는 문학. 이런 말이 떠오른다. 좋은 배우는 자신이 맡은 배역의 극중 상황이나 시점만이 아니라 영화에는 드러나지 않는 인물의 전사前史와 내력까지 고민한다는 것. 그래야 연기하는 인물을 체화할 수 있다는 것. 좋은 연기의 기본이다. 소설의 경우는 영화의 배우가 하는 인물 되기becoming-character를 작가가 직접 감당해야 한다. 이 작품만이 아니라 최근 한국소설에서는 그런 인물 되기를 감당하는 모습을 찾기 힘들다. 읽고 나서 독자의 감각에 충격을 남기는 인물을 찾기 어렵다.

셋째, "이 소설은 또렷한 젠더 렌즈에 포착된 한국근대성의 성별을 드러"내는가? 이 질문에 대해서는 길게 답할 필요가 없다. 드러내지 못한다. 1977년의 시점에서 인물들이 "또렷한 젠더 렌즈"를 지니지 못한 건 시대의 정황이니 일면 리얼한 설정이다.

나 자신이 실망스럽고 그러다 보니 의욕이 없어 방치하게 되고, 결국 해야 할 것을 제대로 못 해 무력감에 빠지고, 무력감은 쫓김과 불안을 낳고 그래서 자신감을 잃은 끝에 제풀에 외로워지고, 그 외로움 위에 생존 의지인 자존심이 더해지니 남들이 눈에 거슬리기 시작하고, 그러자 곧바로 소외감이 찾아오고, 그것이 또 부당하게 느껴지고, 이 모든 감정이 시간 낭비인 것 같아 회의와 비관에 빠지는 것, 그 궤도를 통과하지 않을 수는 없었다. 이른바 청춘의 방황만이 아니었다. (86면)

여러 가지로 미숙한 대학 신입생 시절에 '나'가 서술하듯이 '나'와 친구들의 현실 인식은 나이브할 수 있다. "그래서 무력감에 빠지고, 무력감은 쫓김과 불안을 낳고 그래서 자신감을 잃은 끝에 제풀에 외로워지고, 그 외로움 위에 생존 의지인 자존심이 더해지니 남들이 눈에 거슬리기 시작"할 수 있다. 여기에는 10대 후반에서 20대 초반에 걸치는 젊은 여성들의 독특한 심리상태가 작동한다. 이 소설에는 그런 긴장된 심리관계를 솜씨 있게 포착한 대목이 눈에 띄기도 한다. 그러나 거기서 더 나가지 못한다. 2017년의 현재시점에서도 '나'의 시각은 "또렷한 젠더 렌즈"와는 거리가 멀다. 아니, 애초에 이 작품에 그런 "젠더 렌즈"가 있는지부터 의문이다. 인물들이 "또렷한 젠더 렌즈"를 갖지 못했다고 비판하는 게 아니다. 요는 그런 렌즈를 갖지 못하게 만드는 사회문화적 정황에 대한 "또렷한" 인식과 서술이 작품에 부족하다는 것이다.

넷째, 이 소설은 "관념어를 적재적소에 투입하고 빈틈이 없게 구문을 압착하여 서술 대상을 틀어쥐는, 특유의 악력握力 넘치는 문장이 매력적"인가? 역시 동의할 수 없는 평가다. 작품의 어떤 대목에서 이런 높은 평가가 가능한지 의문이다. 문장은 사유의 표현이다. 주인공이자 서술자인 '나'의 시점을 택하고 있는 『빛』에서 "구문을 압착하여 서술

대상을 틀어쥐는, 특유의 악력 넘치는 문장"을 주인공·서술자인 '나'가 구사하는 것이 서사적 설득력을 지니는가? 이런 질문을 먼저 고민해야 한다. 설령 그렇더라도 그런 문장들이 '나'라는 인물의 개성과 사유에 부합할 때만 "매력적"인 문장으로 힘을 갖는다. 인물의 사유가 빈곤할 때 "매력적"인 문장만을 표나게 내세우면 득이 아니라 실이 된다.

총평. 『빛』은 작가가 인물과 사건을 어떤 시각에서 바라보고 자리 매김할 것인가를 날카롭게 고민하지 못했다. 은희경이나 신형철은 묘사 자체의 생생함을 대안으로 내세울지 모른다. 그러나 루카치나 임화의 지적대로 모든 묘사에는 묘사하는 정신이 숨어 있다. 그저 디테일을 잘 묘사한다고 뛰어난 묘사가 되는 게 아니다. 어떤 시각에서, 어떤 잣대로 묘사하는가? 그런 묘사하는 정신의 날카로움이 문제다. 그렇다면 다시 묻게 된다. "은희경의 신작이 '나왔다'는 소식은 뉴스가 되지만 그 작품이 '좋다'는 사실은 뉴스가 되지 못한다"는 판단은 정확한가?

2

노벨문학상이 법석을 떨 만큼 대단한 상이라고 생각하지 않는다. 이 상을 받을 만한 작가에게 주어진 것도 아니다. 받아야 할 작가가 받지 못한 경우도 많다. 예컨대 조이스, 울프, 로런스, 카프카, 프루스트 등 모더니즘의 거장들은 수상하지 못했다. 그렇다고 그들 작품의 가치가 떨어지는 게 아니다. 물론 받을 만한 작가가 받은 경우도 있다. 2019년 수상자인 토카르추크의 『태고의 시간』(이하 『태고』)을 읽고서 그런 생각을 굳혔다. 한마디로 뛰어나다. 단순한 비교는 경계해야 하지만 이 작품을 읽으니 한국문학이 얼마나 왜소해졌는가를 실감한다. 문학에서 비교문학적 시각은 조심스럽게 적용되어야 한다. 그러나 동시대에 작품 활동하는 작가들이라면 세계문학의 지형에서 다른 작가들이 무엇을 고민하고 사유하며 쓰는지를 알 필요는 있다. 우물 안 개구리가 되지 않으려면 말이다. 『태고』를 읽으면서 그런 비교를 더욱 하게 된다. 노벨문학상이든 어떤 상이든 국제적인 문학상 수상작의 특징을 요약하라면? 범박하게 말해 문명과 인류의 현재와 미래에 대한 사유다. 예컨대 2017년 노벨상 수상자인 가즈오 이시구로의 경우도 그렇다. 나는 그의 수상이 때 이른 수상이라고 판단한다. 이시구로의 최근작이고 수상작으로도 거론된 『파묻힌 거인』이 걸작이라고 보지 않는다. 그러나 그런 판단과는 별개로 이 작품을 비롯해 이시구로 작품 전체를 관류하는 문제의식, 즉 (유럽)문명의 위상에 대한 사유는 높이 평가한다. 『태고』도 그런 문명사적 사유와 궤를 같이 한다.

『태고』는 20세기 초부터 1990년대 초반까지를 시간적 배경으로 한다. 상상의 마을인 태고에 사는 나에비에스키 가족의 삼대에 걸친 이야기가 기둥서사를 이룬다. 각 세대를 대표하는 인물들인 미하우와 게노베파, 미시아와 이지도르, 아델카가 주요 등장인물이다. 그 시간의 흐름 속에서 두 번의 세계전쟁과 공산화, 자본주의의 물결 등의 시대적 격변이 인물들의 삶에 영향을 미친다.

땅바닥에 누워 있던 사람 하나가 벌떡 일어나더니 강 쪽으로 달려가려

했다. 게노베파는 그녀가 미시아와 동갑내기 친구이자 셴베르트네 식구인 라헬라임을 알아챘다. 품에는 갓난아기가 안겨 있었다. 군인 한 명이 무릎을 꿇더니 침착하게 그녀를 조준했다. 라헬라는 한동안 비틀거리다가 쓰러졌다. 군인이 달려가 그녀를 발로 밀어서 돌아 눕히는 것을 게노베파는 보았다. 군인은 아기를 싼 새하얀 포대기를 향해 총을 한 방 더 쏘고는 트럭으로 돌아갔다.[*]

이런 사실주의적 장면 묘사가 적지 않게 나오지만 묘사하는 서술의 톤은 냉정하다. 어떤 감상주의나 섣부른 판단을 하지 않는다. 그런 냉철한 판단의 대상에서 신이나 천사도 예외는 아니다.

> 자신이 행한 업적을 바라보던 신이 갑자기 신성한 두 눈을 찌푸린다. 신에게서 뿜어져 나오는 광채와 똑같은 빛이 욥에게서 흘러나오고 있었기 때문이다. 신이 자신의 신성한 두 눈을 찌푸린 것을 보면, 어쩌면 욥의 광채가 더 크고 찬란했으리라. 신은 기겁하면서 서둘러 욥에게 모든 걸 되돌려 주었다. 아니, 그에게 더 많은 새로운 것들을 베풀었다. 물물교환이 가능하도록 화폐를 유통시켰고, 돈을 보관할 금고와 은행도 만들어주었다. 화려한 옷가지들과 진기한 물품들, 희망과 복도 그에게 안겨주었다. 끝없는 두려움도 선사했다. 신은 이 모든 걸 욥에게 퍼부었다. 욥의 몸에서 광채가 사라질 때까지. (269면)

• • •

[*] 올가 토카르추크, 『태고의 시간들』, 은행나무, 2019, 167면. 이하 인용 시, 면수만 표기한다.

구약성서의 욥의 이야기를 작가는 재해석한다. 신도 인간과 마찬가지로 느끼고 질투한다. 신은 인간과 다르지 않다. 인간이 자신과 같은 존재인 것, "신에게서 뿜어져 나오는 광채와 똑같은 빛"을 갖는 것을 신은 용인하지 못한다. 인류의 물질문명(물물교환, 화폐, 돈, 금고, 은행, 옷가지, 물품)이 지닌 가치는 어디서부터 어긋난 것인가? 이런 근본적 질문을 탐구하려는 작가의 고민이 작동한다. 어떤 이유로 세상의 이치가 비틀어졌다면 책임은 인간에게만 있는 것일까? 아니면 인간을 그렇게 만들어 놓고 즐거워하고 질투하는 신에게 있는 걸까? 더 나아가 이런 세상의 작동원리는 어떻게 이해해야 하는 걸까?

이런 식의 세계 인식은 어디에서 연유하는 걸까? 인터뷰에 따르면 작가는 프로이트를 읽고 나서 "지금까지는 그저 눈에 보이는 대로 세상을 봤지만 이제는 그럴 수가 없었다"(역자 해설, 368면)라고 밝힌다. 그러나 작가가 탐구하는 관심사인 "수많은 패러독스와 불가항력적인 운명, 신비한 우연"(역자 해설, 370면)은 의식−무의식의 대립구도로만 이해할 수는 없다. 이 작품을 읽으면 무엇보다 그 정조가 웅혼하다는 느낌을 받게 된다. 그 이유는 작품이 다루는 현실의 현실성reality이 통상적인 소설과 다르기 때문이다. 이 작품을 두고 마술적 리얼리즘이나 신화적 상상력이라고 딱지 붙이는 것도 온당하지 않다. 이런 판단에는 판타지와 현실, 신화와 현실을 나눠 놓고 그 둘을 다시 결합하려는 견해가 작동한다. 『태고』의 서사는 그런 상투적 견해와는 다른 길을 택한다. 나는 『태고』의 매력과 힘이 우리가 당연시하는 현실성의 층위를 확장하는 데 있다고 판단한다. 무엇이 현실적인 것인가? 눈에 보이고 지각되는 것만이 현실적인 것인가? 우리가 지각하는 현실만이 현실의 전부가 아니라는 것. 작가는 지각되지 않지만 잠재적 영역으로서의 현실들, 그 현실들의 "신비"를 천착한다.

　　최근 한국문학의 곤경 중 하나가 인물들이 움직이는 공간으로서 지리와 지정학을 경시하는 것이다. 토카르추크는 '태고'라는 상상적 공간이 지닌 복합성을 먼저 제시한다. '태고'는 폴란드어로 프라비에크prawiek, 아주 오래된 시간을 가리킨다. 이름 자체가 오래된 시간을 공간적으로 표현한다. 시간의 공간화이다. 태고는 흑강과 백강으로 둘러싸여 있고, 천사들이 동서남북의 경계를 지킨다.(5~7면) 작품의 도입부에서 작가는 길고 상세하게 태고의 지리학적, 역사적 의미를 묘사한다. 그런 상세한 묘사는 이 공간이 인물들과 함께 이 작품의 핵심 구성요소라는 것을 드러낸다. 태고에는 인간과 더불어 신과 대천사들(미카엘, 우리엘), 그리고 수많은 비인간들이 거주한다. 각자 다른 시간의 감각을 갖고서. 모든 존재들은 각자의 고유한 시간과 지각을 지닌다. 태고는 그것들이 서로 연결되고 충돌하는 공간이다. 여기에서는 신조차 완벽하지 않다. 작가가 창조한 독특한 '태고'의 공간은 독자들이 믿고 있는 세계와 현실에 대한 감각과 무엇이 같고 다른가를 묻는다. 『태고』의 힘은 새로운 감각과 인식의 충격, 신비평의 용어를 쓰자면 낯설게 하기defamiliarization에서 나온다. 우리가 알고 있는 세계를 아우르고 넘어서는 더 크고 깊은 세계의 감각이 이 작품을 감싼다. 거기서 독특한 정조와 분위기가 발생한다.

　　서술방식도 통상적인 소설과는 다르다. 나에비에스키 일가의 연대기가 기둥서사를 이루지만 그들만이 서사의 중심을 차지하지는 않는다. 범박하게 말해 『태고』에는 중심적인 인물이나 서사는 없다. 84편의 짤막한 단편, 혹은 에피소드로 구성된다. 이런 식의 구성은 자칫 산만해지거나 파편적으로 될 수 있다. 『태고』는 그런 위험을 벗어난다. 정확히 말하면 이런 구성방식은 총체성-파편성의 이분법적 세계 인식을 넘어서려는 날카로운 문제의식을 표현한다. 세계는 수많은 개체들(인간, 동물, 식물, 비인간, 유령, 신, 천사 등)의 파편적 삶으로 짜여 있다. 그렇게 짜인 관계에서 한 존재의 삶과 시간은 다른 존재들에게 영향을 미친다. 『태고』의 서사는 하나의 특정한 관점, 예컨대 인간의 관점만을 중심에 두고 인간주의의 중력으로 다른 모든 것들을 끌어들이는 환원주의를 경계한다. 예컨대 암캐 랄카의 묘사를 보자. "랄카는 미시아 혹은 다른 사람들과는 다른 방식으로 생각한다. 그런 점에서 랄카와 미시아 사이에는 깊은 골이 존재한다. 사고하기 위해서는 시간을 삼켜야 한다. (…중략…) 그러므로 랄카는 현재를 살고 있다."(308면) 랄카의 시간과 생각은 잘못된 게 아니다. 인간과 다를 뿐이다. 인간이 아닌 비인간들도 마찬가지다. 그래서 그들은 인간이 도시를 버릴 때 도시로 가고, 인간이 도시를 차지할 때 숲으로 간다. 다른 사람들이 오해하는 인물의 독특함을 비인간적 역량을 지닌 존재만이 제대로 이해한다. 이런 묘사가 주는 감동이 거기서 나온다.

그때 양로원에 크워스카가 나타났다. "늦으셨네요. 그는 사망했습니다."
그녀를 향해 아니엘라 수녀가 말했다. 크워스카는 아무런 대답도 하지 않고, 이지도르의 침대 옆에 앉았다. 그리고 이지도르의 이마에 손을 얹었다. 이지도르의 육신은 이미 숨을 멈췄고, 심장도 더는 뛰지 않았다. 하지만 그의 몸은 여전히 따뜻했다. 크워스카는 이지도르를 향해 몸을 숙이고는 그의 귀에 대고 속삭였다. "세상 어디에도 머물지 말고, 얼른 떠나렴. 다시 돌아오라는 꼬임에도 절대 넘어가선 안 돼." 사람들이 와서 이지도르의 시체를 가져갈 때까지 크워스카는 줄곧 그의 옆을 지켰다. 그 후에도 크워스카는 하루 밤낮을 꼬박 이지도르가 누워 있던 침대 옆에 앉아서 쉴 새 없이 뭐라고 중얼거렸다. 이지도르가 영영 떠났다는 확신이 든 뒤에야 비로소 그녀는 자리를 떠났다. (355면)

『태고』에 드러나는 작가의 세계 인식에 동의하지 않을 수 있다. 작가는 답을 제시하는 존재가 아니라 한 시대에 문명사적, 자연사적 질문을 던질 뿐이다. 그러나 『태고』에 드러나는 문명사적, 자연사적인 질문과 그 질문을 밀고나가는 날카로운 문제의식은 인정해야 한다. 『태고』 같은 작품을 읽으면서 한국문학이 무엇을 잃어버렸는가를 묻는다. 기대하던 중견 작가가 『빛』 같이 아쉬움이 많은 작품을 쓰고, 그런 작품을 적지 않은 비평이 높이 평가하고 상당한 판매 부수를 기록한다면 그 이유는 무엇일까? 지금 필요한 것은 자화자찬이 아니라 냉철한 진단이다. (2019)

합당한
수상작인가?

김세희『가만한 나날』과 이소호『캣콜링』

　　이름 있는 문학상 수상작 두 권을 읽었다. 신동엽문학상 수상작인 김세희 소설집『가만한 나날』과 김수영문학상 수상작인 이소호 시집『캣콜링』이다. 이번 글의 키워드는 문학상 수상작과 세태소설世態小說, 세태시世態詩이다. 먼저 문학상에 대해. 한국문학 공간에 문학상이 지나치게 많으며 그 많은 문학상의 수상자 선정에서 상의 고유한 성격이 거의 의미 없게 되었다는 말을 듣는다. 하지만 '신동엽'문학상이나 '김수영'문학상은 조금 다르게 보고 싶은 기대가 있다. 신동엽과 김수영은 각기 다른 방식으로 결기와 저항의 방식을 모색한 시인들이었으니까 말이다. 그렇다면 질문은 이것이다. 이번 수상 작가들이 신동엽과 김수영의 문학정신에 걸맞은 작품들인가? 결론을 당겨 말하면 선뜻 그렇다고 하기는 힘들다. 왜 그런지를 살펴보는 것이 이번 글이 착목하는 지점이다. 그 다음으로 세태소설, 세태시의 문제. 나는 두 작품을 읽으며 문득 오래전 임화가 제기한 '세태소설론'이 떠올랐다. "좌우간, 세태소설 내지는 세태적인 문학의 감행은 무력한 시대의 한 특색이라 할 수 있다."*『가만한 나날』은 무력한 이 시대의 세태소설이다. 무력한 삶을 잘 그렸다고 높이 평가할 수도 있겠지만 나로서는 동의하기 힘들다. 그런 시각 자체가 진부하다. 왜 진부한지를 살펴보는 것이 한 쟁점이다.

1

『가만한 나날』에 주어진 신동엽문학상의 심사평은 이렇다. "청년 세대가 마주한 삶의 현장을 생생하고 정교한 서사로 포착해낸 김세희 소설집." 진부한 평가이다. 묻는다. 몇 가지 쟁점이 있다. "삶의 현장"에서 그 현장성은 무엇을 지칭하는가? 생활의 묘사는 필요하지만 그것이 삶의 현장은 아니다. "생생하고 정교한 묘사"의 의미는 무엇인가? 이런 질문을 하는 것은 "묘사에는 반드시 묘사 이상의 묘사하는 의식이 잠재"(임화, 477면)하기 때문이다. 내가 이 소설집을 다루는 이유는 이 작품이 뛰어나서가 아니다. 이 작품이 그 세대 작가들의 평균적인 세계 인식과 감각을 전형적으로 보여주기 때문이다. 이 작품도 그렇지만 요즘 젊은 작가들의 작품은 대개가 다루는 대상의 폭이 좁다. 대상의 폭이 좁은 게 문제가 아니라 그걸 조망하는 작가적 시야가 문제다. "작은 눈으로 큰 현실을 다루거나 작은 눈으로 작은 현실을 다루지 말고 큰 눈으로 작은 현실을 다루게 되어야 할 것이다."(김수영 산문 「평균 수준의 수확」) 지금 작가들은 "작은 눈으로 작은 현실"을 다루고 있다. 물론 이 작

* 임화, 「세태소설론」, 비평동인회 크리티카 편, 『소설을 생각한다』, 문예출판사, 2018, 485면. 이하 인용 시, 임화, 면수로 표기한다.

품들이 보여주는 20~30대 세대의 일상생활의 팍팍함을 세대가 다른 독자인 남성 비평가가 실감하지 못할 수도 있다. 그런 시각에서는 이렇게 반문할 수도 있다. 현실이 갑갑한 걸 갑갑하게 그리는 게 무엇이 문제인가? 그들 세대의 삶의 모습에 대한 정보를 제공하고 세대의 감각을 보여주는 건 미덕이 아닌가? 하지만 나는 다시 묻겠다. (단편)소설이 하는 역할이 그런 정보의 제공에 그치는가? '저들 세대가 저렇게 살고 있구나' 하는 정보를 얻기 위해 소설을 읽는가?

『가만한 나날』에 실린 8편의 작품은 거의 비슷한 제재와 서술 구조를 갖는다. 다루는 인물들도 비슷하다. 생활의 압박에 시달리는 20~30대 세대의 인물들, 특히 여성 인물들의 생활을 다룬다. 이 소설집의 특징을 잘 보여주는 작품으로 「그건 정말로 슬픈 일일거야」, 「현기증」, 그리고 표제작인 「가만한 나날」을 살펴보자. 「그건 정말로 슬픈 일일거야」는 연애 중인 연승, 진아 커플이 선배인 소중한이 초대한 저녁 식사에 초대받아 벌어지는 이야기다. 그 초대를 둘러싸고 드러나는 생각과 대화를 중심으로 이야기는 구성된다. 다른 작품들과 마찬가지로 여기서도 사건 자체가 중요한 게 아니다. 그 식사 모임에서 나누는 대화와 서로에 대한 생각에서 드러나는 미묘한 감정의 울림을 전달하는 게 목표다. 한마디로 감정의 소설이다. 이런 기법은 새롭지 않다. 그 대화를 통해 선배 소중한 부부의 생활이 부각된다.

그는 안면 있는 기관에 행사가 있을 때마다 나가 영상 촬영을 해주고 있다고 말했다. '우주 태어나면서부터는 여유가 없어서. 그때그때 들어오는 일만 하기에도 벅차네.' '작품 준비하는 거 있지 않으세요?' 연승이 물었다. '지금은 없어. 우주 좀 키우고 나면.' 중한이 겉옷을 입으러 방을 나간 뒤, 연승은 한손으로 입술을 만지작거리며 책장을 훑어보았다. 그러나 책들을 살펴보고 있는 것 같지는 않았다. 연승은 중한 밑에서 같이 일을 할 수 없을까. 적어도 당분간이라도 따라다니며 배워 볼 수 없을까 내심 생각하고 있었다.[*]

아마도 소중한 선배 부부의 현재는 연승과 진아가 맞게 될 미래의 모습이 될 것이다. 그런데 그걸 작품에서 보여준다는 게 어떤 의미일까? 계급 탈출의 장벽이 점점 높아지고 있다는 건 이미 적지 않은 언론보도와 최근에 나온 여러 소설과 독립영화들이 이미 표현한 것이다. 그걸 소설로 되풀이 말하는 것이 지니는 의미는 뭘까? 이런 질문을 정면으로 마주하지 않고 작품은 진아가 연승을 처음 만났던 때의 부푼 희망을 말한다. 그러나 지금은 퇴색한 희망이다.

시선을 제대로 처리하지도 못하면서 짐짓 터프한 체하는 모습에 진아는 홀딱 넘어가 버렸다. 연승과 이렇게 오랫동안 함께일 거라 생각했던 건 아니었다. 그래도 상관없었다. 어디를 둘러봐도 젊음과 시작으로 가득했고, 그녀는 자신만만했으니까. 그런데 언제부터인가 다가오는 것들이 두려워지기 시작했다. 그녀는 생각했다. 그게 언제부터였을까 그녀는 낯선 장소에서 추위에 떨며 기억을 되짚었다. (54면)

. . .

* 김세희, 『가만한 나날』, 민음사, 2019, 39면. 이하 인용 시, 면수만 표기한다.

여기에는 "젊음과 시작"이 시간이 흐르며 두려움으로 바뀌는 대비가 드러난다. 어떤 독자에게는 그런 상실의 대비만으로 마음이 움직일 수도 있을 것이다. 등장인물들의 동세대 독자들에게는 이런 내면의 표현이 울림을 지닐지 모른다. 그러나 좀 더 비판적으로 살펴보면 이런 대비의 묘사가 주는 진부함을 지적할 수도 있다. 사태의 흐름을 주인공·화자의 감정적 판단으로 덮어버리는 서술의 방법이다. 임화는 1930년대의 소설에 대해 이렇게 적었다.

> 이런 현상은 말할 것도 없이 우리가 사는 시대의 이상과 현실이 너무나 큰 거리로 떨어져 있는 현실 자체의 분열상의 반영인 것이다. 그러나 중요한 것은 우리 소설가들이 이 분열 가운데 고통하고 발버둥치는 이외에는 아무런 능력도 없다는 것이다. (임화, 475면)

지금 작가들은 이런 임화의 비판에서 벗어났다고 할 수 있을까? "고통하고 발버둥치는" 인물들의 모습을 그린 것만으로 작가의 소임을 다했다고 할 수 있을까?

단편 「현기증」은 그들이 살던 좁은 원룸이 아니라 좀 더 넓은 거주공간을 찾는 원희, 상륙 커플의 이야기다. 「그건」의 변주 이야기다. 여기에도 당연히 생활의 어려움이 있다. 작품을 읽고 나면 이런 의문이 든다. 원희는 멀쩡한 정규직 은행 일을 왜 그만둔 걸까? 그것이 가져올 생활고가 분명히 인지되는데도? 작품에 그에 관한 설명이 없는 건 아니다.

한번은 상률이 그녀의 달라진 형편을 지적하며, 매주 되풀이하는 사치스러운 습관에 대해 언급한 적이 있었다. 그때 그녀는 말했다. '하지만 꽃은 너무 아름답잖아, 내겐 아름다운 것이 필요해.' 지금 그녀는 학원에 다니며 반영구 화장을 배우고 있었다. 그녀는 그 일을 좋아했고 손도 빨랐다. 하지만 돈이 문제였다. 모아 놓은 저축은 빠르게 바닥을 드러냈다. (58면)

꽃을 사는 것도 사치스럽게 느껴지는 상황의 변화. 그래도 아름다운 것을 추구하는 원희. 아마 이런 대비를 통해 작가는 생활의 논리를 넘어서는 꿈을 가진 원희의 내면을 부각시키고 싶었을 것이다. 그러나 그런 부각은 남들이 보기에 멀쩡한 정규직을 그만둘 만큼의 서사적 설득력을 갖지 못하고 생활의 논리를 벗어날 만큼 강한 원희의 고민에 대한 깊은 천착으로 이어지지 않는다. 다소 관념적으로 생활의 논리를 처리한다는 인상을 준다. 이런 꿈을 지닌 원희는 그런 꿈보다는 넓은 거주공간과 안락한 생활을 바라는 상률과 갈등을 빚는다. 탈출의 욕망과 생활의 논리가 충돌한다. 서술은 그 갈등의 전개를 따라간다.

조금 뒤 그는 뭔가를 삼키는 소리를 냈다. 그러고는 크게 숨을 내뱉었다. '포기할 건 포기해야지, 어떻게 네가 원하는 대로만 다 하면서 살아?' 그녀도 알고 있었다. 형편에 맞게 살아야 한다는 걸. 사는 일이 바라는 대로 흘러가 주지 않는다는 것을. 그렇지만 난 대단한 걸 꿈꾼 게 아닌데, 대단한 것들은 언감생심 꿈꿔 본 적도 없는데. 내가 바란 건, 아주 작은 것이야. 그게 그렇게 허황된 바람인가? 내가 이 정도도 바라지 못해? 이걸 바란다고 이렇게

분수도 모르는 사람 취급을 당해야 해? (83면)

이 대화에는 최근 한국소설의 정념이 고스란히 담겨 있다. 일단 주어진 현실의 막막함을 건드릴 수 없는 대상으로 정해 놓고 그 벽 앞에서 힘들어하거나 서로 부딪치는 인물들의 내면 묘사에 힘을 쏟는 것. 그런 묘사가 가치 없다는 말이 아니다. 문제는 내가 읽은 최근 한국소설, 특히 단편소설집의 거의 대부분이 이런 신산스러운 세태 묘사에 그친다는 것이다. 직장을 그만둔 결정을 되돌아보면서 원희는 자기 결정이 타당했는지를 자문한다. 거기에는 엄마와의 언쟁이 끼어든다. 원희는 항변한다. "나를 위한 거 맞아? 나를 위해서라면 그만두라고 해야 해."(87면) 문제는 원희와 상률을 힘들게 하는 돈벌이를 가능케 하는 정규직 일자리를 원희가 그만 둔 근거가 명확히 제시되지 않는다는 것이다. 그런 생활의 논리가 좀 더 '물질적'으로 제시될 필요가 있다. 여기에는 소설의 정신화와 내면화도 한 몫을 한다. 최근 출간되는 작품들은 인물들의 성격은 드러나는데 그들의 외면, 즉 인상, 표정, 옷차림, 독특한 습관, 태도 등의 세밀한 묘사는 찾기 힘들다. 그들이 사는 주거공간, 생활공간, 거리 묘사도 치밀하지 않다. 대충 외면과 대상의 묘사를 얼버무리는 느낌이다. 그래서 인물의 개성이 선명하게 새겨지지 않는다.

　　표제작 「가만한 나날」은 스물여섯 시절의 직장 일을 회고하는 주인공·화자 '나'의 이야기다. 첫 직장생활의 어려움, 입사 동기생끼리의 미묘한 경쟁, 허위 정보를 블로그에 올려 상품 매출을 올리는 일 등 신입 직장인의 생활이 묘사된다. 그렇게 '나'가 올린 허위 정보 때문에 살균제로 피해를 보게 된 사람들의 사연을 알게 되고 느끼게 된 고민이 작품의 핵을 이룬다. "나는 돌아누우며 생각했다. 그 사람들에게 합당한 보상이라는 게 뭘까. 그런 게 있을까."(122면) 따라서 묻게 된다. 정말 "그런 게 있을까?" 그렇다면 그 피해에 책임이 있는 '나'의 태도는 정확히 무엇일까? '나'가 취할 수 있는 태도의 정답이 뭐냐를 따지는 게 아니다. 그 태도에서 드러나는 인물의 복잡한 정념의 제시가 문제이다. 그런데 이 작품은 그런 정념의 제시가 아니라 죄책감을 안고 그때 그 일을 덮어두는 인물을 제시한다.

하지만 그곳에서 있었던 일들은 입에 올리지 않게 되었다. 어쩌다 첫 회사가 화제에 오를 때면, 작은 광고대행사에 다녔다고만 대답한다. 하지 않는 말들은 그것 말고도 또 있다. 별것 아니지만, 이를테면 이런 것. 그곳을 나온 이후 나는 『채털리 부인의 연인』을 읽을 수 없게 되었다. 책장에 꽂혀 있으나 어쩐지 펼쳐 볼 마음이 일지 않는지 나는 어디에서도 『채털리 부인의 연인』을 좋아한다고 말하지 않는다. 나는 그런 사람이 되었다. (131면)

섣부른 감상이나 연민을 드러내지 않은 묘사의 미덕이라고 볼 수도 있다. 그런데 나는 이런 묘사를 읽으며 사태의 핵심에 정면으로 부딪치기를 두려워하는 서술자·작가의 소심함을 읽는다. 섬세함은 미덕일 수 있지만 소심함은 미덕이 될 수 없다. "현실을 있는 대로 그리면 작품 가운데선 작자가 인생에 대하여 품고 있는 희망이란 것이 살지 못할 뿐만 아니라, 오히려 암담한 절망을 얻게 되는 것이다."(임화, 474면) 섣부른

"희망"을 말하는 것도 관념적이지만 현실의 힘에 굴복한 채 "암담한 절망"만을 읊조리는 것도 역시 관념적이다. 이 소설집에는 서사의 개연성이 이해 안 되는 대목들도 있다. 「얕은 잠」에 나오는 주인공 미려가 한 예이다. 남자 친구와 같이 서핑을 하다가 길을 잃고 낯선 사람의 도움을 받는 결말의 묘사는 이렇다. "미려는 거실을 가로질렀다. 발이 가벼웠다. 비어 있는 의자로 향하면서, 미려는 무언가 느꼈고 자신의 감정에 대해 놀랐다. 미려는 자신이 편안하다는 것을 깨달았다."(223면) 이런 결말은 작품 앞부분에서 남자 친구인 정운의 눈치를 보는 미려의 모습과 대비되면서 그녀가 품어온 뭔가 억눌린 감정이 해소되는 편안함으로 해석할 여지가 있다. 하지만 그렇게만 보기에는 그런 편안함의 근거가 작품 내적으로 자연스럽게 제시되지 못한 인상이 더 크다. 화자의 눈으로 묘사되는 외부대상의 밋밋한 묘사나 그걸 바라보는 화자의 내면 어디에도 깊이 들어가지 못하기 때문에 생긴 결과라고 판단한다. 이런 문제는 단편 「감정연습」의 결말(255면)에서도 비슷하게 나타난다. 임화에 기대 내가 느끼는 불만을 다시 적는다.

　탁마된 성격이 우리를 끄는 힘은 없으며, 그 성격과 환경이 어울어져 만들어내는 줄기찬 플롯이 우리를 끄는 힘도 없으며, 따라서 작가의 사상이나 정열이 우리를 매료해 버리지도 못한다. 조밀하고 세련된 세부 표사가 활동사진 필름처럼 전개하는 세속생활의 재현이 우리를 즐겁게 하는 것이다. (임화, 480면)

임화는 그나마 "세속생활의 재현"이 주는 즐거움을 1930년대 세태소설을 읽으며 말했지만 나는 그런 즐거움도 거의 얻지 못했다.

2

다시 임화의 말을 들어보자.

> 본시 문학이란 어느 것을 물론하고 묘사되는 생활상의 양의 과다로 우월이 좌우되지 않는 것쯤은 일개의 상식이다. 그러면 시는 소설에 비하여 열등한 예술임을 영원히 면치 못할 것이다. 오히려 단편소설을 통하여 우리는 지저분한 현실에 대한 경멸과 악의를 날카롭게 해서 표현할 수 있는 것이며, 그것을 날카롭게 하기 위하여는 현실 가운데 어느 부분이 가장 그것을 표현하기에 전형적인가를 탐색하게 되는 것이다. (임화, 484면)

단편소설을 논하는 임화의 설명에 기대어 우리 시대의 젊은 여성 시인의 시를 논하는 것이 무리로 보일 수 있다. 언뜻 읽기에 상당히 파격적이고 도발적인 형식, 기법, 내용을 택한 이소호 시집 『캣콜링』은 세태문학과는 거리가 멀어 보인다. 그러나 오히려 이소호의 시집은 일종의 '세태시'로 읽을 여지가 크다. 이 시집은 분명히 눈에 들어오는 장점들이 있다. 소설과는 비교할 수 없지만 관념으로 치우친 시들과는 다르게 "생활상의 양"도 만만치 않다. 그리고 "지저분한 현실에 대한 경멸과 악의를 날카롭게 해서 표현"하는 능력도 엿보인다. 그렇다면 『캣콜링』은 세태시와 얼마나 다른가? 도발적인 제목인 '캣콜링'부터가 세태시라는 평가를 거부하는 걸로 보인다. 길거리에서 남자들이 지나가는 여자에게 던지는 성희롱적인 말을 가리키는 캣콜링은 이 시집이 무엇을 지향하는가를 선명하게 제시한다.

여러 켤레의 히치 하이커 *헤이 헤이룩앳미* 젖은 레코드 판 빈티지 미녀 룩 *앳미걸 두유워너퍽* 수수깡으로 지은 경찰청 *헬로헬로* 종이컵 속에서 짤랑짤랑 우는 치나 오솔길 지름길 *아유이그노잉미* 낯선 몸과 학교로 가고 구석에서 조는 *퍼킹비취* 엄마 괜찮아요 잘 살고 있어요 행복해요 그 사이 나의 소원은 *고백투유어컨트리**

이 시에는 이질적인 두 목소리가 병행한다. 기울임체로 표기된 부분은 성희롱을 던지는 남성의 목소리이고 나머지 부분은 길을 걷는 여성의 목소리로 눈에 비친 사물들과 생각을 전한다. 서로 다른 목소리들은 교차하지도 충돌하지도 않는다. 그냥 하나의 목소리가 다른 목소리를 위협한다. 여기에 소통과 이해는 없다. 그런데 이런 이해의 장벽은 캣콜링 같은 성희롱에서만 아니라 사랑의 힘으로 이뤄지는 관계에도 나타난다.

to, 경진 요즘 나 때문에 많이 힘들지 알아 죄책감 때문이야 내가 전에 만

• • •

* 이소호, 『캣콜링』, 민음사, 2018, 44면. 이하 인용 시, '시 제목, 면수'로 표기한다.

난 여자 때문이야 (…중략…) 이해와 용서를 바라는 게 아니라 답답해서, 그냥 숨기고 싶지 않아서. 연인은 뭐든 솔직해야 하잖아 어쨌든 미안하고 미안했어, 하지만 노력하고 있다는 것만 알아줘 행복해진다는 게 정말 어려운 일인 것 같아 네가 내 곁을 떠날 수도 있겠단 생각이 들었어, 이제 내가 할 일은 이 편지를 읽고 서운할 널 달래는 일이군 내가 더 많이 노력할게 최근에 이 말을 못해 준 거 같네 지금 분위기에 조금 어색한 말이지만 사랑해요. (「나를 함께 쓴 남자들」 부분, 94면)

한 사람이 생각하는 "사랑"이 상대방에는 전혀 사랑이 아닐 수 있다. "언니 세상에 사랑의 종류가 얼마나 많은지 이제 알았지? 베드로도 사랑했어 예수를 고백할게 사랑해."(「서울에서 남쪽으로 여덟 시간 오분」, 107면) 보편적이고 공통적인 사랑은 없다. 이 시에도 잘 드러나듯이 이 시에는 비유나 이미지가 없다. 일상적인 어법으로 직설적으로 발언한다. 시들은 행갈이가 거의 의미 없을 정도로 산문시에 가깝다. 그 직설법이 주는 힘이 있다. 그러나 그 힘이 사태의 표면만이 아니라 심층을 울리는가는 의문이다.

　　이 시집에서 눈길을 끄는 것은 이미 페미니즘에서 많이 논의되어 온 남녀 사이의 성적 긴장과 갈등을 다룬 시들이 아니라 여성들 사이의 평화롭지 않은 관계를 파고드는 시들이다. 이소호는 특히 가족 안에서의 자매 관계, 모녀 관계의 의미를 다시 조명한다.

　　내가 태어났는데 어쩌다 너도 태어났다. 하나에서 둘 우리는 비좁은 유모차에 구겨 앉는다. 우리는 같은 교복을, 남자를, 방을 쓴다. 언니, 의사 선생님이 나 하고 싶은 대로 하래. 그러니까 언니, 나 이제 너라고 부를래. 사랑하니까 너라고 부를래. 사실 너 같은 건 언니도 아니지. 동생은 식칼로 사과를 깎으면서 말한다. 마지막 사과니까 남기면 죽어. 동생은 나를 향해 식칼을 들고, 사과를 깎는다. 바득바득 사과를 먹는다. 나는 동생의 팔목을 대신 그어 준다. (「동거」 부분, 13면)

여기에는 가족애의 끈끈함 따위는 없다. 자매가 된 것은 "어쩌다" 둘이 연이어 같은 부모에게서 태어났기 때문이다. "사랑하니까 너라고" 부르고 다시 어떤 이유 때문인지 "너 같은 건 언니도 아"닌 존재가 된다. 그리고 시적 화자인 언니는 "동생의 팔목을 대신 그어준다". 이런 묘사는 충격을 준다. 그런데 이 자매의 내력을 시는 설명하지 않는다. 이는 시적 함축이라고 볼 수 있다. 하지만 시집 전체에서 붕괴되어 가는 정상 가족의 모습을 그리면서도 그 붕괴의 원인을 사유하는 것이 아니라 단지 묘사하는 데 그치고 있다는 것을 지적해 둔다. 이런 묘사들도 마찬가지다.

젖을 빠는 대신 우리는 자궁에 인슐린을 꽂고 매일매일 번갈아 가며 엄마 다리 사이에 사정을 했다 그때마다 개미가 들끓었다 잘 들어 엄마 엄마는 이제 여자도 뭣도 아냐 내가 이렇게 엄마 다리 사이를 핥아도 웃지를 않잖아 봐봐 이렇게 손가락 세 개를 꽂아도 느낄 줄 몰라 엄마는 나는 문을 꼭 닫았다 (「경진이네」 부분, 28면)

모녀 사이에 사랑은 없다. "엄마는 늘 내게 욕을 했어요 애미 잡아먹는 거미 같은 년이라고."(「경진이네―거미집」, 30면) 시인은 왜 이런 가족시를 쓰는 걸까? 그런 자의식을 보여주는 시가 있다.

> 근데 니가 가족 시를 쓴다는 그 행위 자체에 매몰되어 있는 거 같아. (…중략…) 내가 보기에는 말이야 니가 착한데 다른 척을 하니까 그런 거라고 그게 진짜 너라고 생각하면 독하게 밀고 가란 말이야 미친 년처럼 (「송년회」 부분, 51면)

이 시집의 시들은 언뜻 보기에 "미친 년처럼" "독하게 밀고 가"는 시들로 보인다. 표현은 강하고 묘사도 에두르지 않는다.

> 우리는 무릎 나온 체육복을 입고 방구석에서 바짝 말랐다 엄마는 목을 허리띠로 더 졸라게, 졸랐다 똥은 휴지 다섯 칸씩만 세고 오줌은 다 같이 싼 뒤에 한꺼번에 내렸다 이놈의 집구석은 (「보리굴비, 장아찌 그리고 디스토피아」 전문, 114면)

소략하게 살펴봤듯이 이 시집은 언뜻 보기에 여러 페미니즘 쟁점을 도발적으로 다룬다. 엇갈리는 성적 관계, 여성들의 관계에서 작동하는 억압과 폭력의 관계, 가족 안에서 행해지는 긴장과 착취 등. 그렇다면 이 시집을 세태시의 틀 안에서 평가하는 게 온당하지 않다는 결론이 나올 수 있다. 일리 있다. 하지만 나는 여전히 이 시집을 세태시의 틀 안에서 보고 싶다. 정확히 말하면 페미니즘 세태시의 틀. 페미니즘운동에 전혀 무지한 독자에게는 이 시집이 나름의 충격과 각성의 역할을 할 수 있을 것이다. 아마도 이 시집을 김수영문학상 수상작으로 선정한 데는 그런 판단이 작용했을 것이다. 나도 동의한다. 하지만 이 시를 좀 더 구체적인 페미니즘운동의 자장 안에서 보면 평가는 달라진다. 내 질문은 이렇다. 이 시집이 제기하는 페미니즘 쟁점들은 이미 알려진 것들에서 얼마나 더 깊이, 멀리 나아갔는가? 이 시집에 새로운 페미니즘적 감각의 충격이 있는가? 남성 비평가로서 조심스러울 수밖에 없는 판단이지만 내 판단은 부정적이다. 문제는 이 시집에서 표출되는 도발적으로 보이는 정념과 그것의 묘사, 그리고 그 묘사를 위한 시적 기법이 "현실 가운데 어느 부분이 가장 그것을 표현하기에 전형적인가를 탐색"하는 데까지 도달했는가라는 질문이다. 내 생각에 그 답은 긍정적이지 않다. "결국 세태적 소설은 꼼꼼한 묘사와 다닥다닥한 구조, 느린 템포와 자그막씩한 기지로밖에 씌어지지 않는 것이다."(임화, 481면) 이 시집의 도발적이고 강해 보이는 시들이 페미니즘 논의에서 제기되는 쟁점들에 대한 "꼼꼼한 묘사와 다닥다닥한 구조, 느린 템포와 자그막씩한 기지"의 시에서 얼마나 멀리 벗어나는가? 특히 "자그막씩한 기지"를 강조하고 싶다. 시의 창작에서 독특한 발상과 "기지"는 의미 있다. 그러나 "자그막씩한 기지"는 재기발랄함의 표현일 수는 있지만 사태를 더 예각화하는 사유와 같은 것은 아니다. 둘을 혼동해서는 곤란하다. 내가 김수영의 시들에서 읽은 것은 그런 예리한 사유이다. (2019)

비평과 사유의
훈련

김종철『대지의 상상력』과 황규관『리얼리스트 김수영』

부끄러운 얘기지만 명색이 비평가면서도 평론집을 잘 읽지 않게 되었다. 비평가로서 게으른 게 큰 이유다. 하지만 그게 다는 아니다. 최근 들어 평론집을 읽으면서 '해설'을 넘어서 '비평'을 읽은 기억이 많지 않기 때문이다. 비평에 대한 여러 정의가 있지만 그중 내가 가장 공감하는 건 영국의 비평가 F. R. 리비스가 말한 "사유의 훈련the discipline of thought"이다. 비평은 단지 창작의 종속물이 아니라 그 자체로 독자적인 가치를 지닌다. 핵심은 그 비평이 다루는 텍스트를 매개로 한 삶과 세계에 대한 새로운 사유의 개진이다. 그런 비평을 읽은 지가 꽤 오래되었다. 그런데 오랜만에 사유를 자극하는 책 두 권을 읽었다. 김종철 선생의『대지의 상상력』과 황규관 시인(이하 호칭 생략)의『리얼리스트 김수영』이다.

1

김종철의 문학론집『대지의 상상력』은 문학평론집이 아니라 '문학론집'이다. 아마도 한국문학 공간에서 '한국문학'만을 다루는 경우에만 평론으로 인정되는 문제도 있고, 실린 글들이 좁은 의미의 작품론이나 해설이 아니라 문학(비평)에 대한 거시적이고 문명사적인 접근을 하는 글들이라서 이런 제목을 달았을 것이다. 대부분 오래전에 쓴 글이고 외국 저자들을 다룬다. 김종철이 "젊은 시절에 여러 기회에 썼던 글들 중 외국문학에 관한 에세이들을 엮은 것"*이다. 오래전에 읽었던 글들도 있다. 하지만 이렇게 모아서 읽으니 느낌이 다르다. 좁은 의미의 '한국문학 비평'은 아니지만 비평의 역할이 무엇인지를 떠올리게 하는 담대한 글들이다. 문명과 삶을 사유하는 글들이다. 창작이든 비평이든 그것이 다루는 대상은 작고 미세한 것일 수 있다. 혹은 그래야 한다. 문학은 사회과학이 아니다. 문학은 한 개인의 삶이나 작은 사건을 형상화하면서 세계를 얘기한다. 블레이크가 말했듯이 문학은 한 알의 모래알에서 우주를 사유하는 비전을 요구한다. "한 알의 모래에서 세상을 보고 한송이 들꽃에서 하늘을 본다. 너의 손바닥에 무한을 쥐고 한순간에 영원을 담아라."(블레이크, 「순수의 전조」) 이런 말을 하면 문학의 섬세함(sic!)을 무시하는 거친 발언이라고 묵살하는 목소리들이 있다. 내가 생각하는 섬세함은 미세한 것에 갇히는 것이 아니라 미세한 대상을 다루면서 문명과 삶을 사유하는 것이다. 역시 관점과 시야가 문제다.

　　『대지의 상상력』이 다루는 작가들, 시인들, 사상가들은 "한마디로 근대의 어둠에 맞서서 삶-생명을 근원적으로 옹호하는 일에 일생을 바

· · ·

*　김종철, 『대지의 상상력』, 녹색평론사, 2019, 13면. 이하 인용 시, 면수만 표기한다.

친 사람들"(15면)이다. 그들은 시인 윌리엄 블레이크, 소설가 찰스 디킨스, 비평가이자 시인 매슈 아놀드, 비평가 F. R. 리비스, 사상가 프란츠 파농, 소설가 리처드 라이트, 소설가 이시무레 미치코 등이다. 김종철이 이들을 바라보는 비평적 관점은 앞서 말했듯이 문명사적 관점에 근거한 비평이다. 그렇다고 텍스트의 내재적 분석을 무시한다는 뜻은 아니다. 블레이크, 디킨스, 라이트 등의 작품 분석에서 잘 드러나듯이 김종철은 섬세한 분석을 하는 비평가이다. 그렇지만 그때의 섬세함은 텍스트의 내재적 분석에 함몰되지 않는다. 작품 읽기의 섬세함은 현대문명의 위기에 대한 우울하지만 단호한 진단과 맞물려 있다. 조심스러운 판단이지만 나는 이런 시야를 지금의 한국문학 비평이 거의 상실했다고 판단한다.

역사적 실천 행동으로서 문학적 활동을 이해하고 평가하는 사고습관이 점차로 약화되거나 무시를 당하고, 개인적 내면공간으로 거의 병적으로 파고드는 내향적 시선, 심히 사적이고 일상적인 것, 미시적인 것에 집중하거나 집착하는 새로운 지적 사조가 대유행이 되어버렸다. (7면)

문학에서 "내향적 시선"이나 "사적이고 일상적인 것, 미시적인 것에 집중"하는 것이 그 자체로 문제는 아니다. 그러나 그런 내향성이 "역사적 실천행동으로서 문학적 활동"과 분리될 때 문제가 발생한다. 루카치는 비평에서 필요한 것은 문학사적 안목과 논리적 안목의 결합이라고 지적했는데 김종철이 이 책에서 작가를 평하는 시각이 그런 것이다. 그리고 문학사적 안목과 논리적 시야를 갖추는 데는 지성과 사유를 필요로 한다. 영국 낭만주의 시인 블레이크를 평가하는 관점이 그 점을 보여주는 좋은 예이다. 김종철은 블레이크의 가치를 예언자적, 민중적 전통 속에서 본다. 시인과 민중적 전통과의 연관"이 시적 평가의 기준이 된다. '민중'이라는 말은 이제는 거의 쓰지 않는 용어가 되어버렸지만 지배계층이 아닌 이들과의 정서적 연대는 시적 성취를 가르는 기준이 된다. "셰익스피어의 문학이 위대한 것이 될 수 있었던 결정적인 요인은 그 문학이 한 유기적 공동체에 굳건히 뿌리를 내리고 있었다는 데 있다."(209면) 범박하게 말하면 작가나 작품도 시대의 자식이다. 위대한 시대가 위대한 문학을 낳는다. 물론 그 시대와 문학 사이에는 많은 매개변수들이 작용하지만 작품의 의미를 작가와 시대와 분리해 사유하는 이 시대 비평의 어떤 경향에 일침을 놓는 점에서 의미 있다. 소설의 상황도 마찬가지다. "근대소설의 역사를 되돌아보면, 우리는 민중적인 토대로부터 이탈·절연될 때 번번이 소설이 활력을 잃고 내용이 빈곤해지는 현상"(173면)을 발견한다. 지금의 시점에서 볼 때 이런 진단은 수정을 요구하는 면도 있다. 김종철은 리얼리즘-모더니즘의 해묵은 대립을 전제하면서 리얼리즘의 우월성을 민중적인 토대와의 결합에서 강조한다. 많은 면에서 루카치를 연상시키는 관점이다. 여기서 길게 이 문제를 논할 수는 없다. 두 가지 질문만 제기한다. 첫째, 모더니즘과 같은 리얼리즘 이후의 문예운동이 어떤 점에서 "민중적인 토대로부터 이탈"한 것이라고 평가하는가? 둘째, 모더니즘의 대표자들인 조이스, 카프카 등의 작품이 "활력을 잃고 내용이 빈곤해지는 현상"인가? 더 숙고해야 할 질문들이다.

내가 이 책에서 주목하는 것은 작가와 작품을 평가하는 시각의 문제다. 그것은 현실을 대하는 작가/시인에게도 마찬가지로 관건이 되는 문제다. 동일한 사물도 어떤 시각에서 보느냐에 따라 달라진다. 블레이크가 표현했듯이 "바보들의 눈에는 아침에 떠오르는 태양이 한 닢의 금화로 보이겠지만 상상력의 눈으로 보면 천사들이 합창"(25면)하는 모습으로 다가온다. "아침에 떠오르는 태양이 한 닢의 금화"로 보이는 세계는 블레이크의 시대로부터 몇 십 년 뒤에 맑스가 규명했듯이 "금화" 혹은 자본이 득세하는 사회이고 "인간이 선천적으로 인간의 적이 되는 세계"(53면)이다. 그렇다면 이런 세계에서 문학예술은 무엇을 해야 하는가? "블레이크는 단순한 정치적 변화는 그것이 '신비의 나무'를 척결하지 못한다면, 즉 기성의 억압적 구조와 질적으로 다른 대안을 찾지 못한다면, 또 하나의 전제적 위계질서가 등장할 수밖에 없다는 것을 확실히 보았고, 그것을 어떻게 극복할 것인지 숙고"(75면)했다. 블레이크가 언급한 "신비의 나무"는 "마음이 만들어낸 족쇄"(시 「런던」), 혹은 마음에서 물을 주어 기르는 "독나무"(시 「독나무」)이다. 블레이크가 날카롭게 내다보았듯이 그 이후에 전개된 시대는 시를 포함한 문학예술도 "금화"의 힘과 그 금화가 만들어내는 "신비의 나무"에 굴복한 시대였다. 블레이크 뒤에 등장한 영국 소설가 디킨스는 블레이크가 우려했던 "신비의 나무"의 변형된 예로 공리주의를 주목한다. 디킨스의 작품 『어려운 시절』을 분석하면서 김종철은 모든 것을 수치화, 계량화하는 공리주의가 지닌 문제점을 조목조목 지적한다. 디킨스는 19세기 중엽에 강력한 영향력을 행사한 공리주의가 "인간의 자연스러운 욕구를 무시하고 사람을 기계적이고 비인간적인 틀 속에 가두려고 하는 '추상의 정신'이라고 느꼈기 때문이다".(112면) 이런 지적에서 눈에 보이지 않는 것의 가치는 인정하지 않고 돈으로 환산 가능한 것의 가치만을 인정하는 우리 시대의 물신주의를 발견하기는 어렵지 않다. 디킨스가 "산업주의의 원리를 근본적으로 묻고 있"(92면)으며 그의 작품이 "건강한 민중성"(88면)을 드러내는 것은 사실이다.

공리주의의 대안으로서 디킨스는 건강한 민중적 공동체를 언급한다.『어려운 시절』의 곡마단이 그 예다. 문제는 그런 민중성의 가능성이 지금도 남아 있는가 하는 데 있다. 저자는 "사회주의라는 이름을 빌린 현대적 산업 이데올로기"(195면)를 언급하면서 자본주의의 대안으로서 사회주의를 인정하지 않는다. 그리고 현실에 존재했던, 혹은 존재하는 사회주의가 실상은 변형된 "산업이데올로기"의 구현이라는 걸 드러낸다. 예리한 지적이다. 그렇지만 그가 언급한 건강한 민중성이 지금도 대안일 수 있을까? 이런 물음은 저자가 미국소설가 리처드 라이트를 다루면서 문제제기하는 제3세계 문학론의 문제점과도 연결된다.

제3세계의 예술가들은 자기 사회의 민중을 향해서 이야기하지 않을 수 없고, 또 이를 수행하기 위해서는 그들은 그들 자신의 예술적 충동과 표현 욕구의 보다 근원적인 토대라고 할 수 있는 민중문화의 표현 양식과 그 양식이 갖는 가능성을 진지하게 숙고하지 않을 수 없을 것이다. (274면)

이런 발언이 이 글이 나온 1982년 시점에서는 설득력이 있었을지 모른다. 그러나 지금의 시점에서는 그렇게 보기 어렵다. 여기에는 제3세계 예술가들에 대한 일정한 신비화가 작용했다. 제3세계 예술가라고 자동적으로 "자기 사회의 민중을 향해서 이야기"하거나 "민중문화의 표현 양식과 그 양식이 갖는 가능성을 진지하게 숙고"하는 것은 아니다. 제3세계라고 지구적 자본주의의 힘에서 예외는 아니다. 현 시점에서 저자의 견해가 무엇인지 궁금해지는 대목이다.

내가 이 책에서 인상 깊게 읽은 대목 중 하나는 창조성에 대한 저자의 설명이다. "작가 혹은 예술가의 창조성이란 형식적인 미학적 구조물의 창조물이 아니라 삶의 옹호자로서의 책임감을 표현하는 데 있다는 것을 강조하기 위해서였다."(219면) 특히 영미비평계에서 1920~1950년대에 강력한 영향력을 행사했던 신비평New Criticism의 위세로 인해 한국비평에서는 여전히 작품과 작가를 분리해 사유하는 경향이 강하게 존재한다. 예컨대 졸렬한 삶을 산 시인이라는 존재와 그의 뛰어난(sic!) 작품을 분리해서 평가해야 한다는 견해. 이 문제와 관련해 김종철이 인용하는 소설가 D. H. 로런스의 발언은 주목할 만하다. "삶 이외에 중요한 것은 없다."(219면) 문학을 삶과 분리해 사유하려는 작품물신주의 혹은 문학주의자들에게 해주고 싶은 말이다. 이 말을 문학을 무시하는 것으로 이해한다면? 이렇게 부연해둔다. 삶과 문학 사이에는 많은 매개 mediation가 작용한다. 하지만 여전히 "삶 이외에 중요한 것은 없다". 문학도 더 나은 삶을 사유하고 상상하는 것이 그 존재 이유이다. 들뢰즈라면 더 나은 삶을 잠재적인 것이라고 말할 것이다. 문학은 현실에 잠재된 삶을 드러내고 더 나은 삶을 사유하고 상상한다. 내가 생각하는 훌륭한 문학은 극한적인 삶에서 발생하는 극한적 사유(알튀세르)의 표현이다. 극한적인 삶은 도덕주의를 설파하는 도덕군자의 삶이 아니다. 오히려 도덕주의의 근거를 해체하고 돌파하는 삶이다. 문학은 극한만을 사유한다.

사유의 훈련으로서 비평도 마찬가지다. 당장의 유용성만으로 가치가 평가되는 정보의 시대에 비평은 위기에 처한다. 그런 시대에 비평은 "소수의 이방인들"(166면)이 된다. 비평의 고독이고 소외다. 김종철이 매슈 아놀드나 리비스 같은 비평가를 주목하는 이유도 그런 "소수의 이방인들"이 해야 할 역할이 있기 때문이다. "그러나 비평적 노력 없이는 참다운 창조가 불가능한 한, 어떤 시대에는 비평의 중요성이 모든 다른 것에 우선한다."(155면) 비평적 담대함의 표현이다. 비평이 작품 해설에만 자신의 역할을 한정한다면 "참다운 창조"는 불가능할 것이다. 비평이 대중과 소통해야 한다는 말들을 한다. 그래서 평가나 비판보다 해설이나 칭찬의 비평을 해야 한다는 주장도 나온다. 비평의 엘리트주의를 경계하는 주장으로는 새겨들을 만하다. 그러나 근대비평의 역사에서 비평은 언제나 소수였다. 김수영이 지적했듯이 "혁명도 이 위대한 고독이 없이는 되지 않는다".(204면) 비평은 대중이 듣고 싶어 하는 말을 하는 것이 아니라 대중이 들어야 할 말을 하는 것이다. "삶의 상황을 지적, 정신적으로 가장 깊게 파악하고, 현상을 타개하는 데에 가장 중요한 의미를 갖는, 그 어떤 것과도 바꿀 수 없는 최고의 활동"(191쪽)이 비평이다. 그러므로 비평은 "어떤 종류의 정신적 기율"(197면)을 요구한다. "비록 소수일지라도 지성적이고 책임감 있는 집단이 있어야 한다."(188면) 그렇게 비평은 "지성적이고 책임감 있는 집단"을 길러내는 (고등)교육의 존재를 요구한다.

2

앞에서 삶과 작품을 분리하는 작품물신주의의 폐해를 지적했다. 그와 관련해 문학연구에서 문화적 맥락의 중요성을 강조하는 신역사주의new historicism 혹은 문화적 시학cultural poetics의 개척자인 그린블랫의 지적은 새겨둘 만하다.

> 셰익스피어의 삶을 살펴보고자 하는 충동의 대전제는 그의 연극과 시들을 구성하는 내적 원리가 오직 텍스트상으로 다른 연극과 시들을 통해서뿐 아니라, 육체와 영혼으로 직접 체득하여 알게 된 것을 통해서도 발현되고 있으리라는 설득력 있는 추측에 기인한다.*

한 작가나 시인의 작품을 이해하려면 작품의 "내적 원리"만을 갖고 논해서는 미흡하다. 그 작품도 그 작품을 쓴 작가나 시인이 "육체와 영혼으로 직접 체득하여 알게 된 것을 통해서도 발현"된다. 작품은 진공 상태에서 탄생하지 않는다. 작가의 삶, "육체와 영혼으로 직접 체득하여 알게 된 것"과 작품 창작 사이에는 여러 매개가 작용한다. 그러나 이 점

• • •

* 스티븐 그린블랫, 박소현 역, 『세계를 향한 의지』, 민음사, 2016, 204면. 이하 인용 시 '그린블랫, 면수'로 표기한다.

을 덧붙이자.

> 물론 이 모든 대사들은 각자 특정한 극적 맥락에서 쓰인 것이다. 하지만
> 그것들은 모두 열여덟의 나이에 자신보다 나이가 많은 여자와 서둘러서 결
> 혼식을 올리고, 그러고 나서 그녀를 계속 스트랫퍼드에 남겨 둔 한 사람(셰
> 익스피어―인용자)에 의해 쓰였다. 그가 어떻게 자신의 인생과 실망과 좌
> 절과 외로움을 전혀 염두에 두지 않은 채로 이 대사를 써 내려갈 수 있었겠
> 는가? (그린블랫, 212면)

그린블랫의 통찰은 한국현대시에서 가장 문제적인 시인 중 한 명인 김
수영 읽기에서도 유념해 둘 일이다. 황규관의 『리얼리스트 김수영』은
"인생과 실망과 좌절과 외로움"과 시 쓰기의 길항 관계를 세밀한 시 독
해를 통해 밝히려는 작업이다. 무엇보다 나는 이 책에서 최근 비평에서
는 드물게 발견되는 비평적 결기를 읽었다. 저자의 독해에 모두 동의하
지 않더라도 그 태도는 의미 있다. 제한된 지면에서 나는 황규관이 김
수영 시를 해석하는 구체적 독법의 타당성을 세부적으로 따지지 않겠
다. 다만 저자가 김수영 시를 읽는 관점과 문제의식을 조명하고 싶다.
김수영이 문제적인 시인인 이유는 무엇인가? 저자는 김현승의 평을 인
용한다.

> 보수주의자들에게는 무모한 시인이라 불리었고, 안일을 일삼는 사람들
> 에게는 자못 전투적이라는 지적을 받았고, 소심한 사람들로부터는 심지어

위험하다고까지 오해를 받으면서도 그는 자기의 소신대로 오늘의 한국시에 문제를 던지고 그것들의 해결을 위하여 가장 과감한 시적 행동을 보여주던 투명하고 정직한 시인이었다.[*]

이 평에는 김수영과 연관되는 표현들이 집약적으로 드러난다. 무모함, 전투적, 위험함, 소신, 과감한 시적 행동. 이런 김수영 시의 특징들은 어디서 발원하는가? "오늘날 왜 아직 김수영인가, 하는 문제는 단지 그가 남긴 시적 양식 때문이 아니라 현실을 대하는 그의 존재양태, 태도, 윤리, 투쟁 때문이다."(348면) 이 지적에는 좋은 시의 기준은 무엇인가라는 질문에 대한 저자 나름의 답이 제시된다. 좋은 시는 "시적 양식"이나 기법만의 문제가 아니다. 좋은 시를 규정짓는 관건적 요소는 시인의 "존재 양태, 태도, 윤리, 투쟁"이다.

> 시인이 시대에 대한 의식을 갖지 못하고 자폐적으로 '황홀하는 시간'은 '맥없는 시간'에 다름 아니며, 그것은 그냥 '도피'일 뿐이다. '황홀'을 위한 '도피'이든, '도피'의 결과로서의 '황홀'이든 그것은 그냥 시인의 '양심'을 저버리는 행위이다. (177면)

그런 도피를 피하려면 시인의 삶, 존재 양태, 태도에서 담대함이 필요하다. 당연한 말이지만 이런 태도가 바로 좋은 시를 낳지는 않는다. 시적

• • •

* 황규관, 『리얼리스트 김수영』, 한티재, 2018, 20면. 이하 인용 시, 면수만 표기한다.

운산이 필요하다. 하지만 시적 운산도 단지 시적 "자구에 대한 운산"이 아니라 "힘에 대한 운산"(8면)이다. 김수영 자신도 예술의 본질을 힘에서 찾는다. 산문 「예술 작품에서의 한국인의 애수」의 지적을 보자. "엄격한 의미에서 볼 것 같으면 예술의 본질에는 애수가 있을 수 없다. 진정한 예술 작품은 애수를 넘어선 힘의 세계다'라고 말한 적이 있다."(168면) "힘"을 표나게 강조하는 데서 드러나듯이 저자는 김수영의 시적 운산을 스피노자, 니체, 들뢰즈가 제기한 힘에 대한 사유에 기대어 설명한다. 시 「폭포」 분석이 좋은 예이다. 이 시는 힘의 시이다.

> 「폭포」에서 느낄 수 있는 메시지나 뉘앙스도 '강인성'(「영롱한 목표」)인 것은 우연이 아닐 것이다. 이 시는 청교도적 윤리의식에서는 절대 태어날 수 없는 작품이다. 오로지 넘치는 힘으로 기왕의 것들과 결별할 수 있을 때에만 가능한 작품이다. (165면)

저자는 이 시가 의미하는 "고매한 정신"의 의미를 천착한다. "고매한 정신"은 "곧은 소리"이다.

> 곧은 소리는 소리이다
> 곧은 소리는 곧은
> 소리를 부른다
>
> 번개와 같이 떨어지는 물방울은

취할 순간조차 마음에 주지 않고

나타(懶惰)와 안정을 뒤집어 놓은 듯이

높이도 폭도 없이

떨어진다 (「폭포」 부분)

몇 개의 열쇳말로 이 책의 문제의식을 정리해보자. 첫째, 시인의 삶과
시의 관계. "김수영의 '텐더 포인트'가 해방공간의 혼란기에 의해 생겼
다는 사실이다. 김수영의 작품을 구체적인 현실, 또는 정치적 상황과 떼
어서 살피는 일은 불가능하다"(45면)고 저자는 지적하면서 시인의 삶과
시의 내적 관계를 규명하려 한다. 예컨대 김수영의 1950년대 작품에 대
한 해석이 그렇다.

　왜냐하면 1950년대는 전쟁을 겪은 김수영이 자신의 길을 치열하게 탐색하
　는 시기였고 따라서 내면이 상당히 복잡했기 때문이다. 뭔가를 모색한다는
　것은 여러 가지 층위와 맥락을 함께 사유하면서 오솔길의 입구를 더듬는 고
　통스러운 과정이다. (…중략…) 왜냐하면 김수영에게 '6·25전쟁이나 전후의
　피폐한 현실'은 '시적 제재'가 아니라 그의 삶 자체였기 때문이다. (93면)

앙상한 비평 이론에 기대어 시와 시인의 삶을 분리하고 시의 내재적 분
석에 안주하는 태도를 저자는 비판한다.

　둘째, 시와 지성과 생활. 김수영이 지적했듯이 "시의 모더니티란
외부로부터 부과하는 감각이 아니라 내면에서 우러나오는 지성의 화

염"(산문 「모더니티의 문제」)이다. 한국 현대시사의 문제점은 김수영의 이 말을 깊이 숙고하지 못한 데서 나온다. 그래서 시는 단지 감각의 문제로 축소되거나 생활과 유리된 추상적 이념의 문제가 되어버린다. 김수영 시 「공자의 생활난」은 그 점을 지적한다. "동무여 이제 나는 바로 보마 / 사물과 사물의 생리와 / 사물의 수량과 한도와 / 사물의 우매와 사물의 명석성을 / 그리고 나는 죽을 것이다"(30면) 여기서 "사물을 바로보기는 김수영에게 주어진 첫 번째 시인의 사명"(33면)이며 바로보기는 지성의 문제다. 그리고 지성은 생활하고 노동하는 존재만이 사유하는 것이지 박제화된 관념의 놀이가 아니다. 김수영은 생활의 시인이었다. 저자가 되풀이 강조하는 지점이다. 시인의 염결성과 순수성을 말하는 비평이 있다. 언뜻 보기에 김수영은 그런 시인으로 보인다. "김수영은 자기를 옭죄는 소시민적 중력과 평생 육박전을 벌인 시인"(43면)이다. 그러나 피상적인 독법이다. 김수영 시의 힘은 자신의 생활에서 드러나는 태도, 즉 인간이기에 피치 못하게 지니는 생활의 얼룩을 없는 것처럼 위장하지 않고 그것을 직시하고 그 자체를 사유의 대상으로 삼았다는 것이다. "사람들이여 / 차라리 숙련이 없는 영혼이 되어 / 씨를 뿌리고 밭을 갈고 가래질을 하고 고물개질을 하자"(시 「여름 아침」) 김수영이 추구한 것은 일, 노동, 생활이 서로 공명하는 시, "나의 검게 타야 할 정신"(시 「여름 아침」)을 추구하는 시였다. 그런 정신은 창백한 관념의 시와는 거리가 멀다.

정신분석학이 밝혔듯이 어떤 점에서 인간은 모두 겉과 속이 다른 위선자다. 사회적 존재로서 인간의 숙명이다. 차이는 그 위선을 바라보는 태도에서 발생한다. 시적 염결성이나 정직성은 이런 태도를 가리키는 표현이다. "왜냐하면 그의 시는 현실로부터 받은 모욕과 수치와 설움을 철저하게 밀어붙이는 '온몸' 그 자체였기 때문이다."(97면) 여기서 "밀어붙이는 온몸"은 현실과 분리된 시적 자아를 인정하지 않는 태도이다. 김수영은 한국현대시에서 드물게 부정적인 의미에서의 관조적 태도를 경계한 시인이다. 맑스가 갈파했듯이 인간 실천의 산물인 대상(세계와 현실)과 분리된 주체는 없다는 것. 관조적 태도에서 부정적인 의미의 시적 고고함이나 우아함이 나온다. 그런 고고함이나 우아함은 "나는 결코 울어야 할 사람은 아니며 / 영원히 나 자신을 고쳐 가야 할 운명과 사명에 놓여 있는 이 밤에"(시 「달나라의 장난」)라고 적는 시인과는 거리가 멀다. "혁명적 존재가 되는 일은 창조와 생성을 그치지 않는 일이다. (…중략…) 현실은 김수영에게 치욕을 강요했다. 하지만 그는 그 치욕을 피하지 않으면서 그 치욕을 넘어서려 했다."(189면) 그래서 1962년에 쓴 시 「절망」에서 김수영은 자신의 자화상을 그리며 "나날이 새로워지는 괴기한 인물"(243면)이라고 적었다. 다시 말해 나날이 자기를 파괴하고 생성하는 사유의 모험을 감행하지 않는다면 좋은 시인이 될 수 없다. 그런데 사유의 모험은 초월주의나 달관주의와는 거리가 멀다.

김수영의 시를 초월주의로 해석하는 것은 김수영을 거꾸로 읽는 일이다. 여기서(시 「구라중화」—인용자) '부끄러움을 모르'고 '누구의 것도 아닌 꽃들'은 현실에 대한 초월주의가 아니다. 다시 말하면 '물도 아니며 꽃도 아닌 꽃'이라는 것은 기왕의 규정과 관계로부터 자유로워진 새로움을 의미하지만, 김수영이 참담한 현실을 회피하고 이른바 '진정한 시'를 구하고 있다는 시각은 김수영의 전체 시세계와도 어울리지 않는다. (82면)

황규관의 독법에서 김수영은 철저한 내재성의 시인으로 탄생한다. 나는 그런 독법에 공감한다. 이 책은 김수영을 다시 읽으며 좋은 시의 기준을 모색한다. 좋은 시는 산문적 인식과는 다른 시적 인식을 담은 시이다. 그리고 "시적 인식이란 새로운 진실(즉 새로운 리얼리티)의 발견이며 사물을 보는 새로운 눈과 각도의 발견"(산문 「시적 인식과 새로움」)이지 시적 양식의 문제가 아니다. 김수영 시가 "복사씨와 살구씨와 곶감씨의 아름다운 단단함"(시 「사랑의 변주곡」)을 지닌 이유다. 그런 단단함을 지녔기에 김수영이 탐구한 온몸을 던지는 시는 현대의 고전이 되었다. 그리고 저자의 지적대로 김수영이 열어놓은 지평을 넘어서기는커녕 그를 제대로 이해조차 하지 못한 데 한국현대시의 비극이 있다. 좋은 비평은 그 비평이 다루는 작품과 작가·시인을 찾아 읽게 만든다. 이 책은 그런 책이다. 김수영이 쓴 "아름다운 단단함"을 지닌 시를 다시 찾아 읽고 싶어진다. (2019)

견인주의자들의
세계

최은영 『내게 무해한 사람』과 황정은 『디디의 우산』

정신분석학자 라캉의 실재the Real 개념은 난해하다. 난해성을 무릅쓰고 단순화해서 말하면 실재는 언어 혹은 상징계the Symbolic의 한계를 드러내기 위해 채택된 개념이다. 예를 들어보자. 왜 문학에서 사랑과 죽음은 그렇게 되풀이해서 다뤄지는가? 아무리 반복해서 사랑과 죽음의 의미를 언어로 표현해도 미처 담지 못하는 무엇인가가 사랑과 죽음이라는 실재계에 남아 있기 때문이다. 상징은 실재를 붙잡으려 그물을 던지지만 그 그물은 결코 실재라는 바다를 모두 담을 수 없다. 그것이 실재의 잉여물the residue이다. 실재의 잉여가 곧 언어의 한계다. 그래서 문학 예술은 되풀이해서 사랑은 무엇인가, 죽음은 무엇인가를 묻는다. 아무리 물어도 무엇인가 답해지지 않은 것이 남아 있다는 갈증이 있다. 이 갈증이 문예 이론에서는 재현의 한계에 대한 물음으로 이어진다. 모든 문학이 사랑과 죽음을 다룬다면, 어떤 기준으로 좋은 문학과 그렇지 않은 문학을 나눌 수 있는가? 사랑에 대해서만 말해보자. 세상에 수많은 사랑이 있다면, 그것을 다룬 수많은 사랑 이야기, 사랑의 서사가 있을 수밖에 없다. 그렇다면 그런 사랑의 서사들 사이에 우열이 가능할까? 사랑이라는 실재를 문학은 어떻게 접근해야 할까? 이 질문이 최은영과 황정은을 읽으면서 묻게 되는 핵심적 질문이다.

1. 최은영, 『내게 무해한 사람』

너무 많이 반복되기에 사랑의 이야기는 진부하고 상투적이 되기 쉽다. 우리는 이미 사랑에 대해 다 알고 있다고 믿는다. 이런 오만함은 뜨거운 사랑의 경험이 발생하는 시기, 즉 이 소설집이 다루는 10~30대를 이미 지나 온 독자에게서 종종 발견된다. 그런데 제인 오스틴Jane Austen의 소설이 대표적으로 보여주듯이 좋은 소설은 '이미 사랑에 대해 알만큼 안다'는 식의 오만함에 일격을 가한다. 반복되는 사랑의 이야기들 속에서 차이나는 사랑의 면모를 드러낸다. 들뢰즈라면 그걸 사랑이라는 '반복의 차이' 혹은 '차이의 반복'이라고 말했을 것이다.

모두 7편의 작품이 실린 이 소설집에서 작품들은 고른 수준을 유지한다. 모두 사랑 혹은 우정의 의미를 묻는다. 내가 굳이 '묻는다'라는 표현을 쓴 이유는 좋은 문학이 그렇듯이 이 소설들이 사랑의 의미에 대한 답을 제시하지 않기 때문이다. 다만 묻고 또 물을 뿐이다. 물음을 그치는 순간 손쉬운 단정이 발생한다. 작가는 그 점을 경계한다.

나는 이 이야기를 모래와 공무에게 하지 않았다. 그의 죽음을 이야깃거리로 삼고 싶지 않아서였다. 선배의 억울함을 알리기 위해서든, 내 마음을 위로받고 싶은 이기적인 이유에서든 선배의 죽음을 이야기로 삼는 순간 그의 고통은 그저 마음을 자극하는 동정거리가 될 것이라고 생각했다. 누구도 동정 받는 걸 원하지 않는다. 선배의 삶이 그저 가여움으로, 억울함으로 결론지어 지고 그의 이름이 그저 학대받은 피해자로 대체될 수는 없었다.[*]

최은영 소설의 특징은 인용한 대목에서도 표현되는 각 인물이 지닌 정서의 섬세함과 동시에 그 정서를 대하는 단호함을 독특하게 결합하는 데서 나타난다. 그런 어긋나는 사랑의 결합은 이 작품이 주로 다루는 불꽃같은 세대의 특징이다. 정념이 뜨거운 만큼 그 정념은 사랑의 실재를 가리기 쉽다. 최은영 소설의 인물들은 그 정념이 사랑이든, 우정이든 그 관계에서 생기는 복잡한 양상들의 전개에 민감하다. 인물들은 그들의 예민함 때문에 종종 고통받는다. 최은영 소설이 발생시키는 독특한 정념은 인물들이 보이는 예민한 반응의 결과가 어느 선에 이르는 순간과 그때 보이는 단호한 결정을 묘사할 때 특히 힘을 지닌다. "누구도 동정 받길 원하지 않는다"라는 말이 독자의 마음에 다가오는 이유는 그런 단호함이 감정의 동요와 파동 속에서 얼마나 어렵게 정리되는지를 작품이 보여주기 때문이다.

　　나는 「그 여름」, 「모래로 지은 집」, 「아치다에서」를 특히 흥미 있게 읽었다. 부끄럽게도 이제는 웬만한 세상일에 무감해진 평론가이지만 이 작품들의 어떤 대목을 읽으면서는 마음이 뭉클했다. 비평에서

• • •

[*]　최은영, 「모래로 지은 집」, 『내게 무해한 사람』, 창비, 2018, 135면. 이하 인용 시, 면수만 표기한다.

뭉클함이나 감동 같은 정서적 표현은 종종 촌스러운 것으로 간주되지만 때로는 그렇게 말할 수밖에 없는 경우도 있다. 최근 한국소설 동향을 보면 동성애 문제를 정면으로 다룬 작품들이 나온다. 최은영과 황정은도 그런 시도를 한다. 최은영의 「그 여름」과 「고백」이 그런 작품이다. 그런데 이들 작품이 주는 감흥은 이들이 동성애라는 아직은 한국사회에서 낯선 주제를 다뤘다는 소재주의에서 나온 것이 아니다. 어떤 작가들은 동성애자들의 세계를 감각적으로, 혹은 선정적으로 다루는 데서 자신의 입지를 개척한다. 최은영은 다르다. 작가의 관심은 동성애라는 낯선 기호를 대하는 사람들의 태도와 관계에 놓인다. 여기서도 해묵은 쟁점인 다른 것의 재현의 문제가 제기되지만 작가는 재현의 (불)가능성에 대해 원론적일 만큼 공허한 질문에는 관심이 없다. 어쨌든 문학에서 사유는 인물들의 감각으로 표현되어야 하기 때문이다. 「고백」에서 "열여덟 번째 생일날"(196면) 진희는 친구들인 주나와 미주만은 자신을 이해해 주리라 믿고 성적 정체성을 고백한다.("난 레즈비언이야, 애들아", 197면) 하지만 "눈빛으로 주나가 진희에게 했던 말보다 더 가혹한 말"(207면)을 아마도 미주가 했기에 진희는 자살하고 만다. 그런데 이 작품은 그 이야기를 직접적으로 미주가 서술자로서 하는 것이 아니라 그 이야기를 미주의 오래전 애인이자 "수사"인 종은이 전하는 형식을 취한다. 1인칭 화자 종은은 주나 - 미주 - 진희의 관계가 지녔던 진실을 알 수는 없다. 종은은 미주의 말을 듣고 전할 뿐이다. 그리고 판단할 뿐이다. 그런데 그 판단은 어쩌면 이런 이야기를 읽는 독자들에게 더 많은 섬세함과 주의 깊음을 요구한다. 우리가 좋은 소설을 읽는 이유도 거기 있다. 사람들의 관계에서, 그 관계가 만들어내는 세상사에서 좀 더 섬세하고 주의 깊은 존재가 되기 위해 소설을 읽는다.

우리는 남은 차를 마저 마시고 가방을 든다. 구원이니 벌이니 천국이니, 하물며 사랑이니 하는 이야기는 더는 입에 올리지 않은 채로. 우리는 문을 열고 밖으로 나간다. 각자의 우산을 쓰고 작별인사를 나누고 뒤돌아 걸어간다. 그렇게 걸어간다. (209면)

작품의 결말인 인용문의 마지막 문장은 이 소설집의 인물들이 과거의 가슴 아팠던 사건들을 되돌아보면서 마음의 매듭을 짓는 단호함을 보여준다. 그런데 그 단호함이 의지의 단호함이 아니라 마음 깊은 곳의 공허함과 허전함을 통과한 뒤에 나온 것이기에 울림이 크다. 그림이나 영화의 이미지가 아니라 글과 문장으로 그렇게 하는 것은 쉽지 않기 때문이다.

마지막 작품 「아치디에서」는 최은영 소설의 미덕을 집약한다. 두 사람이 있다. "스물다섯에 내가 좋아했던 사람"(239면)인 일레인을 찾아 무작정 브라질에서 아일랜드로 찾아온 화자인 랄도. 한국에서 간호사로 일하다가 자신이 환자들을 대하는 태도에 염증을 느껴 아일랜드로 온 한국 여성 하민. 소설은 랄도가 1인칭 화자로서 자신과 하민이 맺은 관계와 헤어짐의 이야기를 서술한다. 최근 한국소설에서 한국이 아닌 외국을 배경으로 외국인들의 이야기, 혹은 한국인과 외국인의 관계를 다룬 작품이 나온다. 그런데 많은 경우 그런 작품에서 외국의 풍경과 지명들은 일종의 이국주의exoticism의 느낌을 전해주는 장치로만 소비된다. 그런 풍경에서 인물들은 구체적인 생활의 표지 없이 부유한다. 이 단편은 다르다. 두 주인공 랄도와 하민은 각자의 생활이 있다. 작가는 생활의 감각을 전달한다. 랄도가 브라질을 떠나 아일랜드에 온 이유, 돌아갈 수 있음에도 불구하고 돌아갈 수 없는 이유, 하민이 한국을 떠나 아일랜드 온 이유를 화자인 랄도의 내면을 통해, 그리고 랄도와 하민이 나누는 대화를 통해 설득력 있게 전한다. 그런데 그 묘사가 그들의 구체적인 삶과 밀착해 있다는 느낌을 준다. 그리고 각자가 나누는 생활적 감각의 차이가 그들의 관계가 더 깊어지고 결별을 낳는 이유로 작동한다. 랄도는 "대학에서 영어교육과를 다녔"지만 졸업도 못하고 중퇴한다. 그 뒤에 특별히 하는 일 없이 "스물여섯 대학 중퇴생"으로서 "엄마와 함께 살고 있었다".(243면) 그런데 랄도가 왜 그렇게 무기력하거나 혹은 남들이 보기에는 게으른 상태에 처하게 되었는지를 본인도 정확히 모른다. 그것이 본인에게도 모호하기에 더 실감을 준다. 랄도가 느꼈던 막막한 무기력감의 원인이 무엇인지를 랄도 자신도 명쾌히 설명하지 않는다. 정확히 말하면 못 한다. 그리고 그 무기력감은 남들에게는 "한심하게 사는" 모습으로 비춰졌을 것이다. 작가가 이 소설집에서 천착하는 사람들 사이의 이해와 소통의 (불)가능성에 대한 고민을 드러내는 묘사다. 이 묘사에는 최은영 소설의 인물들이 지닌 공통점이 나타난다.

황정은 소설의 인물들도 다른 방식으로 공유하는 지점인데, 그것은 일종의 견인주의다. 삶이 주는 고통과 남들의 몰이해와 오해를 묵묵히 참고 버티는 것. 그래서 랄도도 징징대지 않는다. 그가 하민과 공유하는 지점도 이 점이다. 하민은 랄도보다 더 강한 견인주의자다. 하민은 "아일랜드로 온 지 일 년쯤" 되었고 "처음에는 영어도 배우고, 야채 가게에서 일하다가 지금은 마구간"(253면)에서 일한다. 이 단편은 1인칭 시점에서 화자 '나', 즉 랄도가 하민의 삶에 대해 알아가는 과정, 특히 하민이 한국을 떠난 이유를 알아가는 미스터리 구성을 따른다. 왜 하민은 늘 "적개심이 어린" 표정을 짓는가? 왜 화난 것처럼 보일까? 한국에서 간호사로 일하면서 그녀가 했던 일을 랄도에게 털어놓는 장면 (271~273면)은 자신의 "실수"를 용서할 수 없었던 한 예민한 영혼의 과거를 드러낸다. 랄도는 조심스럽게 하민의 삶의 내력을 살핀다.

　　최은영 소설의 인물들은 대체로 착하고 순하고 여리다. 최은영은 이 소설집에서 자신이 하려고 한 것을 달성한다. 무해한 사람들의 세계를 그리는 것. 그 세계에서 독자는 따뜻한 위로를 얻는다. 그 무해한 세계가 독자들이 작품 밖 현실에서 마주치는 악인들과 대조를 이룬다. 하지만 여기서 따뜻함이라는 말은 뒤에 살펴볼 황정은 소설과 상대적으로 비교해서만 그렇다. 황정은 소설에 비해서는 따뜻한 견인주의지만 그렇다고 최은영 소설의 인물들이 보여주는 견인주의가 단지 따뜻한 것만은 아니다. 그들은 자신들이 겪었던 젊은 시절의 사랑과 우정의 경험을 통해 무엇인가를 깨닫는다. 매우 냉철하게, 그리고 삶의 허무함을 깊이 느끼면서. 예컨대 「그 여름」에서 수이와의 지나간 사랑을 아프게 돌아보며 적는 이경의 이런 회상을 보자.

　　그곳에는 '김이경', 그렇게 자신을 부르고 어색하게 서 있던 수이가, 강물을 바라보며 감탄한 듯, 두려운 듯 '이상해'라고 말하던 수이가, 그런 수이를 골똘히 바라보던 어린 자신이 있었다. 이경은 입을 벌려 작은 목소리로 수이의 이름을 불러보았다. 강물은 소리 없이 천천히 흘러갔다. 날갯죽지가 길쭉한 회색 새 한 마리가 강물에 바짝 붙어 날아가고 있었다. 이경은 그 새의 이름을 알았다. (60면)

3인칭 서술시점처럼 보이지만 인용된 묘사는 초점 화자로서 이경의 내면을 전달한다. "소리 없이 천천히 흘러가는" 강물과 그 강물에 붙어 날아가는 "회색 새"는 자신의 고통과는 상관없이 흘러가는 삶의 흐름을 알려준다. 그 흐름을 느끼게 되었다는 점에, "그 새의 이름을 알았다"는 점에 이경이 수이와 겪었던 사랑의 고통과 상처가 가져다 준 깨달음이 연결된다. 「아치다에서」도 비슷한 견인주의가 발견된다. 랄도와 하민은 결국 헤어진다. 그런데 그 헤어짐은 여느 연애소설의 이별과는 다르다. 하민은 연락처를 알려달라는 랄도의 말에 "그냥 이렇게 하자"라고 말하고 "넌 네 삶을 살 거야"(298면)라며 헤어진다. 어떤 감상주의나 징징거림도 없다. 이런 단단한 견인주의에서 작품의 결말이 주는 힘이 생긴다. 하민과의 만남이 랄도의 내면을 더 강하게 만들었다.

이 소설집의 제목이 '내게 무해한 사람'이라는 것은 이중적이다. 그것은 한편으로는 그런 사람들이 맺는 여리고 무해한 관계에서 오는 안온함과 따뜻한 위로를 준다. 독자로서 나도 그런 위안을 받았다. 그리고 그 위안이 징징대는 감상주의나 독자의 감정을 자극하는 기법이 아닌 견인주의적 태도에서 나오기에 더 인상적이다. 각박해지는 인간 관계가 지배하는 현실에서 이 작품이 갖는 매력이 거기 있을 것이고 상당한 대중적 호응을 얻은 이유일 것이다. 그러나 동시에 뻐딱한 비평가로서 나는 그 착하고 여림, 무해한 사람들의 세계가 다소 불편하다. 나는 작가가 하려고 하지 않은 것을 왜 하지 않았냐고 비난하는 게 아니다. 비평의 기본은 작가가 하려고 한 것을 일단 존중하고 그 의도한 것을 작가가 얼마나 잘했는가를 살피는 데 있다. 다시 말하지만 나는 "무해한 사람들"의 이야기를 다룬 최은영 소설이 소중하다고 생각한다. 최근에 이 정도의 울림을 주는 소설을 읽은 적이 없다. 그러나 이후 더 발전해갈 작가로서 그의 작품세계가 그 무해한 사람들의 세계를 위협하는 악의 세계를 다루는 폭과 깊이를 얻기를 기대한다.

2. 황정은 『디디의 우산』

군이 비교하자면 최은영의 소설이 따뜻한 견인주의자의 세계를 제시한다면, 황정은은 상대적으로 더 냉철하고 서늘한 견인주의자의 세계를 그린다. 그들이 그리는 상이한 견인주의에서 독자는 세계를 견디는 힘이 어디에서 오는가를 감각한다. 『디디의 우산』(이하 『디디』)도 그렇다. 두 편의 중편을 묶은 이 소설집은 일종의 '동성애 코드'를 공유한다. 흥미로운 건 최근 많이 나오는 동성애를 다룬 작품들과는 달리 동성애 자체를 작품의 주요 쟁점으로 삼지 않는다는 점이다. 첫 번째 중편 「d」는 특히 그렇다. 일단 주요 등장인물의 이름이 눈길을 끈다. 디d, 디디dd, 여소녀 등. 작품을 읽다보면 디와 디디의 성별이 명확히 파악이

안 되고 그들이 맺는 관계가 이성애인지 동성애인지도 분명하게 제시되지 않는다. "dd의 형제인 곽정은"(83면)이라는 표현을 보면 디디는 남성이고, 디와 디디는 동성애 관계이다. 그런데 작가는 그 관계가 어떤 특별한 의미가 없는 것처럼 무심하게 서술한다. 그 무심함이 눈에 들어왔다. 사랑의 관계에서 성적 취향이 무슨 문제가 되느냐는 듯이 서술하는 태도. 어떤 면에서 황정은은 인물들의 성적 정체성을 이름에서부터 의도적으로 흐리게 만든다. 디디의 형제인 곽정은도 남성, 여성 모두 사용 가능한 이름이고 작품의 주요 인물인 여소녀도 그렇다.

　디와 디디의 사랑을 다루는 어조는 통상적인 연애소설과 다르다. 디, 디디라는 이름부터가 둘이자 하나인 어떤 관계와 연대를 가리킨다.

　　dd를 만나 이후로는 dd가 d의 신성한 것이 되었다. dd는 d에게 계속되어야 하는 말, 처음 만난 상태 그대로, 온전해야 하는 몸이었다. d는 dd를 만나 자신의 노동이 신성해질 수 있다는 것을 알았다. 사랑을 가진 인간이 아름다울 수 있으며, 누군가를 혹은 무언가를 아름답다고 여길 수 있는 마음으로도 인간은 서글퍼지고, 행복해질 수 있다는 것을 알았다.[*]

황정은 소설에서는 감상적 묘사나 대화는 찾기 힘들다. 어조는 건조하고 담담하다. 그렇게 사랑과 노동이 연결된다. 사랑하는 이는 "온전해야 하는 몸"이다. 이것은 명백히 서술자의 시점이 아니라 디의 시점이

• • •

[*]　황정은, 『디디의 우산』, 창비, 2019, 18면. 이하 인용 시, 면수만 표기한다.

다. 그런데 작가는 디디의 어이없는 죽음을 대하는 디의 마음을 감상적으로 전달하지 않는다. 그것은 차라리 거의 사실fact의 전달에 가깝다. 툭툭 끊어지는 문장은 운명을 대하는 견인주의의 태도를 표현한다. 그런데 그런 묘사가 더 강한 정념을 표현한다. "내동댕이쳐졌지. 그 많은 사람이 타고 있던 버스에서. 정교하고도 무자비한 핀셋이 집어 내던진 것처럼 오로지 dd만, dd만 바깥으로. 충돌의 결과, 우리가 매일 오가는 딱딱한 도로 위로."(23면) 황정은 소설에서는 대화보다는 묘사가 많다. 그 묘사는 초점 화자인 주인공의 내면세계를 그 화자가 직접적으로 서술하는 에세이 형식을 취한다. 황정은 소설의 인물들은 무엇인가를 묻고 탐구하고 따진다. 그것은 독특한 감각적 지성의 서사다. 디디의 어이없는 죽음 이후 디가 느끼는 "환멸과 혐오"(47면)는 깊지만 디는 그런 정념을 직접적으로 표현하지 않는다. 디는 속으로 그 정념을 삭이고 또 삭인다. 그런 디가 다른 이들과 교감하는 것은 어렵다. 그게 왜 어려운지를 설명하지 않고 보여준다. 예컨대 디의 이야기에 병치되는 집주인 김귀자의 이야기(27~31면)는 그 자체로 생생한 묘사지만 그녀와 디는 교감하지 못한다. 섣부른 소통의 경계를 "벽"의 이미지로 제시한다.

어떤 평자들은 황정은 소설이 서정적이라 평하지만 내가 보기에 오독이다. "벽의 그물을 바라보는 d의 얼굴"(33면)은 필요 없는 것들을 배제한 건조한 추상화에 가깝다. 황정은의 문장에 필요 없는 수식어가 없는 이유다. 이런 디와 디디의 이야기에 "1946년에 여덟 남매의 장남으로 태어"(49면)난 여소녀의 이야기가 병치된다. 그는 소녀라는 이름 때문에 "동급생들이나 선배와 상대하며 맷집을 키운" 남자다. 그는 세운상가에서 오디오를 수리한다. 작가는 왜 남성 인물들에게 이런 이름을 부여한 걸까? 틀 지워진 성적 규범에 무심하기 때문일 것이다. 부인하거나 저항한다기보다는 무심한 태도다. 여소녀도 디나 디디처럼 세상에서 내쳐진 존재, 혹은 잊힌 존재다. "내내 고장 난 기계 속을 들여다보고 있다가 문득 고개를 들고 보니 그의 수리실은 세상 적막한 곳에 당도해 있었다. 인기척 없는 황무지 기슭에."(54면) 여소녀에게 세상은 적막하고 황무지 같은 곳이다. 그런데 흥미로운 것은 그런 세계가 그의 수리실을 둘러싸고 있지 않고 그의 수리실이 그런 적막한 곳에 "당도"했다는 것이다. 수동적이지 않고 능동적이다. 그렇다면 다시 그 세계를 떠나거나 벗어날 수 있다는 뜻이다. 이런 황무지의 세계가 디디를 죽인다. 그곳에 사는 이들은 "매트리스를 짓누를 때 말고는 존재감도 무게도 없어 무해한 그들, 내 이웃. 유령적이고도 관념적인 그 존재들은 드디어 물리적 존재가 되었다. 사악한 이웃의 벽을 두들기는 인간으로".(91쪽) 물리적 존재가 되어야 비로소 인간이 되지만 그때 그 존재들은 기껏 조용히 하라고 "사악한 이웃"의 벽을 두들기는 인간이다. 물리적 존재로서 인간들의 소통은 어렵다.

이런 감각의 공통점을 지닌 여소녀와 디가 만난다. 둘은 거의 대화하지 않는다. 그의 소설에는 묘사와 구분되는 대화 따옴표도 없다. 역시 황정은 소설의 특징이다. 그런데도 둘 사이에는 점차 정서의 교감이 발생한다. 하지만 여소녀와 "세계의 기운"(95면)을 이해하지 못하는 세상의 관리자들 사이에는 벽이 있다.

세운상가 활성화 종합계획이 발표되었다는 내용이었다. 본문에 다섯 차례나 언급된 재생이라는 말이 여소녀에게는 마음에 걸렸다. 무엇을 재생한다고? 왜? 여소녀는 그것이 궁금했는데, 계획자들도 그것을 자신만큼 궁금하게 여길지 다시 궁금했다. (94면)

세상의 "계획자"들에 대한 작가의 태도는 일관된다. 그런 벽의 이미지는 세월호 1주기를 맞아 광장을 막은 차벽들로 이어진다. 벽과 혁명의 관계를 다루면서 작가는 "금방이라도 세계가 망할 것처럼 이야기"(134면)하는 한때의 혁명가였던 박조배를 등장시킨다. 그러나 디는 다르게 생각한다. "왜 망해. 내내 이어질 것이다. 더는 아름답지 않고 솔직하지도 않은 삶이, 거기엔 망함조차 없고… 그냥 다만 적나라한 채 이어질 뿐."(134면) 여기에는 섣불리 절망하지도 않지만 섣불리 희망하지도 않는 견인주의자로서 작가의 현실관이 깔려 있다. 디는 세월호의 죽음을 겪은 이들과 쉽게 동일시하지 않는다. 연민과 동정은 그렇게 쉽게 가능하지 않다.

그들과 d에게는 같은 것이 거의 없었다. 다른 장소, 다른 삶, 다른 죽음을 겪은 사람들. 그들은 애인을 잃었고 나도 애인을 잃었다. 그들이 싸우고 있다는 것을 d는 생각했다. 그 사람들은 무엇에 저항하고 있나. 하찮음에 하찮음에. (144면)

어떤 "하찮음"에 저항하는 걸까? 애매하다. 그런데 이 문장 뒤에 다소 이해하기 힘든 두 문장이 이어진다. "나의 사랑하는 사람은 왜 함께 오지 않았나. 나의 오디오가 이제 좀 특별해졌느냐고 여소녀는 물었다." 사람도 물건도 그것을 사랑하는 사람에게는 오직 하나뿐이다. "세상에 그거 한 대뿐이니까."(145면) 부가적 설명 없이 "나의 사랑하는 사람"과 "나의 오디오"가 병치된다. 누군가가, 무엇인가가 특별해진다는 것은 그것을 만지면서 고통을 느끼는 것이다. 정념은 뜨거운 것이다. "그것이 무척 뜨거우니 조심을 하라고."(145면) 그런 뜨거운 감각에서 세상을 바꾸는 미세한 힘들이 발생할 것이다.

두 번째 중편 「아무것도 말할 필요가 없다」에 대해선 짧게 적는다. 내 생각에 이 작품은 「d」보다 수작이 아니다. 동성애 커플인 95학번 서수경과 재수해서 96학번인 1인칭 화자 '나'가 맺은 관계의 역사가 기둥 줄거리를 이룬다. 거기에 한국현대사의 여러 사건들이 직접 언급되면서 배경을 이룬다. 그와 관련된 다양한 문헌들이 인용된다. 그러나 그런 자료의 제시가 많다고 해서 이 작품이 더 리얼하다는 느낌은 안 들었다. 작품이 표현하는 현실성은 그렇게 획득되지 않는다. 이 작품은 여전히 사회적으로 무시되거나 비틀린 시선을 받는 동거하는 여성들의 사랑에 대해 묻는다. "우리가 무슨 관계인가."(260면) 그런데 이 관계를 깊이 사유하지 않고 벌어지는 외부의 사건들에 대한 화자의 반응을 파편적으로 묘사하는 데 초점을 둔다. 황정은 소설의 독특성은 인물들이 맺는 관계에서 발생하는 팽팽한 긴장을, 그런 긴장에 대해 냉정하게 대응하고 반응하고 감각하는 인물의 독특한 사유와 행동을 그리는 것이다. 한마디로 "사유의 무능"(265면)을 탐구하는 것이다. 그러나 이 작품에서는 그런 인물의 제시나 사유의 탐구가 미흡하다. 화자 '나'와 서수경의 관계와 그 관계를 대하는 사람들의 태도를 중심으로 "우리가 무조건 하나라는 거대하고도 괴로운 착각"(306면)을 더 깊이 파고들고 사유했어야 하지 않을까. "거대하고도 괴로운 착각"의 양상을 구체적으로 다룬 작품을 앞으로 기대한다. (2019)

시와
감각적 지성

김해자『해자네 점집』, 이종형『꽃보다 먼저 다녀간 이름들』, 쉼보르스카『충분하다』

1

시집을 찾아 읽은 지가 꽤 오래되었다. 그렇게 된 이유를 적는 것만
으로도 이 문학평을 채울 수도 있을 것이다. 시 전공자가 아니면 시에 대
해 뭐라고 말하기 힘들어지는 비평의 칸막이 현상이 심해진 상황에서 조
심스러움을 접어두고 시에 대해 생각을 궁글려 보기로 한 이유는 얼마 전
부터 좋은 시 혹은 시의 아름다움에 대한 나름의 고민을 갖고 있기 때문이
다. 작품물신주의를 내세우는 신비평을 제외하고는 시의 아름다움을 시
어詩語의 아름다움으로 환원할 수 없다. 오래전 어느 출판사의 시인 총서
간행사의 한 구절이 기억에 남는다.

시를 이해한다는 것은 한 사회의 이념과 풍속 그리고 그것을 표현할 수 있
는 힘을 개인의 창조물 속에서 이해하는 것을 뜻한다. 한국사회의 구조적 모
순과 갈등을 이해하는 것이 지식인들의 중요한 작업이 되어 있는 오늘날, 시
인들의 창조적 자기 표출을 예리하게 감득하지 못하는 한, 그것도 한낱 도로

에 그칠 가능성을 갖는다. 시인의 직관은 논객의 논리를 뛰어넘는 어떤 것을 그 작품 속에 표출하기 때문이다.

예컨대 블레이크의 이런 시.

나는 방황한다, 특권을 받은 거리들을
허가받은 템즈 강이 흐르는 근처에 있는,
그리고 내가 만나는 사람들의 얼굴에서
약함의 자국과 비애의 흔적을 본다.

모든 사람들의 모든 울부짖음에서,
모든 아기들의 두려움의 울음 속에서,
모든 목소리에서, 모든 금지에서,
나는 마음이 만들어낸 족쇄 소리를 듣는다.

어떻게 굴뚝 청소하는 아이의 울음소리가
모든 어두워져가는 교회를 오싹하게 하고
어떻게 불행한 병사의 한숨이
피가 되어 궁정의 벽 위를 흐르는가.

그러나 무엇보다도 한밤중 거리에서 나는 듣는다
어떻게 젊은 창녀의 저주가

갓 태어난 아이의 눈물을 마르게 하고

결혼 장례차를 전염병으로 시들게 하는가를 (윌리엄 블레이크, 「런던」 전문)

시가 어떻게 "한 사회의 이념과 풍속 그리고 그것을 표현할 수 있는 힘"을 지닐 수 있는가를 잘 보여준다.

소설과 마찬가지로 시의 경우에도 직관은 논리를 무시하는 것이 아니다. 시는 감각이나 감각적 언어의 문제만이 아니다. 시詩라는 글자를 해자解字하면 언어言의 집寺이란 뜻이다. 언어로 세운 집이지만 문제는 그 언어가 어떤 언어인가에 있다. 20세기의 가장 중요한 시인이자 비평가 중 한 명인 엘리엇T.S. Eliot의 말대로 좋은 시는 감각·감정과 사유·지성이 온전하게 결합된 시다.

문제의 속성은 단(Donne)이나 채프먼(Chapman)만 갖고 있던 것은 아니다. 말로우(Marlowe), 웹스터(Webster), 터너(Tourneur), 그리고 셰익스피어(Shakespeare) 등 위대한 극작가들과 마찬가지로 그들은 감각적 사유(sensuous thought) 혹은 감각을 통한 사유, 사유하는 감각이라는 속성을 갖고 있었는데, 그 정확한 정형은 앞으로 정의되어야 한다.*

지성은 "우리가 막연히 시인의 관점이라고 부르는 것의 독창성, 자주성, 그리고 명징성이다".** 그런데 철학자나 사상가와 달리 시인의 사유

• • •

* T.S. Eliot, "Imperfect Critics", *The Sacred Wood* (1920; London : Methuen, 1960), p.23.

** T.S. Eliot, *Selected Essays* (1932; London : Faber and Faber, 1951), p.308. 이하 *SE*로 약칭 후, 인

와 지성은 그 사유를 표현하는 감각적 등가물을 정확히 발견하는 능력과 관련된다. 지성의 정확성은 감정의 정확성의 다른 표현에 불과하다.

> 사고하는 시인은 사고의 감정적 등가물을 표현할 수 있는 시인일 뿐이다. (…중략…) 우리는 마치 사고는 정확하고 감정은 모호한 것처럼 얘기한다. 실제로는 정확한 감정이 있고 모호한 감정이 있다. 정확한 감정을 표현하는 것은 정확한 사고를 표현하는 것만큼이나 커다란 지적 능력을 요구한다. (*SE*, p.135)

한마디로 좋은 시는 지성과 결합된 언어의 집을 세운다. 강조점은 지성에 있다. 지성적 사유가 빠진 시, 아름다움·알음다움에 미치지 못한 채 현란한 언어를 구사하는 것은 말재주에 머문 시다.* 그리고 시는 "일상 언어에 가해진 폭력"(러시아 형식주의)이기에 그런 말재주와 요설, 요령부득의 언어와 비유로 독자를 기만하기 쉽다. 나는 세 시집을 중심으로 '좋은 시'의 기준에 대해 살펴보려 한다.

. . .

용 시, '약칭, 면수'로 표기한다.

* 바디우의 지적을 참조할 만하다. "나는 과학이 그 자체로 공동의 것에, 같이-있음에, 토론에 본래적으로 노출되어 있다고 말한 바 있다. 시도 전달을 전제하지 않고는 생각할 수 없다."(알랭 바디우, 김병욱 외역, 『메타정치론』, 이학사, 2018, 35면) 시는 산문 장르보다 언어 자체의 물질성을 전면에 내세우지만, 그렇다고 무의미를 지향하는 시라는 주장은 성립할 수 없다. 시는 다른 방식으로 "전달"을 사유한다. 이 문제는 시의 난해성과 관련된 쉽지 않은 문제이다. 여기서 이 문제를 깊이 다룰 수는 없다. 다만, 모든 난해한 시가 난해하다는 이유만으로 나쁜 시가 아닌 것처럼, 난해하다는 이유만으로 시적 지성을 담보한 것도 아니라는 점은 지적해 둔다.

2

시인은 무슨 일을 하는 사람인가? 김해자의 『해자네 점집』(이하 『해자네』)이 묻는 질문이다. 좋은 소설이 그렇듯이 뛰어난 시는 주어진 현실을 재현하는 데 그치지 않는다. 시는 현실에서 보이지 않는 것들을 보이게 만들고, 있어야 하되 아직 드러나지 않은 채 잠재된 것들을 포착한다. 시의 전위성이다. 『해자네』는 그중에서 현실에 존재하되 제 몫을 할당받지 못한 이들의 목소리를 대신 전해주려 한다. 시인은 "해자네 점집"의 주인이 된다.

> 내는 단 하나뿐인 당신이란 별을 보고 있데이, 사람살이가 뭐꼬, 밥 나눠 묵음서 니캉 내캉 가심에든 이야그 들어 돌란 것 아이겠나, (…중략…) 걸어 댕기는 점집을 차리고 말았으니 그 이름하야 해자네 점집이라 카더라.[*]

문제는 "니캉 내캉 가심에든 이야그" 들어주는 일의 어려움이다. 그들은 말하지만 우리는 듣지 않는다. 시인은 "입 없는 것들의 입으로 말하/라, 대신 말하라"(「밤의 명령」, 98면)는, "입 없는 것들의 입"을 대신하는 대변자의 역할을 떠맡는다. "입 없는 것들"은 입은 있으나 들리지 않는 목소리들이다. 그래서 "귀담아들은 말들이 내 입술에서 흘러나왔다. 소리는 몸에 던진 돌멩이, 파문처럼 우주 끝까지 퍼져 / 갈 것이다"(「소리가 나를 끌어당겼다」, 107면)

• • •

* 김해자, 『해자네 점집』, 삶창, 2018, 47면. 이하 인용 시, '시 제목, 면수'로 표기한다.

『해자네』에는 "입 없는 것들"의 목소리들이 웅성댄다. 그 목소리들은 지배적 담론들에서는 들리지 않는다. 시인은 보이지 않는 걸 보이게 하고 들리지 않는 걸 들리게 한다. 시인이 전하는 목소리에는 고독사한 사출공장 노동자(「벽 너머 남자」), 살인죄로 징역을 선고받고 복역을 마치고 풀려난 뒤 재심에서 무죄판결을 받은 "삼례 나라 슈퍼 삼인조"인 "임명선(37세), 강인구(36세), 최대열(36세)"(「모른다」), 불법체류 노동자들인 "사천 마리 돼지와 함께 지내던 네팔 청년, 테즈 바하두르 구룽(25세)"과 "2017년 3월 한국에 온 네팔 청년, 차비 랄 차우다리(22세)" 등이 있다. 그런데 우리는 그런 절규들이 있는지도 모르고 산다.

> 농장 아랫마을에 사는 주민들은 뉴스에 나오는 걸
> 보면서도, 일주일이 지나도록 자기 동네일이라는 건 몰랐다
>
> 아무도 몰랐다.
> 눈물은 어느 나라 물로 흘러나오는지,
> 울음은 어느 나라 말로 터져 나오는지 (「몰랐다」, 114면)

'우리'와 '그들' 사이에는 인식의 깊은 심연이 놓여 있다. 그밖에도 "함경북도 온성이 고향인 강율모 씨(84세)"의 이야기를 다룬 「남녘 북녘」, 동백림 사건에 연루돼 "빨갱이로 몰려 죽"은 "박노수 선생"의 딸과 그 이야기를 전하는 염무웅 선생의 이야기가 전해진다. "내 인생은 어땠냐고, 우리 아버지 인생은 / 어떡하냐고, 서럽게 서럽게 울더라는데, 그 말

전하시면서 염무웅 선생이 눈물을 흘리시더라고, 그 점잖으신 양반이 진짜 막 우시더라니까."(「염무웅 선생의 눈물」, 83~84면) 시인은 이런 일들이 실제로 있었던 것조차 모르는 독자들에게 그 존재를 상기시킨다. 들리지 않던 것을 들리게 한다. 시인은 거대한 사건의 흐름 속에 스러져 간 개별 인물들에 주목한다. 시에서 추상성이나 보편성은 의미 없다.

그러나 "입없는 것들의 입"을 대신하는 태도는 자칫 재현의 윤리에 어긋날 수 있다. 시인은 그 점을 예민하게 의식한다. "갈수록 필요가 넘쳐나는 이 행성엔 무용과 / 약간의 무능이 필요하다"(「무용Useless」, 25면)는 인식은 시의 무용함과 무능이 역설적으로 지닌 힘을 표현한다. 그 시의 말들은 다음과 같은 날카로운 성찰에서 나오는 것이다.

툭툭 끊어진다 신음처럼
자식을 읽은 모음과 어미를 잃은 자음

고통 속에서 말은 완성되지 않는다

산목숨에서 흘러나오는 액체의 말 내 눈에 가득한
눈물이 아니라면 짐승의 살가죽 속에서 솟구치는 진
땀이 아니라면
저 층층이 쌓인 책들과 이 많은 말들이 무슨 소용
인가

불구가 아니면 불구에게 닿지 못하는

불구의 말, 떠듬떠듬 내게 기울어지던 말들이

더듬어보니 사랑이었구나. (「불구의 말」 부분, 29면)

시는 기본적으로 "불구의 말"이다. 어떤 언어도 대상의 '실재'에 다가갈
수는 없다. 그러나 시는 그런 "불구가 아니면 불구에게 닿지 못하는" 역
설을 끌어안는다. 이 역설에서 시적 긴장이 발생한다. 그런 긴장이 없
는 시는 좋은 시라고 부르기 힘들다. 그래서 시인은 "읽기에 중독된 마
음"(「문맹」, 33면)을 경계하고 "평생 바깥을 들여다보았으나 / 나밖에 읽
은 게 없구나 / 그조차 다 내다보지 못했구나"(「문맹」, 33면)라고 적는다.
「아름다운 생」은『해자네』의 미덕을 집약한다.

갓 짜낸 소젖이 화로에서 끓는 시간, 나는 보았지,

고기를 잡는 어부와 소 떼 몰고 가는 맨발의 아이들,

소 열 마리 염소 서른 마리 받고 신부로 팔려왔다네,

통나무에 기대앉아 웃는 아낙들,

웃음은 여인들의 비밀 결사 동맹, 어느 배에서 나왔는지 따지지 않는다.

땅바닥에서 노는 저 아이들은 우리 모두의 아이

들이다. 나는 들었지, 가시나무 울타리 위에서 나부

끼는 붉고 푸른 천 조각 살랑대는 소리, 수만 수억

금실 같은 햇살 아래 실 잣고 천을 짜고 옷을 만드는

아가씨들, 아가씨들에게 윙크하는 젊은이들 휘파람

소리, 풀과 나무와 새와 풀벌레의 노래.

오래전 나이자 미래의 친구들

한 뿌리에서 올라온 잎과 꽃이 아니라면

어찌 내가 그들을 경험할 것인가

이 모든 것들이 내가 아니라면

나는 사랑했지. 나처럼 생긴 이 세상의 모든 여자

와 남자, 농부와 어부와 장사꾼, 소쿠리에 담긴 진흙

을 이고 먼 길 걸어와 집이자 성전을 바르는 흙손을,

벽에 닭과 새와 소와 무지개를 그리는 색색 그림, 아

름다웠지, 작업을 마치고 모락모락 김 나는 뜨거운

밥 앞의 따스한 입들과 흰 스카프를 쓴 여인들의 입

김과 둥그런 모닥불, 꿈에 부풀었지. 교회당에서 영

원을 서약하는 웨딩드레스와 법원 앞에서 이별의 악

수를 하는 연인들, 축복 있으라, 한때 사랑했으며 이

젠 사랑할 일만 남았으니.

발 없는 발

종일 산 위를 굴러가던 해가 끝자락에 대롱대롱

매달려있다

무엇을 하기에 너무 늦지 않은 시간

지난 게으름도 늦은 시작도 용서받을 수 있는 시간

창공에 구멍 하나 뚫렸다 머잖아 내일이

나를 또 낳을 것이다. (「아름다운 생」 전문, 135~136면)

이 시에는 현실의 묘사도 있지만 와야 할 미래의 맹아들, 회복해야 할 오래된 미래의 모습들이 뒤섞여 있다. 그리고 그런 모습들이 시각, 촉각, 후각, 청각을 아우르는 감각적 언어로 제시된다. 이 시의 전위성은 지금의 현실화된 현실에 만족하는 것이 아니라 그 현실이 미래의 씨앗으로 품고 있는 잠재성의 세계를 드러내는 데 있다. "소리 없이 노래 피우던 거무레한 점 속엔 미래의 / 나팔이 들어 있다 / 껍질과 살집 다 삭아 없어지고야 / 세상은 초록빛이었다"(「검은 씨의 목록」, 96면) 시인은 현실의 모방자가 아니라 "미래의 나팔"이다. 시인의 지성은 현실에 잠재된 세계의 모습을 감지하고 그것을 감각적 언어로 표현한다. 이 시에서 묘사되는 대상들은 그런 사유의 객관적 상관물들이다. 시의 지성은 추상적 사유가 아니라 감각적 지성이다. 시인의 자아는 확장되어 시가 묘사하는 "이 세상의 모든 여자와 남자"로 나아가지만, 그 나아감은 대상을 일방적으로 전유하는 것이 아니라 "나를 또 낳"는 영원한 생성을 전제하는 구체성을 지닌다. '내'가 '나'를 매일 새롭게 낳아야 '나'는 저들과 연대할 수 있다. 그렇지 않다면 "어찌 내가 그들을 경험할 것인가." 소위 '현실(추수)주의'를 말하는 목소리들이 실현가능한 것들만을 말할 때 시인은 있어야 하되 아직 없는 것들이 무엇인지를 드러낸다. 시인의 감각적 지성을 한마디로 정의하면 "어느 누구도 어느 누구보다 높지 / 않은"(「여기가 광화문이다」, 99면) 세상을 꿈꾸는 "우리의 절대희망"(102

면)을 포기하지 않는 절대적 평등주의이다.

3

이종형 시집 『꽃보다 먼저 다녀간 이름들』(이하 『꽃』)은 『해자네』와 비슷하면서도 다르다. 먼저 비슷한 점. 『꽃』은 『해자네』처럼 존재했으나 잊힌 사실들을 발굴하는 데 관심을 기울인다. 특히 시인이 주목하는 것은 제주4·3과 "군인의 나라"에 의해 희생된 베트남인들의 목소리다. 시집의 1부는 4·3에 주목한다. "4월의 섬 바람은 / 뼛속으로 스며드는 게 아니라 / 뼛 속에서 시작되는 것 // 그러므로 당신이 서 있는 자리가 / 바람의 집이었던 것"(「바람의 집」)*이다. 그런데 이런 발언들이 얼마나 시적 구체성을 획득했는지는 의문이다. 시는 고발이 아니며, 역사적 진실의 복원은 시적 구체성에 의해서만 새로운 의미를 얻는다.

『꽃』에서 느끼는 아쉬움 하나. 시적 화자poetic narrator가 시적 대상에게 느끼는 정서가 막연한 휴머니즘이나 달관으로 이어지는 경우가 종종 눈에 띈다는 것이다. 예컨대 제주4·3과 베트남 사람들 이야기를 연결하는 시들이 그렇다. "카이, 카이, 카이 / 내 말 좀 들어달라고 / 카이, 카이, 카이 / 나도 말 좀 하게 해달라고"(「카이, 카이, 카이」, 107면) 하는 절규에 『꽃』은 귀 기울인다. 그런데 제주와 베트남을 무리하게 연결 짓는다는 인상도 받는다. "그 군인의 나라에서 온 이방인의 손을 / 꼭 잡아주

• • •

* 이종형, 『꽃보다 먼저 다녀간 이름들』, 삶창, 2017, 21면. 이하 인용 시, '시제목, 면수'로 표기한다.

던 팜 티 호아 당신과 꼭 닮은 이, / 제주섬에도 있었다"(「팜 티 호아」, 112면)라고 화자가 말할 때 시적 화자의 연상은 다소 억지스럽다. 그런 연결이 잘못되었다는 말이 아니라 "호아 당신"과 "제주섬"의 연결고리가 시 안에서 설득력 있게 제시되지 못했다는 뜻이다. 이런 문제는 역사적 사건들만이 아니라 일상적 대상을 대하는 시각에서도 발견된다. "꽃에 취한 사내가 / 벚나무 아래 잠들어있다 / 겨울 외투를 미처 벗지 못한 / 사내의 뺨과 어깨에 사뿐 / 내려앉는 꽃잎 / 그래, 한 생이 잠시 / 꽃잎처럼 가벼워져도 좋으리라."(「꽃 잠」, 40면) 이런 부분에는 손쉬운 달관과 초월의 태도가 엿보인다. 벚나무 아래 "겨울 외투를 미처 벗지 못한 사내"를 시 속에 끌어들이는 관점이 문제다. 냉철한 관찰과 분석의 문제를 감상적 논평이나 감정이입으로 대신한다. "사내"의 삶을 이해할 수 없다면 그 이해할 수 없음에서 생기는 시적 긴장을 사유하는 시가 좋은 시다. 좋은 시는 결론이 아니라 과정에 주목한다. 주체와 대상의 섣부른 동일시는 시의 견고한 구조를 무너뜨린다. 이런 시도 그렇다.

산지항과 사라봉 사이
단물식당에서 우연히 만난
페인트공 사내의 이른 저녁 식사

맞다 한 순간 밥이라도 저렇게 치열하게 씹어야 한다
되새김질 하듯 천천히 음미해야 한다
누군가의 한 끼를 우연히 지켜보다

없던 입맛이 돌아와 덩달아 씩씩하게 밥그릇을 비운 날 (「거룩한 식사」
부분, 59면)

시적 화자의 지레짐작과 뻔한 각성의 시각이 어색하다. 시적 화자는
"거룩한 식사"라고 느낄 수 있겠지만 좋은 시는 그런 시적 화자의 인식
자체에도 냉철한 검증의 칼날을 들이댄다. 그런 검증은 시적 지성을 요
구한다.

　나는 시적 화자의 개입이 두드러지지 않고 대상에 대한 정확한
묘사에 초점을 두면서 그 묘사를 통해 정조를 전달하는 시가 마음에 들
었다. 예컨대 「바이칼 1」이나 「묘지산책」, 「해후」 같은 시들이다.

　정오의 햇살이
　푸른 억새 잎 위에서 튕겨
　방향을 잃고
　햇살을 쫓는 바람은 스산한,

　해안동 공원묘지에
　슬픔이 채 가라앉지 않아
　얼굴이 부석부석한
　집 한 채 새로 들었다

　일찍 밀봉된 한 사내의 생을 서술하는 듯

반은 비워져 뚜껑이 닫힌

투명한 소주병에

붉게 번지는 팔월 노을 (「묘지산책」 전문, 60면)

이 시의 매력은 "일찍 밀봉된 한 사내의 생"을 섣불리 "서술"하거나 단정하지 않고 거리를 두는 시각에서 나온다.

4

몇 년 전에 비스와바 쉼보르스카의 시 선집 『끝과 시작』을 인상 깊게 읽었다. 이번에 유고시집 『충분하다』(이하 『충분』)를 읽으며 내가 받았던 강한 인상의 의미가 무엇인지를 확인하고 싶었다. 좋은 시의 기준을 정하는 여러 견해가 있겠지만 "깊은 통찰과 간결한 표현이 시의 방법"*이라면 『충분』은 좋은 예로 꼽을 만하다. 쉼보르스카의 시들은 "언어에 조직적 폭력"을 가하는 시적 장치들literary devices, 특히 어휘론, 구문론의 차원에서 이뤄지는 독특한 어휘의 선택, 문장의 도치, 생략, 강조, 반복 등을 구사하는 시들과는 거리가 멀다. 범박하게 말하면 『끝과 시작』과 『충분하다』의 시들은 일상적인 산문의 어법을 구사한다. 그런데도 그 언어들은 산문이 아니라 시가 된다. 왜 그럴까? 시적 대상에 대한 정밀하고 냉철한 관찰과 묘사, 그리고 그 묘사를 행하는 시적 주체

• • •

* 신영복, 『감옥으로부터의 사색 – 출간 30주년 기념판』, 돌베개, 2018, 149면.

의 지성에서 발생되는 날카로우면서도 따뜻한, 익살스러우면서도 예리한, 풍자적이면서도 애정을 지닌 논평의 결합이 이 시인의 장점이다.

　서정시의 서정은 낯선 대상이 촉발시킨 대상과의 만남이 환기시키는 정서(신비평의 용어로는 the evocation of emotion)의 표현이다. 그러므로 시적 대상과의 만남은 우선은 세밀한 관찰에서 시작된다. 대상의 묘사에 초점을 두는 서경시敍景詩와 서정시抒情詩를 날카롭게 구분하는 입장도 있지만 그런 구분은 자의적이다. 대상과 풍경의 묘사에도 시적 주체의 관점이 배제될 수 없다. 시적 주체의 정서는 대상과의 만남을 전제로 한다. 『충분』은 그 만남의 긴장관계에서 발생하는 힘을 드러낸다. 구문론의 차원에서 『충분』은 일상어로 친밀하면서도 낯선 활용을 하지만 시적 비유법의 사용에서도 『충분』은 남다르다. 비유가 시의 핵심이라고 보는 전통적 시론과 거리를 둔다. 19세기 미국 여성시인 에밀리 디킨슨의 후계자라는 인상을 받기도 하지만 디킨슨보다 더 간결하고, 정확하고, 구체적이다. 매우 일상적이되 더 예리하고 반어적이다. 그러면서도 유머와 온기가 스민 시를 쓴다. 「십대소녀 Kilkunastoletnia」, 「사슬Lancuchy」, 「그런 사람들이 있다Sq tacy, ktorzy」 같은 시들이 대표적이다.

　　십대 소녀인 나?
　　그 애가 갑자기, 여기, 지금, 내 앞에 나타난다면,
　　친한 벗을 대하듯 반갑게 맞이할 수 있을까?
　　나한테는 분명 낯설고, 먼 존재일 텐데

태어난 날이 서로 같다는

지극히 단순한 이유만으로

눈물을 흘려가며, 그 애의 이마에 입맞춤할 수 있을까?

우리 사이엔 다른 점이 너무나 많다,

(…중략…) 그 애의 세상에서는 거의 모두들 살아 있겠지,

내가 사는 곳에서는

함께 지내온 무리 가운데

살아남은 사람이 거의 없는데.

우린 이토록 서로 다른 존재,

완전히 다른 생각을 하고, 다른 말을 한다

무슨 일이 벌어질지 그 애는 아무것도 모른다 ―

대신 뭔가 더 가치 있는 걸 알고 있는 양 당당하게 군다

나는 훨씬 많은 걸 알고 있다,

그래서 아무것도 함부로 확신하지 못한다.

(…중략…) 작별의 인사도 없는 짧은 미소,

아무런 감흥도 없다

그러다 마침내 그 애가 사라지던 순간,

서두르다 그만 목도리를 두고 갔다.

천연 모직에다

줄무늬 패턴,

그 애를 위해

우리 엄마가 코바늘로 뜬 목도리.

그걸 나는 아직도 간직하고 있다. (「십대소녀 Kilkunastoletnia」 부분, 23~26면)*

이 시를 『충분』의 대표작이라고 말하기는 어렵지만 시 작법의 특징을 잘 보여준다. 시에는 일체의 감상주의가 배제되어 있다. 시적 대상이 어린 시절의 '나'이지만 그 '나'는 지금의 '나'에게는 "분명 낯설고, 먼 존재"일 뿐이다. 시적 화자는 다양한 방식으로 그 거리를 확인한다. 어조는 비판적이고 냉소적이기까지 하다. "무슨 일이 벌어질지 그 애는 아무것도 모른다 / 나는 훨씬 많은 걸 알고 있다." 그래서 지금의 '나'와 오래전 '나'는 "작별의 인사도 없는 짧은 미소, / 아무런 감흥도 없"이 헤어진다. 그리고 이 모든 정조에 충격을 주는 반전이 온다. 결국 두 '나'는 하나였다는 진실의 드러남. 이런 시적 반전은 「그런 사람들이 있다」에서는 "존재의 의무에서 해방되는 순간, / 그들은 지정된 출구를 통해 / 자신의 터전에서 퇴장한다. // 나는 이따금 그들을 질투한다, / 다행히 순간적인 감정이긴 하지만"(74면)이라는 거리두기로 표현된다. 「사슬」에서는 "육안으로는 보기 힘든 우리의 사슬, / 덕분에 우리는 자유롭게 서로를 지나칠 수 있다"(75면)는 쓰라린 역설로 표현된다. 시가 하는

* 비스와바 쉼보르스카, 최성은 역, 『충분하다』, 문학과지성사, 2016. 이하 인용 시, 면수만 표기한다.

일은 무엇일까?

> 나는 지도가 좋다, 거짓을 말하니까.
>
> 잔인한 진실과 마주할 기회를 허용치 않으니까.
>
> 관대하고 너그러우니까.
>
> 그리고 탁자 위에다 이 세상의 것이 아닌
>
> 또 다른 세상을 내 눈앞에 펼쳐 보이니까 (「지도Mapa」 부분, 93면)

좋은 시는 "이 세상의 것이 아닌 / 또 다른 세상을 내 눈앞에 펼쳐 보"여
준다. 시는 현실을 모방하지 않는다. 오히려 현실이 시를 따라야 한다.
시의 전위주의다. 그렇게 하기 위해서는 예리한 관찰과 깊은 성찰과 그
것을 뒷받침하는 감각적 지성이 요구된다. 『충분』이 좋은 예다. 이런 예
들을 한국시에서도 더 많이 만나고 싶다. (2018)

에세이와
지성

신영복 『감옥으로부터의 사색』

1. 지성과 에세이

에세이는 한국문학사에서 홀대받는 장르다. 요즘 출판 시장에서 핫한 품목이 에세이라지만 그것들의 질적 수준은 별개 문제다. 신영복 (호칭 생략)의 『감옥으로부터의 사색』(1988년 출간, 이하 『사색』)은 척박한 에세이의 영토에서 우뚝하다. 이 자리에서 한국사회에 좋은 에세이가 드문 이유를 길게 논할 수는 없다. 간략히 그 이유를 살펴보자. 자아의 내면과 경험이 직접적으로 표현되고, 그에 걸맞은 지성과 자신만의 문체를 갖기 힘든 한국사회의 집단주의문화가 우선 꼽힌다. 집단주의 혹은 국가주의적 억압과 통제체제가 오랜 기간 존속해 온 한국사회에서 개인의 영혼과 운명을 다루는 에세이는 살아남기 힘들다. 그럴 때 신변잡기, 음풍농월, 혹은 재담으로 일관하는 산문들이 에세이로 자신을 치장한다. 그러므로 한국현대사의 국가주의적 통제체제를 상징하는 감옥에서 빚어낸 『사색』이 한국현대사를 대표하는 에세이가 된 것은 슬픈 역설이다.

에세이는 소설이나 희곡과 같은 허구가 아닌 산문을 가리킨다. 에세이의 어원은 '시도하다to attempt', '시험하다'란 뜻을 지닌 라틴어 exigere이다. 근대 에세이문학의 발생지로 간주되는 프랑스에서 사용되는 'essayer'도 그런 뜻을 지녔다. 한마디로 에세이는 글쓴이가 자유롭게 선정한 주제에 대해서 다양한 방식으로 자신의 견해를 "시도essayer"하는 글이다. 에세이의 성격에 대해서는 루카치가 그의 초기 저서 『영혼과 형식』에서 설득력 있는 설명을 했다. 루카치는 "에세이가 도대체 무엇이고, 그것이 표현하고자 하는 의도가 무엇이며, 또 어떤 수단과 방법을 사용해서 그러한 표현을 하는가 하는 등의 본질적 문제"*를 탐구하려 한다. 루카치의 설명이다.

> 어떠한 몸짓에 의해서도 표현될 수 없으면서도 그래도 표현을 갈망하는 체험이 존재하고 있는 셈이다. 그것은 곧 감상적(sentimental) 체험, 직접적인 현실, 그리고 자연발생적인 현존재 원칙으로서의 지성과 개념이다. (…중략…) 바꾸어 말하면 그것은 삶이란 무엇이고, 인간이란 무엇이며 운명이란 무엇인가 하는 등의 직접적인 물음이다. (루카치, 15면)

에세이는 체험의 재료를 필요로 한다. "감상적 체험, 직접적인 현실, 그리고 자연 발생적인 현존재 원칙으로서의 지성과 개념" 등이다. 에세이의 뿌리도 "지성과 개념"이다. 그것이 있을 때 "삶이란 무엇이고, 인간이

• • •

* 게오르크 루카치, 반성완 외역, 『영혼과 형식』, 심설당, 1988, 6면. 이하 인용 시 '루카치, 면수'로 표기한다.

란 무엇이며 운명이란 무엇인가"를 묻는 수준에 에세이는 도달한다. 그 것은 추상적 문답이 아니라 삶, 인간, 운명에 대한 구체적 경험과 그에 대한 깊은 사유에서만 가능하다. 『사색』은 그런 예를 보여준다.

그렇다면 에세이는 그런 체험들을 어떻게 다루는가? 여기에도 지성이 필요하다.

아무런 내용도 없는 공허한 무로부터 새로운 사물을 끌어내는 것이 아니라 언젠가 이미 생생하게 살아 있었던 것을 새롭게 다시 배열하고 정리하는 것이 에세이의 본질의 하나이다. 에세이는 아무런 형식도 없는 것으로부터 어떤 새로운 것을 만드는 것이 아니라 과거에 생생히 살아 있었던 것을 단지 새롭게 다시 배열하고 정리하기 때문에 에세이는 그러한 것에 묶여 있고, 그러한 것에 대해 언제나 '진실'을 말해야 하며 또 그러한 것의 본질에 대한 표현을 찾아내야만 한다. (루카치, 20~21면)

에세이는 "과거의 생생히 살아 있었던 것을 단지 새롭게 다시 배열하고 정리"한다. 그런데 그 정리에는 과장이나 자기변명이 아닌 엄정한 성찰에 바탕을 둔 "진실"의 정신이 작동한다. 그리고 그것의 결과는 "본질에 대한 표현을 찾아내야만 한다." 에세이는 그만의 고유한 표현과 문체를 요구한다. 그때 문체는 현란한 글재주가 아니라 지성적 사유의 표현이다. 지성의 출발은 성찰이고 자기응시다. 이런 것들이 빠질 때 에세이는 역겨운 자기 자랑이나 감상주의에 물든 글로 전락한다. "그러므로 우리는 증오의 안받침이 없는 사랑의 이야기를 신뢰하지 않습니다. 왜냐하면 증오는 사랑의 방법이기 때문입니다."* 그래서 신영복은 "참회록이라는 지극히 겸손한 명칭에도 불구하고 정신의 오만으로 가득 찬 저서들"(333면)을 날카롭게 비판한다. "비통하리만큼 엄정한 자기 응시, 이것은 그대로 하나의 큼직한 양심"(147면)인 바, 에세이를 표방하는 많은 "참회록"에는 그런 성찰이 빠져 있다. 조심스러운 판단이지만 한국문학의 빈약한 에세이 전통에서 "화려한 단어 또는 기교를 부리는 표현 방법 때문에 문맥과 논리가 적잖게 왜곡"(85면)되는 일이 종종 발견된다. 그 점에서도 『사색』은 예외적이다.

에세이는 있어야 할 것, 그러나 지금 여기에 없는 것, 다시 말해 '오래된 미래'의 정신을 지닌다. "그러한 동경은 그러니까 자신을 지양하게 될 실현뿐만 아니라, 자신을 영원한 가치로 구제하고 구원하는 형식을 필요로 한다. 에세이는 이러한 형식을 성취한다."(루카치, 32면) 에세이는 동경의 글쓰기다. 그러나 그때 동경은 감상주의의 표현이 아니라 "실현을 바라는 그 어떤 것 이상의 것, 다시 말해 가치와 그 자체의 존재를 지니는 영혼이기 때문이다". 동경은 에세이가 궁극적으로 관계하는 삶, 인간, 운명에 대한 지성적 사유의 다른 표현이다. 가장 많이 알려진 글인 「청구회 추억」은 그런 동경이 무엇인지를 잘 보여준다. "언젠가 먼 훗날 나는 서오릉으로 봄철의 외로운 산책을 하고 싶다. 밝은 진달래 한 송이 가슴에 붙이고 천천히 걸어갔다가 천천히 걸어오고 싶다"(52쪽)는 구절에서 독자들이 느끼는 슬픔은 우리 사회가 일그러뜨린

. . .

* 　신영복, 『감옥으로부터의 사색 – 출간 30주년 기념판』, 돌베개, 2018, 311면. 이하 인용 시, 면수만 표기한다.

한 청년 장교의 삶에 감춰진 이면에서 드러난다. 그리고 우리가 무엇을 잃어버렸고, 무엇을 "동경"하는지를 예증한다.

이런 에세이를 왜 읽는가? 특히 30년 전에 나온 『사색』을 왜 읽는 가? 종종 이론이나 담론들이 우리가 삶에서 겪는 정념의 문제들(기쁨, 슬픔, 분노, 고통, 절망, 불안 등)과는 따로 노는 공소한 말들에 불과하다는 생각이 들 때가 있었다.* 좋은 에세이가 갖는 힘은 여기 있다. 그것은 사유의 뿌리로서 이론에 기반을 두지만, 이론의 추상성이 아니라 생활과 경험의 구체성에 근거한다. 『사색』의 힘도 이것과 관련된다. "훌륭한 사상을 말하되 그에 못 미치는 생활을 하고 있는 경우"(360면)를 종종 아카데미즘에서 발견하기 때문이다. 그럴 때 "징역이 아니면 얻기 어려운 냉정한 시각과 그 적나라한 인간학"(352면)을 보여주는 『사색』은 이론적 글쓰기가 할 수 없는 에세이의 힘을 보여준다.

2. 20년과 30년

『사색』은 1969년 1월에 시작하여 1988년 5월에 쓴 글로 끝난다.** 만 27세의 청년으로 들어가 47세의 중년으로 출소했다. 20년의 시간이 흘렀다. 20년의 감옥생활 동안 신영복의 사유는 변하기도 했고 그렇지

• • •

* 이와 관련해 고병권 에세이 『묵묵』(돌베개, 2018)은 주목할 만하다. 이 책은 에세이의 본령에 충실하게 이런 질문을 제기한다. "옳은 말"의 한계는 무엇인가? "앎이 삶을 구원할 수 있는가?"
** 『사색』은 편지글의 형식을 취하지만 그것이 『사색』을 에세이로 규정하는 데 문제가 되지는 않는다. 에세이는 편지, 기행문 등 다양한 형식을 취할 수 있다.

않은 것도 있다. 변하지 않은 것은 "철저한 성찰과 냉철한 예지의 날"(22 면)이다. 변한 것은 조금은 추상적인 청년기의 사유방식에서, 사람들과의 관계 속에서 싹트고 뿌리내린 구체성의 경험과 사유로 나간 것이다. 뒤로 갈수록 글이 좀 더 따스해지고 유연해진 이유는 말랑말랑한 감상주의 때문이 아니다. 예컨대 『사색』의 마지막 글의 한 대목. "저는 물론 어머님을 생각했습니다. 정릉 골짜기에서 식음을 전폐하시고 공들이시던 어머님 생각에 마음이 아픕니다. 20년이 지나 이제는 빛바래도 좋은 기억이 찡하고 가슴에 사무쳐옵니다."(486면) 여기에는 20년 동안 감옥이라는 "훌륭한 교실"(266면)에서 몸으로 배운 사람살이의 지혜가 작용한다. 1960~1970년대의 글에서는 "은하의 물결 속 드높은 별떨기처럼"(86면) 고고한 지조의 정신을 강조한다. 그러나 이런 태도는 감옥생활의 경험과 함께 관계를 중시하는 태도로 변모한다. 고고한 이상주의, 지조의 정신에서 사람 속으로 들어가는 '관계의 정신'으로의 변화다. 신영복이 나무, 숲, 바다의 비유를 뒤로 갈수록 더 많이 쓰는 이유다. "한 그루의 나무가 되라고 한다면 나는 산봉우리의 낙락장송보다 수많은 나무들이 합창하는 숲 속에 서고 싶습니다."(265면) 그가 좋아하는 나무, 숲, 바다는 모두 "나지막한 동네"(265면)의 상징들이다. 이런 태도에는 자신의 입장만을 내세우면서 그 내면으로만 고고하게 침잠하는 태도를 경계하려는 마음이 담겨 있다. "세상의 슬픔에 자기의 슬픔 하나를 더 보태기보다는 자기의 슬픔을 타인들의 수많은 비참함의 한 조각으로 생각하는 겸허함을 배우려 합니다."(195면) 이런 태도는 엄정한 자기객관화에서만 가능하다. 그러므로 신영복에게 이성과 감성은 별개의 것이 아니다. 마치 스피노자의 통찰을 연상시키는 구절에서 이렇게 지적한다.

> 낮은 이성에는 낮은 감정이, 높은 이성에는 높은 감정이 관계되는 것입니다. 일견 이성에 의하여 감정이 극복되고 있는 듯이 보이는 경우도 실은 이성으로써 감정을 억누르는 것이 아니라 이성의 높이에 상응하는 높은 감정에 의하여 낮은 단계의 감정이 극복되고 있을 따름이라 합니다. 감정을 극복하는 것은 최종적으로는 역시 감정이라는 이 사실은 우리에게 매우 특별한 뜻을 갖습니다. (292면)

『사색』은 20년이라는 시간의 흐름 속에서 "높은 이성"과 관계 맺는 "높은 감정"에서 우러나오는 감흥의 힘을 보여준다. "사람은 누구나 자신의 처지에 눈이 달리기 마련이고 자신의 그릇만큼의 강물밖에 뜨지 못합니다."(351면) "높은 감정"의 글쓰기는 이런 각자가 놓인 처지를 고려한 신중한 판단과 비판에서 가능하다. 그런 글쓰기는 애매한 절충주의나 타협이 아니라 다른 입장과 조건을 배려하는 예민한 지성에서만 가능하다.

1988년에 『사색』이 출간되었다. 올해는 『사색』이 나온 지 30년이 된 해다. 모든 독서는 읽는 이의 조건을 반영한다. 30년 전 처음 이 책을 읽었을 때 내가 주의 깊게 읽었던 구절과 그만큼의 시간이 흐른 지금, 내 마음에 반향을 일으키는 구절이 조금은 다르다. 그것도 고전의 힘이다. 고전은 시간의 흐름 속에서 각기 다른 사유의 결을 펼쳐 보여준다. 지금은 이런 구절이 눈길을 끈다. "진정 젊어지는 비결은 젊은이들로부터 새로운 것을 배우는 것밖에 없는 것입니다. 아버님의 건강을 빕니다."(106면) 30년 전에 이 책을 처음 읽었을 때는 나는 글을 쓰는 청년 신영복에 우선 동일시가 되었다. 지금은 청년 신영복의 엽서를 받은 부모의 시각에서 글을 보게도 된다. 1960~1970년대 썼던 글들이 특히 그렇다. 좋은 작품은 그 작품을 읽는 독자의 조건에 각기 울림을 준다. 고전은 그 책을 읽는 각 세대의 감각과 정서에 서로 다른 울림이 있는 무언가를 새롭게 던져준다. 『사색』은 그런 책이다. 대부분의 베스트셀러는 출간된 지 대개 1년이 지나면 잊힌다. 10년이 지나도 여전히 울림을 주는 책은 좋은 책이다. 30년이 지나도 그 울림을 간직하는 책은 고전이라 불릴 만하다. 『사색』은 고전의 반열에 올랐다.

3. 감옥의 글쓰기

『사색』이 나왔을 때 내가, 그리고 아마도 많은 독자들이 받은 충격의 이유는 뭐니 뭐니 해도 이런 글쓰기가 감옥에서 나왔다는 것이다. 그것은 일종의 낯선 충격이었다. 그 글쓰기에서 독자는 한 사람이 가질 수 있는 정신의 힘이 주는 충격을 느꼈다. 그 충격은 우리의 일상생활을 되돌아보게 하는 낯설게 하기defamiliarization의 기능을 수행했다. 좋은 시만이 아니라 좋은 에세이도 그런 역할을 한다. 『사색』을 통해 우리는 감옥도 사람 사는 곳이라는 것, 하지만 "옥살이라는 것은 대립과 투쟁, 억압과 반항이 가장 예리하게 표출되어 팽팽하게 긴장되고 있는 생활"(24면)이기에 어떤 관념화나 이상화도 통하지 않는 곳이라는 걸 실감했다. 감옥은 "모든 것이 좌절된 위치에서 최소한의 필요를 충족하려는 아귀다툼과 투쟁, 응어리진 불만과 불신과 분노가 빽빽이 점철되어 있는 곳이다".(62면) 그럴 때 선생도 "축축한 공포"(22면)를 느낀다고 토로한다. 엿새간의 귀휴 이후 "그 오랜 세월에도 불구하고 풍화되지 않고 하얗게 남아 있는 슬픔의 뼈 같은 것이 함몰된 세월의 공허와 더불어 잔잔한 아픔으로 안겨오기도 하였"(357면)다고 토로한다. 신영복은 감옥의 현실을 모든 것을 조망하듯이 위에서 내려다보지 않는다. 일단 감옥의 현실이 그런 태도를 용납하지 않는다. 예컨대 감옥에서 흔히 사용되는 욕설의 맥락을 존중하면서도, "그러나 버섯이 아무리 곱다 한들 화분에 떠서 기르지 않듯이 욕설이 그 곳에 아무리 뛰어난 재능을 담고 있다 한들 기실 응달의 산물이며 불행의 언어가 아닐 수 없습니다"(251면)라고 한계를 지적한다.

그렇다면 이런 "응달"과 "불행"의 공간에서 어떻게 살 것인가? 쉽게 답하기 힘든 질문이다. 신영복은 감옥에서 "냉철한 예지의 날을 세우고 싶다"(22면)고 말한다. "열리지 않는 방형의 작은 공간 속에서 내밀한 사색과 성찰의 깊은 계곡"(134면)을 발견하고 싶다고 한다. "징역살이라고 하는 욕탕 속 같이 적나라한 인간 관계와, 전 생활의 공간, 그리고 선승의 화두처럼 이것을 은밀히 반추할 수 있었던 면벽십년의 명상"(123면)의 돋보이는 예를 보여준다. 그러나 자칫 "명상"은 고매하나 고립된 정신주의가 되기 쉽다. "정신의 서늘함을 잃지 않도록 노력"(255면)하는 건 필요하지만 그것만으로는 충분하지 않다. 신영복은 뒤로 갈수록 관계 속에서 답을 찾고자 한다. "슬픔이나 비극을 인내하고 위로해주는 기뿔, 작은 기쁨에 대한 확신을 갖는 까닭도, 진정한 기쁨은 대부분의 사람들과의 관계로부터 오는 것이라 믿기 때문"(55면)이다. "징역과 징역 속의 여러 스승이 갖는 의미는 실로 막중한 것"(367면)이라고 말하는 이유는 감옥의 "식구"들을 이상화하는 것이 아니라 실제로 그들에게서 많은 걸 배웠기 때문일 것이다. 그리고 그 배움은 "징역살이에는 무엇보다 먼저 자기 자신을 가장 낮은 밑바닥에 세우는 냉정한 시선과 용기가 요구"(444면)된다는 점에 바탕한 것이다. "18년에 걸친 유형의 세월을 빛나는 창조의 공간으로 삼은 비약이 부러운 것입니다"(318면)라고 선생은 밝히지만 『사색』은 이미 선생이 그런 "비약"을 이뤘음을 보여준다. 그런 비약이 매우 드문 것이기에 『사색』이 던져준 충격이 크다.

4. 고립과 고독

감옥은 고립된 공간이다. 그 고립은 강요된 고독을 낳는다. "창조의 산실로서 고독을 선택하는 사람도 있겠지만 고독은 무엇을 창조할 수 있는 상태가 되지 않을 것 같습니다."(69면) 일찍이 임화는 이런 자발적 고독의 가치를 강조했으나 선생은 감옥생활이 강요하는 고독의 성격을 명확히 한다. "높은 옥담과 그것으로는 가둘 수 없는 저 푸른 하늘의 자유로움을 내면화하려는 의지. 한마디로 닫힌 공간과 열린 정신의 불편한 대응에 기초하고 있는 이러한 관계"(346면)가 문제다. 감옥에서도 사람들의 관계가 있지만 그것은 자칫 "혼자라는 느낌, 격리감이나 소외감이란 유대감의 상실이며, 유대감과 유대의식이 없다는 것은 유대관계가 없기 때문이다".(29면) 이런 이유에서 "독방은 강한 개인이 창조되는 영토이다"(73면)라는 수신修身의 태도가 강조되었다. 그런데 이런 태도는 선생의 감옥생활이 길어지면서 감옥이라는 곳도 여러 관계들이 만들어지는 곳이라는 깨달음으로 이어진다. "유대관계"가 애초부터 있는 것이 아니며 매번 새롭게 형성되는 것이고, 그런 형성은 외부에서, 혹은 위에서 내려다보는 시각에서는 나오지 않는다는 것, 그 관계의 한 매듭으로 들어가야 가능하다는 통찰이다.

고립된 공간은 그 제한성 때문에 더 깊이 파고들고 숙고하는 공부를 낳는다. "저는 많은 것을 읽으려고 하지는 않습니다. 오히려 많은 것을 버리려고 하고 있습니다."(94면) 『사색』에서 독자들이 느끼는 감동은 박식이 아니다. 그 감동은 선생이 읽은 제한된 책들, 선생이 예민하게 관찰하는 대상들에 대한 깊은 숙고가 낳은, 즉 루카치가 에세이의 본령으로 말한 "삶, 인간, 운명"에 대한 사려 깊은 성찰에 기인한다. "생각을 높이려 함은 사침思沈하여야 사무사思無邪할 수 있다고 생각되기 때문입니다."(100면) 깊이 숙고해야思沈 삿되거나 치우치지 않은思無邪 사유를 하게 된다.

5. 문체

에세이는 사유의 표현이기에 그 사유에 어울리는 문체를 요구한다. 『사색』의 내용도 중요하지만 그 사색의 문체도 눈길을 끈다. 이 책이 주는 주된 감흥은 내용면에서 낯설고 충격적으로 느껴지는 감옥으로부터의 사색도 있지만, 그 사색이 훈계나 설교가 아닌 대화체로 드러난다는 것이다. 『사색』에서 두드러지는 경어체가 좋은 예이다. 신영복이 그런 문체를 쓴 이유는 사색이 부모님께 드리는 편지 형식으로 쓰였기 때문이다. 그러나 그 경어체는 짐짓 겸손한 척하는 문체가 아니다. 선생은 부모와의 대화에서도 상대방의 입장을 존중하면서도 할 이야기를 한다. 존중하되 자신의 입장을 가다듬는다. "저에게는 아버님으로부터 아버님의 아들로서가 아니라 하나의 독립된 사상과 개성을 가진 한 사람의 청년으로서 이해되고 싶은 욕심이 있습니다."(82면)

그의 가계에는 한학의 전통이 있는데 그것은 『사색』 곳곳에서 발견되는 한문, 한시, 그림 등으로 알 수 있다. 이 책이 주는 낯설게 하기의 효과는 나같이 한문에 조금은 익숙한 세대에게도 느껴진다. 아마 내 아래 세대 독자들에게는 더욱 그럴 것이다. 예컨대 이런 대목. "여름날 투명한 녹엽綠葉이 던져 주는 싱싱함이란, 저희들로 하여금 가히 용슬容膝의 이안易安을 깨닫게 해 줍니다."(214면) 녹엽은 무슨 뜻인지 알겠는데 용슬이나 이안은 낯설었다. 용슬은 매우 좁은 장소, 즉 감방 등을 가리킨다. 이안은 편안함이다. 이 책을 다시 읽으며 아들을 낳는 것을 "생남生男"(229면)으로 표현한다는 것을 알았다. 지금은 거의 쓰지 않는 표현이다. 선생의 문체와 젊은 독자들 사이에는 거리감이 있다. 그런데 어쩌면 그것은 고전이 주는 거리감일 수 있다. 문체나 어휘의 거리감이 오히려 독서의 긴장감을 자극하기도 한다. 단어와 문장에 각별한 주의를 기울이게 한다. 이런 문체도 말랑말랑해서 쉽게 읽히나 알맹이는 없는 에세이와 구별되게 만든다.

6. 관찰과 사유

문학(비평)을 가르치고 글을 쓰는 내게 이 책에서 신영복이 피력하는 아름다움에 대한 시각이 눈길을 끈다. 그가 정연한 예술론을 펴는 것은 아니다. 그렇지만 예술에서 아름다움과 사유, 지성이 맺는 관계를 돌아보게 한다. 신영복이 보기에 "아름다움이란 바깥 형식에 의해서라기보다 속 내용에 의하여 최종적으로 규정되는 법임을 확인하는 심정"(173면)이다. 아름다움은 종종 아름다운 문장美文으로 오해되는 화려하게 장식된 문체가 아니다. 아름다운 글은 꾸민 글이 아니라 정확하게 대상의 핵심을 짚는 글이다. 미문이 아니라 정확한 글이 아름답다. "아름답다는 것은 알 만하다는 숙지熟知, 가지可知의 뜻이다. 이것은 우리에게 미의식의 형성과 미적 가치판단의 훌륭한 열쇠를 주고 있다."(101면) 아름다움은 알음知의 문제다. 그러므로 일부의 오해와는 달리 문학예술의 핵심은 감정이나 감상이 아니라 지성이다. 물론 "최고의 예술 작품"과 "훌륭한 인간" 사이에는 다른 매개 변수들이 작용한다. 그러나 총체적 인격으로서의 지성이 빠진 문학예술은 가능하지 않다는 것도 사실이다. 그때의 "지식은 책 속이나 서가 위에 있는 것이 아니라 정리된 경험과 실천 속에, 그것과의 통일 속에 존재하는 것"(164면)이다. 그러므로 뛰어난 예술은 세상 속의 글쓰기다. 철저한 내재성의 글쓰기다. 좋은 에세이는 세상을 초월하지 않는다. 섣불리 달관하지 않는다.

좋은 에세이는 익숙했기에 지나쳤던 것들을 돌아보게 만든다. 그러나 감옥처럼 생활의 제약이 심한 곳에서는 그런 대상들에 무심하기가 쉬울 것이다. 팍팍한 생활, 생활의 날것이 그대로 드러나는 상황과

한 개인이 지닌 섬세한 감각과 사유는 언뜻 양립하기 힘들다. 그러므로 이 책에서 보이는 세밀한 관찰과 사색의 모습들은 경이로운 바가 있다. 예컨대 "저는 가끔 햇볕 속에 눈 감고 속눈썹에 무수한 무지개를 만들어봄으로써 화창한 5월의 한 조각을 가집니다"(178면)라고 읽을 때, 독자는 화창한 5월의 한 조각이 주는 의미를 문득 실감한다. 그 관찰은 내재적이다. 감옥에 갇힌 이들이 많이 하는 문신이 "불행한 사람들의 가난한 그림"(325면)이라고 표현하면서 왜 그들이 그렇게 문신을 할 수밖에 없는가를 그들의 경험과 연관해 따져보는 것이 좋은 예이다. 엄혹한 상황과 예민한 정신의 싸움에서 대개는 상황이 이긴다. 정신승리를 내세우는 건 관념적이다. 그러나 때로는 깊은 정신의 힘이 상황에 눌리지 않고 상황을 삶의 교실로 활용하는 드문 예를 본다. 그것이 드물기에 값지다. 그리고 그런 값진 경험이 기록되는 것은 더욱 흔하지 않기에 소중하다. 『사색』은 그런 드물고 소중한 예로서 한국 에세이문학의 한 전범이 되었다. (2018)

페미니즘소설의
몇 가지 양상

조남주 『82년생 김지영』, 강화길 『다른 사람』, 김혜진 『딸에 대하여』

1

근자에 출간된 페미니즘*소설을 읽으면서 떠오른 글이 있다. 페미니즘의 고전 중 하나인 영국 작가 울프Virginia Woolf의 강연문인 「자기만의 방A Room of One's Own」. 이 강연에서 울프는 영문학사를 소략하지만 예리하게 검토하면서 19세기 페미니즘소설의 주요 작가들을 비교한다. 울프는 오스틴Jane Austen과 엘리엇George Eliot을 높이 평가하고 『제인 에어』의 작가 브론테Charlotte Brontë를 낮게 평가한다. 내 관심을 끈 것은 비교의 근거다. 울프가 보기에 브론테는 자신의 분노를 작품에서 적절하게 조절하지 못했다.

그러나 그것(『제인 에어』―인용자)을 반복해서 읽어보고 그 안의 경련과

. . .

* 페미니즘이나 페미니즘문학 개념 자체가 커다란 쟁점이기에 이 글에서 이 개념을 엄밀히 다루지는 않는다. 성적 관계, 특히 가부장제 사회에서 여성들의 억압에 착목하는 글을 넓은 의미의 페미니즘문학으로 일단 규정하겠다.

분노를 주목한다면, 그녀(브론테—인용자)가 결코 자신의 재능을 흠 없이 온전하게 표현하지 못할 거라는 사실을 알게 됩니다. 그녀의 책들은 불구가 되고 비틀릴 것입니다. 그녀는 고요히 써야 할 곳에서 분노(rage)에 싸여 쓸 것이고, 현명하게 써야 할 곳에서 어리석게 쓸 것입니다. 또한 그녀는 등장인물에 대해 써야 할 곳에서 자기 자신에 대해 쓸 것입니다.[*]

작가가 작품의 등장인물(캐릭터)에 대해 냉정한 균형 감각을 유지하지 못할 때, 그 결과 여성이 처한 현실에 대해 "자기 자신"의 분노를 직접적으로 표현할 때 작품의 온전성integrity이 파괴된다. 울프가 보기에 좋은 작품의 요체는 온전성이다. "소설가에게 있어서 온전성이라는 말로 표현되는 것은 작가가 독자에게 부여하는 이것이 진실이라는 확신입니다."(울프, p.93) 울프의 주장은 해묵은 쟁점 하나를 제기한다. 급박한 현실의 고발과 그 고발을 가능케 하는 작가의 분노를 작품의 온전성이라는 이유로 억누르는 것은 온당한가? 때로는 즉각적 고발이 필요한 상황도 있지 않은가. 여기에는 또 다른 쟁점인 경향성tendency의 문제도 관련된다.

　　울프의 문제제기는 한국문학사의 지난 경험을 상기시킨다. 1980년대 후반 노동운동의 물결 속에서 급격하게 쏟아져 나왔다가 그만큼이나 빠르게 열기가 사그라진 노동소설의 사례다. 당대 노동소설의 역사와 공과를 평가하는 작업은 별도의 글을 요구한다. 그러나 울프의 지

* * *

[*] Virginia Woolf, *A Room of One's Own/Three Guineas*, New York : Oxford UP, 1998, p.90.

적과 관련해 한 가지는 지적해두고 싶다. 1980년대 노동소설은 작가들이 참혹한 노동 현실에 대해 느꼈던 "분노"에 함몰되지 않고 작품을 "현명하게" 썼는가? 나는 여기서 시간의 흐름을 견디고 살아남는 작품이 지니는 문학성의 가치를 무조건 옹호하고 싶지는 않다. 때로는 그런 '문학성'보다 더 긴급한 현실의 요구가 있고 작가들은 글쓰기로 그런 요구에 부응해야 할 때도 있다. 그러나 그런 모습이 바람직한 것인지는 숙고해야 할 문제다. 예컨대 시간의 흐름을 견디고 지금도 읽히는 당대 노동소설이 무엇이 있는지 선뜻 떠오르는 작품이 별로 없다. 단순한 비교는 어렵지만 노동소설을 표방하지 않은 조세희의 『난장이가 쏘아올린 작은 공』이 '현대의 고전'에 오른 이유를 고민해 봐야 하지 않을까.

서두가 길었다. 울프의 견해에 기대어 내가 제기하려는 질문은 이것이다. 지금 나오는 페미니즘소설들은 작가의 "분노"의 표현이 아니라 "현명하게" 쓴 결과물인가? (생물학적) 남성 비평가가 페미니즘소설을 읽는다는 것은 늘 조심스러운 일이지만 나는 이 질문을 들고 세 편의 작품을 읽는다.

2

소설이 읽히지 않는다는 시대에 베스트셀러가 된 조남주 장편소설 『82년생 김지영』*을 어떻게 평가해야 할까. 이 소설처럼 대중적 호

• • •

* 　조남주, 『82년생 김지영』, 민음사, 2016. 이하 『82년생』으로 약칭하며 인용 시, 면수만 표기한다.

응을 받는 작품의 경우 단지 작품 내적인 분석과 해석만으로 비평의 역할이 그칠 수는 없다. 그것과 함께 왜 작품이 읽히는가, 이 작품이 대중의 정서와 어떤 지점에서 만나는가라는 질문을 동시에 고민해야 한다. 나는 짧게나마 이 질문들의 답을 살펴보겠다. 먼저 작품 내적인 평가. 『82년생』이 소설의 내용과 형식면에서 뛰어나다고 할 수는 없다. 형식적으로도 독특한 면이 없다. 내용도 제목에서 떠올릴 수 있는 예상 그대로다. 이 소설은 1982년생 여성인 김지영(작품 출간시점인 2016년 현재 만 34세)이 태어날 때부터 직장을 그만두는 2014년까지의 인생역정과 그에 대한 외부적 시선의 후일담으로 구성된다. 김지영의 삶의 기록에는 수많은 성적 차별의 기록과 고발이 새겨져 있다. 차별의 양상은 가족, 학교, 직장, 교우 관계 등 삶의 각 국면에서 나타난다. 전통적 장편소설이라기보다는 일종의 사회학적 보고서라 할 수 있는 뻔한 형식과 내용이지만* 이 소설을 적지 않은 독자들이 찾아 읽는다면(내가 읽은 것은 9쇄 판본이다), 그것은 짐작컨대 성적 차별의 디테일에 대한 구체적 묘사와 설명 때문일 것이다. 작품 도입부부터 이 작품이 전통적 소설과는 차이가 있다는 걸 분명히 드러내는데, 소설이 아니라 신문 기사, 르포의 인상을 준다.

· · ·

* 이 소설은 일단 길이 면에서 장편이 아니라 가벼운 장편, 경(輕)장편이다. 경장편은 중편과 장편의 중간에 위치하는 길이이다. 그로인해 이 작품이 속도감 있게 읽힌 이점이 나온다. 경장편의 등장은 SNS의 확산과 함께 점차 긴 글을 쓰지도, 읽지도 않게 되는 독서 환경의 변화와도 관련된다고 판단된다. 좀 더 구체적인 검토가 필요한 문제다.

김지영 씨는 우리 나이로 서른네 살이다. 3년 전 결혼해 지난해에 딸을 낳았다. 세 살 많은 남편 정대현 씨, 딸 정지원 양과 서울 변두리의 한 대단지 아파트 24평에 전세로 거주한다. (…중략…) 시댁은 부산이고, 친정 부모님은 식당을 운영하시기 때문에 김지영 씨가 육아를 전담한다. 정지원 양은 돌이 막 지난 여름부터 단지 내 1층 가정형 어린이집에 오전 시간 동안 다닌다. (9면)

주인공 김지영의 형상화는 매우 전형적이다. 여기서 전형성은 루카치적 의미에서 개별성과 보편성의 통일로서의 특수성·전형성이라기보다는 사회통계학적 시각에서 추출된 사회적 전형성, 30대 직장 여성의 전형social type이다. 당대 20~30대 여성의 평균적인 모습이 이 소설을 읽는, 김지영 씨와 비슷한 조건에 처한 직장 여성들, 혹은 남성들의 공감을 불러일으켰으리라 짐작된다. 작가는 영리하게도 그런 공감을 불러일으킬 만한 디테일을 작품 곳곳에 배치한다. 김지영 씨가 어릴 때부터 여자아이였기 때문에 당하는 차별(25면), 자신과 다를 바 없었던 엄마의 삶(36면)의 묘사 등이 그렇다. 구체적으로 여자애들이 느끼는 "남자에 대한 환멸과 두려움"(65면), "남학생들은 여학생들에게 꽃이니 홍일점이니 하면서 떠받드는 듯 말하고 했"(91면)던 대학생활, 그리고 "미로 한가운데 선 기분"(123면)을 느꼈던 직장생활의 차별과 어려움을 겪는 김지영 씨의 모습이 제시된다. 김지영 씨가 겪은 이런저런 성적 차별과 함께 여성의 사회적 위치를 보여주는 통계자료들이 근거 자료로 덧붙여진다.(124면) 노골적인 작가의 개입이다. "김지영 씨가 회사를 그만

둔 2014년, 대한민국 기혼 여성 다섯 명 중 한 명은 결혼, 임신, 출산, 어린 자녀의 육아와 교육 때문에 직장을 그만 두었다."(145면) 그리고 이제 아이 엄마가 된 김지영 씨가 모성애를 일방 찬양하는 사회적 풍토나 그녀로서는 도저히 납득할 수 없어 하는 "맘충"으로 여성들이 욕먹는 것을 비판하는 모습이 제시된다.(164면)

신문기사에 어울릴 법한 이런 상황 묘사와 통계자료의 제시는 한편으로는 비문학적, 도식적이라는 느낌도 준다. 하지만 그런 묘사들이 김지영과 그녀 주위의 여성 가족들, 동료들의 삶과 생활을 통해 제시되면서 일정한 구체성을 획득한다. 소설의 핵심은 결국 서로 다른 성 사이의 이해와 재현의 (불)가능성을 다룬 것이다. 소설의 결말에는 약한 반전이 있다. 한 성이 다른 성을 섣불리 이해한다고 믿는 것의 어려움이나 남성들이 쉽게 빠질 수 있는 자기기만의 지점을 드러낸다. 2016년의 현재 시점에서 책에서 서술된 김지영 씨의 이야기는 남성 정신과 의사가 "김지영 씨와 정대현 씨의 얘기를 바탕으로 김지영 씨의 인생을 거칠게 정리"한 것(169면)이라고 제시된다. 여기서 작가는 남성 정신과 의사 '나'의 1인칭 시점을 택해, 관념적 '남성 페미니즘'의 한계를 보여주려 한다. '나'는 관념적으로는 여성의 현실을 이해한다고 믿지만, 자신의 병원 영업에 걸림돌이 되는 여직원의 어려움은 바로 묵살한다. "아무리 괜찮은 사람이라도 육아 문제가 해결되지 않은 여직원은 여러 가지로 곤란한 법이다. 후임은 미혼으로 알아봐야겠다."(175면) 위선이라기보다는 자기기만이고, 그 자기기만을 만들어내는 가부장제 시스템이 고발의 대상이다.

앞서 나는 이 소설의 인기는 김지영 씨의 전형적 상황에 대한 그 세대 직장 여성들의 공감 때문이라고 썼다. 그런데 여기서 공감이라는 말이 꼭 긍정적인 의미로 사용된 것은 아니다. 바로 그런 즉각적 공감이 베스트셀러의 전형적 요소다. 베스트셀러는 대중들의 욕망과 즉각적으로 공명한다. '이 소설의 이야기는 바로 나의 이야기야'라는 식의 공감. 그런데 이렇게 정서적 공감을 주는 대중소설은 대중의 욕망을 투사하는 장으로 기능하고 독자들에게 새로운 인식과 사유의 충격을 제시하지는 못한다. 낯익은 것의 반복이다. 이런 류의 소설 읽기에서 새로운 것은 생성되지 않는다. 언뜻 보기에 이 작품이 고발하는 여성 억압적 내용들은 매우 비판적이고 문제제기적이라고 읽히지만 그런 판단은 피상적이다. 그 고발의 내용들은 이미 알려진 사실들이다. 물론 그런 내용들을 아직 모르고 있는 독자들에게 그 사실들을 더 널리 알리는 역할을 했다는 점을 작품의 덕목으로 인정할 수 있다. 고발문학, 혹은 경향문학의 기여점이다. 그러나 그런 양적인 측면이 한 작품이 지닌 질적인 가치를 담보하지는 못한다. 좋은 작품은 그 작품의 형식적, 내용적 낯섦으로 독자를 미지의 영역으로 끌고 간다. 이 작품은 어떤 미지의 것을 독자에게 보여주는가? 이런 방식으로라도 다수 (여성)독자가 공감하며 울분을 확인하게 해주는 작품이 필요한 것이 아닌가라는 옹호의 입장을 일면 이해하면서도 다시 던지게 되는 질문이다.

3

강화길의 장편 『다른 사람』*을 읽으며 울프가 말한 문제, 분노가 압도하는 소설의 문제를 떠올린다. 이 소설은 한마디로 분노의 소설이다. 분노라는 정념이 지배한다. 칭찬이 아니라 비판으로 하는 말이다. 소설에는 여성이 당하는 수많은 고통과 억압, 특히 성폭력의 문제가 제기된다. 소설은 1인칭 시점으로 주인공 진아의 이야기를, 3인칭 시점으로 진아가 애증의 관계를 맺는 친구들인 하유리, 양수진의 이야기, 그리고 성폭력의 가해자이자 그 공모자라 할 만한 김동희, 여자 교수 이강현, 양수진의 남편이자 진아의 선배인 류현규의 이야기가 제시된다. 이 소설에서 특기할 만한 것은 억압하는 남성·억압당하는 여성의 이분법적 틀을 깬다는 것이다. 정확히 말하면 소설은 남성-여성의 지배 종속 구조만이 아니라 여성들 사이의 역학 관계에 주목한다. 범박하게 말하면, 작가가 관심을 두는 것은 성적 관계의 양상이라기보다는 성적 관계를 아우른 인간 관계 모두에서 관철되는 권력의 문제다. "누군가의 권력에 굴복한 적 있다는 경험이, 제대로 맞서본 적이 없다는 자기혐오가 결국 나를 무너뜨린 걸지도 모른다."(275면) 그만큼 작가의 관점은 『82년생』의 그것보다 더 깊게 성적 관계의 이면을 파고든다. 화자인 '나'·진아가 어린 시절부터 깨달은 것도 그런 인간 관계의 역학이다. 성적 관계도 결국 힘의 문제라는 것이다. "그러고 보면 사람은 누군가의 약점을 쥐고 있는 게 큰 무기가 될 수 있다는 걸 어린 시절부터 이미

. . .

* 강화길, 『다른 사람』, 한겨레출판, 2017. 이하 인용 시, 면수만 표기한다.

잘 알고 있는 것 같다."(42면) 이 구절은 소설 전체의 문제의식을 요약한다. 그리고 "누군가의 약점"은 많은 경우 먹고 사는 문제에서 비롯된다. 그래서 상사의 폭력을 고발하는 진아에 대해 회사는 이렇게 대꾸한다. "대체 왜 그랬나. 결국 회사와 자네 이름 유출되고 이게 뭔가. 진아 씨, 우리는 이미지로 먹고 사는 회사야. 여행사 아닌가."(25면) 소설의 정조는 매우 음울하다. 희망의 기운은 거의 느껴지지 않는다. 작품의 정조는 성적 관계에서 작동하는 권력이 만들어낸다. 진아가 폭행을 당한 것도, 그 세부 내용이 정확하게 묘사되지는 않지만, 직장의 상하관계 때문이었다. "그는 내 직장 상사였고, 그건 다섯 번째 폭행이었다. 그날 나는 그를 신고했다."(13면) 그러나 그 해석의 기준은 역시 합리적 이성이나 논리가 아니라 먹고사는 일이 달린 이해 관계의 문제다. 진아의 직장 동료인 김미영의 태도가 좋은 예다.

그나마 가장 친하다고 생각했던 회사 동료가 나를 천박한 여자로 묘사해서 인터넷에 글을 올린 일에 대해. (…중략…) 나를 편들어 주던 익명의 사람들이 하룻밤 사이에 등을 돌리고 나를 쓰레기 취급한 일에 대해. (33면)

이런 양육강식의 권력 논리는 반드시 강한 남성 대 약한 여성의 관계에서만 작동하는 게 아니다. 조금은 상투적인 것처럼 읽힐 수도 있지만, 대학, 그것도 지역에 위치한 이름 없는 대학에서 권력을 쥔 여성 교수와 그 권력을 이용하려는 남성의 관계를 다룬 대목이 눈길을 끈다. 가상의 도시인 안진시의 안진대학교에서 벌어지는 여성 교수 이강현과 김동희의 관계가 그렇다. 두 인물은 오직 눈에 보이는 현실의 이익과 권력 관계에만 관심을 두는 철저한 현실추수주의자, 혹은 물질주의자들이다. 나는 이들의 관계 묘사를 실감나게 읽었다. 거기에는 이 시대를 지배하는 힘의 논리가 내면화되는 과정에서 특정한 성이라고 예외일 수는 없다는 작가의 판단이 깔려 있다. 오히려 여성은 사회적 약자이기 때문에 그런 힘의 논리에 더 예민할 수밖에 없다는 점을 이강현 캐릭터는 보여준다. 강자의 논리를 내면화한 여성의 모습이다.

> 그녀는 지금까지 자신을 밀어붙여 왔다. 순간 그 이유를 깨닫는다. 살아남기 위해서다. 오직 살아남기 위해서. 남자든 여자든, 그녀의 생존에 방해가 된다면 가차 없이 제치고 뛰어올랐다. 앞으로도 얼마든지 그럴 것이다. (272면)

그런데 이런 이강현의 생각이나 말, 태도가 얼마나 그 나름의 고유성을 지녔는지는 별개 문제다. 이 작품에 꽤 많은 문제적 인물들이 등장하고, 그들 각각은 나름의 굴곡어린 삶의 내력을 지녔다. 하지만 그 각각의 인물들의 삶에서 우러나오는 말과 행동과 태도를 작품은 생생하게 그리지 못한다. 그런 고유한 묘사의 부족은 인물의 디테일한 형상화에서 두드러진다.

내가 꼽는 소설의 성취를 판단하는 기준 중 하나. 작품이 등장인물들의 외모, 어투, 생활방식, 행동을 얼마나 디테일하게 전달하고 있는가이다. 그런 디테일들이 인물의 고유성을 구성한다. 이 소설은 그런 점에서 아쉬움이 남는다. 작가가 인물의 고유성보다는 인물들이 겪는 사건과 상황의 급박함에 눌린 셈이다. 작가는 그런 압도적 상황의 무게를 미흡한 인물 묘사의 변명거리로 제시할지 모르겠지만 그렇게 쉽게 넘어갈 문제는 아니다. 비슷한 맥락에서 이 소설의 남성 인물형상화가 입체성을 지니지 못한 것도 지적해둘 만하다. 이 작품이 제시하는 많은 성적 관계의 쟁점들이 중요한 것들이고, 그것들을 '날 것'으로 제시하는 데서 오는 고발과 충격의 효과를 부인하지는 않는다. 하지만 그런 비판들이 어떤 새로운 사유의 생성으로 이어지지는 못한다. 이미 알려진 성적 관계의 폭력성을 고발하는 데 그친 인상이다. 그 점에서는 『82년생』과 궤를 같이한다. 작가는 정답을 제시하는 게 아니라, 인물과 사건을 통해 미지의 영역을 같이 탐구하는 동반자여야 한다. 이 작품은 뒤로 갈수록 정해진 페미니즘의 주장들을 도식적으로 제시하는 데 머문다. 탐구가 아니라 주장이 앞서는 작품이 좋은 소설이 될 수는 없다. 작가적 의도와 작품이 거둔 객관적 '성취'의 낙차가 적지 않다.

4

　　김혜진 장편 『딸에 대하여』*의 미덕. 앞의 두 작품과는 구별되게 한 여성의 삶과 내면에 서사의 초점을 맞추면서 그 삶의 양상을 입체적으로 접근한다는 점이다. 앞의 작품들에서도 나타나듯이 주로 20~30

• • •

* 　김혜진, 『딸에 대하여』, 민음사, 2017. 이하 인용 시, 면수만 표기한다.

대의 젊은 여성들을 주인공으로 내세우는 요즘 작품들의 경향과는 다르게 『딸』은 앞 작품들의 주인공 나이 정도의 여성(대학강사)을 딸로 둔 엄마의 1인칭 시점에서 서술된다. 더욱이 그 딸의 연인이 여성으로 제시된다. 소설은 동질적 여성이라는 편리한 구호를 문제 삼으면서We are Sisters!, 여성들 안의 차이Women in Difference, 특히 세대 간의 차이와 성적 지향성sexual orientation의 차이라는 무거운 문제를 교차시키는 서사 구조를 택한다. 그리고 그 갈등 구조를 '나'의 시점에서 집중적으로 조명함으로써 서사의 집중성을 높인다. 의미 있는 시도다. 여성 일반으로서 여성들이 겪는 차별의 양상을 고발하는 목소리는 높지만 그 여성들 안의 차이가 발생시키는 문제들에 대한 냉정하고 세심한 천착은 많지 않았기 때문이다.

소설의 여성들은 각자의 처지에서 경제적 약자들이다. 여성이기보다는 엄마로 자신을 호명하는 '나'는 "예순이 넘"은 전직 교사·현직 요양원 간병인으로 "간병인 파견업체에 소속된 사람"(57면)이다. 딸은 비정규직 시간강사이고 그 때문에 고초를 치른다. '나'가 매우 못마땅해하면서 "정체불명의 여자애"(53면)로 부르는 딸의 동성 애인도 고정된 일자리가 없다. '나'가 돌보는 노년 여성인 '젠'도 한때의 활발했던 사회 활동조차 이제는 기억 못하는 무기력한 노인이다. 등장인물들이 처한 사회적 약자의 위치가 다시 서로를 착취하려는 악순환을 만든다. 특히 엄마인 '나'는 그런 의식이 더 강하다. 작품이 그런 점을 포착한 것도 눈에 띈다.(9면) 비정규직 간병인인 '나'와 정규직 시간강사인 딸의 관계, 혹은 '나'와 알바로 일하는 딸의 애인의 관계를 그리면서, 작가는 이들이 처한 경제적 조건의 문제를 깊이 다루지는 않지만('나'의 의식에 초점을 맞추는 서사의 구조상 그럴 수도 없다), 그런 경제적 조건의 유사함조차 세대 간의 벽을 쉽게 넘을 수 없다는 걸 보여준다. "며칠 동안 딸과 나 사이에는 캄캄한 침묵이 흐른다."(69면) 하지만 그래도 '나'는 딸과 딸의 애인의 삶과 관계를 알려고, 이해하려고 노력한다. 소설에는 세대 간의 차이, 성적 취향의 차이를 쉽게 넘어설 수 없다는 것을 드러내는 대목들이 곳곳에 묘사된다. 거기에는 여성이라는 공통성으로 쉽게 넘을 수 없는 감성과 인식의 차이가 있다는 판단이 설득력 있게 작용한다. "이 애들은 세상을 뭐라고 생각하는 걸까. 정말 책에나 나올 법한 근사하고 멋진 어떤 거라고 믿는 걸까. 몇 사람이 힘을 합치면 번쩍 들어 뒤집을 수 있는 어떤 거라고 여기는 걸까."(51면) 이런 우려는 '나'가 느끼는 불안감에서 나온다. '나'는 자신이 돌보는 늙은 여성 '젠'의 삶을 상상하면서 시간이 흘렀어도 여성의 위치는 변하지 않았다고 느낀다. 젠과 '나'가 살아온 삶을 딸에게 물려주고 싶지 않다는 '나'의 욕망, 그리고 그 욕망이 다시 좌절될지 모른다는 두려움이 딸의 이해할 수 없는 행동에 대한 '나'의 불안감을 증폭시킨다. 그리고 그런 불안감을 만들어내는 현실, 어떤 공적인 공감이나 연대의 정신은 시들어가고, 개인의 사적 욕망이 압도하는 현실에 대한 비판적 인식이 동시에 작용한다. "그런 식으로 세상일이라고 멀리 치워버릴 수 있는 것들이 하나씩 둘씩 만들어지는 거겠지. 한두 사람으로는 절대 바꿀 수 없는 크고 단단하고 거대하고 무시무시한 뭔가가 만들어지는 거겠지."(126면)

『딸』의 미덕은 그 "크고 단단하고 거대하고 무시무시한 뭔가"를 섣불리 판단하거나 고발하지 않고 다만 그 현실 앞에 놓인 '나', 혹은 독자인 우리들에게 어떤 태도가 가능할지 고민한다는 점이다. 그래서 섣부른 희망을 말하지 않는 것이 이 작품의 미덕이 된다. "나는 오늘 주어진 일들을 생각하고 오직 그 모든 일들을 무사히 마무리하겠다는 생각만 한다. 그런 식으로 길고 긴 내일들을 지날 수 있을 거라고 믿어 볼 뿐이다."(197면) 요즘 소설에서 종종 보이는 이해의 (불)가능성이라는 상투적 주제에 갇히지 않고, 그걸 구체적 인간 관계, 특히 여성들의 관계에서 섬세하게 탐구하는 것이 돋보인다. 이런 묘사는 작가가 취한 섬세한 관점의 소산이다. 그리고 이 소설은 1인칭 화자를 택했을 경우에 가능한 장점을 잘 활용한다. 작품의 전체 톤은 가라앉아 있는데, 거기서 오히려 강한 정념이 느껴진다. 그 정념을 전달하는 능력이 있다. 그리고 딸이나 딸의 동성애인의 경우에도 1인칭 시점의 한계상 그들의 내면을 직접 드러내는 것은 어려우나 그 인물들이 하는 말과 행동을 통해 그 내면을 짐작하게 만드는 작가의 능력도 있다. 1인칭 시점을 썼기에 작품의 주요 관심사인 이해의 (불)가능성의 문제가 더 도드라지게 나타난다. 작품의 내용과 형식·기법을 잘 결합한 예라 할 만하다. 작가의 다음 작품을 기대하게 한다. (2018)

미투와
낭만적 정념

1. 문학장의 정념 구조

계간문학 평을 쓰면서 스스로 다짐한 게 있다. 가능하면 문학 일반론적인 얘기나 논쟁적인 글보다는 주목할 작품을 다루는 작품론이나 작가론을 쓰자는 것이다. 이번 글은 내가 거리를 두려고 했던 글, 읽기에 따라서는 논쟁적일 수 있는 문학 일반론적인 글이다. 그런 점에서 이 글은 내 글쓰기의 욕망이 아니라 그 욕망을 둘러싼 상황이 강요한 글이다. 나는 '핫 이슈'가 된 한국문학 공간의 '정념 구조'를 살펴보겠다. 그 결과 이 글은 어쩔 수 없이 다소 산만하고 파편적인 글이 되었다. 나는 몇 개의 키워드를 중심으로 그 정념 구조를 살펴보겠다. 단순화를 무릅쓰고 말하자면 한국문학 공간의 어떤 부분은 낭만적 정념에 사로잡혀 있다. 이 글에서 복잡다단한 유럽 낭만주의의 역사와 특징과 차이를 세세히 살펴볼 수는 없다. 그러나 적어도 영문학의 경우만 살펴보더라도 낭만주의는 일부의 오해와는 달리 현실로부터의 도피나 일탈과는 거리가 멀다. 낭만주의 1세대로 불리는 블레이크, 워즈워스, 코울리지의 경우는 당대 산업혁명과 자본주의의 정착, 프랑스혁명 등 사회적 격동의 여파를 온몸으로 느끼면서 그 여파를 표현하는 시를 썼다. 후에 자본주의의 정착과 프랑스혁명이 낳은 환멸감은 드러나지만 그로 인한 시와 혁명의 관계에 대한 고민은 낭만주의 2세대로 불리는 바이런, 셸리, 키이츠 등의 시에서도 강하게 표현된다. 이런 고민들은 이후 낭만적 정념으로 변형된다. "낭만주의는 세상으로부터의 정신적 소외를 보상하기 위하여, 그리고 부르주아지와 속물들의 정신, 적대적인 태도에 대한 방패막이로 그의 개인주의를 극단화시켰다."[*] 자본주의의 새로운 지배계급이 된 "부르주아지와 속물들의 정신"에 대해 작가와 시인들은 자발적 거리두기와 소외, 고립의 태도를 취한다. 그 결과 물신화된 사회, 예술가의 소외와 고립, 천재적인 예술가에 대립되는 속물화된 대중 등으로 제시되는 근대예술의 이미지가 나타난다. 한국문학 공간의 정념 구조에는 이런 변형된 낭만적 정념에 근거한 문학관이 지배하고 있다.

2. 댄디즘

기형적으로 변형된 낭만적 정념의 한 형태가 한국문학 공간에서 종종 언급되는 댄디즘dandyism이다. 유럽문학사에서 댄디즘은 19세기 초반에 영국의 부르주아를 중심으로 귀족들의 취향과 생활방식, 정신적 귀족주의를 따랐던 시도이다. 댄디즘의 핵심은 "세련된 감정"과

* * *

* 아르놀트 하우저, 반성완 · 백낙청 · 염무웅 역, 『문학과 예술의 사회사』, 창비, 1999, 232면.

"언어의 세심함"이다. 일부의 오해처럼 세련된 옷차림이나 외모 꾸미기의 문제만이 아니다. 19세기의 유력 문인들인 바이런, 포우, 와일드, 그리고, 보들레르 등이 댄디즘과 관련된다. 그러나 댄디즘은 시간이 갈수록 정신의 귀족주의와는 동떨어지면서 외양에만 신경을 쓰는 위선적인 태도와 연결된다.* 여기서 주목할 것이 정신의 귀족주의다. 이런 귀족주의는 부정적인 함의를 지니지 않고 자본주의가 가져온 상품화, 물신화, 속물화에 맞서는 거리두기와 저항의 태도를 표현한다.

예컨대 20세기 전반기 유럽 모더니즘의 창시자들인 아웃사이더들이 그렇다. 19세기 말 뮌헨과 파리의 보헤미안들, 1차 세계대전에 저항했던 다다이스트들, 살바도르 달리처럼 자기선전에 능한 초현실주의자들이 그런 이들이다. 이들은 독창성과 차별성을 옹호하면서, 부도덕한 사람, 추악한 것의 애호자, 미친 사람으로 불려도 개의치 않는다. 고흐도 다른 모더니스트처럼 사람들 속에 있으면서도 혼자이고 싶어 했다. 19세기 문화계에 북적대고 있던 아방가르드 예술가들은 대체로 이런 집단적 개인주의를 가능케 하는 기반을 닦았다.** 애초에 댄디즘이 지향했던 정신적 귀족주의는 현실로부터의 도피나 일탈이 아니라 문학예술을 옥죄는 자본주의의 힘에 저항하려는 표현이다. 그런데 이런 댄디즘은 점차 귀족의 이미지를 본뜨려는 우아함의 포즈나 제스처로 변질되었고 문학인, 예술인들의 고고함과 정신적 우월감으로 표출되었다. 그것이

• • •

* Hugh Holman & William Harmon, *A Handbook to Literature* (6th edition), Macmillan, 1992, p.126.
** 피터 게이, 정주연 역, 『모더니즘』, 민음사, 2015, 85면.

한국문학장에서 예술가연하는 이들의 일탈과 객기로 나타난다.

3. 사례들

현재 드러나고 있는 문학예술인들의 성폭행과 그를 고발하는 미투운동에서는 이런 변명이 종종 나온다. '문학예술인들에게는 어느 정도는 사회적 일탈이 허용되어야 한다'고. 일종의 '문학예술 예외주의'다. 몇 가지 사례를 살펴보자.

사례1) 오스카 와일드(1854~1900). 1895년 미성년자와 동성연애 혐의로 기소되어 재판 결과 유죄 판결을 받고 2년 동안 레딩교도소에 수감되었다. 1897년 1월 19일 출옥하였으나, 영국에서는 영원히 추방되어 파리에서 빈궁하게 살다가 뇌수막염에 걸려 사망하였다. 그런데 그가 교도소에 수감된 것은 당대의 성이념, 동성애를 죄악시하는 성이데올로기를 거슬렀기 때문이다. 와일드의 삶은 성폭행이나 성추행과는 상관없다.

사례2) 시인 셸리(1792~1822). 셸리는 런던에서 해리엇 웨스트브룩과 사귀게 되었다. 해리엇은 16세였다. 두 사람은 1811년 정식으로 결혼했다. 그러나 셸리는 1814년 철학자 윌리엄 고드윈의 딸 메리를 만나게 되고 두 사람은 사랑에 빠진다. 그 결과 아내 해리엇은 하이드 파크의 연못에 투신자살하고 말았다. 1816년 셸리는 메리와 재혼했다. 셸리의 사례는 최근 한국영화판에서 논란이 된 어느 감독과 배우의 관계를 연상시킨다.* 해리엇의 자살은 분명 비극적이다. 셸리를 도덕의 기준으로 비난할 수도 있다. 그러나 어쨌든 그것은 한 가정의 사적 관계에서 발생한 비극이다. 셸리와 해리엇과 메리의 관계에 강압에 의한 폭행은 없다. 지금 미투운동은 예상했던 대로 어느 정도의 혼란을 동반한다. 그중 하나는 개념을 뒤섞어 쓰는 것이다. 불륜이나 혼외 관계를 섣불리 옹호할 수는 없겠지만 그것이 쌍방의 동의와 합의에 의한 것이면 그 관계를 성폭행이나 성추문으로 규정할 수는 없다. 관건은 성적 관계에 강압과 힘이 작동했는가의 여부이다.

사례3) 화가 피카소(1881~1973)와 작가 D. H. 로런스(1885~1930). 피카소는 여러 명의 여성들과 결혼을 하거나 동거 생활을 했다. 그중에는 노년의 피카소가 만나 동거한 여성도 있다. 그러나 적어도 지금까지 밝혀진 바로는 피카소가 이들 관계에서 강압을 동원했다는 증거는 없다. 로런스는 스승의 부인 프리다 위클리와 도주해 결혼했다. 다섯 살 연상의 프리다는 세 아이의 엄마였다. 당대의 도덕관에 따르면 불륜으로 비난받을 일이다. 그러나 로런스와 프리다의 관계는 합의와 애정에 근거한 관계였다. 만약에 피카소나 로런스가 맺었던 성적 관계에서 자발적 동의에 근거하지 않은 사례가 발견되었다면 그것은 이들이 예술가, 작가로서 거둔 업적과는 별개로 사회적, 법적 처벌을 받을 일이다. 생활인으로서의 작가, 시인, 예술가와 그들이 창조한 작품의 창작자로서 이들이 지니는 위상의 관계에 대해서는 뒤에 다시 논의하겠다.

• • •

---

* 이에 대해 나는 이들의 사생활을 보호해야 한다는 요지의 글을 썼다. 오길영, 「그들의 사생활」, (『아름다운 단단함』, 소명출판, 2019) 참조.

여기에 더해 시인 김수영이 언급한 장 주네(1910~1986)가 있다. 생활인으로 주네의 삶은 거리의 부랑아, 범죄자의 삶이었다. 사생아로 태어난 주네는 창부였던 어머니의 버림을 받고, 10세 때 절도죄로 감화원에 들어갔다. 그 후 탈옥하여 거지, 도둑, 남창, 죄수 생활을 했다. 주네의 사례에 주목하는 이유는 시인 김수영이 지금 논란이 된 어느 시인에게 했다는 말 때문이다.

그중에서도 고은을 제일 사랑한다. 부디 공부 좀 해라. 공부를 지독하게 하고 나서 지금의 그 발랄한 생리와 반짝거리는 이미지와 축복받은 독기가 죽지 않을 때 고은은 한국의 장 주네가 될 수 있다. (1965년 12월 24일)

생활인이자 사회적 존재로서 주네가 했던 각종의 일탈행위는 그것대로 평가되고 처벌받았다. 1947년 주네가 절도죄로 종신형을 선고받았을 때 사르트르 등의 탄원으로 대통령 특사를 받아 집행유예로 풀려났지만 그 특사가 온당한 것이었는지는 또 다른 쟁점이다. 나는 그것이 누구든 법적 평등이 적용되어야 한다고 보는 입장이다. 작가 자신의 경험을 바탕으로 한 남색, 반역, 증오, 범죄 등 주네의 작품을 지배하는 주제들을 평가하는 문제는 그 개인적 경험과의 연관성을 고려해야 하지만, 그 고려가 생활인으로서 작가가 저질렀던 범죄나 비행의 옹호 수단이 되어서는 곤란하다. 이 문제에 대해서는 뒤에 승화sublimation의 문제와 관련해 다시 살펴보겠다. 당연한 얘기지만, 여기서 김수영이 고은에게 권고한 "공부"가 책공부만을 뜻하는 건 아닐 것이다. 주네의 강렬한 삶이 그걸 보여준다. "발랄한 생리와 반짝거리는 이미지와 축복받은 독기"는 부차적이다. 지성이 핵심이다. 그런데 이런 부차적인 것들이 마치 문학의 핵심인 양 착각하는 이들이 적지 않다. 문학의 문제는 "발랄한" 감각의 문제가 아니라 지성의 문제다. 더 정확히 표현하면 감각화된 지성, 혹은 감각과 결합된 지성이다. 마치 좀비처럼 되살아나 출몰하는(좀비의 속성은 undead다) 기이한 형상의 문학주의(문학순수주의, 문학감각주의)를 보면서 드는 생각이다. 문학을 좁은 의미의 '문학'(말재주와 감각)으로 한정할 때(나는 김수영이 그 점을 경계했다고 본다), 문학은 자신의 죽음을 재촉할 것이다. 나는 김수영의 수십 년 전 발언을 그렇게 해석한다. 가장 급진적인 시인이었던 랭보가 1871년 했다는 말도 그런 맥락에서 읽어야 한다.

시인이 되려면 먼저 자기 자신을 알아야 해. 오랫동안 모든 감각의 심각한 장애를 통해, 온갖 사랑, 고통, 광기를 통해 자기 일을 준비해야 하는 것이다. 자신을 찾아야 해. 이것은 말로 다 할 수 없을 만큼의 고통이므로 온갖 신념, 온갖 초인적 능력이 필요하지. 위대한 환자, 위대한 범죄자, 저주받은 자, 그리고 최고의 학자가 되어야 해!*

한국문학의 어떤 세대(나는 모든 세대라고 말하고 싶지는 않다)를 지배하고 있는 기괴한 낭만적 정념은 이런 랭보의 말을 오독·오해한 데서 기인한

• • •

* 피터 게이, 정주연 역, 앞의 책, 93면.

다. 이들은 랭보가 말하는 "사랑, 고통, 광기", "초인적 능력", "위대한 범죄자", 혹은 "최고의 학자"라는 말의 의미를 제대로 이해하지 못한 채 생활인으로서의 일탈과 기행을 랭보의 요구인 양 야무지게 착각하고 있다.

4. 문단

문단文壇이라는 독특한 개념이 있다. 사전적 의미로는 문학인으로 이루어진 사회적 분야, 혹은 문인文人들의 사회란 뜻이다. 문학계文學界, literary world라고 쓰기도 한다. 쉽게 말해 특정한 입문 과정을 거쳐 인증된 작가, 시인, 비평가, 극작가 등의 문학예술인들이 관계를 맺는 사회적 공간이다. 문학예술계도 사람들이 사는 곳이므로 이런 식의 관계 맺기 자체를 뭐라고 할 수는 없다. 그러나 한국문학계에서 문단은 그런 고상한 의미가 아니라 좀 더 다른 의미로 사용된다. 유력한 문학출판사나 문화·예술계의 (상징)권력자들을 중심으로 이뤄지는 사적 관계, 특히 '낭만적 정념'의 보조물인 술자리를 매개로 이뤄지는 *끈끈하고 사적인 관계*를 칭한다. 그런 관계에서 얼굴 알리기, 원고 청탁, 인맥 쌓기 등이 이뤄진다고 들었다. 앞서 언급했듯이 지금 문학계의 모든 문학인이 이런 문단 행태에 가담하고 있다고 보지는 않는다. 짐작컨대 그 행태는 세대별로 많은 차이를 보일 것이다. 그러나 문단을 지배하는 낭만적 정념의 구조는 여전히 힘을 행사한다고 봐야 할 것이다. 어쩌면 이미 다 알려진 진부한 사실을 이렇게 적는 이유가 있다. 프랑스 사회학자 부르디외 Pierre Bourdieu의 개념에 기대면 문학계는 크게 그 활동의 공간인 장field과 그 장에서 활동하는 문학인들의 아비투스habitus로 구성된다.* 부르디외는 탁월한 작가는 자신이 활동하는 장의 힘에 수동적으로 굴복하지 않으며 자신의 고유한 아비투스로 그 힘에 맞선다고 본다. 그가 드는 전형적인 사례가 플로베르와 보들레르다. 그렇게 맞서게 만드는 힘이 앞서 랭보가 말한 작가와 시인의 역량, "사랑, 고통, 광기", "초인적 능력", "위대한 범죄자" 혹은 "최고의 학자"의 역량이다. 현실에 맞서는 감각과 지성의 힘이다. 그리고 그 힘들은 강력한 개인주의적 태도에서 나온다. 어느 시의 한 구절이 떠오른다.

> 떠들썩한 술자리에서 혼자 빠져나와
>
> 이 세상에 없는 이름들을 가만히 되뇌곤 했다.
>
> 그 이름마저 사라질까봐, 두려웠기 때문이다.
>
> 절벽 끝에서 서 있는 사람을 잠깐 뒤돌아보게 하는 것,
>
> 다만 반걸음이라도 뒤로 물러서게 하는 것,
>
> 그것이 시일 것이라고 오래 생각했다.**

문학은 '문단'으로 표현되는 집단주의, 연고주의와 상관없다. 문학은 그런 관계를 의식적으로 벗어나려고 해야 한다. 철저한 고독과 개인주의

---

* 부르디외의 예술사회학에 대해서는 오길영, 「예술의 과학의 가능성」(『이론과 이론기계』, 생각의나무, 2008) 참조.
** 신철규 시집, 『지구만큼 슬펐다고 한다』(2017)의 서문. 권성우, 「고독과 쑥스러움」, 『인문예술』 3, 소명출판, 2017, 71면에서 재인용.

를 지향한다. 문학은 단독성^{singularity}의 표현이다.

랭보가 말한 "사랑과 고통과 광기, 초인적 능력, 범죄자나 학자로서의 능력"은 주어진 당대의 도덕적 관념에 대한 표면적인 거부나 일탈인 단순한 반도덕^{anti-morality}이 아니라 그 도덕의 개념을 넘어서는 초도덕^{super-morality}에서 발생한다. 반도덕의 행태로 꼽을 수 있는 예들이 광태狂態에 가까운 술주정과 그를 빙자한 성폭행, 약자들을 착취하고 성적으로 괴롭히는 최근의 작태들, 자신의 상징권력이 지배하는 공간에서의 갑질하기 등이다.

> 패거리의 작동원칙을 정리하면 이렇다. 첫째, 거침없이 자기네 맘대로. 둘째, 자기네한테 좋은 게 좋은 거. 셋째, 팔은 무조건 안으로. 한 친구는 내게 말했다. '나는 차라리 '표리부동'이 좋아요. 제발 자기 안의 추한 욕망을 거리낌 없이 표출하지 않았으면 좋겠어요.'*

이런 문단 "패거리의 작동원칙"에는 장과 아비투스의 길항 관계는 작동하지 않는다. 문학인의 초도덕성은 당대의 확립된 도덕과 사회적 합의를 표면적으로 거부하는 포즈가 아니다. 그 도덕과 합의의 기준과 근거를 캐묻고 감각적으로, 혹은 지성적으로 무너뜨리는 것이다. 그러나 어려운 점이 있다. 반도덕과 초도덕의 경계를 단순하게 구분하기 어렵다. 그리고 실제로 생활인으로서의 문학인들의 행태와 그들의 작품 사이에

• • •

* 심보선, 「철창 속 패거리」, 『씨네21』 1144호.

서 이 경계는 종종 흐릿하게 표현되거나 뒤섞인다. 비평의 역할은 그 경계를 사유하고 반도덕과 초도덕의 경계를 비판적으로 심문하고 다시 세우는 것이다. 문학과 비평은 그 점에서 도덕morality이 아니라 삶의 관계를 근원적으로 되묻는 윤리ethics와 관련된다.

5. 승화

작가의 초도덕주의는 생활인으로서의 작가가 보이는 일탈이나 기행이 아니라 작품을 통해서만 표현된다. 그 매개 과정을 표현하는 개념이 프로이트가 말한 승화sublimation이다. 프로이트는 겉으로는 성적인 목표를 겨냥하고 있지 않은 욕망에 의해 지탱되는 유형의 활동을 경제학적이고 역학적인 관점에서 승화라고 설명한다. 예를 들어 예술 창조, 지적 탐구, 사회적으로 큰 가치를 부여하는 활동 등이다. 이런 행동의 궁극적인 원동력을 성 욕동drive의 전환에서 찾는다. 프로이트의 설명이다.

> 성 욕동은 엄청난 양의 힘을 문화적인 작업에 쏟아 붓는다. 그것은 본질적으로 성 욕동이 강도를 잃지 않으면서 그것의 목표를 이동시킬 수 있는 특별히 눈에 띄는 특성 때문이다. 우리는 원래 성적이던 목표를 더 이상 성적이지는 않지만 심리적으로 그것과 결부된 다른 목표로 바꾸는 능력을 승화의 능력이라고 명명할 것이다.[*]

• • •

[*] 장 라플랑슈·장 베르트랑 퐁탈리스, 임진수 역, 『정신분석사전』, 열린책들, 2005, 211면.

이런 말들이 문학예술인에게 도덕군자적 태도를 요구하는 것이라고 오해할 수 있다. 그렇지 않다. 문학예술인이든 누구든 간에 인간은 프로이트가 말한 "성 욕동" 혹은 그것의 표현인 수많은 욕망에 사로잡힌다. 인간의 내면은 온갖 복잡하고 치졸하고 때로는 추잡한 욕망으로 법석인다. 누구도 도덕군자가 될 수는 없다. 그렇지만 인간은 사회적 존재이기에 그 욕동과 욕망을 날 것 그대로 표현할 수 없다. 그것을 표현하면 사회적 합의에 따른 법과 규율의 처벌을 받는다. 나는 여기서 가치판단이 아니라 사실판단을 하고 있다. 문학예술인이라고 이런 법과 규율에서 벗어날 수는 없다. 사회적 존재이자 생활인인 문학예술인도 예외는 허용되지 않는다. 그런 예외도 낭만적 정념의 표현이다. 그러나 문학예술인은 그런 욕동과 억압을 승화라는 매개를 통해 작품에 표현한다. 작품은 억압된 욕동이 제약 없이 표출되는 공간이다. 작품이 누리는 표현의 자유다. 거기에는 주네의 작품이 전형적으로 보여주듯이 온갖 종류의 반도덕적 행태들이 표현될 수 있으며 그것은 문학예술의 장에서 비평의 필터를 통해 평가되고 검증된다. 그 평가와 검증을 통해 작품이 표현하는 반도덕과 초도덕의 경계를 다시 사유하게 된다. 문학예술은 옳고 그름, 혹은 흑과 백의 관계에서 옳음을 지지하고 지향하지만 그 옳음의 근거를 지속적으로 사유하고 흑과 백으로 쉽게 나눌 수 없는 회색지대를 섬세하게 사유한다. 여기서 회색지대는 기회주의나 절충주의의 표현이 아니라 문학적 사유의 본성을 가리킨다.

6. 문학예술과 광기

지금까지 논의한 것을 들뢰즈를 빌어 이렇게 요약할 수 있겠다.

미치광이, 마약 중독자, 알코올 중독자의 경우도 마찬가지입니다. 다음과 같은 반론도 있지요. '당신은 한심한 공감을 들이대며 미치광이들을 이용하고, 광기를 찬양하는 노래를 부릅니다. 그리고 나서 당신은 쓰러지는 그들을 내버려두고 갈 길을 가죠.' 이런 반론은 맞지 않습니다. 우리는 사랑에서 모든 소유, 모든 동일시를 빼내려고 애씁니다. 사랑할 수 있게 되기 위해서 말입니다. 우리는 광기에서 광기가 담고 있는 삶을 추출하려고 애씁니다. 계속해서 삶을 말살하고 삶이 삶 자체를 외면하도록 만드는 미치광이들을 증오하면서 말입니다. 우리는 술에서 술이 담고 있는 삶을 추출하려고 애씁니다. 술은 마시지 않으면서 말입니다. 가령 헨리 밀러의 작품에서 순수한 물에 취하는 위대한 장면을 생각해 보세요. 생성은 술·마약·광기 없이 사랑하는 것이고, 점점 더 풍요로워지는 삶을 위한 절제-생성·평정심-생성(becoming-sober)입니다. 이것이 공감이고 배치하기입니다.[*]

들뢰즈의 말을 풀어쓰면 훌륭한 작가가 된다는 것은 "술·마약·광기 없이 사랑하는 것이고, 점점 더 풍요로워지는 삶"을 위한 "평정심"을 지키는 것이다. 술과 마약과 광기의 힘을 빌려 글쓰기를 하면서 작가 흉내, 시인 흉내를 내는 것은 "미치광이, 마약 중독자, 알코올 중독자"의 길을

• • •

* Gilles Deleuze & Claire Parnet, *Dialogue II* (revised edition), New York : Columbia UP, 2007, p.53.

택하는 것이지 글쓰기의 길과는 상관없다. 문학을, 글쓰기를 술, 마약, 광기와 등치시키는 낭만적 정념의 문학관, 그런 행태가 용인되는 전前 근대적인 문단과 정념 구조는 해체돼야 한다. 현실과 맺는 문학의 불화는 술, 마약, 광기에 의존하는 낭만주의적 일탈과는 아무런 관계가 없다. 들뢰즈가 말하는 '평정심-생성'의 의미를 숙고할 일이다. 그런 평정심-생성에서 사건으로서의 새로운 시와 문학이 탄생한다. "시는 다른 곳에 있다. 그것은 사람들이 만드는 현실과 사건 속에 있다. (…중략…) 진정한 시는 시를 비웃는다. 말라르메는 책을 찾으면서 시 작품을 폐지하는 것 외에 다른 것은 바라지 않는다."* 이제 한국문학의 새로운 정념 구조를 사유하고 생성할 때가 되었다. (2018)

* 라울 바네겜, 주형일 역, 『일상생활의 혁명』, 갈무리, 2017, 277면.

미투와 낭만적 정념   137

변화의 기미,
남는 아쉬움

무라카미 하루키『기사단장 죽이기』

1

일본에선 소설가 무라카미 하루키(이하 무라카미)의 애독자들을 '하루키스트Harukist'라고 부른다고 한다. '하루키 현상'도 있다. 그 말이 국내에 들어와 한국적인 하루키 현상을 낳았다.* 그 이유가 뭐든 작품이 출간되면 무라카미처럼 최소 수십만 권이 팔리는 작가는 현재 한국문학 공간에 거의 없다. 이렇게 널리 읽히는 작가를 좁은 의미의 한국문학에 속하지 않는다고 비평의 대상에서 논외로 하는 건 무책임하다.** 더욱이 무라카미는 다른 베스트셀러 작가와 달리 대중문학 작가라고 단정하기도 힘들다.*** 노벨상의 가치와 의미에 대해서는 또 다른

* 무라카미 하루키(村上春樹)의 이름을 적을 때 성(Last name)인 '무라카미'가 아니라 이름(given name)인 '하루키'라고 부르는 것도 이런 현상의 영향일 것이다.(성공회대 권혁태 교수의 견해를 참고) 그렇지만 나는 작가의 이름을 줄여 부를 때는 이름이 아니라 성을 적는 것이 타당하다고 판단한다.

** 그런데 내가 점검해 본 바로는『기사단장 죽이기』(이하『기사단장』)가 국내에서 출간된, 얼마 뒤에 나온 주요 가을 호 문예지들에서 이 작품을 본격적으로 논한 평론을 찾지 못했다. 이곳 비평계의 어떤 무의식을 보여주는 징후다.

*** 평단 일부에서는 무라카미의 작품을 대중문학이라고 폄하하는 경향도 있다. 하지만 그런 평가의 이유가

논의가 필요하지만, 무라카미는 매년 유력한 노벨문학상 후보로 이름을 올리고 있다. 그의 작품이 놓인 독특한 위치이다. 영문학의 예를 보더라도 19세기 중엽 디킨스Charles Dickens를 마지막으로 작품성도 있으면서 대중적으로 널리 읽히는 행복한 시대는 끝났다. 이른바 본격문학과 대중문학의 분리다. 그 분리가 바람직한지는 따져볼 문제지만 예술사·문학사의 현실은 현실이다. 그런 점에서 상당한 대중성을 얻으면서도 문학적 성취를 얻고 있는 무라카미의 사례는 분명 눈에 띈다. 무라카미 작품은 대중문학, 본격문학, 혹은 중간문학의 통상적인 범주 어디에도 속하지 않는 독특한 위상을 점한다. 어쩌면 그런 독특성이 그의 작품의 매력일 수도, 혹은 한계일 수도 있다. 그리고 그런 무라카미의 위상은 한국문학의 진로와 관련해서도 상당한 함의를 던진다.

무라카미 작품은 사회문화적 파급력을 지닌다. 그것의 부정적인 한 예가 선인세. 작품 출간 전후에 나온 언론보도를 보면, 『기사단장』의 선인세가 10억 원 이상이라는 말이 들린다. 납득할 수 없다. 몇 가지 제안을 한다. 첫째, 출판사들끼리 협약을 맺어 선인세 경쟁은 자제해야 한다. 적어도 입찰의 상한액은 정해야 한다. 선인세 10~20억은 과도하다. 과도한 입도선매 경쟁은 한국 작가들에게 열패감만을 심어줄 뿐이다. 둘째, 이 정도의 선인세를 투자할 여력이 있다면, 그 돈을 쪼개서 가능성이 있는 국내 작가들에게 선인세를 지급하는 방안을 고민

. . .

무엇인지를 구체적으로 밝힌 경우는 없다. 인상비평이다. 많이 팔리는 작품이 반드시 좋은 작품이라고 할 수 없듯이, 또한 베스트셀러라고 꼭 그저 그런 작품이라고 단정 짓는 것도 경솔한 판단이다. 필요한 것은 작품의 가치를 엄정하게 평가하는 것이다.

하길 바란다. 예컨대 2천만 원씩만 나눠서 선인세를 줘도 100~150명의 작가가 혜택을 받을 수 있다. 한국문학의 토양에 씨를 뿌리지 않고 그 열매만을 따먹으려는 것은 옳지 않다. 『기사단장』은 지금까지의 작품을 뛰어넘는, 시대의 핵심 문제를 정면으로 돌파하는 작품인가? 이 작품은 10~20억의 선인세를 지급할 만한 가치가 있는가? 수십만 권이 팔릴 정도의 대중성과는 별개로 그만의 문학적 성취를 거두고 있는가? 이 글이 살펴보려는 물음이다.

2. 변화하지 않은 것

『기사단장』에는 무라카미의 전작前作과 비교해 변하지 않은 것들과 변한 것, 혹은 좀 더 정확히 말하면 변화의 기미를 보여주는 점들이 섞여 있다. 『기사단장』을 이전 소설과 비교해 보면 적지 않은 공통점이 발견된다. 이런 것들이다. 1인칭 남성 주인공의 시점. 그 주인공의 일상성을 흔드는 기이한 사건. 그 사건에 결부된 인물들이 들려주는 서사의 전개. 이런 서사는 기본적으로 미스터리 스릴러의 대중서사 구조를 차용한다.* 덧붙여 남성 주인공의 여성 관계와 섹스의 전형적인 묘사, 현실-환상(판타지)을 오가는 행로, 독특한 공간 모티프와 이미지(우물, 숲, 벽 등)의 차용 등. 몇 가지만 살펴보자. 첫째, 현실과 환상을 뒤섞

. . .

* 무라카미가 좋아하는 작가 중 한 명이 하드보일드 추리작가 챈들러(Raymond Chandler)라는 것은 널리 알려진 사실이다. 장르문학 기법의 차용은 무라카미 작품의 대중성 확보에 중요한 역할을 하고, 작품의 흡인력(pager-turner)이 된다.

는 서사구성. 무라카미 작품에서는 현실과 환상, 꿈과 현실이 아무런 전조 없이 뒤섞인다. 그런 혼용의 지점을 자연스럽게 제시하는 점이 무라카미의 장점이고 한국소설도 배울 점이다. 꿈이 현실에, 현실이 꿈에 영향을 미친다. 무라카미가 뛰어난 점은 그 뒤섞음을 부자연스러운 이음매 없이 표현한다는 것이다. 그리고 그 혼용의 세계에서는 꿈이 현실에, 현실이 꿈에 영향을 미친다. 예컨대 『기사단장』에서 주인공 '나'와 아내 유즈의 꿈·현실에서의 섹스 장면이 그렇다. 그것은 "현실의 물리적인 제약을 초월한 어떤 방법"*으로 제시되는데, 그 묘사가 자연스럽다. 현실과 환상의 경계가 흐릿해지면서 나타나는 신비스러운 분위기는 인물과 대상, 배경, 공간 묘사에서도 나타난다. 『기사단장』도 다르지 않다.

　무라카미 소설에서 닫힌 공간은 죽음과 삶을 동시에 상징한다. 땅밑 공간-우물-구멍·"풍혈"의 모티프가 그렇다. '나'의 어린 동생의 죽음을 회상하는 장면에서 화자인 주인공 '나'는 "작은 구멍 앞에서 동생이 나오기를 기다리던 시간의 무게"(1:419)를 느낀다. 그 구멍은 죽음-생명의 양면을 동시에 지닌다. 이 작품의 핵심 모티프인 그림 '기사단장 죽이기'가 발견되는 공간의 묘사도 그렇다.(1:104) 이 공간은 평범한 공간이 아닌 숨겨진 다락방이다. 그곳에는 수리부엉이가 날아들고 낮에는 거기서 잠을 잔다. 언뜻 진부한 판타지문학의 요소처럼 보이지만 무라카미는 그런 대상들을 적절하게 서사의 필요 지점에 배치한다. 그는 장면 배

* 　무라카미 하루키, 『기사단장』(전 2권), 문학동네, 2017, 2권 217면. 이후 인용 시, '권수:면수'로 표기한다.

치의 운산運算에 능하다. '나'가 겪는 독특한 경험은 그만큼의 특별한 공간을 요구한다. "잡목림 속의 돌무덤 밑"(1:213)이나 "미스터리한 숲 속의 둥근 구덩이"(2:182) 등이 그런 공간이다. 이런 공간 모티프는 그의 이전 작품인 『세계의 끝과 하드보일드 원더랜드』나 『태엽감는 새』에서 사용된 모티프의 반복이다. 무라카미 소설은 기본 서사 구조와 이미지를 되풀이 사용한다.* 벽의 모티프도 그렇다. '나'는 반복적으로 땅 밑 구덩이를 에워싼 벽의 의미를 묻는다.(2:261, 2:285) 벽의 이미지는 팔레스타인의 벽과 "도쿄 구치소 독방의 벽"(2:263)으로 확장된다. 벽은 가두지만 동시에 벽을 통해 작중 인물들은 현실을 넘어선다. 역시 무라카미 소설의 반복 모티프다. 그런데 그 이탈이나 도주가 뭔가 이미 정해진 구도에서만 이뤄진다는 느낌을 준다. 소설에서 인위적으로 강렬한 도주의 모습을 그려야 한다는 게 아니다. 요는 이 소설에서 이탈이나 도주의 틀이 예상 가능한 범주에 머물고 있다는 것이다. 무라카미 작품 자체가 일종의 벽에 갇힌 느낌이다.

　　무라카미 작품에서 환상적 공간은 곧 현실 이면의 공간을 탐색하는 여정과 관련된다. 환상적 공간에서 그림 '기사단장 죽이기'에 그려진 인물들이 등장하여 '나'를 인도한다. 그 인도의 과정에서 만나는 "또 다른 새로운 광경"(2:415, 2:457)이나 강江의 이미지는 꽤 강렬하지만 역시 앞선 작품들과 구분되는 차별성을 두드러지게 보이지는 못한다. "내

<hr />

* 무라카미 작품은 창작이 아니라 제작, "샘플링"이라는 비판적인 평가도 있다. "문학의 데이터베이스에서 샘플링했다는 뜻이다". 오쓰카 에이지, 선정우 역, 『이야기론으로 읽는 무라카미 하루키와 미야자키 하야오』, 북바이북, 2017, 273면.

가 땅 속에서 겪은 일과 아키가와 마리에의 귀환 사이의 구체적인 병행 관계는 아직 알아내지 못했다."(2:457) 당연히 1인칭 화자인 '나'는 그 사태의 전모를 알아낼 수 없다. 1인칭 시점의 형식적 제약이다. 작품에 던져놓은 서사의 미스터리한 요소들이 명확히 해명되지 않고 작품이 끝나는 것을 비판하는 시각도 가능하다.(이른바 떡밥의 미회수) 그러나 현실-판타지의 해명할 수 없는 영역 자체의 의미를 제시하려는 무라카미의 입장에서는 부당한 비판으로 여길 수도 있다. 아마 이것이 작가가 『기사단장』을 비롯한 그의 소설에서 굳이 1인칭 (남성)화자의 서술시점을 택하는 이유이기도 할 것이다. 무라카미 소설은 구성의 특성상 1인칭 화자를 쓸 수밖에 없는 면이 있다. 무라카미 소설에는 공간만 비밀스러운 것이 아니라 인물들도 그렇다. 이 소설에서는 '나'의 이웃인 멘시키나 역시 이웃에 사는 소녀인 아키가와 마리에가 그렇다. 멘시키라는 "흔치 않"은 성(1:172)이나, 마리에라는 이름도 이국적이라는 인상을 준다. 이런 독특한 이름들은 인물의 유형을 '일본적인 것'으로 한정하지 않으려는 시도일 수도 있다. "오히려 수수께끼가 더 깊어졌을 뿐이다. 그는 대체 무슨 곡절로 그렇게 완벽한 백발이 되었을까?"(1:147)라고 '나'는 멘시키의 과거를 궁금해 한다. 그런데 무라카미 소설이 주로 1인칭 '나'의 시점을 택하므로, 주변 인물들의 삶을 깊이 탐구하기는 어렵다. 그런데 작가는 역으로 이런 서술시점의 효과를 활용하여 주변 인물들이 지닌 비밀스러운 내면의 느낌을 전달한다. '나'와 '나'가 묘사하고 상상하는 그들 사이에는 넘을 수 없는 재현의 벽이 존재한다. 그 서사적 거리를 작가는 활용한다. 거기에서 명료하게 포착할 수 없는, 인물을 둘러싼 아스라한 정조가 발생한다.

이전 작품과 마찬가지로 『기사단장』에서도 작가는 다양한 음악을 작품 곳곳에서 소개한다.(1:226, 1:275) 이전 소설과는 달리 그림 그리기, 예술의 의미라는 문제를 다룬 이 소설에서는 음악의 도입이 일면 납득된다. 그런데 다른 한편으로는 이런 음악들은 작품의 '격'을 높이려는, 혹은 어떤 고상한 분위기를 자아내려는 의도의 표현이라는 인상도 받는다. 무라카미의 소설에 등장하는 음악들이 꼭 서사의 필연성에 따른 것인지에 대해 의문이 든다는 뜻이다. 소설에서는 반드시 서사의 필연성에 꼭 맞는 디테일의 제시만 있는 것은 아니고 때로는 서사와 별개로 움직이는 디테일의 필요성과 역할도 있다. 그러나 예술의 문제를 다루는 『기사단장』에서도 그런 음악과 관련된 디테일들이 분위기 메이커의 역할을 넘어서고 있는지는 찬찬히 따져볼 필요가 있다.

그리고 이 소설도 그렇고, 그동안의 무라카미 소설이 보여준 문제 중 하나는 여성 인물을 대하는 태도다. 남성 주인공의 1인칭 소설을 택한 결과이다. 아마 그런 서사시점을 통해 작가가 깊이 파고들 수 없는 여성 인물들의 내면 묘사를 회피한 결과이겠지만 무라카미 작품의 여성 인물 묘사는 대체로 특정 유형을 반복적으로 사용한다. 강하게 표현하면 구태의연하다. 이것은 '나'를 비롯한 작중 인물들의 여성관을 비판하는 문제가 아니다. 그런 인물들은 현실의 반영일 수 있다. 문제는 그런 '나'를 바라보는 작가의 관점이다. 작가는 '나'의 여성을 대하는 태도를 어떻게 그리는가? 무라카미 소설의 남성 인물들, 특히 화자·주인공인 '나'가 여성 인물을 대하는 태도는 종종 이분법적이고 그래서 문제적이다. 여성 인물들은 대개 섹스파트너(불륜유부녀들)와 사랑의 대상(신비한 소녀, 아내)으로 이분법적으로 분류되어 제시된다.* 예컨대 이런 묘사.

> 솔직히 그녀가 내게 주는 육체적 쾌감은 두말할 나위가 없었다. 나는 지금껏 몇 명의 여자와 ─ 자랑할 만한 수는 아니지만 ─ 경험을 가졌다. 그러나 그녀의 성적 기관은 내가 아는 누구의 그것보다 섬세하고 변화가 풍부했다. 그것이 리사이클 되지 않고 몇 년이나 방치되어 있었다니 정말이지 유감스러웠다. (1:487)

'나'에게 어떤 여성들은 단지 "성적 기관"으로만 "리사이클"되는 대상이다. 반면에 '나'의 아내를 비롯한 어떤 여성들은 이상화되고 신비로운 여성상으로 그려진다. 예컨대 "아름다운 소녀" 마리에가 그런 예다. 그녀의 그림을 제대로 그리기 위해 "그 무언가를 찾아내려면 그녀를 올바로 이해해야 한다"(2:121)고 '나'는 생각한다. 마리에는 뭔가 초현실적인 느낌을 주는 "소녀"다. 작품 말미의 '나'와 아내의 재결합이 다소 뜬금없게 느껴지는 이유도 그렇다. 1인칭 시점 때문에 아내의 내면이 드러날 수 없다는 제약도 작용하지만, 자신의 아내를 대하는 '나'의 변화가 그가 겪은 몇 가지 사건들에도 불구하고 설득력 있게 제시되지 않는다.

...

* 아마도 이런 이유로 『1Q84』에서 주인공으로 여성 인물인 아오마메를 내세운 걸로 보이지만, 아오마메의 형상화가 이분법적 여성형상화를 얼마나 벗어났는지, 얼마나 생생한 여성 인물로 그려졌는지는 의문이다. 무라카미의 여성 인물들은 뭔가 인공적이라는 느낌을 준다. 그 이유에 대해서는 특히 페미니즘의 시각에서 더 깊은 연구가 필요하다.

이점에서 무라카미의 초기 대표작인 『노르웨이의 숲』에서 독자를 사로잡았던 남녀 사이의 심리 묘사도 자세히 분석해보면 어떤 정해진 심리 유형에 따라 조직되고 있다는 것도 같이 지적해 둘 만하다. 무라카미 소설을 다 읽고 나면 대체로 인물들이 지닌 고유한 정념의 표현이 아니라 어떤 청사진에 따라 빚어진 인공적 제작품을 감상한 느낌을 받는 것도 그가 구사하는 인물형상화가 지닌 어떤 정해진 틀의 성격 때문일 것이다.

3. 변화의 기대

나는 무라카미의 대표작은 『해변의 카프카』와 『태엽감는 새』라고 생각한다. 이 두 소설이 무라카미 소설의 약점으로 종종 지적되는 현실성이 좀 더 강하기 때문은 아니다. 두 소설 모두 일본의 전쟁책임 문제를 다루지만, 정면으로 그 문제에 맞선다기보다는 우회한다는 인상이 짙다. 물론 우회가 꼭 나쁜 것은 아니다. 그러나 무라카미 소설이 그가 살아가는 일본사회와 역사의 문제에 대해 소설적인 방식으로 정면으로 부딪치지 않는다는 느낌을 받는 것도 부인할 수 없다. 무라카미는 현실의 문제들을 초월한 듯한 '도사'연하는 작가들과는 다르지만 지금까지 나온 작품들은 뭔가 미진한 느낌이 든다. 그의 작품들은 초월하지는 않지만 현실을 우회하는 서사를 즐겨 선택한다. 그리고 초월과 우회의 거리는 그렇게 멀지 않다. 그렇다면 『기사단장』은 어떤가? 이 작품을 통해 무라카미는 본격적으로 일본의 추한 근현대사와 대면하는가? 언뜻 보면 일본 회화의 거장인 아마다 도모히코의 숨겨진 삶을 그리는 대목 등을 통해 작가는 일본 근현대사의 숨겨진 진실을 파고들 것처럼 보인다.(1:88, 1:98~99) "대체 빈에서 그에게 무슨 일이 일어났을까"라고 '나'는 묻는다. 도모히코의 과거 삶에 숨겨진 비밀은 '나'를 사건에 개입시키는 촉매제 역할을 한다. 그런데 아마다 도모히코나 그의 자살한 동생의 과거 삶의 묘사에서 드러나는 역사의 사례들(파시즘 등)은 소설의 주요 관심사가 아니다. 그런 역사적 사실들이 화가로서 아마다에게 미친 영향이 초점이다. 이 작품과 관련한 일부 언론보도에서 논란이 된 파시즘과 "난징대학살"(2:88)도 그렇다. 대학살의 언급은 멘시키가 전해주는 아마다와 그의 자살한 동생의 이야기를 통해 매우 소략하게 간접적으로 제시될 뿐이다. 이 학살에 대해 '나'는 "물론 나는 알 수 없다"(2:89)는 태도를 취한다. 이 역사적 비극들 자체에 '나'는 관심이 없다. 아마다가 겪은 사건들, 그것들이 아마다의 그림에 미친 영향이 서술의 초점이다.* 젊은 시절의 아마다와 "착실히 육체의 소멸을 향해 나아가는, 깊은 주름투성이의 백발노인"(2:324)의 삶을 '나'가 궁금해하는 이유는 지나간 역사의 재조명을 위해서가 아니다. 이 소설은 화가인 '나'와 아마다의 관계를 통해 예술(가)의 위상을 고민한다. 그 고민의 깊이와 구체성에 물음을 제기할 수 있다.

• • •

* 후쿠시마 원자력 발전소 멜트 다운도 마찬가지다.(2:586) 소설의 초점은 이런 사건 자체가 아니라 "그 장소들을 지나온 나는 그전과 조금이나마 다른 인간이 되었다"(2:586)이고 '나'가 "믿는 힘"의 의미에 있다. "어딘가에 나를 이끌어 줄 무언가가 존재한다고 순순히 믿을 수 있기 때문이다."(2:597) 이런 질문이 가능하다. '나'의 여정을 따라 가면서 독자가 이런 '나'의 판단에 동의할 만한 대목이 있는가? 아니라면, 화자-독자의 불일치가 작가가 노린 것인가?

무라카미 소설은 1인칭 남자 화자 '나'가 어떤 사건을 겪으면서 자신이 살아온 일상생활에서 벗어나는 탐험, 혹은 모험의 성격을 지닌다. 그런데『기사단장』에서는 그 모험의 외적 성격이 아니라 내적 탐구의 성격이 더 강하다. 이유는 주인공이 예술가·화가이기 때문이다. 서사 구성방식은 기존 소설과 유사하지만, 이점이 중요한 차이다. "나는 이제 어디로 가려는 걸까. 내 모습을 보면서 생각했다. 아니, 그보다 나는 대체 어디로 와버렸을까? 여긴 대체 어디일까? 아니, 그보다 근본적으로 나는 대체 누구인가?"(1:41) 무라카미를 무조건 폄하하려는 평자들이 볼 때는 그림·예술·문학에 대한 소설 안의 "예술행위"(2:128)에 관한 언급들이 깊이 없는 포즈에 머문다고 폄하할 수도 있다. 나는 동의하지 않는다. 꽤 잘나가는 초상화가였던 '나'가 초상화 그리기에 거부감을 느끼는 이유를 설명하는 대목에서 근대예술사의 전형적인 구도가 드러난다.(1:64) 밥벌이로서의 예술-자기표현으로서의 예술이라는 이분법이다.(1:84, 1:87) 그런데 무라카미는 서사 전개를 통해 이 구도를 깨려고 한다. 두 인물(멘시키, 아키가와 마리에)의 초상화를 그리는 과정을 통해 인물의 초상을 그리는 것의 의미를 작품은 묻는다.(1:211) "인물을 그린다는 건 상대를 이해하고 해석하는 것과 마찬가지야. 언어 대신 선이나 형태, 색을 쓰는 거지."(1:538) 그래서 초상화의 "이야기"가 없으면 "잘 그린 캐리커처에 머물 뿐"(2:13)이다. 초상화는 표면의 제시가 아니라 "한 단계 더 깊숙이 나아간 그림"(2:39)이다. "현실에서 얻을 수 없는 것을 그림에 나타내는 것"(2:220)이라는 중요한 물음을 제기한다. 그런데 아쉽게도『기사단장』은 이 물음을 던져만 놓는다. 물음을 붙잡고 깊이 파고드는 게 아니라, 현실-환상의 구도를 봉합하려는 작품의 구도 속에서 대충 얼버무린다. 작품이 제기하는 문제를 강인하고 집요하게 밀어붙이지 않는다는 인상을 그의 전작들에서도 받았다. 이 작품도 크게 다르지 않다. 그의 소설은 좀 더 터프해질 필요가 있다.

> 한마디로 말하자면, 그것은 정신의 '터프함'이 아닐까라고 나는 생각합니다. 망설임을 헤쳐 나가고, 엄격한 비판 세례를 받고, 친한 사람에게 배반을 당하고, 생각지도 못한 실수를 하고, 어느 때는 자신감을 잃고 어느 때는 자신감이 지나쳐 실패를 하고, 아무튼 온갖 현실적인 장애를 맞닥뜨리면서도 그래도 어떻게든 소설이라는 것을 계속 쓰려고 하는 의지의 견고함입니다.[*]

무라카미의 작품세계가 질적 도약을 하려면 그런 터프함, 대상과 정면으로 부딪치겠다는 결기와 "의지의 견고함"이 필요해 보인다.[**] (2017)

• • •

[*] 무라카미 하루키, 양윤옥 역, 『직업으로서의 소설가』, 현대문학, 2016, 198면.

[**] 2017년 노벨문학상 수상자로 일본계 영국작가인 가즈오 이시구로가 선정되었다. 노벨상의 문학적 권위에 대한 문제는 따로 논하더라도 무라카미로서는 아쉬운 일이겠다. 그러나 노벨상의 수상 여부를 떠나서, 유력한 수상후보로 거론되는 작가로서 질적 도약의 과제를 무라카미가 떠안게 되었다는 점을 확인해 준 계기다.

세월호 문학의
(불)가능성

김탁환『거짓말이다』,『아름다운 그이는 사람이어라』, 김영하「아이를 찾습니다」

1

이런 문학적 비유가 있다. "미네르바의 부엉이는 황혼 무렵에야 날개를 펴기 시작한다."(헤겔) 벌어진 사태의 뒤를 좇는 철학의 운명을 가리킨다. 황혼이라는 조건이 있어야 사유가 시작된다. 문학적 분석과 해석도 그렇다. 더욱이 문학 앞에 펼쳐진 사태가 엄청난 비극이라면 더욱 그럴 것이다. 압도적 비극 앞에서 문학의 반응은 무엇인가? 아마도 광주항쟁 이후 최대의 비극이라 할 세월호 비극은 진행 중이다. 배는 뭍으로 올라왔지만 실종자들은 여전히 남아 있다. 이때 문학은 무엇을 쓸수 있을까? 혹은 뭘 써야 하는가? 이 글은 이 질문에 답하려는 한 시도다. 나는 재현의 불가능성 운운하는, 최근 한국문학의 상투적 발언에 그다지 동의하지 않는 편이다. 하지만 세월호 비극의 경우 문학적 재현의한계를 새삼 절감한다. 그러나 역설적으로 그런 한계가 문학을 통한 새로운 사유의 가능성을 열도록 할 수도 있다. 새로운 문학적 사유는 낯선것, 도저히 이해할 수 없는 것과의 마주침에서 가능하기 때문이다.

2

무엇이라고 말하기 힘든, 그 사태의 진실은커녕 무슨 일이 있었던 것인지조차 아직 온전히 알지 못하는 세월호 비극을 문학적으로 다루는 고투를 감당하는 일은 작가에게 엄청난 부담이다. 김탁환의 최근 작업은 그 문학적 공과에 대한 평가와는 별개로 그런 시도만으로도 평가받을 만하다. 나는 본격소설과 중간소설, 대중소설을 편의적으로 나누는 태도에 동의하지 않는다. 소설에는 오직 좋은 소설과 그렇지 않은 소설만이 있다고 믿는다. 그간 통상 중간소설 작가로 분류되어온 탓에 김탁환이 최근 발표한 세월호 문학인 장편『거짓말이다』와 단편집『아름다운 그이는 사람이어라』*는 합당하게 받아야 할 주목을 받지 못했다. 작가의 말에 따르면『거짓말』은 "침몰한 세월호 선체로 진입하여 희생자들을 모시고 나온 민간 잠수사들을 사실적으로 담아내려 했다. 잠수병으로 고통받는 모습과 결국 무죄로 판결이 난 공우영 잠수사 재판까지 소설에 포함시켰다."(「작가의 말」,『아름다운』, 349면) 주인공인 민간 잠수사 나경수의 모델인 김관홍 잠수사는 2016년 6월에 유명을 달리했다. 작품은 부당하게 동료 민간 잠수사에게 업무상 과실죄를 추궁했던 법정 싸움을 중심으로 한 서사와 민감 잠수사들의 희생자 수습 작업과 그 후유증, 그리고 여러 외부인들의 태도를 다룬 서사로 짜인다. 이런 구성은『아름다운』에서도 유사하게 반복된다. 이런 서사 구조를 택한 이유 중 핵심은 세월호 참사 원인과 책임 소재가 아직도 명확하게 드러

• • •

* 김탁환,『거짓말이다』, 북스피어, 2017; 김탁환,『아름다운 그이는 사람이어라』, 돌베개, 2017. 이하『거짓말』,『아름다운』으로 약칭하며, 인용 시, 면수만 표기한다.

나지 않았기 때문이다. 사실fact과 문학적 진실truth은 구분되어야 하지만 사실의 충분한 집적과 확인 없이 진실이 저절로 모습을 드러내는 법은 없다. 문학적 직관도 사실의 제공이 뒷받침된 이성적 판단 위에서만 가능하다. 작가들이 문학적 제재에 대한 조사와 연구를 하는 이유다.

하물며 세월호 같은 엄청난 비극은 더욱 그렇다. 사실의 불충분함 앞에서 작가는 이 비극이 관련 인물들에게 미치는 심리적 영향과 충격에 초점을 두게 된다. 그 점에서 김탁환이 택한 서사 구조는 이해할 법하다. 작품을 둘러싼 정황이 내적 형식과 구성을 규정한다. 나는 『거짓말』을 읽으면서 "이 민간 잠수사가 업무상 과실을 범하여 저 민간 잠수사를 죽음에 이르게 했다는 것은, 맹골수도 바지선에서 해경의 지시에 따라 악전고투하는 우리의 형편을 조금이라도 아는 사람이라면 모두 소설이라고 했을"(177면) 것이라는 민간 잠수사들의 고투에 우선 관심이 끌렸다. 특히 희생자들을 수습하는 과정에 대한 사실적 묘사는 작품의 공력을 짐작케 한다. 그러나 이 소설의 참된 미덕은 어떤 이견도 불가능해 보이는 비극 앞에 드러나는 다양한 시각들이다. 사람들은 자신이 놓인 삶의 조건에 따라 현실을 해석한다는 쓸쓸한 진실의 확인. 예컨대 이런 시각들이다. "일반인들은 레저용 스쿠버 다이빙만 아니까, 심해잠수의 어려움을 몰라. 특히 바지선에 있던 민간 잠수사들은 하루에도 두세 차례씩 잠수해서 선내를 오갔어"라고 말하는 "물리치료사 홍길직 씨(50세)".(106면) "이렇게 다 함께 구조되기를 바라는 아이들의 기도를 들어주지 않은 것이 하나님의 뜻이란 건가요, 목사님?"(129면)이라고 간절하게 물음을 던지는, "하나뿐인 동생 강나래의 죽음을 확인"

한 "강현애 씨(25세)"(127면), 기레기라고 욕먹는 "은철현(47세) 기자"(139면), 잠수병으로 고생하는 민간 잠수사들의 어려운 사정을 밝히는 "잠수의학 전문의 윤철교(47세) 박사와의 인터뷰"(204면) 등. 특히 눈길을 끄는 것은 이런 동정적 시각들보다, 유족들을 보상금이나 노리는 "유족충"이라고 부른 이들의 내면이다.(218~222면) 그 내면을 드러내기 위해 작가는 폭식 사건에 참여한 "소인범(가명, 29세)" 씨의 인터뷰, 민간 잠수사에 대한 비난과 조소의 댓글들(319~321면)을 끼워 넣는다. 10년째 대리운전을 하는 "공환승(60세) 씨"(23면)는 이렇게 말한다. "돈 말고, 민간 잠수사들이 맹골수도로 내려간 까닭이 따로 있기라고 합니까? 인간에 대한 애정이라든가 애국심이라든가 실종된 학생들이 눈에 밟혀서라든가, 이런 애매모호한 얘기 빼고 말입니다."(25면) 이런 이들에게 "인간에 대한 애정" 등은 다 "애매모호한 얘기"가 된다. 이들에게 눈에 보이지 않는 건 아무 가치가 없다. 오직 눈에 보이는 가치, 돈만이 사태를 바라보는 척도가 된다. 이해 관계가 지배하는 폭력의 말들이 기본 서사와 충돌하면서 작품의 긴장을 더한다. 폭력의 언어는 이성적 논리나 설득으로 작동하지 않는다. 그것은 일종의 뒤틀린 욕망과 믿음, 정확히 말하면 병리학적 강박증의 결과다.* 세월호는 한국사회가 겪고 있는 강박

* "병리적 강박증이란 그렇게 자신의 사유 틀을 벗어나는 사태에 대해서 잔혹한 폭력을 행사하는 태도이다. 강박증자는 자신의 지식 너머를 상상할 수 없다. 자신이 알고 있는 세계가 우주의 끝이라고 생각하는 이러한 유형의 주체들은 초과하는 것, 알 수 없는 것, 이질적인 것에 대해서 낙인을 부여하는 방식으로 그것의 위험으로부터 자신을 지키려 한다. (…중략…) 그런 의미에서 강박증적 파시스트들이란 가장 나약한 자들이라는 역설적 규정이 가능해진다 그들은 자신들이 믿는 세계의 형상이 무너질까 봐 불안에 떠는 자들이며, 이러한 불안에 떠밀려 더욱 잔혹한 억압으로 대응하는 자들이기 때문이다." 백상현, 『속지 않는 자들이 방황한다』, 위고, 2017, 53면. 이런 "강박증적 파시스트들"의 모습을 우리는 탄핵된 권력과 부역자

증을 드러내는 징후다.

『아름다운』은 단편집이지만 다양한 화자가 등장하는 연작소설로 보는 것이 타당하다. 통상 연작소설은 동일한 시공간과 주요 인물들을 공유한다. 『아름다운』에서는 핵심 사건이 중심축으로 기능한다. 세월호 참사다. 몇 개의 사실이 있다. 세월호가 침몰했다. 회사와 국가는 구조임무를 방기했다. 그리고 수많은 사람들이 희생되었다. 진실은 침묵에 갇혀 있다. 그래서 작가는 진실을 말하기 이전의 문제에 천착한다. 드러난 사실을 바라보는 다층적 시각의 겹침을 통해, 그런 조각의 모음을 통해서라도 진실의 실마리를 붙잡으려는 노력이다. 브레히트는 널리 알려진 시 「살아남은 자의 슬픔」에서 이렇게 적었다.

물론 나는 알고 있다. 오직 운이 좋았던 덕택에
나는 그 많은 친구들보다 오래 살아남았다.
그러나 지난 밤 꿈속에서
이 친구들이 나에 대하여 이야기하는 소리가 들려왔다.
'강한 자는 살아남는다.'
그러자 나는 자신이 미워졌다.

세월호 비극의 생존자나 그 상황을 겪지 않은 시민들은 "오직 운이 좋았"을 뿐이다. 그렇게 살아남았거나 방관자였던 상황은 마음의 상처(트

. . .

들의 모습에서 확인했다.

라우마)를 남긴다. 그래서 자신이 미워진다. 여기에 세월호가 지닌 부정적인 의미의 숭고함이 있다. 압도적 사태 앞에 드러나는 인간정신의 무능력. 그런데 역설적으로 그런 비극적 숭고함과 관련된 인식의 무능력이 깊은 성찰을 가능하게 만드는 조건이다. 광주가 그랬듯이 앞으로는 세월호가 그럴 것이다. 『아름다운』은 세월호 생존자, 구조자, 그리고 외부인들이 느끼는 죄의식과 부끄러움과 비극적 숭고함을 여러 인물들의 시각이 구성하는 모자이크를 통해 이 비극이 우리에게 지금, 혹은 앞으로 던지는 파장을 살핀다.

「눈동자」에서는 생존자이면서 여러 생명을 구출했던 구조자, 「돌아오지만 않는다면 여행은 멋진 것일까」에서는 여행 중이던 아내의 죽음을 겪은 공항 출입국심사대 직원, 「할」에선 희생자 여러 명을 수습한 잠수사, 「제주도에서 온 편지」에서는 희생당한 담임교사를 회상하는 생존 학생, 「찾고 있어요」에서는 희생 학생 한 명과 깊이 연루되는 사진작가, 「마음은 이곳에 남아」에서는 특별조사위원회가 해체된 이후에도 어떤 보상도 없이 생존자 치유 활동을 계속하는 피해자지원점검과 조사관, 그리고 「소소한 기쁨」에서는 자신이 희생자들의 죽음을 팔아 소설을 쓴다는 자의식에 괴로워하는 소설가가 바로 그 관찰자이자 화자들의 면면이다.[*]

거의 모든 작품에서 화자인 '나'가 서술하는 1인칭 시점을 택한다. 그 이

• • •

 * 김명인 해설, 「세월호 문학의 시작」, 『아름다운』, 341면.

유는 사태를 총체적으로 조감하는 서사의 시점을 부정적 숭고성이 압도하는 사태 앞에서는 택할 수 없기 때문이다.

그래서 "생존자의 눈동자든 희생자의 눈동자든 잊지 않고 기억하고자 했다. 그런데 민석을 통해, 내 눈동자를 기억해주는 이가 있음을 깨달았다"(37면)*고 말하는 "간판 디자인과 설치를 하는 회사 직원"(18면)의 죄책감이 묘사된다. 지울 수 없는 기억의 문제는 탈출한 지 11년이 지난 뒤 교사가 된 학생의 이야기를 2025년 4월 16일 미래에서 보낸 편지로 표현한 단편에서 잘 나타난다. 이 생존학생이 교사가 된 이유는 기억 때문이다. "평생 되새기는 하루가 있어요. 한동안은 떠올리고 싶지 않아 여러 방식으로 겹겹이 봉인했지만, 결국 다시 제 심장 근처에 스며들어 있더군요. 15일 저녁 부두의 안개처럼."(140면) 『거짓말』의 나경수 잠수사처럼 "민간 잠수사 최진태"(113면)는 희생자 수습에서 생긴 트라우마로 힘들어 한다.

때로는 지금처럼 한낮 그늘진 천장이나 어두컴컴한 지하철에서도 그는 또 출렁거렸다. 문득 고개를 들면 거기에 하늘이 아니라, 뭉쳐 떠도는 침몰선 객실의 시신들이 있었다. 컴컴한 배에 갇힌 기분이었다. (100면)

그리고 참사특조위 조사관이자 "심리상담사"(264면)는 심경을 이렇게

* 　상실의 경험은 결국 기억의 문제라는 걸 김연수의 단편 「다만 한 사람을 기억하네」(계간 『문학동네』 81호)는 잘 보여준다. "내 안에 해결되지 않은 요구가 있는 거다. 사건을 해석하고 기억하는 게 곧 그 개인의 인생을 해석하고 기억하는 중요한 방식이 아닐까 싶다."(김연수, 『씨네21』 1102호)

토로한다.

> 세월이 약이라며, 죽은 사람은 빨리 보내고 산 사람이라도 살아야 한단
> 이야기를 늘어놓는 이들이 꽤 있다. 피해자 지원 실태 조사를 하면서, 물론
> 유가족도 걱정이지만, 내 눈엔 자꾸 생존 학생들이 밟혔다. 아직 성년도 되
> 기 전에 친구와 선생님을 잃은 아이들. (284면)

그밖에도 "송금택 변호사"(박주민 변호사가 모델) 선거운동의 "자원봉사
자로 나선 유가족들"(172면)의 이야기도 감동적이다. 작품은 주로 1인칭
화자들인 '나'의 내면 묘사와 상황 설명, 그리고 '내'가 만난 인물들과
의 대화와 거기서 드러나는 비극의 한 모서리를 전달한다. 어떤 평자는
『거짓말』과 『아름다운』이 내용과 형식에서 반복된다는 점을 꼬집을지
모른다. 나도 그런 지적에 일면 동의한다. 그러나 앞서 지적했듯이, 작
품의 형식과 구성은 작품이 다루는 제재에 따라 좌우된다. 내가 두 작품
의 대동소이함을 비판하기보다는 그 형식적 필연성을 이해하는 쪽으로
마음이 기우는 이유다.

3
　김영하의 단편 「아이를 찾습니다」*는 직접적으로 세월호를 다루

* * *
* 　김영하, 「아이를 찾습니다」, 『오직 두 사람』, 문학동네, 2017. 이후 인용 시, 면수만 표기한다.

지 않지만, 우회적으로 상실의 고통을 다룬다. 작품 논의를 하기 전에 개인적 이야기를 적는다. 떠올리고 싶지 않은 기억이다. 집의 아이가 아주 어렸을 때 잠깐 미아가 된 적이 있다. 어느 모임에 참석했는데 모임이 끝나고 사람들과 얘기를 나누는 사이에 아이가 건물 밖으로 나간 것이다. 모임에 참석한 사람들이 모두 나서서 약 30분 정도 뒤에 좀 떨어진 동네에서 아이를 찾았다. 내게는 일종의 트라우마다. 충격적인 일이 남긴 상처는 쉽게 사라지지 않는다. 인간의 마음은 때로 강하지만, 그보다 더 자주 약하게 쉽게 부서질 수 있다. 인간은 기본적으로 이기적이다. 그러니 다른 사람의 고통을 이해한다는 건 거의 불가능하다. 남의 큰 병보다 내 손톱 밑에 박힌 가시가 더 아프다는 말이 나온 이유다. 신문이나 언론에는 어떤 이유로든 가족을 잃거나 가족이 다친 사람들의 사연이 수없이 나온다. 고층 빌딩에서 건물 외벽을 청소하다가 몸을 매단 외줄이 잘려 사망한 어느 노동자의 사연도 그렇다. 그는 부인과 다섯 명의 아이를 남겼다고 한다. 우리는 그런 사연에 잠깐 '가슴 아픈 사건'이라고 생각하다가 곧 잊는다. 그 일은 '나'에게, '내 가족'에게 일어난 사건이 아니기 때문이다.* 우리는 사건의 외면에만 관심이 있다. 사건의 진실은 외면한다. 문학은 사실을 분석하지만, 사실의 총합이 온전히 드러내지 못하는 사태의 진실에 주목한다. 그때의 진실은 딱딱한 객관적 진실이기보다는 그 사건들이 인간들에게 미치는 영향, 즉

• • •

* 조이스(James Joyce)의 단편 「가슴 아픈 사건(a Painful Case)」(소설집 『더블린 사람들(Dubliners)』 수록)은 바로 이 주제를 다룬다. 가족도, 그 누구도 이 단편의 주인공이 겪은 '가슴 아픈 사건'을 가슴 아파하지 않는다. 작품 제목의 역설이다.

인간화된 진실 혹은 정신적 현실이다. 누군가가 세상을 뜨거나 실종되었을 때, 언론이나 사회과학적 분석에서는 그 사건의 객관적 의미, 혹은 사회적 의미에 관심을 기울이겠지만 문학의 관심은 다르다. 문학은 그 실종과 죽음이 남겨진 사람들에게 남긴 상처와 고통의 내면에 관심을 기울인다. 종종 소설에서 기억의 모티프가 중요하게 다뤄지는 이유다. 김영하의 소설집 『오직 두 사람』에 실린 작품 「아이를 찾습니다」는 바로 이 상처에 관심을 기울인다. 2015년도 김유정문학상 수상작인 이 단편은 제목이 드러내듯이, 2014년의 세월호 참사를 배경으로 깔고 있다. 작가의 말이다.

「아이를 찾습니다」를 구상하고 서두를 써둔 것은 몇 년 전, 해외 체류 시절로 지난해 봄에 일어난 사건과는 전혀 관련이 없었습니다. 그러나 묻어두었던 초고를 서랍 속에서 다시 꺼내 집필에 착수한 것은 그 일이 일어난 직후였으니 쓰는 내내 영향을 받지 않을 수 없었습니다. 이 소설의 주인공은 아이를 잃어버림으로써 지옥에서 살게 됩니다. 아이를 되찾는 것만이 그의 유일한 희망이었습니다. 그러나 진짜 지옥은 그 아이를 되찾는 순간부터라는 것을 그는 깨닫게 됩니다. 이제 우리도 알게 되었습니다. 완벽한 회복이 불가능한 일이 인생에는 엄존한다는 것, 그런 일을 겪은 이들에게는 남은 옵션이 없다는 것, 오직 '그 이후'를 견뎌내는 일만이 가능하다는 것을. (269면)

줄거리는 이렇다. "윤석과 아내 미라"(45면)는 명절이 코앞인 때 대형마트에서 세 돌이 갓 지난 아들 성민을 잃어버린다. 아이를 찾으려고 각

고의 노력을 기울이지만 실패한다. 그리고 11년이 지난 뒤 아들이 돌아온다. 유괴되었던 성민은 이름도 종혁으로 바뀌었고 유괴했던 여자를 친엄마로 알고 살아왔다. 그 11년 동안 윤석과 미라에게나, 종혁에게나 삶은 되돌이킬 수 없을 정도로 변화되고 파괴되었다. 그리고 "성민은 중학생이 되었고 곧 고등학교에도 진학했다. 그리고 어느 날 집을 나가 다시 돌아오지 않았다".(83면) 그리고 다시 2년이 지난 뒤의 후일담으로 작품은 끝난다. 이 소설은 전형적인 서사구도를 갖고 있다. 기른 부모와 낳은 부모 사이에 놓인 아이의 삶. 그 아이를 대하는 부모의 착잡한 마음. 고레에다 히로카즈 감독의 영화 〈그렇게 아버지가 된다〉에서 잘 다룬 주제다. 하지만 이 작품이 주목하는 지점은 좀 다르다. 외부에서 볼 때 잃어버린 아이가 돌아왔으니 이 슬픈 이야기는 해피엔딩이 되어야 한다. 그러나 작가는 삶의 양상이 그렇게 단순하지 않다는 걸 보여준다. 사태의 외양은 진실과는 다를 수 있다. 가족의 구성원이 사라졌다가 돌아왔을 때 그것은 원상회복이 아니다. 절대로 원상회복은 될 수 없다. 사람은 기계가 아니다. 잃어버렸던 물건을 되찾는 일이 아니다. 3인칭 서술시점으로 되어 있는 이 작품에서 서술자는 각 인물들에게 일정한 거리를 둔다. 현대소설에서는 3인칭 시점을 취하는 경우에도 주요 인물의 내면을 생생하게 전달하는 1인칭 시점의 효과를 내기 위해 초점화자를 택하는 경우가 많다. 그런데 이 작품에서 성민, 미라, 종혁 누구도 초점 화자라고 말하기 힘들다. 그런 서사방식을 택한 이유는 작가가 각 인물들을 섣불리 이해하거나 그들의 내면을 재현할 수 없다고 판단했기 때문일 것이다. 그런 이유로 이 작품은 냉정하다 싶을 정도로 서사가 냉철하고 침착하다. 감상은 거의 끼어들지 않는다. 누군가는 그런 서술방식이 마음에 안 들겠지만, 나는 그걸 작가의 역량으로 판단한다. 이 작품이 주는 울림은, 독자들이 상실의 의미를 거의 집단적 트라우마로 느끼게 만들어버린 세월호 비극을 겪었기 때문이다. 작품은 때로 그 창작의 의도를 벗어나 수용되는 맥락에 의해 새롭게 해석되고 의미를 부여받는다. 가족을 잃는다는 것, 특히 아이를 잃는다는 것의 의미를 한국사회가 공히 느끼게 만든 비극이 있었기 때문이다.

> 영원과도 같았던 지난 십 년 동안 그의 의무는 자명했다. 잃어버린 자식을 찾아오는 것이었다. 그 명료하고도 엄중한 명령 앞에 모두가 길을 비켜주었다. 그들 부부는 좋은 집과 직장을 바쳤다. 부부 관계도 사라졌다. 실종된 아이라는 블랙홀이 모든 것을 삼켜버렸다. (65면)

세월호에서 가족과 아이를 잃은 부모들의 마음이다. 작품은 더 나아간다. 우리는 어디까지 그 마음을 이해할 수 있을까? '내' 아이만 괜찮으면 남의 아이야 어떻게 되든 상관없다는 강력한 이데올로기가 작동하는 곳이 한국사회다. 아이를 잃은 직후 상황 묘사는 그 점을 예리하게 포착한다.

> 아이를 찾는다는 방송이 매장 안으로 벌써 세 번째 울려 퍼졌다. 반향은 없었다. 방목하는 양떼처럼, 수백 대의 카트들이 매장 안을 평화롭게 소요하고 있었다. 미라는 그들 사이로 헤치고 들어가 소리치고 싶었다. 여러분

도 아이가 있잖아요? 누구나 당할 수 있는 일이잖아요? 안 그래요? (48면)

이런 이기주의는 사회 구조적인 기원을 가질 뿐만 아니라 더 깊은 차원에서 인간이 지닌 속성이라는 것을 작품은 보여준다. "인간은 원래 이해가 안 되는 족속이다."(84면) 이런 비관적 판단에 나도 선뜻 아니라고 말하기 힘들다. 인간은 대체로 자기가 경험한 만큼만 세상을 이해하는 법이다. 아마 이런 비관으로만 끝낼 수 없기에 작가는 가출한 성민과 "여자애"가 낳은 "작은 생명"(84면)을 응시하는 윤석의 모습으로 작품을 맺는다. 그런 시선을 꼭 희망이나 낙관이라고 말할 수 없다는 데 작품의 미덕이 있다. 끝까지 감상주의를 경계하는 작가적 태도다. 한편으로는 이런 조금은 작위적인 결말에 불만이 있으면서도 동시에 그런 구성을 수긍하게 되는 이유다.

영국 낭만주의 시인 블레이크는 이런 말을 남겼다. "살아 있는 모든 것은 신성하다."* 그러므로 살아있는 것을 파괴하는 것들은 모두 악하다. 지난 몇 년간 시민들이 세월호 비극에 가슴 아파하고 분노한 이유는 "신성"한 삶을 알량한 권력의 유지를 위해 냉혹하게 외면한 악의 실체를 목격했기 때문이다. 앞으로의 세월호 문학과 관련해 하나만 요청한다. 희생자들만이 아니라 이 비극의 뿌리, 이 비극을 방조하고 통제하려 했던 지배권력의 내면을 파헤치는 작품이 나오길 기대한다. 그런 작품을 쓰려면 더 많은 사실의 조회와 진실의 탐구가 필요할 것이

...

* 테리 이글턴, 오수원 역, 『악』, 이매진, 2015, 156면.

다. 쉽지 않다. 하지만 그런 노력으로만 세월호가 가져온 비극적 숭고
성 앞에 선 한국문학이 변화될 가능성이 열릴 것이다. (2017)

한국문학의
경계

김석범 『화산도』와 W.G. 제발트 『이민자들』, 『아우스터리츠』

한국문학의 범주를 정하는 기준은 무엇인가? 한국문학 공간에 번역으로 소개되는 외국문학은 한국문학인가? 문학평론의 대상은 한국문학인가? 혹은 문학 일반인가? 비교하자면 영화평론은 한국영화만이 아니라 상영되는 외국영화도 다룬다. 그 차이가 단지 매체가 다르기 때문인가? 4·3항쟁과 해방 이후 공간을 다뤘지만 일본어로 쓴 소설은 한국문학에 속하는가? 김석범 대하소설 『화산도』를 읽으며 갖게 되는 의문이다. 이 작품은 최근 내가 읽은 소설 중에서 단연 우뚝하다. 그런데 주요 문예지에서 이 작품을 다루는 글을 거의 찾지 못했다. 홀대의 이유가 궁금하다. 번역·소개되는 외국문학의 처지도 비슷하다. 이 글에서 다루려는 제발트의 소설이 한 예다. 온당한 비평의 눈길을 받지 못한다. 묻는다. 지금 문학평론의 대상은 무엇인가? 번역된 외국소설을 찾아 읽는 독자들과 오직 '한국문학'에만 관심을 두는 비평계의 거리는 어떻게 이해해야 할까? 이 글은 그런 거리를 다소나마 좁히려는 시도다.

대하소설roman-fleuve은 사건의 연면한 지속과 시간의 장구한 흐름의 형식만이 아니라 인물, 사건, 주제의 폭과 깊이, 풍부한 어휘의 구사 등으로 재미와 감동을 준다. 긴 글이 읽히지 않는 시대다. 대하소설의 시대는 끝났다는 말도 나온다. 그러나 시대의 거대한 벽화로서 대하소설의 역할이 완전히 사라질 수는 없다. 『화산도』를 읽으며 대하소설의 위상과 힘을 다시 느낀다. 나는 이 소설이 보여주는 사회심리소설의 면모에 주목한다.* 굳이 '사회심리소설'이라는 조어造語를 사용하는 이유? 『화산도』는 사회소설과 심리소설의 이분법을 해체한다. 어떤 면에서 모든 뛰어난 사회소설은 동시에 심리소설이다. 조이스의 『율리시스』나 톨스토이나 도스토옙스키의 소설이 좋은 예다. 그러나 소설의 경우 출발점은 개인의 심리다. 그 심리는 다시 그것과 길항하는 상황과 결합한다. 정황과 분리된 심리는 없다. 좋은 소설에서 내적 심리 묘사만큼이나 생활의 조건인 지리적 공간과 일상생활의 디테일(주거, 음식, 취향 등)에도 주의를 기울이는 이유다. 『화산도』도 그런 소설이다. 『화산도』를 "지옥의 형상"**인 4·3항쟁 소설로 규정하는 것은 무리다. 『화산도』는 4·3항쟁을 사회과학적으로 분석하지 않는다. 그런 시각에서는 항쟁 진압에서 숨은 역할을 한 미국이 소홀하게 다뤄진 인상도 받을 수 있다. 4·3항쟁의 투쟁 과정이 차지하는 분량도 『태백산맥』과 비교하면 적다. 『화산도』는 격동기를 산 인물들의 심리적 반응에 주목한

• • •

* 12권에 달하는 이 소설은 다양한 시각에서 접근할 수 있다. "『화산도』에 드러난 친일 문제, 정치와 예술, 허무주의와 고독, 조직과 자유, 혁명과 반혁명에 대한 사유, 지극히 문학적인 묘사와 표현, 제주도의 인문지리, 해방 직후 서울 도심의 문화적 풍경, 등장인물들의 꿈, 문학적 한계 등에 대해 글을 쓰고 싶다." 권성우, 『비평의 고독』, 소명출판, 2016, 360면. 이 글도 향후 연구를 위한 시론이다.
** 김석범, 『화산도』(전 12권), 보고사, 2016, 5권 457면. 이후 인용 시, '권수:면수'로 표기한다.

다. "의식의 움직임"(4:416)을 다각도로 관찰하는 주인공이자 초점 화자인 이방근과 남승지의 심리 묘사가 서사의 기둥이다. 대하소설의 전개를 위해 필요한 "제삼자"(3:379)로서 이방근은 서사의 핵이다. 『화산도』는 개성적인 인물형상화에서 탁월하다. 이방근은 "그의 용모가 주는 인상"(1:118)부터 고유성을 지닌다. 나이 서른셋의 지식인인 이방근은 "민중 자신의 의식에 뿌리내린 교조"나 "절대성의 교리"(3:384)에 거리를 둔다. "당 중앙은 프롤레타리아트의 심장부, 신의 심장부, 신 안의 신—어리석기 짝이 없는, 뭐가 신이란 말인가."(5:259) 이방근은 믿음의 체계를 거부한다. 그러나 다소 냉소적이고 방관적인 자신의 시각조차 객관화시켜 보려는 데에 이 인물의 매력이 있다. 사랑에 대한 태도도 마찬가지다. "사랑도 사상도 착각 위에 서 있지. (…중략…) 믿는 것도 착각일지 모르고, 믿음이 무너지면 착각도 사라진다는 거야."(2:151) 이 인물의 입체성은 성과 사랑의 문제에서 부각된다. 이방근은 종종 "심술궂고 차가운 독기"(2:44)와 분노를 드러낸다. 이런 대목들은 개성의 표현이고, 지식인과 혁명가의 차이를 설득력 있게 예증한다. 그는 "고독한 정신의 소유자"(2:159)이다. 그러나 동시에 이방근은 그가 거리를 두는 무장봉기와 조직력의 현실적 필요성을 인정한다. 그는 생활과 의식의 복잡성과 입체성을 보여주는 인물이다. 그런 형상화에서 서사의 풍요로움이 나온다. 그런 복잡성은 "여동생과 남승지를 허구의, 서로 좋아하고 있다는 착각 위에서 맺어주려 했던"(3:316) 이해하기 힘든 그의 태도에서도 확인된다. 그 이유는 이방근 자신도 모를 수 있다. 그것이 인간 심리의 본성이다.

소설은 인물들의 관계를 탐구하면서 현실의 감춰진 진실을 포착한다. 좋은 소설에서는 인물들의 관계에서 작동하는 상호점검과 반응을 통해 '낯선 기호'(들뢰즈)로서 인물의 다양한 면모가 표현된다. 예컨대 나영호가 평가하는 이방근의 인물됨이 그렇다. "자넨 그 오만함 뒤에 진실을 두려워할 줄 아는 마음을 지녔어."(5:416) 운수노동자이고 당 조직원인 박산봉이 보기에 이방근은 "부잣집 서방님치고는 마음씨가 따뜻한 사람"(6:416)으로 비춰진다. 그러나 이방근을 잘 모르는 외부인들에게 그는 "못된 짓을 하기로 소문이 나 있었고, 부잣집 방탕아라는 좋지 않은 평판"(6:408)을 듣고 있다. 삶의 복잡성에 대한 탐구는 "청년다운 결벽주의"(2:510)를 지닌 혁명가인 남승지의 형상화에서도 나타난다. 그는 이방근처럼 교조화된 이념과 조직 중심주의를 불편해한다. 그런 이유로 "표정 없는 냉정한 목소리에 묻어나는 지도자 의식"(1:88면)을 지닌 유달현의 문제점을 본능적으로 직감한다. 그런 면모와 순수성을 이방근은 높이 평가한다. 남승지와 주변 인물들의 관계 묘사를 통해 작가는 혁명, 봉기 등의 큰 이름으로 가릴 수 없는 삶의 세목이 지닌 가치를 상기시킨다. 남승지의 결혼 문제를 대하는 가족들의 태도와 남승지의 반응이 좋은 예다.(3:98) 『화산도』는 사람살이에 필요한 것들이 지니는 의미를 천착한다. 어느 입장이 옳고 그르냐는 문제가 아니라 삶을 구성하는 세목에 대한 인식이 문제다. 혁명의 정당성과 그로 인해 혹시라도 해를 입을 수 있는 여동생의 삶 사이에서 고민하는 이방근의 생각에서도 그런 점이 드러난다.(5:539) 작가의 시선이 그만큼 깊다는 뜻이다. 이 작품이 탁월한 심리소설인 이유다.

『화산도』의 미덕은 주요 인물만이 아니라 비중이 크지 않은 인물들에게도 생생한 개성을 부여하는 데 있다. 김동진, 우상배, 그리고 남승지의 시각에서 볼 때 "강인한 정신과 의지의 소유자인 양준오"(3:147) 등의 지식인들을 그릴 때도 작가는 그들 사이의 미묘한 차이를 파고든다. 그런 개성은 이방근이나 남승지만이 아니라 주변적 인물들이 보여주는 섹슈얼리티에 대한 관심의 차이에서도 확인된다.(1:79, 2:16 등) 짐작컨대 이런 섹슈얼리티의 문제는 김석범이 활동했던 일본문학계의 독특한 성에 대한 시각이 반영된 것으로도 보이지만 그런 묘사들이 각 인물의 고유성을 부각시키는 역할을 한다. 이방근의 아버지인 친일 자산가 이태수의 형상화도 인상적이다. 친일을 할 수밖에 없었던 이유를 이태수는 거듭 변명한다. 역시 사태의 객관성과 진실을 파악하는 것의 어려움을 보여주는 예이다. 모든 인간은 각자의 입장에서 변명의 논리를 갖고 있다.(5:510) 그밖에도 남승지의 가족인 어머니와 여동생의 관계를 다룬 부분에선 "초대받지도 않은 결혼식에까지 참석"(2:280)하는 인물인 '감초' 씨, 독특한 개성을 지닌 목탁 영감과 부스럼 영감, "개죽음을 모면한 사나이"(5:186)인 한대용 등 등장인물 각자의 개성이 드러나는 것에서 재미를 더한다.

　　인물형상화를 주로 살폈지만, 공간과 상황 묘사도 뛰어나다. 해방 후 한반도와 제주의 정세와 남승지의 가족이 살고 있는 일본의 상황을 교차하면서 둘 사이의 공통점과 차이점을 보여주는 대목들은 당대 현실의 조감도로서 시사점을 제공한다. "일본은 이러한 평화 속에서 힘을 축적해 갈 것이다. 남한에서는 아직 이러한 정치적 변화를 경험하지 못하고 있는 것이다"(2:477)라는 남승지의 판단이나, 일본 안에서 조선인 민족교육 문제를 다루는 대목들이 그렇다.(6:265) 『화산도』는 표면적으로 3인칭 서술자 시점을 택하지만, 실질적으로는 이방근과 남승지의 1인칭 시점을 서술자가 거의 그대로 전해주는 초점 화자 시점을 채용한다. 초점 화자 시점의 효과는 당대의 상황을 주로 이방근의 시점이나 인물들과의 대화를 통해 자연스럽게 전달하는 것에서 잘 나타난다.(2:67~70, 5:126~127)

『화산도』를 지금 읽는 의의는 지나간 시대를 그린 서사적 벽화의 감상만이 아니다. 소설의 여러 장면들은 지금, 이곳의 현실에서도 현재적인 울림이 있다. 가령 당대의 극렬한 극우반공조직인 서북청년회의 횡포를 묘사하는 대목들이 그렇다.

이러한 그들이 멸공애국을 외치며 경찰과 함께 반공전선의 최전방에 선다. 따라서 어떻게든 트집을 잡아 보통의 읍내나 마을의 무고한 사람을 연행하는 일이 끊임없이 일어난다. 그리고는, 너 빨갱이 편이지, 알고 있는 비밀을 자백해, 남로당 조직에 대해서 알고 있는 걸 몽땅 자백해, 모르는 일이라도 어쨌든 자백하라는 식으로 추궁한다. 만약 자백하지 않으면, 스스로가 빨갱이라고 할 때까지 때린다. 만약 이미 '빨갱이'라면 더 이상 '빨갱이'가 아닐 때까지 때린다. 뭔가 말장난을 하는 것 같지만, 이것은 꾸며낸 우스갯소리가 아니다. 이렇게 해서 희생자가 나와도 '빨갱이'의 죽음은 인간의 죽음이 아니었다. 이러한 사태에 대하여 이성(理性)은 어떻게 대처하면 좋단 말인가. (4:16~17)

해방공간에 활개를 쳤던 서북청년회의 횡포는 지금 '블랙리스트'와 '종 북' 운운하는 이념적 편 가르기로 다시 나타난다. 그래서 독자는 묻게 된다. "이러한 사태에 대하여 이성理性은 어떻게 대처하면 좋단 말인가." 좋은 소설은 이렇게 시대를 뛰어넘는 호소력을 지닌다.

2

소설 장르는 기본적으로 내용, 형식, 기법의 실험장이다. 유럽소설의 역사만을 살펴봐도 소설은 이전에 존재했던 다양한 장르를 먹성 좋게 흡수하면서 어떤 것이든 소화하여 다채로운 형식과 기법을 생산해왔다. 독서공간에 활발히 소개되는 제발트의 작품은 소설이 가진 이런 실험적 특징을 다시 확인시켜 준다. 그의 소설에서 인상적인 점은 무엇보다 형식적 독특함이다. 제발트 소설은 사실의 기록(르포르타주)과 허구(픽션), 소설과 에세이의 경계를 무너뜨린다. 굳이 말하면 '에세이소설'이라고 말할 수 있는 독특한 형식은 작품이 전하는 핵심적 주제들과 긴밀하게 결합된다. 다루려는 내용과 그를 위한 형식이 완미하게 연결된다. 내용이 미학적으로 형식화된 좋은 예이다. 다른 형식을 통해서라면 제발트 소설의 독특한 힘이 발휘되기 힘들었을 것이다. 제발트 소설의 큰 특징은 강한 사실성의 추구다. "나는 일체의 값싼 허구화의 형태들을 끔찍하게 생각한다. 나의 매체는 소설이 아니라 산문이다."* 제발트

* * *

* 제발트, 이재영 역, 『이민자들』, 창비, 2008, 312면. 이후 인용 시, 면수만 표기한다.

는 자신이 쓰는 글이 "허구화"가 아니고 "산문"이라고 주장하지만, 그 말을 곧이곧대로 믿을 수는 없다. 그의 작품들에 삽입된 사진들은 실제 인물과 배경을 사실적으로 재현한 것인가? 그 인물들이 하는 이야기는 어디까지가 사실인가? 혹은 사실과 허구, 발생했던 과거의 사실과 그것을 기억하는 현재 사이의 낙차는 무엇인가? 이민과 난민과 유랑의 역사를 탐구하는 제발트 작품에서 인물들이 움직이는 장소는 인물에 버금갈 만큼 중요하다. 그리고 그런 묘사는 매우 사실적이고 디테일에 충실하다. 가령 "그것의 건축은 제1차 세계대전 발발 직전에 끝났지만, 제1차 세계대전이 시작된 지 불과 몇 달도 지나지 않아 이 도시와 지역의 방어를 위해서 완전히 무용지물"(23면)이 되어버린 브렌동크 요새에 대한 상세한 묘사가 그렇다. 이런 디테일한 묘사는 묘사 자체의 사실성을 높이기 위한 것이기보다는 전쟁과 폭력의 상처를 기억하려는 노력의 표현이다. 그의 소설에서 기억의 모티프가 중요한 이유다. 제발트는 유대인 학살을 비롯한 역사적 사실을 다루지만 서사의 강조점은 사건들의 사실적 재현이 아니라 그 사건을 뒤늦게 기억하고 반추하는 인물들의 기억과 반응에 놓는다. "내 안에 불러 일으켰던 기억" 혹은 "마지막 산책에 대한 기억"*이 중요하다. 그에게 소설은 조각난 기억의 파편을 이어 붙이는 매체다. 기억 속에서 시대의 폭력이나 시간의 흐름 속에서 사라져 간 인물들이 다시 살아난다.

이런 이유로 제발트 소설의 기본 정조는 슬픔이다. 그러나 그 슬

· · ·

* 제발트, 안미현 역, 『아우스터리츠』, 을유문화사, 2009, 123면. 이하 『아우스』로 약칭하며 인용 시, 『아우스』, 면수로 표기한다.

폼은 격정이 아니라 차분히 가라앉은 관조의 슬픔이다. 그것은 일어난 사건의 시간과 그것을 기억하는 시점의 거리, 그리고 비극적 사건들을 전하는 인물과 그것을 받아 다시 전해주는 화자 '나'의 관계에서 기인한다. 기억의 힘을 강조하는 점에서 그의 소설은 일면 프루스트의 소설을 연상시킨다. "그는 지난 수십 년 동안 그렇게 마을을 떠나던 기억을 잊고 지냈는데, 얼마 전부터 그날의 장면들이 다시 떠오른다고 했다."(29면) 한마디로 제발트의 작품은 사라지고 잊힌 사람들과 장소의 기록이다. 그가 그린 삶과 장소의 쇠락은 학살 같은 문명의 폭력만이 아니라 거스를 수 없는 시간의 흐름과도 관련된다. "한 세기 내내 밤낮으로 브로드케이트와 리버풀 스트리트 역들을 지나다니던 수백만 명에 달하는 무리도 이제는 다 사라졌지요."(『아우스』, 148면) 제발트의 글은 문명사의 기록이자 동시에 자연사의 이야기다. 그리고 그가 보기에 문명의 역사는 이성이 아니라 운명과 감정의 흐름에 따라 좌우된다. "우리는 확실치 않은 내적인 움직임에 따라 생애의 거의 모든 결정적인 걸음을 내딛게 되지요."(『아우스』, 148면) 작가는 문명과 자연의 이런 "내적인 움직임"에 주의를 기울인다. 문명의 폭력과 자연의 시간은 인간의 세계를 파괴한다. "오늘날에는 어느 나라에 가든, 지구상의 어디를 가든 다를 바가 없다. 자동차와 부띠끄 상업, 그리고 온갖 방식으로 점점 더 확산되어 가는 파괴중독증으로 인해 살아남은 곳이 없다."(148면) 통상 소설 양식에 있어서 묘사의 가치는 서사보다 폄하된다. 제발트의 소설은 서사가 아니라 묘사의 축적만으로 구축되는 소설의 힘을 보여준다. 특히 한 인물의 기억을 통해 시대의 변화를 압축적으로 제시

하는 데 탁월하다.(207면)

　　그렇다면 제발트는 왜 굳이 산문이 아니라 소설 형식을 택했는 가. 자신의 작품을 산문이라고 주장하지만, 그의 작품은 엄연히 소설이다. 그때 무엇보다 화자 '나'의 역할이 궁금해진다. 피상적으로 보면 그의 작품에서 화자 '나'는 '나'가 만나는 인물들의 이야기를 전달해 주는 역할에 머무는 것처럼 보인다. 특히 장편인 『아우스터리츠』에서는 이런 특징이 더 강하게 부각된다. 단편이든 장편이든 제발트 소설의 구조는 대개 세 겹으로 짜인다. 첫째, '나'가 만나는 주요 인물들인 헨리 쎌윈 박사. 파울 베라이터, 암브로스 아델바르트, 막스 페르버, 그리고 아우스터리츠 등 이민자들이나 망명객들의 이야기. 둘째, 그 인물들이 전하는 주변 인물의 이야기. 예컨대 『아우스터리츠』에서 베라가 전해주는 주인공의 부모들의 이야기가 그렇다. "베라는 내 부모에 대해 그녀가 알고 있는 한도 내에서 그 분들의 출신과 삶의 여정, 그리고 몇 년 사이에 그들의 존재가 말살되어버린 것에 대해 처음으로 상세하게 이야기했어요."(『아우스』, 184면) 셋째, 그 주변 인물들이 다시 전해주는 다른 인물들과 시대의 이야기가 펼쳐진다. 이렇게 각 작품의 서사 구조는 한 개인의 이야기에서 시작해서 역사와 시대의 이야기로 동심원을 그리며 퍼진다. 그 파장은 조용하나 강하게 전해진다. 그리고 이야기를 하는 사람들과 이야기를 전하는 화자 사이에는 재현의 한계가 작동한다. 아우스터리츠에 대한 화자 '나'의 인상이 그렇다. '나'의 이야기를 통해, 기억의 조각을 모은다고 해서 아우스터리츠가 살아온 삶의 진실이 전부 드러나지는 않는다. 기억의 한계, 이야기의 한계.

제발트 작품이 소품처럼 보이면서도 언뜻 대하소설 같은 유장함의 느낌을 주는 이유는 이런 동심원적 서사 구조이다. 각 인물은 단지 개별적인 인물이 아니라 한 시대의 상처를 기억에 새기고 있는 고유성을 지닌다.

맨체스터에서 페르버가 내게 준 어머니의 기록이 지금 내 앞에 놓여 있다. 결혼하기 전 이름이 루이자 란츠베르크였던 이 기록자가 그녀의 지난 삶에 대해 적어놓은 이야기를 발췌하여 이제 여기에 옮겨보고자 한다. (243면)

『아우스터리츠』에서도 화자인 '나'가 찾아간 벨기에 안트베르펜의 "대합실에서 기다리던 사람들 중 하나가 아우스터리츠였다. 그는 1967년 당시에는 기이하게 곱슬거리는 금발을 한 청년"(『아우스』, 11면)이고 그 이후 이 청년을 시간의 흐름 속에서 '나'가 여러 번 만나면서 그의 이야기를 듣는 구조다. 이렇게 몇 겹의 이야기로 구성된 제발트 소설은 주요 등장인물이 직접적으로 자신의 이야기를 서술하는 산문 형식이었을 경우 나타날 수 있는 서술의 톤과는 다른 톤을 만든다. 인물들의 이야기가 여러 겹의 층을 거치면서 걸러지고 차분해지는 효과가 있다. 『아우스터리츠』에서 아우스터리츠는 자신을 포함해서 "1939년 여름 어린아이이던 그들이 어떻게 특별한 수송차로 영국으로 이송"(『아우스』, 157면)되었는지에 대한 역사를 알게 된다. 그 뒤 1930년대 나치의 폭압 아래 학살된 어머니 아가타과 실종된 아버지 막시밀리안을 찾아가게 된 이야기를 '나'에게 전한다. 만약 소설 형식이 아니라 산문 형식을 통해 주인공이 자신의 감정과 견해를 직접 표현했다면 작품의 톤은 훨씬 격정적이었을 수 있다. 그런데 아우스터리츠의 말이 '나'의 시각을 통해 걸러져 전해지면서 이야기의 톤이 조정된다. 그렇게 차분해진 정조가 더욱 큰 슬픔을 자아낸다. 억눌려진 슬픔이 전하는 힘이다. "모든 저술 유산의 보고라고 불리는 이 새 거대 도서관은 파리에서 실종된 우리 아버지의 흔적을 추적하는 데는 전혀 쓸모가 없다는 것이 입증되었어요."(『아우스』, 304면) 도서관의 자료들도 잃어버린 삶의 복원에는 도움이 못된다. 기록과 자료의 구멍이고 문명의 한계를 보여준다. 제발트의 소설은 문명과 자연의 한계를 심문하는 소설이다. 그래서 울림이 깊다. 이런 울림이 한국문학 공간에도 더 많이 전해지길 기대한다.

최근 한국소설의 여러 문제 중 몇을 꼽자면 스케일의 협소함과 지성의 부족이다. 그 둘은 결합되는 것이다. 여기서 스케일이란 단지 소설이 다루는 제재의 크기만을 가리키는 개념이 아니다. 어떤 대상을 다루든 그 대상을 폭넓은 역사적, 현실적 맥락에서 조망하는 시야의 넓이와 깊이를 지칭한다. 바꿔 말하면, 현재 한국소설은 너무 자잘한 것에 집착한다는 인상이 강하다. 그리고 인물의 내면에만 관심을 갖는다. 무엇인가가 빠졌다. 한국문학의 외부자들인 김석범과 제발트의 소설을 살피며 그 누락된 목록을 확인한다. 이들 소설에서 한국문학이 많은 시사점을 얻기를 바란다. (2017)

문학적 지성이란
무엇인가?

이인휘『폐허를 보다』, 백수린『참담한 빛』, 최은영『쇼코의 미소』

1

이 글에서 따져볼 세 개의 키워드는 (소설) 비평에서 지성, 인물(캐릭터)과 세대의 문제다. 첫째, 세대의 문제.『녹색평론』발행인 김종철은 세대와 문학적 감수성의 관계를 언급한다.

한두 꼭지 읽어봤는데, 작가의 자전적인 요소가 강한 이야기인 것 같더라고요. 그런데 내 문학적 감수성으로는 솔직히 감당이 안 돼요. 왜 이렇게 자기를 객관적으로 보지 못하느냐, 왜 이렇게 다들 나르시시즘에 빠져 사느냐, 그런 느낌이 강하게 듭디다.[*]

세대가 다른 작가의 작품을 읽으면서 생기는 정서적 '이질감'이 문제다. 둘째, 문학에서 지성의 문제.

• • •

[*] 김종철·이송희일 대담,『문학동네』89, 2016.겨울, 508면.

우리는 한국 현실의 투철한 인식이 없는 공허한 논리로 점철된 어떠한 움직임에도 동요하지 않을 것이며, 한국 현실의 모순을 은폐하기 위한 어떠한 노력에도 휩쓸려 들어가지 아니할 것이다. 진정한 문화란 이러한 정직한 태도의 소산이라고 우리는 확신하고 있으며, 그런 의미에서 우리는 정신을 안일하게 하는 모든 힘에 대하여 성실하게 저항해 나갈 것을 밝힌다.[*]

수십 년 전의 발언이지만 여전히 울림이 있다. 투철한 인식, 공허한 논리, 현실의 모순, 정직한 태도 등의 표현이 눈에 띈다. "정신을 안일하게 하는 힘"으로 요약된다. 문학은 단지 감상, 혹은 감성의 문제가 아니다. 나는 강인하고 냉철한 지성의 결핍이 한국문학의 핵심 문제라고 판단한다. 셋째, 인물의 문제. 소설 장르는 인물(캐릭터)들의 관계를 탐구한다. 그 관계에 대한 서사의 형식적 구성을 통해 표현되는 인물들로 현실의 모습을 드러낸다. 소설의 인물들은 이미 있는 인물의 재현이 아니다. "위대한 소설가는 무엇보다도 알려지지 않았거나 인정받지 못한 정동들을 발명해 내고, 그 정동들을 자신의 인물들의 생성으로 밝게 드러내는 예술가이다."(들뢰즈) 작가는 인물과 풍경을 창조한다. 인물은 작품 속에 창조된 비인간적 생성들이다. 인물들은 작품 속에 창조된 비인간적 풍경들 속에 거주한다. '사유의 모험thought-adventure'인 소설(D.H. 로런스)은 "알려지지 않은 것the unknown, 그리고 심지어 '알려질 수 없는 것the unknowable'을 향해 열리고 또 나아가는 모험"[**]이다. 그런 이유로

* * *

* 계간 『문학과지성』 창간사, 1970.
** 황정아, 「소설의 철학―다음은 뭔가?」, 『문학동네』 89, 441면.

소설가는 인물을 창조하고 그려나갈 때 인물과 현실에 대해 확정된 견해opinion를 미리 갖지 않는다. 세 편의 소설을 읽는 문제의식이다.

2. 확정된 견해의 위험성 — 이인휘의 『폐허를 보다』

켄 로치 감독의 〈나, 다니엘 블레이크〉에 관한 인상적인 언급. "옳은 주제를 지닌 영화가 옳은 것은 아니고, 옳은 생각을 하는 이의 영화가 옳은 것도 아니며, 오직 자신의 형식으로 옳다고 느껴지는 자리에 올라 있는 영화만이 옳다."(영화평론가 정한석) 문학도 그렇다. 이것은 협소한 '미학주의'의 옹호가 아니다. 소설에서 인물을 다루는 태도를 문제 삼는 것이다. 2016년 만해문학상 수상작인 『폐허를 보다』*를 읽으며 드는 물음이다. 문학상 선정 이유는 이렇다. "이들 소설의 저자는 늘 현장에 서 있고 현장에서 시선을 거두지 않는다."** 그리고 "그의 최근 소설에는 80년대 노동문학에 흔했던 독선의 자취와 관념적인 허세도, 90년대 노동문학을 무기력하게 만든 자기위안의 후일담과 회한의 포즈도 없다."(604면) 동의하기 어렵다. 노동문학이 거의 종적을 감춘 한국문학지형에서 『폐허』의 문제의식은 높이 평가할 만하다. 그러나 의도와 결과가 언제나 일치하지는 않는다. 『폐허』는 "후일담과 회한"이 강하게 표현된 후일담 문학으로 읽힌다. 후일담 소설이라서 나쁘다는 것은 아니다. 다만 『폐허』가 "현장"을 다루는 시선의 깊이, "관념적 허세"

...

* 이인휘, 『폐허를 보다』, 2016, 실천문학사. 이하 『폐허』로 약칭하며, 인용 시, '글 제목, 면수'로 표기한다.
** 『창작과비평』 174, 2016. 겨울, 602면.

를 벗어났는지가 관건이다. 먼저 서술시점의 문제. 『폐허』에 실린 다섯 작품 중 앞 세 편은 1인칭 화자 시점을, 둘은 3인칭 관찰자 시점을 택한다. 3인칭 관찰자 시점을 택한 「그 여자의 세상」과 「폐허를 보다」에서도 여성 인물들(여홍녀와 정희)이 초점 화자focalized narrator로 기능하므로 1인칭 시점의 변형이다. '나'의 시점을 택한 이유는 짐작컨대 섣불리 객관성을 자임하지 않으려는 조심스러움의 표현이다. '나'의 서술을 경어체로 표현한 것도 그렇게 해석될 수 있다. 그러나 경어체를 쓴다고 해서 '나'가 마주치는 인물들을 존중하는 것은 아니다. '낯선 기호'(들뢰즈)로서 소설 속 인물들이 '나'에게 던져주는 충격, 그에 대한 '나'의 태도가 문제다. 태도에서 제시되는 확정된 견해가 문제가 된다. "예술은 견해를 갖지 않는다."* 견해는 '정답'의 다른 표현이다. 화자 '나', 혹은 작가는 견해에 사로잡혀 있다.

나 역시 구로공단을 맴돌며 그런 모습을 많이 보았습니다. 세월이 흘러갈수록 이 세상을 아름답게 만들고자 했던 정의로움은 사라지고 있습니다. (…중략…) 하긴 나를 들여다봐도 끔찍합니다. 밖으로 드러날까 봐 부끄러움을 감추고 있는 내 모습이 보입니다. (「알 수 없어요」, 27면)

자신이 발을 내디딘 현실 속에서 내가 과연 누구인지 끊임없이 묻고 답하며 스스로를 찾아가라고 말해주고 싶었습니다. 그의 손을 따뜻하게 잡아

• • •

* Gilles Deleuze and Felix Guattari, *What is Philosophy?*, Columbia UP, New York, 1994, p.176. 이하 인용 시, '들뢰즈, 면수'로 표기한다..

주고 싶었습니다. (「공장의 불빛」, 118면)

그런데 소설의 다양한 인물들은 '나'의 정서와 인식으로 손쉽게 포섭된다. "그의 손을 따뜻하게 잡아주"는 일이 갖는 어려움에 대한 성찰이 미흡하다. '나'는, 혹은 작가는 너무 쉽게 인물과 세계를 이해하고 소통한다. 그래서 '나'가 되풀이하는 부끄러움이나 죄책감이 정서적 충격을 주지 못한다. 소설은 "결정 불가능한 기호"로서 인물들을 대하며, "결정 불가능한 지대"를 탐구한다.(들뢰즈, p.173) 『폐허』의 인물들은 이미 결정된, 명료한 기호로 제시된다.

"생의 길을 떠도는 시인"(「시인, 강이산」, 124면)을 다룬 단편은 좋은 예다. 현대사의 굴곡을 거친 한 시인의 삶과 노동운동과 "광주학살의 처절한 죽음"(155면)을 엮는다. 그런데 그 서사에 새로운 정동affects은 느껴지지 않는다. 짐작 가능한 정서sentiment가 표현될 뿐이다. 강이산의 삶은 비극적이지만, 캐릭터의 형상화와 서사가 상투적이다. 강이산은 "시인이 되고 싶은 나"에게 왜 "늘 벅찼"(130면)는가? 강이산이 느꼈던(혹은 그렇게 여겨지는) "죄책감과 부끄러움이라는 철책"(201면)을 '나'는 얼마나 이해할 수 있는가? 이런 질문들이 작품에서 회피된다. 서사의 힘이 약해지고 한 인물의 회고담에 그친다. 낯선 기호로서 강이산과 '나'의 관계에서 발생하는 긴장이 보이지 않는다. '나'는 쉽게 강이산을 이해하고 해석한다. 강이산의 죽음 이후 "세상의 이치가 그 눈을 통해 환하게 보입니다. 마치 돈오돈수의 한순간처럼 깨달음이 닫혀 있던 마음의 문"(206면)을 연다는 '나'의 토로가 뜬금없게 여겨지는 이유다. '나'

와 강이산은 생생한 인물이 아니라, 작가가 정답이라고 생각하는 '견해'로 만들어진 인형처럼 보인다. 『폐허』의 다른 인물들도 비슷하다.

작가가 "현장"을 떠나지 않았다는 평가를 받았지만 그 현장의 '현장성'이 문제다. 표제작의 한 대목을 보자.

사장은 모든 것을 아꼈다. 돈이 되는 모든 것을 그러모을 심산인 듯 그는 유통기한이 지난 소시지도 버리지 못하게 했다. 쥐똥과 쥐 오줌으로 물든 밀가루도 버리지 못하게 하고 채로 걸러 쓰게 했다. 감자가 쉰 듯 한 냄새가 나면 부랴부랴 튀김옷을 입히게 했다. (「폐허를 보다」, 312면)

이런 "사장"이 현실에도 있을 법하다. 그러나 동시에 상투적인 묘사다. 현 단계 노동과 자본이 처한 실상, 그 사이의 세력관계에 대한 구체적 분석과 묘사, 소설로 쓴 『자본』이 아쉽다. 그럴 때 죄책감과 부끄러움의 정조로 냉철한 현실 분석을 덮게 된다. 역시 문제는 감상이 아니라 지성이다. "남편의 십 년을 노동운동에 몸 바치고 죽을 때까지 죄책감으로 살았는데 난 무슨 생각으로 살아온 것일까. 도대체 난 누구냐 말이야!"(313면) 다시, 이미 알려진 감상이나 정조가 아니라 지성으로 포착한 인물들의 관계를 생각한다.

중요한 것은, 나쁜 소설들에서처럼 인물들의 사회적 유형들과 성격에 따르는 그들의 견해들이 아니라, 인물들이 맺고 있는 대위법적인 관계들, 그리고 그들의 생성과 비전들 속에서 그들 스스로가 느끼거나, 느끼게 하는

감각들(sensations)의 구성물들이다. (들뢰즈, p.188)

『폐허』에는 "대위법적 관계들"과 새로운 "생성과 비전", "감각들의 구성물"이 부족하다. 외롭게 분투하는 노동소설로서 『폐허』의 가치를 십분 인정하면서도 동시에 갖게 되는 아쉬움이다.

3. 섬세함과 정확성— 백수린 『참담한 빛』과 최은영 『쇼코의 미소』

백수린의 『참담한 빛』과 최은영의 『쇼코의 미소』*를 읽으면서 앞서 언급한 세대에 따른 문학적 감수성의 차이를 생각한다. 『빛』을 찾아 읽게 된 이유는 이런 평가를 읽었기 때문이다. "1990년대 이후 발표된 가장 섬세한 한국소설들의 장점만을 흡수한 것처럼 보일 정도로 백수린의 소설은 진지하고 견고하고 아름답다."(신형철) 내 독서실감은 다르다. 그 차이를 생각해본다. 다른 세대 작가들이 지닌 감각과 정서를 내가 이해 못하는 게 아닐까? 그렇게 조심스러운 마음을 갖고 『빛』과 『쇼코』를 읽어도 오히려 앞서 언급한 김종철의 판단에 공감하게 된다. 먼저 두 작품의 정서적, 형식적 유사점에 대해. 아마도 한국문학의 세계화 영향 탓이겠지만 두 작품에는 한국만이 아닌 다른 나라와 도시가 배경으로 제시된다. 일종의 이국異國 정서의 장치다. 『빛』에서는 네덜란드, 런던, 파리, 베니스, 베를린, 함부르크. 프랑크푸르트, 체코가 나타

* * *

* 백수린, 『참담한 빛』, 창비, 2016; 최은영, 『쇼코의 미소』, 문학동네, 2016. 이후 『빛』, 『쇼코』로 약칭하며 인용 시, '글 제목, 면수'로 표기한다.

난다. 거기에 다양한 외국인들이 주요 인물로 등장한다. 『쇼코』는 일본, 독일, 케냐. 러시아 등이 주요 활동공간이며 역시 여러 외국인들이 나온다. 작품 배경이 다변화되는 것은 일견 긍정적이다. 그러나 이국적인 배경이 이국주의exoticism의 정조를 창출하는 데 그치지 않으려면, 그 공간이 인물들의 행보와 결합되어야 한다. 그러나 특히 『빛』의 경우에는 이국의 공간은 독특한 현실 탈출의 분위기, 혹은 인물들의 고통과 기억을 강화시키는 주변적 분위기로만 표현된다. 그만큼 인물과 공간의 결합이 약하다. 두 작품 모두 서사의 초점이 외적 조건의 디테일이 아니라 인물들의 상처와 기억의 탐색에 놓인 것도 이유로 짐작된다. 두 작품이 대부분 1인칭 화자 시점이나 초점 화자를 통하여 사건이나 상황의 세부적인 묘사보다는 그 사건들을 기억하는 화자 '나'의 태도를 부각시킨다. 통상 '나'의 내면을 강조하는 서사는 모더니즘소설의 특징이라고 말한다. 그러나 이는 많은 이들의 오해다. 조이스James Joyce 작품이 여실히 보여주듯이, 모더니즘소설에서 '나'의 내면성과 '나'를 둘러싼 상황은 치밀하게 결합되어 있다. 조이스 작품에서 더블린의 식민 상황과 당대의 문화 지리적 요소들이 세밀하고 '자연주의적'으로 표현된 것을 보게 된다.

이런 배경에서 볼 때 특히 『빛』에는 상황과 공간의 구체적 묘사는 거의 찾기 힘들다. 아마도 작가와 동세대 비평가들은 이 작품이 보여주는 내면적 섬세함에 매료되는 듯하다. 그런 매료의 의미를 다른 세대의 비평가로서 내가 포착 못 했을 수도 있다. 그러나 강하게 말하면, 『빛』에는 포즈의 과잉, 주관적 감상의 과잉이 있다. 과잉은 감성이 넘친다는 뜻만이 아니라 '나'와 상황의 관계, '나'와 다른 "인물들이 맺고 있는 대위법적인 관계들"(들뢰즈)의 포착이 상대적으로 미흡하다는 뜻이다. 『빛』의 주요 정조는 상처와 기억이다. 젊은 세대는 자신이 처한 팍팍한 현실에서 벗어나려는, 다른 나라와 도시로 탈출하고 싶은 욕망을 갖고 있다. 이 소설이 동세대 독자들에게 나름의 호소력을 지닌다면, 그 이유는? 짐작컨대 『빛』의 이국주의와 상처의 기억 등의 애매몽롱한 정서가 20~30대 독자들의 내밀한 현실 탈출의 욕망을 자극하기 때문이 아닐까. 그렇게 현실모순의 '상상적 해결'을 해주기 때문이 아닐까. "그 무엇도 침범할 수 없을 것 같은 순간의 아름다움"(「북서쪽 항구」, 243면), "삶은 돌이킬 수 없는 것, 지나가버린 것들로 이루어져 있는지도 모르겠다"(「길 위의 친구들」, 273면) 등은 작품의 정조를 집약한다. 『빛』이 포착하는 정서의 섬세함을 인정할 수 있지만, 섬세함이 항상 미덕은 아니다. 섬세함은 다루는 대상과 인물에 대한 주의 깊은 관심과 정확성을 전제해야 한다. 아름다운 문장은 섬세한 미문이 아니라 정확한 문장이다. 이런 대목을 보자.

그리고 주기가 일정치 않은 밀물과 썰물처럼, 그 시절 나를 덮쳤던 감정의 실체가 무엇이었는지 나는 결코 설명해낼 수 없을 거라고 생각한다. 그것은 주드가 일생을 바쳐 이해해보려 했던 아버지와 자신의 관계처럼, 유라가 알고 싶었던 주드가 변심한 이유처럼, 끝내 파악될 수 없는 것이리라. (「스트로베리 필드」, 34면)

화자인 '나'를 "덮쳤던 감정의 실체"가 화자에게 명료하게 이해되지 못하는 것은 그럴 법하다. 그런데 그 이유가 '나' 이외의 다른 인물들을 서사가 홀대했기 때문은 아닐까. 여기에 1인칭 시점의 미덕과 한계가 고스란히 드러난다. 『빛』에서 되풀이 표현되듯이, 인간 관계에는 명료하게 잡히지 않는 영역이 존재한다. 그러나 어느 비평가가 지적했듯이, 작가는 애매하고 불명료한 대상도 왜 애매한지를 투명하게 표현해야 한다. 대상이 애매하다고 묘사도 애매해서는 곤란하다. 『빛』에서 대상의 정확성이 아니라 주관적 정조가 압도적이라고 판단한 이유다.

그래서 "더욱 외로워질 것", "두려움인지 죄책감인지", "공포"(「참담한 빛」, 181면), "모멸감과 열패감", "영원에 대한 기대"나 "아주 가끔 아름다움에 대한 희망"(「높은 물 때」, 212면)이 언급되지만, 그런 표현이 인물 관계의 정확한 탐구에서 나온 것이 아니기에 아련한 정조의 환기에 그친다. 『빛』에서 단편 「중국인 할머니」가 돋보이는 것도 화자인 '나'의 자기탐구를 넘어서 "새할머니"의 고유성이 생생하게 제시되기 때문이다. 그래서 이런 인상적인 묘사가 탄생한다.

새할머니가 중국어를 하는 모습을 본 것은 그때가 처음이자 마지막이었다. 내가 제대로 기억하고 있는 것인지는 모르겠지만 새할머니가 노래를 부르는 동안, 채 덜 익은 모과가 땅 위로 떨어져 내렸다. 나뭇가지에 앉아 있던 새가 어딘가를 향해 날아가기라도 했는지, 바람도 한 점 없었는데. 선이 둥글고 파르스름한 열매는 긴 세월 동안 물에 씻긴 조약돌처럼 향기롭게 빛났다. (「중국인 할머니」, 150면)

『빛』과 같은 작품을 높이 평가하는 정서를 온전히 이해하기는 어렵지만 이 작품을 읽으면서 세대에 따른 문학관의 변화를 다시 확인한다. 그 변화를 세계의 물질성과 그 물질성에 관여commitment하는 태도의 변화, 그리고 지성의 부재라고 요약하고 싶다.

동세대 작가지만 『빛』과 달리 『쇼코』가 지닌 차이점, 혹은 장점도 섬세함만이 아닌 정확성과 관련된다. 그 점에서 근년에 나온 주목할 신예 작품으로 『쇼코』를 꼽고 싶다. 『쇼코』에도 『빛』과 유사하게 인간 관계에서 생기는 당연한 갈등과 상처, 그에 대한 기억의 내면적 탐구가 나타난다. 그러나 중요한 차이점도 있다. 그것은 재현의 윤리와 관련된다. 최근 한국소설은 재현의 (불)가능성을 소설의 주요 소재로 삼는 경향이 있다. 여기서 문제는 재현의 불가능성을 되풀이 언급하는 건 별무소득이라는 것이다. 당연한 말이지만 타자의 온전한 재현은 원칙적으로 불가능하다. 그러나 철학이나 미학이 아닌 삶의 장르로서 소설은 재현의 불가능성을 원론적으로 제시하는 것이 아니라 그 불가능성에도 불구하고 이뤄지는, 혹은 감행되는 인간 관계의 양상과 이해, 재현의 문제를 최대한 정확하게 파고들어야 한다. 이런 이유로 굳이 섬세함보다 정확함의 가치를 강조하게 된다. 『쇼코』에는 정확성의 노력이 돋보인다. 이 소설의 정조를 많은 비평가들이 순함과 여림이라고 평하지만, 나는 그 여림 속에 감춰진 열정과 강렬성에 주목한다. 다른 작품과 비교해 『쇼코』의 인물과 상황 묘사가 더 생생하게 느껴지는 이유도 단지 묘사의 테크닉 문제가 아니라 정밀한 묘사를 가능케 하는 문제의식의 차이에서 기인한다. 다시 말해 묘사 대상에 대한 깊은 애정과 관심의 문제다. 여기서 애정과 관심은 견해나 정답의 제시와는 거리가 멀다. 『폐허』에서 드러나듯이, 작가가 '견해'에 사로잡히면, 그래서 다루는 인물과 대상을 미리 다 알고 있다는 듯이 접근하면, 그 결과 어떤 미지의 영역도 소설에서 사라질 때, 미결정된 삶의 영역에 대한 사유의 모험으로서 소설은 실패한다.

표제작 「쇼코의 미소」의 미덕도 이런 관점에서 발견된다. '나'와 일본인 친구 쇼코, '나'의 할아버지, 쇼코의 할아버지 등의 관계를 한국과 일본을 오가고 조망하면서, 예민하고 정확해지려는 균형 감각을 잃지 않는다. 작품은 묻는다. 사람이 어떻게 만나고, 오해하고, 아주 조금이나마 이해하게 되는가? 그래서 "그 다정한 남편을 결혼한 지 사 년 만에 잃어버리고, 그 고집불통의 노인네와 울기 잘하는 어린 딸"(「쇼코의 미소」, 53면)과 여지껏 살아온 '나'의 엄마의 사연도 작품은 놓치지 않는다. 이 작품은 '나'의 내면의 섬세한 포착에만 함몰되지 않고, '나'의 입장에서만 사태를 바라볼 때 생기는 구멍을 드러낸다. '나'와 쇼코 사이의 '대위법적' 관계를 놓치지 않는다. '나'의 몰이해에서 "내가 넘어서는 안 될 선을 넘고 있다고 느꼈고 그 두렵고도 흥분되는 기운에 취해서 더 많은 선을 건너버렸다"(「쇼코의 미소」, 27면)라는 설득력 있는 표현이 나온다. 그리고 이런 '나'의 마음은 단지 관념의 문제가 아니라 '나'가 처한 생활의 결핍과 연결되어 있다는 것을 동시에 보여준다. "늘 돈에 쫓겼고, 학원 일과 과외 자리를 잡기 위해서 애를 썼으며 돈 문제에 지나치게 예민해졌다."(「쇼코의 미소」, 33면) 범박하게 말해 『쇼코』에는 생활 감각이 살아 있다. 그 세대 작가들에게서 찾기 힘든 덕목이다.

아쉬움이 없지는 않다. 지면 관계상 상술할 수 없지만, 이야기의 전개에 삽입되는 시국 문제들, 예컨대 세월호 참사와 인물들의 감정선을 연결하는 서사가 다소 헐거워 보이는 대목도 눈에 띈다.(「미카엘라」, 236면)

최근 비평담론에서 섬세함은 건드릴 수 없는 긍정성을 지닌다. 그러나 섬세함도 어떤 섬세함인지를 이제는 구체적으로 따져봐야 한다. 추상적인 섬세함과 구체적인 섬세함을 구분해야 한다. 서사와 묘사에서 섬세함과 정확성의 차이를 고민해야 한다. 구체적인 섬세함이 문학적 정확성 혹은 지성의 다른 표현이라고 나는 판단한다. (2017)

2부

소설과 영화의 시각

'삶의 생기'를
다루는 법

오선영 『모두의 내력』

1

쏟아져 나오는 작품들을 모두 찾아 읽기도 쉽지 않지만 관심의
대상도 그때그때 주목받는 작가와 작품에 쏠리기 쉽다. 강력한 중앙집
권사회에서 '중앙'에서 활동하지 않는 '지역' 작가들이 소외를 경험하
게 만드는 문학 상황도 원인이다. 유력한 출판사들이 수도권에 자리하
고 소위 문단도 그에 따라 형성되는 상황에서 수도권에서 활동하지 않
는 출판사와 작가를 만나는 건 드물기에 그 만남이 반갑다. 부끄럽게도
나는 오선영 작가를 잘 몰랐다. 인터넷 검색을 해보니 언론에서 다뤄준
사례가 몇 건 나오지만 작가가 활동하는 부산 지역 언론뿐이었다. 만약
작품을 두고 평가하는 것이 아니라 작가가 활동하는 곳이 중앙이 아니
라는 이유만으로 온당한 관심을 받지 못한다면 그것은 문제다. 소설집
『모두의 내력』(이하 『내력』)을 앞에 두고 먼저 드는 상념이다. 나는 요즘
비평에서 세대의 문제를 고민한다. 다른 세대, 특히 나보다 아래 세대
작가들이 드러내는 정념의 구조를 어떻게 이해할 것인가? 이런 물음도

추가된다. 어느 영화평론가의 말이 떠오른다.

선택을 미루거나 선택의 불가능성을 호소하는 결말들이 눈에 뜁니다. 왜 여기서 끝내는 걸까, 반문하게 만드는 결말들 말입니다. 이 결말들은 더 나빠지고 있는 자신과 더 나빠지고 있는 현실을 물끄러미 쳐다보며 악순환의 한가운데에서 미련 없이 정지해버리고 마는 경우가 대부분이었습니다. (…중략…) 현실이 이토록 힘에 겨운데, 영화가 그 현실보다 어떻게 나아갈 수 있겠는가, 하고 말입니다. (…중략…) '영화는 꼭 삶과 같은 게 아니에요. 그럴 거면 영화를 할 필요가 없습니다. 현실을 모방하는 건 아주 나쁜 버릇이지요'라고 장률 감독은 정성일 평론가와의 인터뷰에서 단호하게 말한 적이 있습니다. (…중략…) 영화로 분노하는 일보다, 분노의 틈에서 삶의 생기를 발견하고 필사적으로 껴안는 일이 훨씬 어렵다는 사실도 새삼 느낍니다.[*]

이 날카로운 지적은 최근 한국소설에도 그대로 던질 수 있다.

2

『내력』의 어떤 단편들은 "더 나빠지고 있는 현실을 물끄러미 쳐다보며 악순환의 한가운데에서 미련 없이 정지해버리고 마는 경우"다. 조심스러운 판단이지만 젊은 작가들은 그들이 맞닥뜨린 나쁜 현실을

• • •

* 　남다은, 『감정과 욕망의 시간』, 강 출판사, 2015, 440~441면.

"모방"하는 데 힘을 쏟는다. 그렇다면 왜 "모방하는 건 아주 나쁜 버릇"인가? 나쁜 현실의 고발조차 그것이 반복되면 상투화되기 때문이다. 『내력』에 실린 단편 대부분은 다양한 방식으로 힘과 권력의 관계를 다룬다. 특히 그 힘에 의해 억압받는 쪽의 삶을 다룬다. 요즘 소설에서 종종 발견되는 모습이다. 물론 『내력』이 거기에만 머물지는 않는다. 힘의 불균형한 관계에서 보이지 않거나 들리지 않는 목소리에 주목한다. 작가의 데뷔작인 「해바라기 벽」이 좋은 예다. 동네 미화사업의 외양과 실상을 대비시키는 이 작품은 동일한 사태를 바라보지만 그 시각의 차이가 낳은 결과에 주목한다. 화자인 '나'는 그 점에 예민하게 반응한다.

우리 집 벽과 담에 노란 해바라기가 수십 송이 피었다. (…중략…) 우리는 해바라기 감옥에 갇혀버렸다. 사람들이 오면 창살 사이로 손을 내밀어 꺼내달라고 애원하고 싶었다. 그들은 동물원의 원숭이를 보듯 할머니와 나를 구경했다. 해바라기 꽃으로 장식한 우리에 관심을 가질 뿐 감옥 같은 우리 집과 시든 꽃 같은 할머니, 채 피지 못한 꽃인 내게는 눈길을 돌리지 않았다.[*]

작가는 현실의 '객관성'에 의문을 던진다. "감옥 같은 우리 집과 시든 꽃 같은 할머니, 채 피지 못한 꽃인 나"의 현실은 오직 '나'에게만 감각될 뿐이다. 다른 이들은 그 현실을 지각하지 못한다. 감각의 차이가 있다. '나'가 느끼는 참담한 현실의 실재성은 "누런 똥물"로 표현된다. 해바라

* * *

* 오선영, 『모두의 내력』, 호미밭, 2017, 22면. 이하 인용 시, 면수만 표기한다.

기 꽃이라는 이미지와 똥물 사이의 괴리감이 부각된다. "노란 해바라기 잎들이 다 죽을 때까지 나는 계속해서 누런 똥물을 붓고 부었다."(34면) 이런 '나'의 행동이 현실성이 있는가는 별로 중요하지 않다. 현실의 실재성을 드러내기 위해 인물은 극단적 행동을 선택할 수 있다. 인물의 전형성은 평균성이 아니다.(루카치) 문제는 타인들이 바라보는 허위적 이미지(해바라기 꽃)와 '나'가 느끼는 실재(누런 똥물) 사이의 대비가 별로 새롭지 않다는 것이다.

표면과 실재의 대비를 전형적으로 표현하는 작품이 표제작인 「모두의 내력」이다. 작가는 '내력'이라는 표현을 선호한 이유를 설명한다.

내력이란 단어에는 역사가 주는 무거움과는 다른, 개인의 사소하고도 은밀한 삶이 들어있는 것 같아요. (…중략…) 제가 생각하는 소설이 바로 이것이에요. 거대서사에서 말하지 않는, 말할 수 없었던, 말하지 않으려고 했던 사람들에 대해서 말하는 것 말이죠. (261~262면)

타당한 지적이지만 새롭지는 않다. 모든 좋은 소설은 상황과 인물의 "내력"을 파고든다. 요는 인물의 "내력"을 다루는 방법이다. 「모두의 내력」은 고고학과 학생인 '나'가 겪는 발굴현장 답사 체험을 다룬다. '나'는 인간 관계의 몇 사례를 통해 환멸을 느낀다. "나는 사람 보는 눈 하나는 정확하다. 그런 의미에서 성균 선배는 탁월한 선택이다. 그는 말과 행동이 다른 사람이 아니며, 겉과 속이 다르지도 않다."(84면) 하지만 그건 '나'만의 착각이다. 작품은 '나'의 주관과 현실의 거리, "말과 행동"의 거리를 드러낸다. 화자가 "죽은 아버지의 사연"이나 "살아있는 엄마의 머릿속"(83면)을 정확히 알 도리는 없다. 화자가 호의를 품은 성균 선배와 동기생 민주의 관계조차 뒤늦게 깨닫는다. "돌멩이를 보며 중얼거렸다. 민주와 성균 선배가 그렇고 그런 관계라는 걸 나만 몰랐던 걸까."(90면) '나'의 환멸감은 무연고 무덤을 판 발굴현장에서 우연히 보게 되는 정 교수의 행동을 목격하면서 전환점을 맞는다. "달빛에 비친 남자는 툭 튀어나온 광대뼈와 가늘고 긴 눈매를 가진 고고학계의 전설, 정 교수님이었다. 더 놀라운 것은 교수님이 실오라기 하나 걸치지 않은 알몸이라는 사실이었다."(92면) 이 만남을 통해 '나'는 난데없는 감정의 당혹스러움을 느낀다. 그동안 '나'가 믿었던 것들의 답이 무엇인지 "모든 것이 의문 투성이"가 된다. 그리고 덧붙인다. "지금의 이 감정은 누구도 이해하지 못할 거란 생각이 들었다."(93면) 그런데 이런 감정의 소용돌이가 왜 정 교수와의 만남에서 촉발되었는지는 작품 내적으로 설득력 있게 제시되지 않는다. 그래서 결말은 다소 뜬금없다. '나'가 생각하고 겪어온 인간 관계의 사례들이 주는 불명료한 정황들은 그것대로의 이유들이 있는 것이다. '나'가 그에 대해 어떤 "누구도 이해하지 못할" 감정을 느낄수도 있다. 문제는 좋은 단편은 독자가 작품을 읽으면서 그 이해하지 못할 감정의 실체를 숙고하게 만든다는 것이다. 숙고의 결과가 명확한 답을 제시하는가는 중요하지 않다. 소설은 알고 있는 세계의 모방이 아니라 미지의 세계를 탐구한다. 그러나 그 탐구가 "모두의 내력"은 결국 알수 없는 것이라는 뻔한 결론에 이르기 위한 것은 아니다. 탐구는 이미 알고 있는 감각과 정념의 세계가 아닌 다른 세계를 드러내는 것이다. 화자는 "정 교수님의 세계로 뛰어 들어가 묻고 또 묻고 싶었다"(93면)라고 토로하지만, 그런 토로가 다소 뜬금없이 느껴지는 것은 다른 감각과 정념의 세계와 마주친다는 것의 의미를 작가가 더 깊이 천착하지 못했기 때문이다. 이미 알려진 정답의 제시에 그치고 말았다는 아쉬움이 있다.

3

　그 점에서 「백과사전 만들기」는 주목할 만하다. 앞서 인용한 지적, 즉 "분노하는 일보다, 분노의 틈에서 삶의 생기를 발견하고 필사적으로 껴안는 일이 훨씬 어렵다는 사실"을 작품으로 보여준다. 온갖 종류의 갑질이 행해지는 현실에서 을들의 신산한 삶을 자연주의적으로 기록하는 것도 나름대로 의미 있다. 그러나 의미있는 것도 반복되면 진부해진다. 그렇다고 "삶의 생기"를 인위적으로 작품에 끼워 넣는 것도 해결책은 아니다. "삶의 생기"는 인간이 살아있는 이상 완전히 사라지지 않는다. 작가는 그 말살되지 않은 삶의 생기, 혹은 현실의 잠재된 힘을 포착하는 이들이다.* 「백과사전 만들기」도 그런 삶의 생기를 포착한다. '나'는 느닷없이 자신을 찾아온 초등학교 동창 준석과의 만남을 통해 초등학교 시절의 경험을 기억한다. 그 기억에는 어린 시절 느꼈던 힘의 관계가 담겨

* * *

* 　나는 각자의 방식으로 이런 포착을 보여주는 작품으로 황정은과 최은영 소설에 주목한다. 그들의 작품도 억압적 현실의 다양한 면모에 주목하지만 그 면모의 자연주의적 재현이 아니라 그 억압에도 살아남는 생기의 양상, 혹은 '희망'을 그린다. 그때 '희망'은 주관적 기대가 아니라 현실에 잠재된 "미래의 나팔"(김해자 시인)이다.

있다. "준석은 어린 나이에도 벌써 적절하게 힘을 사용하는 방법을 아는 것 같았다."(135면) 군인인 부모들의 계급 관계에서 발생하는 역학을 아이들도 무의식적으로 인지했기에 자연스럽게 '나'의 부모들도 이 관계에 개입된다. 그 개입의 묘사가 자연스럽다. '나'의 아버지는 그때 자존심을 지키기 위해 구입한 백과사전에 집착한다. 그런데 '나'는 이런 아버지를 섣불리 재단하지 않는다. 아버지는 그냥 그렇게 할 뿐이다. 그리고 '나'는 아르바이트생으로서 자신이 할 일을 한다. 각자는 자신의 삶을 산다. "나는 아르바이트를 해서 돈을 벌 수 있다. 내일도 모레도 글피도 J 몫의 타이핑을 쳐 줄 수 있을 것 같았다."(144면) 이 담담함이 문득 뭉클하게 느껴지는 이유. 작품이 각 인물들의 몫과 자리를 존중하기 때문이다. 그 존중을 전하는 문체가 차분하다. 그 차분함에서 작품의 말미에 언급된 '나'와 아버지의 공감이 만드는 담담한 감동이 나온다. 아쉬운 것은 이런 "삶의 생기"를 다른 단편들이 모두 전달하지는 못한다는 것이다. 「백과사전 만들기」 같은 작품을 더 많이 쓰기를 기대한다. (2019)

영웅, 괴물,
그리고 시민들

영화 〈덩케르크〉, 〈군함도〉, 〈남한산성〉, 〈택시운전사〉, 황정은 『계속해보겠습니다』

1. 영웅담론의 욕망

왜 사회는 '영웅'을 욕망하고, '영웅'을 다룬 텍스트(문학, 영화)를 읽고 보는가? 쉬운 답변은 '대리욕망'이다. 평범한 일상에서 채울 수 없는 욕망을 자신이 동일시하는 대상을 통해 대리체험한다는 것. 이런 대리욕망은 단지 문학이나 영화 같은 허구fiction만이 아니라 현실에서도 일어난다. 대의민주주의 정치, 특히 선거가 좋은 예이다. 지금 한반도를 둘러싼 북미 간의 험악한 말 폭탄은 그 말 폭탄을 던지는 이들을 누가 제어할 것인가라는 질문을 제기한다. 저들의 말과 행동이 잘못되었지만, 시민들은 그들을 제어하지 못한다. 무기력하게 지켜볼 뿐이다. 한반도의 평화와 안전이 막강한 권력자들의 말에 따라 흔들거린다. 민주주의 체제라고는 도저히 볼 수 없는 북의 권력이 보이는 양태야 그렇다고 쳐도 민주주의의 모델처럼 여겨져 온 초강국 지도자의 납득할 수 없는 언행을 지켜볼 뿐이다. 통제되지 않는 권력이다. 무엇인가 잘못되었다. 영웅의 탄생도 어렵지만, 권력을 쥔, 영웅의 외양을 한 악한의 전횡은 더 막기 어렵다. 그런 무력감에서 역설적으로 악당에 맞서는 영웅의 요구가 강해진다. 그 요구가 민주주의적으로 해소되지 못할 때 파시즘이 나타난다. 민주주의의 딜레마다. 그렇다면 대리권력이 주권자인 시민들의 욕망을 제대로 구현하면 그들은 현대의 영웅이 되는가?

작년 늦가을부터 올 봄까지 이어진 촛불혁명은 민주주의의 원리와 주권의 문제를 다시 사유하게 만든 경험이었다. 현대민주주의는 여러 현실적 여건 때문에 현실적으로 대의민주주의의 형식을 취한다. 따라서 대의민주제에서는 주권자와 대리권력 사이의 간극이 언제나 문제가 된다. 주권을 대리권력에게 양도하는 순간 시민들은 자연스럽게 정치와 권력의 자리에서 멀어지게 된다. 그때 정치는 위임된 권력을 직업정치가들이 어떻게 나눠 먹고 흥정할 것인가를 둘러싼, 스포츠 경기 같이 때로 흥미롭지만 대부분 감흥 없는 정치공학으로 축소된다. 촛불혁명은 시민들이 민주주의의 주인일 뿐 아니라 영웅이 될 수도 있음을 보여줬다. 그러나 그 경험은 대의민주주의에서는 일시적 경험에 그칠 우려가 크다. 선출제 민주주의는 영웅보다는 악한의 탄생에 더 우호적인 환경을 조성한다. 그렇다면 욕망의 대리만족을 위한 영웅에 의지하지 않고서 평범한 시민들의 연대에 근거한 민주주의 사회와 공동체는 어떻게 가능한가? 나는 이 어려운 질문에 명료한 답을 제시할 수는 없다. 다만, 몇 편의 영화와 소설 읽기를 통해 영웅담론이 아닌 '시민담론'의 전망을 단편적으로나마 조망해보려 한다.

2. 전쟁영웅서사의 해체─영화〈덩케르크〉

현대대중민주주의에서 고전적 의미의 영웅은 나타나지 않는다. 영웅은 대개 공동체가 위기에 처한 상황에서 그 위기를 수습할 필요성이 있을 때 나타나거나 만들어진다. 많은 영웅이 '전쟁영웅'인 이유다. 이 시대의 주목할 만한 감독 중 한 명인 크리스토퍼 놀란의 영화〈덩케르크〉는 이런 전쟁영웅 담론을 문제 삼고 해체한다. 이 영화의 미덕이다. 영화는 2차 대전 초기인 1940년 5월 28일부터 6월 4일까지 지속된 철수작전인 다이나모 작전Dynamo Operation을 그린다. 이 작전을 통해 영국 해군은 총 33만 8,226명의 영국군과 프랑스군 병사들을 철수시키는 데 성공한다.* 영화는 거대한 구출 작전의 총체적 면모를 담는 것에 관심을 두지 않는다. 더욱이 이 작전은 2차 대전 초기에 연합군이 독일군에게 일방적으로 밀리던 수세 국면에서 좋게 말하면 구출, 나쁘게 말하면 도주 작전이었다. 전쟁 말기에 공세 국면에서 전개된 1944년 6월의 노르망디 상륙 작전과는 대조가 된다. 작전의 성격부터가 스펙터클과는 거리가 멀다. 〈덩케르크〉의 시작 부분에서 독일군의 공격으로 쓰러져가는 몇몇 영국군의 모습을 보여주는 건 시사적이다. 영화는 격렬한 전투의 스펙터클을 보여주는 데 관심이 없다. 영웅들의 승전담에도 관심이 없다. 전쟁의 지휘관만이 아니라 스필버그 감독의 〈라이언 일병 구하기〉 같은 평범한 군인들의 영웅담도 배제된다. 〈덩케르크〉에서도 구출의 지휘를 맡은 램지 장군 등 몇몇 인물의 이름이 거명되지만 그것이

• • •

* 폴 콜리어 외, 강민수 역, 『제2차 세계대전』, 플래닛미디어, 2008, 130·209면 참조.

도드라지지 않으며 관객의 기억에 남지도 않는다. 영화의 등장인물들은 모두 익명이다. 그렇게 관객에게 기억된다. 의도적인 설정이다. 그들은 자신이 누구인지를 내세우지 않는다. 영화는 크게 세 부분으로 구성된다. 어떻게든 탈출하려는 병사들의 모습, 공중전에 참여하는 파일럿, 그리고 민간 선박을 몰아 도버해협을 건너 병사들을 구하러간 민간인들의 이야기(기록에 따르면 수백 척의 민간 선박이 동원되었다). 그런데 그 어떤 경우에나 영화는 거의 의도적으로 그들의 이름을 지운다. 이 전쟁을 누군가의 영웅담으로 만드는 걸 한사코 피한다. 이름 없는 병사들은 살아남기 위해 갖은 방법을 동원한다. 그래서 동료를 불신하고 연합군인 영국군은 프랑스군을 배에서 몰아낸다.

전쟁에 고귀한 이념이나 이상은 존재하지 않는다. 전선에 서지 않기에 죽을 일이 없는 정치인들이나 고위 군 장성들이 떠드는 말은 공허하다. 영웅담으로 보도되는 어떤 죽음이 있지만(영화에도 그런 장면이 있다) 그것은 당대에 실제 있을 법한 일의 삽입이라는 느낌이다. 영화의 초점은 거기에 있지 않다. 전쟁에서 관건은 살아남는 것이다. 그게 승리다. 그래서 배를 타고 영국으로 귀환했으나 패잔병이라는 죄의식에 사로잡힌 병사들에게 '살아온 것이 승리다'라고 영국인들은 말한다.(물론 그렇지 않은 사람들도 있었을 것이다.) 영화의 말미에 다소 '국가주의적'인 멘트가 등장하나 영화의 관심은 거창한 이념이나 말들이 아니라 살아남고, 살아남게 하기 위해 희생했던 사람들의 모습이다. 그리고 그런 모습에 거창한 말은 필요 없다. 그들은 그냥 행동으로 보여줬을 뿐이다. 부끄러움이나 죄책감은 존재할 수 없다. 이 영화는 숱한 전쟁영화가 만들어내는 전쟁영웅의 신화를 해체한다. 그리고 묻는다. 굳이 영웅을 꼽는다면 자신들의 아들과 형제를 구하러 배를 몰고 간 이름 없는 시민들이다. 그러나 이런 말도 진부하다. 영화는 오히려 이렇게 말하는 듯하다. 전쟁에서 영웅은 존재하지 않는다고. 살아남는 것만이 유일한 목적인 전쟁에서 영웅의 의미는 무엇인가라고.

3. 전쟁과 폭력을 바라보는 시각―〈군함도〉,〈남한산성〉,〈택시운전사〉

〈덩케르크〉가 시도하는 영웅담론의 해체 작업은 비슷한 주제를 다루는 한국영화에서는 어떻게 나타나는가? 각각 일제강점기 강제징용, 병자호란, 광주항쟁이라는 한국역사의 비극적인 사건을 다룬 영화들인 〈군함도〉,〈남한산성〉,〈택시운전사〉를 살펴보겠다. 개봉 전후로 논란되었던 류승완 감독의 〈군함도〉를 이해하려면 영화의 배경이 된 상황을 살펴볼 필요가 있다. 한국 정부의 '대일항쟁기 강제동원 피해 조사 및 국외강제동원 희생자 등 지원위원회'가 2012년 발표한 보고서를 보면, 1944년 군함도에 조선인 노동자 500~800명이 있었던 것으로 추정된다. 일본 시민단체 '나가사키 재일조선인의 인권을 지키는 모임'(이하 모임)의 한 회원이 섬을 방문했다가 이 시기에 숨진 일본인 1,162명, 조선인 122명, 중국인 15명의 이름·본적·사망일시·사망원인 등의 정보가 담긴 정사무소(한국의 동주민센터)의 화장인허증을 발견했다. 숨진 일본인 노동자 수가 조선인보다 훨씬 많다는 데서, 군함도는 조선인은 물론 일본의 하층 노동자에게도 지옥섬이었다는 걸 알

수 있다.*

이런 역사적 사실은 해석을 요구한다. 그 해석에서 영화를 둘러싼 친일이니 '국뽕'이니 하는 논란을 어떻게 볼 것인지에 대한 실마리를 찾을 수 있다. 첫째, 2차 대전 말기 군함도에는 수백 명의 조선인들과 그보다 훨씬 많은 일본인들이 일하고 있었다. 그들 중 상당수가 '지옥섬'에서 희생되었다. 군함도의 희생자가 단지 조선인 노동자들만은 아니었다. 둘째, 좀 더 정확한 조사가 필요하지만, 당시 군함도에서 일했던 조선인 노동자들과 일본인 노동자들의 구성은 달랐다. 짐작컨대 대부분 자발적으로 일하러 왔던 일본인들과는 달리, 조선인들의 경우에는 자발적 노동자들도 있지만 강제징용으로 끌려온 조선인들이 훨씬 많았다. 셋째, 역사적 사실로서의 '군함도'와 영화 〈군함도〉를 이해하는 일이 어려운 이유. 이렇게 계급적 문제(지옥도에서 희생된 일본인·조선인 노동자들의 희생)와 식민주의 문제(강제 징용된 조선인들)가 섞여 있기 때문이다. 어느 쪽을 강조하느냐에 따라서 상이한 해석이 가능하다. 그러나 인류역사에서 아직까지는 계급적 연대가 민족적·인종적 차이를 극복한 사례는 거의 없었다. 식민지배의 폐해를 겪은 조선의 입장에서는 더욱 그렇다. 여기에 해석의 어려움이 있고, 친일, 국뽕 논란의 핵심이 있다.

영화에서도 묘사되듯이, 군함도에는 일본인 노동자들이 조선인들보다 더 많이 일하고 있었다. 물론 조선인들보다는 더 나은 조건에서

• • •

* 『한겨레21』 1173호.

일했다. 영화에서는 역사적 사실에 근거하여 주거 환경의 차이 등을 보여주며 그런 지점을 드러낸다. 감독의 솜씨가 느껴지는 부분이다. 그런 상황에서 일본인-조선인 노동자들 사이에 때로는 갈등이 드러나기도 하고(영화의 뒷부분에서 다소 뜬금없이 보이는 린치의 시도 등), 혹은 도주를 방관하는 일본인의 모습을 비춰주는 장면에서 보여주듯이 상호 이해의 모습도 있었을 것이다. 그게 어떤 경우에도 단순하지 않은 인간사의 모습이다. 그리고 어디나 있듯이, 강한 자에게 부역하는 사람들도 당연히 존재한다. 일제강점기의 수많은 조선인 부역자들이 그 예이다. 그래서 군함도에서도 조선인 부역자들이 있었을 것이라고 보는 것은 자연스러운 추론이다. 추한 조선인들의 모습이 그려졌다고 해서 이 영화를 비판하는 건 조야한 민족주의다.

이 영화의 문제점은 다른 데 있다. "옳은 주제를 지닌 영화가 옳은 것은 아니고, 옳은 생각을 하는 이의 영화가 옳은 것도 아니며, 오직 자신의 형식으로 옳다고 느껴지는 자리에 올라 있는 영화만이 옳다. 영화의 사회적 가치와 영화적 성취를 혼동한 나머지, 한 편의 영화에 자신의 사회적 정의감을 온전히 의탁하려 해서는 안 된다는 점이다."(정한석 평론가) 이 주장에는 영화 〈군함도〉를 평가하는 일종의 기준이 들어 있다. 어느 영화 혹은 문학이 좋고 안 좋고의 문제는 그 영화가 내세우는 "사회적 정의감"(항일 민족주의 등)의 유무가 아니다. 영화의 좋고 나쁨은 그만의 고유한 "형식"을 통해 거둔 성취로만 평가된다. 그런 점에서 〈군함도〉는 흔쾌히 좋은 영화라고 평하기 힘들다. 영화에는 일종의 서사의 균열, 혹은 단절이 있다. 영화의 전반부에 그려지는, 군함도에서 벌어졌던 노역(매일 15시간 이상을 일했다고 한다)을 그리는 부분들은 인상적이다. 장면의 구상을 위해 상당히 고심한 흔적이 드러나는 장면들이다. 지옥도의 참상을 느끼게 해준다. 지옥도의 묘사는 그 지옥도 내부에서의 저항을 통해 뭔가 돌파구를 찾을 수 있을 거라는 기대도 갖게 한다. 이런 기대는 한편의 영화로서 내적 서사의 필요성에서 나오는 것이다. 좋은 영화는 문제의 내적 전개를 통해 서사를 구성한다. 그런데 〈군함도〉는 돌연 외부의 영웅(광복군 박무영)을 등장시켜서 문제를 단숨에 풀려고 한다. 영화의 결말을 구성하는 집단 탈출 장면을 통해 영웅이 아닌 민중의 저항을 보여준다고 말하는 건 순진한 독법이다. 그들은 박무영과 칠성 같은 영웅의 배경으로 기능할 뿐이다. 이런 식의 서사구성을 왜 시도했는지 이해 못할 바는 아니다. 또한 당시 실제로 이런 일이 군함도에서 있었는지 여부도 중요하지 않다. 이 영화는 다큐멘터리가 아니고, 사실과 픽션을 섞은 역사영화이기 때문이다.

그러나 문제는 박무영의 출현과 이어지는 집단항거, 그리고 영화의 상업성을 위해 기획된 탈출의 스펙터클이 서사의 전개상 부자연스럽다는 것이다. 영화적 절제가 핵심이다. 이 영화에는 다양한 사연을 지닌, 너무 많은 인물들이 등장한다. 경성 반도호텔 악단장 강옥(황정민)과 그의 하나뿐인 딸 소희(김수안). 종로 일대를 주름잡던 주먹 칠성(소지섭), 칠성과 짐작 가능한 관계를 맺게 되는 여성인 말년(이정현) 등. 그리고 그 각각의 사연들은 미처 전개되지도 못한 채 한꺼번에 돌연 수습된다. 영화의 구성상 그렇게 수습될 수밖에 없을 것이다. 거기에 이 영화의 큰 결함이 있다. 영화에서 인물의 내면을 다루는 것은 문학보다 더 어려운 일이지만, 이 영화는 특히 그 점에 소홀하다. 역사의 비극을 고발하면서도 동시에 영화의 상업성을 고려해야 했던 애매한 절충의 결과로 보인다. 쓸데없는 말이지만 차라리 다른 모든 인물을 빼고 칠성과 말년의 관계와 그들의 이야기를 좀 더 깊이 파고들면서 덜 상투적인 방식으로 지옥도의 이야기를 전개했으면 어땠을까 싶다. 서사의 집중점이 필요하다는 생각이다. 영화에서 좀 더 힘을 뺐으면 싶다는 바람도 있다. '군함도'라는 역사적 사실의 무게에 감독이 짓눌린 듯하다. 그 무게를 영화적 상업주의와 상투적 스펙터클로 해결하려 했다는 인상을 받는다. 더 문제가 되는 것은 군함도라는 비극적 역사를 바라보는 영화적 시선을 정확히 어디에 둘 것인지를 명확히 설정하지 못한 것이다.

이런 영화적 시점의 문제는 〈남한산성〉에서도 비슷하게 나타난다. 이 영화는 영웅의 이야기는 아니다. 오히려 영웅처럼 보이는, 영웅이 되어야 했지만 그렇지 못했던 인물들(왕과 대신들)의 초라한 몰골을 드러낸다. 그렇다면 이 영화는 '반反영웅'의 영화인가? 그렇지 않다. 간략히 소개하면 이 영화는 약 400백 년 전에 벌어진, 아마도 조선역사상 가장 치욕적인 사건 중 하나일 병자호란을 다룬 김훈의 소설『남한산성』을 각색한 것이다. 우리는 이미 이 치욕적인 사건의 개요를 어느 정도는 알고 있다. 1636년 인조 14년, 청나라의 두 번째 침공으로 조선 왕실은 47일간 남한산성에 고립되고 치욕적인 항복 끝에 삼전도(지금의 잠실 부근)에서 복종의 예를 청태종에게 올린 사건이다. 신흥 강대국 청과의 화친(정확히 말하면 항복)을 주장하는 주화파 최명길(이병헌). 명나라에 예를 다하고 결코 오랑캐 나라인 청과는 타협할 수 없다고 주장하는 척화파 김상헌(김윤석). 이 두 주장 사이에서 갈팡질팡하는 인조(박해일)와 조정의 기회주의적 대신들의 모습. 부끄러운 역사다. 예상한 대로 영화는, 김훈의 원작이 그랬듯이, 양쪽의 주장을 그들의 시각에서 가능한 한 충실히 제시하려고 한다. 각각은 자신의 논리를 갖고 자기 입장에서 한 치도 물러서지 않고 상대방을 제압하려고 한다. 그 제압은 말의 제압뿐만은 아니다. 정적政敵의 제거를 목표로 한다. 그를 위해 거짓도 서슴지 않는다. 상대방은 불충하는 역적이 된다. 망국에 처한 나라의 지배층의 몰골이다.

이 영화의 시각은 최명길, 김상헌의 어느 한쪽 편을 들지는 않지만(종종 둘은 서로를 이해하고 옹호해 준다), 어느 입장에도 속하지 않으면서 기회주의적으로 우왕좌왕하는 대부분 대신들의 한심스러운 모습에 대해서는 불편한 시각을 감추지 않는다. 영화는 지배층의 시선을 외부에서 조망하는 시각으로 서날쇠(고수), 뱃사공, 어린 소녀 나루, 청나라 역관 등을 등장시키지만 그들의 역할이 또렷하지는 않다. 다시 말해 지배층-민중들의 삶이 따로 논다. 일부 영화평에서는 이 영화가 지루하고 재미없다고 한다. 나는 그렇게 보지는 않았다. 때로 최명길과 김상헌의 주장이 반복적으로 길게 표현된다는 인상도 받았지만, 그 대립구도가 영화의 핵심이니 그것도 이해할 법하다.

내 불만은 다른 데 있다. 내가 알기로 역사학계의 평가에서 조선 왕조에서 가장 무능한 왕은 선조와 인조로 통상 꼽힌다. 그들이 살았던 시대의 국제 정세가 만만치 않았지만 이들은 (그리고 그들을 왕으로 모셨던 지배층들은) 무능으로 나라를 도탄에 빠뜨렸다. 이 영화는 이런 점에 대한 엄정한 평가의 시선이 부족하다. 삼전도의 치욕 이후 한양으로 돌아온 왕의 처량한 몰골을 비추는 장면은 무슨 의미인가? 그렇게라도 돌아온 왕의 모습에서 관객은 어떤 정서를 느끼길 원했던 걸까? 그렇게라도 나라를 (정확히 말하면 왕조를) 지켰으니 다행이라고 여겨야 할까? 아마도 원작 소설에는 없고 영화에서만 나오는 대사로 기억하는데 항복 이후의 조선왕조는 왕을 포함하여 새로운 인물들에 의해 시작되어야 한다는 김상헌의 말에 나는 공감한다. 실제 역사적 사실과는 다르게 그려지는 김상헌의 자결은 이런 그의 시각이 낳은 결과일 것이다. 그러나 왕과 조정은 다시 아무 일도 없었다는 듯이 자신들의 자리로 되돌아간다. 영화는 그런 왕실의 복귀를 날쇠와 나루의 평온한 일상을 비춰주는 엔딩 신으로 감싸준다. 나는 그런 엔딩이 마음에 안 든다.

　나는 역사를 민중들의 시각에서 봐야 한다는 민중사관에 전적으로 동의하지는 않지만 그런 관점이 역사서술에서 중요하게 고려해야 할 요소라는 데는 공감한다. 민중적 시각이란 단순히 민중들의 삶과는 아무 상관없이 돌아가는 권력층의 한심스러운 모습에 대비되는 민중들의 생활을 긍정적으로 그리는 것에만 한정되지 않는다. 그것은 소박한 민중사관이다. 그런데 영화는 대략 그런 차원에서 민중들의 모습을 그린다. "조정이 명나라든 청나라든 어디에 충성하든 관심이 없고, 씨를 뿌리고 거두고 먹고 사는 데 관심이 있을 뿐"이라는 날쇠, "기껏 강을 건네줬는데 돈 한 푼도 왕실은 주지 않더라. 그래서 돈을 준다면 청나라의 군사도 건네주겠다"는 뱃사공 노인(이 말 때문에 그는 죽임을 당한다), "나를 조선 사람이라 부르지 말라. 조선에서는 노비는 인간으로 인정하지도 않았다"라며 청나라에 충성하는 조선인 노비출신 역관 정명수, 민들레·봄으로 상징되는 민중의 생명력 등. 이것들은 의미 있다. 하지만 예상 가능한 말이고 상징이다. 여기에는 지배층의 위선과 기만-민중의 삶과 생명력이라는 뻔한 이분법이 작동한다.

　　물론 말(지조, 예의, 격식 따위)로 모든 걸 해결하려는 지배층의 위선에 대한 비판적 시선이 영화에 있다. 그러나 그 시선은 통렬하지 못하고 머뭇거린다. 단지 인간주의적인 시선이 아니라 나라를 이 지경으로 끌고 온 무능한 왕과 지배층의 내면을 더 깊이 파고들지 못한 아쉬움은 남는다. 영화에서 벌어지는 행태를 바라보는 평가의 시선을 어디에 둘 것인가? 이 질문을 깊이 고민하지 못한 탓이다. 인물들이 왜 저렇게 말하고 행동했을까를 그들의 입장에서 이해하려는 노력은 문학이나 영화에서 당연히 필요한 일이다. 그러나 좋은 작품은 더 나아가 그들의 행동을 엄정하게 평가한다. 만약에 그들이 한 짓이 이해할 수는 있지만 용서할 수는 없는 것이라면 그걸 인간주의적 이해의 이름으로 호도해서는 곤란하다. 이해할 수는 있지만 용서할 수 없는 일이라면 왜 용서할 수 없는지를 명료하게 표현해야 한다. 이 영화는 이 지점에서 단호한 평가의 영역으로 넘어가지 못했다. 거기에는 어떤 인물에 대해서도 조심스럽게 접근하려는 태도도 작용했을 것이다. 조심스러움은 예술에서 미덕이지만 언제나 그런 것은 아니다. 이 영화는 지나치게 조심스럽다. 그 조심스러움이 영화의 힘을 약화시킨다. 영웅의 신화를 해체하려는 작업은 의미 있지만, 그 작업이 이뤄지는 확고한 시점이 부실하다는 인상이다.

그렇다면 보통 사람(택시운전사)의 눈을 통해 한국현대사의 가장 끔찍한 비극 중 하나인 광주항쟁을 조명하는 영화 〈택시운전사〉는 어떤가? 영화의 서사는 짐작한 대로다. 실화에 기반을 두었다지만, 등장인물들의 성격, 배치, 관계, 결말은 대충 예상한 대로 흘러간다. 서사가 새롭지는 않다. 그럼에도 불구하고 영화를 보면서 마음을 움직이는 장면이 적지 않다. 짐작되는 서사의 틈새를 채우는 디테일의 힘이다. 배우들의 연기가 대체로 좋지만 택시운전사 김만섭(실제 모델 김사복)역을 한 송강호의 연기는 그 자체만으로도 이 영화를 볼 만하게 만든다. 송강호가 아니었으면 영화의 힘과 흡인력이 이만큼은 못되었을 것이다. 배우의 힘이다. 특히 광주에서 순천으로 탈출한 뒤 다시 서울로 돌아가려고 차를 몰고 가는 과정에서 그가 광주에서 목격했던 끔찍한 학살을 떠올리면서 점차 표정이 변화하고 끝내 울음으로 이어지는 장면이 기억에 남는다. 이미지 예술로서 영화의 힘을 잘 보여준다. 끔찍한 일을 겪는다고 사람이 꼭 긍정적으로 변하는 건 아니다. 오히려 그런 일로 트라우마를 겪고 더 이상해지는 것이 사람이다. 김만섭은 시련을 겪고 소시민에서 영웅으로 변모하는 캐릭터가 아니다. 그렇게 형상화하지 않은 점이 미덕이다. 영화는 생활을 걱정하며 가족(딸)만을 생각하는, 사우디아라비아에서 외화벌이를 했고, 군대도 병장으로 만기 제대한 소시민이 '광주'를 겪고 영웅으로 변하는 얘기가 아니다. 만섭의 영웅담이 아니다.

　　나는 이 영화의 미덕이, 실제 김사복에게 어떤 일이 있었는지와는 별개로, 끝까지 김만섭이 사람들 앞에 나서지 않는 데 있다고 본다.

보통 사람 김만섭은 관객들 마음에 숨은 다양한 정서와 공명한다. 김만섭은 다른 이들, 관객들이 볼 때 분명 영웅적인 행동을 했지만(영화에서도 다소간 그렇게 그려진다) 자신은 그렇게 생각하지 않은 게 아닐까? 그는 여전히 딸만을 생각하고, 생활을 걱정하는 아버지·택시운전사다. 그래서 '광주'를 겪은 뒤에도 그냥 자신의 자리로, 물론 내적으로는 변모된 모습으로 되돌아간다. 비밀리에 반출한 필름으로 광주의 참상을 세계에 알린 독일 기자 위르겐 힌츠페터(토마스 크레취만)와 김만섭의 재회가 이뤄지지 않은 것이 나는 김만섭답다고 생각했다. 영화는 통속적인 감상주의와 거리를 둔다. 대개 영웅적인 행동에는 뭔가 비범한 것이 있다고 생각한다. 그렇지 않다. 김만섭은 평소보다 더 많은 돈을 준다기에 택시를 몰았고 자신이 데려다주기로 한 운전사·인간으로서의 약속을 지키기 위해 다시 광주로 돌아간다. 힌츠페터는 기자라면 사건이 벌어진 곳에 가야 한다는 기자의 상식에 따라 광주로 가고 위험을 무릅쓰고 촬영한 필름을 비밀리에 반출한다. 그들은 자기 자리에서, 자기의 직분에서 할 일을 한다. 현대사회에서 영웅다움의 자질을 생각하게 된다.

이 영화의 미덕 중 하나는 '광주항쟁'이라는 엄청난 비극을 겪었던 사람들의 일상생활을 보여준 데도 있다. 비극의 현장에서, 오히려 비극을 겪었기에 더 필요했던 공동체의 손길. 그래서 김만섭과 힌츠페터가 광주 운전사인 황 기사(유해진) 가족, 광주의 대학생 구재식(류준열)과 나누는 식사 장면이 인상적이다. 상투적으로 보일 수 있는 장면이지만 인물들의 대화, 표정, 노래, 춤으로 사람살이의 의미를 전달한다. 최근 발굴되는 자료에 따르면 광주항쟁 당시 학살의 주역들은 광주시민을 같은 국민·시민이 아니라 그들 학살자들이 전에 지휘관으로 참전했던 베트남전쟁의 적군으로 간주했다고 한다. 광주 시민들은 그들에게 베트콩, 빨갱이들이었다. 시민에게 총을 난사하는 군인들의 모습은 예상은 했지만, 충격적이다. 이런 장면들이 주는 충격은 그 장면 자체의 폭력성만이 아니라 이 학살의 주범들이 지금도 일부 지지자들에게는 영웅으로 대접받고 있다는 것이다.

학살의 진실이 여전히 어둠에 묻혀 있다. 현대사회는 영웅보다는 악한을 더 많이 만들어낸다. 그 악의 처벌은 쉽지 않다는 것이 영화의 폭력 장면이 던져주는 물음이다. 초법적 범죄 행위를 저지른 이들에 대해 법에 따른 처벌만을 요구하는 것은 합당한가라는 물음. 이 물음 앞에 법치주의의 영웅들은 어떤 답을 내놓을 것인가? 이 영화에서 그려지는 광주 시민들의 모습이 너무 수동적이라는 평가도 있다. 이런 비판은 이 영화가 취한 관점을 무시한 평이다. 이 영화는 저항의 주체가 아니라 광주항쟁을 바라보는 외부자의 관점(어쨌든 만섭과 힌츠페터는 그들의 삶으로 돌아간다)을 취했다. 그 관점은 영화를 보는 관객의 관점과도 유사하다. 이 영화가 흥행에 성공한 데는 외부자적 관점의 효과도 있을 것이다. 감독도 밝혔듯이 다른 관점의 광주영화가 더 만들어져야 한다. 이 영화는 그만의 몫을 충분히 했다.

4. 조금씩 나아가는 공동체—황정은『계속해보겠습니다』

위에서 소략하게 살펴본 몇 편의 영화는 극적인 상황(전쟁과 국가폭력)에 놓인 인물들의 형상화를 통해 영웅담론의 의미를 묻는다. 그러나 우리의 삶이 언제나 그런 극단적인 상황에 놓이지는 않는다. 그렇다면 일상적 삶에서 시민들이 취하는 영웅적인 모습은 어떠한가? 그것은 어떤 비범한 행동을 뜻하는가? 아니면 그와는 다른 모습인가? 황정은 장편소설『계속해보겠습니다』[*]는 이 질문을 붙잡고 파고든다. 작가는 소설 쓰기의 의미에 대해 이렇게 답한다.

세상이 엉망이라고 말하기는 쉬운 일이죠. 그런데 빛나는 부분을 발견해내기 위해서는 훨씬 더 많은 노력과 단련이 필요한 거죠. 지금 같은 때일수록 각자가 근력이나 안목을 지속적으로 기르는 것이 대단히 중요하다는 생각을 해요. 제가 조금씩 소설을 읽고 쓰는 이유 중에 하나입니다.[**]

『계속』은 일상적 삶의 고통과 비극에서 "빛나는 부분을 발견"하고, 그를 통해 가능한 연대의 의미를 묻는다. 시민계급의 장르로서 소설의 속성에 충실하게 이 영화의 인물들은 지극히 평범하다.『계속』은 세 인물 소라, 나나, 나기가 자신의 생활과 내면을 드러내는 장들로 구성된다.(소라-나나-나기-나나의 장) 그런 구성은 한 인물이 보는 것과 보지 못하는 걸 드러낸다. 그런 구성은 단지 편집의 묘미를 보여준다는 차원이 아니라

. . .

[*]　황정은,『계속해보겠습니다』, 창비, 2014. 이하『계속』으로 약칭하며 인용 시, 면수만 표기한다.

[**]　황정은 인터뷰. http://ch.yes24.com/Article/View/32505

한 개인의 삶이 포괄할 수 있는 영역과 한계를 제시한다. 인물들은 각자의 방식으로 세계를 보는 틀을 갖고 있다. 소라·나나 자매의 엄마인 애자의 말이다.

사는 것 자체가 고통스러운 일이므로 고통스러운 일이 있더라도 특별히 더 고통스럽게 여길 것이 아니라는 이야기는 더 달콤하다. 고통스럽더라도 고통스럽지 않다. 본래 공허하니 사는 일중에 애쓸 일도 없다. 세계는 아무래도 좋을 일과 아무래도 좋을 것으로 가득해진다. (13면)

정념이 거의 제거된 것처럼 투명하고 서늘한 문장이다. 그 문장에 강한 정념의 전류가 흐른다. 그런 정념을 억압된 정념이라고 표현하는 것도 설득력이 떨어진다. 이 작가는 정념을 마치 사물처럼 바라본다고 하는 게 적절하고 그점을 긍정적으로 볼 수 있다.

황정은은 사소해 보이는 대상을 포착해 진실을 드러내는 능력이 뛰어나다. 나기의 엄마 순자가 싸주는 세 개의 도시락이 좋은 예다. 소라의 회상이다. "아침에 도시락을 세 개나 준비하는 것. 그것도 일하는 사람이. 그게 무척 어려운 일이라는 것을 나는 어른이 되어서야 알았다."(41면) 이런 회상이 상투적으로 보이지 않게 묘사하는 능력이 돋보인다. 상황 자체는 인간시대 류의 다큐에 나올 법한 것인데, 작가는 그 상황 묘사에서 일체의 감상성을 제거한다. 그런데 거기서 오히려 강한 감흥이 발생한다. 화려한 비유를 쓰지 않으면서도 마음을 찌른다.

순자 씨는 그 도시락으로 나나와 내 뼈를 키웠으니까. 그게 빠져나간 뼈는 보잘 것 없을 것이다. 구조적으로도 심정적으로도 허전하고 보잘 것 없을 것이라고 나는 생각한다. 대단하지 않아? 보잘 것 없을 게 뻔한 것을 보잘 것 없지는 않도록 길러낸 것. (44면)

어투는 담담하고 건조한 듯한데, 그렇다고 정념이 없는 게 아니다. 소라의 기억이다. "그게 없었다면 어떻게 되었을까. 그렇게 가정하고 생각해보는 것은 조금 두렵다."(44면) 소라는 "조금 두렵다"라고 회상하지만, 사실은 그렇지 않았을 것이다. 감정을 절제하려는 태도의 표현이다.

황정은 소설의 인물들은 견인주의자다. 여기서 "보잘 것 없다"는 표현도 역설적이다. 도시락을 싸주는 건 사소하지도 보잘 것 없지도 않다. 작품의 인물들은 어떤 주어진 사회적 표준이나 기준을 인정하지 않는다. 강한 개인주의다. 나기는 이렇게 말한다. "사소하게도 다르고 결정적일 때도 다르지. 말하자면 나는 간장에 무덤덤한 부족. 소라는 간장을 좋아하는 부족. 나나는 간장을 싫어하는 부족."(53면) 이런 강인한 개인주의는 한국소설에서 드물게 만나는 태도다. 황정은의 소설에는 집단적 영웅이 끼어들 틈은 없다. 이 소설은 가족의 개념도 다시 묻는다. 소라와 나나는 아버지와 어머니를 애자, 금주 씨라고 부른다. 이 소설은 다른 형태의 가족을 제시한다. 예컨대 함께 TV를 보는 모세(나나의 남자친구이자 임신한 아이의 아버지) 가족의 묘사 장면은 기존 가족제도의 문제점을 드러낸다. 모세의 가족은 말을 나눌 줄 모른다.(109면) 작품은 모세 가족의 가부장주의를 요강이라는 작은 물건을 통해 보여준다. "놋그릇에 똥이나 오줌을 눈 다음에 남에게 그 그릇을 치우라고 넘긴다는 게 이상하지 않아?"(115면) 아이를 혼자 키우겠다고 결심하는 나나의 결심도 기존의 가족 개념을 비판하는 예다.(149면) 황정은은 어떤 큰 주제를 마치 아무렇지도 않다는 듯이 일상적인 대화 속에 불쑥 끼워 넣는 재주가 있다. 그런데 그런 방법이 느닷없지 않고 자연스럽다. 황정은 작품에서 대화, 묘사, 사건은 별일이 아닌 것처럼 무덤덤하게 서술된다. 그 서술이 담고 있는 강렬도, 텐션tension은 크다. 언어라는 틀과 그 언어가 담으려는 내용 사이의 묘한 길항 관계가 작동한다. 이 소설은 인간 관계의 윤리에 관한 질문을 낮은 톤으로 묻는다. 그 톤은 높지 않지만 거기서 발생하는 정념은 강렬하다.

예컨대 어린 시절 나나와 나기의 금붕어 사건이 좋은 예다. 금붕어를 괴롭히는 나나의 모습을 보고 나기는 나나의 뺨을 강하게 때린다. "몇 번이나 힘껏, 힘껏"(130면) 나기는 말한다.

내가 너를 때렸으니까 너는 아파. 그런데 나는 조금도 아프지 않아. 전혀 아프지 않은 채로 너를 보고 있어. 그럼 이렇게 되는 건가? 내가 아프지 않으니까 너도 아프지 않은 건가? (…중략…) 이걸 잊어버리면 남의 고통 같은 것은 생각하지 않는 괴물이 되는 거야. (130~131면)

나기의 말은 정치적 영웅에서 괴물로 추락한 이들을 떠올리게 한다. 사람살이에 있어서 당연한, 하지만 종종 무시되는 윤리의 문제를 제기한다. 거창한 말들을 좋아하는 이들, 국가니, 사회니, 이데올로기 하는 말들을 떠드는 힘 있는 자들, 영웅이 되고 싶은 자들(대개는 정치인들)이 무시하는 것들이 무엇인지를 상기시킨다. 그래서 그들은 종종 남의 고통은 아랑곳 하지 않는 "괴물"이 된다. 이 소설은 사람이 어떻게 괴물이 되지 않을 수 있는가를 찬찬히 서술한다. 나기는 모세에게 이렇게 말한다. "당신이 상상할 수 없다고 세상에 없는 것으로 만들지는 말아줘."(187면)

　어떤 문학은 사람들이 상상할 수 있는 것을 충실히 재현하는 것으로 소임을 다했다고 여긴다. 그러나 세상에는 통상적인 상상으로는 포착할 수 없는 것들이 있다. 그런 상상을 못한다고, 다시 말해 자신의 감성과 인식의 틀 안에 들어오지 않는다고 해서 그것들이 "세상에 없는 것"은 아니다. 좋은 소설은 "상상할 수 없는" 것을 포착해 보여준다. 황정은 소설은 바로 이런 것들, 굳은 감성과 인식과 통념의 외부에 존재하는 것들의 존재에 관심을 기울인다. 그것들이 지닌 어떤 생명력에 초점을 둔다. 작품의 결말에서 나나는 말한다. "인간이란 덧없고 하찮습니다. 하지만 그 때문에 사랑스럽다고 나나는 생각합니다. 그 하찮음으로 어떻게든 살아가고 있으니까. 즐거워하거나 슬퍼하거나 하며, 버텨가고 있으니까."(227면) "무의미에 가까울 정도로 덧없는 존재들"(227면)이라고 해서 소중하지 않은 것은 아니다. 소설의 마지막 문장이다. "계속해보겠습니다."(228면) 이것은 섣부른 낙관주의가 아니다. 지금까지 독자가 읽어온 소라, 나나, 나기, 그리고 그들 주변 사람들의 이야기가 자연스럽게 펼쳐 보여주는 삶의 생기와 의지이기에 이 문장은 뭉클한 데가 있다.

　황정은이 그리는 "덧없고 하찮은" 사람들의 모습이 우리 시대의

'영웅'이 될 수 있을까? 그런 사람들이 무시무시한 말 폭탄을 주고받으며 한반도 평화를 위협하는 권력자들의 횡포를 저지할 수 있을까? "즐거워하거나 슬퍼하거나 하며, 버텨가고 있"는 평범한 시민들이 촛불혁명을 통해 무너뜨린 괴물이 된 한때의 (정치적) 영웅들을 확고히 단죄하고, 앞으로 그런 괴물들의 출현을 막을 수 있을까? 답은 긍정적이지 않다. 권력자들과 괴물들은 힘이 세고 나나-소라-나기 같은 시민들의 힘은 약하다. 그러나 어쩌면 바로 그런 이유로 시민들은 "계속해보겠습니다"를 마음속에서 되뇌면서 우리 옆의 나나-소라-나기의 손을 잡기를 기대한다. 민주주의의 영웅은 저기 밖에서 짠하고 등장하지 않는다. 그것은 시민들의 얼굴에서 차츰 발견해야 할 자신들의 모습이다. 그들의 시민적 연대만이 민주주의 사회의 주권자인 시민들에게 고단하지만, 동시에 기대를 품게 만드는 유일한 방법일 것이다. (2017)

두 여성 작가의
시각

조해진 『빛의 호위』와 황정은 『일곱시 삼십이분 코끼리열차』

1

조해진 소설집 『빛의 호위』를 읽었다. 좋다. 실린 작품들 모두가 일정한 수준을 고르게 유지한다. 한 작가에게 "발전했다"는 말은 쉽게 쓸 수 있는 말은 아니다. 특히 문학예술에서는 그렇다. 그런데 『빛의 호위』를 읽으며 한 작가의 발전을 느꼈다. 조해진 작가의 작품은 오래전 장편 『로기완을 만났다』를 읽었을 뿐이다. 『로기완』도 좋았다. 한국문학의 지리적 공간이 한반도의 협소한 공간 밖으로 나가고 있다는 점을 확인하기도 했다. 지리적 확장만이 문제가 아니라 그 확장과 함께 인물과 사건의 폭을 더 깊이 사유하려는 노력이 돋보였다. 한 탈북민의 역정을 섬세하게 따라가는 서사방식도 인상적이었다. 내 기억이 맞다면 『로기완』을 전후해서 한국작가들이 작품의 공간을 외부로 확장하는 실험을 본격적으로 실험하기 시작했다. 그 시도들이 모두 만족스럽지는 않았는데 『로기완』은 드물게 성공했다.

『빛의 호위』는 『로기완』에서 작가가 시도했던 작업, 즉 한국과 외국, 한국인들-외국인들의 관계를 천착하면서 민족, 국가의 의미, 특히 그런 큰 말들이 개인에게 지니는 의미를 살피려는 시도를 계속한다. 그런데 그 관계를 탐색하는 시선이 훨씬 날카롭고 깊어졌다. 외국의 이국적 공간을 그냥 배경으로만 소비하는 최근 소설의 풍조와는 구별된다. 조해진은 이 소설집에서 개인과 사회의 관계라는 케케묵은 근대문학의 대립 구조를 다시 사유한다. 한때 한국문학에서 개인성 혹은 개별성이 높이 평가받으면서 사회는 잊혀졌다. 잘못된 이분법이 낳은 결과다. 개인성이나 개별성의 깊은 탐구는 곧 그(녀)가 속해 있는 인간 관계들(그 인간 관계의 총합이 사회고 국가다)의 탐구로 이어진다. 그 역도 마찬가지이다. 말은 쉽지만 작품으로 구현하기는 어렵다. 조해진의 이번 소설집은 그 작업을 하고 있다. 그 점이 이번 소설집의 중요한 성취라고 판단한다.

특히 이해와 화해, 동정, 용서 따위의 그럴싸한 말들이 지닌 위선의 심리 구조를 파헤치는 시선은 예리하다. 그런 위선의 심리 구조는 심리의 문제만이 아니라 명확한 (사회경제적) 이해 관계를 전제한다는 걸 동시에 드러낸다. 그런 문제의식은 장광설이 되기 쉬운 외부적 시선의 서사가 아니라 인물의 내면, 인물 관계의 분석을 통해 드러난다. 그 점이 장점이다. 예컨대 단편 「작은 사람들의 노래」가 그렇다. 아래 인용한 묘사는 그 냉철함에서 돋보인다. 서술의 냉철함은 이 작품의 단호한 결말과도 연결된다. 주인공 균이 20년 전의 보육원 시절을 돌아보는 장면이다. 균을 비롯한 "그 가엾고도 무서운 아이들"('그들'의 눈에는 그렇게 비쳤을)이라는 양가적 표현이 주목할 만하다. 이 표현은 "보육원과 결연을 맺은 교회의 주부 성가대원"(240면)*들인 "그들"이 지닌 (그들은 인식하지 못하는) 안온한 위선성을 집약해 준다. 이런 기억은 현재 균이 겪고 있는 사건들에도 영향을 미친다. 그 영향이 작품의 결말에서 선명하게 확인된다.

그들에게 바짝 다가가 은밀하게 폭력을 고백하는 아이도 있었고 부모나 친척의 이름을 밝히며 연락을 부탁하는 아이도 있었지만 그 어떤 아이도 응답을 받지 못했다. 그들은 그저 그들끼리 모여앉아 화장을 고치거나 초록색 단이 드리워진 하얀색 성가복을 덧입었고, 공연이 시작되면 단상으로 올라가 신의 사랑과 인간의 믿음을 노래했으며, 공연이 끝난 뒤엔 비슷비슷한 선물상자를 품에 안은 아이들과 기념사진을 찍고는 서둘러 보육원을 떠났다. 그들이 타고 온 봉고차는 늘 괴팍한 엔진 소리를 내며 멀어져 갔다. 그건, 반년 동안 품어온 희망을 부수는 파열음이었고 또다시 세상으로부터 단절된다는 걸 알리는 경고음이기도 했다. 언젠가 균은 화장실에 가는 성가대원 한 명을 몰래 따라간 적이 있었다. 아마도 지금의 균 또래 였을, 그들 중 가장 어려 보이는 선한 인상의 젊은 주부였다. 균은 그녀에게 그저 어디든 데려가기만 해달라고 부탁할 계획이었다. 그외엔 아무것도 바라지 않을 생각이었고, 설혹 바라는 게 생긴다 하더라도 그녀가 부담을 느낄 정도로 매달리지는 않으리라 다짐했다. 그러나 그날 균은 준비한 말을 꺼내보지도 못했다. 화장실과 이어진 좁은 복도에서 균이 그녀의 치맛자락을 붙잡았을 때 소스라치게 놀라며 뒤를 돌아본 그녀는 균의 한쪽 뺨을 때렸다. 밀치듯이

· · ·

* 　조해진, 『빛의 호위』, 창비, 2017. 이하 인용 시, 면수만 표기한다.

살짝 때린 것에 지나지 않았지만 왼쪽일 수도 있고 오른쪽일 수도 있는 한쪽 뺨은 얼얼하도록 아팠다. 때릴 마음은 없었으나 때릴 수밖에 없었다고 항변하듯 균을 내려다보는 그녀의 두 눈동자가 검게 흔들렸다. (241면)

증오심은 다시 그들을 불러왔고 그들은 기존의 증오심을 숙주 삼아 더 큰 증오심을 키우게 했다. 아득한 어딘가, 아마도 망각으로 이어지는 길목을 막고 둥글게 선 채 그들은 지칠 줄 모르고 노래했다. 좋아? 그들 중 아무나 한 명 붙잡아 매몰차게 뺨을 후려친 뒤 균은 묻고 싶었다. 아직 놀잇감이 살아 있어서, 가지고 놀수 있으니까 좋아, 어?

어어!

그러나 그들에게 균의 목소리가 닿을 리 없었다. 그들은 노래하며 마음껏 균을 괴롭혀 왔지만 균은 그들의 손끝 하나 건드릴 수 없는 것이다. 균의 상처, 균의 증오심, 균의 기억, 그런건 그들에게는 의식조차 되지 않는 제로와 다를 것 없었다. 그나마 그들에게 유의미하게 각인된 것이 있다면 그 가엾고도 무서운 아이들에게 일 년에 두 번씩 노래를 불러줌으로써 교회에 헌신했다는 자부심 정도가 아니었을까. 아동보호소에서 상담 치료를 받고 있을 무렵, 균도 그 소문을 들었다. 아이들 한 명당 배정된 국가보조금 중 일부가 그 교회의 신축 공사 자금으로 흘러들어갔다는 추문이었다. 안이 텅 빈 희망에 기대어 견딘 시간이 있었다는 것이 조금 억울했을 뿐, 배신감은 없었다. 아니, 억울함 따위도 없었다. 그저 공허했을 뿐이다. (243면)

이 소설집에서 언론 등이 특히 주목한 작품은 이효석문학상을 받은 「산책자의 행복」이다. 이 작품도 훌륭하지만 다른 8편의 작품 모두가 각각 세심한 읽기와 분석을 요구하는 매력을 갖고 있다. 작가의 발전을 말할 수 있고 앞으로 나올 작품이 더 기대되는 작가를 만나게 돼서 기쁘다.

2

황정은 소설집 『일곱시 삼십이분 코끼리열차』도 좋다. 조해진 소설과는 다른 의미에서 좋다. 처음에는 좀 시큰둥했는데 뒤로 갈수록 빠져들며 읽었다. 다는 아니지만 몇 편은 인상적이다. 소위 환상의 기법이 사용된 앞부분의 이야기들보다는 냉정하고 무자비하게 현실의 살벌함과 잔인함을 드러내는 뒷부분의 소설이 더 좋다. 환상의 이야기들은 「문」, 「모자」, 「모기씨」, 「곡도와 살고 있다」 등이다. 살벌한 현실의 이야기는 「마더」, 「소년」, 「초코맨의 사회」 등이다. 이 이야기들은 더욱 좋다. 특히 마음에 다가온 것은 「소년」이다. 나는 다음의 두 구절이 이 소설집 전체의 열쇳말이라고 생각한다.

소년은 텔레비전에서 방영해주는 동화의 세계를 믿지 않는다. 소원을 들어주는 요정이 있고 작은 목소리로 자장가를 불러주는 혈색 좋은 어머니가 있고 아이를 때리는 어른은 항상 벌을 받는 동화의 세계 따위, 거짓말이라는 걸 소년은 알고 있다. (248면)[*]

• • •

[*] 황정은, 『일곱시 삼십이분 코끼리열차』, 문학동네, 2008.

나는 자랐다. 그때보다 키도 크고 그때보다 오랫동안 걸어다닐 수 있다. 지금 인천에 가면 바다를 찾을 수 있을지도 모른다. 아버지라는 것을 찾아낼 수 있을지도 모른다. 아버지를 찾으면 그 방에서 남자를 몰아낼 수 있을까. 남자를 몰아낸 다음에는 아버지를 어떻게 하나. 더도 말고 내 주먹이 남자의 주먹만큼 커질 때까지만 버틸 수 있으면 된다. 그 다음엔 남자도 아버지도, 필요 없다. (252면)

서영채는 작품집 해설에서 황정은 소설을 "명랑한 환상의 비애"라고 규정했다. 대충 맞는 말처럼 들리지만 자세히 살펴보면 꼭 그렇지는 않다. 이 소설들은 "명랑"하지 않다. 일견 명랑해 보이지만 그건 겉보기만 그렇다. 그렇다고 센티멘털한 "비애"도 아니다. 작가는 냉정하고 무자비하게, 현실의 살벌함과 잔인함을 깊이 가라앉은 시선으로 바라본다. 감상주의sentimentalism와 거리가 먼 작가를 발견할 때면 반갑다. 더욱이 이렇게 젊은 작가라면 더 그렇다. 그 점에서 황정은은 김애란과 비슷하면서도 다르다. 김애란 작품에는 아버지를 바라보는 연민의 마음이 남아 있다. 황정은의 경우에도 그런 마음이 엿보인다. 예컨대 「모자」 같은 작품이 그렇다. 그러나 그런 연민보다 더 강한 것은 "아버지도 필요 없다"고 말하는 단호함이다. 나는 그렇게 말하는 단호함이 무섭고 또한 반갑다. 이제 우리 소설에서도 "아버지는 필요 없다"고 말하는 냉정한 작가가 나왔다. 그 살벌함이 나는 좋다.

이 소설집을 읽으면서 뜬금없이 떠오른 건 김훈의 글이다. 기형도 작고 20주기를 맞아 나온 『정거장에서의 충고―기형도의 삶과 문학』에 실렸다. 거기서 읽은 김훈의 다음과 같은 언급은 황정은에게도 해당된다.

그(기형도)의 시작이 계속됨에 따라서 그 아우성은 점차 소멸되고, 아우성이 소멸된 자리에 이 세계의 그로테스크한 풍경이 들어선다. 그가 그 세계의 비극적 구조를 하나의 냉엄한 풍경으로 포착해냈을 때나 또는 세계의 구조로부터 떠나버린 인간의 내면 풍경을 드러낼 때 기형도의 시들은 일정한 성공을 거둔다.*

황정은의 소설은 기형도 시와는 다른 방식으로 "세계의 비극적 구조를 하나의 냉엄한 풍경으로 포착"한다. 그녀의 작품에 "세계의 구조로부터 떠나버린 인간의 내면 풍경"이 좀 더 세밀하게 드러나지 못한 건 아쉽다. 하지만 기대된다. 앞으로 그녀가 그런 "내면 풍경"을 그릴 수 있다면 그녀는 훨씬 더 좋은 작가가 될 것이다. 황정은은 아직 젊다.

그 정거장에서 인간은 오도가도 못하고 머뭇거리면서 안쪽 세계의 무의미를 들여다보고 있다. 기형도는 그 '정거장'에서 정거장의 안쪽으로 들어가지도 않고 그밖으로 달아나지도 않는다. 그는 다만 '정거장'에 처한 삶 자체를 자신의 내면으로 받아들일 뿐이다. '정거장'에서 그는 자신의 삶을 이 세계와의 관계위에 설정하지 못한다. 그 관계에 대한 그리움은 '추억이 덜

• • •

* 성석제 외 편저, 『정거장에서의 충고 – 기형도의 삶과 문학』, 문학과지성사, 2009, 112면.

깬 개'의 몽롱하거나 치매한 의식 속에서 다만 가물거릴 뿐이다. 그의 정거장은 새로운 희망이나 삶의 근거라기보다는 세계로의 재진입을 단념하거나 절망하는 몸짓으로 보인다. 모든 길들이 정거장으로 흘러들지만, 갈 수 있는 길이란 없다. 거기서 젊은 그는 '나는 이미 늙은 것이다'라는 진술에 도달한다. (『정거장』, 114면)

황정은의 소년은 "갈 수 있는 길이란 없다"는 걸 알아버린 "이미 늙은" 소년이다. 이런 소년이 왔다. "오도가도 못하고 머뭇거리면서 안쪽 세계의 무의미"를 냉정하게 바라보는 작가의 탄생이다. (2017)

악을
장악할 수 있는가?

정유정 『종의 기원』

1

　화제를 모으고 있는 나홍진 감독의 〈곡성〉이나 박 감독의 신작 〈아가씨〉는 다양한 서브 장르와 형식, 기법을 거리낌없이 활용하면서도 영화의 미적인 어떤 지점에 도달한다. 한국영화에는 소위 순수영화와 장르(대중)영화의 장벽이 없다. 그것이 한국영화의 활력을 만들어낸다. 그러나 한국문학계의 사정은 다르다. 순문학과 장르문학 혹은 대중문학 사이의 높은 벽이 있다. 그 벽이 어떻게 세웠졌는지를 살피는 것은 이 글의 범위를 벗어난다. 그러나 둘 사이의 명확한 경계는 없다. 그것들은 편의적인 구분이다. 한국영화가 보여주듯이 문학에도 좋은 문학과 그렇지 않은 문학이 있을 뿐이다. 좋음의 기준에 대한 토론이 가능할 뿐이다. 특히 아날로그적 문자문화가 급격히 디지털 이미지 문화로 바뀌고 있는 상황에서는 우선 문학의 대중적 기반을 다지는 일이 시급하다. 근대문학의 적자로서 소설 장르의 탄생은 적어도 유럽의 경우를 살펴보면 시민사회의 삶의 양식을 표현하는 잡종 장르였다.

소설은 그때까지 인류가 만들어낸 서사 양식을 먹성 좋게 뒤섞은 잡종 장르였다. 이런 소설의 잡종성이 분화되어 이른바 본격소설(순소설)과 대중소설, 장르소설로 분화된 것은 대략 19세기 말부터다. 이런 분화의 구도는 1960년대 이후 깨진다. 미국의 문학평론가 레슬리 피들러가 본격적으로 제기한 중간문학^{middle-brow literature}은 그것의 이론적 표현이다. 그는 평론 「경계를 넘고 간극을 메우며^{Cross the Border, Close the Gap}」에서 '중간문학'을 이렇게 설명한다.

그것은 세대 간의 간극은 물론, 계층 간의 간극도 메우는 행위다. 교양인, 다시 말해 특정 사회의 소수 특권층, 대학교육을 받은 사람들을 위한 예술과, 비교양인, 즉 취미가 우아하지 못하고 구텐베르크식 책 읽기 기술이 부족한 대다수의 소외된 사람들을 위한 또 다른 형태의 아류예술이 존재한다는 생각이야말로 이 대중산업사회(이 점에 있어서는 자본주의나 사회주의나 공산주의나 아무런 차이가 없다)에 아직도 계층적으로 굳어진 사회에서나 가능한 해로운 구분이 아직도 존재하고 있다는 것을 의미한다. 이제 전통적인 고급소설은 죽어버렸다. 그렇다. 죽어가고 있는 것이 아니라 죽어 버린 것이다. 수년 전까지만 해도 진단이고 예언이었던 것이 이제는 엄연한 사실이 된 것이다. (…중략…) 우리는 이제 전혀 다른 시대, 즉 계시록적이며 반이성적이고 낭만적이며 감상적인 시대에 접어들었다. 따라서 문학이 살아남으려면 이제는 크로체나 리비스, 엘리엇이나 아우어바

• • •

*　김성곤, 『경계를 넘어서는 문학』, 민음사, 2013, 138~139면에서 재인용.

흐 등이 제시한 방향과 근본적으로 달라지지 않으면 안 된다.*

그러나 일부의 오해와는 달리, 중간문학, 혹은 중간소설은 본격소설이나 순소설high-brow literature을 대체하지 않는다. 피들러의 발언은 본격문학의 필요성이 이제 사라졌다는 뜻이 아니다. 여전히 순문학을 읽고 즐기는 소수의 사람들, 특히 대학의 전문적 연구자와 독자들이 있다. 문학사의 평가는 대중성의 척도로만 평가될 수는 없다. 그러나 다른 한편으로는 대중들이 읽고 즐기는 대부분의 작품이 본격문학이 아니라는 것도 인정해야 한다. 중간문학은 상아탑과 전문 독자가 읽는 고급문학과 대중문학 사이의 간극을 인식하고 좁히려는 시도이다. 고급문학, 대중문학, 중간문학 사이에 넘을 수 없는 벽은 없다. 대중문학과 중간문학을 즐겨 읽다가 순문학 작품 읽기로 넘어갈 수 있으며, 그 역도 가능하다. 그러므로 대중문학과 중간문학의 두꺼운 독자층은 순문학의 영역을 넓히는 데도 긴요하다. 한국문학에 결핍된 것 중 하나가 대중문학과 중간문학의 두터움이다.

2

빈곤한 한국 중간문학의 지형에서 정유정은 단연 돋보인다. 이것은 단순히 작품이 많이 팔린다는 뜻에서 하는 말이 아니다. 지금 활동하는 순문학 작가들 중에 정유정만큼이라도 독자를 몰입시키는 서사의 전개, 강력한 글쓰기의 에너지, 사악함을 그리는 법을 보여주는 작가는 찾기 힘들다. 그리고 그런 작품을 쓰기 위해 정작가는 자신이 수년의 자료 조사, 소설의 밑그림 그리기를 위한 공부를 한다고 밝혔다. 책상 앞에 앉아서 사변의 체조, 관념의 유희만 열심히 하면 작품이 나온다고 생각하는 낭만주의적 창작관을 가진 작가들이 한국문학 공간에 적지 않다. 한국문학의 위기라고 다들 엄살을 부리는데 정유정 같은 작가가 왜 상당수의 독자들을 사로잡는지를 소위 '순문학' 작가들은 살펴야 한다. 유럽의 경우만 보더라도, 우리가 익히 아는 작가들은 장르문학의 형식과 기법을 가져와 작품을 썼다. 도스토예프스키는 프랑스의 유명한 연쇄 살인범 라스네르를 모델로 삼아 『죄와 벌』을 썼다. 빅토르 위고의 『레 미제라블』, 오노레 발자크의 『고리오 영감』, 찰스 디킨스의 『올리버 트위스트』 등도 일련의 범죄를 모티브로 삼은 작품이다. 무라카미 하루키의 대표작인 『해변의 카프카』나 『태엽 감는 새』 등도 범죄소설은 아니지만, 벌어진 사건의 근원을 찾아가는 스릴러 소설의 형식을 차용한다.

　한국문학이 보여주는 부정적인 의미의 정신주의와 관념주의, 언어유희에 대해 정유정은 이런 견해를 밝힌다.

　건강한 숲이 아니라고 본다. 소나무만 있으면 생태계 유지가 안 된다. 우리 문단은 '소나무'에 대한 사랑이 너무 커서 건강하지 못한 상태가 되었다고 본다. 세계적 추세라고도 하지만, 지금은 다시 이야기가 각광받는 시대다. 이야기는 트렌드가 아니고 인간을 이해하는 방식이다. 하다못해 어제 꾼 꿈도 스토리가 이어지지 않으면 개꿈인 거다. 이야기의 힘이 없는 문화는 퇴보할 수밖에 없다. 이야기는 모든 문화의 근본이다. 문학이 그 핵심을 가지고 있다고 생각한다. 영화나 드라마가 따라올 수 없는 부분이 있다. 오로지 소설의 문법으로만 할 수 있는 부분이다.[*]

통상적으로 장르문학은 이야기(서사)가 강한 대신 인물형상화가 빈곤하다고 말한다. 그러나 정확히 말하면, 인물과 그들이 맺는 관계가 빈곤한 작품이 흡입력 있는 서사를 만들 수는 없다. 정유정이 말하듯이, 좋은 장르문학, 혹은 중간문학은 '누가 그런 일을 했는가^{whodunit}'가 아니라 '왜 그런 일이 생겼는가'를 탐색한다. 그 점에서 중간문학과 순문학의 경계는 흐릿해진다. 작가의 말이다.

순문학이라는 말 자체가 이상하다. 나한테 추리소설 작가라고 딱지를 붙이는데, 나는 추리소설을 써본 적이 없다. 추리는 범인 찾기지만, 스릴러는 생존게임이다. 추리 작법을 가져와서 스릴러 소설을 쓴 거다. 내 이야기는 거의가 살아남기 위한 전투고, 그 과정에서 인간 내면의 이야기를 하고 싶었던 거다. 내가 추구하는 건 재미있으면서도 이야기 자체가 훌륭하고 잘 쓴 '웰메이드' 소설이다. 궁극적으로 추구하는 소설의 지향점이다. 제임스 조이스가 있다면 스티븐 킹도 있어야 한다. 결국 예술이든 철학이든 인간에게 메시지를 던져줄 수 있는 건 문화이고, 그 기본은 이야기라고 생각한다. (앞의 인터뷰)

• • •

[*] 정유정 인터뷰, 「내려오라, 벼랑 끝으로, 3년 만에 신작 『종의 기원』 내놓은 소설가 정유정」, 『한겨레21』 1112호.

순문학이든 중간문학이든 "인간 내면의 이야기"를 얼마나 깊이 있게 효과적으로 전달하는가가 관건이다. 그 전달의 방식에 미리 정해진 형식과 기법이 있는 것은 아니다. "웰메이드 소설"은 단순히 잘 읽히는 선정적인 소설이 아니다. "살아남기 위한 전투"와 그 전투에서 드러나는 "인간 내면"의 복잡한 이야기다. 좋은 문학을 판단하는 핵심적 기준이다.

3

인간 내면의 이야기 중 외면할 수 없는 것이 '악'의 문제다. 최근 한국문학은 악의 실체를 탐구하는 데 큰 관심을 보이지 않는다. 한마디로 한국문학은 너무 착하다. 현실은 악이 지배하는데 문학은 착하기만 하다면 그것은 미덕이 아니라 결함이다. 한국문학이 악을 그리는 유효한 장치인 장르문학의 틀을 창조적으로 활용하는 데 작가들이 관심이 없다는 것이 핵심 이유라고 나는 판단한다. 한국문학이 내면화되고 나약해지는 이유 중 하나. 현실에서 발견되는 악의 문제들과 정면으로 부딪치면서 그 실체를 파헤치려는 도전정신과 그를 위한 다양한 장르와 형식과 기법의 혼종성 실험이 태부족하다. 그런 점에서 정유정의 작품들이나 김영하의 『살인자의 기억법』은 주목할 만하다. 혹자는 한국문학이 위축되어 가는 상황에서 이들 작품이 보여주는 대중성 확보의 노력을 높이 산다. 나는 장르문학의 틀을 활용하는 태도에 더욱 눈길이 간다. 살인과 죽음은 독자의 궁금증을 유발하는 강력한 서사적 장치다. 서스펜스 문학의 매력이다. 하지만 그 매력에만 초점을 맞추면 작품은 '누가 죽였는가'라는 물음에만 사로잡히게 되고, 사건에서 드러나는 인물들의 내면과 욕망의 탐색은 소홀해진다. 충격적 사건이 인물을 압도하게 된다. 하지만 이들 작품에서 그려지는 악의 생생한 묘사를 최근 본격문학에서는 거의 발견하지 못했다.[*]

정유정의 최근작 『종의 기원』은 악의 실체를 파헤치려는 야심찬 시도이다. 이미 작가의 전작에서도 인상적인 악인들의 형상화가 나타났다. 한국문학 공간에 정유정의 이름을 명확하게 각인시킨 『7년의 밤』의 오영제가 대표적 캐릭터다. 이 악인은 그 악의 기원이 작품에서 명확하게 나타나지 않는다는 점에서도 불길한 인물이다. 그는 자기가 만든 인공적 구조물에 자기가 꿈꾸는 이상적 가족의 박제된 형태를 제작하는 것에서 기쁨을 느낀다.

그것들이 모여 동화 속 마을이 되고 공주와 왕자가 사는 성이 되었다. 세령이 두 살이 되던 해부터 해온 일이었다. 예술적 감각과 인내, 시간과 집중력이 요구되는 작업이었다. 작품 발표일은 매년 크리스마스 이브였으며, 하영과 세령의 표정에 어리는 경외심은 세 계절에 걸친 노고를 보상하고도 남았다. 그는 행복했다. 거실 가족사진 밑에 작품을 전시해두는 내내. 작품은 새 작업이 시작되는 이듬해 봄에 별채 창고로 옮겨 보관하곤 했다. 3년 전엔 이글루처럼 생긴 돔을 쌓았다. 내부에는 도시를 채워 넣었다. 집과 빌딩, 거리, 공원. 벤치에 한 가족을 앉혔다. 어린 아들을 안은 남편, 아내와 귀여운

* 오길영, 『힘의 포획』, 산지니, 2015, 402~403면.

딸. 그가 직접 깎고, 표정을 새겨 넣고, 색을 칠해 말린 인형들이었다. 가족을 비추는 가로등엔 꼬마전구를 달았다. 돔 천장에 점멸등으로 별자리를 배치했다. 단언컨대 역대 작품 중 최고였다. 그가 꿈꾸는 완벽한 가족이 그 안에 있었다.[*]

오영제가 생각하는 "예술적 감각과 인내, 시간과 집중력"은 물론 진짜 예술과는 반대에 위치한다. 이 인물은 참된 예술의 뿌리인 타자에 대한 공감 능력이 전혀 없다. 그가 발견한 "하영과 세령의 표정에 어리는 경외심"은 주관적인 착각에 불과하다. "그가 꿈꾸는 완벽한 가족"은 그가 만든 "동화 속 마을"에만 존재한다. 사이코패스의 특징이다. 실제 그의 가족이 그의 동화적 이상에 부합하지 않는 걸 그는 용납하지 않는다. 작가는 이런 주관적 착각과 그가 가족에게 행사하는 폭력 사이의 심연을 냉정하게 보여준다. 악과 자기성찰의 부재 사이의 연관을 여실히 보여준다.

　후속 장편인 『28』은 악의 기원을 가족 관계의 소외에서 찾는다. 이런 발상 자체가 새롭다고 할 수는 없지만 승자독식의 한국사회에서 가족의 뒤틀린 초상의 한 예로서는 인상적이다. 이 작품에서 젊은 악인 박동해가 일그러진 가족 관계의 결과물이다.

　동범 형과 동아는 내과의사 박남철과 무용과 교수 이금회의 완벽한 헌신

* 　정유정, 『7년의 밤』, 은행나무, 2011, 94면.

이었다. 형은 대한민국 최고 명문대학 의대생, 동아는 프랑스 유학을 앞둔 발레리나. 가운데 낀 동해는 있으나 마나 한 존재였다. 하느님은 아신다. 어린 시절, 자신이 얼마나 존재를 드러내 보이려고 애썼는지. 번번이 무시당하면서도 그는 양친을 향한 구애를 포기하지 않았다. 아버지는 그걸 '이상행동'이라고 불렀고, 엄마는 '처리할 일'로 여겼다. 인식만큼이나 대처 방식에도 차이가 있었다. 그가 깐죽대는 짝꿍 년의 눈두덩에 색연필 심지를 박았을 때, 아버지는 소아정신과에 끌고 갔고, 엄마는 심지가 둥근 종이 말이 색연필을 사주었다. 중학생이 되도록 오줌싸개 노릇을 히는 그에게 아버지는 약을 먹였다. 엄마는 침대에 비닐을 깔았다. 요구가 통하지 않으면 발랑 넘어가는 그를 아버지는 지하실에 가뒀다. 엄마는 요구를 들어주는 걸로 입을 닥치게 만들었다. 중학교를 졸업할 무렵, 그는 양친을 향한 구애를 멈췄다. 그들은 더 이상 구애의 대상이 아니었다. 아버지는 피해야 할 미친 개, 엄마는 이용해 먹을 호구가 되었다. 한쪽 귀로 아버지가 짖는 소리를 듣고 한쪽 귀로는 새소리를 들었다. 형과 비교하고 어린 동아 앞에서 침대에 '오줌이나 싸는 놈'이라고 모욕할 때마다 아버지의 개에게 보복이 돌아갔다. 집에 아무도 없을 때 창고 구석에다 묶어놓고 주둥이를 걷어찼다. 처음엔 한두 번에 그치던 발길질이 점점 정신 없는 발길질로 바뀌었다.[*]

박동해는 가족 관계의 소외와 배제가 낳는 폭력의 연쇄를 보여주는 인물이다. 가족 관계의 폭력이 동물에 대한 폭력을 낳고 그 폭력이 이 소

· · ·

[*] 정유정, 『28』, 은행나무, 2013, 82면.

설을 이끌어가는 주요한 비극적 동인이 된다. 그러나 박동해의 형상화가 인상적이긴 하지만, 이 젊은 악인에 대한 전면적 탐구로 소설이 나아가지는 못했다. 작가도 그 점을 인지한다. 그 아쉬움을 넘어서려는 후속작이 『종의 기원』(2016)으로 보인다.

4

문학 개론에 나오는 상식 중의 하나이지만 소설에서 서술시점the narrative point of view은 중요하다. 어떤 시점을 택하느냐에 따라 이야기의 구성과 전개 방식이 달라진다. 인물형상화의 방식도 변화를 겪는다. 1인칭 시점을 택할 때도 장단점이 있다. 그 장점은 서술자인 '내'가 자신이 겪은 사건과 견해, 판단 등을 그의 입장에서 어떤 매개 없이 보여주기 때문에, 전달되는 이야기의 생동감과 사실성을 표현할 수 있다는 것이다. 연쇄살인범의 내면을 생생하게 드러낸 김영하의 『살인자의 기억법』이 좋은 예다. 반면에 1인칭 시점의 단점은 서술 주체가 '나'로 한정되기 때문에, 3인칭 시점과는 달리 다른 인물들의 내면을 조감할 수 없다는 것이다. 그리고 독자가 1인칭 서술자인 '나'의 관점에 쉽게 동화되면서 비판적 거리를 취하기 힘들어진다. 다시 말해 사건과 인물 묘사의 다면성과 입체성이 제약된다. 영화에서 특히 카메라가 시점 숏을 택할 때 관객이 비판적 거리를 취하기 힘들어지는 것과 같다. 『종의 기원』은 1인칭 서술시점의 미덕과 한계를 고스란히 보여준다. 그런데 미덕보다는 한계가 더 도드라진다. 작가는 이 소설의 시점을 전작들과는 달리 전적으로 1인칭 시점으로 설정한 이유를 이렇게 설명한다.

> 이 과정에서 나는 이해할 수 없었던 그때의 '특별한 악인'을 종종 떠올리곤 했다. 이 소설의 주인공, '유진'이 수정란의 형태로 내 안에 착상된 셈이다. 그렇기는 하나, 나는 여전히 인간으로서도, 작가로서도 미성숙했다. 그를 온전히 이해하고 키워서 존재로 탄생시킬 능력이 없었다. 이 무지막지한 존재를 책임질 용기도 없었다. 가진 것이라고는 쓰겠다는 '욕망'뿐이었다. '유진'을 여러 형태로 그려낸 이유다. 등단작인 『내 인생의 스프링캠프』에선 정아의 아버지로, 『내 심장을 쏴라』에선 점박이로, 『7년의 밤』에서는 오영제로, 『28』에서는 박동해로. 매번 다른 악인을 동장시키고 형상화시켰으나 만족스럽지 않았다. 오히려 점점 더 목이 마르고 답답했다. 그들이 늘 '그'였기 때문이다. 외부자의 눈으로 그려 보이는 데 한계가 있었던 탓이다. 결국 '나'여야 했다. 객체가 아닌 주체여야 했다. 우리의 본성 어딘가에 자리 잡고 있을 '어두운 숲'을 안으로부터 뒤집어 보여줄 수 있으려면. 내 안의 악이 어떤 형태로 자리 잡고 있다가 어떤 계기로 점화되고, 어떤 방식으로 진화해 가는지 그려 보이려면.[*]

작가는 외부의 시선으로만 그려지는 악의 내면, "우리의 본성 어딘가에 자리 잡고 있을 어두운 숲"의 실체를 1인칭 시점을 통해 드러내려 한다. 그래서 주인공 한유진은 순수한 악처럼 그려진다. 주인공 유진이 발견

• • •

[*] 정유정, 『종의 기원』, 은행나무, 2016, 381면. 이후 인용 시, 면수만 표기한다.

한 엄마의 일기, 메모가 그것을 그려낸다. 유진의 이모인 혜원의 해석이다.

혜원은 그것이 무엇일지 몰라 겁이 난다고 했다. 처음에는 소아형 품행장애로 추측하고 검사를 시작했는데 전혀 아니었다는 것이다. 토론 결과에따르면, 유진은 뇌 편도체에 불이 들어오지 않는 아이였다. 먹이사슬로 치자면 포식자. 나(유진의 엄마—인용자)는 바보천치처럼 눈만 깜박거렸다.포식자라니. 혜원은 선언하듯 말해버렸다. 유진이는 포식자야. 사이코패스중에서도 최고 레벨에 속하는 프레데터.

이에 대한 유진의 반응이다.

포식자, 라고? 이 실없는 단어가 지난 16년을 설명하는 명분이라고? 이황당한 진단명이 내 인생을 쥐고 흔들어왔다고? 어제 새벽부터 과속으로질주하던 머리가 급브레이크를 잡는 느낌이었다. 냉탕과 온탕을 격발하듯오가던 감정들이 돌연 움직임을 멈췄다. 홍수처럼 쏟아지던 온갖 생각들은일시에 흐름을 정지했다. 나는 일기인지 메모인지에서 눈을 뗐다. 기록이아랫줄로 이어지고 있었지만 더 읽고 싶지 않았다. 태양이 세 개로 보이는기상 현상이 지구 멸망의 전조라 믿는 휴거파 광신도와 만난 기분이었다.휴거는 그들에게나 중대한 문제였다. 나와는 아무 상관이 없었다. (259면)

이 장면은 이 소설의 핵심적 주제를 요약한다. 먼저 유진의 엄마가 남긴 일기 혹은 메모의 역할이 눈에 띈다. 작가가 유진 엄마의 일기장을 유진의 과거와 악의 기원을 설명하기 위해 등장시킨 것은 어떤 점에서 고육지책이다.

> 이런 식이라면 일기인지 메모인지는 나에 관한 '관찰 기록'이라 불러야 할 것이다. 보기도 전에 진저리부터 났다. 이런 기록이 왜 필요했을까. 이모에게 내 언행을 빠짐없이 전달하려고? 기록으로 간수해야 할 필연적 이유가 있어서? 나는 2016년 12월 기록으로 돌아왔다. (173면)

작가는 짐짓 모른 체 하지만 엄마의 "관찰 기록"이 등장할 수밖에 없는 "필연적 이유"는 이런 방법 말고는 1인칭 서술시점을 택한 이상 다른 인물들의 내면을 제시할 마땅한 방법이 없기 때문이다. 사소해보이지만 작가가 1인칭 시점을 완전히 통제하지 못했다는 인상을 주는 대목도 있다.

> 그게 뭘까 지금까지 기록에서는 추측할 만한 실마리를 찾아내지 못했다. 욕실에서 나와 알몸 그대로 책상 앞에 앉았다. 옷 입는 게 귀찮기도 했고 덥기도 했다. 갱년기를 맞은 여자처럼 시시때때로 발바닥 밑에서 뜨거운 기운이 뻗치고 있었다. (250면)

이십 대 중반의 청년이 "갱년기를 맞은 여자처럼 시시때때로 발바닥 밑에서 뜨거운 기운이 뻗치고 있었다"는 비유를 쓰는 것이 자연스럽게 느껴지지는 않는다. 1인칭 시점의 한계를 보완하기 위해 서술의 보완 장치를 택한 것을 두고 따지는 것은 아니다. 문제는 엄마의 일기를 통해 전달되는 엄마라는 주체의 고유한 감정과 정서가 독자에게 생생하게, 혹은 낯선 것으로 다가오지 않는다는 것이다. 다시 말해 유진의 언어와 엄마의 언어가 날카롭게 구별되지 않는다. 타고난 포식자인 아들을 둔 엄마가 느꼈을 법한 낯섦, 두려움, 불안, 공포와 그러면서도 혈육이기에 느끼게 되는 사랑과 집착의 복잡한 감정. 이런 정념들을 그만의 고유한 언어로 제시하지 못한다. 이 소설의 큰 결함 중 하나다. 뒤로 갈수록 서사의 힘이 약해지는 것도 유진과 엄마, 혹은 이모 사이의 결정적인 긴장과 대립 양상을 그들만의 고유한 이질적인 언어로 표현하는 데 부족함이 있었기 때문이다. 이는 미학적 태만으로 보인다.

한 인물의 내면만을 파고드는 1인칭 시점을 택하게 되면, 자칫 두 개의 편한 길을 택하기 쉽다. 첫째, 모든 인간들이 그런 것처럼, "포식자"에게도 나름의 정당화 논리가 있다는 논리를 독자가 따라가게 된다. 이유와 변명이 없는 인간, 혹은 악인은 존재하지 않는다. 그럴 때 우리·독자는 그 악에 대해·어떤 태도를 취할 것인가? 작가가 포식자 유진에게 반드시 비판적인 거리를 취하라는 뜻은 아니다. 그렇지만 그것이 운명이든 선택이든 연쇄적으로 살인을 저지르는 이 인물들을 어떻게 볼 것인가는 중요한 서사적 선택의 문제다. 그를 이해할 것인가? 설령 이해한다고 하더라도 용납할 것인가? 이 중요한 질문을 작가는 외면한다.

둘째, 그 악의 근원이 악인의 책임인지, 아니면 상황의 탓인지를 명확히 파악하기 힘들다. 태어날 때부터 악의 자질을 갖고 있다면, 그

때 그가 악인이 된 것은 누구의 책임인가? 어쩌면 이 소설에서 제일 흥미로운 대목은 이 질문과 관련된다. 한유진은 선천적인 포식자인가, 아니면 잘못된 주위 사람들의 오해와 편견에 의해 만들어진 악인가? "철학의 기본적인 문제는 범죄소설의 기본적인 문제와 같다. 즉 누구에게 죄가 있느냐 하는 것이다. 이것을 알아내기 위해서는 모든 사건은 논리적인 구조 안에 있다는 추리에서 출발하지 않으면 안 된다."(움베르토 에코) 나는 이 질문이 이 작품의 핵심에 놓여 있다고 본다. 그런데 작가는 이 질문을 강하게 밀고나가지 않는다. 작품의 끝에서 서술되는, 감추어진 과거의 첫 번째 살인 혹은 사고는 이 어려운 질문에 대한 작가의 착잡한 태도를 언뜻 드러내지만, 거기서 멈춘다. 한유진은 왜 살인을 하는가? 그것은 그의 엄마와 이모가 단정 지었듯이 타고난 포식자로서의 본성인가, 아니면 그를 억압해 온 것들에 대한 의지적 복수인가? 이 질문들에 명확한 답을 내놓지 못해서 아쉽다는 뜻이 아니다. 작가는 명료한 답을 주는 판관이 아니다. 그 답이 궁금한 것도 아니다. 다만 이 쉽지 않은 질문을 더 깊이 밀고나가지 못하고, 문제를 제기하는 데서 멈췄다는 것이 큰 아쉬움이다.

쓸모없고 때늦은 질문이 심장을 죄어왔다. 어머니가 내 말을 믿어줬다면, 이 기사를 쓴 기자처럼 그 일이 사고라고 믿었더라면, 우리의 운명이 조금쯤 달라졌을까— 어머니의 소망대로 나는 무해하고 평범한 사람이 되었을까. 그리하여 오래오래 오순도순 살 수 있었을까. 라이터를 켜서 기사에 불을 붙이고 바비큐 그릴에 던져 넣었다. 일기인지 메모인지의 속지를 그 위로 밀어 넣었다. 한 장이 다 타면 다시 한 장을 밀어 넣는 방식으로 시간을 들여 기록을 모두 태웠다. 어머니의 기록이 아니라 나 자신을 산 채로 화장시킨 기분이었다. 잿불 위에서 돌아갈 길 없는 이전의 삶들이 너울거렸다. 머릿속에서는 분노와 절망과 자기연민이 격류가 되어 휘돌았다. 배 속 깊숙이 억눌려 있던 슬픔이 위액처럼 역류해 올라왔다. 몸은 매가리 없이 축 늘어졌다. 최악이었다. 기분도, 상황도. (324면)

다시 묻는다. 한유진이 '사이코패스' 살인자가 된 것은 "운명"인가? 아니면 자발적 선택인가. 혹은 운명과 선택의 중간 어딘가에 있는 것인가? 그 각각의 경우에 우리는 이 인물을 어떻게 평가할 것인가? 유진도 자신에게 비슷한 질문을 던진다.

누군가의 자식이 된 일이 그러하며, 이미 일어나버린 일이 그렇다. 그렇다고는 해도 나는 추측항법으로 날아가는 제트기는 되고 싶지 않았다. 나에 대한 마지막 주권 정도는 되찾고 싶었다. 이 빌어먹을 상황이 어떤 식으로 끝나든, 내 삶은 내가 결정하고 싶었다. 그러려면 남은 힘을 끌어모아 할 수 있는 일을 해야 했다. 무슨 수를 써서라도, 어둠 속에 갇힌 2시간 30분을 내 앞으로 끌어내야 했다. (171면)

유진이 생각하는 "나에 대한 마지막 주권"의 가능성은 어디에서 찾을 수 있는가? 이 어려운 질문들을 던진 채 대충 수습하는 것으로 작품은 마무리된다.

5

앞서 말했듯이, 이 소설은 1인칭 시점의 단점이 더 부각된다. 그것은 악인의 내적 시점에서 악을 서술한다고 악의 실체가 명확히 표현될 수 있는가라는 질문과 관련된다. 이 작품을 읽으면서 역시 악의 문제를 다룬 나홍진 감독의 영화 〈곡성〉이 떠올랐다. 이 영화의 힘은 사악함의 근원과 불가해성을 생생하게 보여주는 데서 나온다. 사악하다는 의미, 본성적인 악으로서의 사악함evil이 있다. 평범한 악badness과 달리 사악함은 이유가 없다. 천성적으로 악할 뿐이다. 이런 악을 마주할 때 우리는 다양한 설명을 시도해보지만 딱 잡히는 이유가 없기에 사악함은 끝내 불가해한 것으로 남는다. 이해될 수 없는 악을 이해하려고 인간은 다양한 시도를 하지만, 실패로 끝난다. 아마 그 실패의 상징적 표현이 다양한 종교에서 발견되는 악마의 형상일 것이다. 악마의 사악함은 설명될 수 없다. 설명할 수 없기에 사악함은 무섭다. 인간의 고통과 희생은 그런 사악함이 던진 미끼에 걸린 탓에 생겨날 뿐이다. 악이 무서운 것은 그것이 이해될 수 없고, 설명될 수 없기 때문이다. 그렇다면『종의 기원』처럼 1인칭 시점을 택하면 그 악의 실체가 온전히 파악될까? 그렇지 않다면 오히려 악의 묘사는 그 악의 불가해성, 악과 서술·재현 사이의 간극과 긴장을 제대로 전달할 때 더 효과가 있는 것이 아닐까? 작가가 성급하게 악의 실체를 파헤칠 수 있다는 자신감에 사로잡힌 것은 아닐까? 우리는 악의 실체와 기원을 어디까지 이해할 수 있을까? 이런 질문을 던지면서도 악이 두려운 이유는 악을 완벽하게 이해할 수 없기 때문이다.

이 점에서『종의 기원』은 미야베 미유키의『모방범』의 악인인 피스의 묘사와 대조된다. 한유진의 형상화는 사악한 악인과도 거리가 있다. 반면에 순수악인 '피스'의 내면은 소설이 끝나도 다가갈 수 없는 무엇으로 남는다. 물론 이 작품에서도 그것에 관한 합리적이고 이성적인 설명을 시도하지만 동시에 그 설명을 무화시키는 힘이 작품에서 강하게 뻗어 나간다. 악의 기운이 작품을 지배한다. 그것이 세 권에 이르는『모방범』을 흥미진진하게 읽도록 만들고 악의 실체를 생각하게 만드는 동력이다. 어느 서술시점을 택하든 악을 그리는 데는 한계가 있다는 것을『모방범』은 냉철하게 보여준다. 악의 외부에 있다고 믿거나 악과 공모 관계에 있는 우리·독자는 악을 온전히 이해할 수 없다. 그 간극과 긴장을 보여주는 것이 작품에서 더 중요하게 다룰 문제가 된다.

그 지점에서『종의 기원』이 택한 1인칭 시점의 유효성도 다시 따져 봐야 한다. 특정한 서술시점을 택했다고 해서 악의 기원이 자동적으로 모습을 드러내는 것은 아니다. 악은 그렇게 만만한 존재가 아니다. 나는 영화 〈곡성〉의 힘이 이런 간극과 긴장을 놓지 않은 데 있다고 생각한다. 악은 합리적으로, 평면적으로 이해될 수 없다. 악은 "어두운 숲"이다. 그 숲 앞에서 작가는 더 조심해야 한다. 결론적으로 말해『종의 기원』은 정유정의 전작이 거둔 성취보다 더 멀리 나가지 못했다. 그렇게 생각하는 이유 중 하나를 서술시점의 문제와 관련해서 살펴봤다. 기대가 컸던 만큼 실망도 적지 않다.

범죄소설, 스릴러소설은 가족서사가 아니다. 그런데 아직까지 정유정의 작품은 가족서사의 틀 안에 있다.『28』이 그런 틀을 깨려는 모습을 일부 보이지만 여전히 작품이 다루는 인물들과 관계의 폭은 좁다. 작가가 다루는 대상의 폭을 좀 더 확장했으면 싶다. "왜 범죄소설이라는 특정한 문학 장르의 역사에 부르주아사회의 역사가 반영되고 있느냐고 질문한다면 부르주아사회가 범죄사회이기 때문이지 않을까?"(에르네스트 만델) 범죄와 살인에서 극명하게 표현되는 악의 문제는 가족 관계에서도 나타나지만 거기에 한정되지 않는다. 범죄는 가족을 벗어나 거리의 밑바닥에서도 발생한다. 그곳이 인간의 심연이 추한 모습을 드러내는 장소이다. 정유정 소설도 가족서사의 틀을 과감하게 넘어설 필요가 있다.

> 우리나라 대통령부터 모든 분야가 다 문제다. 언론 내부 문제나 재벌 문제를 샅샅이 파헤친 시·소설·수필·르포가 있나? 그런 엄청난 이야기들을 다 놔두고 있다. 매달 문예지에 나오는 시·소설을 보면 속을 풀어주기는커녕 갑갑하다. 그것이 과연 문학일까.[*]

이 질문 앞에 정유정 같은 중간문학의 작가들도 예외일 수는 없다. 정유정도 글쓰기의 한 전환점에 서 있다는 인상을 받는다. 그래도 정유정이 그만의 방식으로 중간문학을 개척해 가리라고 기대하며 지지한다.

(2016)

∙ ∙ ∙

[*] 임헌영, 「뒷짐 지고 관조? 문학 아니다」, 『한겨레 21』 1115호.

역사소설가의
외로움

김탁환 『목격자들』

1

몇 번 다른 글에서 적었지만 한국문학 공간에서 장르문학은 홀대받는다. 추리소설, 공포소설, 환상소설, 과학소설^{SF}, 그리고 역사 소설 등이 대체로 무시당한다. 왜 그런지에 대해서는 문학사적, 문학사회학적 연구가 필요하다. 나는 그에 대해서 조리 있는 설명을 할 준비가 되어 있지 않다. 그 이유가 무엇이든 장르문학의 취약함이 소위 본격문학의 깊이와 넓이, 혹은 재미와 감동에도 부정적인 영향을 미쳤다고 생각한다. 한국문학의 폭은 여전히 좁다. 최근에 김영하나 정유정 등이 장르문학의 틀을 가져오면서 좋은 작품을 쓰고 있다. 하지만 양과 질에서 절대적으로 좋은 작품은 찾기 힘들다. 역사소설은 더욱 그런 듯하다. 김훈이 쓴 역사소설들은 독보적이라고 할 만하다. 『칼의 노래』, 『남한산성』, 『흑산』 등이 그런 작품들이다. 대체로 장르문학의 작가들은 합당한 평가를 받지 못하는 상황에서 김훈은 그의 성취에 걸맞는 평가를 받고 있으니 운이 좋은 편이다. 그리고 작품의 수준을 논하기 이전에 일단 장르문학의 절대적인 층이 비교할 수 없이 얇다. 항상 그런 것은 아니지만 절대적 양이 축적되어야 질적 전환이 일어나는 건 문학도 마찬가지이다. 여기에는 장르문학에 대한 비평적 무관심도 한몫한다.

좀 더 근본적인 시각에서 보자면 본격문학과 장르문학의 구분조차 의미없다. 좋은 작품은 그냥 좋은 작품이다. 예컨대 무라카미 하루키의 작품은 그 자신도 인정했듯이 챈들러 같은 미국 장르문학의 틀을 가져온다. 그렇게 무라카미는 장르문학과 본격문학의 경계를 허물어뜨린다. 무라카미의 주요 작품들은 기본적으로 어떤 사건을 제기하고 그 사건의 원인을 파헤치는 인물(들)의 궤적을 따라가는 미스터리 소설의 틀로 서술된다. 정리하면 이렇다. 과거에 어떤 일이 발생했다. 혹은 지금 다른 공간에서 어떤 일이 생긴다. 그 어떤 일이 지금의 인물들에게 영향을 미친다. 그렇다면 무슨 일이, 왜 생겼는가? 이게 무라카미 작품의 기본 구조다. 이 구조의 세부 요소를 짜는 작가의 역량이 독자를 사로잡는다. 다른 시간과 공간에서 벌어진 어떤 일이 현재의 시공간과 인물들에게 영향을 미치는 병치적 구조를 선호한다는 점에서 무라카미의 세계관은 평행우주론적이다. 그의 대표작인 『해변의 카프카』나 『태엽감는 새』, 『1Q84』가 모두 유사한 서사 구조를 지닌다. 작품의 규모는 작지만 최근작인 『색채가 없는 다자키 쓰쿠루와 그가 순례를 떠난 해』도 그렇다. 장르문학의 틀을 사용한다고 해서 무라카미 작품이 홀대받지는 않는다. 여기에는 일본 장르문학의 두터운 토대와 역사가 중요하게 작용한다. 내 전공인 영문학의 사정도 마찬 가지다. 창작에서는 어떤 형식과 내용도 절대적 기준이 될 수는 없다. 최종적 판단의 기준은 작품이 건축한 형식과 내용의 수준이다. 예컨대 움베르토 에코의 걸작 『장미의 이름』을 어떤 틀에 집어넣을 것인가? 이 작품은 장르문학인가, 아니면 본격문학인가? 쉽게 답하기 어렵다.

2

장르문학이 홀대받는 분위기에서 홀대받는 작가들도 생긴다. 나는 그중 한 명이 김탁환이라고 생각한다. 나는 그의 역사소설들, 예컨대 백탑파 소설을 재미있게 읽었다. 이들 작품은 그저그런 역사소설이 아닌 좋은 작품이라고 판단한다. 무거움과 진지함이 평가를 받는 한국문학계의 분위기에서 상대적으로 재미의 가치는 무시당해 왔다. 물론 이들이 서로 배치되는 것은 아니다. 가장 좋은 작품은 진지하면서도 재미있는 작품이다. 그리고 그런 재미를 낳는 데서 이야기 구성storytelling이 핵심이다.* 최근 한국문학의 취약점 중 하나가 이야기 구성의 문제다. 그 결과 소설들이 한마디로 재미가 없다. 재미가 없다면 읽는 수고에 값하는 새로운 인식의 생산이라도 있어야 하는데 그것조차 많지 않다. 문학은 인식과 상관없고 감성하고만 관련된다고 믿는 작가가 있다면 그런 인식은 나이브할 뿐이다. 문학은 감성의 산물만이 아니다. 훌륭한 문학에서 재미와 감동(감성)과 새로운 인식의 생산은 함께 작용한다.

최근 조선시대에 대한 관심이 높아지고 있다. 조선은 500년을 버

• • •

* 여기서 상술할 수 없지만 이런 탁월한 스토리텔링의 예로 에도시대를 배경으로 한 미야베 미유키의 역사 시대물 연작을 꼽을 수 있다. 그중 대표작이 『외딴집』이다.

틴 왕조다. 그렇게 버틸 수 있었던 이유로 국가 통치 시스템, 그 시스템을 뒷받침해 준 문화의 정신이 무엇인지 관심이 간다. 내가 아는 한 세계사적으로 볼 때도 단일 왕조로 수백 년을 버틴 예는 거의 찾기 힘들다. 그것을 조선에서 가능하게 한 것이 아마도 정치 시스템이리라고 판단한다. 김탁환이 백탑파 시리즈에서 다루는 정조시대는 조선의 통치 시스템이 거대한 전환점에 처한 시기다. 계몽군주의 모델에 가장 가까운 왕으로 평가받는 정조의 죽음 이후에 조선왕조가 몰락의 길로 접어든 것은 알려진 사실이다. 그런 면에서도 이 시대는 역사가만이 아니라 작가에게도 매력적이다. 극한적 인물과 극한적 사건을 통해 한 시대의 진실을 드러내는 소설 장르의 특징을 고려할 때 특히 어떤 시대와 인물을 작품의 제재로 선택할 것인가는 중요하다. 그 점에서도 정조 시대는 흥미롭다. 계몽군주로서 다양한 면모를 지녔던 정조라는 왕의 매력과 힘도 그렇지만 그 시대에 활동했던 지식인들의 면모가 눈길을 끈다. 정조와 박지원, 홍대용, 박제가, 이덕무, 유득공 등 당대의 실학자들이 맺는 협조와 갈등(특히 문체반정을 둘러싼)은 지나간 이야기가 아니라 지금도 울림이 있다. 특히 정치권력과 지식인의 관계, 정치와 문학예술의 관계를 생각하게 된다.

3

　김탁환의 최근작 『목격자들』은 조선시대에 실제 일어났던 사건을 다룬다. 조운선(국가에 바치는 세곡을 나르는 배)의 침몰을 둘러싼 음모를 파헤친다. 이 사건의 진실을 파헤치는 과정에서 세곡을 직접 징수하는 말단 관원부터 조정의 최고 권력층에 이르는 다양한 인물들의 욕망과 세계관, 이해 관계가 드러난다. 작가가 그런 집필 의도를 밝히기는 했지만 이 사건에 겹쳐지는 건 당연히 세월호 참사다. 각자가 인상 깊게 읽은 부분이 다르겠지만 나는 조운선 침몰 사건을 대하는 정조의 태도가 기억에 남는다. 정조와 담헌 홍대용이 나누는 대화이다.

"배에 마지막까지 남아서 백성을 모두 탈출시킨 뒤에야 살길을 찾는 사공의 의지를 기억하라?"

"하온데 사공이 살길을 찾는 순간은 오지 않을 수도 있사옵니다."

나는 숨이 막혔고, 이마가 저절로 방바닥에 닿았다. 바람이 잔뜩 들어가서 터지기 직전의 풀무 주머니가 이와 같을까. 선생이 여기까지 용기를 낼 줄은 몰랐다. 그리고 그 용기에 전하께서 어찌 답하실 것인지도 모르긴 마찬가지였다. 우선 하문하셨다.

"오지 않는다? 무슨 뜻이냐?"

"배에 있는 백성을 구하고 구하고 또 구하다가 다 구하지 못하고 그 배와 함께 최후를 맞는 이가 군왕일지도 모르옵니다."

무서운 주장이었다. 듣기에 따라선 백성을 구하지 못한 군왕의 목숨은 달아날 수도 있다는 경고이며 끔찍한 예언으로 새길 수도 있다. 나는 불호령이 떨어질까 두려웠다. 독운어사를 맡은 선생의 절망이 이토록 깊은 줄 몰랐다. 전하께서 잠시 미간을 찡그리며 생각하시다가 말씀하셨다.

"적절한 지적이다. 백성을 버리고 배에서 가장 먼저 내려 달아난다면, 그

자가 어찌 군왕일 수 있겠는가. 백성을 무사히 구하지 못하면 배와 함께 가라 앉겠다는 의지를 지니도록 노력하겠다. 다시 이렇듯 긴 시간 의논하긴 어려울 듯하니, 이 나라에서 시급히 꼭 처결해야 할 일이 있다면 지목해 보거라."*

우리 시대는 정조 같은 계몽군주가 나올 수 없는 시대다. 하지만 이 소설을 읽으면서 민주주의 사회에서 지도자의 역할에 대해 여러 생각을 하게 만드는 것도 사실이다. 물론 소설의 형식미를 따질 때 아쉽게 느껴지는 점도 있다. 장르소설의 특성일 수도 있지만 억지로 '러브라인'을 만들었다는 인상을 주는 부분이 눈에 거슬린다. 세력 관계를 이루는 다양한 인물들이 좀 더 입체적으로 묘사되었으면 하는 아쉬움도 있다. 무엇보다 악의 면모가 좀 더 입체적이고 강하게 제시되었으면 작품이 좀 더 깊이를 얻었을 것이다. 그렇지만 전체적으로 이만한 역사소설을 만나게 된 게 반갑다. 이 소설을 쓰기 위해 상당한 자료 조사와 연구를 했을 것이 분명하다. 창작이 단지 글쓰기의 재주만으로 되는 것이 아니며 작가가 다루려는 제재를 위한 깊은 연구와 고민이 필요하다는 걸 보여준다.

　　장르문학이 홀대받는 분위기에서 꿋꿋하게 자신이 택한 길을 걸어가는 작가를 만나는 것은 기쁘다. 많은 작가들이 그렇게 각자의 길을 소신껏 걸어가면서 고유한 세계를 만들어낼 때 한국문학이라는 숲이 더 울창해지고 다양해지리라고 믿는다. 그리고 그런 소신은 단지 정

. . .

* 　김탁환, 『목격자들』 2, 민음사, 2015, 372~373면.

신적인 각오의 문제가 아니다. 그런 작품을 쓰기 위한 창작의 준비와 자료 조사와 공부가 뒷받침될 때 결실을 맺는다고 믿는다. 이미 지나간 한 시대를 입체적으로 그리기 위해 작가에게 얼마나 많은 노력과 준비가 필요한지 독자로서 나는 짐작도 못한다. 그러나 그런 노력이 좋은 작품을 가능케 했다는 추측은 한다. 연구자나 비평가도 그렇지만 작가도 좋은 글을 쓰기 위해서는 많은 걸 준비하고 축적해야 한다. 그런 축적에서만 문학적 상상력도 꽃을 피운다. 걸작은 영감의 산물이라는 낭만주의적 창작 신화를 나는 믿지 않는다. 좋은 작품은 영감에서 시작해서 많은 준비와 조사와 연구의 땀으로 생산된다. 소설로 쓰는 조선사를 필생의 목표로 삼는다는 김탁환 작가가 그 목표를 이루길 독자로서 기대한다. (2015)

비극적
삶의 기억

정영진 『바람이여 전하라』

요즘 들어 한국근현대사의 숨은 일화들과 감춰진 진실이 여전히 많다는 것을 느꼈다. 우리는 그렇게 그들을 잊었다. 예컨대 김원봉과 그가 이끌던 의열단이 그렇다. 김원봉의 약력은 이렇다. 1898년생. 의열단 단장. 북한에서 1958년 11월 김일성 비판을 제기한 연안파 제거 작업 때 숙청. 이런 김원봉의 삶은 그보다 10년 뒤에 태어난 시인이자 비평가인 임화를 상기시킨다. 1908년생인 임화는 1953년 8월 미국의 간첩으로 몰려서 처형되었다. 혼란스러운 근현대사의 격동 속에서 남과 북 모두에게 잊혀지고 버림받았던 정치가, 작가, 시인, 비평가들이 또 얼마나 많겠는가. 해방 후의 이념대립으로 친일파 청산을 못하고 남과 북 모두 민주적이지 못한 정권이 세워진 당대 현실이 낳은 비극들. 임화의 삶은 특히 그 파란만장함이 지닌 극적 성격으로 볼 때 충분히 소설로 다뤄질 만하다.

임화의 삶과 죽음을 다룬 소설 『바람이여 전하라』(이하 『바람』)는 지금도 한반도의 남북 모두에서 백안시되고 있는 시인이자 평론가 임화의 비극적인 죽음의 진실을 추적한다. 어느 신문에 실린 신경림 시인의 서평이 인상적이어서 이 작품을 찾아 읽었다. 진지함과 거대담론이 무시되는 경박함의 시대에 임화라는 이름은 어떻게 들릴까? 그의 이름이 낯설게 느껴지는 사람이 많을 것이다. 혹은 아직도 철지난 좌파 시인·비평가를 들먹이냐는 투정을 할 사람도 있겠다.

그러나 임화는 그가 남긴 작품으로만이 아니라 비극적 삶이 주는 충격으로도 여전히 내게는 마음이 끌리는 사람이다. 이런 끌림은 임화가 활동했던 1920~1950년대라는 시대가 한반도만이 아니라 전 세계적으로 다양한 사상과 운동의 등장과 충돌로 휘몰아치던 격동의 시대였다는 사실에 기인한다. 그런 시대에 대해 내가 느끼는 어떤 향수도 작용한다. 임화는 그가 살았던 격동의 시대에 자신을 던졌다. 임화가 지금도 내게 어떤 울림을 주는 이유? 어느 평론가의 표현을 빌리면 뜨거운 상징으로 임화가 여전히 다가오기 때문이리라. 그렇다면 이 소설의 저자는 왜 임화의 비극적 죽음의 내막을 소설이라는 형식을 빌려 복원하고 싶었을까? 저자의 답변은 이렇다.

그의 운명은 비극적이라기엔 너무 희극적이었다. '미제의 간첩'이란 오명을 쓰고 졸지에 '인민의 적'이 되고만 것이었다. 이런 희대의 비극을 보면 누군들 진상에 접근해보고 싶지 않겠는가. (···중략···) 이 글의 거의 대부분은 '사실'에 근거한 것이며, 스토리 전개상 약간의 허구를 조합했을 뿐임을 밝혀둔다. 그 정도로 '사실'이 '허구' 이상으로 드라마틱한 것임을 자료 조사 과정에서 재삼 확인할 수 있었다.[*]

허구보다 더 허구적이고 극적인 임화의 삶. 임화의 삶은 허구보다 더 허구적인 우리 역사의 한 시대를 비극적으로 증언한다. 그게 이 소설을 그냥 소설로 읽을 수 없는 이유이다. 내가 '평론가' 티를 내면서 이 소설의 성취가 어떠니 한계가 어떠니 그런 얘기를 먼저 하고 싶지 않은 이유이다. 임화의 삶을 읽으면서 그런 문학적 접근을 나는 고려하지 않았다. 저자와 더불어 나도 "이런 희대의 비극"의 "진상에 접근해보고" 싶은 욕망이 이 소설을 찾아 읽게 된 이유이다. 『바람』은 일제강점기 카프KAPF의 결성과 해산을 둘러싼 임화의 행적, 강점기 말기의 전향, 해방 후 임화의 정력적인 문예 및 정치 활동, 그리고 월북 후에 임화가 보인 행적을 치밀한 자료 조사를 통해 복원한다. 그리고 "미제의 간첩"으로 처형당한 임화의 비극적 죽음이 남로당과 북한당국 사이의 정치투쟁의 결과였음을 밝힌다. 짤막한 요약만으로도 임화의 삶이 허구보다 더 극적이라는 말이 실감된다.

임화는 누구인가? 『바람』에서 임화의 비극적 죽음의 실체를 파헤치기 위해 동분서주하는 인물은 주혁이다. 그는 일본에서 출판된 "임화에 대한 중립적인 평가"(34면)가 인상적인 『조선인물사전』의 임화 항목을 통해 파란만장한 삶을 다음과 같이 정리한다.

임화. 프롤레타리아 시인. 문학평론가. 본명은 임인식. 서울에서 태어남. 1920년대 후반 동경에 유학, 귀국 후 1932년에 카프의 서기장을 맡다. 카프

∴

---

* 정영진, 『바람이여 전하라 ─ 임화를 찾아서』, 푸른사상, 2002, 4면. 이후 인용 시, 면수만 표기한다.

의 강제 해산 후는 고전의 연구와 조선 최초의 근대문학통사(미완)의 서술에 몰입했고, 곁가지 민요 등 민족문화를 발굴했다. 1945년 8월 16일 해방 이튿날, 임화는 재빨리 '조선문학건설본부'를 서울에서 조직, 이듬해 이를 '조선프롤레타리아예술연맹'과 합쳐 '조선문학가동맹'을 만들고 기관지 『문학』을 발간, '민주적 민족문학'의 슬로건을 내 걸었음. 1947년 미군정의 탄압이 심해지자 월북. 1953년 8월 북조선의 군사법정에서 미국의 스파이란 죄명으로 사형을 선고받음. 진실은 다가올 역사의 판정에 맡길 수밖에 없지만 이슬로 사라진 그의 죽음이 박헌영이 이끌고 있던 남조선 노동당의 투쟁 방침과 북의 공화국 방침과의 엇나감에서 비롯된 것만은 확실함. 시집으로 『현해탄』(1938), 『찬가』(1947), 『너 어느 곳에 있느냐』(1951)가 있고, 평론집으로 대저인 『문학의 논리』(1941)가 있음. 임화는 1930년대 이래 좌익문학 운동의 중심 인물의 한 사람이며, 그의 뛰어난 프롤레타리아 서정시는 많은 사람으로부터 사랑을 받았음. (34~35면)

임화의 삶과 문학에 대해서는 국문학계에서 이미 많은 연구가 나왔다. 임화 전공자들이 보기에 이 소설은 다 아는 사실을 그럴듯한 이야기로 꾸민 정도의 작품이라고 평가할지 모르겠다. 그러나 아카데믹한 임화 연구가 임화의 고통스러웠으나 격정적인 삶과 비극적 죽음을 얼마나 감각적으로 느낄 수 있게 할까? 임화의 죽음을 둘러 싼 진실을 알려는 주혁의 추적 과정은 임화의 삶과 죽음을 관념이 아니라 감각으로 느끼게 하려는 서사 장치이다.

최소한 임화가 사형선고를 받던 순간의 표정만이라도 전해들을 수 있다면 소득일테지. 사형수로서의 시인 임화의 모습…… 한때 수많은 젊은이들의 피를 들끓게 했던 그의 '혁명 시' 곳곳에서 즐겨 읊조리며 찬양해 마지않던 '위대한 인민의 나라'의 대역죄인으로 전락한 모습, 그 망연자실해 있을 최후의 모습을 실감 있게 전해들을 수 있다면…… (15면)

역사가나 문학사가는 임화가 무슨 이유로 처형당했는가라는 역사적 진실을 밝히는 데 초점을 맞춘다. 작가는 그런 역사적 사실의 진위 여부보다는 한 인물이 처한 결정적 삶의 순간, 예컨대 사형선고가 내려지는 바로 그 때 임화가 보였을 "순간의 표정"과 "망연자실해 있을 최후의 모습"을 형상화하는 데 관심이 있다. 그게 삶의 진실이기 때문이다. 여기서 삶의 진실이란 말은 소설적 허구와 충돌하지 않는다. 실제 임화가 죽음의 순간에 어떤 표정을 했을지는 알 수 없다. 그렇기에 문학적 상상력이 발휘된다. 그 상상력의 결과물은 허구이다. 그러나 그런 허구를 통해 단지 표피적 사실이 아니라 그런 사실이 드러내지 못하는 삶의 진실, 인간적 진실을 드러낸다. 문학은 결국 인간의 탐색에 본령이 있지 않은가. 이 소설이 이런 과제에 얼마나 충실한지는 별도로 따져볼 일이지만 적어도 그 시도 자체는 값지다. 가령 임화의 전향에 대한 『바람』의 평가는 그 타당성 여부를 떠나서 인간 임화에 대한 저자·주인공의 애정을 느끼게 한다.

임화는 병약한 몸이어서 고문과 같은 극단적인 상황에 몰리기 전에 요령껏 자신을 방어하는 기지를 지녔으며, 그의 전향도 다른 카프 맹원들과 크게 틀리지 않게 위협적인 정세를 모면하기 위한 일시적 위장전향의 성격이 짙었다. 또 그 '전향 행위' 역시 30년대 후반에 가서 조금씩 표출되었다. (89면)

신경림이 지적했듯이 이 소설의 재미는 임화를 둘러싼 사람들, 그가 살았던 시대에 관한 여러 가지 흥미로운 사실들의 복원에 있다. 한국과 일본, 미국을 배경으로 임화의 행적을 추적하는 주인공 주혁의 발걸음이 그런 복원을 인도한다. 예컨대 이런 사례들. 임화의 첫 부인 이귀례와의 만남, 이귀례의 오빠인 이북만의 해방 후 도쿄 생활, 카프의 결성과 해산을 둘러싼 논란과 조직가로서 임화의 역할, 두 번째 부인인 지하련과의 만남, 딸 혜란에 대한 임화의 애정. 비극적으로 부모를 잃은 뒤 이후 종적을 알 수 없게 된 딸 혜란의 삶, 월북 후 임화의 숙청을 둘러싼 임화와 한설야의 대립 등. 이런 사실들이 격동의 시대를 배경으로 하여 흥미진진하게 펼쳐진다. 그러나 이 모든 흥미로운 역사적 사실들은 주혁이 밝히려고 애쓰는 임화의 비극적 죽음 앞에선 서글픔으로 바뀐다.

익히 알려진 사실이지만 시의 역할은 세상을 위해 일정한 몫을 해야 하는 데 있다고 임화는 믿었다. 그는 프롤레타리아 시인이 되길 바랬다. 그가 쓴 프롤레타리아 서정시는 이 잘못된 세상에서 억압받던 사람들을 위한 무기였다. 그러나 시인으로서의 올바른 의도는 냉혹한 현실 정치의 맥락에서는 뒤틀리게 된다. 거기에 임화의 비극이 있다.

임화, 김남천, 안막, 이 세 사람은 동경 시절부터 살찌웠던 남다른 우정과 문학에의 열정을 일제 암흑기, 해방공간, 월북 후까지 장장 20수년간을 간직해 왔겠지만 별안간에 멍에를 뒤짚어 쓴 '간첩단 사건'과 종파주의 사건을 계기로 앞서거니 뒷서거니 하며 파멸하지 않을 수 없었던 점에서 나란히 운명적인 생사의 궤적을 걸어온 특이한 존재들이었다. (202면)

임화를 비롯한 카프 문인들의 "파멸"을 "운명"이라고밖에 묘사할 수 없다는 데 이들의 비극이 있다. 그들이 걸어온 "생사의 궤적"은 어쩌면 그들이 선택한 것이 아니라 그들의 시대가 부여한 "운명"이었다. 작가가 아무리 잘난 체 해도 결국은 시대의 자식이라는 말은 이들이 마주친 운명에서 확인된다. 해방공간에서는 남로당과 박헌영의 노선을 따르면서 민주적 민족문학의 기치를 들었던 임화는 그가 찾아간 북한조선에서는 정치적 세력투쟁의 희생양이 된다.

월북해서는 박헌영을 칭송한 같은 목소리로 스탈린을 우러르고 김일성을 찬미하지만, 마침내는 미제의 간첩으로 몰려 처형된다. 그의 부분적인 친일 행각을 들어 그의 처형은 사필귀정이라고 말하는 사람이 있을지 모르나, 그렇다면 '김일성 장군의 노래'를 지음으로써 오랜 부귀를 보장받은 이찬 역시 임화에 못지않은 친일을 했다는 사실은 어떻게 설명되어야 할까. 과연 시인이란 무엇을 하는 사람인가, 무엇을 해야 하는 사람인가, 이 소설을 읽으며 다시 한번 생각하지 않을 수 없었다. (신경림, 『한겨레』 서평)

어떤 이들의 지적대로 임화는 철 모르는 부나비였을까? 그가 현실정치에 개입하지 않고 "한 사람 뛰어난 시인으로만 살았더라면, 정치적 소용돌이에서 한 발 물러나 강단에서 일용할 양식이나 구하며 시작에만 전념했더라면, 평필이나 휘둘렀더라면 자신과 그의 가족, 그리고 우리 문학을 위해서 더 값지고 유익했을 것임에 틀림없"(327면)다는 것은 사실이었을까? 주혁의 이런 가정에는 한 천재적 시인의 비극적 삶에 대한 애통함이 깔려 있다. 그렇지만 삶과 문학, 정치와 문학을 떼어놓을 수 있다는 생각이 임화의 삶에 대한 정당한 이해를 가로막는 것이 아닐까? 주혁의 인식은 거기까지는 이르지 못한다.

　한 시대를 불꽃처럼 살아간, 그래서 '뜨거운 상징'으로 남아 있는 임화 같은 시인에게 이런 평가는 얼마나 온당한가? 이 물음은 임화, 그리고 그로부터 수십년이 지난 지금도 제2의 임화, 제3의 임화를 여전히 발견하게 되는 한반도의 현실에서 여전히 울림이 있다. 삶과 문학이 떨어질 수 없다는 사실. 그것은 임화의 서정시들, 이야기시들에서도 확인된다. 삶에 대한 뜨거운 열정과 개입이 있었기에 그의 시가 탄생했다. 임화 시의 뜨거운 서정성을 알 수 있는 시 중 하나가 '사랑하는 딸 혜란에게'라는 부제가 딸린 「너 어느 곳에 있느냐」란 제목의 시이다. 이 시는 1950년 12월 『노동신문』에 발표했다가 김남천이 주재하던 문화전선사에서 같은 제목으로 펴낸 시집에 실렸다. 이 시는 임화가 국군과 유엔군의 북진으로 한만국경 인접도시인 강계에까지 후퇴해 있다가 인민군의 남진대열을 따라 전라도 쪽으로 종군해 간 뒤 헤어져 소식이 끊긴 딸 혜란을 그리는 임화의 마음을 전한다.

물론 임화로선 단순히 딸 혜란만을 그리는 사적인 동기에서 쓴 시라기보다, 전란으로 생사를 모르는 모든 이산가족들의 절절한 아픔을 자신의 가족사에 빗대어 형상화해 본 시였을 것이다. 그러나 임화의 가족 사정을 잘 아는 사람들은 누구나 이 시가 딸 혜란의 생사를 걱정하며 재회를 그리는 안타까운 부정이 가득 담긴 노래임을 부정하지 않았을 것이다. (241면)

딸에 대한 아버지의 "안타까운 부정"이 곧 격동의 시대를 살아간 이 땅의 모든 딸들과 아들들에 대한 임화의 격정적인 애정으로 표현되었다면 과장일까? 뒤틀린 시대, 임화의 운명은 그가 지닌 애정의 자연스러운 결과였을지 모르겠다.

> 엷은 여름옷에
> 삼동 겨울 바람이
> 칼날보다 쓰라리고
> 지동치는 눈보라가
> 연한 네 등에 쌓여
> 잠시를 견디기 어려운
> 몇 날 몇 밤일지라도
> 참고 싸우라
> 악독한 야수들의
> 포탄과 총탄이
> 눈을 뜰 수 없이

퍼부어 내려도

사랑하는 나의 딸아 (…중략…)

네가 죽지 않고 살아서

다시금 나와 만날 수 있다면

나부끼는 조국의 깃발 아래

승리의 기쁨과 더부러

우리의 만남을

눈물로 즐길 것이고

불행히도 만일

네가 이미 이 세상에 없어

불러도 불러도 돌아오지 않고

목메어 부르는 나의 소리를

영영 듣지 못한다면

아버지의 뜨거운 손이

엄마의 딜리는 손이

동생의 조그만 손이

동무들의 굳은 손이

외딴 먼 곳에

아버지를 생각하여

엄마를 생각하여

동생을 생각하여

동무를 생각하여

고향을 생각하여

조국을 생각하여

외로이 홀린 너와

너희들의 피를

백배로 하여

천배로 하여

원쑤들의 가슴파기

최후로 말라 다할 때까지 퍼내일 것이다

사랑하는 나의 아이야

한밤중 어느

먼 하늘에 바람이 울어

새도록 잦지 않거든

머리가 절반 흰 아버지와

가슴이 종이처럼 얇아

항상 마음이 아프던

너의 엄마와

어린 동생이

너를 생각하여

잠 못 이루는 줄 알어라

사랑하는 나의 아이야

너 지금

어느 곳에 있느냐 (「너 어느 곳에 있느냐」 부분, 324~326면)

(2003)

3부

작가와 세계

총체적 인격과
작품

미당과 마광수의 사례

1

때로 오래된 것이 느닷없이 회귀한다는 느낌을 받을 때가 있다. 얼마 전까지 꽤 소란스러운 논란의 대상이었던 미당과 마광수 문학이 좋은 예다. 나는 친일이나 성자유주의 등의 쟁점을 이 글에서 다루고 싶지 않다. 그에 대해서는 적지 않은 입장이 개진되었다. 나는 좀 더 근본적인 문제에 주목하겠다. 작가의 '총체적 인격'과 작품의 관계다. 미당과 마광수 문학을 둘러 싼 논란에서는 진부한 시각이 다시 나타난다. 미당의 경우는 작품과 삶을 분리하는 작품물신주의의 입장이 그의 문학을 옹호하는 근거로 들먹여진다. 진부하다. 마광수의 경우는 그의 삶에서 나타난 어떤 '반체제적'(?) 태도를 다시 긍정적으로 평가하면서 그의 작품에 대한 온당한 평가를 가로막는다. 나는 이 글에서 이 문제의 의미를 다시 살펴보겠다. 결론을 당겨 말하자. 첫째, 작품과 삶은 긴밀히 연결된다. 둘째, 하지만 그때 말하는 '삶'은 좁은 의미의 정치관이나 세계관이 아니라 그것들을 아우르는 더 넓고 깊은 의미의 '총체적

인격'이다. 셋째, 작품과 삶은 밀접한 내적 연관성을 지니지만 그 둘은 직접적으로, 무매개적으로 연결되지는 않는다.

2

먼저 미당 논란을 둘러싼 텍스트 물신주의의 시각을 살펴보자. 내가 문학연구자·비평가로서의 훈련을 받았던 대학(원)시절의 교수들은 대부분 신비평New Criticism의 훈련을 받은 분들이었다. 신비평의 핵심 주장은 둘이다. 첫째, 작품은 작품 자체만을 내재적으로 이해해야 한다. 작품 외의 모든 것은 비평의 대상에서 제외된다. 작가, 역사, 사회, 독자, 맥락 등이 비평에서 배제된다. 이글턴의 예리한 지적에 따르면 신비평은 일종의 작품물신주의a reification of the literary text에 빠진다.* 오직 작품, 텍스트만이 중요하다. 이런 언급도 새겨둘 만하다.

한 개별 작가를 파고드는 전문적 연구는, 그것이 아무리 능숙하게 추구된다 하더라도, 바로 그 구조상 피할 수 없게 왜곡을 낳을 수밖에 없는데, 즉 실제로는 인위적으로 고립시킨 것에 불과한 것을 전체로 투사하는 총체성의 환각을 낳을 수밖에 없다. 현대 작가들이 이런 종류의 고립화를 촉발시킨다는 것, 즉 마치 하나의 '세계'에 귀의하듯이 비평가들이 자기네 작품에 철두철미 '귀의'하도록 촉발한다는 것은 그런 비평을 할 구실이 되기보다는

. . .

* Terry Eagleton, *Literary Theory*, Oxford : Basil Blackwell, 1983, p.44.

그 자체로 연구해 볼 만한 흥미로운 현상이다.*

신비평의 텍스트물신주의는 '텍스트'를 그 텍스트를 둘러싼 맥락들(작가, 현실, 역사, 독자 등)과 분리시켜 "인위적으로 고립"시킨다. 그런 고립은 텍스트의 내재적 독법immanent reading에 근거한다. 그 결과는 "총체성의 환각"이다. 결론적으로 "마치 하나의 '세계'에 귀의하듯이 비평가들이 자기네 작품에 철두철미 귀의"한다. 조심스러운 판단이지만, 지금 한국비평계가 미당을 대하는 태도에는 이런 "총체성의 환각"이 작동하고 있다.

둘째, 신비평의 시각에서 작품의 의미는 내재적으로 작품 안에 '객관적'으로 존재하므로 독자·비평가는 그 의미를 파악하기 위해 작품을 꼼꼼하게 읽어야 한다. 이른바 '세밀한 읽기close reading'의 비평이다. 나도 그렇게 작품을 읽는 법을 훈련받았다. 그 훈련에서 얻은 바도 적지 않다. 그러나 신비평이 득세했던 영국이나 미국에서 신비평의 영향력은 대개 1950년대로 끝났다고 본다. 그런데 신비평의 유령이 미당 시 담론에서 다시 출몰한다. 기이하다. 한편으로는 그 출현이 나름대로 이해는 된다. 그 세대의 교수나 비평가들은 그렇게 신비평적인 독법의 훈련을 받은 분들이니까. 문제는 이런 신비평적 태도, 특히 작품과 작가를 철저히 분리해 사고하는 태도가 일반 독서대중에게도 광범위한 영향을 미친다는 것이다. 단순하게 표현하면, 작가의 삶은 비록 졸렬할 수 있지만

• • •

* 프레드릭 제임슨, 김영희 역, 『변증법적 문학 이론의 전개』, 창비, 1984, 313면.

작품은 그렇지 않고 뛰어날 수 있다는 관점. 이런 케케묵은 신비평적 옹호의 입장이 마치 새로운 시각인 양 개진된다. 영국의 소설가 로런스D.H. Lawrence는 작가를 믿지 말고 작품을 믿으라는 유명한 언명을 남겼다. 나도 동의한다. 요는 삶과 작품의 관계이다.

그 둘을 분리하는 신비평적 관점은 폐기된 지 오래다. 많은 부연설명과 논증이 필요하지만, 내 입장은 이렇다. 삶의 치열성이 없으면 그런 작품도 없다. 오해 말기를. 삶의 치열성이란 고매한, 죄 없는 도덕군자의 삶을 말하는 게 아니다. 혹은 정치적으로 전위적인 이념의 문제도 아니다. 내가 아는 어떤 위대한 작가나 시인 중에 도덕군자는 없다. 혹은 그들 모두가 소위 정치적으로 진보도 아니었다. 그들 중 어떤 이들은 당대의 기준으로 볼 때는 오히려 반反도덕주의자들이었다. 이때의 반도덕주의는 당대의 도덕관에도 미치지 못했다는 뜻이 아니라, 그것과 충돌하고 넘어섰다는 것이다.

예컨대 한 여자를 평생 동안 사랑해서 그녀에게 구애, 혹은 스토킹했고, 심지어는 미련을 버리지 못해 그녀의 딸에게까지 구애했던 20세기의 가장 위대한 시인 중 한 명인 아일랜드 시인 예이츠W.B.Yeats의 삶과 문학이 좋은 예다. 그의 사적 삶은 도덕군자의 삶과는 거리가 멀었다. 하지만 예이츠의 삶과 문학이 보여주는 대로 이런 시인들은 자기만의 방식대로 자신의 시대를 치열하게 사유하면서 살았다. 우리가 문제 삼는 것은 예이츠의 사적 삶이 아니라 그가 역사적 존재로서 살았던 총체적 인격으로서의 삶이다. 거기에는 특히 반反식민운동에 관계했던 예이츠의 삶이 작품의 동력으로 작용한다. 그리고 그 삶이 작품에 표현된 견해와 사유가 중요하다. 현상학적 비평이 예리하게 밝혔듯이 비평의 대상은 사적 존재로서의 작가·시인의 견해나 인격이 아니라 작품에 표현된 정신, 마음, 사유다. 내가 아는 문학사의 뛰어난 작가나 시인들은 그들 시대의 핵심 과제나 모순을 회피하거나 거기에서 물러서지 않는다. 미사여구로 포장하지도 않았다. 그게 작가적 치열함이고 정직성이다. 여기서 정치적으로 보수냐, 진보냐는 큰 문제가 못된다. 치열함의 강렬도intensity만이 문제다. 자기 시대의 과제에 얼마나 정면으로 맞섰는가? 그게 문제다.

이런 비판들에 대해 미당 시의 옹호자들은 그의 시가 지녔다고 하는 '아름다움'을 말한다. 시의 미학주의다. 나는 이 자리에서 미당 시가 어떤 근거에서 아름다운가, 혹은 그렇지 않은가를 시 내적으로 분석하지는 않겠다. 그에 대해서는 이미 몇 편의 설득력 있는 분석과 비판이 제기되었으며, 나는 그 분석들에 기본적으로 동의한다.* 특히 임우기는 미당 시의 상세한 분석을 통해 아름다움이나 뛰어남을 당연한 것, 건드릴 수 없는 것untouchable으로 전제하면서 그것과 미당 개인의 인격적인 결함이나 정치적 오류를 분리하는 태도를 비판한다. 예컨대 이런 지적들이 눈에 띈다.

시는 시인의 생명활동의 구체적 산물이다. (…중략…) 미당은 불교정신

. . .

* 임우기, 「미당 시에 대하여」, 『그늘에 대하여』, 도서출판 강, 1996. 이하 인용 시, '임우기, 면수'로 표기; 구모룡, 「초월 미학과 무책임의 사상—미당 서정주 미학 비판」, 『시의 옹호』, 천년의시작, 2006; 장정일, 「미당이 남긴 얼룩」, 『시사IN』(2017.11.11).

의 드높은 세계를 설파하지만, 그 드높은 세계가 얼마나 구체적 현실의 삶을 무시한 것인지를 미당 시의 여백은 스스로 증명하고 있다. 다시 말하면, 미당 시는 시의 의미 내용상 세속과 역사를 외면한다는 뜻에서만이 비판이 될 것이 아니다. 세속적 삶의 역사에 대한 외면의 태도는 미당의 시학 구성 원리 자체에 깊이 간섭하고 있으며, 그런 시적 태도는 미당의 불교적 세계 관 속에 이미 자리 잡고 있는 것이다. 미당 시는 그 시학 자체로서 미당의 삶에 대한 태도를 고스란히 보여준다. (임우기, 214~215면)

이 시(『귀촉도』—인용자)의 주된 율격인 7·5조와 3음보 또는 4음보는 시 내용상의 미당 철학과 상호 작용하여 의미론적 상승·확산에 이바지하는 것이 아니라, 서로 헛돌고 있거나 율격의 정형화된 장식으로 떨어지고 있는 것이다. (…중략…) 7·5조와 3음보 또는 4음보의 음악성이란 산문을 그냥 행갈이하고 토막 내기 위해 차용된 옛스런 음악 형식이지, 그 자체가 삶의 구체적 과정을 뜨겁게 통과함으로써 일어나는 신명으로서의 음악성은 아닌 것이다. (임우기, 224면)

그 미당 시어의 아름다움은 삶의 어떤 사회적 혹은 역사적 경험의 세계 와 살아있는 관련을 포기하고 있다. 그 음향적 아름다움은 세속적 삶에 대한 진지한 자세에서 나온 신명의 아름다움이 아니라, 언어의 세공과 공작을 통한, 잘 닦여진 고풍의 사물과 같은 아름다움으로 느껴질 때가 많다. (임우 기, 238면)

미당 시를 옹호하는 주장은 이렇게 요약된다. "정치는 짧고 예술은 길다." 미당 시의 옹호자들이 보기에 그의 시는 "길게" 지속될 아름다움을 지녔다. 그러니 미당의 정치적 오류는 눈감아야 한다. 그래서 이런 동의할 수 없는 비유를 든다.

> 큰 잔디밭에 잡초 서너 포기 있다고 잔디를 다 뒤집는 일은 있어서는 안 된다. 개인적으로 문학이 어떤 사람의 삶과 100% 분리된다고는 생각지 않는다. 하지만 그래도 인간은 굉장히 복잡한 존재라는 것을 고려해야 한다.

케케묵은 '인문주의적 독법humanist reading'이다. 미당 시가 "큰 잔디밭"인지도 의문이고, 그의 정치적 오류가 "잡초 서너 포기"에 불과한지도 의문이다. 그런데 이들은 미당 시의 문학적 성취는 마치 건드릴 수 없는 진리인 것처럼 간주한다. 그런가? 문학사에 영구불변한 고전이나 걸작은 없다. 문학사는 재평가의 전쟁터다. 되풀이 말하건대 핵심 문제는 미당 시의 예술성이 뛰어나다고 주장하는 근거다. 시의 외부적 요소들은 일단 논외로 하더라도 미당 시는 시 자체로서만 내적으로 판단하더라도 아름다운가? 아름답다는 것의 기준은 무엇인가?

신영복은 어느 글에선가, '아름다움'의 어원은 '앎'이라고 적었다. 아름다움은 앎·알음다움과 관련된다. 아름다움은 곧 제대로 아는 것이다. 그 대상에는 앎의 주체와 대상이 모두 포함된다. 아름다움은 곧 자신과 세계에 대한 정확한 인식과 파악의 깊이다. 빈약한 사유를 가리는 미사여구를 구사하는 것, 기발한 표현과 문장을 창안하는 것, 독특한 비유법과 상징법을 사용하는 것이 아름다움의 몸체가 아니다. 물론 그런 것들도 포함된다. 말을 갖고 노는 재주는 시의 중요한 구성 요소다. 그러나 이런 '언어적 장치'들은 아름다움의 곁가지다. 아름다움은 곧 깊은 앎의 문제다. 미당 시는 그런 아름다움에 이르는가? 그렇지 못하다.

나는 한국문학의 큰 공백으로 (문학적) 지성의 빈곤을 지적해 왔다. 미당 시도 예외는 아니다. 한국문학 공간에서 통용되는 문학에 대한 커다란 오해의 하나는 문학을 좁은 의미의 감각과 감성의 영역으로만 간주하는 것이다. 그렇지 않다. 문학의 핵심은 지성과 사유의 문제다. 지성의 빈곤함은 말의 재주로 가릴 수는 없다. 언제부터인지 시의 아름다움을 단지 말재주와 기교, 혹은 정서와 감흥의 측면에서만 바라보는 편향이 한국문학 공간에 생겼고 뿌리를 내렸다. 그런 편향에는 미당과 그의 '신화'를 문단과 문학교육계에 전파하고 확립한 이들의 영향이 적지 않다. 어떤 평자들은 "감각의 끝 간 데를 매력적으로 보여주는" 시라고 미당 시를 높이 평가한다. 일단 미당의 시가 과연 그런지 의문이다. 더 나아가 미당 당대의 백석이나 이용악, 정지용, 김소월과 비교해도 그렇다. 영국시에서 그런 감각의 깊이를 보여주는 대표자격인 키이츠[John Keats]의 시를 비교해서 읽어 보면 그 감각성이라는 건 언제나 사유의 깊이와 연결된다. 그런데 미당 시의 옹호자들은 시에서 감각과 사유를 따로 떼어놓으려 한다. 그러나 뛰어난 시는 "감각화된 사유"(T. S. 엘리엇)를 표현한다.

미당 시는 감각화된 사유를 표현하는가? 정확한 감정의 포착은 삶의 깊이를 꿰뚫는 지성을 요구한다. 좋은 시는 사이드[Edward Said]가 말하는 의미에서 세속성secularity의 시다. 좋은 시는 섣부른 초월이나 득도, 해탈을 떠들지 않는다. 초월, 득도, 해탈의 포즈에서 정확한 감정의 포착은 불가능하다. 미당 시의 근본적 한계 지점이다. 삶은 세속적이며, 그 세속성이 좋은 시의 조건이다. 그렇게 시인의 삶과 시는 연결된다. 내가 되풀이해서 미당의 삶은 비록 치욕스러웠지만 그의 시가 아름답고 뛰어나다고 옹호하는 이들에게 그런 주장의 구체적 근거를 요구하는 이유다. 어떤 점에서 미당 시는 빼어나며 한국시의 역사에서 일종의 전범이 될 수 있다는 것인가? 아름다운 글이나 시는 미사여구나 미문으로 장식된 글이 아니다. 다루는 대상과 사안의 핵심을 꿰뚫는 정확한 글이다. 아름다운 글은 정확한 글이다. 통찰의 글이다. 그리고 정확함과 통찰은 언제나 깊은 사유와 지성을 요구한다. 그러므로 비평의 과제는 작가와 작품을 안이하게 분리해서 사유하지 않고 삶과 사유의 관계, 그 관계 사이에 존재하는 수많은 매개 변수들의 역할을 구체적으로 분석하면서 그 관계의 의미를 해명하는 것이다. 삶과 글쓰기의 관계를 다시 사유하는 것이다. 미당 시도 예외가 될 수 없다.

3

　　삶과 작품, 사유와 글쓰기의 관계를 살피는 문제는 얼마 전 비극적으로 생을 마감한 마광수의 경우에도 해당된다. 뜻밖의 죽음은 마광수 문학의 공과에 대한 논란을 다시 불러일으켰다. 죽은 이에 대한 추모는 소중한 것이지만, 그런 추념의 글들이 마광수의 사유와 글에 대한 엄정한 (재)평가의 몫을 대신할 수는 없다. 첫 번째 질문. 일부 평자들이 주장하듯이 마광수의 삶과 사유는 그렇게 혁신적이고 반체제적인가. 어느 추모의 글은 이렇게 그의 사유를 요약한다.

> 마 교수는 "한국에는 유미주의 혹은 탐미주의의 역사가 없다"고 말하면서 "문학은 한마디로 말해 '상상력의 모험'이며, 금지된 것에 대한 도전이다. 문학은 도덕적 설교가 아니고 당대의 가치관에 순응하는 계몽서도 아니다. 문학은 언제나 기성도덕에 대한 도전이어야 하고 기존 가치 체계에 대한 창조적 불복종이요, 창조적 반항이어야 한다"고 말했다. (…중략…) 마광수는 이렇게 답한다. "무거운 문학도 중요하지만, 가벼운 문학도 중요합니다. 『사라』 같은 경우는 그걸 실험한 건데, 그 가벼움을 경박하다고 보더라고요." 강준만 교수 역시 『사라』를 읽으면서 처음에는 언어의 천박함에 놀랐다고 한다. 그러나 그 후 "마광수가 왜 좀 어려운 말 몇 마디 집어넣거나 말을 이리저리 비비 꼬고 돌리는 따위의 수사법을 사용해 좀 더 철저하게 문학을 위장하지 않았는지, 저는 뒤늦게 이해를 했습니다. 그가 적지 않은 사람들이 천박하게 생각할 것이 틀림없는 상스러운 직설법만 썼던 이유는 한국의 일부 문인들이 두껍게 뒤집어쓰고 있는 '문학신성주의'에 대한 도전일 수도 있다는 걸 비로소 깨닫게 된 것입니다"라고 말했다.*

몇 가지 표현이 눈에 들어온다. 유미주의, 탐미주의, 금기된 것에 대한

• • •

* 「모두가 혐오한 마광수」, 『한겨레21』 1184호.

도전, 도덕적 설교, 창조적 불복종, 가벼운 문학, 무거운 문학, 언어의 천박함, 문학 신성주의에 대한 도전. 하나하나가 쟁점을 품고 있는 개념들이다. 이 글에서 이 개념들이 품고 있는 쟁점을 마광수의 사유와 연결해서 전면적으로 검토할 수는 없다. 그러나 소결론을 미리 짓자면, 마광수의 주관적 의도와는 상관없이 그의 글쓰기는 이런 쟁점을 치열하게 다루는 수준에 이르지 못했다. 나는 여기서 굳이 그의 사유를 예컨대 영문학에서 성^{sexuality}의 문제를 깊이 있게 다뤘다고 평가되는 로런스^{D.H. Lawrence}와 비교하고 싶지는 않다. 그런 비교에 대해 아마도 마광수는 '무거운 문학'의 기준으로 '가벼운 문학'의 가치를 폄하하는 것이라고 반론을 펼 것이다.

내 판단으로는 마광수의 사유는 한마디로 일종의 '성해방주의'나 '성자유주의'에 머문다. 나는 일부의 비판자들처럼 마광수가 주로 활동했던 시대의 엄혹했던 정치사회적 정황을 들먹이면서 그의 글이 보여주는 비시대성, 비현실성을 비판하고 싶지는 않다. 사회적 목소리의 요구가 강한 시대에도 마광수처럼 개인주의적인 성해방의 목소리를 낼수 있다. 그건 문제가 안 된다. 어느 시대든 독자적인 사유의 필요성은 필요하며, 아무리 무거운 시대라 할지라도 성^性문학의 필요성은 주장할수 있다. 그리고 그런 발언을 사회적 압력으로 억압하는 것은 바람직하지 못하다고 생각한다. 요는 그 목소리의 수준이다. 나는 그 수준을 문제 삼고 싶다. 여기에 마광수의 개인적 비극이자 사회적 비극의 요체가 놓여 있다.

나는 여기서 오래전 있었던 『즐거운 사라』의 법적 논란을 사례로서 다시 살펴보고 싶다. 그의 죽음이 이 논란에 대한 정확한 평가를 다시 요구하는 면도 있다. 마광수든 누구든, 그 문학이 가벼운 문학이든 무거운 문학이든 문학에 금기는 존재할 수 없다. 문학의 평가는 문학의 공론장에서 자유로운 논의를 통해 평가되어야 한다고 나는 믿는다. 그런데 마광수 문학은 문학의 공론장이 아니라 성적 스캔들로 법적 다툼의 대상이 되었다. 이 지점이 문제였다. 문학적 논란의 대상이 되고 엄정한 평가를 받아야 할 작품이 졸지에 '법적' 논란의 대상이 되어버린 희비극. 나는 이렇게 된 것이 마광수 씨 본인에게도 자신의 작가적 능력을 객관적으로 검증할 좋은 기회를 놓친 아쉬운 일이었다고 지금도 판단한다. 사람은 좋은 일에서도 배우지만 나쁜 일에서도 배우는 법인데 마광수는 나쁜 일로 인해 배울 기회를 놓쳤다는 말이다.

그런 법적 다툼이 아니라 문학적 공론장에서 자유롭게 논의가 이뤄졌다면, 마광수의 작품들은 독서 시장의 공론장에서 책의 수준이 엄정하게 검증되었을 것이다. 그런데 공권력이 개입해서 그를 구속하고 책을 판금하는 바람에 글쓰기의 자유라는 고상한 주제로 초점이 바뀌어버렸다. 그리고 마광수 본인도 자신이 쓴 책의 수준을 객관적으로 검증받을 기회를 잃고 스스로를 탄압받는 작가로 오인하게 되었다. 여기에 다시 마광수의 비극이 있다. 억압적 사회가 만들어낸 비극이다.

그렇다면 마광수의 글, 작품의 수준은 어떤가? 자신의 문학이 성해방과 성적 자유를 지향한다는 작가의 의도를 제쳐두고(비평에서 의도는 중요하지 않다) 작품 자체의 내적 가치를 살펴보면 마광수의 글쓰기는, 특히 그의 소설은 앞서 인용한 기사에 나오는 "언어의 천박함", "상스러운 직설법"의 좋은 예다. 그런 천박함을 언어적 "실험"이라거나 "가벼운 문학"이라고 얼버무릴 일이 아니다. 예컨대 『즐거운 사라』의 글과 언어 사용의 수준이 저급한 포르노문학의 수준이라는 것은 책을 조금만 읽어 보면 알 수 있다. 그런데 이런 언어의 문제는 단지 스타일의 문제가 아니라는 것을 그가 주장하는 '성적 해방과 자유'의 의미가 무엇인지를 살펴보면 알 수 있다. 그는 성의 문제를 단지 육체의 문제, 그것도 조각조각 난 물신적 대상으로 환원시킨다. 포르노그라피의 전형적 특징이다. 내가 그의 작품을 포르노문학이라고 판단한 이유다. 그런 작품이 필요 없다는 게 아니다.

마광수의 지적대로, 열린 사회에는 온갖 종류의 문학들, 무거운 문학 혹은 가벼운 문학이 존재할 수 있고 그래야 한다. 포르노문학도 존재할 수 있다. 그러나 포르노문학을 마치 성해방의 문학인 양 호도해서는 곤란하다. 이 지점에서도 작가의 총체적 인격, 사유와 지성이 작품의 내용과 형식, 언어와 맺는 밀접한 관계가 드러난다. 마광수가 했던 몇몇 발언은 그 지점을 드러낸다. 마 교수는 "몸짱·얼짱 열풍은 정신이 육체를 지배해 온 정신우월주의에 대한 반동"이라며 "몸의 시대가 오는 것은 솔직해져 가는 징후"라고 주장했다. 나아가 그는 "사랑은 상대방의 외모에 대한 관능적 경탄으로서, 마음을 보고 반한다는 것은 거짓말"이라고도 말해 외모가 사랑의 중요한 조건이라고 강조하기도 했다.* 이런 주장에 대해 '외모지상주의'라고 감정적으로 반발하는 것은 제대로 된

• • •

* 「마광수 "마음 보고 반한다는 말은 거짓말"」, 『연합뉴스』, 2005.8.12.

대응이 못된다. 마광수가 개인적으로 외모를 지상 최고의 가치라고 생각하든 말든 그건 남이 뭐라고 할 바가 아니다. "상대방의 외모에 대한 관능적 경탄"이야말로 사랑의 본질이라고 주장할 수도 있다. 그리고 이런 외모 예찬을 "정신이 육체를 지배해 온 정신우월주의에 대한 반동"이라고 주장할 수도 있다. 그건 일종의 취향이고 미적 판단이라고 옹호할 수도 있다. 남의 취향에 대해 왈가왈부하지 않는 사회가 열려있는 사회다.

그러나 육체물신주의자이자 성해방주의자로서 마광수가 놓치고 있는 것은 그런 성적 취향이나 그가 그렇게 옹호했던 육체의 물신주의가 자연적인 것이 아니라 사회문화적으로 배치되고 훈육된다는 사실이다. 현대 자본주의 사회에서 "육체" 가꾸기가 갖는 의미가 무엇인지를 작가이자 문학 교수로서 마광수는 좀 더 숙고했어야 하지 않을까. "몸의 시대, 살빼기와 성형 열풍"에 대해 "이제는 예쁜 애들이 공부 잘해요", "안 예쁜 것은 게으른 탓"이라는 등의 '외모지상주의'를 마광수는 주장한다. 이런 발언도 있다. "성형수술을 하면 자신에 대해 만족하고 활력이 생겨서 일도 잘하게 되고 결국 팔자가 바뀐다"면서 "성형도 치료이므로 의료보험 처리가 돼야 한다"는 소신을 펼쳤다.* 예쁜 여자가 최고라고 생각하든 말든 그건 마광수 본인의 취향이니 남이 뭐라고 할 바 아니다. 자신의 취향이 남에게 피해를 주지 않는 이상 어떤 타입의 이성이나 동성을 좋아하든 문제가 될 수 없다. 그런데 문제는 자신

...

* 「마광수 "이제는 예쁜 애들이 공부도 잘해요"」, 『오마이뉴스』, 2005.8.12.

의 취향을 별 근거도 없이 남에게 강요할 때 생긴다. 외모지상주의에 치우친 자신의 개인적 믿음의 토로에 불과하다. 문학은 주장의 강변이 아니라 그 주장을 뒷받침하는 사유의 표현이다. 마광수 문학의 내용, 형식, 언어가 보여주는 수준은 그의 사유를 반영한다. 이런 비판은 그가 개인적 삶에서 어떤 사회적 억압과 배제를 당했는가의 문제와는 별개로 따질 문제다. 그가 생활인이자 작가로서 겪었던 고초와 어려움은 개인적, 사회적 비극이었다. 그 점에 대해서는 나도 안타깝게 생각한다. 마광수가 닫힌 사회의 희생자였다는 것은 분명하다. 그러나 논의가 거기서 그쳐서는 안된다.

그런데 그의 죽음 이후에 쏟아져 나온 발언들, 나로서는 납득할 수 없는 일방적 찬사의 말들은 이런 구분을 무효화시킬 위험이 있다. 이런 발언들은 그가 생전에 겪었던 삶의 고통으로 그의 글쓰기에 대한 엄정한 평가 문제를 덮으려고 한다. 비평의 공론장에서는 위험한 태도다. 마광수가 '의도'했던 '성적 해방과 자유'의 문학은 그 자체로 높이 평가할 수 있다. 작가는 언제나 현실과 불화하는 존재이기 때문이다. 작가는 마광수의 지적대로 종종 반反도덕적이고 반反체제적이다. 깊이 공감한다. 그러나 역시 오해해서 안 되는 것은 그런 반도덕성, 반체제성은 현실에서 주어져 있는 도덕과 가치관에도 미치지 못하는 반도덕의 문제가 아니라는 점이다. 문학에서 용인되고 가치 있는 것은 반도덕anti-morality이 아니라 현실의 도덕성의 체계를 파괴하고 넘어서는 초도덕trans-morality의 문제다. 문학예술에서는 미달이 아니라 과잉만이 용인된다. 미당과는 다른 의미에서 마광수 문학의 문제는 엘리엇이 말했던 정확한 사유, 정확한 감각이 부족하다는 것이다. 정확하지 않은 사유가 정확하지 않은 감정의 표현을 낳으며, 다시 천박한 언어로 이어진다. 문체(스타일)는 사유의 표현이기 때문이다. 문체는 단지 글재주의 문제가 아니다. 미당과 마광수의 사례는 지금의 비평공간에서 삶과 사유, 사유와 작품, 사유와 언어, 그리고 지성과 감각, 총체적 인격과 작품의 관계를 다시 묻게 한다. 그들은 문학사의 모델이되 반면교사의 모델이다. (2017)

'광장 이후'를
상상한다

김해자, 백무산의 시를 읽으며

1. 광장과 시

'촛불 광장' 이후의 한국사회와 문학이 어떤 길을 갈 것인가? 아마 그 누구도 연인원 천만이 모인 '광장'의 의미를 포괄적으로 설명하고, 향후 진로를 명쾌하게 제시할 수는 없을 것이다. '광장 이후'의 한국사회가 긴급히 해결해야 할 사안에 대해서 여러 주장이 나온다. 선거제도 개혁, 특히 정당명부 비례대표제 도입, 선거제도 개혁을 전제로 시민이 참여하는 개헌, 정치권만이 아니라 추첨으로 뽑힌 시민들이 참여하는 시민의회의 구성, 정경유착 해소, 재벌개혁, 검찰, 사법, 행정 등에 만연한 특권과 기득권 구조의 해체, 중앙집권 구조를 깨는 지방분권과 지방자치 개혁 등.* 이 글은 광장 이후를 상상하는 한 시론이다. 나는 김해자 시인과 백무산 시인의 시**를 기둥으로 삼아 그 시들이 촉발하는

• • •

* 하승수, 「미완의 시민혁명은 이제 그만」, 『녹색평론』 152, 2017.1~2 참조.
** 김해자, 「여기가 광화문이다」, 『녹색평론』 152, 2017.1~2; 백무산, 「광장은 비어 있다」, 『11월』, 삶창, 2017.

단상들을 적겠다. 때로는 한편의 시가 한 시대의 초상을 제시한다. 예컨대 19세기 초반 영국 산업자본주의 정착기의 참상과 정치권력과 종교권력의 타락을 보여준 블레이크^{William Blake}의 시 「런던^{London}」이 그렇다. 김해자, 백무산 시인의 시도 그렇다.

2. 이질적인 목소리들

유모차도 오고 휠체어도 왔다.

퀵서비스도 느릿느릿 중절모도 왔다.

촛불을 들고 실업자도 잠시 실업을 잊고 왔다 누군가는 오늘도

굳게 닫힌 일터를 두드리다 왔고 누군가는 종일 서류더미에 묻혀 있다

오고

장사하다 오고 고기 잡다 오고 공부하다 오고 놀다 오고 콩 털다 오고

술 마시다 왔다. (김해자, 1연)

시민들은 왜 광장에 오는가? 사태의 해석은 언제나 사건에 뒤처진다. 해석은 미네르바의 부엉이다. 해석이라는 부엉이는 밤이라는 현실이 닥쳐온 뒤에야 날 수 있다. 다양한 세대, 직종, 성별의 차이를 지닌 시민들*이 모이는 정서와 감성의 구조를 총괄적으로 설명해낼 초월적 위치는

* 나는 국민이라는 국가주의적 개념이 아니라 시민을 인민주권의 표현으로 사용한다. 여기서 시민은 단지 도시의 거주민이 아니라 민주주의 체제의 주권자 일반을 가리킨다. 민주주의 체제에서 시민, 인민, 국민의 구별에 대해

없다. 단지 시민들의 공통적 요구사항은 있다. 위임된 권력자의 즉각 퇴진, 탄핵 인용 요구 등. 그러나 동시에 광장에는 수많은 이질적인 목소리가 나온다. 광장은 열린 곳이다. "유모차"와 "휠체어", "퀵서비스", "중절모", "실업자", "장사하다 오고 고기 잡다 오"는 시민들의 주장은 몇 개의 정치적 틀로 수렴될 수 없다. 여기에서 '광장 이후'의 어려움이 발생한다. 시민들이 촛불을 들고 밤의 광장을 일시적으로 차지하지만, 낮의 광장은 다르다.

아니, 이렇게 말하는 것도 무리가 있다. 밤의 광장에서 생성되고 실험되는 시민적 역량이 낮의 일상을 사는 의식과 생활에도 영향을 미친다. 그렇지만, 밤의 광장과 낮의 일상이 구분되는 것도 사실이다. "광장의 함성은 단일한 한 덩어리가 아니라 많은 이질적인 분자들이 모인 현상"(『11월』, 5면)이다. 그러므로 "이질적인" 목소리를 경청하는 것이 필요하다. 설령 그 목소리들이 귀에 거슬릴지라도.

이는 청소년에게만 국한된 시선이 아니다. 장애인, 여성, 노인에게도 이와 같은 비난이 쏟아진다는 것을 느꼈을 때, 나는 장애인이자, 여성이자, 청소년으로서 민주주의와 자유 외에도 또 다른 것들과 다시 맞서 싸워야 한다는 것을 알았다. 그때 찾아온 무력감, 그 무력감은 세월호 사건이 막 발생했을 즈음의 그것과는 또 다른 것이었다. '싸우고 있지만, 지금 가장 도드라진 이 하야 정국의 문제가 해결되고 나면 분명 나는 또 이 약자의 포지션에서 '우리를

· · ·

서는 오길영, 「민주주의의 위기와 문학의 정치」, 『힘의 포획』, 산지니, 2015, 21면 참조.

그만 괴롭혀 주세요'라고 외쳐야만 할 것이다.' 이런 결론에 내포된 두려움
이 무력감을 점점 키우고 있었다. 여성 혐오(Misogyny), 청소년 혐오(Ageism),
장애인 혐오(Ableism), 성소수자 혐오(Homophobia). (『11월』, 39면)

민주주의의 다수성 원리는 다수가 언제나 옳기 때문에 나타난 것이 아
니다. '내'가 속한 쪽이 다수라고 해서 소수를 억압하는 것은 열린 광장
과 배치된다. 고민할 것은 민주주의의 외연을 확장하여 "약자의 포지
션"이 소외되지 않도록 하는 것이다. 참정권, 인권 투쟁이 잘 보여주듯
이 근대민주주의 역사는 주권자로서 시민의 범위를 확장하는 과정이었
다. 그러므로 "우리가 이 광장에 모인 이유는 / 그 무엇보다도 광장은 차
별을 지우고 / 평등을 열어놓기 때문이다 / 모든 수저를 한곳에 녹이는
뜨거운 용광로이기 때문이다".(백무산) 광장의 "평등"은 기계적인 법적
평등이 아니다. 다양한 시민들의 차이를 고려한 평등이다.

    똥치 골목, 역전앞, 꼬방동네, 시장 골목, 큰집 등등 열악한 삶의 존재 조
    건에서 키워 온 삶의 철학을 부도덕한 것으로 경멸하거나 중산층의 윤리의
    식으로 바꾸려는 여하한 시도도 그 본질은 폭력이고 위선입니다.[*]

평등의 광장은 다양한 "삶의 존재 조건에서 키워 온 삶의 철학"을 인
정하는 "뜨거운 용광로"이다. 시민들이 광장에 오는 이유는 국가의 붕

• • •

  [*] 신영복, 『감옥으로부터의 사색』, 돌베개, 1998. 1984년 8월 8일 자 편지.

괴를 느꼈기 때문이다. 세월호 참사에서 국가는 시민의 생명을 지키지 못했을 뿐 아니라 그럴 의사도 없었다는 것이 밝혀지고 있다. 단 한 명일지라도 시민의 생명을 경시하는 국가는 악이다.

> 블레이크의 진짜 신념은 한 문장으로 압축된다. '살아 있는 모든 것은 신성하다.' 토마스 아퀴나스도 블레이크에게 전적으로 동의하는 쪽이었다. (…중략…) 아퀴나스에게 악이란 결핍이며, 부정이고, 결함이며, 상실이다. 악은 일종의 기능 부전이자 존재 심층부의 결함이다.[*]

악한 자들은 텅 빈 존재들hollow men이다. 존재의 결핍이 악으로 이끈다. 악인은 "존재 심층부"에서 생명력을 상실한 자들이다. 지금 국정농단과 헌정훼손의 부역자들에게서 확인하는 모습이다. 그들은 괴물이다.

> 어떤 고대사상에서 쓰이던 '괴물'이라는 단어의 가장 중요한 의미는 '다른 사람들하고 완전히 무관한 존재'다. 인간은 실제로 자기 결정 능력을 어느 정도 성취할 수 있다. 그러나 이런 성취는 같은 종에 속하는 다른 인간에게 더 깊이 의존하는 맥락 안에서 기능할 뿐이다. 다른 사람에 의존하기야말로 인간을 인간이게 만드는 토대다. 그러나 악은 바로 이런 의존을 거부한다. 순수한 자율성이야말로 악의 꿈이다. (『악』, 22면)

• • •

[*] 테리 이글턴, 오수원 역, 『악』, 이매진, 2015, 56면. 이하 『악』으로 약칭하며 인용 시, '약칭, 면수'로 표기한다.

권력과 재력을 더 많이 가질수록 세상을 자기 마음대로 할 수 있다고 믿는다. "순수한 자율성"의 욕망이다. "유명한 슈퍼스타들처럼 많은 부자와 권력자들은 어느새 자기가 불멸하는 난공불락의 존재라고 믿게 된다."(『악』, 187면) 이런 착각은 민주주주의 정신인 소통과 연대와 충돌한다.

3. 평등의 실험

우리가 이렇게 광장에 모인 것은 무엇 때문인가?
기울어가는 대한민국호에서 가만히 있을 수 없기 때문이다.
가만 있지 않겠다와 더 이상 가만두지 않겠다는 뼈저린 다짐이다.
기울어가는 배에서 가만히 있으라는 불의한 명령을 응징하기 위해서다.
내가 든 촛불은 불의와 탐욕과 거짓이 일용할 양식인 자들에게
더 이상 우리의 주권을 맡기지 않겠다는 명예선언이다.
대한민국은 민주공화국, 국민이 곧 나라의 주인이므로.
어느 누구도 어느 누구보다 높지 않으므로. (김해자, 2연)

시인은 다시 묻는다. 왜 광장에 모였는가? "기울어가는 대한민국호"는 세월호 참사를 상기시킨다. 참사 후 1,000일 동안 되풀이해서 묻는 질문. 국가는 어디 있었는가? 이때 국가는 국가권력이나 정권이 아니다. 국가의 구성 요소는 시민, 영토, 주권이다. 민주공화국에서 주권은 시민에게 속한다. 행정, 입법, 사법 권력은 국가의 뿌리인 시민들의 주권을

위임받은 대리권력일 뿐이다. 대의민주주의의 역설은 대리권력자들이 자신들의 권력 유지를 국가안보와 동일시한다는 점이다.

나는 '애국주의'를 싫어하지만* 군이 애국의 대상을 말하자면 그 대상은 국가권력이 아니다. 민주주의 국가에서 용인되는 애국주의는 헌법적 애국주의(하버마스)뿐이다. 민주헌법에 충성하는 것이 애국주의의 유일한 근거다. 이 점을 잊을 때 대리권력이 시민들의 생명을 지키기는커녕 "기울어가는 배에서 가만히 있으라는 불의한 명령"을 내리는 일이 벌어진다. 그때 "불의와 탐욕과 거짓이 일용할 양식인 자"들이 '공무'를 참칭하게 된다. 그렇다면 "더 이상 우리의 주권을 맡기지 않겠다는 명예선언"은 어떻게 가능한가? 민주공화국에서 주권의 소재지를 재확인하는 것을 넘어서 국가의 존재 근거를 근본적으로 되물어야 한다.

사회나 국가를 실체화하는 집단주의나 국가주의에 빠지지 않으면서, 자율적이고 주체적인 개인들과 그들의 상호 관계와 상호 작용으로 구성되는 사회 또는 국가를 동시에 포착할 수 있다. 국가의 개인들이 아니라 개인들의 국가라는 사회학적 논리가 독일연방공화국 헌법이다. 이 헌법은 헌법 전체의 성격을 규정하는 제1조 제1항에서 국가가 아니라 인간에 대해서 말하고

. . .

* 민주주의의 기본정신은 국가주의나 애국주의가 아니라 개인주의다. 국가는 개인의 자유와 평등을 보장하기 위한제도에 불과하다. 조이스의 『율리시스』에서 아일랜드 주둔 영국군 병사에게 하는, 식민지 아일랜드의 젊은 지식인/작가인 스티븐의 말이다. "너는 너의 조국을 위해 죽는 거야. 상상해봐. (…중략…) 난 자네에게 다음과 같은 일을 바라지는 않아. 그러나 나는 이렇게 말해:나의 조국은 나를 위해 죽어 달라고. 지금까지 쭉 그랬어."(James Joyce, *Ulysses* (1922), eds. Hans W. Gabler. et al., New York : Vintage, 1986, p.482)

있기 때문이다. '인간의 존엄성은 침해할 수 없다. 이 존엄성을 존중하고 보호하는 것이 모든 국가권력의 의무이다.'[*]

국가의 뿌리는 "존엄성"과 "신성한 생명"(블레이크)을 지닌 시민이다. 시민을 "존중하고 보호하는 것"이 국가의 의무다. 이런 의무를 다하지 못하는 국가는 존재할 이유가 없다.

물신주의가 지배하는 한국사회에서 윤리는 죽은 개 취급당한다. 그러나 광장의 요구들이 단지 특정인의 처벌이나 정권 교체에 머무는 것이 아니라, "어느 누구도 어느 누구보다 높지 않"은, 근본적인 사회적 재편이라면 권력과 재력 등의 물신주의를 대체할 사회적 가치를 고민해야 한다. 시민적 공동체가 문제다.

본다는 것, 관계 있다는 것, 굉장히 중요합니다. 사람과의 관계가 단절된다는 것, 이것은 엄청난 일이라고 생각해요. 오늘날 자행되는 차마 못할 짓들이 대부분 보지 않기 때문에 생기는 일입니다. 서로 관계없기 때문이지요.[**]

어떤 이들은 동료 시민들의 참사를 목격하고서도 "차마 못할 짓"을 한다. 예컨대 아이를 잃고 단식농성을 하는 부모들 앞에서 '폭식투쟁'을 하는 이들. 한국사회의 핵심 문제가 여기 있다. 정치권력을 교체하고 헌

• • •

* 김덕영, 『국가이성비판』, 다시봄, 2016, 210면. 이하 『국가』로 약칭하며 인용 시, '약칭, 면수'로 표기한다.

** 신영복, 『유고집 – 냇물아 흘러흘러 어디로 가니』, 돌베개, 2017, 49면. 이하 『유고』로 약칭하며 인용 시, '약칭, 면수'로 표기한다.

법과 사회적 제도를 실질적 민주주의에 걸맞게 바꾸는 것은 필요하다. 그러나 관건은 그 제도의 운영자들, 대리권력의 심리 구조다.

바로 이 참지 못하는 마음, 다른 사람의 아픔을 참지 못하는 '불인인지심(不忍人之心)'이야말로 사회의 가장 중요한 속성입니다. 이것이 없는 사회에서는 '차마 못할 짓'이 얼마든지 자행될 수 있는 것이지요. 얼굴 없는 생산과 얼굴 없는 소비, 상품교환 관계가 인간 관계의 기본인 사회가 곧 자본주의 사회입니다. 그리고 자본주의 사회의 온갖 사회적 비극의 원인은 바로 인간 관계가 황폐해지는 데서 비롯되는 것이라 생각합니다. (『유고』, 356면)

광장의 요구들은 단일한 목소리로 동질화될 수 없다. 그런 점에서 제도권 정치와 시민사회의 위계적 소통 구조도 바뀌어야 한다.

진정한 화(和)는 화(化)이어야 하기 때문이다. 막히면 변화해야 하고, 변화하면 소통하게 되고, 소통하면 그 생명이 오래간다(窮則變 變則通 通則久). 변화의 의지가 없는 모든 대화는 소통이 아니며, 또 변화로 이어지지 않는 소통이란 진정한 소통이 아니다. 상대방을 타자화하고 자기를 관철하려는 동일성 논리이며 본질적으로 '소탕'인 것이다. (『유고』, 378면)

시인의 말대로 "민주공화국, 국민이 곧 나라의 주인이므로 / 어느 누구도 어느 누구보다 높지 않으므로" 발언과 소통에서 위계는 없다. 광장의 실험은 평등의 실험이다. 광장은 공론의 장이다. 요는 그런 실험이 촛불이 밝혀진 밤의 광장에서만이 아니라 일상적인 시민들의 삶 속에서 지속적으로 실현되는 것이다. 일상적 민주주의의 착근이 과제다. 광장의 '집단 지성'은 더 깊이 일상의 민주주의에 뿌리 내려야 한다.

거대담론도 사라지고 존경했던 사람들의 추락도 많이 보고 하니까 뭔가 사표(師表)로 삼을 만한 대상을 성급하게 구하고 싶어 하는 마음은 이해가 가지만, 사표나 스승이라는 건 당대에는 존립할 수 없는 겁니다. (…중략…) 집단 지성 같은 게 필요하고 집단 지성을 위한 공간을, 그 진지를 어떻게 만들 건가가 앞으로의 지식인들이 핵심적으로 고민할 과제예요.[*]

4. 비어있는 광장

우리가 가만히 있으면…
우리가 가만히 있으면 대통령은 하던 짓을 계속할 것이고
의원들은 그냥 팔짱을 낀 채 아무 법도 통과시키지 않을 것이다.
우리가 가만히 있으면 그들도 그 자리에 가만히 앉아 있을 것이고
가난한 사람은 더 가난해지고 부자들은 더 뻔뻔하게 빼앗아갈 것이다.
가만히 있으면 '기억나지 않는다'와 '모른다'만 아는 파렴치범들에게
면죄부를 줄 것이다.

• • •

* 신영복, 『대담집 – 손잡고 더불어』, 돌베개, 2017, 317면. 이하 『대담』으로 약칭하며 인용 시, '약칭, 면수'로 표기한다.

가만히 있으면 그들은 앉은 자리에서 군대를 불러 국민에게 총구를 돌릴지도 모른다. (김해자, 3연)

시인은 묻는다. 대의민주주의의 의미에 대해. 주권자들인 "우리가 가만히 있으면" 대리권력은 위임된 권력을 자신들의 사적 이익을 위해 사용한다. 대의민주주의의 딜레마다.

그 권력은 침몰하는 배에 탄 승객들의 목숨을 구조하는 데 지향한 것이 아니라 자신의 권력을 유지하는 데 지향한 것이었다. 그것은 원래의 자리로 되돌아간 권력, 재귀적 권력이었다. 합리적인, 아니 정상적인 국가라면 그 권력이 국민을 향해야 한다. 그러나 재귀적 국가권력은 그 권력을 가진 자를 향한다. (『국가』, 34면)

지금 우리가 목도하는 것은 "권력을 가진 자"에게 충성을 맹세하는 "재귀적 국가권력"이다. 시민주권과 대의정치의 괴리는 선거 때 선명하게 확인된다. 시민은 "통치 역량을 행사하고 법을 제정하면서도 바로 자기 자신이 제정자인 이런 법과 명령에 스스로 복종하기도 하는 주권자이면서 동시에 신민인 어떤 집합체"가 된다. 시민은 법과 명령의 "제정자"이다. 그러나 형식적인 측면에서만 그렇다. 입법권은 시민의 대표자들인 국회에 양도된다. 법은 실질적으로 국회의 자의적 판단에 따라, 계급

* * *

* 에티엔 발리바르, 진태원 역, 『우리, 유럽의 시민들 – 세계화와 민주주의의 재발명』, 후마니타스, 2010, 344면.

과 계층의 다양한 역학 관계에 따라 만들어진다. 1987년의 민주화운동 이후 형식적 민주주의는 완성되었다고 여겨졌다. 그 믿음이 공허하다는 것을 이제 시민들은 참담하게 느끼고 있다. 민주주의를 논하면서 형식과 내용은 분리되어 다뤄졌다. 그러나 문학에서 형식과 내용이 분리될 수 없듯이 민주주의에서 형식과 내용은 분리될 수 없다. 내용의 빈곤은 형식의 빈곤에 따른 것이고 그 역도 마찬가지이다. 지금 민주주의가 위기라면 내용의 빈곤 때문만이 아니다.

정당민주주의로 표상되는 대의민주주의라는 형식이 문제이다. 대의제는 민주주의를 실질적으로 과두제나 귀족정으로 축소시킨다. 물어야 할 질문은 이렇다. 당신들의 민주주의는 얼마나 시민의 통치에 부합하는가? 현실에서 이런 질문에 만족스러운 답을 내놓을 사회는 거의 없다. 그 점에서 민주주의는 불가능한 정치적 기획에 가깝다. 따라서 민주주의는 언제나 재창조되고 재발명되어야 한다. 민주주의의 광장은 비어 있다. "그리하여 광장은 언제나 비어 있는 것이다 / 우리가 모여 빈틈없이 가득 채워진 이 순간에도 / 광장은 텅 비어 있는 것이다 / 뜨겁게 뜨겁게 비어 있는 것이다."(백무산) 광장의 민주주의가 완성되었다고 믿는 순간 민주주의는 죽는다.* 87년 광장의 실패를 되풀이해서는 안 된다.

주권자의 통제로부터 벗어난 위임권력은 국가권력의 제도화로 지탱된다. 관료주의의 기능자들인 직업 관료와 직업 정치인들의 역할로 나타난다. 이들의 정신을 지배하는 것은 기술적 합리주의와 도구적 합

• • •

* 오길영, 앞의 글, 26~28면.

리성이다. 작금의 국정농단과 헌정훼손이 보여주는 모습이다. "홀로코스트의 이례성은 현대 행정국가의 합리성이 특정 목적을 성취할 수 있게 조정된 도구적 이성이라는 점에서 유래한다."(『악』, 121면) 도구적 이성에 사로잡힌 권력은 성찰할 줄 모른다. 이성은 국가권력과 자본권력을 얻고 유지하기 위한 수단으로서만 기능한다. 한국사회의 엘리트 경로를 밟아온 국정농단의 주역들에게서 확인하는 것은 "무사유와 무성찰"이다. 사유와 성찰이 없을 때 윤리도 사라진다. 그리고 악이 싹튼다. 세월호 참사, 국정농단, 헌정훼손의 뿌리에는 무사유와 무성찰이 있다.

> 무-사유와 무-성찰성이 사람을 괴물로 만든다. 바우만은 여기서 한 걸음 더 나아간다. 그를 괴물로 만든 것은 그 자신의 무-사유이기만 한 것이 아니라 바로 그 제도다. (…중략…) 단순화해서 말하면 고도로 관료화된 현대사회의 조직에서 '책임'은 최종 결과에 대한 책임, 즉 피해자에 대한 책임이 아니라 자기 상사에 대한 책임으로 뒤바뀐다. 일을 제대로, 제때 처리하지 못해 상관과 동료에게 민폐를 끼치는 것이 그 일의 결과에 의해 벌어지는 피해자에 대한 책임을 대체하는 것이다. (…중략…) 이것을 바우만은 '도덕적, 윤리적 책임'이 '기술적 책임'으로 전환되는 것이라고 말한다. 이렇게 책임이 기술적인 것이 되면 사람은 윤리적으로 둔감해진다.[*]

세월호 참사와 블랙리스트 사건에서 드러났듯이 대리권력은 "도덕적,

• • •

* 엄기호, 『나는 세상을 리셋하고 싶습니다』, 창비, 2016, 58면.

윤리적 책임"에는 관심이 없다. 그들의 관심은 인사권을 쥔 "자기 상사에 대한 책임"에 있다. 결국 밥줄(인사권)이 문제다. "기술적 책임"만을 삶의 전부로 생각할 때, 물질적 가치들(권력, 돈, 명예 등)만을 숭상하면서 "도덕적, 윤리적 책임"을 방기할 때, 윤리적 가치를 무시하는 현실주의와 냉소주의가 득세하게 된다. 냉소주의는 악의 뿌리다.

> 셰익스피어의 악명 높은 악한 중 여럿이 그러하다. 이 악한들은 뼛속 깊이 자연주의자거나 전통 반대론자다. 가치와 이미지와 이상과 전통은 쇼윈도의 장식이거나 케이크를 감싼 당의일 뿐이며, 악한 자들은 자기가 그 점을 간파했다고 주장한다. 그러나 가치와 이미지 등의 차원이 없는 인간 현실이 존재할 수 있다고 믿는 일 자체가 어리숙한 오셀로보다 훨씬 더 순진무구한 생각이다. (…중략…) 셰익스피어가 보기에 스스로 태어나거나 스스로 먹고 살거나 자기만의 용어로 중언부언하며 자기를 정의하는 존재들 주변에는 특유의 무의미하고 사악한 뭔가가 있다. (『악』, 110면)

다른 존재들의 삶에 관심이 없는 이들이 유아론자다. 이들의 주위에는 "특유의 무의미하고 사악한 뭔가가 있다". 유아론자들이 권력을 쥘 때 다른 시민들의 삶을 파괴한다. 셰익스피어 작품의 "악명 높은 악한"들이 증거하듯이. 시민들이 가만히 있으면 악한들은 "군대를 불러 국민에게 총구를 돌 / 릴지도 모른다." 정치제도의 변화만이 아니라 "도덕적 윤리적 책임"의식을 지닌 대리권력을 양성하고, 선출하고, 통제하는 구체적 방안을 고민해야 하는 이유다.

5. 광장의 탈환

광장과 공용의 마당을 빼앗긴 민중에게 남은 것은 골방의 한숨과 눈물뿐,
우리는 잃어버린 우리 모두의 광장을 이 작은 촛불 한 자루로 탈환했다.
50만 100만 150만 200만 250만 점점 더 많은 촛불이 광장에 켜지고 있다.
빛이 사방을 덮어 그 빛이 세상 곳곳으로 퍼진다는 광화문(光化門),
빛을 밝혀 좋은 방향으로 화해간다는, 여기가 바로 광화문이다.
촛불 들고 당산나무를 도는 산골과 밤을 밝히는 시장통과
대구 부산 광주 영월 보령 목포 흑산도 진도 거문도…
우리가 먹고 살고 사랑하고 만나고 모여 있는
지금 이곳이 바로 빛이고 광화문이다. (김해자, 4연)

시인은 "잃어버린 우리 모두의 광장을 이 작은 촛불 한 자루로 탈환했다"고 말한다. 하지만 이것은 시적 과장이다. 시민들은 광장을 온전히 되찾지 못했다. 주말 밤에 "50만 100만 150만 200만 250만 점점 더 많은 촛불이 광장에 켜지고 있"는 그 시간에만 일시적으로 광장을 되찾았을 뿐이다. 광장과 마당은 빼앗긴 시민주권의 상징이다. 밤의 광장에서 나누는 연대와 소통의 경험은 여파를 남긴다. 그래서 "대구 부산 광주 영월 보령 목포 흑산도 진도 거문도"가 곳곳의 광화문이 된다. "광장에서는 그 누구든 어디서건 / 자신이 서 있는 그 자리가 바로 중심이기 때문이다 / 광장의 평등은 우리 삶의 뒤틀린 질서를 질책하는 / 뜨거운 심장의 사상이기 때문이다."(백무산) 일상적 민주주의의 가능성을 곳곳의 광

장에서 시험 중이다. "우리가 먹고 살고 사랑하고 만나고 모여 있는 / 지금 이곳이" 민주주의의 실험장이다.

요는 그런 광장의 체험을 밤의 시간만이 아니라 다양한 일상적 삶 속에 뿌리내리는 일이다. 민주주의의 역사에서 광장은 언제나 서로를 이해하게 되는 심리적 유대로서의 장소였다.

발리바르가 말하는 능동적 주체성과 집합적 연대가 형성되는 장소였다. 광화문이나 대구의 중심가 도로만이 아니라 살고 있는 동네마다의 거리와 광장이 될 수 있고 집 주변의 작은 카페도 될 수 있을 것이다. 광장은 민주주의와 시민주권이 헌법 조문 속에 딱딱한 조문으로 박제화된 것이 아니라, 주권자인 시민들의 발언과 행동 속에서만 생명력을 얻는다는 걸 가르쳤다. 민주주의는 그리고 정치는 이미 만들어진 기성품이 아니다. (『11월』, 209면)

6. 악과 권력

누가 대통령이어도…
지금 내 옆의 어느 누구도 저들처럼 무책임하고 무능하진 않을 것이다.
(아파트가 그렇게 남아돈다는데 — 집을 구하기가 그렇게 힘들다고 합니까?)
보통사람인 국민 누구도 저들처럼 살아가는 어려움을 모르진 않을 것이다.

(다들 공부들을 많이 했다는데 — 일자리 구하기가 그렇게 힘들다고 합

니까?)

대한민국 국민 누구도 저들처럼 몰상식하고 파렴치하진 못할 것이다.

이게 지도자입니까? 이게 땅에 발을 디딘 사람 맞습니까? 이게 나라입

니까? (김해자, 5연)

시인은 묻는다. 왜 "몰상식하고 파렴치"하고 "무책임하고 무능한" 권력자들이 나타나는가? 대리권력이 지배하는 국가, 근대성과 합리성도 확보하지 못한 국가의 존재 이유는 무엇인가?* 권력자들은 "다들 공부들을 많이 했다"고 하지 않는가? 그런데 그들이 했다는 공부는 "땅에 발을 디딘 사람"의 삶과는 거리가 멀다. 그들은 "집을 구하기"와 "일자리 구하기"가 얼마나 힘든지 모른다. 그들이 '주관적'으로는 선한 의도를 가질 수 있다. 그러나 의도는 중요하지 않다. 공적 직무에서 알아야 할 것을 모르고, 할 일을 못한 것은 직무유기이고 악이다.

그러나 설사 지배권력이 진실을 알고 있다 해도 정치적으로 비열한 짓을 일삼는 사람들은 개인적으로 자기가 국가나 회사나 신이나 자유 진영의 미래(이런 말들은 몇몇 우익 미국인에게는 대체로 다 같은 뜻이다)를 위해 사

. . .

* 비합리적이고 비윤리적인 한국 국가는 역사적 계보를 지닌다. "첫째, 친일 세력에 기반한 반공적·친미적 비자주적 국가가 된다. 둘째, 연고주의에 기반한 비보편적 국가가 된다. 셋째, 재벌과의 동맹에 기반한 비사회적 국가가 된다. 넷째, 기능적 미분화에 기반한 비근대적 국가가 된다."(『국가』, 78면) 지금 드러난 국가의 민낯은 역사적 계보의 타당성을 증언한다.

심 없이 봉사하고 있다고 믿는 성실하고 세심한 사람들이다."(『악』, 179면)

악은 종종 "성실하고 세심한 사람들"의 외양으로 나타난다. 성실하게 권력자를 보필한 국정농단과 블랙리스트의 조력자들이 좋은 예다. 대의민주주의의 곤경이다. 두 가지 생각을 한다. 첫째, 대리권력의 선출 시스템을 바꿔야 한다. 고대 그리스 민주정에서 시험된 추첨제를 비롯한 몇 가지 대안이 제안된다. 그 대안의 적실성을 떠나서 재력과 지위를 지닌 이들만이 '선출'되는 제도의 문제점을 타개할 방책을 고민해야 한다. 둘째, 대리권력을 일상적으로 시민들이 통제하는 방도의 문제다. 선출직의 감시와 소환제도가 더 촘촘하게 만들어져야 한다. 관건은 시민주권의 역량이다.

지배와 폭력의 관계가 치유할 수 없을 만큼 각인된 세계와 역사 속에서 정치의 가능성은 본질적으로 저항의 실천과 연계되어 있다. 그러나 이때의 저항은 단지 기성 질서에 대한 반대와 정의의 옹호 같은 부정적 의미의 저항일 뿐만 아니라, 능동적 주체성과 집합적 연대가 형성되는 '장소'라는 적극적 의미의 저항이기도 하다.[*]

대리권력은 시민들에게 가만히 있으라고 말한다. 시민들이 "저항의 실천"을 안 할 때 권력은 배반한다. 대의민주주의만으로는 시민주권이

* * *

*   에티엔 발리바르, 진태원 역, 『폭력과 시민다움』, 난장, 2012, 118~119면.

온전히 행사되는 민주주의는 불가능하다. 대중민주주의는 소수가 지배하는 과두제로 전락했다. 민주주의는 아무나의 권력이 아니라 중간계급과 상층계급이 효율적으로 지배적인 지위를 차지하도록 보호해주는 합의와 선거를 통해서 정당성을 창출하는 메커니즘으로 변질된다.

다시 묻는다. 정치는 무엇인가? 대의민주주의 정치만이 민주주의 정치의 전부인가?

정치(政治)는 평화[治]의 실현[政]이다. 그리고 평화는 오래된 염원이다. 수신제가치국(修身齊家治國)의 궁극적 목표가 평화로운 세상(平天下)을 만드는 것이다. 그리고 평화(平和)란 글자 그대로 화(和)를 고르게[平] 하는 것이다. 화(和)의 의미가 쌀[米]을 먹는[口] 우리의 삶 그 자체라면 정치는 우리의 삶이 억압당하지 않고 차별받지 않도록 하는 일이다. 정치가 평화의 실현이라는 의미를 다시 생각하는 까닭은 오늘의 정치적 현실이 그렇지 못하기 때문이다. 정치는 통치(統治)의 의미로 통용되고 있으며, 정치란 그 통치 권력을 장악하는 것이다. 이러한 정치 현실은 정치의 정도를 벗어난 것이 아닐 수 없다. (『유고』, 372면)

광장의 목소리들을 정권 교체로만 한정하면서 정치의 본령을 잊을 때, 정치적 비극은 되풀이될 것이다. 정치의 목적은 "평화로운 세상을 만드는 것이다". 평화는 고르게 하는 것이다.

7. '환원근대'를 넘어서

우리가 이렇게 모여 기다리는 것은 무엇인가?

우리가 애타게 기다리는 것은 땅에 발을 대고 상식으로 빚은 팔을 휘두르며

양심으로 걸어와 우리 옆에 앉는 보통 인간의 얼굴이다.

대통령 하나 갈아치우자고 우리는 여기에 모이지 않았다.

당도 대통령도 우리의 절대희망이 아니다.

우리가 정말 원하는 것은 대통령도 정당도 모른 채

즐겁게 밥 먹고 평화롭게 일하고 사랑하며 살아도 되는 세상이다.

좋은 세상이라면 왜 알아야 하는가,

공기처럼 바람처럼 빛처럼 생명을 주는 것들은 다 소리도 형체도 없지

않은가. (김해자, 6연)

독일의 시인이자 철학가 실러는 심미적 국가를 말했다. 심미적 국가는 "감각과 규범을 조화한 심미적 원리에 기초한 국가"*이다. "자유로움 가운데 자기를 실현하고 세계와 일치하고자 하는 갈망은 삶의 보람이면서 정치의 목적이다. 정치는 그것을 삶의 정상적 조건으로서 고르게 확보하자는 것이다."(117면) 참된 정치는 "개인의 위엄에 대한 존중과 동정, 선의와 높은 인격 또는 맑은 사고, 풍부한 감정, 상냥하고 예의 바른 행동 등의 인간적 품성의 가치"를 고양한다. 이런 가치들이 존중되지

• • •

* 김우창, 『자유와 인간적인 삶』, 생각의나무, 2007, 119~120면. 이하 인용 시, 면수만 표기한다.

않으면 "진정한 자유의 질서"(121면)와 정치는 없다. "삶의 자유로운 실현이 가능한 것은 오로지 심미적 국가에서이다."(123면) 천박하기 짝이 없는 현실의 국가와 심미적 국가 사이에는 심연이 놓여 있다.

하지만 실러가 제기한 심미적 국가론은 정치와 국가의 의미에 중요한 질문을 던진다. 국가가 먼저 있고 시민들은 '국가의 신민'인 국민으로 존재하는 게 아니다. 시민이 국가보다 우선이다. 국가(주의)의 물신을 깨야 할 이유다.

놀랍게도 뿌리가 바로 '사람'이라는 사실이다. 까맣게 망각하고 있었던 언어, '사람'이 모든 것의 뿌리이다. 『논어』에 "정치란 바르게 하는 것[政者正也]"이라는 글귀가 있다. 무엇을 바르게 하는 것이 정치인가. 뿌리[本]를 바르게 하는 것이다. 뿌리가 접히지 않고 바르게 펴질 때 나무가 잘 자라고 아름답게 꽃피듯이 사람이 억압되지 않을 때 우람한 나무처럼 사회는 그 역량이 극대화되고 사람들은 아름답게 꽃핀다. 정치란 사람들의 아름다움과 사회의 역량을 완성해주는 것이어야 한다. (『유고』, 375면)

정치는 정치공학, 권력 장악, 정당 등으로 한정되지 않는다. 현실정치에서 이런 것들도 필요하다. 그것들은 정치의 근본 목적이 아니다. 정치는 그것의 뿌리인 사람살이를 바르게 해 주는 것이고, "사람들의 아름다움"을 활짝 꽃피게 해주는 것이다. 그러므로 "우리가 애타게 기다리는 것은 땅에 발을 대고 상식으로 빚은 팔을 휘두르며 / 양심으로 걸어와 우리 옆에 앉는 보통 인간의 얼굴이다." 이런 표현에 눈길이 간다. "양심"을 지닌 "보통 인간의 얼굴."

그런데 시민들이 지금 목격하는 권력의 얼굴은 다르다. 권력자들이 청문회장에서 뻔한 허위 증언을 한 것도 그들 위의 대리권력을 위한다는 명분이 있어 가능했다. 어느 기사의 한 대목이다.

정신과 전문의인 이나미 심리분석연구원장은 '근대화됐다고 하지만 아직까지 우리 사회는 사적인 관계에 대한 충성도가 더 높다. 이 때문에 공식적 자리인 법정이나 청문회장에서도 자신의 이너서클, 자신이 충성을 다하는 이를 위해 처벌 위험을 무릅쓰고라도 거짓말을 불사하게 된다'고 분석했다.

"근대화"와 "사적인 관계에 대한 충성"이라는 표현이 눈에 띈다. 한 사회가 근대화를 제대로 이뤘다면 사적인 관계에 대한 충성이 공적 의무를 대신할 수 없다. 근대화 신화의 실체를 밝혀야 한다. 한국의 근대화는 철저하게 경제적 근대화로 환원된, 일그러진 근대화다.

그 계보학적 연원은 환원근대에서 찾을 수 있다. 왜냐하면 근대화의 영역이 경제로 환원되고 근대화의 주체가 국가와, 특히 그 정점에 서 있는 제왕적 대통령과 재벌로 환원된 근대화 과정으로 인해 전 사회가 정치와 경제에 예속되는 병리적 현상이 나타났기 때문이다. 한국사회의 분화는 기능적 분화라기보다 중심과 주변에 따른 분화나 계층적인 분화에 가깝다. (『국가』, 123면)

여기서 기능적 분화란 경제적 근대화만이 아니라 사회의 다양한 영역들인 정치, 문화, 시민사회가 각각의 고유한 방식으로 근대화를 이루는 것을 뜻한다.

한국의 근대화와 경제 성장에서 박정희의 지도력이 결정적인 역할을 했다고 논박할 수도 있다. 그러나 박정희의 지도력은 합리적이고 민주적이 아니라 폭압적이고 독재적이다. 그의 지도력은 반근대적이며, 따라서 진정한 근대화를 저해했다. 박정희 정권에서 본격화한 근대화, 더 정확하게 말하자면 국가−재벌 동맹자본주의에 기반한 경제 성장은 경제에 모든 것을 내어주고 경제 외적 영역의 근대화는 도외시한 기형적인 근대화였다. 그나마 이뤄낸 경제적 근대화도 온전한 것이 아니었다. 왜냐하면 근대화를 경제와 동일시하고 경제는 다시 경제 성장과 동일시하면서 경제의 다양한 측면, 즉 합리적 시장, 금융 체계, 노동윤리, 기업문화, 노동조건, 노사관계 및 합리적 경제정책, 분배와 복지 등의 근대화는 도외시했기 때문이다. (『국가』, 188면)

광장의 민주주의는 "당도 대통령도 우리의 절대희망"이 아니라고 말한다. 정치적 민주화와 정권교체는 "절대희망"의 필요요건일 뿐이다. 그것만으로는 충분하지 않다. "즐겁게 밥 먹고 평화롭게 일하고 사랑하며 살아도 되는 세상"이 목표다. 정치는 그 "절대희망"을 위해 존재한다.

민주화 문제를 국내 정치 더 나아가서는 제도 정치, 더 나아가서는 의견수렴 과정이라는 형식의 문제로 이해하는 것이지요. (…중략…) 비주체적이고 종속적인 구조에 대한 사고가 없다는 것이에요. (『유고』, 349면)

경제적 근대화로 환원된 근대화 계보는 "비주체적이고 종속적인 구조에 대한 사고"를 시민의 의식 구조에 심었다. 그래서 무엇이 "절대희망"인가를 잊게 만들었다. 그 희망의 현실성에 대해 시민들은 꿈을 갖기 시작했다.

8. '더불어 숲'의 사회

하지만 아직은 아니다.

있을 건 있어야 하고 없어야 할 것은 없애야 한다.

우리가 탄핵하는 것은 해방 후 내내 심판도 단죄도 받지 않은 거짓과

비리,

민주주의를 짓밟고 고문하고 죽이고도 출세와 이권을 챙긴 불의한 관료,

우리가 탄핵하는 것은 해방 후 내내 국민들 고혈을 짜낸 탐욕스런 재벌,

아아 나스닥이여, 그들은 머잖아 붙잡고 울 나라조차 팔아먹으리라.

연민과 분배와 정의가 얼어붙은 사이

농촌은 해체되고 청년들은 미래를 빼앗기고 노동자들의 삶은 망가졌다.

부와 권력이 세습되는 동안 가난과 공포와 불안도 대물림되었다.

공부하고 노력하고 열심히 일해도 미래는커녕 오늘 하루를 기약할 수

없다.

이 모든 세습을 탄핵하라

우리가 든 촛불은 새로운 주권의 역사를 여는 첫 장

이 촛불은 몽땅 쓸어서 가진 자들 아가리에 처넣은 얼굴 없는 귀신들에게

더 이상 수저를 올리지 않겠다는 각성의 빛,

이 촛농은 먹고사느라 나 몰라라 했던 통회의 눈물,

힘없는 자에게 힘 있는 자 적이 되는

이 모든 억압과 불평등을 불 싸지르기 위하여

만인이 만인에게 적이 되고 분노가 되는 세상이 아니라,

만인이 만인에게 친구가 되고 위안이 되는 세상을 위하여.

한 사람이 촛불 밝혀 한 사람이 더 밝아지고,

두 사람이 촛불 밝혀 두 사람이 더 따뜻해지고,

천 사람 만 사람의 촛불로 우리 모두가 환해지도록.

사람이, 사람으로서, 사람답게 살아갈 세상을 위해, 민주주의 만세!

어느 누구도 어느 누구보다 낮지 않은, 민주주의여 만세!" (김해자, 7~8면)

시민들이 품는 새로운 국가와 사회에 대한 "절대 희망"의 꿈은 단지 정권 교체나 정치의 민주주의만이 아니다. "탄핵"의 대상은 "거짓과 비리"의 역사, "부와 권력이 세습되는" 사회, "가난과 공포와 불안도 대물림"되고 "미래는커녕 오늘 하루를 기약할 수" 없는 '헬조선'이 그 대상이다. 시인은 새로운 세상을 상상한다. "만인이 만인에게 친구가 되고 위안이 되는 세상", "사람이, 사람으로서, 사람답게 살아갈 세상." 이런 시인의 상상이 어떤 이들에게는 이상적이고 비현실적으로 보일 수도 있다. 그러나 시인은 주어진 현실을 품되 그 현실을 넘어 다른 세상을 상상하는 존재다. 새로운 사회를 위한 "민주주의 만세"의 외침은 굳어진 민주주

의의 이념을 구현하는 것에 머물지 않는다. 민주주의는 '시민·인민의 통치demos+kratos'만을 유일한 원리로 갖는다. 시민이 스스로를 다스리는 정치체제만이 민주주의에 부합한다. 대의민주주의는 민주주의의 가장 적합한 형태가 아니다. 그것은 일종의 필요악이다.

민주주의는 법의 지배도 아니고 민주적 통치 형태도 아니다. 이런 시각은 민주주의의 형식과 내용을 분리하고, 민주주의를 형식이나 통치 형태의 문제로 앙상하게 만든다. 통치권력이 소요 사태를 두려워하는 이유는 통치권력이 자신의 한계를 경험하게 되는 무질서를 두려워하기 때문이다. 그러나 시민적 불복종이 빠진 민주주의는 성립할 수 없다.

나는 결코 국가 권위에 대한 불복종 및 그 내용이나 입안 조건들에서 논란의 여지가 있는 법률들을 집행하는 것에 대한 거부가 시민성의 본질을 구성한다고 생각하지 않는다. '국가의 사멸'을 요구하는 무정부주의가 공동체를 정초하지 않는 것과 마찬가지로 '권력에 맞선 시민들'이 함축하는 개인주의는 정치를 형성하지 않는다. 그럼에도 나는 불복종에 대한 이런 필수적인 준거가 없이는, 그리고 심지어 이처럼 불복종에 의지함으로써 생겨나는 위험을 주기적으로 감수하지 않고서는 시민성과 공동체가 존재할 수 없다고 믿는다.*

통치권력은 대중의 정치에 공포를 느낀다. 그런데 대중의 정치, 시민주

* * *

* 에티엔 발리바르, 진태원 역, 『정치체에 대한 권리』, 후마니타스, 2011, 16면.

권의 정치는 민주주의의 위협이 아니라 민주주의의 존립에 반드시 필요한 것이다. 주기적인 불복종이 "시민성과 공동체"의 근거다. 과두제가 민주주의를 대신할 때, 시민의 통치인 민주주의의 경험이 빈약할 때, 대중은 자신의 역량을 두려워하는 역설에 빠진다. '대중의 공포'라는 이 역설을 돌파할 때 민주주의의 새로운 경지가 열린다. 자신의 역량에 대한 대중의 공포는 시민들이 일상적 삶의 광장에서 소통하고 연대할 때 극복된다.

> 만일 두 사람이 힘을 모으는 데 뜻을 합친다면 그들 둘은 각자 서로 떨어져 있을 때보다 더 강한 힘을 갖게 되며, 따라서 자연에 대해서 더 많은 권리를 갖게 된다. 서로 합치하는 사람들이 더욱 많아질수록 그들 모두는 함께 더 많은 권리를 갖게 된다. (스피노자)

더 많은 사람들이 연대할 때 더 많은 시민적 권리가 확보된다. 정치만이 아니라 사회 각 부문에서 이뤄지는 일상적 민주주의의 확립은 성숙한 시민사회와 시민문화를 요구한다. 이 시대 (시민)문학의 정치와 역할도 여기에 있다.* 일상생활에 뿌리내린 민주주의는 시간을 요구한다. "천 사람 만 사람의 촛불로 우리 모두가 환해지"기까지는 적지 않은 시간이 걸린다. 역시 일상생활의 민주주의가 관건이다.

• • •

* 새로운 시민사회의 조건과 시민문학의 재창안 작업에 대해서는 오길영, 「새로운 시민문학론을 위하여」, 『힘의 포획』(산지니, 2015) 참조.

뭔가 개혁을 하려면 정치권력의 탈취가 가장 빠르다, 과거에 이런 생각을 했던 적이 있잖아요. 근데 20세기에 최고로 강력한 정치권력이 두 개 있어요. 하나는 나치 권력, 다른 하나는 러시아를 중심으로 한 프롤레타리아 독재 권력. 근데 이 두 개의 막강한 정치권력이 사회변혁에 성공하지 못합니다. 그래서 '사회를 진정으로 변화시키려면, 불가역적으로 그런 사회 변화를 탄탄하게 만들려면 어떻게 해야 하는가?' 새롭게 고민해야 합니다. (『대담』, 332면)

그런 고민과 일상적 실천과 연대를 통해서만 한 그루의 시민·나무들이 모여 '더불어 숲'을 이루는 사회, "어느 누구도 어느 누구보다 낮지 않은, 민주주의" 사회가 다가올 것이다. "숲은 그냥 나무 한 그루, 한 그루의 합이 아니에요. 작은 나무 큰 나무, 늘 푸른 나무, 낙엽 지는 나무가 서로 거름도 하고 의지도 하면서 땅을 지키고 바람을 잠재우고 생명을 품어 나갑니다."(『대담』, 333면) 이 시대가 요구하는 시민문학은 시민들이 함께 가꾸어나갈 '더불어 숲'을 상상하고, 희망을 제시하는 소임을 지고 있다. (2017)

문학과
(상징)권력

성추문, 블랙리스트 논란 등을 보면서

1. 문학의 예외성과 성추문

국정농단과 헌정훼손이 블랙홀처럼 모든 이슈를 빨아들이는 시국이다. 문단 안팎의 병폐(적폐)도 드러난다. 성추문, 블랙리스트, 한때의 베스트셀러 작가·교수의 구속 등이다. 불거지는 사안은 한국사회와 문화의 근본적인 지각 변동과 재편성의 필요성을 보여주는 징후다. 이런 격동 속에서 한국문학이 어떤 대응을 할 것인가? 대응의 구체적 방법을 제시할 능력은 내게 없다. 다만, 제기된 문제를 통해 드러난 징후에 대한 분석은 시도하고 싶다. 나는 특히 성추문 논란에 초점을 맞추겠다.

언뜻 보면, 성추문 논란은 권력 남용과 관련된 블랙리스트나 작가·교수의 구속 사건과는 관계없는 사건처럼 보인다. 그렇지 않다. 이 사건들을 관통하는 열쇳말은 권력과 문학의 역학 관계다. 권력은 그것이 작동되는 관계와 구조, 그리고 권력의 기능자로서 주체를 필요로 한다. 구조와 맥락을 사유하지 않고, 주체들, 문인들의 사적 일탈에만 초점을 맞추게 되면 사안을 호도하게 된다. 성추문의 방패막이로 동원되는 낭만적 문학 개념의 핵심인 독창성, 창조성이나 현실과 불화^{不和}하는 문학 개념이 좋은 예다. 문학적 개념들도 역사적이다. '문학장^{場, literary field}'의 역할을 따져봐야 한다. 여기에는 주체의 의식을 강조하는 현상학적 인식의 발생론과 주체를 규정하고 (재)생산하는 구조의 힘을 강조하는 구조주의의 이분법을 초월하는 모델인 '발생론적 구조주의'(부르디외)가 요구된다.* 주체의 의식을 강조하는 입장은 외부의 영향에도 초연한, 천재적인 창조자를 내세우는 낭만주의 문학론에서 두드러진다. 그러나 작가는 특정한 문학장에 속한 실존적 존재이다.

문학적 창조성, 독창성, 예외성은 제한적이다. 물론 작가는 구조에 종속된 필경사는 아니다. 창조성의 공간이 여기서 생긴다. 작가는 자신만의 고유한 아비투스를 지니기에 자신에게 힘을 행사하는 문학장의 효과에 맞선다. 아비투스는 문학장과 길항 관계에 놓인다.

그런 (환경의—인용자) 결정들에 대항하여, 그리고 그 대항을 통해 작가가 자신을 창조자, 다시 말해 자기만의 고유한 창조의 주체로서 자신을 생산하기 위해 수행해야 하는 특수한 작업을 묘사하고 이해할 수 있게 해 준다.**

문학비평의 대상은 오직 '작품'이며, 비평의 본령은 작품의 분석과 해석, 평가라는 주장이 있다. 이런 관점에 따르면 성추문, 블랙리스트, 작

. . .

* 부르디외의 '발생론적 구조조의'에 대한 이하의 소개는 오길영, 「예술의 과학의 가능성」, 『이론과 이론기계』, 생각의나무, 2008 참조.
** 피에르 부르디외, 하태환 역, 『예술의 규칙』, 동문선, 1999, 147면.

가의 권력유착은 비평의 대상이 못되며, 문학 외적인 사건이 된다. 그러나 발생론적 구조조의의 문학론에 기대면, 이들도 비평의 대상이다. 주체가 활동하는 문학'장'은 주체의 위치에 작동하는 객관적인 관계(지배나 종속, 보충이나 적대성 등)의 네트워크다. 예컨대 위치란 소설이라는 장르, 혹은 사교계 소설 같은 하위 범주에 상응하는 위치, 또는 생산자 집단들의 모임의 장소로서 문예지, 살롱, 또는 동인 등이 대표될 수 있을 것이다. 그리고 문학장에는 정치와 경제의 고유한 장이 힘을 미친다. 권력과 문학의 관계를 살펴야 하는 이유다. 문학장에서 특정한 아비투스(습속)를 지닌 문인들이 움직인다. 아비투스는 한 행위자가 지니고 있는 지각, 평가, 성향의 체계이다. 아비투스는 행위자가 위치한 특정한 장의 구조 속에서 객관화되고 행위자의 정신 구조 속에 내재화된다. 근대 문학의 '장'과 문학적 주체들의 아비투스와의 길항 관계는 문학적 공적 영역the public sphere의 발전이며, 이 영역은 시민사회의 공적 영역의 추이를 표현한다. 그런데 자본주의의 발전 속에서 시민적 공론장은 자본주의의 상품화에 침식되고 만다. 이런 관점에서 문학계 안팎의 여러 추문들은 정치권력, 자본권력과 문학적 공론장의 관계 문제다. 특히 문학장의 권력은 아우라를 부여하는 낭만적 문학론의 결과물로 신비화된 작가나 시인 개념의 뿌리를 이룬다. 다른 분야에서도 그렇듯이,* 문학계

* 영화계 성추문에 관한 『씨네21』의 연속 좌담은 주목할 만하다. "계간지와 주간지의 차이를 감안해야겠지만 『씨네21』은 현재(12월 19일)까지 일곱 차례에 걸쳐 영화계 성폭력 토론회를 열고 치열한 공론화 작업을 지속하고 있다. 어느 집단보다도 검열에 민감한 영화인들의 논의에 '자율성'이 등장하지 않는다. 왜일까. 『씨네21』은 남성 감독들의 토론도 철저히 구조적 약자의 처지에 초점을 두고 있다. 모범적인 접근 방식이다."(정희진)

성추문은 단지 일부 비뚤어진 문학인들의 일탈 문제가 아니다.

2. 현실적인 것과 잠재적인 것

문학적 대상은 현실reality이라는 주장이 있다. 문제는 현실의 함의다. 들뢰즈는 현실과 실재의 차이를 이렇게 설명한다. 실재the real는 현실reality이 아니다. 실재는 현실적인 것, 현실화된 것the actual과 동일시된다. 그러나 실재는 현실화된 것에 한정되지 않는다. 실재는 현실적인 것과 잠재적인 것the potential의 결합이다. 잠재적인 것이 다층적 계기와 우연성의 작용에 의해 펼쳐진 것이 현실화된 것으로 드러난다. 실재와 현실적인 것의 차이다. 그러므로 현실적인 것의 개념으로는 포착되지 않는 잠재성의 역량을 파악하는 것이 중요하다. 들뢰즈에 따르면, 문학예술은 잠재성의 영역과 관여한다. 즉각적으로 지각되는 현실화된 것을 재현하는 것이 문학은 아니다. 문단 성추문을 분석하는 중요한 잣대다. 문인이기에 어느 정도의 (성적) 일탈도 허용될 수 있다는 주장이 있다. 문인은 주어진 가치관, 도덕관과 불화하는 독특한 역할을 하므로 그런 일탈도 허용된다는 뜻이다. 일종의 반反도덕주의다. 그러나 반도덕주의는 역사적으로 형성된 시민적 양식에도 못 미치는, 성추문 등의 일탈 행위를 옹호해주는 방패막이가 될 수 없다. 관건은 주어진 가치와 도덕관을 넘어서고 앞서가는 것이다. 문학의 초도덕성과 전위성이다.

예를 들자. 스필버그 감독의 〈링컨〉에는 노예제 폐지를 강력히 주장하는 급진파인 실존 인물 스티븐스 공화당 하원의원이 등장한다. 링컨도 공화당이었다. 스티븐스는 노예제 반대론이 득세하고 흑인을 인간으로 여기지도 않는 시대에 당대의 지배적 가치관과 도덕관에 거슬러서 미래를 선취하며, 흑인 여성과 실질적인 결혼생활을 했다. 노예제 폐지를 위한 헌법 개정안이 통과된 뒤 의회에서 돌아온 스티븐스를 그 흑인 여성이 맞이하는 장면이 인상적이다. 주어진 도덕에 단순히 반대하는 게 아니라 도덕을 넘어서 새로운 도덕을 세우는 초도덕성의 예다. 이런 캐릭터들의 비범성은 비현실적인 것이 아니라 현실화된 것에 잠재된 실재를 드러낸다. 좋은 문학이 보여주는 현실과의 불화는 잠재성의 표현을 가리킨다. 뛰어난 문인은 현실화된 시민사회의 시민이지만, 동시에 그 시민성civility의 경계를 돌파하고 잠재적인 시민성을 선취한다. 문학이 시대를 앞서간다는 전위는 이런 뜻이다.*

작가가 아니라 작품의 불화와 일탈도 마찬가지다. 예컨대 영소설의 경우를 보더라도 온갖 장르를 뒤섞은 잡탕 장르로서 근대 시민계급의 삶을 다루는 소설 장르는 도덕주의와는 거리가 멀었다. 먹성 좋은 장르인 소설에는 추잡하고 불쾌한 내용이 담긴다. 세상사가 그렇기 때문이다. 소설의 세계는 현실 세계가 그렇듯이 무균질의 세계, 고상한 도덕가들만이 존재하는 공간이 아니다. 현실이 추잡하다면 그것을 그리는 작품의 세계도 그럴 수 있다. 문학적 일탈의 한 의미가 여기 있다.

• • •

* "시대와 불화하기 위해서는 그 시대가 어떤지를 예민하게 파악해야 한다. 그 파악에는 우리가 살고 있는 한국자본주의의 작동방식과 그에 종속된 정치권력의 분석이 요구된다. "감각적인 것의 나눔인 치안과 그것을 해체하고 재분배하는 정치의 본성을 파악해야 한다. 그것과 감각체계, 문학 양식이 맺는 배치 관계를 분석해야 한다. 문학적 전위가 좁은 의미의 '문학'만을 문제 삼을 때 전위는 패배한다." 오길영, 「(포스트)모던과 아방가르드의 (불)가능성」, 『삶』 2호(문학실험실, 2016) 참조.

그렇지만 작품의 세계는 작품 밖 현실화된 세계를 단순히 모방하지는 않는다. 문학에는 그 어떤 것도 표현될 수 있다. 관건은 그렇게 표현되는 현실적인 것들을 실재와 동일시하지 않는 태도, 조야해 보이는 현실적인 것들 속에 잠재된 힘들을 포착하고, 그 위에서 지금 작동하는 현실적인 것의 의미와 한계를 평가하는 시각이다. 그러므로 이런 발언의 의미를 새겨야 한다.

작가와 작품을 분리해서 생각해야 하느냐는 상투적인 질문을 많이 받아 왔다. 작품이 훌륭하다고 믿어지는 경우, 이 질문에 답하기란 생각보다 어렵다. 이제껏 나는 스스로에게 제대로 된 답변을 유보해 왔지만 지난 며칠 동안 확실해진 것이 있다. 어쨌거나 훌륭한 예술을 하는 데 도덕적, 윤리적 흠결이 필수 불가결한 것이라면(이렇게 말하는 멍청이들이 있다), 그래야 예술가가 되는 것이라면, 그런 예술은 필요 없으며 나는 예술가가 되지 않겠다는 것이다. (한유주 작가)

그렇다. "도덕적, 윤리적 흠결"을 문학의 초도덕이라고 착각하는 "멍청이들"이 있다. 문학과 영화가 보여줘야 하는 현실과의 불화는 현실을 넘어서는 것이지 현실에 미달하는 것이 아니다. 문인은 시민사회의 특권층이 아니다. 문인도 시민이다. "그들이 훌륭한 시로 인하여 다른 세상일에서도 가장 지혜가 있다고 생각했지만, 실은 그렇지가 않았다."(플라톤, 『소크라테스의 변론』)

"훌륭한 시"를 쓰는 시인이기에 특별하거나 "가장 지혜"가 있다고 여겨서는 안 된다. 시인이 스스로를 특별하다고 여길 때 시인의 신비화가 탄생한다. 시인에게 "신비로운 것"은 없다. 낭만주의적 문학관의 유산인 시인의 알량한 '상징권력'을 시인 자신과 다른 시민들이 신비화할 때 시인의 타락이 시작된다. 그때 "시인도 함께 소멸된다." 시인과 작가는 말을 부리는 재주가 있는 시민일 뿐이다. 하지만 그 재주가 깊은 지혜의 표현이 아닐 수도 있다. 그때 말을 부리는 재주는 요설이 된다. 좋은 시인은 말의 재주를 넘어선 깊은 지혜를 보여준다. 시인의 자격을 얻었다고 그런 지혜를 자동으로 체득하지는 않는다. 이 사실을 망각할 때 시인의 특권의식과 상징권력이 나타난다. 문단 성추문은 성적 관계의 문제이지만 동시에 문학적 상징권력의 문제다. 성추문의 책임을 합당한 법적·물질적 책임 없이 절필과 활동 중지로 면할 수 있다는 생각도 특권의식이다. 세상의 낮고 어두운 곳을 응시하는 시선을 지닌 이가 시인이라고 생각해 왔다. 시인의 낮은 시선과 특권이나 스타의식은 어울리지 않는다. 젊은 스타 시인 운운하는 말들이 들린다. 시인들이 자신의 '스타성'을 즐기는 순간 그들의 시는 소멸될 것이다.

3. 권력, 블랙리스트, 문학

　문화계 블랙리스트와 한때의 베스트셀러 작가·교수의 몰락에 대해서는 짧게 적는다. 작가의 고유한 아비투스는 그가 활동하는 문학장과 길항 관계를 맺는다고 적었지만, 한국의 문화계 상황은 더 착잡하다. 정치권력이 재정 지원을 무기로 문화계를 통제하려고 한다. 권력의 마음에 들지 않는 문화계 종사자들, 문인들의 밥줄을 끊으려고 한다. 이런 언론기사가 그 점을 요약한다.

> 블랙리스트의 취지를 설명하면서 정부 비판적인 문화·예술인들을 '빨 갱이'라 지칭하고 지원금을 끊는 작업을 '말살정책'이라고 불렀다는 관련자 진술을 확보했다고 전해졌다. 정부 비판적인 영화가 상영되는 것에 대해 '국민이 반정부적인 정서에 감염될 수 있으니 자금줄을 끊어 말려 죽여야 한다'고 지적했다. 특검 관계자는 고위 공무원들의 리스트 작성 행위가 국민의 사상 및 표현의 자유를 심각하게 훼손한 것이라고 판단했다.

세월호 참사의 진실을 글로 밝히려는 문화계의 활동을 막기 위해 블랙리스트를 만들었다. 야만의 시대다. 권력은 예술의 고유성, 예술의 불온성을 인정하지 않는다.

> 예술은 기본적으로 불온한 것이고 그렇지 않다면 별 의미가 없다. 그런데 여기에 대해서도 다른 생각을 가진 사람들이 있는 듯하다. 예술인 블랙리스트를 만든 사람들이다. 세월호 관련 시국선언에 참여하거나, 야당 대통령 후보 또는 시장 후보를 지지했다는 이유이다. 내 편을 안 드는 사람들에게 재갈을 물리려는 의도일 텐데, 명단을 만드는 방식 또한 경직되고 안이해 보인다. 분명 소설을 잘 읽지 않는다는 사람들일 거라고 내심 혐의를 품어본다. (은희경 작가)

작가는 기본적으로 글을 통해, 작품을 통해 현실에 "불온"하게 저항하고 불화한다. 내가 이해하는 '문학의 정치'다. 그러나 때로는 거리나 광장에서 이뤄지는 물리적 저항과 행동이 필요할 때도 있다. 문학 '장'의 독립성과 고유성을 지키지 못하면 작가의 아비투스도 보장받지 못하기 때문이다. 그런데 그런 불화와 일탈은커녕 작가의 아비투스를 포기하고 권력과 결탁하는 경우도 있다.

비유컨대 권력은 호랑이 등을 타는 것이다. 그만큼 위험하다. 양날의 칼이다. 호랑이 등 위에서 힘을 쓸 수도 있지만, 아차해서 그 등에서 떨어지면(반드시 그런 날이 온다) 곧 죽음이다. 그런데도 권력을 탐한다. "누구나 거의 다 역경을 견디어 낼 수는 있지만, 한 인간의 됨됨이를 정말 시험해 보려거든 그에게 권력을 줘 보라."(링컨) 권력과 결탁한 결과 추한 "됨됨이"를 드러내고 가혹한 몰락을 예시해주는 몇몇 교수, 작가, 지식인들의 모습에서 확인되는 진실이다. 광장에서 확인되는 시민 민주주의의 역량이 한국사회의 재구성만이 아니라 문학장의 재구성에도 긍정적인 영향을 끼치길 기대하는 이유다. (2017)

(포스트)모던과
아방가르드의 가능성

1. 역사적 아방가르드의 안팎

아방가르드, 모더니즘, 그리고 포스트모더니즘. 이들은 모두 문예비평사에서 논란의 대상이 되어온 개념이다. 덧붙여 이 개념들 사이의 관계를 규명하는 것은 적지 않은 문예사적 논의를 전제한다. 이 글은 이런 어려운 과제의 해결을 목표로 하지 않는다. 다만, 자본의 전일적 지배가 운위되는 시대에 예술적 저항의 가능성을 역사적 아방가르드와 모더니즘, 포스트모더니즘의 관계를 통해 살펴보려 한다. 통상 전위로 번역되는 아방가르드는 군사 용어이다.* 전투부대보다 앞서 적진을 정탐하고 취약한 곳을 파악하는 선봉대를 가리킨다. 전위는 본대와 분리되어 활동하기에 위험하다. 하지만 전위가 적진을 잘 살펴야 본부대의 전투력과 생존 가능성이 높아진다. 군사 용어인 아방가르드는 19세기 프랑스에서 혁신, 시험, 모험을 중시하는 새로운 흐름을 반영하여

...

* 이런 이유로 아래 글에서는 아방가르드와 전위주의를 혼용해 사용한다.

예술운동에 적용되기 시작했다. 그런데 역사적 아방가르드운동이 지니는 특징적인 표지는 이런 운동들이 어떤 단일한 양식도 발전시키지 않았다는 점이다. 따라서 '다다이즘적인 양식'이나 '초현실주의적인 양식'은 존재하지 않는다.* 굳이 어떤 예술운동의 사조나 운동을 아방가르드적이라고 규정한다면 그것은 아방가르드의 반사회적·현실불화적·현실비판적 성격을 뜻한다. 이런 성격들이 각 예술사조나 운동에 어떻게 드러나는지는 각 예술운동이 처한 복잡하고 특수한 상황과 특징을 연구하면서 해결할 문제이다. 한 시대의 아방가르드예술이 다음 시대에도 전위적이라는 법은 없다. 요는 변화된 상황에서 그 예술이 어떤 전위적·현실비판적 역할을 수행하느냐의 문제다. 여기서 아방가르드를 규정하는 어려움이 발생한다. 그러므로 아방가르드는 언제나 '역사적' 아방가르드이다.

아방가르드는 예술과 사회의 관계에 대한 고민에서 출발한다. 그 사회는 본질적으로 자본주의 체제이다. 근대 시민예술이 자본주의 체제와 맺고 있는 길항 관계가 아방가르드의 뿌리이다. 여러 의견이 있지만 19세기 중엽을 아방가르드의 출발점으로 보는 이유도 여기 있다. 전위주의는 속물화되어 가는 자본주의에 거리를 두었던 19세기 문학예술계의 여러 사조들인 낭만주의, 상징주의, 유미주의와 미적 토대를 공유한다. 아방가르드는 낭만주의 예술가처럼 자신을 죽이는 현대사회를 비난한다. 부르주아 예술의 지배적 특징은 그 예술이 실제 생활과

...

* 페터 뷔르거, 최성만 역, 『전위예술의 새로운 이해』, 심설당, 1986, 30면.

유리되었다는 점이다. 당대 부르주아 제도 예술의 상황은 유미주의에 이르러서야 작품의 본질적 내용으로 침전되었다. 그런데 전위주의가 유미주의와 다른 점은 "예술로부터 새로운 실제생활을 조직하려고 시도한다는 점이다".(뷔르거, 84면) 아방가르드를 대표하는 몇 가지 사조나 운동들은 위의 특징을 잘 보여준다. 아방가르드의 정점이라 할 수 있는 다다이즘, 미래주의가 대표적이다. 이들 운동은 역사적 격변기를 배경으로 한다. 근대 유럽문명의 이성주의, 과학주의를 근본적으로 회의하게 만들었던 1차 세계대전, 러시아혁명, 일국자본주의에서 독점자본주의로 변모해가는 자본주의의 심화 과정, 그에 따른 대중문화의 확산 등이 그 역사적 배경이다.*

다다는 1916년 2월 작가 후고 발과 카바레 배우 에미 헤닝스가 개장한 카페 테르를 중심으로 스위스 취리히에서 일어난 아방가르드운동이었다.** 다다는 특별한 의미가 없는 말이다. 이 의미 없는 명칭이 다다의 지향점을 보여준다. 다다와 연관된 공연, 시, 예술은 부조리를

* * *

* 모더니즘과 영화예술의 관계를 설명한 가라타니 고진의 관점은 주목할 만하다. "사진이 출현했을 때 회화는 사진이 할 수 없는 것, 회화만이 할 수 있는 것을 하려고 했습니다. 그와 똑같은 것을 근대소설은 영화가 등장했을 때 했다고 생각합니다. 그 점에서 20세기 모더니즘소설은 영화에 대항하여 이루어진 소설의 소설성 실현이라는 의미가 있었습니다. 소설만이 가능한 것을 한다. 제임스 조이스가 대표적입니다. 프랑스의 앙티로망도 그렇습니다. 영화를 매우 의식하고 있습니다."(가라타니 고진, 조영일 역, 『근대문학의 종언』, 도서출판b, 2006, 61면) 이런 시각은 미래주의에서도 발견된다. 미래주의는 회화의 본질을 광각과 재현의 기술로 봤다. 그러므로 회화의 현대적 형태는 사진과 영화가 된다. 사상적인 맥락에서 보자면, 대상에서 주체로의 전환을 내세웠던 현상학의 등장도 이런 시대적 배경과 관련되는데, 현상학의 초월적 주관주의나 직관주의는 모더니즘의 새로운 주관주의와 연결된다. 이에 대해서는 Terry Eagleton, Literary Theory : An Introduction, U. of Minnesota P, 1983, p.54 참조.

** 다다와 미래주의에 대한 설명에 대해서는 이택광, 『세계를 뒤흔든 미래주의 선언』(그린비, 2008)과 노명우, 『아방가르드』(책세상, 2008)를 주로 참고하였다.

강조하고 허무주의의 정신을 찬양하며 우연의 기능에 주목했다. 다다는 특정한 예술 스타일을 형성하지 않았다. 다다는 관습적인 예술과 부르주아사회에 대한 예술적 반동을 표방한다. 지배적인 예술 개념을 공격하고 예술과 삶의 통합을 강조한다. 미래주의는 20세기 초 이탈리아의 미래주의를 중심으로 일어나 전 유럽으로 퍼져나갔다. 반反체제성과 예술과 삶의 통합을 강조한다. 미래주의는 부르주아 문화에 포섭된 군중에게 충격을 가해서 각성의 예술을 지향한다. 미래주의라는 이름은 과거 문화유산의 전면적 부정과 관련된다. 1910년에 발표된 미래주의 화가 선언은 그런 태도를 명확하게 보여준다.

> ① 과거에 대한 숭배, 고전 작가에 대한 강박, 현학적이고 학구적인 형식주의를 파괴할 것이다.
> ② 모든 모방을 전적으로 배격할 것이다.
> ③ 무모하거나 폭력적일지라도, 독창성을 위한 모든 시도를 고양할 것이다. (이택광, 92면)

이런 태도는 1917년 러시아 사회주의 혁명 이후 이른바 부르주아 문화와 사회주의 문화의 연속성과 단절성 논란에서 전형적으로 드러난다. 예컨대 시인 마야코프스키의 주장이 그렇다. "과거는 갑갑하다. 푸슈킨, 도스토예프스키, 톨스토이 등을 현대의 기선에서 던져 버려라." 미래주의의 독특성은 기계문명에 대한 찬미와 파시즘과의 친화성이다. 이런 점에서 미래주의의 아방가르드 정신은 분열적이다. 미래주의는 혁명과 폭력을 옹호했다. 그 성격은 "진정한 위생학인 전쟁을 찬양할 것"이라고 선언하는 파시즘적 면모를 지녔다. 현실비판과 정치적 보수주의가 착종된 미래주의의 입장은 마리네티가 주도해 발표한 1909년의 미래주의 선언에서도 확인된다. 이 선언의 9조는 "우리는 전쟁 — 세상에서 유일한 위생학 군국주의, 애국심과 자유를 가져오는 이들의 파괴적 몸짓, 목숨을 바칠 가치가 있는 아름다운 이념, 그리고 여성에 대한 조롱을 찬미한다"고 되어 있다. 이는 파시즘의 전형적인 특징이다. 자본주의 체제를 지양하는 방법에서 아방가르드가 처했던 곤혹스러운 위치를 보여준다. 아방가르드의 단일한 정치적 입장은 없다. 아방가르드운동에 속했던 다다이즘이나 초현실주의는 미래주의와는 다른 정치적 지향을 선택한다. 다다이즘이나 초현실주의는 실제로 파시즘과 상극을 이루었고 강한 현실정치 혐오의 태도를 보였다.

2. 아방가르드와 모더니즘

아방가르드의 착종된 성격은 자본주의적 근대성을 대하는 태도의 문제와 관련된다. 결론에서 소략히 살펴보겠지만, 이것은 한국사회에서 아방가르드의 현실성과 가능성과도 연결된다. 자본주의적 근대화가 가져온 물질적 부와 기술문명의 발전을 생산적으로 활용하는 문제, 자본주의의 정치적 쌍생아인 근대 대중민주주의 체제에서 대중과 예술의 역할, 심화되어 가는 상품사회, 물신사회에서 예술의 독자적 영역의 존재 가능성에 관한 질문 등이 겹쳐서 제기된다. 이런 질문에 대한 응답이 미적 모더니즘이다. 영미권에서는 아방가르드라는 말보다는 모더니즘이 대중적으로 사용되었지만 두 개념은 서로 교차한다. 둘 사이의 한 가지 차이점을 꼽을 수 있다. 예술과 대중, 예술과 사회의 통합을 포기하지 않았던 다다이즘, 미래주의와는 달리 영미권 모더니즘에서는 유미주의의 큰 영향 아래 예술과 사회, 예술과 대중의 비판적 거리와 그 거리두기를 통한 예술의 고유한 역할에 더 큰 관심이 있었다. 하지만 일부의 오해와는 달리 모더니즘이 현실로부터 스스로 고립된 예술은 아니다. 이에 대해서는 루카치와 아도르노의 모더니즘·전위주의 논쟁을 간략히 살펴보면서 논하겠다.

아방가르드에 대한 개념 규정이 어렵듯이, 모더니티나 모더니즘도 그 개념의 함의를 둘러싸고 여러 입장이 있다. 미적 모더니즘이 아우르는 장르만 하더라도 시, 산문, 음악과 무용, 건축과 디자인. 연극과 영화 등이며, 각 영역 사이들의 차이들을 무시할 수 없다.* 모더니즘 시대를 획정하는 것도 문제다. 범박하게 말하면 넓은 의미의 모더니즘은 근대 자본주의 확립기 이후, 즉 유럽의 경우 1840년대 초부터 1960년대 초까지에 이르는 시대다. 보들레르와 플로베르에서 베케트와 그 이후 팝아트 등이 포함된다. 100여 년에 이르는 모더니즘 시대에서 아방가르드와 포개지는 때가 1910~1930년대에 걸치는 본격 모더니즘high-modernism 시대이다. 모더니즘은 물질주의에 대한 반항과 속물 부르주아들의 가식에 대한 혐오에서 시작되었다. 이런 점에서 모더니즘은 아

* * *

* 모더니즘의 각 장르별 특징과 역사에 대해서는 피터 게이, 정주연 역, 『모더니즘』(민음사, 2015)을 참조하였다.

방가르드와 많은 부분을 공유한다.

제임슨이 설득력 있게 설명하듯이, 모더니즘은 19세기 중엽 이후의 새로운 자본주의 단계인 독점자본주의 시대의 우세한 문화적 형태cultural dominance이다. 거기에 정치적으로는 근대 민주주의 체제의 확립, 새로운 예술을 소비할 수 있는 경제적 여유와 교양을 갖추게 된 부르주아 교양 층의 성립 등이 작용한다. 모더니즘의 아방가르드적 성격은 모더니즘이 이런 정치적, 경제적 체제에 기반을 두면서도 동시에 이들에 맞서 저항했다는 것이다. 영미권 문학의 영역으로만 보더라도 본격 모더니즘의 주요 작가들인 조이스, 울프, 로런스, 콘래드 등이 자신들이 속한 유럽문화권의 주류가 아닌 주변부 출신이거나 자발적인 예술적 망명자self-exile였다는 사실은 우연이 아니다. 자본주의의 심화되는 물신화는 모더니스트들에게 외적 힘에 대한 거리두기로서 내면으로의 침잠과 독립적 자아와 내면을 주목하게 만든다. 보들레르가 살롱예술이나 아카데미즘을 비판하면서 했다는 말이 좋은 예이다.

만약 나무, 산, 강, 집의 집합, 그러니까 우리가 풍경이라고 부르는 것이 아름답다고 한다면, 그 자체로 아름다운 것이 아니라 오직 나를 통해서, 나 개인적인 시선, 내가 그 풍경에 부과하는 관점과 감정을 통해서 아름다운 것이다.

예술가 주체의 관점과 감정에 대한 강한 강조는 현실로부터의 도피나 소외가 아니라 강력한 현실의 힘(상품화, 물신화, 제도화)에 맞서려는 안간

힘을 표현한다. 모더니즘의 아방가르드적 성격은 이런 비판적 거리에서 발생한다. 그런 거리는 초국적 자본주의 시대, 포스트모더니즘의 시대에 이르러서는 점점 확보하기가 힘들어진다. 아방가르드 예술이 설 자리가 더욱 협소해진다.

여기에 모더니즘이 지닌 전위적 성격의 위태로움이 있다. 제임슨은 모더니즘문학의 유토피아적 보상utopian compensation에 주목한다. 유토피아적 보상은 모더니즘 작품들이 단지 어떤 이상적 사회의 모습을 그린다는 뜻이 아니다. 사물화가 심화되어 가는 당대 현실에서 그 사물화에 저항하는 모더니즘 작품들의 면모를 가리킨다. 모더니즘문학에서 발견되는 풍자, 냉소, 유머, 해학, 판타지, 꿈, 백일몽 등은 그런 거리두기의 예들이다. 주어진 감정의 구조를 허물면서 현실에 구멍을 내는 유토피아적 보상의 표현이다. 뛰어난 작품은 한편으로는 주어진 감성의 구조에 속박된 이데올로기적 성격을 지닌다. 그리고 감성의 구조를 해체하고, 생성되는 정동을 포착하는 유토피아적 성격도 동시에 지닌다. 제임슨이 말하는 '유토피아와 이데올로기의 변증법'이다.[*]

주어진 감성과 이데올로기에 구멍을 내면서, 현실의 실재를 어느새 드러내고 체감하게 만드는 뛰어난 작품은 허구가 아니라 오히려 가장 현실적인 이야기, 현실 안에 있으면서 그 현실의 구멍과 이면을 드러내는 서사가 된다. 모더니즘이 아방가르드적 성격을 지닌 것은 사실이지만, 그 둘이 꼭 겹치는 것은 아니다. 뷔르거나 후이센 같은 이론가

* * *

[*] Fredric Jameson, "Conclusion : The Dialectics of Utopia and Ideology," *The Political Unconscious*, Cornell UP, 1982 참조.

들은 아방가르드와 모더니즘을 구분했다. 모더니즘은 일차적으로 자기 지시적인 유미주의를 특징으로 한다. 반면에 아방가르드는 대중문화의 요소를 예술 작품에 포섭하거나 아니면 특정한 정치적 프로그램을 추진함으로써 예술과 삶의 구분을 철폐하려 한다.* 예컨대 영미권 모더니스트인 루이스Windham Lewis와 파운드Ezra Pound는 미래주의의 탈중심적 경향을 정제되지 않고 피상적인 것으로 취급했다. 인상파들과 공감하면서 이들은 새로운 질서의 가능성을 중국과 일본의 예술에서 찾았다. 아방가르드의 입장과는 달리, 이들에게 정치와 미학은 분리되어야 하는 것이었고 서로 역할이 다른 범주였다. 미래주의의 정치적 역동성에 동의했지만 루이스와 파운드는 이것과 심미성의 세계를 동일한 것으로 보지 않았다. 모더니즘과 아방가르드의 차이점은 둘이 자본주의 체제에 대해 취하는 태도를 어떻게 볼 것인가의 문제와 관련된다. 쉽게 말해 이런 질문의 문제다. 모더니즘은 현실에 개입하고 변혁하려는 아방가르드적 성격을 얼마나 지니고 있는가? 아방가르드가 취한 현실의 역동성과 변화의 요구를 어떻게 평가할 것인가?

이런 질문 앞에서 루카치와 아도르노가 택한 서로 다른 입장은 지금도 울림이 있다. 1957년에 발표한 글인 「전위주의의 세계관적 기반」에서 루카치는 전위주의·모더니즘에 강력한 비판을 펼친다. 우선 제목부터가 문제적이다. 루카치가 여기서 언급하는 전위주의Avantgardismus는 독일어권의 아방가르드 문학운동이었던 표현주의를

• • •

* 조셉 칠더즈, 게리 헨치 편, 황종연 역, 『현대문학비평용어사전』, 문학동네, 1999, 86~87면.

염두에 둔 것이다. 그런데 루카치의 이 논문은 영어로 번역되면서 '모더니즘의 이데올로기'로 소개되었다. 영미권에서 아방가르드라는 개념이 수용된 맥락을 보여준다. 루카치가 다루는 주요 비판대상에는 카프카와 조이스 같은 당대의 핵심적 모더니즘 작가들이 두루 포함된다. 루카치는 모더니즘 전반을 아방가르드로 간주하면서 그 모두가 지닌 문제를 비판한다. "후기 자연주의, 인상주의, 상징주의 아니면 조잡한 현실의 단편들을 몽타주한 것으로 나타나느냐(신즉물주의), 또 아니면 의식의 흐름으로서 나타나느냐(초현실주의) 하는 문제는 결정적인 것이 아니다."* 루카치에게 모더니즘이나 아방가르드의 전위주의는 성립할 수 없다. 루카치가 제기한 비판의 핵심은 아방가르드와 데카당스를 뒤섞은 것이다. 루카치는 데카당스에 대한 부정적 가치판단을 아방가르드로 연결하면서 둘 모두를 부르주아 문화의 쇠퇴 과정에서 생기는 퇴폐적 양상들로 간주한다.** 그런 맥락에서 조이스와 카프카를 비판한다. 조이스의 경우에는 모든 세부요인들이 끊임없이 불안하게 진동하면서 움직이지만, 그것들이 어떤 명확한 전망이나 방향을 지니지 못함으로써 왜곡된 모습을 만들어낸다고 평한다. 전체적인 면에서 조이스의 작품은 순수한 정적 상태를 묘사하는 데 그친다.(루카치, 154면)

   루카치는 조이스에 비해 카프카를 높이 평가한다. 카프카의 작품에서는 극히 단순한 일상적 장면조차도 끔찍하고 악몽 같은 현존의 명증성을 함께 지닌다. 하지만 카프카는 직접적으로 주어진 표면 영역에

• • •

*　게오르크 루카치, 홍승용 편역, 『문제는 리얼리즘이다』, 실천문학사, 1985, 176면.
**　레나토 포지올리, 박상진 역, 『아방가르드 예술론』, 문예출판사, 1996, 19면.

서 느끼는 삶의 사실을 단순히 제시하는 데에 만족하지 못한다. 카프카는 예술적인 일반화가 불가피하다는 점을 의식하고 있었다. 그러나 카프카는 무엇을 어떻게 추상화하는가? 알레고리와 초월적인 허무에 의해 공허한 것으로 되고만 일상생활의 계기들을 추상화한다. 루카치가 보기에 이런 공허감은 이들이 공유하는 데카당스적 인간관 때문이다. 자기 자신만을 근거로 사회적 인간 관계로부터 유리된 고독한 인간을 현실의 실제적이고 진정한 본질과 동일시할 경우 추상적 가능성과 구체적 가능성 사이의 차이는 사라진다. 이런 점을 지적하면서 루카치는 모더니즘이 전위적이기는커녕 퇴폐적이라고 규정한다. 그러나 막상 루카치는 모더니즘 작가들이 처한 독점자본주의의 구체성, 사물화와 상품화의 힘에 대해서는 분석하지 않는다. 그것들과 모더니즘이 맺는 관계도 주목하지 않는다. 루카치에게 문학은 자본주의의 외부에서, 초월적 위치에서 조망하는 독수리의 눈과 같다. 그러나 문제는 모더니즘이 놓여 있던 변화된 자본주의 현실에서 작가가 취할 수 있는 초월적이고 비판적인 거리가 사라지고 있다는 것이다.[*]

　아도르노가 루카치를 비판하는 취지도 이런 현실 인식의 차이에서 기인한다. 아도르노의 시각에서 예술 작품의 논리성이 뜻하는 것은 루카치와는 다르다. 작품의 핵심은 내재적인 정합성의 논리성이다. 작품은 그 요소들을 짜는 관계를 통해서만 미적 입장을 취한다. 경험적인 현실은 작품 속에 들어오며, 작품은 현실 속에 놓여 있다. 하지만 작품

* * *

* 　이에 대한 상세한 논의로는 오길영, 『세계문학공간의 조이스와 한국문학』(서울대 출판문화원, 2014)의 2부 2장을 참고.

이 하나의 경험적 현실에 대해 대립관계를 이루는 점은 그것이 직접적으로 현실에 관여하는 정신적 형식들처럼 현실을 일의적으로 이것이니 저것이니 하고 규정하지 않기 때문이다. 작품의 현실은 외부의 현실과 같지 않다. 작품 나름의 고유한 진실을 지닌다. 작품은 어떠한 판단도 말하지 않는다. 단지 전체로서 판단을 이룰 뿐이다. 예술 작품에서는 어떤 하나의 계기가 다른 계기에 의해 진술되고 모든 요소들이 종합된다.* 모더니즘 작품의 형식과 내용은 그 자체의 "내재적인 정합성의 논리"를 지닌다. 그 논리는 현실과 유리된 논리가 아니라, 모더니즘문학이 속해 있는 현실의 정합성과 관련된다. 루카치가 비판하는 모더니즘문학의 '퇴폐성'은 현실을 제대로 보지 못하거나 왜곡되게 묘사하는 작가적 무능력의 표현이 아니다. 그렇게 해야만 현실의 목소리를 전할 수 있기 때문이다. 내용의 필연성은 형식의 필연성을 요구한다. 가령 프루스트의 경우에는 최고로 정확하고 리얼리스틱한 관찰이 무의식적 회상이라는 미학적 형식 법칙과 내적으로 결합되어 있다. 프루스트는 실용적인 충실성과, 루카치식의 범주에 비춰볼 때 리얼리스틱하지 못한 처리 방식이 통일을 이루고 있는 적절한 본보기가 된다.

모더니즘 작품들의 형식과 기법 실험 중 대표적인 기법인 몽타주는 예술의 자기성찰성을 표현한다. 몽타주는 아방가르드적 예술의 기본 원칙을 표현한다. 몽타주로 조립된 작품은 작품이 현실의 파편들로 조합 혹은 조립되어 만들어진 인위적 생산품이라는 것을 가리키면서,

• • •

* 테오도르 아도르노, 홍승용 역, 「강요된 화해」, 『문제는 리얼리즘이다』, 213면.

루카치가 옹호하는 총체성의 가상을 파괴한다. 제도예술을 파괴하려는 아방가르드의 의도는 역설적으로 예술 작품 자체 속에서 실현된다. 인간의 손에 제작되었으면서도 자연인 체하는, 루카치가 옹호하는 유기적 예술 작품은 인간과 자연의 화해라는 거짓된 이미지를 만든다. 아도르노가 비판하는 '강요된 화해'다. 모더니즘의 몽타주적인 비유기적 작품은 그 작품이 속한 현실의 비유기적이고 파편적인 성격을 표현한다. 이들은 화해의 가상을 더 이상 만들어내지 않는다. 현실의 파편들이 예술 작품 속에 삽입되면서 예술 작품은 근본적으로 변화한다. 아도르노식으로 보자면, 비유기적인 것의 구조원칙은 그 자체가 이미 해방적 성격을 띤다. 그 이유는 그러한 비유기적인 것을 통해 우리는 더욱 더 체계로 완결되어가는 어떤 이데올로기를 무너뜨릴 수 있기 때문이다.(뷔르거, 157면)

간략히 살펴본 루카치와 아도르노의 전위주의 문학론은 어느 한 쪽을 편들기 위한 것이 아니다. 전위주의의 고정된 특징은 없다는 점을 강조하기 위해서다. 변화하는 현실의 조건 속에서 전위의 의미도 달라진다. 모더니즘은 다양한 방식으로 그를 둘러싼 현실의 파편화된 성격에 맞서 그에 적합한 방식으로 저항했고, 비판적인 미적 거리와 입지점을 확보할 수 있었다. 그렇다면 포스트모던 시대에도 아방가르드 예술은 존재할 수 있는가?

3. 포스트모던과 아방가르드의 (불)가능성

모더니즘이 그렇듯이 포스트모더니티와 포스트모더니즘은 자본주의 생산 양식의 변화와 관련해 이해하는 것이 필요하다. 제임슨처럼 굳이 포스트모더니즘을 후기자본주의, 혹은 초국적 자본주의의 지배적 문화 양식으로 규정하지 않더라도, 포스트모더니즘을 1960년대 이래 변모된 자본주의 사회의 문화라는 관점에서 보는 데에는 일정한 합의가 이뤄졌다. 그렇다면 후기자본주의 시대에도 아방가르드 문학과 예술의 가능성은 있는가? 제임슨의 견해가 이 질문의 답을 찾는 데 도움이 되겠다. 모더니즘의 아방가르드적 성격을 이해하기 위해서 19세기 중엽 이후의 독점자본주의의 양상, 그로 인한 물신화와 상품화의 확산(대중자본주의의 정립)을 이해하는 것이 필요하다. 마찬가지로 포스트모더니즘과 아방가르드가 맺는 관계를 이해하려면 전 지구적 자본주의, 후기자본주의의 면모와 그것이 예술 생산과 소비에 미친 영향을 파악해야 한다.

제임슨이 보기에 후기자본주의의 특징적 면모는 그것이 외적 자연만이 아니라 내적 자연인 인간의 (무)의식까지 식민화한다는 것이다.* 후기자본주의의 문화적 지배소로서 포스트모더니즘은 다음과 같은 특징을 지닌다. 예술 영역의 전면적 상품화, 심층의 소멸 혹은 표면성의 득세, 역사의 소멸, 주체의 붕괴, 정동의 퇴조, 의미 사슬의 붕괴, 시간의 공간화, 비판적 거리의 소멸 등.** 이런 특징들은 포스트모던 예

* * *

* Fredric Jameson, *Postmodernism or: The Cultural Logic of Late Capitalism*, Durham : Duke UP, 1991, p.76.
** 제임슨의 포스트모더니즘론에 대해서는 오민석, 「프레드릭 제임슨, 정치성, 그리고 매개 – 포스트모더니즘론을 중심으로」, 『영미문학연구』 1, 영미문학연구회, 2001 참조.

술과 아방가르드의 관계를 살펴보는 데 중요한 함의를 지닌다. 몇 가지 쟁점을 살펴보자.

① 예술 영역의 전면적 상품화. 포스트모던 시대에서는 반체제적 상품조차도 문화 상품이 된다. 자본의 포식성이 그만큼 강해졌다. 혁명의 기표조차 대중문화 상품의 기표로 전환되는 모습은 이미 널리 알려진 사실이다. 모더니즘과 아방가르드 시대 작품들은 이제 제도예술로 비싼 값에 매입되어 박물관에서 전시되고 있다.

② 심층의 소멸과 표면성의 득세. 이것은 비판적 거리의 소멸과 관련된다. 모더니즘 시대부터 예술의 현실초월성은 현격하게 제한되었다. 자본주의의 외부는 사실상 소멸되었다. 초월성과 외부의 소멸은 비판적 거리의 소멸을 뜻한다. 후기자본주의에서도 다양한 형태의 저항과 반체제운동이 일어나지만 그것들은 자본주의의 뿌리를 건드리지 못한다. 그런 저항조차 포섭하는 자본주의의 역량을 입증해 주는 단발적 계기로 작용한다.

③ 주체의 붕괴와 정동의 퇴조. 1960년대 구조주의의 등장 이후 주체의 죽음, 혹은 작가의 죽음이 선포되었지만, 포스트모더니즘에서 말하는 것은 그와는 조금 성격을 달리한다. 그것은 주체와 정동으로 표현되는 고유성과 창의성과 개성의 상실이다. 포스트모던 시대에도 새로운 것에 대한 열렬한 찬미는 이뤄지지만 그것의 생명력은 오래 가지 못하고 문화 상품의 판매를 위해서만 용인된다. 공장에서 찍어내는 것처럼 잠시 등장했다 사라지는 수많은 아이돌 가수들이나 연예인들은 신상품에 매료되었다가 또 다른 신상품에 돈을 지불하는 주체들에게

는 별반 다르지 않다. 표면적으로는 새로움이 찬미되지만 그 새로움은 깊이가 없는 새로움이다. 고유성을 지닌 주체의 소멸은 그런 주체를 전제로 하는 창의적 스타일과 입장을 해체한다. 혼성모방pastiche이 좋은 예이다. 풍자와 패러디는 그 대상과의 외부적 거리를 필요로 한다. 후기자본주의는 그런 비판적 거리를 허락하지 않는다. 이제 창조성은 인터넷의 수많은 정보를 효율적으로 수집하고 재배치하여 새로운 정보를 산출하는 것이 된다. 여기에는 양면성이 있다.

포스트모던 창조성 개념은 리얼리즘과 모더니즘 시대의 창조적 글쓰기 개념을 해체하면서 세계로부터 고립된 천재적 작가라는 신화를 무너뜨린다. 이제 그런 작가는 없다. 작가도 상품화와 정보화의 흐름을 벗어날 수 없다. 거의 무한대의 정보가 인터넷을 통해 흐르고 소비되는 시대에 무로부터 어떤 새로운 것을 창조하는 것은 가당치 않은 일이다. 그러나 다른 한편으로 이 거대한 정보의 바다는 그 앞에 선 작가나 예술가에게 막막한 좌절감을 안긴다. 정보의 바다에 맞서는 아방가르드 예술은 어떻게 가능한가? 전위적 예술은 그 주관적 의도와는 다르게 정보의 바다에서 또 다른 새로운 예술 정보의 등장으로 인해 빠르게 잊히고 마는 예술 정보의 생산에 머물지 않는가? 관건은 강력한 내재성과 무한 포식성의 후기자본주의의 내부에서 비판적 거리의 거점을 어떻게 확보할 것인가의 문제다. 그것은 들뢰즈의 지적대로 주관적 의도나 욕망의 문제가 아니라, 전위적 예술의 욕망이 그 외부의 후기자본주의, 포스트모더니즘문화와 맺는 배치 관계를 구체적으로 사유하는 문제가 된다.

④ 역사의 소멸과 시간의 공간화. 미래주의의 주창자인 마리네티 미학의 핵심은 시간과 공간이 옛날에 사라졌다는 것이다. 마리네티의 미학은 현대 기술문명의 궁극적 지향점인 시공간의 죽음을 감지하고 있었다. 마리네티의 주장은 포스트모더니즘에 와서는 다른 의미를 지닌다. 마리네티가 말하는 시간과 공간의 소멸은 근대적 시간과 공간의 소멸, 혹은 옛것과 전통의 부정을 뜻한다. 제임슨이 말하는 포스트모더니즘의 주장은 훨씬 멀리 나아간다. 이제는 시간조차 공간으로 구획된다. 그것은 우리가 아는 시간성, 역사성의 소멸을 말한다. 공간적 좌표를 통해 주체는 자신의 위치를 조감한다. 마찬가지로 역사성의 성찰을 통해 주체는 자신의 시간적 위치를 파악한다. 역사성의 소멸은 모더니즘적 주체의 소멸을 뜻한다. 좌표를 잃은 주체는 자신을 구획 짓는 공간, 들뢰즈식으로 표현하면 '홈패인 공간'에서 벗어나지 못한다. 이런 포스트모던 상황에서 아방가르드는 존재할 수 있는가? 이 질문의 답을 한국문학과 관련해 모색해보자.

4. 한국문학과 아방가르드

첫째 질문. 한국문학에서 아방가르드는 존재했는가? 아방가르드의 주요한 특징이 반체제와 현실비판, 현실과의 불화라면 그런 문학은 1960~1990년대 초까지 민족문학론의 형태로 존재했다. 한국적 아방가르드로서 민족문학론의 맞수는 군사정권으로 대표되는 파시즘이었다. 국가권력이 자본보다 더 강한 힘을 행사하면서 통제했던 시대였다. 따라서 국가-자본의 융합체였던 파시즘에 맞서는 아방가르드의 싸움은 일면 단순하고 명료했다. 저항의 대상이 명료하게 구체적인 형태로 존재했다. 그러나 그 과정에서 민족문학론이 역사적 아방가르드와 모더니즘 혹은 포스트모더니즘의 경험들을 얼마나 생산적으로 활용했는지는 의문이다. 예컨대 민족문학론과 짝패를 이뤘던 리얼리즘론은 그 나름의 성과에도 불구하고 변화하는 자본주의와 길항 관계를 형성했던 역사적 모더니즘과 포스트모더니즘에 대한 맹목을 초래했다.

둘째 질문, 지금의 한국문학 공간에서도 아방가르드는 가능한가? 이 질문은 앞서 제기했던 질문과 통한다. 포스트모던 자본주의시대에도 아방가르드는 가능한가? 지금의 시대는 자본이 압도적 힘을 행사하는 시대다. 주지의 사실이지만 국가권력도 자본 앞에 머리를 숙인다. 그리고 그 자본의 힘은 촘촘하게 짜인 정보통신망의 핏줄을 따라 사회 전체의 각 부면에 지배력을 행사한다. 그리고 주체의 내면과 (무)의식을 지배한다. 자본의 착취에 맞서는 투쟁 이전에 자본에 착취당할 기회를 역설적으로 요구하는 시대다. 대학과 인문학의 운명이 그렇듯이, 팔리지 않는 문학은 냉정한 상품 논리에 의해 폐기 처분당한다. 자본의 외부가 사라진다면 자본과의 비판적 거리도 존재할 수 없다. 그렇다면 이제 아방가르드의 존립은 불가능한가?

한때 한국문학 공간에서 논의되었던 '문학의 정치'론에서 자주 인용되었던 김수영의 예에서 이에 대한 실마리를 찾고 싶다.[*] 시인 진

• • •

[*] 이하의 논의는 오길영, 「민주주의의 위기와 문학의 정치」, 『힘의 포획 – 감응의 시민문학을 위하여』 (산지니, 2015)에서 개진한 주장을 보완한 것이다.

은영은 이렇게 말한다. "항상 시인은 시와 시론, 그리고 그의 모든 언어를 통해 매번 '너무나 자유가 없다'고 외치는 자, 달리 말하면 불화의 정치학을 수행하는 자라고 믿는다."[*] 동의한다. 시인은 태생적으로 전위주의자이다. 김수영은 40여 년 전에 자신만의 방식으로 시대와 불화하는 문학의 정치를 수행했다. 말만이 아니라 행동을 통해서도, 문학의 안팎에서 "불화의 정치학"을 수행했다. 물론 지금도 김수영에게서 "불화"의 정신을 배울 수는 있다. 그러나 김수영의 현재성을 논한다는 것이 그를 반복적으로 불러내는 데 있을까? 들뢰즈에 기대 말하면, 반복 없는 창조는 없고, 창조 없는 반복도 없다. 김수영 문학의 전위성도 마찬가지이다. 그의 전위성에서 배울 것이 있다면 그 배움은 김수영을 변화 없이 연장하고 반복하거나 복원하는 데서 가능한 것이 아니다. 요는 우리 시대 민주주의와 정치의 개념을 구체화하고, 그를 위한 문학의 전위성을 새롭게 벼리는 데 있다. 전위는 곧 "불화의 정치학"이고 전복, 파괴, 혁명, 비타협과 서로 공명한다. 사회의 주어진 지배적인 감각체계, 이념, 가치관 등에 동의하지 않는 것이 전위의 정신이다. 작가의 전위성은 형식과 기법의 혁신에 그치지 않는다. 모든 내용은 형식화된 내용이므로 형식과 기법의 전위성은 곧 내용과 주제의 전위성과 결합된다. 아니, 결합이라는 말도 옳지 않다. 그들은 뗄 수 없는 동전의 양면이다. 그렇지 않다면 그것은 가짜 형식이요 기법 실험이다. 관건은 전위정신, 혁신의 정신, 체제비판의 정신을 현재화하는 방식에 있다. 어떤

• • •

* 진은영, 「한 진지한 시인의 고뇌에 대하여」, 『창작과비평』 148, 2010.여름, 27면.

작가의 전위정신을 현재화하는 것이 그 작가의 작품을 경전으로 모시고 주해를 달고 꼼꼼하게 읽고, 재평가하는 것은 아니다.

비유컨대 김수영을 하나의 틀에 가둬놓고, 혹은 제단에 모셔놓고 기리는 것이 아니다. 그의 전위정신을 배워 변형시키고 차이를 만들어, 지금, 이곳에서 실천하는 것, 그리고 지금, 이곳에서 각자의 방식으로 김수영이 되는 것이 중요하다. 그렇게 각자의 방식으로 다른 김수영들이 되어야 한다. 그래서 1960년대 김수영의 동일한 반복이 아니라, 21세기 한국의 김수영들, 차이를 만드는 김수영들이 되어야 한다. 이것이 전위정신의 현재화이다. 시대와 불화하기 위해서는 그 시대가 어떤지를 예민하게 파악해야 한다. 그 파악에는 우리가 살고 있는 한국 자본주의의 작동 방식과 그에 종속된 정치권력의 분석이 요구된다. "감각적인 것의 나눔"*인 치안과 그것을 해체하고 재분배하는 정치의 본성을 파악해야 한다. 그것과 감각체계, 문학 양식이 맺는 배치 관계를 분석해야 한다. 문학적 전위가 좁은 의미의 '문학'만을 문제 삼을 때 전위는 패배한다.

짧게 결론을 말하자. 나는 지금 한국문학에 아방가르드의 존립가능성은 많지 않다고 판단한다. '헬조선'이라는 말이 그것을 보여준다. 헬조선 혹은 자본만의 천국이 된 현실에서 전위의 싸움은 어떤 면에서 패배를 전제로 한 불가능한 싸움이다. 그러나 전위는 이기기 위해서만 앞장서지는 않는다. 전위는 지옥의 틈새를 파악하고 그 틈새를 통해 그

. . .

* 자크 랑시에르, 양창렬 역, 『정치적인 것의 가장자리에서』, 길, 2008, 247면.

지옥에서 탈출하거나 더 적극적으로는 그 지옥을 무너뜨리고 변화시키는 탐색을 포기하지 않는다. 나는 이런 태도만이 우리 시대에 가능한 아방가르드, 전위정신의 요체라고 판단한다. (2016)

비평적
공론장과 SNS

1

영국의 비평가인 이글턴이 지적하듯이 현대비평의 역사는 그 비평이 작동하는 공적 영역the Public Sphere의 발전과 연결되어 있다. 이런 공적 영역이 시민사회civil society의 기반이다. 공적 영역의 다른 이름이 공론의 장이다. 여기서 공론이란 허구적인 객관성이나 중립성을 가장한 담론이 아니다. 그런 중립성과 객관성은 존재하지 않는다. 일찍이 평론가 김현이 예리하게 지적했듯이 주어진 객관성은 없으며 객관성을 향한 지속적인 객관화의 과정이 있을 뿐이다. 비평은 현상학적인 의미에서 기본적으로 주관적이다. 어떤 비평가도 작품과 세계 해석에서 초월적인 객관성의 위치를 자임할 수 없다. 비평가는 자신의 시각에서 하나의 비평적 발언을 비평의 공론장에 던진다. 그렇게 던져진 발언에 대해 다른 비평가나 독자들이 반응하고 다른 의견을 제시하고 좀 더 설득력 있는 논의를 생산한다. 이것이 비평공론장에서 객관화가 작동하는 방식이다. 그런데 자본주의의 발전 속에서 시민사회의 공론장은 시장경제의 물신화, 상품화의 힘에 종속되는 경향을 보인다. 문학제도와 출판계로 좁혀서 말하자면, 근대문학의 핵심 쟁점이었던, 작품의 자율성과 예술성은 상품화의 논리에 정복당한다. 공론의 장은 사라져간다. 비평의 위상도 마찬가지다. 작년(2015)의 표절 논란에서 또렷하게 드러났듯이 비평은 실질적인 사회적 기능을 잃어버렸다. "비평은 문학산업의 선전 분야의 한 부분으로 전락했거나 아니면 순전히 학계의 내적인 문제가 되어버렸다."(이글턴)

2

이상적인 차원에서 공론장은 시민사회의 구성원들이 이성과 합리성에 따른 의견을 자유롭고 평등하게 개진하고 그런 소통을 통해 상대적으로 가장 설득력 있는 시민적 공론을 도출하는 것이다. 자율성, 합리성, 이성, 그리고 궁극적으로 진리의 가치가 시민적 공론장의 원리다. 그러나 이것은 현실화되기 쉽지 않다. 자본주의 시민경제를 지배하는 다른 가치들인 이익, 이해 관계, 권력, 힘, 세력은 시민적 원리들을 압도한다. 그 결과 시민적 공적 영역은 시장 가치가 지배하는 문화산업으로 전락한다. 문화산업은 시민적 가치가 아니라 이윤 추구를 핵심으로 한다. 예술 작품은 상품이 된다. 비평적 공론장의 작동은 비평 매체의 문제와 관련된다. 이글턴이 지적하듯이, 근대비평의 역사는 시장경제와 문화산업에 맞서 저항하는 것을 주된 목표로 삼았다. 그러나 그런 저항의 정신은 현대비평에서 사라졌다. 비평 매체는 이런 저항의 역사와 관련된다. 근대비평의 핵심적 매체였던, 그리고 지금도 그런 역할을 해온 신문과 문예잡지는 한때 그런 저항의 거점 역할을 했다. 한국의 경우만 보더라도, 범박하게 말해 1960년대부터 1990년대 초반까지 문예잡지는 비평적 공론장의 역할을 감당했다. 그 당시 한국문학 비평은 단지 문학비평이 아니라 동시에 사회비평이고 현실비평이었다. 그런 비평들을 읽으면서 작품을 읽는 안목만이 아니라 사회와 현실을 조망하는 훈련도 받을 수 있었다. 이것은 단지 당시 발표된 비평들의 질적 수준의 문제로만 설명될 수 없다. 다른 요인들이 작용한다. 당대의 잡지는 글의 영향력이 여전히 살아있던 시대의 산물이었다. 당시 어느 계간지의 영인본이 대학가에서 불티나게 팔린 것은 하나의 사례이다. 비평은 좋은 의미에서 당대 시민적 공론장의 최선두에 섰다. 시민적 공론장을 억압하는 정치, 경제적 힘들에 강력하게 맞서는 역할을 했다. 여기에는 아직 시민적 공론장을 완전히 영토화(들뢰즈)하지 못한 한국 자본주의의 수준도 배경으로 작용했다.

3

주지의 사실이지만, 이제 문예잡지가 그런 역할을 감당하는 시대는 끝났다. 물론 지금도 많은 문예잡지들이 발간된다. 그러나 주요 문예지의 경우에도, 발간 부수는 계속 줄고 있다. 독자층은 급격히 노쇠화되고 있다. 이런 양적 측면만이 아니라, 문예지의 사회문화적 영향력도 왜소해졌다. 물론 아직도 어떤 문예지들은 "저항과 창조의 거점"을 자임한다. 그러나 그런 자임은 시대착오적이고 일종의 자족주의다. 현실에서 힘을 행사하는 것은 관념적 자임이 아니라 말과 글이 행사하는 물질적 힘이다. 지금 문예지의 담론적 영향력은 거의 사라졌다. 두 가지 예를 들겠다.

사회자 성폭력은 문단 내에선 수십 년간 계속돼 왔는데 공론화되지 못했다. 어떤 계기로 터져 나왔다고 보나.

김민정 시인 강남역 살인사건도 있었지만, 올해 들어서 유독 페미니즘을 다룬 책들이 많이 읽혔다. 우리 삶을 해석해낼 '텍스트'가 생긴 것이다. 내가 데뷔했을 때만 해도 목소리를 낼 수 있는 자리 자체가 없었다. 지금은 사회관계망서비스(SNS)가 그 역할을 한다. (『경향신문』 좌담)

작년의 표절 논란과 지금 제기되는 문화계의 성추문 논란이 확산되고 커다란 쟁점이 된 배경 중 하나는 SNS이다. 문예잡지가 지배적인 영향력을 행사했던 시대에는 상상할 수 없는 변화다. 그리고 바로 이전에도 표절과 성추문은 한국문학 공간에 이미 인지된 문제였는데도 불구하고 표면화되지 못했다. 그러나 대중화된 SNS의 시대가 된 지금, 동시간에 정보가 확산되고 공유되는 SNS의 특성에 의해 특정한 세력이나 권력이 제기되는 쟁점을 억압할 수 없게 되었다. 그리고 이렇게 확산된 정보는 다시 신문과 방송 등의 기존 언론매체에 의해 수용되고 더 확산된다. SNS와 언론매체 사이에 상호 정보교류와 확산의 시스템이 작동한다.

그러나 이런 경향이 비평의 위상과 관련해 반드시 긍정적인 기능만을 한 것은 아니다. 대중문화평론가 강헌은 네이버 별점이 문화산업을 지배하는 현실을 비판한다. "10년 전까지만 해도 문화비평을 하면서 먹고 살았어요. 지금은 불가능합니다. (글을 발표할 수 있는) 매체가 다 죽었어요. 네이버가 모든 걸 통제합니다. 네이버를 파괴시켜야 합니다." 조금 극단적인 주장이긴 하다. 문화비평의 죽음은 특정 포털사이트의 폭력 때문만이 아니라 비평이 작동하는 담론의 공간이 변화했다는 현실이 배경으로 작용한다. 앞서 지적했듯이, 종이매체에 발표되는 비평, 그래서 그걸 통해 "먹고 살았"던 시대는 끝났다. 그런 시대를 그리워하는 것은 시대착오적이다. 소설가 이인성의 말에 기대면, "돌이킬 수 없는 것은 그래야 한다." 글을 발표할 수 있는 매체가 다 죽은 것이 아니라, 그 매체의 성격과 위상이 달라졌다. 문예지들의 영향력이 예전 같지 않다고 해서, 잡지에 발표되어 영향력을 행사했던 비평을 지금은 거의 아무도 읽지 않는다고 해서 비평의 공간이 사라진 것은 아니다. 여기서 비평과 SNS의 관계가 문제가 된다.

4

이 문제에 대해 나는 총괄적이고 객관성을 담보한 설명을 할 역량이 없다. 개인적 소회 정도를 적는다. 문예잡지의 영향력이 예전에 비해 줄어들었지만, 그것은 전 사회적 지평에서 하는 말이다. 아직도 한국문학의 제도적 공간, 혹은 문단에서 몇몇 유력한 문예잡지들의 영향력은 크다. 한국문학의 독자층은 현격히 줄고 있지만, 여전히 작가나 비평가들은 이런 잡지를 내는 출판사에서 책을 내고 비평을 발표하길 원한다. 이유는 간단하다. 문단에서의 상징자본(부르디외)을 획득하는 데 유리하기 때문이다. 나는 여기서 창작(작가나 시인)의 사례는 언급하지 않겠다. 이런 질문만 살펴보고 싶다. SNS시대에 비평의 위상은 무엇인가? 공공연한 비밀이지만, 문예지에 발표되는 비평을 읽는 이는 거의 없다. 하물며 비평집을 읽는 독자는 거의 사라졌다. 그렇다면 지금 비평은 무엇을, 누구를 위해 존재하는가? 기본적으로 외국문학 연구자로서의 정체성을 먼저 생각하는, 그래서 한국문학장에서 발표되는 작품들을 그때그때 따라 읽으면서 비평을 하는 '현장비평가'가 못되는 게으른 비평가의 주관적 소회이지만, 작년의 표절 논란을 겪으며 나는 비평의 위상과 역할을 다시 따져보게 되었다. 구체적으로는 비평 공간과 매체의 의미를 고민하게 되었다. 한국문학 공간에서 나름의 영향력을 행사하는 유력 잡지에 편집자나 고정 필자로 활동하는 것은, 비유가 적절한지 모르겠지만 안정된 성곽으로 보호받는 진지를 갖게 되는 것이다. 그 성이 얼마나 견고하게 축조된 것인지와 상관없이, 잡지라는 매체는 그와 관련을 맺은 이들, 예컨대 편집위원, 혹은 여러 인간적 관계에 따른 비평가나 작가들이 글을 발표하고 생각을 표현할 수 있는 튼튼한 터전이다. 유력 잡지의 힘은 여기서 나온다.

　　문학의 힘이 예전 같지 못하다지만, 적어도 한국문학 공간에서 활동하는 이들에게 이런 진지의 안에 있는가, 밖에 있는가 여부는 활동력의 진폭을 강하게 규정한다. 문학제도의 힘이다. 그 힘이 부정적으로 작동하고 있는 사례가 작가나 평론가의 등단 과정에서 작동하는 스캔들이다. 최근의 성추문 논란은 하나의 예에 불과하다. 유력 문예지를 중심으로 편성된 문학제도는 제도 안에서 허용되는 것과 그렇지 않은 것을 날카롭게 구분한다.

> 문학제도와 단절하는 것은 단순히 베케트에 대한 다른 설명을 제시하는 것을 의미하지 않는다. 그것은 문학, 문학비평 그리고 그것을 지탱하는 사회 가치들이 정의되는 방식들과의 단절을 뜻한다.*

어떤 독서방법들이 일반적으로 허용되는지를 강력히 결정하는 학술제도가 존재한다. 그리고 '문학제도'는 학계(아카데미)뿐만 아니라 발행인들, 문학편집자들, 평론가들을 포함한다. 횔덜린에 대한 이런 해석과 저런 해석 간의 단순한 싸움이 아니라 해석 자체의 전략들, 관습들 그리고 전략들을 둘러싸고 행해지는 싸움이 존재한다. 횔덜린이나 베케트에 대한 어떤 설명이 자기의 것과 다르다고 해서 처벌할 교사들이나 평자들은 거의 없을 것이다. 하지만 그들 중 대다수는 어떤 설명이 그들에게 '비문학적'으로 보인다는 이유로, '문학비평'에서 인정되고 있는 경계나 절차들을 넘어서고 어겼다는 이유로 처벌할 것이다. 문학비평은 보통 '문학비평적'인 것의 테두리를 벗어나지 않는 한에서는 어떤 특별한 해석을 명령하지 않으며, 무엇이 문학비평으로 합당한가 하는 것은 문

• • •

* 테리 이글턴, 김명환 외역, 『문학이론입문』, 창비, 1986, 115면.

학제도가 결정한다. 본인들이 의식하든 않든, 글을 통해 자신의 생각을 표현, 전달하는 작가나 비평가에게 그런 안정된 공간을 갖고 있다는 것은 강력한 보호의 성곽이 된다. 그리고 그 진지는 그 안에 자리 잡은 이들을 보호해 주지만 동시에 그들로 하여금 진지를 보호할 것을 요구한다. 진지의 양면성이다. 외국문학을 전공한 비평가인 한국 비평공간의 경계인으로서 나는 의도하지 않게 표절 논란에 참여하게 되면서 소위 문단권력에 찍힌 비평가로서 그런 잡지와 출판사에서 비평을 발표하거나 책을 낼 기회는 거의 없어졌다. '현장비평'과는 거리를 두고 있는 비평가로서 나는 그런 봉쇄에 대해 별 유감이 없다. 다만 두 가지는 지적해두고 싶다. 첫째, 성곽 안의 비평가들은 그 밖에 있는 비평가들을 이렇게 힐난한다. "평소에 실제 작품비평도 제대로 하지 않으면서, 문단에 무슨 문제만 생기면 나서는 비평가들." 이른바 문단권력을 비판하는 비평가들이 실제 작품 비평을 정말로 제대로 안 하고, 혹은 못하고 있는지는 구체적으로 살펴볼 일이다. 다만, '찍혔다'는 이유로 자신들이 운영하는 주류 문예지와 출판사에서 발표의 기회를 박탈해 놓고 이런 힐난을 하는 태도는 생각해 봐야 할 일이다. 정실주의는 문학계 밖에서만 일어나는 추문이 아니다.

둘째, 비평가들의 개별적 상황을 섬세하게 고려해야 한다. 예컨대 문예창작과에서 일을 하고 있는 비평가들의 경우는, 쏟아지는 작품들을 따라 읽고 비평 작업을 하는 것이 제도권 학계에서의 생존 메커니즘과 충돌하지 않는다. 그러나 그렇지 않은 상황에서 비평을 해야 하는, 다시 말해 아무리 비평을 많이 써도 제도권 학계의 업적으로 인정받지 못하는 비평가들의 상황은 다르다. 비평 활동의 물적 조건이 다르다. 맥락을 섬세하게 파악해야 한다는 조언은 여기서도 유효하다.

5

실제로 작년의 표절 논란 과정에서 문단권력을 비판하는 발언들이 성곽 안에 자리 잡지 못한 데 대한 사적 원한이나 피해의식의 소산이라고 몰아붙이는 발언도 나왔다. 이런 시각은 모든 비판을 인정투쟁의 욕망으로 환원시키는 것이다. 원한론이나 인정투쟁론은 달을 가리키는데 달에 대해서 말하지 않고 그 손가락이 누구의 것인가를 묻는 태도, 혹은 진영주의와 뿌리를 같이 한다. 작년의 표절 논란 와중에 내가 동의할 수 없는 비판 혹은 비난의 포탄들이 주류 문예지의 진지에서 날아오는 경험을 했다. 그런 안정된 성곽과 진지를 갖지 못한 성곽 밖의 비평가는 어떤 경로를 통해 자신의 입장을 개진하고 반론을 펼 수 있을까?

공적이고 안정된 비평적 발언의 진지를 갖고 있지 못한 나에게 페북은 좀 다른 의미를 갖는다. 페북은 그때그때 내가 문학과 문화에 대해 하고 싶은 발언을 기동성 있게 표현할 수 있는, (아마도 지금으로서는 내게 유일하게 허락된) 공간이자 매체다. 물론 나는 문예지에 비평을 발표할 기회를 마다하지 않는다. 그 영향력이 예전에 비해 현저하게 떨어졌지만, 문예지는 문예지만의 역할이 있기 때문이다. 다만, 앞서 지적했듯이, 이른바 유력 문예지를 포함해서 문예지들의 사회문화적 영향력은 보잘 것 없다. 이런 상황을 냉철하게 인정하는 것이 필요하다. 유력 문예지에 작품과 비평을 발표하는 것이 갖는 상징권력은 위축된 한국문학장 안에서만 가치를 지니는 일이다. 그 장을 벗어나면 영향력은 거의 없다. 루카치는 맥락의 중요성을 이렇게 비유했다. "맑스주의는 철학적 개념의 히말라야산맥이지만 히말라야에서 뛰어 노는 꼬마 토끼가 계곡의 코끼리보다 더 크다고 믿어서는 안 된다." 쪼그라든 문학 지형에서 힘을 행사한다는 이유로 "계곡의 코끼리"보다 더 크다고 믿는 "꼬마 토끼"가 되어서는 곤란하다. 그 토끼들이 매혹된 문단의 히말라야 밖에는 방대한 현실의 세계가 있다. 따라서 주제 파악 못하는 "꼬마 토끼"가 되지 않기 위해서는 자신이 노는 곳의 의미와 한계를 냉철하게 성찰해야 한다.

6

끝으로 페북과 비평의 관계를 살펴보겠다. 첫째, 많아야 수백 명의 독자들에게 읽히는 문예지의 비평에 견주어 페북을 비롯한 SNS의 독자층은 수천 명, 수만 명이 될 수 있다. 나는 페북을 사용할 때 문학 작품과 영화 등의 비평 텍스트를 다룬 글을 쓸 때는 페북 노트 기능을 이용한다. 페북 노트는 문예잡지의 비평란과 같은 역할을 할 수 있다는 걸 발견했다. 빨라야 월간, 혹은 계간으로 발간되는 문예지에 신속하게 작품 평을 게재할 수는 없으며, 독자와의 피드백을 받을 수도 없다. 페북 노트에 올리는 글들은 그런 시간의 제약에서 자유롭다. 최근에 나는 모문예지에 정유정 작가의 장편소설『종의 기원』에 관한 비평을 발표했다. 발표 전에 초고 성격의 단상을 페북에 올렸고, 그에 대한 페북 방문자들의 다양한 논평과 반응을 읽으면서 많은 시사점을 얻었고, 최종 원고를 완성하는 데 큰 도움을 받았다. 그 양상이 어떻게 전개될지 앞으로 더 살펴봐야겠지만, SNS는 우리 시대의 공적 영역, 비평적 공론의 장의 한 부분을 감당할 수 있다는 판단이 든다.

둘째, 페북에서의 비평적 글쓰기는 언론과 방송과의 긍정적 협업을 통해 한국문화계에 즉각적이며 의미 있는 충격을 줄 수 있다. 문단 안팎의 표절 논란과 성추문 논란이 좋은 예이다. 페북에 올라오는 예리한 글들과 비평들에 대해 언론은 예민하게 반응한다. 그런 글들을 거의 실시간으로 신문과 방송에 내보내기도 한다. 이런 양상은 종이잡지에서는 찾기 힘든 모습이다. 물론 여기에는 선정주의나 상업주의의 위험이 있다. 정확하게 사실fact을 검증하지 않은 상태에서 SNS의 특성상 급속하게 전파되고 공유되는 정보들과 의견들은 자칫 그릇된 공론 형성에 악용될 수 있다. 나도 그런 우려스러운 경험을 몇 차례 경험했다. SNS와 기존 언론의 관계가 어떻게 전개될지는 조심스러운 접근이 필요하겠지만, 어쨌든 SNS와 기존 언론매체와의 협업과 긴장관계는 비평적 공론장의 역할과 관련하여 눈여겨봐야 할 지점이다. 매체의 문제를 소홀히 하는 비평이 살아남을 도리는 없기 때문이다.

벤야민은 비평의 역할에 관해 이런 언급을 했다.

비평가라는 인물이 갖는 확고함은 가능하면 개인적인 확고함이 아니라 사실적이고 전략적인 확고함이어야 한다. 사람들이 비평가에 대해 아는 것은 그가 무엇을 지지하는가가 돼야 할 것이다. 비평가는 그것을 드러내야 한다.

다시 말해 비평가는 그가 속한 비평공간의 변화에 예민하게 반응해야 한다. 그렇지 못하고 기존의 관습과 제도에 안주하면서 자신의 역할을 자임하는 "개인적인 확고함"은 아무 의미가 없다. 벤야민이 문학, 영화, 문화의 내용보다 그 형식과 매체에 민감하게 반응하면서 "전략적인 확고함"을 고민한 이유다. 우리 시대 SNS는 그런 전략적 확고함을 고민하기 위한 중요한 매체이다. 다시 벤야민의 말이다.

편견 없는 취미 판단에서 나온 정직한 비평은 흥미롭지 않으며 근본적으로 실체가 없다. 비평활동에서 결정적인 것은 그 활동에 구체적인 청사진(전략적 계획)이 바탕에 놓여 있고, 그 청사진이 자신의 논리와 자신의 정직성을 지니고 있다는 점이다. 그러한 청사진을 오늘날 거의 찾아보기 힘들게 됐는데, 그 까닭은 정치적 전략과 비평적 전략이 가장 커다란 경우에만 서로 합치하기 때문이다. 그렇지만 결국 그 둘이 합치하는 것이 목표라고 볼 수 있다. 이와 같은 맥락 속에 다음의 비판적 계몽 작업을 배치할 수 있다. 독일의 독자층은 매우 독특한 구조를 띠고 있다. 즉 독자층은 서로 엇비슷한 두 진영으로 갈라져 있다. 하나는 관객이고 다른 하나는 서클이다. 이 두 부분이 겹치는 경우는 매우 드물다. 관객은 문학에서 오락의 수단, 친목을 촉진하고 심화하기 위한 수단, 고상한 의미나 저속한 의미에서의 기분 전환을 본다. 서클은 문학에서 삶의 책들, 지혜의 원천, 그들의 작은 단체, 유일하게 행복을 가져다주는 그런 단체들의 정관 같은 것을 본다. 비평은, 아주 부당하게도 지금껏 거의 오로지 관객의 시야에 들어오는 것만 다뤘다.

벤야민에게 비평이 수행하는 "비판적 계몽 작업"은 곧 "정치적 전략과 비평적 전략"을 합치시키려는 노력의 표현이다. 벤야민이 대중문학이나 대중문화에 경도된 "관객"을 향한 비평의 의미를 부인하는 것은 아니다. 그러나 시민적 공론의 장이 무너져가는 상황에서 "자신의 논리와 자신의 정직성"을 지닌 전략적 비평은 설 자리를 점점 잃어간다. 벤야민이 "서클"을 지향하는 비평의 방향을 언급한 이유다. 그러나 당연한 말이지만, 관객과 서클 사이에 만리장성은 없다. 새로운 의미의 시민적 공적 영역, 공론의 장으로서 우리 시대의 SNS가 "삶의 책들, 지혜의 원천, 그들의 작은 단체, 유일하게 행복을 가져다 주는 그런 단체들"의 역할을 온전하게 감당할지 여부는 미지수다. 그러나 그런 가능성을 애초부터 배제할 이유도 없다. 지난 1년 동안 SNS에서 글쓰기와 비평을 해본 소회다. 더 많은 비평가들이 종이매체만이 아니라 새로운 비평적 공론장인 SNS의 글쓰기 작업에 참여해 보길 권한다. 잘 활용한다면 배우고 느끼는 것이 많을 것이다. (2016)

작가는
국가대표가 아니다

한강의 '맨부커 인터내셔널상' 수상

먼저 수상을 진심으로 축하한다. 한국어로 작품활동을 하는 작가의 작품이 국제적인 유수한 문학상을 받은 건 기쁜 일이다. 더욱이 베스트셀러 작가도 아니고, 꾸준히 자신만의 고유한 작품세계를 개척해온 작가가 그 가치를 인정받은 것도 좋은 일이다. 많이 팔리는 것이 최고라고 우기는 요즘의 문학계 풍토에서는 의미 있는 일이다. 동세대, 혹은 아랫세대 작가들에게 좋은 자극이 되리라 믿는다. 상은 결국 격려의 의미가 가장 크다. 이 상이 한국문학에 보내는 격려인 것은 기쁘게 인정해야 한다. 그렇지만 이번 수상을 두고 마치 올림픽에 나가서 금메달이라도 딴 듯이 언론에서 호들갑을 떠는 것은 보기 민망하다. 노벨상 수상자인 오르한 파묵을 제쳤다는 등의 언급이 그렇다. 촌스럽고 유치하다. 엄밀히 말해 문학에서 기준을 정해 상을 주는 것은 위험을 감수하는 일이다. 모든 문학적 판단은 어쩔 수 없이 주관적이다. 문학성이나 문학적 가치의 판단 기준에 절대적이며 객관적인 기준은 없다. 그러므로 세계 3대 문학상 수상 운운하는 발언은 촌스럽다. 이런 발언은 결국 유럽문학의 헤게모니를 아무 유보 없이 수긍하는 발언이다. 저들이 인정해줘야만 된다는 의식에서 한국문학도 이제 벗어나야 할 때가 되었다.

맨부커 인터내셔널상이 권위 있는 문학상임은 분명하다. 그렇지만 이 상이 세계 3대 문학상이라는 말은 금시초문이다. 누가, 어떤 기준으로 3대 문학상을 정하는지 궁금하다. 매사에 등수 매기기 좋아하는 한국적 태도의 표현이다. 맨부커상(본상)은 1968년부터 영어권(영연방) 문학을 대상으로 운영되어온 상이다. 2005년부터 영어권이 아닌 나라에서 출판된 작품을 대상으로 별도로 운영된 상이 맨부커 인터내셔널상이다. 한마디로 비영어권 문학을 대상으로 영국에서 운영되는 문학상이다. 훌륭한 상임에는 분명하지만 호들갑을 떨 일도 아니다. 비영어권문학에 대한 대우와 인정의 표현이라고 보면 틀리지 않는다. 내가 이런 말을 하는 이유는, 이번에도 작가 개인의 수상을 두고 한국문학의 경사라니, 한국문학에 빛이 보인다는 등의 호들갑이 보이기 때문이다. 경사인 것은 분명하지만 그렇다고 저절로 한국문학의 위상이 높아지는 건 아니다. 모든 걸 국가대표라는 프레임에서 보려는 탓이다. 좋은 작품이 좋은 번역자를 만나 좋은 문학상을 받은 것뿐이다. 이 하나의 사례를 두고 마치 한국문학의 중흥이 오기라도 한 듯이 떠들 일이 아니다. 한 나라 문학의 부흥은 그런 식으로 오지 않는다.

노벨상이든 맨부커상이든 상을 받는 건 기쁜 일이지만, 문학의 경우에 상은 한 작가나 작품의 성취가 인정받았다는 뜻이지 그 이상도 이하도 아니다. 좋은 작품을 써도 그런 상을 받지 못하는 경우도 허다하다.(노벨상을 받지 못한 유수한 작가들을 생각해보라) 문학상의 수상을 둘러싼 (정치, 외교, 문화적) 변수가 적지 않다는 뜻이다. 더욱이 유럽에서 주는 문학상에 거대한 권위를 부여하고, 마치 한 작가가 그 상을 받음으로써 비로소 한국문학이 뭔가 한 단계 높은 위치에 오른 것인 양 착각한다면 곤란하다. 그건 강하게 표현하면 문화적 식민주의의 또 다른 모습이다. 이번 수상이 경사인 건 분명하지만 이 경우에도 평정심을 지키고, 오버하지 않는 게 필요하다. 한 나라 문학의 성취는 외국에서 주는 어떤 상을 받고 안 받고가 아니라 그 나라 문학과 문화 전체의 두께에서 판가름된다. 높은 산이 솟으려면 수많은 언덕과 야산과 산맥이 힘을 받쳐줘야 한다. 한국문학에서 그런 언덕과 야산과 산맥의 튼튼한 지형이 있는지를 먼저 물어야 한다. 평지 돌출한 한 가지 성취에 일희일비할 일이 아니다. 그러므로 해마다 노벨상 등의 수상 여부에 목을 매는 짓도 그만할 때가 되었다.

나는 개인적으로 이번 수상작인 『채식주의자』보다는 『소년이 온다』가 더 좋은 작품이라고 생각한다. 이건 단지 후자가 광주항쟁을 다뤘다는 시각, 소재주의의 차원에서 하는 말이 아니다. 한강이 보여주는 시적 문체와 인간의 욕망과 폭력에 대한 탐구를 인정한다. 그렇지만 그것들이 소설적 육체에 얼마나 어울리는가 하는 질문이 남는다. 인간의 폭력과 욕망을 그것이 배치된 구체적인 사회역사적 조건에서 탐구하려는 태도가 『소년이 온다』에서 더욱 생생하게 표현되었다고 판단한다. 그런 점에서 나는 한강의 시적 문체에 대해 의구심과 우려를 갖고 있다. 이것은 『소년이 온다』에도 해당된다. 시를 지향하는 소설의 운명에 대한 우려이다. 『채식주의자』가 인정을 받은 건 역시 번역의 힘이다. 좋은 영어 번역이 있었기에 수상이 가능했다. 좋든 싫든 제국의 언어인 영어가 가진 힘이다.

　내가 주목한 건 이 작품의 번역자가 자발적으로 한국어를 배워 스스로의 판단에 따라 작품을 골라 번역했다는 점이다. 한국 정부에서 국책사업으로 추진하는 한국문학 국제화 운운하는 사업의 결과물이 아니었다. 자발성이나 애정이 모든 걸 해결할 수는 없지만 문학과 예술에서 창작자, 비평가, 번역자의 자발성과 애정이 갖는 힘을 문득 느낀다. 굳이 이런 말을 적는 이유? 이번 수상을 계기로 국가가 나서서 무슨 상 수상을 위한 국책사업으로 혹시라도 '창조문학 번역사업' 운운하는 짓은 없길 바란다. 작가는 국가나 민족의 대표선수가 아니라 개인으로서 글을 쓴다. 그 글쓰기에 여러 가지 것들이 담길 수 있겠지만 그 성취는 개인의 것이다. 그러므로 한 작가의 외국문학상 수상을 두고 국가와 민족의 이름을 들먹이는 짓은 어울리지 않는다. 그리고 이번 수상으로 한국문학의 수준을 인정받았다는 말도 그만하자. 작가는 그런 인정을 받기 위해 글을 쓰는 게 아니다. 국가와 민족을 대표해서 글을 쓰는 것도 아니다. 작가는 그냥 자기가 잘할 수 있고, 하고 싶은 이야기를 쓸 뿐이다. 모든 것에서 자유로운, 한 개인으로서 글을 쓰는 작가가 좋은 작품을 쓴다. 그렇게 쓴 작품을 남이 알아주고 말고는, 어떤 상을 받고 말고는 여러 가지 요인이 작용하는 '세계문학 공화국'의 역학이, 혹은 운이 작용하는 일이다.

　다시 한번 한강 작가의 수상을 축하한다. 앞으로도 『채식주의자』와 『소년이 온다』를 넘어서는 좋은 작품을 만날 수 있기를 기대한다. (2016)

국립한국문학관,
우리가 잊고 있는 것들

　　일반 시민들의 관심을 끌 일은 아니지만, 문학계 안팎의 사람들에게는 중요한 현안이 생겼다. 국립한국문학관을 세우는 일이다. 국가가 나서서 하는 일이 대개 그렇듯이, 이 '사업'에도 수백 억이 투입되는 돈줄을 잡으려는 각 지역의 열띤 경쟁이 벌어진다. 그 경쟁이 얼마나 치열했던지 부작용을 우려해서 문화부가 추진 절차를 잠정 중단하는 일이 벌어졌다. 이런 문제를 미리 내다보지 못하고 공모를 진행한 당국이나 무조건 돈을 받아오자고 공모에 응모했던 각 지역단체도 부끄럽게 되었다. 냉소적으로 들리겠지만 언제 전국 각 지역이 한국문학계에 이렇게 열광적인 관심을 보였던 적이 있었는지 묻고 싶다. 공모에 응모한 시군구 단체들은 자기 지역이 문학관 입지로 선정되어야 할 이유를 강하게 주장했다. 공공기관만이 아니라 그 지역의 언론, 문학인들도 다양한 근거를 내세우면서 수백 억짜리 국가사업을 유치하려고 목소리를 높였다. 언론이나 점잖은 지역 문인들이 노골적으로 '돈'의 문제를 내세우지는 않는다. 다들 고상한 문화정치적 논리를 내세운다.

하지만 솔직한 속내는 수백 억의 재정을 끌어와 지역경제 활성화를 하겠다는 것이다. 한국문학이 아니라 그에 딸려오는 돈이 관심사다. 그래서 주요 문학단체들이 내세운 주장조차 선선히 들리지는 않는다. 이들은 성명서에서 "위치 선정에 지역 안배 등 정치 논리가 개입돼선 안 되며 공간의 상징성, 미래 확장성, 접근성, 국제 교류 가능성을 고려해야 한다"고 밝혔다. 그러면서 이런 주장이 사실상 특정 지역을 추천한 것이라는 비판에 대해서는 "특정 지역을 지지하는 것은 공식 입장이 아니다"라고 반박한다. 하지만 "상징성, 확장성, 접근성, 교류 가능성"에 가장 근접한 지역이 어디인지가 자명한 이상 그것은 궁색한 변명이다. 이제 공모가 중단되고 아마도 정부 자체 심의를 통해 입지를 정하게 되면, 이런 식의 궁색한 변명의 실체가 무엇인지 드러날 것이다.

제한된 지면에서 공모를 둘러싼 여러 입장을 일일이 따져볼 수는 없다. 다만, 이런 논의들을 바라보면서 내가 느끼는 불편한 점들을 적어둔다. 작년에(2015) 기회가 닿아서 미국 캘리포니아주에 있는 존 스타인벡 기념관John Steinbeck National Center을 방문했다. 한국에서는 『분노의 포도』로 유명한 노벨문학상 수상 작가 스타인벡의 고향인 살리나스에 자리한 기념관은 국립이지만 작가의 지역성을 철저히 존중해서 만들어졌고 운영된다. 같은 도시에 있는 그의 생가도 마찬가지다. 역시 캘리포니아에 위치한 오닐 기념관Eugene O'Neill National Historic Site도 국가의 재정적 도움을 얼마간 받지만 작가가 창작활동을 했던 독특한 지역적 배경을 고려한 기념관이다. 작가들의 고향이었고, 글쓰기를 했던 곳에 개별 작가의 기념관을 세운다. 미국 동부지역을 가더라도 미국문학을 대표하는 작가들인 에머슨, 호손, 멜빌, 트웨인, 소로 등을 기리는 유적지나 기념관이 있지만, 그 규모는 거창하지 않다. 작가와 작품의 지역성과 관련된 곳에 위치한다. 유럽의 경우도 사정은 다르지 않다. 최근 영국에서는 소설가 D. H. 로런스 기념관이 문을 닫는다는 기사가 나왔다. 영국 같은 문화 강국에서 이런 일이 벌어진다는 것이 놀랍지만, 이런 재정적 어려움을 국가나 지역 행정기관에 일방적으로 의지하지는 않는다. 그리고 작가 기념관들이 국가 곳곳에 산재해 있어도 그것을 인위적으로 한 곳에 모으는 일은 하지 않는다.

예컨대 셰익스피어 기념관의 경우 국립도서관, 옥스퍼드대학, 로열 셰익스피어 컴퍼니 등의 대학과 문화단체가 후원을 하지만, 국가나 지방단체의 별도 행정기구를 만드는 것이 아니라 민간 중심의 셰익스피어재단을 만들어서 입장료, 기부금, 후원금 등으로 운영한다. 여기에는 문학과 문화의 자율성은 어떤 형태로든 국가가 개입하면 흔들리게 된다는 우려가 깔려 있다. 프랑스도 국가 차원에서 중앙집권적인 문학관을 세워서 문학유산을 한 곳에 모으는 일은 하지 않는다. 파리에 있는 문학기념관도 기본적으로 작가기념관(발자크, 위고 등)이다. 이들은 시의 후원도 받지만, 영국과 마찬가지로 입장권 수입, 후원금, 기부에 상당 부분 의존한다.

국립한국문학관의 설립 취지는 체계적으로 정리되지 못한 한국문학의 자료를 한곳에 모아서 보관하고, 이를 활용해 한국문학의 진흥을 꾀하자는 것이다. 그런데 내가 알기로 지금까지 중앙정부든 지방정

부든 그 지역이 낳은 작가들의 문학적 기념물과 유산(생가, 생활공간, 집필지 등)과 원고, 유고 등을 힘써서 관리하는 데 열과 성을 다하지 않았다. 그 결과 삶의 자취가 스민 창작의 공간은 경제 논리에 따라 파괴되고 사라졌다. 그들이 남긴 글쓰기의 흔적들도 더불어 자취도 없이 사라진 경우가 많다. 상황이 이렇기에 작가들의 자료와 유품의 체계적인 집적과 정리를 위한 국립문학관 건립이 필요하다고 주장할 수 있다. 중국, 일본, 대만 등도 국립문학관을 갖고 있다는 국가주의적 경쟁 논리를 내세울 수도 있다. 그러나 각 작가들의 삶의 체취가 새겨진 공간과 글쓰기의 흔적은 모두 박멸시킨 채 웅장하게 건립된 한국문학관에는 어떤 자료들을 모을 것인가? 그 공간에서 탈색되는 작가들의 지역적 특색은 어쩔 것인가? 그리고 미국과 유럽처럼 개별 작가의 지역성을 존중하는 기념관을 세우지 않고, 중앙집권적인 문학관을 건립하면 어느 작가를 그곳에 받아들일 것인가? 이런 쟁점들이 발생한다. 누가, 어떤 기준에 의해서, '한국문학관'이라는 전당에 입성할 자격을 얻는가? 이 어려운 문제가 단지 문학적 가치판단의 문제가 아니라는 것은 한국문학사의 일그러진 궤적으로 짐작 가능하다. 이 문제를 어떻게 해결할지 궁금하다.

몇 가지 제안을 한다. 첫째, 모든 물질적, 정신적 자원이 중앙으로만 집중되는 '서울공화국'에서 한국문학 진흥의 중심 역할을 할 수밖에 없게 된 국립한국문학관은 비수도권 지역에 위치하는 것이 타당하다. 이것은 주요 문학단체들이 내세운 공간의 "상징성, 확장성, 접근성, 교류 가능성"보다 더 중요한 가치, 문화의 균형 발전과 편재성의 원칙에 근거한 제안이다. 둘째, 국립문학관을 특정 지역에 둘 수밖에 없다면, 그곳으로 모든 자원을 몰아주는 중앙 집중식이 아니라 각 지역의 기념 관과 유기적인 관계를 맺도록 해야 한다. 각 지역의 작가기념관, 지역 문학관을 한국문학관의 지역 센터로 자리매김하고, 국립한국문학관은 그 센터들을 지원하는 역할로 위상을 설정해야 한다. 물론 필요한 경우 국립문학관이 각 지역 센터들이 감당할 수 없는 자료의 아카이브 역할 을 할 수 있다. 핵심은 건강한 한국문학 생태계의 확보에 바람직한 방 향이 무엇인가라는 점이다. 셋째, 한국문학관은 죽은 작가들을 명예의 전당에 모시는 역할에 그쳐서는 안 된다. 지금 활동하는 작가들을 지 원하는 작업을 동시에 해야 한다. 그러나 창작지원금, 문예지 발간지원 금, 공공도서관의 문학도서 구입비 축소나 폐지가 벌어지는 게 현실이 다. 한국문학의 이론적, 논리적 토대를 이루는 학술서와 연구서는 공공 도서관이나 대학도서관에서조차 구입해 주지 않아서 발간의 어려움을 겪는다. 그 결과 독자들은 한국문학을 외면한다. 현실의 한국문학 생태 계는 뿌리부터 메말라 간다.

이런 현실을 외면하면서 거창한 한국문학관을 짓는다고, 그리고 겉치레 행사를 한다고 한국문학이 부흥하길 바란다면 곤란하다. 어느 철학자의 말대로 문학(관)은 과거의 작가들을 기리는 기념비가 아니 다. 문학적 "기념비는 과거에 일어난 어떤 사건을 기념하거나 축하하 는 것이 아니다. 그것은 사건에 신체성을 부여하는 지속적인 감각들을 미래의 귀에 들려주는 것이다. 끊임없이 되살아나는 인간의 고통, 다시 시작되는 인간의 항거, 가차 없이 재개되는 투쟁을."(들뢰즈) 국립한국

문학관이 또 다른 돈 잔치, 빛 좋은 개살구가 되지 않으려면 새겨야 할 조언이다.[*] (2016)

[*] 2020년 현재 시점으로 내 제안과는 다르게 국립한국문학관은 결국 서울에 세우기로 정해졌다. 앞으로의 설립 과정에서 내가 우려하는 문제들이 현실화되지 않길 바란다. 국립문학관이 한국문학의 거점 역할을 하길 기대한다.

한국문학의
아픈 징후들

표절과 문학권력 논란에 대하여

1. 한국문학장의 징후

징후적 독법symptomatic reading이라는 개념이 있다. 정신분석학에
기대어 알튀세르가 정식화한 이 개념은 텍스트가 억압하였지만 완전히
억압하지 못한 것들, 작품이 말하고 있지 않은 것들에 주목한다. 텍스트
의 무의식이다. 열, 기침, 발진 등의 신체적 증상symptom을 통해 의사가
몸 안의 병인을 추측하고 분석하듯이, 독자와 비평가는 작품이 말하고
있지 않은 내용, 그것을 말하지 않는 방식이 작품이 실제 말하는 것만큼
이나 중요하다는 것에 주목한다. 작품의 징후적인 지점들은 작품이 억
압한 '잠재 내용'이나 '무의식적 욕구'에 대해 특별히 유용한 접근 양식
을 제공해주는 왜곡, 애매성, 부재, 생략을 가리킨다.[*] 한동안 한국문학
계를 뜨겁게 달군 쟁점이었던 표절과 문학권력 논란을 지켜보면서, 나
는 이 논란을 설명할 수 있는 준거 개념으로 징후적 독법에 기댈 수 있

* * *

[*] 테리 이글턴, 김명환 외역, 『문학이론입문』, 창비, 1986, 219~223면 참조.

겠다고 생각했다. 여러 쟁점들은 한국문학계가 앓고 있지만 억압해 온 문제들을 표현하는 징후들이다. 물론 징후를 통해 문제의 원인을 완벽하게 해명할 수는 없다. 하지만 징후는 그 문제들을 진단하고 해결책을 모색할 수 있는, 활용 가능한 통로이다. 나는 한국문학계의 징후들을 온전하게 분석할 수 있는 능력을 갖고 있지 않다. 다만, 각각의 징후에 대해 내 나름의 생각을 정리해보고, 그런 정리를 통해 문제에 접근하는 길을 찾고자 한다.*

2. 근대 이후의 표절과 저작권

다시 묻자. 신경숙의 단편 「전설」은 표절인가? 이 질문을 두고 문학의 표절 기준에 대해 여러 주장이 제기되었다. 나는 장은수의 견해에 동의한다.

> 문학에서 표절이란 작품의 아이디어나 발상을 다투는 것이 아니라 구체적인 표현만을 다툰다. 이를 저작권 이론으로는 '아이디어—표현 이분법'이라고 한다. (…중략…) 한마디로 말하자면 표절 여부의 판단을 문장 레벨에서 생각해야 한다. 인물들 간의 '독특한' 관계나 특별한 사건 전개도 표절 여부를 가리는 기준이 되리라고 흔히 생각하지만, 실제로 표절로 인정할 정도로 흔

* * *

* 주요 계간지 가을호에는 특집, 좌담, 기고 등의 형태로 표절과 문학권력 논란에 관한 다양한 의견이 개진되었다. 나는 그중에서 상대적으로 논점을 명확히 제기하고 있는 『문학동네』를 중심으로 몇 가지 쟁점을 다룰 것이다.

한 것은 많지 않다고 보아도 좋을 것이다.*

장은수의 견해는 이렇게 요약된다. ① 문학에서 표절은 문장 단위에만 엄격하게 적용되어야 한다. 논란이 된 「전설」의 해당 문장은 그것이 의도적인 베끼기든, 무의식적인 차용이든 미시마 유키오의 「우국」의 표절이다. 이 점은 논란의 여지가 없다. 쟁점은 문장 표절을 갖고 작품 전체의 표절로 판단할 것인가, 아니면 문장 차원의 '부분 표절'로 볼 것인가이다. ② 문장 단위의 표절이 아니라 작품의 구성, 서술 방법, 모티프 차원의 표절을 가르는 기준은 무엇인가? "하늘 아래 새 것은 없다"는 주장대로 작가는 앞선 문학전통의 영향을 받고 그 영향을 의식한다. 그것이 비평가 블룸Harold Bloom이 말한 '영향의 불안'이다. 어떤 작가들은 앞선 작품들의 주제, 구성, 서술 방법 등을 의식적으로 차용한다. 그렇다면 「전설」의 구성과 서술 방법은 「우국」과 얼마나 같고 다른가? 명쾌하게 답하기 힘들다. 어떤 작가도 앞선 작품의 구성과 서술법, 모티프를 그대로 가져오는 경우는 드물다. 문장의 표절은 명백한데, 구성, 서술, 모티프 측면에서도 「전설」이 「우국」의 단순한 차용인지 아닌지는 논란의 여지가 있다.

　　물론 일정한 대응 관계는 성립한다. 가령 서두에 일종의 요약적 개요를 배치한 점이라든지, 남녀 주인공의 구도, 즉 결혼 뒤 6·25의 발발과 함께 약

• • •

* 장은수, 「무엇을 표절이라고 할 것인가」, 『문학동네』 84, 2015.가을, 64~65면.

간은 감상적인 책임감으로 입대한 남주인공이나 그를 기다리다 늙는 아내의 형상들은 우연한 유사성이라기보다는 「우국」을 전제할 때 더 자연스럽게 설명된다는 점에서 양자는 거울이다. 그럼에도 두 단편은 같지 않다. 구성과 모티프의 기시감에도 삽화들은 변형되고 그를 실현하는 문체를 비롯한 세부는 사뭇 다르다.*

결론적으로 「전설」이 「우국」의 차용이라는 입장으로 최원식은 기울지만, 그 반대의 해석도 가능하다. 이런저런 변형이 되었지만 차용을 넘어선 베껴 쓰기에 가까운 변형으로 볼 수도 있다. 다만, 장은수의 주장을 따라 문장 차원이 아니라 작품의 구성과 서술법, 모티프 차원의 표절에 관한 판단 여부는 조심스럽게 이뤄져야 한다는 데 나도 동의한다.

③문장 차원의 표절이든 작품 전체의 표절이든, 표절에 대한 '사실판단'의 문제를 작품의 가치판단의 문제와 뒤섞어서는 안 된다. 표절이든 차용이든 작품의 질이 뛰어나면 문제가 없다는 주장은 곤란하다. 「우국」과 「전설」의 성취를 두고 여러 해석이 가능하다. 작품에 대한 가치판단에 정답은 없다. 나의 독서실감에 따르면 두 작품 모두 범상한 수준이다.** 파시즘 미학에 충실한 작품이라는 평가 이전에 「우국」은 한 남성의 주관적 신념과 그 신념을 무조건적으로 추앙하는 여성의 결단을 죽음으로 확인하는 유아론적 세계 인식을 극단적으로 밀어붙

• • •

* 최원식, 「우리 시대 비평의 몫」, 『문학동네』 84, 2015.가을, 48~49면.
** 신경숙, 「전설」, 『감자먹는 사람들』, 창비, 2005; 미시마 유키오, 「우국」, 『이문열 세계명작 산책 2 – 죽음의 미학』, 살림출판사, 2003.

인 작품에 그친다. 그 결단과 죽음의 미학에서 어떤 정념과 힘을 느끼는 독자도 있겠지만 그런 느낌의 근거는 약하다. 「전설」은 신경숙의 소녀 취향적 감수성이 확인되는 범작이다. 사건과 인물의 묘사를 감상주의적 취향이 지배하기에 이야기의 앞뒤를 구성하는 한국전쟁의 객관적 서술과도 확연한 부조화를 이룬다. 아마도 작가는 이야기 서술의 감상주의를 객관적 시대 서술로 만회할 수 있겠다고 판단했을지 모르나 역부족이다. 이 단편에는 날카로운 현실 인식도, 한국전쟁에 대한 새로운 인식도, 그 상황과 부딪치는 인물의 깊은 내면도 드러나지 않는다. 표현된 것은 사건의 표면을 맴도는 감상주의적 서술이다. 두 작품에 대한 평가를 말했지만, 두 작품에 대해 어떤 평가를 내리든 상관없이 「전설」이 적어도 문장 단위에서 「우국」을 표절한 것은 분명하다. 이 분명한 사실을 문자적 유사성이나 작품의 성취 운운하면서 덮을 수는 없다.

이번 논란은 문학에서 표절의 기준에 대해 구체적인 정리가 필요하다는 것을 알려줬다. 한 예가 엘리엇T.S.Eliot의 창작론을 빌어 표절을 옹호한 것이다. 엘리엇의 발언은 이렇다.

가장 분명한 테스트 중 하나는 한 시인이 빌려오는 방법이다. 미숙한 시인은 모방한다. 성숙한 시인은 훔친다. 나쁜 시인은 그들이 가져온 것을 훼손한다. 그리고 훌륭한 시인은 그가 가져온 것을 좀 더 나은 것, 혹은 적어도 다른 무엇으로 만든다.*

• • •

* T. S. Eliot, "Philip Massinger", *The Sacred Woods*, London : Methuen, 1972, p.125.

일부의 곡해와는 달리 엘리엇의 취지는 표절을 옹호하는 것이 아니다. 셰익스피어William Shakespeare(1564~1616)와 매싱거Philip Massinger(1583~1640)를 비교하는 엘리엇의 문제의식은 매싱거가 셰익스피어 작품에 기대면서도 그만의 고유한 작품을 창작하지 못했다는 것이다. 매싱거는 삶을 보는 새로운 방식이 요구되던 시대에, 자신보다 앞선 작가들의 눈을 통해서, 그리고 자신의 주관적인 눈을 통해서만 삶의 양태를 바라봤다.(엘리엇, p.143) 엘리엇이 대조한 "모방"과 "훔치기"는 비유법이다. 미숙한 작가는 다른 작가의 작품에 기대면서 자신만의 것을 만들지 못한다. 강조점은 새로운 것을 만드는 것이다. 이 주장을 '하늘 아래 새로운 것은 없으니 아무렇게나 남의 것을 가져와도 좋다'고 해석해서는 안 된다. 그럴 때 작품은 훼손된다고 엘리엇은 명확히 밝힌다.* 엘리엇의 주장이나 블룸이 말한 "영향의 불안" 등은 후대 작가의 표절을 옹호하기 위해서가 나온 말이 아니다. 앞선 선배 작가들이 이미 쌓아놓은 문학적 영토 안에서 활동해야 하는 후대 작가나 시인은 그만의 새롭고 독창적인 영토를 구축하기가 힘들다. 그럴 때 자신만의 독창적 세계를 열기 위해 앞선 작품들의 말과 표현과 형식과 내용과 주제들이 무엇인지를 최대한 정확히 이해하고, 그들과 조금이라도 다른 작품을 쓸 때만 개성있는 작품이 탄생할 수 있다는 창작의 어려움을 표현한 것이다. 그것이 낭만주의 이후의 근대적 창작관이다.

* * *

* 이에 대해서는 Lee Ellis, "T. S. Eliot Was Wrong" 참조(http://www.newyorker.com/books/page-turner/t-s-eliot-was-wrong) 엘리엇이 "steal"이라고 말한 취지는 문장을 베끼는 게 아니라 아이디어, 주제, 리듬, 구조를 차용할 수 있다는 것이지, 표절을 옹호한 것이 아니다.

엘리엇의 주장은 근대적 저작권법이 만들어지기 전에 활동했던 작가들에 대한 것이다. 영국에서 근대적 저작권법이 만들어진 것은 1710년이다. 셰익스피어의 사후 100년 뒤의 일이다. 창작물의 권리 인정은 낭만주의적 창작관의 핵심인 독창성의 개념과 관련된다. 글쓰기에 있어 독창성의 개념은 앞선 작가들의 글쓰기와 구별되는 자신만의 글쓰기에 대한 강한 자의식을 낳는다. 여기서 근대적 문학관이 성립한다. 독창적인 사유의 결과물인 책은 저작권법과 관련하여 아무나 갖다 쓸 수 있는 공유물이 아니고 사적 재산권의 보호를 받게 된다. 표절 문제가 본격적으로 제기된 시점이 낭만주의 시대 이후인 것도 이런 사정과 관련된다. 문학을 포함한 예술의 창작과 비평에서 표절과 관련된 다양한 개념들이 만들어진 이유를 이해할 수 있게 된다. 낭만주의 시대 이후 표절, 모방, 패러디, 오마주, 인유, 패스티쉬 등의 다양한 개념의 분화가 일어난 이유는? 근대적 저작권의 확립과 글쓰기의 독창성이 문학의 핵심 개념으로 자리 잡아 가는 역사적 변화 과정에 처한 작가들의 곤경, 자의식과 관련된다. 작가들은 글을 쓸 때마다 다른 작가의 작품을 무의식적이라도 베낄 수 있다는 것에 대한 두려움과 자의식을 갖게 되었다. 그 자의식의 표현이 표절과는 구분되는 다양한 문학 개념이다. 표절과 관련된 문학비평 개념의 역사적 분화는 근대적 창작 과정에서 발생한 작가적 자의식의 표현이다.

따라서 다음에 유의해야 한다. 첫째, 자신의 글쓰기가 앞선, 혹은 동시대 작가들과 맺는 영향 관계를 예민하게 의식해야 한다. 예컨대 20세기 모더니즘 시문학의 대표작인 엘리엇의 「황무지the Waste Land」에는 수많은 문화적 인유cultural allusion와 서구 정전, 불교, 인도 경전에 관한 인용이 있다. 시인은 이런 문화적 인유가 표나게 드러나도록 시를 구성한다. 몇 쪽에 걸쳐 이 시에서 사용된 비유법, 인용references과 인유의 근거를 제시하는 주석을 시에 덧붙였다. 글쓰기의 독창성과 문화적 차용에 대한 작가의 자의식을 드러내는 예이다.* 작가는 근현대문학사에서 저작권의 확립과 함께 표절과 모방, 패러디, 오마주, 인유, 패스티쉬 등의 개념들이 분화된 맥락을 알아야 한다. 둘째, 자신의 글쓰기가 혹여 다른 사람들의 글쓰기를 무의식적이라도 표절하거나 차용한 것이 사후적으로 확인된다면 그 사실을 인정해야 한다. 그리고 법적 책임까지는 아니더라도 윤리적 책임을 져야 한다. 그런 일이 일어날 수 있는 것이 무수한 언어들의 집적체인 문학의 독특함이다. 그리고 근대문학의 정립 이후 작가들이 처한 창작의 어려움이다. 요는 글쓰기의 독창성이 지닌 한계에 대한 예민한 성찰이다. 이번 표절 논란의 핵심은 작가가 행한 문장의 표절 그 자체라기보다는 근대적 글쓰기가 작가에게 요구하는 이런 태도를 작가와 그를 옹호하는 비평가들이 소홀히 했기 때문이다.

· · ·

* 모더니스트 시학에서 노골적이거나 의도적인 인유는 적지 않게 나타나지만, 그 경우에도 「황무지」처럼 주석을 통해서 근거를 밝힌 경우도 있고, 그렇지 않은 경우도 있지만 그 인유, 인용의 맥락을 짐작할 수 있는 차용이나 창조적 변형이 이뤄졌다. 이에 대한 정보를 제공해 준 현대영미시 전공자인 정은귀 교수(한국외대)에게 감사한다.

3. 실체 없는 문학권력?

내가 이번 사태를 한국문학이 앓는 문제를 드러내는 징후라고 읽는 또 다른 이유. 한 명의 작가가 어떻게 문학제도에 의해 '신화화'되는가를 전형적으로 보여주기 때문이다. 나를 비롯한 몇몇 비평가들은 작가를 신화화할 수 있는 힘을 지닌 출판사·잡지를 문학권력이라고 규정했다. 이에 대해 창비와 문학동네는 각각 반론을 제출했다.[*] 그러나 중요한 것은 주관적 의도나 말이 아니라 그 말과 행위의 객관적 효과다. 주관적으로 자신들을 무엇이라고 생각하는지는 중요하지 않다. 예컨대 백영서가 언급한 "창조와 저항의 거점으로서의 역할을 자임한 창비"(3면) 운운이 그렇다. 자임自任은 스스로 어떤 역할을 떠맡는다는 뜻이다. "창조와 저항의 거점"이 되려고 노력하는 것은 뭐라 할 게 없다. 그러나 자기규정의 딱지를 붙인다고 저절로 그런 존재가 되지는 않는다. 그런 호칭은 창비의 여러 작업들이 한국문학 공간에서 행사하는 긍정적인 힘과 역할을 판단하여 사후적으로 인정받을 때, 부여되는 칭호다. 스스로 권위를 자임할 때 권위주의가 된다.

창비가 1960~1980년대에 이르는 엄혹한 시절에 수행했던 활동과 업적은 인정받아 왔다. 그때 창비는 분명 "창조와 저항의 거점" 중하나였다. 그렇지만 과거의 성취를 인정하는 것과 어느 시점 이후부터,

* * *

* 백영서, 「표절과 문학권력 논란을 겪으며」, 『창작과비평』 169(2015.가을); 권희철, 「눈동자 속의 불안」, 『문학동네』 84호. 한 가지만 먼저 지적해 두자. 권희철은 "만약 문학권력이라는 말이 성립할 수 있다면, 그것은 문학 그 자체의 힘이라는 뜻일 것이다"(12면)라는 뻔한 '문학주의'를 주장한다. 이것은 근대문학의 전개 과정에서 문학제도 혹은 비평제도 안에서만 작동하게 된 문학의 역사적 위상 변화를 외면한 나이브한 발언이다.

그리고 지금 창비가 보이는 행태에 대한 평가는 별개 문제다. 선험적으로 '옳다'고 규정된 자기규정과 자임은 날카로운 성찰이 동반되지 못할 때 드높은 목소리의 슬로건이 되기 쉽다. 그럴 때 개인이나 조직은 굳어지고, 생명력을 잃는다. 라캉이 지적했듯이 말과 정체성의 의미를 규정하는 것은 자신이 아니라 타자이다. 권력도 마찬가지다. '내'가, 어떤 조직이 스스로를 권력자로 의식하는가 아닌가 여부는 중요하지 않다. 그 조직, 출판사, 잡지가 한국문학장에서 행사하는 힘과 영향력, 효과의 여부가 문학권력의 여부를 결정짓는다.*

현대의 문학은 이미 충분히 제도화가 되었잖아요. (…중략…) 제도화라는 건 생태계가 만들어졌다는 거예요. 그리고 또 생태계라는 건 문학을 두고 수많은 일자리, 직업종사자들, 전문가들이 만들어졌다는 거거든요. 그리고 소비자가 생기고 생산자가 생기고, 유통이 발생하고, 그리고 그 안에서 이익이 발생하겠죠. (…중략…) 그렇다면 누군가는 그 이익을 배분해야 되겠죠. 그 이익을 배분할 수 있는 권한을 누가 더 많이 가지고 있느냐, 그게 권력이거든요. (…중략…) 그 권력 자체가 불가피한 측면이 있어요. 그렇지만 그 권력이 교체되지 않고, 편중되고, 어느 한쪽이 계속 가지고 있으면 이게 문제가 되는 거죠. 권력 자체가 나쁜 건 아니라고 저는 생각해요. 그런데 이게 교체가 되지

. . .

* 『문학과사회』 좌담에서 평론가 김영찬도 비슷한 견해를 피력한다. "그것들이 어떤 인격적인 의도나 진심과는 별개로 관행화되면서 문학장 속에서 만들어내는 어떤 특정한 형태의 권력효과 같은 것들을 구조적인 차원에서 바라봐야 한다는 얘기다. 그건 문학권력으로 지목되는 그 당사자의 입장에서도 마찬가지다." 좌담 「표절사태 이후의 한국문학」, 『문학과사회』 111(2015.가을) 433면.

않는다는 거죠.*

그러므로 문학권력의 실체가 없다든지, 실체 없는 권력을 비판하는 이들이야말로 권력욕에 사로잡혀 있다든지 하는 말은 무리한 주장이다. 문제를 풀 수 있는 방도를 궁구하려면 먼저 문제의 실체를 인정해야 한다.

그렇다면 문학권력은 변화될 수 있을까? 누군가는 말한다. 자본주의에서 출판사도 이윤을 추구하는 엄연한 사기업이므로 그들에게 외부에서 변화를 요구하는 것은 일종의 폭력이라고. 일면 맞는 말이다. 하지만 이런 논리라면 한국의 천민자본주의에서 재벌이나 대기업의 횡포에 대해서도 어떤 비판도 불가능하다. 국가나 시민사회가 나서서 사기업들의 문제를 왈가왈부할 이유가 없다. 공정거래라는 말도 필요 없다. 그러나 우리는 공정한 시장경제, 경제민주화를 말하고, 공정거래위원회나 금융위원회와 같은 국가기구를 갖고 있다. (물론 그 기구들이 현실적으로 제 역할을 하고 있는지 여부는 따로 따져볼 문제다.) 결론을 당겨 말하자. 자본주의 시장경제에서 살아남아야 하는 출판사나 잡지에게 상업성과 대중성을 포기하라는 것은 어불성설이다. 다만, 다른 상품과는 구별되는 공공성을 지닌 문화상품으로서 문학의 독특성에 대한 최저선의 존중과 양식을 지켜줄 것을 바라는 것이다. 혹자는 문학권력 비판자들을 역비판하면서 힘 있는 출판사나 잡지에 맞설 수 있는 대안적 "진지"를 만들어야 한다고 주장한다.

• • •

* 좌담 「한국문단의 구조를 다시 생각한다」, 『문학동네』 84, 77면. 소설가 김도언의 발언이다.

일리 있는 주장이고 당연히 그런 고민은 필요하다. 그러나 독점적 (문학)시장 구조에서 그 시장에 진입하여 새로운 진지를 만드는 일이 비판자들만의 몫일까? 대기업이 지배하는 시장 구조에서 신규 진입자의 노력만으로 그 시장 구조가 합리적으로 변화할 수 있을까? 진지 구축이 안 된 주된 이유가 주체들의 노력이나 실력이 부족해서일까? 부족한 실력을 더 쌓는 것은 필요하다. 그러나 대안적 진지를 구축하려는 이런저런 노력들이 그간 실패한 것은 공정한 문학 시장 질서가 형성되지 못한 시스템의 문제가 더욱 크다. 특정 출판사들이 그들이 지닌 물질적, 혹은 상징적 권력으로 작가나 비평가들을 관리하고, 작가들을 선별해 막대한 광고와 마케팅을 해 왔다는 것은 익히 알려진 사실이다. 그렇게 할 수 있는 힘이 있기에 그들을 문학권력이라고 부른다.

문학권력과 작가들의 관계는 꼭 작품을 많이 파는 문제와 관련되지는 않는다. 여기에는 문학 시장에서 고유하게 작동하는 상징권력의 문제가 있다. 작가는 상징권력을 지닌 출판사에서 작품이 출판되고 권위 있는 비평가의 인정을 받기를 바란다. 인정 욕망의 표현이다.

문학적인 헤게모니라든가 이익을 과감히 포기하고 작은 출판사에서 책을 낼 수가 있는가. 저는 회의적이에요. 요즘 신인 작가들을 보면 문학동네, 문지, 창비에서 책이 나오지 않으면 큰일 나는 줄 알아요. 작가로서 내 생명이 끝난 줄 알고. 작가의 이런 무의식이 왜 만들어졌을까요? 이런 불안과 공포가, 문학동네나 문지나 창비에서 이런 분위기가 만들어지는 데 그게 고의

는 아니더라도 일종의 안 좋은 방향에서의 역할이 있었다는 거죠.[*]

책의 판매 여부와 별개로 문단에서 명확하게 인정받는 작가나 비평가가 되기 위해서는 유력 출판사로부터 인증을 받아야 한다. 등단을 하고 나서도 이들 출판사의 공모전에 뽑히기 위해 이들 작가들이 다시 경쟁해야 하는 이유다. 공모전을 통한 작가 관리, 공모전 수상 작가에 대한 출판사 발간잡지와 비평가들의 전폭적인 지지, 상품성 있는 작가에 대한 대대적인 마케팅을 통한 대중성 확보의 출판 메커니즘이 작동한다. 현재 작동하는 문단권력의 작가 관리 시스템을 어떻게 바꿀 것인지에 대한 뾰족한 아이디어를 나는 갖고 있지 않다.

다만, 비평의 기능이라는 측면에서 원론적인 지적은 하고 싶다. 내가 알기로 미국이나 유럽 국가 중에서 한국처럼 유력 출판사의 문학 단행본 기획과 출판에 비평가들이 관여하는 사례는 없다. 그런 관여로 인해 비평의 독립성이 훼손된다. 출판사의 문학 작품 출판과 기획 기능을, 그 작품에 대한 비평과 엄격히 분리해야 한다. 미국, 유럽 국가에서도 문학상을 운영하고 수상도 하지만 그런 상의 운영을 특정 출판사가 맡는 경우는 찾기 힘들다. 더욱이 미출간 작품을 공모하고 그렇게 뽑힌 작품을 출판하는 경우도 없다. 기본적으로 문학상은 이미 출판된 작품을 대상으로 이뤄진다.[**] 더욱이 문학상을 주관하는 출판사에서 나온 책에게

* * *

* 『문학동네』 좌담 110면. 김도언의 발언.

** 예컨대 영국의 유력한 문학상인 부커상이 좋은 예이다. "부커상이 명성을 유지하는 비결은 아마도 심사 과정의 완전무결성과 철저한 독립성에 있을 것이다. 지금까지 심사위원들이 외부의 영향력, 매수, 타락에 연

상을 주는 경우는 찾기 힘들다.[*] 출판사로 투고되는 단행본 원고들과 그 원고를 엄격히 심사하고 상업성과 예술성 측면에서 출판의 타당성을 검증하는 출판사 편집자들의 심사로 출판 여부가 결정된다. 출판사의 사정에 따라 상업성과 예술성 중에서 어느 쪽을 더 강조할 것인지는 달라질 수 있다. 하지만 출판 의뢰된 단행본의 출판 여부는 출판사 편집자의 독자적 판단에 따라 결정된다. 편집자는 출판사의 운영방침에 따라 움직인다. 편집자는 비평가가 아니다.

비평가의 활동 영역은 다르다. 미국과 유럽의 경우 비평은 주요 일간지의 문예란, 즉 쾨에통Feuilleton을 통해 이뤄진다. 미국이나 독일 모두 대학의 문학 교수들은 주로 문학전문 학술지에 학술논문을 쓴다. 개중에는 전국신문이나 지역신문에 현장비평을 쓰는 경우도 있으나 그 수는 많지 않다. 문예란을 담당하는 리뷰어나 비평가들의 수준도 높다. 문학 담당 전문기자나 외부 전문가의 비평문도 싣는다. 그것과 비교하면 한국 일간지의 문예란은 비평이라고 보기 어렵다. 대개가 단순한 책 소개에 머문다. 그리고 그 소개는 대개 칭찬 일색이다.[**] 요약하

. . .

루된 일이 없었다. 부커상은 작품만을 보고 수상자를 선정한다. 심사 규정과 심사위원 선정은 자문위원회가 맡아서 한다. 다섯 명의 심사위원은 종신제가 아니라 매번 바뀌고 2년 연속 심사위원이 되는 경우는 매우 드물다."(박종성, 「영어권 소설의 뷔페장 '부커상'」, 『문학사상』 417, 2007.7, 241면) 프랑스와 미국의 유력 문학상인 콩쿠르상이나 풀리처상도 다르지 않다. 한국의 문학상 운영과 비교가 된다. "이 문학상의 성격은 곧 문학동네와 창비의 문학 출판의 성격을 단적으로 보여준다. 문학동네가 적극적 신인 발굴과 그 가치평가에 주력한다면, 창비는 한국문학 전체의 성과를 대상으로 삼으면서 가치 평가의 권위와 지배력을 확보한다." 서영인, 「한국문학의 독점 구조와 대중적 소통 감각의 상실」, 『실천문학』 119, 2015.가을, 161면.

[*] 그런 점에서 2015년 만해문학상을 사양한 김사인 시인의 사례는 눈에 띈다. 김시인은 자신이 이 상의 예심에 참여했고, 계간지 (비상임)편집위원이므로 후보에서 제외되는 것이 맞다고 말했다.

[**] 오길영, 『힘의 포획』, 산지니, 2015, 192면. 한국언론의 문학 관련 기사에 대해서는 관련 기자들도 문제

면 미국이나 유럽의 경우 비평가는 출판사와 관련을 맺지 않는다. 비평가는 자신의 감식안을 갖고 자기가 읽고 있는 작품이 좋은 작품인지 여부만을 판단한다. 거기에서 비평의 권위와 신뢰가 만들어진다. 독일의 마르셀 라이히-라니츠키, 미국의 미치코 가쿠타니 같은 비평가들이 좋은 예이다. 비평가나 그가 활동하는 문예지가 그 문예지를 발간하는 출판사의 단행본 출판과 얽힐 때 비평의 독립성은 무너진다. 이것은 그 비평가의 주관적 입장의 문제가 아니다. 제도의 문제다. 현재의 문학출판 시스템이 비평의 독립성을 보장하지 못한다면, 그 방도를 고민해야 한다. 비평이 독립적이지 못하면 비평은 신뢰를 잃는다. 비평이 신뢰를 잃으면 비평이 지키는 문학의 성곽도 무너진다. 바르트의 지적대로 비평은 "예술의 마지막 방어선"이다.

4. '달콤한 비판'의 비평?

여러 이야기를 적었지만 문학권력 출판사들이 스스로 변화하기를 바라는 일은 기대난망이다. 그들은 그들의 이해 관계에 따라 상황을 판단하기 십상이다.* 이미 확립된 체제가 그들에게는 편리하다.** 그러

• • •

점을 인정한다. 거기에는 제대로 된 서평기사를 쓸 수 없는 언론 환경도 작용한다. 언론에서도 문학 관련 기사는 점점 설 자리를 잃어간다. 문학기자 좌담 「문단 외부에서 본 신경숙 표절 논란과 문화권력 논쟁」, 『실천문학』 119 참조.

* 최근에 나온 창비 편집위원들의 견해를 봐도 그렇다. 이에 대해서는 오길영, 「'자비의 원칙'과 '비판의 원칙' – 창비 김종엽, 황정아 편집위원의 글을 읽고」를 참조(http://www.huffingtonpost.kr/gilyoung-oh/story_b_8272540.htm)

** 나는 창비의 예를 들어 한때는 긍정적으로 작동했던 '백낙청 체제'가 시간의 흐름 속에서 어떻게 활기 없

므로 현재의 문학 시스템을 따르지 않으면서도 그 시스템에 균열을 내고 자신만의 문학적 영토를 개척하는 사례들에 주목하고 그런 모색들을 더 많이 발굴해야 한다. 나는 그 점에서 정유정, 손아람 작가의 활동에 주목한다. 내가 최근에 읽은 한국문학 작품 중에서 이 두 작가는 문제의 핵심을 우회하지 않고 정면으로 돌파하는 힘의 글쓰기를 보여준다. 이것을 소재주의로 오해해서는 곤란하다. 언제부턴가 한국문학은 자신이 다루는 제재의 의미는 깊이 사유하지 못한 채 그것을 세공하는 기술과 스타일의 세련됨에 주력하는 인상을 받는다. 여기에는 작가들이 글쓰기의 경력을 쌓고 작가가 되는 과정의 획일성도 중요한 원인으로 작용한다.* 지금의 시대는 예전의 시대와 달라졌기에 작가들의 체험의 방식도 달라져야 한다는 반론도 가능하다. 그러나 문제는 그것이 직접적 체험이든, 간접적 체험이든 광대한 세상과 삶의 네트워크에 담대

• • •

는 굳은 체제로 변할 수 있는지를 지적한 바 있다. 나는 표절 논란을 직접적으로 '백낙청 50년 체제'의 귀결로 보지는 않는다. 그러나 신경숙을 건드릴 수 없는 작가로 신화화하는 데 있어 백낙청의 강력한 옹호가 중요한 원인으로 작용한 것은 부인하기 어렵다. 그리고 백낙청은 그런 입장을 여전히 견지하고 있다. 「백낙청 50년 체제 깨야 창비가 산다」(http://www.nocutnews.co.kr/news/4431184)

* 이런 맥락에서 문예창작과를 문제의 원인으로 지목하는 입장도 나왔다. 나는 동의하지 않는다. 문창과의 창작교육의 실상과 문제를 따져보는 일은 필요하다. 요는 문창과 출신이든 아니든, 지금 한국문학에서는 탈영토화와 도주, 반체제의 담대함이 잘 안 보인다는 점이 문제? 잘 다듬어진 문장만이 아니라 그 문장에 스며있는 삶의 다양한 정동들, 기운들, 기개, 힘이 보이지 않는다는 것. 섬세함의 문장으로 그런 구멍들을 가린다는 것. 물론 작가에게 특정한 글쓰기의 형태를 요구할 수는 없다. 다만, 잘 다듬어진 문장의 문학, 그 이상에 대한 기대를 말하는 것이다. 문학이 오직 '문학'만을 문제 삼을 때 문학은 죽는다. 문학은 문학 이외의 것들, 우리 삶을 구성하는 모든 것들, 삶을 구성하는 수많은 기운들, 힘들에 예민하게 감각할 때 비로소 문학이 된다. 작가에게 무리한 요구를 하는 게 아니다. 나는 어떤 '태도'의 문제를 말하는 것이다. 이 점을 논하지 않고 문창과를 문제의 희생물로 삼는 건 사태를 호도하는 것이다. 문제의 핵심은 영토화하고, 도주와 힘의 분출을 억압하는 딱딱해진 문학 시스템이다. 모든 경직된 시스템은 생명에 적대적이다. 문학은 생명의 기운과 정동을 핵심으로 한다.

하게 맞서는 기개가 약해졌다는 것이다.

인간이 그 특정한 현실의 의미를 파악할 수 없을 때, 혹은 그 현실의 전개에서 귀결되는 결과를 수락할 수 없을 때, 그는 상징법을 사용한다. 또 어렵고 간혹은 해결 불가능한 문제를 해결하지 못할 때, (헤겔의 명문구를 빌자면) 미래의 그림에 생명을 불어넣는 마법의 말을 할 수 없을 때, 인간은 상징에 의존한다. 그러므로 그 마법의 말을 말할 수 있는 능력은 힘의 표시이며, 그렇게 하지 못하는 것은 무력함의 표시이다. 마찬가지로 예술에 있어서도 한 예술가가 상징법으로 기울 때, 그것은 그의 사고—혹은 계급의 사회 발전이라는 의미에서 그가 대표하는 계급의 사고—가 감히 그의 눈앞에 놓여 있는 현실 속으로 파고들지 못한다는 것을 보여주는 너무도 명백한 표시이다.[*]

이런 주장을 협애한 리얼리즘의 옹호로 이해해서는 안 된다. "감히 그의 눈앞에 놓여 있는 현실 속으로 파고들지 못"하는 작가들의 무력함이 문제다. 해결 불가능해 보이는 현실의 문제 앞에서 손을 놓거나 주저하고 머뭇거리는 것을 섬세함의 표현으로 오도하는 태도에 대한 경계로 봐야 한다. 섬세함은 다루는 대상의 면모를 두루 살피면서 최대한 놓치는 것 없이 꼼꼼하게 살피는 것이다. 한때 문학비평에서 득세했던 신비평New Criticism에서는 꼼꼼한 읽기close reading를 강조했다. 그러나 비평이나 문학연구에서 통상 긍정적으로만 언급되는 섬세함의 의미도 다시

* * *

* 프레드릭 제임슨, 김영희 역, 『변증법적 문학 이론의 전개』, 창비, 1984, 333면.

따져야 한다. 어떤 개념도 선험적으로 긍정적 혹은 부정적인 개념은 없다. 섬세함과 꼼꼼함이 무조건 좋은 게 아니다. 이 경우에도 어떤, 무엇을 위한 섬세함인가를 구체적으로 살펴야 한다. 섬세한 읽기를 비판적 읽기와 대립적으로 보는 태도가 문제다. 비판적 읽기는 작품의 섬세한 결을 무시한다, 함부로 비판의 칼날을 휘두른다 운운하는 지적들. 굳이 말하면 섬세한 읽기는 다루는 대상에 대한 무조건적인 칭찬이나 비난이 아니다. 말의 바른 의미에서의 비판critique, 즉 비평 대상(그것이 작품이든 다른 비평이나 이론이든)의 시시비비, 옳고 그름을 정확하게 따지는 것이다. 균형 잡힌 의견balanced opinion이다. 그렇지 못한 섬세함은 비평에서 별무소득이 된다. 섬세함과 신중함의 개념은 남용되고 있다. 이 개념들은 명확한 비평적 판단을 내리지 않거나, 혹은 못하는 것에 대한 자기변명의 포장으로 종종 사용된다. 그 결과 마땅히 수행해야 할 비평의 역할인 엄정한 평가와 비판을 소홀히 하게 된다.

어느 순간부턴가 한국비평계에서 평가와 판단은 금기어가 된 느낌이다. 평가를 내리는 것은 작품을 훼손하는 폭력으로 간주된다. 섬세한 비평은 공감의 비평이고 좋은 비평이요, 가치 평가와 비판으로서의 비평은 뭔가 투박하고 공격적이라는 이분법이 내재화된 인상을 받는다.* 이것을 해체하는 것도 비평의 위기를 돌파하기 위한 중요한 과제

• • •

* 공감의 비평의 원조로 간주되는 김현의 경우도 태작에 대해서는 날카로운 비판의 칼날을 거두지 않았다. 그리고 가치판단을 내리지 않는 비평가를 마땅찮게 여겼다. "그의 단점은 좋은 작가와 나쁜 작가를 자기 나름으로 구분하지 않는 데 있다. 모든 작가들이 분석의 대상이 될 수는 있지만, 뛰어난 작가들과의 싸움을 통해서만 비평가도 자란다. 자라지 않는 비평가를 보는 것은 나이든 난쟁이를 보는 것처럼 괴롭다." 김현, 『행복한 책 읽기』, 문학과지성사, 1992, 266면.

중 하나다. 다음과 같은 발언이 좋은 예이다.

　　문학권력 비판론자들 가운데 일부는 표절 사태의 근본 원인이 칭찬만 하는 문학권력에 있다고 주장하는데, '칭찬하는 비평'이라는 개념 자체가 성립할 수도 없거니와(칭찬은 비판의 반대말이 아니고 달콤한 비판일 뿐이다. (⋯중략⋯) 문학 작품은 심판의 대상이 아니다. 그것은 다만 좋은 비평적 대화와 함께 풍부해지거나 나쁜 비평적 대화와 함께 어느 한 지점에 초라하게 멈춰 설 뿐이다) 칭찬받는 작가가 곧 표절을 하게 된다는 인과관계가 어떻게 성립하는지도 의문이다. (권희철, 12면)

문학권력 비판자들을 자기만의 기준으로 작품을 재단하는 오만한 심판관으로 규정짓는다. 자신들이 하는 비평은 칭찬의 비평이 아니라고 주장한다. 칭찬이 "달콤한 비판"이라는 말부터 나로서는 잘 이해가 안 된다. 그것이 누구의 작품이든, 개별 작품에 대해서 칭찬도, 비판도 할 수 있다.

　　칭찬과 비판을 대립적으로 이해하는 태도부터가 납득하기 힘들다. 비평가 자신의 안목을 걸고, 최대한 공명정대하게, 작품의 칭찬할 대목을 정확히 가려 칭찬하고 그렇지 않은 부분은 예리하게 비판하면 된다. 비평가에게 필요한 것은 그런 노력이다. 누구도 '정답'을 찾았다고 자임할 수 없다. 그런데 권희철은 문학권력 비판자들이 그런 자임을 하려는, "심판자의 권력을 꿈꾸는"(권희철, 13면) 입장이라고 못을 박는다. 강하게 표현하면 모든 비평은 본인이 인정하든 않든, 일종의 심판이다. 좋은 작품과 그렇지 않은 작품을 선별하고 평가하는 것 자체가 심판이다. 여기에는 비판으로서의 비평을 극구 거부하려는 또 다른 자의식이 감지된다. 문제는 균형 감각을 잃고, 칭찬할 수 없는 작품을 칭찬하는 것이다.[*] 혹자는 정확한 칭찬을 말하지만, 정확한 칭찬은 언제나 정확한 비판을 전제로 한다. 물론 읽기와 비평에 정답은 없다. 그래서 비평가는 겸허해야 한다. 하지만 자기의 안목을 걸고, 어떤 내외부적 검열도 두려워하지 않고, 주어진 작품에 대한 엄정한 평가를 내리는 것. 내가 생각하는 좋은 비평의 한 요건이다.

　판단을 왜곡하는 요소들로는 친소 관계에 따른 정실주의, 부족주의, 친밀 집단에 대한 충성, 상업적 이해 관계 등이 있다. 이상적으로 말하면 한 나라의 비평커뮤니티는 비평적 판단을 오염시킬 수 있는 문학 외적 이해 관계들을 통제하고 비평 종사자에게 가해지는 유무형의 압력을 견제할 수 있어야 한다.[**]

섬세함의 외양으로 호도하면서 현실을 외면하는 것이 아니라 최대한 현실의 힘을 포착하려는 글쓰기. 정유정과 손아람은 문단권력의 시스템에 따르지 않으면서도 그 틈새를 파고들어 자신들의 글쓰기를 모색

* * *

* 　그동안 유력 문예지에 실린 비평들이나 작품 해설을 통해 칭찬, 혹은 "달콤한 비판"을 받은 뛰어난 작품이 한국문학장에서 그렇게 쏟아져 나왔다면, 그런 주장이 사실이라면 지금 한국문학은 세계문학과 당당히 어깨를 견주어야 마땅할 것이다. 그런데 실제 그런가? 세계문학 공간에서 활동하는 일급의 작가들과 겨룰 만한 작품이 무엇이 있는가? 그렇게 칭찬을 했던 '90년대 문학, 혹은 2000년대 문학의 작품 중 세계문학 공간에 무엇을 내세울 수 있는가? 내가 "달콤한 비판"의 비평을 신뢰하지 않는 이유이다.
** 　도정일, 「비평은 무슨 일을 하는가?」, 『문학동네』 84, 40면.

한다. 그 모색을 통해 상당한 대중적 지지를 획득했다. 지금 활동하는 '순문학' 작가들 중에 이들 작가만큼이라도 독자를 몰입시키는 서사의 전개, 강력한 글쓰기의 에너지, 사악함을 그리는 법을 보여주는 작가는 찾기 힘들다. 그런 작품을 쓰기 위해 정유정은 수년의 자료 조사, 소설의 밑그림 그리기를 위한 공부를 한다고 밝혔다. 그녀는 유력 출판사가 아닌 곳의 문학상 공모를 통해 역량을 인정받았다. 출판의 중심지인 서울에 거주하지도 않는다. 그리고 자신의 작품을 유력 문학출판사에서 내지도 않는다. 그는 직접 대중에게 호소하여 작품의 성취를 인정받은 사례이다. 그런데 주요 문예지에서 그녀의 작품을 비평한 경우를 거의 보지 못했다. 손아람도 마찬가지다.

이들에 대한 비평계의 홀대는 한국문학 공간의 미분화 현상과 관련된다. 한국문학에서는 순문학이든 장르문학이든 그 두께가 얇다. 한국문학장에서는 순문학과 대중문학의 자연스러운 역사적 분화가 이뤄지지 않았다. 그 결과는 양쪽 모두에게 부정적이다. 그래서 순문학-장르문학의 이분법을 적용하기 힘든 작가를 용인하지 못한다.* 비평계의 홀대와 상관없이 정유정이나 손아람은 그들만의 방식으로 기존의 문학출판과 인증 시스템을 돌파하고 있다. 이런 사례가 많아져야 한다.

• • •

* 강하게 표현하면, 본격문학이나 대중문학, 혹은 순문학이나 장르문학은 없다. 순문학이나 본격 문학의 의미가 무엇인지도 다시 따져볼 문제다. 유력 문예잡지로 등단하면 순문학 작가인가? 뛰어난 작품이냐, 그렇지 않은 작품이냐의 질문만이 가능하다. 그런데 한국문학에서는 여전히 케케묵은 이분법이 강력하게 작동한다. 유력 문학잡지에서 한국, 혹은 외국의 뛰어난 장르문학, 대중문학 작품을 비평한 글은 거의 찾기 힘들다. 기이한 문학 엘리트주의다. 출판 시장에서 다수의 독자는 한국문학보다 번역된 외국문학을 더 많이 찾고 있는데 쪼그라든 한국문학 출판 시장을 놓고 지분을 다투는 꼴이다.

그래야 강고한 기존 문학장의 시스템이 깨진다. 정유정이나 손아람의 경우는 단지 내 눈에 들어온 예일 뿐이다. 그런 작가들은 더 많을 것이다. 이런 작가들을 발굴하고 재조명하는 것도 비평의 역할이다. 문학사에 고정된 평가는 없다. 한때 아무리 높은 평가를 받은 작가라 하더라도 언제든지 새로운 문학적 기준과 시각에 의해 재평가되어야 한다는 것. 그게 문학사의 진실이다. 신경숙 혹은 이른바 90년대 문학이 거둔 문학적 성취는 절대 건드릴 수 없는 성역처럼 전제해 놓고 다른 논의를 하자는 식의 태도는 문학사의 기본을 모르는 주장이다. 모든 문학은 다시 읽고 재평가되어야 한다. 그게 비평가와 문학사가의 역할이다.

5. 글을 맺으며— 비평의 부활을 기대하며

여러 얘기를 적었지만, 말끔한 결론은 없다. 그만큼 많은 문제가 착종되어 있다. 다만 이 모든 문제를 풀어가는 첫걸음은 비평정신의 회복에 있다고 나는 생각한다.

아마도 어떤 주제나 혹은 작가에 대한 연구를 시작하려고 책상 앞에 앉은 한 비평가가 갑자기 다음과 같은 곤혹스러운 질문에 사로잡히는 순간을 상정해 봄으로써 내가 이 책을 어떤 동기에서 쓰게 되었는가를 가장 잘 설명할 수 있으리라. 그런 연구의 '요점'은 무엇인가? 그 연구는 어떤 이들에게 다가가고 영향을 미치고 감화를 주려는가? 전체 사회적 맥락에서 볼 때 도대체 그런 연구들은 어떤 기능을 지니는가? 비평가는 기존 비평계가 별

다른 문제점을 드러내지 않을 때는 자신 있게 평론을 쓸 수 있을지 모른다. 그러나 일단 기존 비평계가 근본적인 물음의 대상이 될 때는 개별적인 비평 행위들은 혼란에 빠지게 되고 의문시되는 상황을 우리는 추측해 볼 수 있다. 그런 개별적인 비평행위들이 적어도 겉으로는 기존의 전통적인 자신감으로 계속 이루어지고 있다는 사실은 분명하게 다음의 사실을 입증해 준다. 그것은 비평제도의 위기가 아직까지 충분히 깊이 있게 지적되지 않았다는 사실, 혹은 그 위기가 적극적으로 회피되고 있다는 사실이다.[*]

지금 한국비평계의 맹목은 기존 비평제도를 "근본적인 물음의 대상"으로 삼지 않는 데 있다. 그래서 "전통적인 자신감"으로 무장한 채 비평을 부지런히 쓴다. 자신이 열심히 비평 활동을 하고 있다고 믿는다. 되풀어 말하지만 비평제도의 문제와 "비평제도의 위기"를 내면화하지 않는 비평은 앙상해진다. 비평가를 괴롭히는 "곤혹스러운 질문"들을 회피하기 때문이다. 문제의 회피는 비평가의 마음을 편안하게 해준다. 그러나 그런 편안함은 더 큰 위기를 불러올 뿐이다. 한국문학이 살려면 최후의 방어선으로 비평이 살아야 한다. 엄정한 비평이 있어야 작품의 옥석을 고를 수 있다. 옥석을 골라야 좋은 작품을 독자에게 알릴 수 있다. 그렇게 비평의 신뢰를 회복해야 한다. 주어진 문학제도의 압력을 인정하면서도 그 틈새에서 외부의 압력에 맞서며 비평적 게릴라전을 펼쳐야 한다. (2015)

. . .

[*]   Terry Eagleton, *The Function of Criticism*, London : Verso, 1984, p.7.

4부

근본을 사유하기

근본을
사유하기

김종철 『근대문명에서 생태문명으로』

　　매우 주관적인 판단이지만 언젠가부터 우리는 담대하게 사유하는 법을 잊었다. 한마디로 좀스러워졌다. 최근 출간된 창작이나 비평을 읽으면서 종종 그런 생각을 한다. 비평은 텍스트의 내적 해설로 자신의 영토를 좁혔다. 텍스트와 컨텍스트의 관계를 문명사적 시각에서 담대하게 사유하지 못하는 작품물신주의에 빠졌다. 문명과 인류와 현재와 미래를 사유하는 걸 거대담론이라 치부하면서 텍스트의 섬세한 (sic!) 분석만이 비평과 사유의 본령인 양 여긴다. 눈앞에 닥친 현실에서 살아남는 법만이 실용적인 것이라고, 현실주의적인 거라고 착각한다. 현실 적응과 생존의 논리만이 사유를 지배한다. 그런 점에서 김종철 선생(호칭 생략)의 생태사상론집 『근대문명에서 생태문명으로』는 이제는 거의 사라진 비평과 사유의 위엄을 상기시킨다. "시인은 기본적으로 이의를 제기하는 사람입니다. 사람의 근본을 생각해 보자는 것이죠." 이 책은 "근본을 생각"하는 책이다. 이 시대에는 드문 책이다.*

* * *

* 　김종철, 『근대문명에서 생태문명으로』, 녹색평론사, 2019, 104면. 이하 인용 시, 면수만 표기한다.

1. 현 단계 문명의 진단

책을 읽기 전에 어느 정도 예상했던 바지만 저자는 현 단계 자본주의 문명에 대해 매우 비판적이다. 일본 지식인 오다 마코토의 지적을 요약한다.

원래 자본주의는 '돈벌이가 무엇이 나쁜가'라는 논리, 힘은 정의, 정의는 힘이라는 경제 논리이다. 그 제멋대로의 움직임에 제동을 거는 형태로 존재하는 사회주의경제, 그 이론을 실천하는 사회주의국가가 사라진 지도 오래되었다. 이제 브레이크는 어디에도 없다. 세계경제는 국내적으로도, 국제적으로도 패도를 향해 돌진하고 있다. (157면)

이런 진단에 동의하는 건 어렵지 않다. 문제는 "패도를 향해 돌진하"는 자본주의를 막을 브레이크가 마땅치 않다는 것이다. 이 책 전체를 지배하는 비관주의는 여기서 연유한다. 저자는 "이 작업은 단기적인 이해득실의 관점이 아니라, 어디까지나 장기적, 포괄적, 심층적인 시각에서 현실을 진단하고 분석"(6면)하는 것이라고 비관주의를 경계하지만 자본주의를 대체할 대안적 문명이 명확하게 제시되지 못한 사유의 비관주의에서 이 책도 예외는 아니다. 저자는 자본주의 근대문명의 기본 문제가 "직선적인 진보를 추구하도록 강요하는 메커니즘"(28면)이라고 요약한다. 역시 동의할 수 있다. 하지만 삐딱한 질문도 가능하다. "직선적인 진보"가 문제라면 그 대안은 무엇인가? 명확하게 설명하지 않지만 자본주의가 거둔 물질적 생산력은 이미 충분하다고 저자는 판단하는 걸로 보인다. 나는 그런 판단에도 동의한다. 예컨대 미국을 예로 들면서 "더욱이 세계 최강의 경제·군사 대국이라는 나라에서 건강보험 혜택을 받지 못하고 있는 시민이 5,000만 명에 이르며, 지금도 300만 명은 정부에서 주는 식권으로 겨우 목숨을 이어가고 있다"(288면)고 지적했다. 이런 상황이 미국 자본주의의 생산력이 아직도 부족해서인가? 혹은 한국 자본주의에서 먹고사니즘이 강력한 영향력을 행사하는 이유가 생산력이 부족해서인가? 많은 실증적 분석이 요구되는 질문이지만 그 답은 생산력 부족 문제가 아닐 것이다. 생산력은 이미 충분하다. 김종철이 "직선적인 진보"를 문제 삼는 이유다. 앞으로 자본주의가 더 발전하고 더 많은 물질적 생산력을 갖는다고 해도 이런 상황이 달라지지 않을 것이라는 깊은 회의가 작용한다.

그 대안으로 저자가 제안하는 것은 "순환적 삶의 질서의 회복과 흙의 문화의 중요성"(7면)이고 "지속가능한 농업"(30면)이다. 저자는 기계적 대농업이 아니라 소농小農이 사회의 기반이 되는 것이 이상적인 사회라고 본다. 산업주의와 산업문명만을 진보로 보는 태도를 비판한다. "세계 전체 곡물 생산의 3분의 1이 가축사료로 사용"되고 "오늘날 1인분의 쇠고기 생산을 위해서 20인 분의 곡물이 투입되고 있고, 1칼로리의 쇠고기를 생산하는 데 보통 35칼로리의 석유가 소모"(39면)되는 전도된 현실이 문제다. 또한 자본주의 문명의 대안으로서 소농사회가 지닌 유효성을 따지기 이전에 자연과 땅을 생산의 수단으로만 대하는 태도가 문제다.

문제는 땅도 과연 마음을 갖고 있나 하는 것인데, 적어도 동양사회에서는 기(氣)라는 용어를 가지고 그것을 긍정해 온 오랜 전통이 있습니다. 장(일순 —인용자) 선생님이 쓰신 서화에도, '천지만물이 하나의 기로 되어 있으니 틀림없는 하나의 꽃일세'라는 글이 있습니다. (122면)

우리 시대는 자연을 대하는 마음의 경이로움이 사라진 시대다. 그리고 "경이로움이 죽을 때, 권력(욕망)이 태어난다."(124면)

2. 국가와 민주주의

권력욕망이 지배하는 사회에서는 경이로움이 아니라 모든 것을 물질로 환원하는 "패도의 길"(169면)이 득세한다. 김종철은 이런 현실을 비판하는 것에 그치지 않고 대안을 모색한다. 미국 같은 강대국 자본주의나 "농민의 심리와 정서를 아예 무시하는 폭거"(76면)였던 소비에트 체제의 집단 농장화는 대안이 될 수 없다. 새로운 대안으로 제시되는 유럽식 복지국가 시스템의 한계도 지적한다. "하지만 복지국가에서는 환대와 친절과 보살핌이라는 게 기본적으로 사람과 사람 사이의 자유로운 관계가 아니라 시스템에 의해 돌아가게 돼 있어요."(102면) 나도 복지국가가 "사람과 사람 사이의 자유로운 관계"에 의해 작동하지 않는다는 비판에 원칙적으로 동의한다. 그러나 김종철의 비판은 그가 말하는 "환대와 친절과 보살핌"도 어쨌든 일정한 "시스템"을 전제한다는 걸 무시하는 게 아닐까? 여기에는 국가의 역할에 대해 지나치게 비판적인 김종철의 태도가 작동한다.

물론 17세기 이래 성립된 국가간 체제 아래 민족국가nation-state가 드러냈던 부정적인 면은 비판받아야 한다. 하지만 특히 유럽의 경우 민족국가가 아주 만족스럽지는 않지만 사회복지국가로 전환한 것은 인정받아야 할 사실이며 앞으로의 새로운 국가 모델과 관련해서 새겨둘 만하다. 김종철은 대★국가주의나 소비에트 체제가 아니라 협동조합운동과 민중교육운동에 기반을 둔 소국가 모델로서 덴마크 모델을 제안한다. 이것은 미국 같은 강대국 모델을 유일한 국가발전 모델로 삼고 있는 한국의 경우 의미 있는 제안이다. 그리고 김종철이 제안한 소국주의 모델의 경제적 기반이 앞서 언급한 소농에 근거한 사회, "오래된 민중사회의 삶의 방식, 즉 상부상조를 통해서 유지해 온 공생공락의 질서"(90면)이다.

내가 이 책에서 특히 흥미롭게 읽은 것은 대의적 민주주의를 대체할 방법으로 저자가 제시하는 추첨제이다. 저자의 말대로 근대 민주주의의 위기는 무엇보다 대의제 선거제의 문제이다. 현실 정치에서 선거는 명망가, 자산가, 특권적인 엘리트만의 게임이 된다. 저자는 고대 아테네 민주주의에서 왜 선거가 아니라 제비뽑기로 대표자나 공직자를 뽑았는지, 그 의미를 제대로 배워보자고 주장한다. 민주주의는 엘리트들에게 권력을 위임하는 제도가 아니라 글자 그대로 인민이 스스로를 다스리는 것을 뜻한다. 21세기 민주주의가 명실상부한 민주주의가 되려면 제비뽑기를 통한 선출 방식을 적극 고려해야 한다는 것이다. 저자는 아리스토텔레스를 인용해 선거는 귀족정에 적합하고 민주정치에 맞는 것은 추첨이라고 덧붙인다. 현대 대중민주주의의 대의제는 선출된 대리권력이 주권자인 인민의 '일반의지'를 제대로 대변하지 못한다.

하지만 제비뽑기를 하면 '일반의지'에 비교적 근접한 근사치에 도달할 수 있습니다. 제비뽑기는 우리가 얼른 생각할 때보다 훨씬 더 사회 구성원들의 의지를 고르게 공정하게 드러낼 수 있습니다. (…중략…) 제비뽑기로 뽑힌 사람 중에는 대학 교수나 철학자, 종교인뿐만 아니라 택시기사, 거리의 청소부 등 노동자들도 들어갑니다. (…중략…) 그러니까 덴마크라는 나라의 국민 전체를 실질적으로 대변하는 축소판이 되는 것입니다. (429면)

최소한의 시민적 상식과 양식도 없는 이들이 단지 명망가나 자산가라는 이유만으로 주권자인 인민이 위임한 대리권력을 독차지하고 전횡을 일삼는 대의민주주의의 설득력 있는 대안이라고 나는 판단한다.

3. 성장주의와 기본소득

김종철은 근본주의적 사회개편을 당위론적으로 주장하는 몽상가가 아니다. 김종철은 자본주의적 "경제 발전은 민주주의의 발전에 조금도 도움이 되지 않는다"(15면)고 강하게 발전주의를 비판한다. 이 점에서 그의 입장은 단호하다. 그가 보기에 현 단계 자본주의의 생산력은 이미 충분하며, 더 높은 성장을 이룰 수도 없는 단계에 이르렀다. 이제 성장은 두 가지 이유 때문에 지속될 수 없다. 첫째, 생물·물리학적인 한계 때문이다. 자원고갈 문제, 환경오염 문제 등으로 지속적인 성장sustainable growth은 벽에 부딪쳤다. 둘째, 경제 성장에 따르는 윤리적·사회적인 문제가 더 이상은 허용될 수 없는 단계에 이르렀다. 김종철은 성장주의의 강력 비판론자다. 한국경제에 대해서도 마찬가지다. 김종철이 보기에 성장주의나 발전지상주의는 기본적으로 석유의존 경제다. 그런데 한국의 농산물 자급도는 경제협력개발기구OECD 국가들 중에서 최하위인 25퍼센트 수준이다. 석유 수급에 문제가 생기면 지금 수준의 자급률도 유지할 수 없게 된다. 일본의 경우 현재 식량 자급률이 40퍼센트 정도 되지만 만약 석유를 쓰지 않을 경우에는 1퍼센트 정도밖에 안 될 것이라는 분석도 있다. 사정이 이렇다면 발상을 전환해야 한다. 더 많은 생산력의 발전이 문제가 아니라 생산된 물자의 분배와 그 분배를 둘러싼 욕망의 교육에 초점을 맞춰야 한다는 것이 김종철의 주장이다.

> 이미 기계화·자동화에 의해서 세계 전체 노동력의 20퍼센트 미만으로 모든 인류에게 필요한 물자가 생산·공급될 수 있다는 게 오늘날의 상황이다. 그렇다면 이미 대부분의 노동력은 사실상 잉여 인력이라고 할 수 있다. (307면)

나는 인공지능에 기반한 4차 산업혁명 운운하는 말을 싫어한다. 그 이유는 이런 번지르르한 개념이 기계화에 따른 일자리의 부족 문제를 무시한 채 장밋빛 미래만을 얘기하기 때문이다. 기계와 인공지능이 생산을 대체할 수는 있겠지만 그것들이 생산된 상품의 소비를 할 수는 없다. 소비는 결국 인간이 해야 한다. 경제학 용어를 쓰자면 총수요의 부족 문제를 인공지능은 해결할 수 없다. 자동화된 미래자본주의의 딜레마이다.

여기서 우리는 경제생활에 있어서 중요한 것은 돈을 버는 것보다 돈을 쓰는 것이라는 사실을 다시 확인할 필요가 있다. 그리고 말할 필요도 없지만, 돈을 쓰자면 수중에 돈이 있어야 하고, 또한 돈을 쓸 시간(여가)이 있어야 한다. 이 두 가지 조건을 동시적으로 충족해 주는 가장 간단하고 확실한 방법—그것이 바로 기본소득이라고 할 수 있다. (215면)

기본소득을 제대로 논의하기 위해서는 '일'이나 '노동'을 둘러싼 통념을 깨야 한다. 저자는 종래에 우리가 '일'이라고 불러왔던 것은 모두 금전적인 대가를 지불받는 일이었다는 점에 주목한다. 사람살이에서 매우 중요한 일이면서도 돈으로 그 대가를 받지 못하는 일, 예컨대 아기와 노인, 환자나 장애자를 들보는 일, 가사노동, 돈으로 즉각 환산되지 못하는 예술활동 등은 '일'의 범주에서 제외되었다. 예리한 지적이다. 여기에는 한 사회의 물질적 생산과 소득은 결국 그 사회 구성원의 집단적 협업의 결과물이라는 인식이 깔려 있다.

생각해보면, 기업이나 개인이 물건이나 서비스를 만들어내어 장사를 하고 이익을 낼 수 있는 것은 기본적으로 그 사회에서 오랜 세월 동안 사람들 사이의 상호 작용을 통해서 꾸준히 전승되거나 쌓여온 지식과 기술, 철학,

교양 등등, 문화적으로 공통한 토대 때문이거든요. 이것은 부정할 수 없는 진실이에요. (227면)

기계화·자동화가 심화되어 가는 상황에서 새로운 국가경제 모델로 국민배당이나 시민배당에 대한 논의를 더 이상 뒤로 미룰 수 없게 될 것이다. 나는 이런 논의가 4차 산업혁명 운운하는 공허한 말장난보다 더 중요하다고 판단한다.

4. 시민적 윤리와 욕망의 교육

제대로 된 민주주의를 이룩하고 기본소득을 도입하는 것이 중요하지만 그 바탕에 가장 중요한 건 욕망의 교육과 윤리의 문제다. "구원의 길은 인간의 외부에 있는 게 아니라 오직 사람의 마음—활을 쏘기 위해서 완전히 마음을 모아 집중할 때와 같은—에 있다는 것이죠."(127면) 이런 김종철의 태도를 수신修身주의라고 섣불리 오해해서는 안 된다. 그는 누구보다 더 개인을 둘러싼 정치경제적 조건과 상황의 중요성을 인지한다. 김종철은 그런 상황으로 환원될 수 없는 인간다움의 요건과 덕목을 강조한다. 현대문화는 근원적으로 불경스럽고 천박하다. 김종철은 장기이식, 뇌사, 유전자 치료 등을 그런 예로 꼽는다. 현대문명은 인간이 지닌 근원적인 유한성을 망각한 문명이다. 유한성의 망각은 물질만능주의를 낳는다. 고대 그리스인들이 자유와 자치에 입각한 위대한 문화를 창조할 수 있었던 바탕에는 간소한 생활이 있었다. 검소한 삶의 기반은 그렇게 살려는 욕망의 교육이 관건이다. 마음가짐의 문제다. "우리가 지금 모두 출랑거리고 사는 것은 믿음이 없기 때문이에요."(92면) 여기서 "믿음"이란 단지 종교적인 믿음을 가리키는 게 아니다. 마음의 역량을 가리킨다. 그런 역량에서 인간다운 인간이 탄생한다. "동학사상에서도 모든 인민의 진인화眞人化가 핵심이었죠. 이 점에서 젊었을 적에 백범 선생 자신이 동학도였다는 것도 간과할 수 없는 사실입니다."(147면)

이 책의 핵심 주장을 요약했지만 여전히 나는 인류문명의 미래에 대해 비관적이다. 지금의 추세가 바뀔까? 이런 추세가 지속된다면 인류세Anthropocene는 오래가지 못할 것이다. 멀지 않은 파국이 예견된다. 그러나 김종철은 희망을 버리지 않는다.

> 위대한 영화예술가 타르코프스키의 마지막 걸작 〈희생〉의 모티프가 되었던 중세 수도사의 감동적인 이야기가 우리에게도 현실이 될지 모르는 것이다. 즉, 죽은 것처럼 보이는 나무일망정 우리가 인내심을 가지고 일념으로 물을 길어 붓기를 계속한다면 언젠가는 그 마른 나뭇가지에 푸른 싹이 돋아나는 기적을 보는 행운이 우리에게도 찾아올지 누가 알겠는가. (9면)

비관주의자로서 나는 이런 희망에 선뜻 동의하기 어렵지만 김종철이 거는 희망의 안간힘을 외면하기 힘든 것도 사실이다. (2019)

문학예술과
현실의 관계

들뢰즈와 (포스트)미메시스

미메시스는 무엇인가? 그 어원은 그리스어인 mimeisthai이고 명사형이 mimēsis이다. 미메시스는 '모방한다'는 뜻이다. 그렇다면 무엇을 모방하는가? 어떻게 모방하는가? 혹은 왜 모방하는가? 이런 물음이 제기된다. 첫째, 모방의 일차 목적은 자연과 관계된다. 인간이 자연에서 생존하기 위해서 모방한다. 생존의 확률은 인간이 자연과 더 많이 닮아갈수록, 더 많이 자연의 힘을 파악할수록 높아진다. 둘째, 인류가 진화하면서 발생하게 된 국가와 사회, 혹은 문명이라는 제2의 자연은 더 복잡한 미메시스 능력을 요구한다. 그렇다면 문학예술이 다루는 인간과 세계는 무엇인가? 이 문제에 구체적으로 답하지 않으면 문학예술은 뜬 구름 잡는 이야기가 되어버린다. 그러므로 문학이 다루는 인간과 세계가 무엇인지를 구체적으로 밝히고 분석해야 한다. "구체적 상황의 구체적 분석"(레닌·알튀세르)이 관건이다. 그렇다면 인간과 세계의 "구체적 분석"은 무엇인가? 문학예술은 물질세계(자연)와 인간세계(사회)에서 작동하는 힘force을 포착하려 한다. 이 글에서 다루려는 들뢰즈 예술론은 무엇보다 힘의 예술론이다.

문학예술의 대상은 보이는 현실이 아니라 그 현실을 구성하는 보이지 않는 힘, 잠재성의 힘이다. 세 가지 힘이 문제다. 첫째, 물질의 힘. 현대물리학이 밝히듯이 물질의 최소 단위는 계속해서 다시 규정된다. 물질과 힘의 경계는 흐릿해진다. 힘의 역학에 따라 물질성은 변화한다. 범박하게 말하면 힘이 곧 물질이다. 둘째, 인간의 힘. 굳어진 개념의 체계에서 힘은 통상 권력power으로만 협소하게 이해된다. 권력은 눈에 가시적인 힘이다. 문학은 그런 힘의 역할을 무시하지 않는다. 그러나 문학예술은 죽은 활력인 권력을 재현하는 데 그치지 않는다. 그보다는 보이지 않는 힘, 권력을 구성하고 권력을 해체하는 활력으로서의 힘을 포획하는 데 더 큰 관심을 둔다. 셋째, 사회의 힘. 문학예술은 사회적 힘의 관계, 헤게머니적 관계를 포착하려고 한다.

문학예술은 어떻게 힘을 대하는가? 이런 질문들에 대해 대상과 표상과의 일치를 강조하는 미메시스 예술론이 근대미학의 답변이다. 미메시스 예술론은 리얼리티라는 것이 '객관적'으로 존재한다고 주장한다. 그런 리얼리티를 미적 주체가 온전하게 재현할 수 있다고 가정한다. 근대유물론 미학은 반영론 미학이다. 근대미학의 전제에 제기되는 질문들은 이렇다. 재현된다고 믿는 리얼리티의 참됨을 판단하는 근거는 무엇인가? 어떤 근거로 리얼리티의 객관성을 확언하는가? 더 근본적으로 그 리얼리티는 무엇인가? 들뢰즈가 제기하는 포스트미메시스적 사유는 이런 질문들을 천착한다. 들뢰즈 예술론은 미적 인식과 대상의 존재 의미를 다시 묻는다. 들뢰즈 예술론에서는 문학예술 자체의 존재론도 문제가 되지만 그것이 마주하는 대상 혹은 현실세계의 존재론과도 관계된다. 문학예술은 현실과 마주한다. 여기서 '마주한다'는 말이 인식론적 측면을 가리킨다. 하지만 정확히 말하면 마주한다는 표현도 옳지 않다. 예술은 이미 세계 안에 존재한다. 세계는 예술을 이미 한 부분으로 품는다. 예술은 세계와 그 세계가 품고 있는 삶의 존재론적 층위를 공유한다. 이렇게 들뢰즈는 세계를 일원론으로 파악한다. 예술과 세계는 존재론적으로도, 인식론적으로도 분리되지 않는다.

들뢰즈에게 세계는 시간적, 공간적 측면에서 독특하다. 세계는 현실화된 형상들을 창조하는 힘(에너지)의 시공간이다. 그런데 이 세계는 주체가 특정한 지각의 구조에 갇혀 있을 때 온전히 모습을 드러내지 않는다. 주체는 감각되는 세계, 현실성의 세계만을 세계의 전부라고 오인한다. 하지만 들뢰즈 예술론에서는 잠재성the potential–현실성the actualized의 층위로 구분되는 세계의 존재론적 층위에서 잠재성의 세계가 예술이 관계하는 대상이다. 세계는 눈앞에 보이는 세계로 환원되지 않는다. 지각되는 현실은 세계의 전부가 아니라 특정한 계기와 배치에 의해 우연적으로 구성된 것이다. 세계는 지각되지 않는 힘들의 구성체다. 일원론적 존재론자인 들뢰즈에게 미메시스 예술론이 뿌리 내린 심층-표면의 이분법은 가능하지 않다. 힘들이 세계를 구성하지만 그 힘들은 그것이 구성하는 세계와 별도로 존재하지 않는다. 들뢰즈 예술론은 표면의 예술론이다.

들뢰즈의 존재론은 인간주의를 넘어선다. 분자와 DNA의 세계에서는 유기적인 형태가 존재하지 않는다. 세계는 분간 불가능하며 규정되어 있지 않아서 0zero이 되거나 지각 불가능하게 된 지대이다. 그 세계는 한마디로 "강력한 비-유기적 삶"의 세계, 강렬도 0의 세계다. 여기서 0이란 힘이 사라졌다는 뜻이 아니다. 힘이 펼쳐지지 않고 말려서 응축되어 있다는 뜻이다. 세계는 힘들이 응축되고 풀려가는 과정이 지속적으로 이뤄지는 공간이다. 삶은 지각 불가능한 지대를 통과한다. 그리고 우리가 지각하는 구성체들을 다시 분자의 형태로 돌이켜서 해체하고 재구성하는 예술만이 지각 불가능한 지대, 혹은 잠재성의 지대를 표현한다. 지각되는 대상은 기관 있는 신체이다. 예술은 기관 있는 신체를 분자화하며 강렬도 0의 세계를 드러낸다. 예컨대 현대 추상 미술에서 발견되는 대상들의 극단적 해체와 재구성 작업이 좋은 예이다. 들뢰즈가 각별한 관심을 표명하는 아일랜드 화가 베이컨의 작업도 현실화된 세계에서 인지되는 형태들을 분자론의 차원, 혹은 기관 없는 신체의 차원에서 재구성하려는 노력이 낳은 결과이다. "예술은 보이는 것을 다시 제시하는 것이 아니라 보이지 않는 것을 보이게 만드는 것이다."(파울 클레) 보이는 것이 아니라 보이지 않는 힘의 관계가 예술의 대상이다.

예술은 감각의 지각체이다. 지각되지 않는 힘들이 우리를 생성하게 한다. 그런 힘들은 일상적인 감정이나 정서에서는 억압되거나 묻혀 있다. 우리의 일상적 감각은 지배적인 감각의 체계로 틀 지워지고 영토화되어 있다. 예술은 영토화된 틀을 탈영토화하고 홈파인 공간을 매끈하게 만든다. 영토와 홈은 예술의 적이다. 예술은 어떤 힘들이 그런 지각되는 틀, 기관 있는 신체를 만들었는지, 어떻게 힘들이 재조직될 때 새로운 구성물이 가능한지를 보여준다. 예술가가 듣고 보고 기록하는 것은 "아직 우리의 의식 속에 들어오지 않은 기형들"이 지닌 잠재적인 힘, 혹은 기관 없는 신체이다. 이 "기형들"에 주목한 화가가 앞서 언급한 베이컨이다. 이제 문학예술의 전위성이 뜻하는 것을 들뢰즈적 맥락에서 이해할 수 있다. 예술은 세계를 모방하거나 뒤따르지 않는다. 굳이 말하면 세계가 그에 앞선 예술을 따라가야 한다. 예술의 전위성이다. 이런 잠재성, 전위성의 문제는 문학의 경우에 인물(캐릭터)의 형상화에서 전형적으로 나타난다.

예컨대 셰익스피어의 비극 『맥베스』의 공연(연극)이나 상영(영화)에서 맥베스나 맥베스 부인은 원작에 그려진 인물들의 반복이나 모방이 아니다. 그들은 우리가 현실에서 발견할 수 없는 새로운 인물이다. 그들은 매번 새롭게 공연되고 읽히는 작품에만 존재하는 독립적인 지각체다. 작가는 언어의 힘으로, 영화감독은 영상의 힘으로 그런 인물을 창조한다. 그리고 독자와 관객에게 묻는다. "여기 이런 인물들이 있다. 당신들은 이런 인물을 본 적이 있는가? 여기 인물들이 보여 주는 새로운 감각의 세계를 본 적이 있는가? 그것은 당신들이 알고 있는 감정과 감각과는 얼마나 다른가?" 그렇게 우리가 특정한 감정의 구조가 지배하는 삶에서 발견하지 못한 새로운 인물을 통해 뛰어난 문학과 영화는 새로운 감각의 실존을 제시한다. 우리가 알고 있는 감정과 지각의 한계를 깨닫게 만든다. 연극 공연은 원형의 반복이 아니다. 강하게 말하면 예술에서 반복되거나 재현되어야 할 원형은 없다. 공연마다 매번 새롭게 창조되는 맥베스 부부가 있을 뿐이다. 이렇게 들뢰즈에게 문학예술은 '차이의 반복' 혹은 '반복의 차이'에 관계한다. 차이나는 힘의 예술론으로서 들뢰즈 예술론은 미메시스론에서 포스트미메시스론으로 도주한다. 단호하면서도 신중하게. (2019)

문화는
정말 일상적인가?

여건종 『일상적 삶의 상징적 생산』

1. 대중문화와 민주주의

여건종 교수(이하 저자)의 『일상적 삶의 상징적 생산』은 영어 제목
이 표지에 병기되어 있다. *Popular Culture and Cultual Democracy*, 즉 '대중
문화와 문화적 민주주의'이다. 제목의 단어들은 이 책의 문제의식을 집
약한다. 이 책은 "보통 사람들의 일상적인 삶의 경험에서 발생하는 상
징적 생산 행위를 적극적으로 인정"[*]하면서, 인간의 삶에서 반드시 수
반되는 상징적 생산에 주목한다. 단지 물질적 생산만이 아니라 "인간은
그 자신에게 고유하고 적절하게 필요한 지속적인 상징 생산 행위 없이
는 사람다운 삶을 살지 못"하기 때문이다.(22면) 인간의 상징적 생산이
란 "우리의 삶을 지속하기 위해서 반드시 필요한 의미와 가치, 그리고
쾌락의 생산을 가리킨다".(21면) 곧 인간의 문명생활에 수반되는 "의미
와 가치, 쾌락의 생산"이 상징적 생산이다. 그것의 다른 말이 문화다. 일

• • •

[*] 여건종, 『일상적 삶의 상징적 생산』, 에피파니, 2018, 8면. 이후 인용 시, 면수만 표기한다.

상성, 상징적 생산, 대중문화, 그리고 문화적 민주주의. 하나같이 만만치 않은 개념들이다. 저자는 이 개념들에 정면으로 부딪치면서 우리 시대의 대중문화의 의미를 새롭게 사유하려고 한다. 내가 알기로 대중문화론에 대한 심층적인 연구서로는 거의 처음이다. 특히 탄탄한 이론적 배경을 기반으로 대중문화론에서 제기되는 중요한 쟁점들을 구체적으로 검토하고 있는 것이 미덕이다. 그런 미덕들은 그것대로 인정하되, 대중문화론에 관심을 갖고 있는 연구자로서 나는 이 책이 다소 소홀하게 다루는 지점들이 무엇인가를 살피면서 몇 가지 문제제기를 한다.

내 문제제기의 출발은 대중문화를 다룰 때 대중문화 담론의 역사와 현황에 대한 기술description 혹은 사실판단과 그것이 지향하는 지향점과 이상의 거리, 곧 가치판단 사이의 간극이다. 그 간극을 예민하게 의식하지 않으면 자칫 대중추수주의로 흐르거나 혹은 대중에 대한 일방적 폄하의 극단적 시각에 빠지게 된다. 대중문화론을 다룬 연구에서 종종 발견되는 난제이다. 그만큼 저자가 다루는 쟁점들이 만만치 않다. 그 쟁점들을 회피하지 않고 돌파하려는 저서라는 점만으로도 이 책의 가치는 분명하지만, 나는 그 돌파가 남긴 흔적들에 주목하며 이 책을 읽고 싶다.

2. 유물론적 미학

이 책이 종래의 대중문화서와 구별되는 지점은 2부의 이론적 검토다. 저자가 밝히고 있듯이 오랜 기간 저자의 학문적 "화두"(4면)였던 문화와 대중의 의미를 해명하려는 연구의 내공이 잘 드러난다. 저자가 다루는 "유물론적 미학"의 이론가들은 맑스, 쉴러, 모리스, 듀이, 윌리엄스, 윌리스, 그람시 등이다. 그런데 저자는 유물론적 미학을 명확하게 정의하지는 않는다. "일상적 삶이 가진 상징적 창조성의 가치에 대한 믿음을 이론적으로 개진한 비주류적 미학 전통이 유물론적 미학"(9면)이라고 언급한다. 그런데 이런 정의에서 유물론적 미학의 정의가 자연스럽게 도출되는 것은 아니다. 통상 유물론적 미학은 맑스 이래의 좌파적 전통에서 문화의 문제를 사유하는 것을 가리킨다. 그렇다면 쉴러, 듀이, 윌리스 등을 유물론적 미학에 포함시키는 이유는 무엇일까? "시민사회의 민주적 이상이 실현되는 공동체"(101면)로서 쉴러의 심미적 국가는 문화적 민주주주의 문제와 관련해 고민해볼 쟁점이다. 하지만 "듀이의 생체미학은 일상의 생명 경험 속에 내재해 있는 역동적 리듬을 찾아 확인하고 그것을 미학의 이름으로 풀어내는 생명의 찬가이다. (…중략…) 그런 의미에서 듀이의 생체미학은 유물론적 미학과 동의어이다"(147면)라고 말할 때 생체미학과 유물론적 미학을 동일시하는 근거가 구체적으로 제시되지는 못한다. 그리고 "상업적 문화 생산물의 시장은 지금까지 있었던 다른 어떤 문화적 제도도 상상할 수 없었던 다양하고 풍요로운 상징적 자원을 대중에게 제공해 주고 있다"(181면)는 인식을 바탕으로, "대중을 통해 새로운 형태의 시장을 창출"(184면)한다고 믿는 윌리스의 주장은 어떤 면에서 유물론적 미학의 전통에 포섭되는가? 남는 질문이다. 물론 2장에서 다루는 개별 이론가에 대한 설명은 깊이 있고 특히 그간 논의되지 못했던 이론가들의 문제의식을 소개한

것도 돋보인다. 예컨대 위에 언급한 쉴러, 모리스, 듀이, 윌리스 등이 그
렇다. 그리고 이들 이론가들을 대중문화와 문화적 민주주의의 시각에
서 일관되게 접근하려는 시도도 인상적이다. 모리스의 예술론을 언급
하면서 "모리스의 주장이 전 자본주의시대의 일상적 노동을 이상화하
고 낭만화하고 있다는 혐의"(121면)가 있다는 지적은 유물론적 미학이
경계해야 할 지점을 짚는다.

　　그러나 뒤에 좀 더 살펴보겠지만 유물론적 미학의 대상으로서 자
본주의와 시장을 바라보는 저자의 시각은 때로 혼돈을 준다. 저자는
"자본주의 삶이 어떻게 인간적 욕구를 통한 인간적 실재의 창출을 차
단하고 축소하는가"(82면)라는 중요한 문제를 제기하면서, 이 시대를
"시장 전체주의"(449면) 혹은 "새로운 공리주의 문명"(414면)이라고 강하
게 비판한다. 그러나 동시에 "시장 기제가 가지고 있는 창조적 소비의
역동성"(178면)을 지적하고 윌리스가 언급한 청년문화를 예로 들며 "살
아있는 일상문화의 영역"(176면)이 지닌 의의를 강조하고, 윌리엄스의
"계몽된 대중의 등장"(152면)에 주목한다. 맑스가 예리하게 간파했듯이,
자본주의와 그것이 만들어내는 시장과 자본주의 사회의 대중은 인류
역사에서 양면성을 지닌다. 그렇지만 시장이 갖고 있는 "창조적 소비의
역동성" 등을 저자가 언급할 때 그 의미가 바로 전달되는 느낌을 받지
못한다. 그렇게 된 데는 이런 중요한 개념을 사용할 때 저자가 그 함의
를 풀어서 설명하는 데 다소 소홀하기 때문일 것이다. 그리고 나는 "시
장 전체주의"가 지배하는 현 단계 자본주의 체제에서 가능한 "창조적
소비"의 면모를 구체적으로 가늠하기 힘들다. 아마도 여기에는 대중문

화의 실상에 둔감한 내 시각도 이유가 될 것이다. 어쨌든 향후 생산적 토론이 필요한 지점이다.

3. 대중문화 연구방법론

다양한 이론가들의 문제의식을 솜씨 있게 설명하고 그런 문제의식들을 우리 시대 자본주의의 일상적 문화와 연결하려는 저자의 일관된 시각은 책 전체에서 잘 드러난다. 그렇지만 저자가 소개하는 많은 이론들을 대하는 시각이 정확히 무엇인가라는 질문은 책을 다 읽고 나서도 명확히 해소되지 못한 느낌이다. 이곳저곳에서 저자의 시각을 짐작케 하는 대목이 나오긴 하지만 책의 머리말이나 1부에서 저자 자신의 연구 방법론을 체계적으로 상술했으면 독자가 책을 따라 읽기가 좀 더 수월하지 않았을까? 그런 아쉬움이 남는다. 내가 받은 인상으로는 저자의 방법론은 "포스트모던 문화대중주의"(193면)와 가깝다. "상업적 대중문화로부터 긍정적 가능성을 찾아내고, 소비 대중문화에서의 고급문화·대중문화의 위계질서를 부정하고 대중과 지식인의 관계를 새롭게 설정한다"(193면)는 입장에 저자도 서 있는 것으로 판단된다. 소비대중문화가 지닌 한계를 저자도 지적하고 있지만, "문화는 일상적이다"(38면)라는 윌리엄스의 주장을 되풀이 인용하거나 "사회주의의 임무는 대중들이 있는 바로 그 지점, 즉 대중들이 느끼고, 고통받고, 영향받고, 좌절하고, 방황하는 바로 그 지점에서 대중들을 만나고, 불만을 확인하는 것이다"(41면)라는 스튜어트 홀의 판단에 저자가 깊이 공감을 표할 때 그런 인상이 강해진다. 원론적인 차원에서 윌리엄스나 홀의 이런 주장들은 타당하다.

그러나 각 개념의 구체성을 따지고 들어가면 상황이 그렇게 만만치는 않다. 문화의 일상적의 의미는 무엇인가? 대중들을 만난다는 것은 무슨 뜻인가? 대중과 지식인 혹은 문화 연구자의 관계는 투명한 재현의 관계를 맺을 수 있는가? 이런 질문들이 제기된다. 여기에는 앞서 언급했던 이 책의 문제점, 즉 현실에 대한 사실적 상황판단과 그에 대한 가치판단 사이의 괴리 문제가 작용한다. 저자가 기대는 하버마스의 "규범적 이상으로서의 공공 영역"(254면)이 두드러진 예이다. 저자는 이런 하버마스의 관점을 영미문화 비평전통의 매슈 아놀드나 F. R. 리비스 등과도 연결시킨다. "아놀드의 문화비평의 핵심은 민주적 문화 실현의 잠재력에 대한 믿음"(105면)이었다는 것이다. 그런데 주목할 것은 그것은 현실화된 것이 아니라 "잠재력"이라는 것이다. 마찬가지로 "비판적, 이성적 담론의 보편적 능력을 가진 시민들이 공통의 관심사에 관해 대등하게 논의를 하는, 지배와 종속의 관계에서 자유로운 해방의 공간"(254면)으로서 하버마스의 '공적 영역'을 저자가 강조할 때, 그 영역이 현실이 아니라 "규범적 이상"이라는 것도 동시에 고려해야 한다. 공적 영역의 등장, 그리고 저자가 이 개념에 기대어 분석하는 근대 시민 사회의 독서 시장의 등장과 발전의 양상은 "지배와 종속의 관계에서 자유로운 해방의 공간"에서 거리가 멀다. 시장도 마찬가지다. 현실에서는 힘의 관계가 그 공적 영역을 규정한다. "공공 영역의 실종, 즉 근대적 의미에서의 사회의 실종은 우리의 새로운 공동체를 무한경쟁과 적

자생존의 원리가 지배하는 밀림으로 바꾸어 놓고 있다"(406)라고 저자는 한탄한다. 하지만 그 이유는 "규범적 이상"이 작동하지 않는 자본주의 체제에서 현실적으로 작동하는 힘의 관계, 즉 들뢰즈라면 '영토화'와 '탈영토화' 사이의 길항 관계라고 정리했을 관계 때문이다. 이 책은 그 점을 다소 소홀하게 여기는 걸로 보인다.

4. 대중, 대중미디어, 시장

이 책의 가장 중요한 개념들인 대중, 대중미디어, 시장을 대하는 저자의 시각을 살펴보자. 한편으로 이 책은 자본주의 체제에서 새롭게 등장한 대중, 대중미디어, 시장의 긍정성에 주목한다. 벤야민을 인용하면서 "대중미디어를 가능하게 하는 시장체제가 해방의 기제로 작동할 수 있는 잠재력을 가진 것으로 제시된다"(305면)고 언급할 때나, "시장 자체를 통해 부상한 대중의 새로운 힘과 능력"(48면)이라고 신뢰를 표하는 대목이 그렇다. 그렇지만 벤야민의 사유는 1930년대의 특정한 역사적 맥락에서 나온 것임을 고려해야 한다. 현 단계 자본주의는 벤야민의 시대와는 그 성격이 확연히 다르고 더 전면적으로 관철된다. 저자는 프랑크푸르트 학파나 비판적 대중문화론이 주장하는 대중과 시장에 대한 불신에 거리를 둔다. 대중과 시장에 대한 낙관주의를 피력한다. "시장은 아직도 민주적 잠재력을 가지고 있고, 대중은 아직도 충분히 역동적이고 창조적이다."(419면) 그리고 저자는 이 시대의 대중과 미디어의 관계에 대해서도 비슷한 견해를 표명한다.

우리 시대의 대안적 주체를 어떻게 창출할 것인가의 문제에 많은 시사점을 던져 준다. 대중 미디어는 이 대항적 헤게모니의 과정의 핵심에 위치하게 되는데 오늘의 대중미디어 상황에서 이러한 역동성의 제도적 원천은 시장이다. (45면)

문제는 이런 주장의 구체적 근거를 책에서 찾기 어렵다는 것이다. 저자와는 다르게 시장과 대중에 대해 깊은 회의감을 갖고 있는 이들에게는 더 많은 논거가 제기될 때 설득이 가능할 것이다.

그러나 저자는 다른 대목에서는 이런 낙관주의가 아니라 비판적 태도도 드러낸다. "대중은 시장의 주인이라기보다는 시장에 예속된 상태이며, 대중의 욕망과 쾌락은 끊임없이 다른 힘들에 의해 침해되고 조작되고 있기도 하다"(463면)거나, "대중은 새로운 미디어와 맹목적인 과학기술의 발달로 정보와 이미지의 과잉 증식 속에 파묻혀 자신의 삶과 세계를 비판적으로 사유하고 공적으로 재현하는 능력을 상실해 갈 뿐만 아니라 스스로에게 주어진 삶의 다양한 가능성을 향유할 수 있는 능력도 박탈당하고 있다"(53면)고 분석하는 대목 등이 그렇다. 어쩌면 이런 저자의 양가적 입장은 이해할 만하다. 그것이 바로 대중과 시장이 지닌 양면성일 수 있기 때문이다. 그렇다면 관건은 종종 시장과 미디어에 무비판적으로 포획되는 대중에게서 어떻게 "시장이라는 체계가 근본적으로 내장하고 있는 이 민주적 잠재력에 대한 믿음"(60면)을 이끌어낼 것인가라는 점이다. 군데군데 이 중요한 질문에 대한 저자의 견해가 드러나기는 하나 체계적인 사유가 제시되지는 못한 점이 아쉽다.

5. 대중문화의 사례 분석

이 책에서 소개된 대중문화 이론의 문제의식에서 많은 자극을 받았고 특히 그런 이론적 시각에서 대중문화의 사례들을 분석하는 부분들을 나는 흥미롭게 읽었다. 결국 이론의 타당성은 구체적인 사례 분석에서 입증되기 때문이다. 저자는 윌리엄스가 주장한 "실천 행위로서의 문학literature as practice"이나 "물질적 과정으로서의 문학" 개념에 기대면서 기존의 문학 개념을 확장한다. 문학은 좁은 의미의 근대적 문학 장르들만이 아니라 서사적 실천 행위를 포함한다. 즉 드라마, 영화, 대중가요, 라디오 음악 프로그램, 광고의 이미지, 일상적인 언어 행위들을 아우른다.(245면) 문화적 의미를 새롭게 해석하면서 "왜 사람들이 무협소설을 읽고, 멜로드라마를 찾고, 신데렐라 스토리에 열광하는가를 진지하게 묻고 있다".(200면) 대중의 욕망과 감성 구조를 분석하는 것이 중요하다는 것이다. 이런 분석은 고급문학과 대중문학의 공고한 구분 위에서 특정한 문학연구 방법론으로 고급문학만을 연구하는 기존의 연구 관행에 대한 비판으로는 타당하다. 하지만 "실천 행위로서의 문학"을 더 밀고 나가서 대중이 지닌 욕망의 구조를 단지 '확인'하는 차원이 아니라 그 욕망에는 과연 문제는 없는 것인지, 문제가 있는 것이라면 어떻게 변화시킬 것인가라는 문제의식은 날카롭게 드러나지 않는다. 이런 편향은 TV드라마나 칙릿chick lit 분석에서도 비슷하게 반복된다.

저자의 지적대로 "대중 서사는 정형화되지 않는 대중의 집단적 욕망이 꿈틀거리고 반응하는 장소"(335면)이며, 주로 전문직에 종사하는 젊은 도시 여성의 일과 사랑을 다루는 대중서사로서 칙릿소설들이 "일하는 젊은 남녀들이 보고 싶어 하는 자기 자신들의 이야기를 아주 구체적인 일상의 세부 목록들을 통해 재현해주고 있다는 것"(358면)도 새겨들을 지적이다. 기존 문학연구의 공백 지점을 예리하게 파고든 지적이다. 그러나 달리 보면 바로 그 지점이 대중문학 혹은 대중문화의 한계 지점은 아닐까? 대중의 욕망에 부합하면서 그들이 "보고 싶어 하는 자기 자신들의 이야기"를 "재현"해 주는 데 만족하는 문학. 저자는 일관되게 대중문화의 양면성에 신중한 입장을 취하지만, 종종 그 양면성에서 대중문화의 긍정성을 옹호하는 쪽으로 치우치는 감이 있다. 아마 이런 위험이 이 책을 포함한 대중문화 연구서가 경계해야 할 공통의 경계 대상은 아닐까? 저자의 노고가 배어있는 의미 있는 대중문화 연구서를 읽고서도 남는 아쉬움이다. (2018)

일상의 혁명과
상황주의

라울 바네겜 『일상생활의 혁명』

1

어떤 책을 읽고 뒤늦게 배우는 것이 있다. 이 책이 그렇다. 1967
년, 지금으로부터 약 50년 전에 출간된 한 상황주의 이론가·실천가의
책을 읽으면서 1960년대 이후 현대사상을 지배하게 된 (탈)구조조의의
흐름과는 다른 '상황주의'의 존재와 문제의식을 알게 되었다. 그렇다
면 자연스럽게 생기는 질문. 1950년대까지의 지배적 사상이었던 실존
주의, 그리고 1960년대 이후의 구조주의와 구별되는 상황주의만의 고
유한 문제의식은 무엇인가? 뒤에 살펴보겠지만 상황주의Situationism('68
혁명' 당시 주도적인 역할을 했던 '상황주의자Situationist International)'라는 단체가
주장했던 이념으로 일상의 혁명을 통해 자본주의를 극복하는 사회의
비전을 제시한다. 옮긴이의 설명에 따르면 라울 바네겜의 이 책은 한때
상황주의 활동을 같이 했던 기 드보르Guy Debord의 『스펙터클의 사회』
와 함께 68혁명의 진정한 바이블이었다고 한다. 그런데 한때 혁명의 바
이블이었던 책을 수십 년이 지난 지금도 읽을 이유는 무엇인가? 해석

학자 가다머는 텍스트가 다른 지평^{horizon}에서 읽힐 수 있는가의 문제는 텍스트가 생산된 지평과 그것이 수용되는 지평의 융합^{fusion}이라고 말한 바 있다.

이런 물음이 가능하다. 특정한 맥락에서 그 맥락에 영향을 미치기 위해 생산된 텍스트, 특히 이 책처럼 명료하게 정치·문화적 힘을 행사하려는 문제의식이 뚜렷하게 드러나는 책의 경우, 그 맥락이 달라진 경우에도 여전히 읽어야 할 이유는 무엇인가? 이 책의 원제는 '젊은 세대를 위한 삶의 지침서'*라고 한다. '일상생활의 혁명'은 영어판 제목 *The Revolution of Everyday Life*에서 가져온 것이다. 책의 문제의식을 드러내는 데는 영어판·한국어판 제목이 좀 더 설득력이 있다. 책은 크게 두 부로 구성된다. 1부 '권력의 관점', 2부 '관점의 전복'이다. 범박하게 요약하면 1부는 지금(1960년대 현재)의 현실을 지배하는 권력의 힘과 관점을 몇 개의 키워드를 중심으로 조명한다. 2부는 그런 지배적 관점을 뒤집는 방법과 문제의식을 제시한다.

2

먼저 1부에서 제기되는 저자의 문제의식을 살펴보자. 나는 2부보다는 1부를 더 흥미롭게 읽었다. 그 이유는 수십 년 전 프랑스 혹은 유럽의 현실에 대한 진단이 지금, 이곳 한국의 현실에서도 거의 그대로 적

• • •

* 라울 바네겜, 주형일 역, 『일상생활의 혁명』, 갈무리, 2017, 396면. 이후 인용 시, 면수만 표기한다.

용 가능할 정도로 정확하기 때문이다. 예상한 대로 저자는 당대 자본주의를 신랄하게 비판한다. "경제는 끊임없이 더 많이 소비하도록 만든다. 그리고 쉼 없이 소비하는 것은 가속화된 속도로 환상을 바꾸는 것이며 그것이 점차 변화의 환상을 무너뜨린다."(29면) 종래의 생산주의를 대체하는 소비주의의 득세는 이후 제기되는 포스트모더니즘의 특징을 예견한다. 그런데 필자의 입장이 독특한 것은 거시적 이론의 제시가 아니라 소비에서 삶의 만족을 확인하는 개인들의 태도다. 그것은 삶의 정수가 사라진 새로운 자본주의적 삶의 양상이다. 생존과 삶이 대비된다.

> 20세기의 인간들을 무섭게 하는 것은 죽음이라기보다는 진정한 삶의 부재이다. 정신과 육체가 소진될 때까지, 삶의 끝이 아니라 포화에 도달한 부재에 이를 때까지 삶의 부분을 하루에 백 번, 천 번 제거하는 전문화되고 기계화되고 죽은 각각의 행위는 종말, 거대한 파괴, 완전한 소멸, 갑작스럽고 완전하고 깨끗한 죽음을 매력적으로 보이게 할 위험이 있다. 아우슈비츠와 히로시마는 '니힐리즘의 격려'이다. 고통을 이길 수 없다는 무력감이 집단적인 감정이 되는 것으로 충분하다. (61~62면)

이런 설명은 지금의 자본주의 사회에 더 정확하게 적용된다. 현대자본주의는 각 개인들이 자발적으로 "정신과 육체가 소진될 때까지" 삶을 생존을 위해 사용하도록 만든다. 그러나 생존은 삶이 아니다. "생존은 마모이기 때문이다."(220면) 그리고 소비주의의 만족감은 가짜 만족감이고 욕망이다. "소비재 안에서의 부유함은 진정한 체험을 빈곤하게 만든다."(221면) 그런데 지금의 시점에서 이런 진단조차 다소 사치스럽게 느껴지는 이유. 생존의 위협에 몰린 이들, 특히 젊은 세대에게 "진정한 삶의 부재"라는 문제는 생생하게 다가가지 않는다. 역설적으로 표현하면 지금 노동 시장에서 일자리를 구하는 이들은 착취에 저항하고 진정한 삶을 논하기 이전에 착취당할 기회를 달라고 요구하는 곤경에 몰렸다. 착취에 저항하기를 말하기 전에 착취당할 기회조차 없는 상황. 씁쓸한 일이다. 1960년대와 2018년의 차이다. 세상은 더 나빠졌다. 예컨대 이런 지적.

청소년기부터 퇴직할 때까지 24시간의 주기는 깨진 유리조각들처럼 획일적으로 연속된다. 즉, 경직된 리듬과 리듬의 균열, 돈이 되는 시간의 균열, 상사에 대한 복종의 균열, 지겨움의 균열, 피로의 균열이 연속된다. (70면)

이런 "경직된 리듬"의 문제를 논하기 전에 그런 돈이 되는 시간들, 복종과 지겨움과 피로하지만 어쨌든 돈을 벌 수 있는 기회를 달라고 요구하는 상황이 60년대와는 달라진 지금의 자본주의다.

자본주의의 지배는 부드러운 통제라는 가면을 쓴다. 1960년대의 구조주의 사상가들, 특히 푸코 등이 제기한 미시정치micro-politics의 문제의식을 바네겜도 공유한다.

새로운 경찰이 여기 나타난 것이다. (…중략…) 사회심리학자들은 개머리판으로 가격하지도 않고 심지어는 거만하지도 않게 지배할 것이다. 억압적

폭력은 합리적으로 분배된 수많은 바늘 찌르기로 전환된다. (43면)

자본주의의 변화와 맞물려 등장하게 된 "위계화된 권력의 가장 굳건한 기반을 구성하는 것은 항상 유용한 고통과 동의된 희생의 원칙이다".(59면) 여기서 "동의된 희생"은 역설적 표현이다. 자본의 요구에 동의하지 않으면 밥을 먹을 수 없다. 강요된 동의다. 맑스가 예리하게 지적했듯이, 자본과 노동의 계약관계는 표면적으로 동등해 보이지만 실상은 다르다. 예술의 운명도 마찬가지다. 예술은 자본에 굴복한다. "예술은 비지니스시장에 의해 흡수됐다. 욕망과 꿈은 마케팅을 위해 사용된다."(109면) 그런 힘의 불균형은 자본주의의 심화와 함께 더 심해진다. 공고해 보이는 자본주의 체제의 힘은 무기력감을 낳는다.

그것들의 음산한 반향은 모두의 귀에 너무나 잘 새겨져서 더는 놀라게 하지 않는다. '이것이 삶이야', '사람을 바꿀 수 없을 거야', '늘 그렇듯이 그렇지', '그냥 받아들여야지', '매일 재미있는 것은 아니야' 이런 슬픈 노래의 줄거리는 아주 다양한 대화들을 하나로 만든다. (57면)

이 대목을 읽으면서 반체제[anti-system]의 기운이 움트기 시작한 60년대에도 이런 무기력감이 지배했다는 걸 확인하며 놀랐다. 왜냐하면 지금이야말로 이런 무기력감이 팽배한 시대라고 생각했기 때문이다. 진부한 얘기지만 이 책이 나왔던 시대에는 알지 못했던 현실사회주의의 붕괴와 자본주의의 전 지구적 득세는 자본주의의 대안에 대한 사유의 가능성을 원천봉쇄했다.

당대 자본주의를 예리하게 비판하지만, 저자는 그 대안으로서 사회주의를 꼽지도 않는다. 이런 문제의식은 필자가 지닌 예리한 선구적 안목을 나타낸다. 이런 점은 1980년대 이후에서야 사회주의가 재발견되고 거의 무비판적으로 수용되었던 한국의 지식 공간과 날카로운, 그래서 안타까운 대조를 이룬다. 저자가 보기에 러시아혁명이나 중국혁명은 자본주의의 대안이 못 된다. 당대 사회주의 국가들은 자유로운 개인들의 연합체로서 사회주의와 거리가 멀다. "계획화된 중국경제는 연합 집단들이 그들의 노동을 자율적으로 조직하는 것을 허용하기를 거부하면서 사회주의라 불리는 자본주의의 형태에 합류"했다.(75면) 현재 국가 독점자본주의의 면모를 확연하게 드러낸 중국의 경제 시스템에 대한 날카로운 안목을 보여준다.

자본주의가 그 구성원을 삶이 아니라 생존의 욕망으로 몰고 가는 것은 사회주의도 다르지 않다. "더 많은 성채, 더 많은 국립민중극장은 현재 혁명을 바라는 주린 배를 포만감으로 채워주는 것들"(91면)이다. 자본주의의 "소비자 인간"은 사회주의에서 왜곡된 "공산주의 인간"(97면)으로 나타난다. "공산주의 인간이 이데올로기를 사고 덤으로 1리터의 보드카를 받"(97면)고 있으며, 그 결과 "자유주의, 사회주의, 볼셰비즘은 자유의 깃발 아래 새로운 감옥을 건설한다".(228면) 통렬한 비판이다. 이 책이 나온 지 30여 년 후에 현실사회주의가 왜 무너졌는가라는 질문과 관련해 생각거리를 던져준다. 저자는 당대 유럽사회주의 정치와 당의 한계를 지적한다.

당이 내세우는 모습과 실제 모습을 구분하는 법을 모르는 사람은 아무도 없다. 한 사람이 자신과 남들에 대해 가진 환상은 집단이나 계급 또는 당이 그들의 주위 사람들과 내부 사람들에게 제공하는 환상과 본질적으로 다른 것이 아니다. (27면)

다시 말해 좌파정당은 대중의 삶과 욕망과 동떨어진 채 "당이 내세우는 모습"에 만족한다. 저자가 보기에 이런 괴리의 이유는 좌파 정당이 대중의 "일상생활"의 욕망을 이해하지 못하기 때문이다.

일상생활을 명시적으로 거론하지 않으면서, 사랑 안에는 체제 전복적인 것이 있고 구속의 거부 안에는 긍정적인 것이 있다는 점을 이해하지 못하면서, 혁명과 계급투쟁에 대해 말하는 사람들은 썩어 가는 입을 갖고 있다. (31면)

이렇게 "썩어가는 입"을 가진 자들에 레닌 같은 사회주의의 우상들도 포함된다. 저자는 이런 지도자들을 주저하지 않고 비판한다. "레닌은 일상생활, 미래파, 마야콥스키, 다다이스트들의 중요성을 거의 완벽하게 모른다."(243면) 결국 대중정치가 아니라 탁월한 지도자를 숭배하는 당이 문제다. 대중의 자발성을 무시하고 지도자에 대한 의존을 강조하는 좌파정치의 정념 구조를 저자는 예리하게 문제 삼는다. "주권 위에 자신의 삶을 세우지 못했기 때문에 사람들은 오늘날 다른 사람들의 삶 위에 자신의 주권을 세우고자 한다. 노예의 품행이다."(47면) 당은 대중에게 노예의 품성을 요구한다. 그 결과 "노동자–성직자, 건달–사제, 공산주의자 장군, 빨갱이 국왕, 혁명적 지도자 등 급진적 우아함은 잘 유지된다".(229면) 이 책이 나온 직후 일어난 68혁명의 고양된 분위기에서 라캉이 시위 대중에게 했다는 말이 상기된다. '당신들이 바라는 또 다른 아버지가 등장할 것이다!' 다시 말해 아버지를 교체한다고 세상이 달라지는 게 아니다. 지도자의 교체만으로는 안 된다. 저자가 인용하는 하이네의 시가 인상적이다. "폭군은 미소를 띠며 떠난다 / 왜냐하면, 알기 때문이다 그가 죽은 후 / 폭정은 단지 손이 바뀔 뿐이며 / 노예제는 끝이 없다는 것을"(80면)*

3

1부 권력의 관점을 살펴봤는데 상당한 설득력이 있다. 그런데 그런 설득력은 치밀한 논리의 힘이라기보다는 저자가 지닌 반체제의 정념과 그것이 표현되는 문장에서 나온다. 이 책은 논리적으로 따지는 책이라기보다는 문제를 던지고 촉발하려는 책이다. 그런 점에서 책의 1부를 읽으면서 느꼈던 장점은 2부 관점의 전복에서는 아쉬움으로 바뀐다. 거기에는 이 책이 출간된 맥락과 달라진 지금의 맥락, 대중의 삶이 더 힘들어진 맥락의 역학이 작용한다.

. . .

* 저자의 당 비판은 약 10여년 뒤에 제기된 알튀세르의 프랑스 공산당 비판을 떠올리게 한다. 루이 알튀세르, 이진경 편, 『당 내에 더 이상 지속되어선 안 될 것』, 새길, 1992 참조. 대중과 유리된 채 당이라는 요새에 숨어 있는 당 지도부를 통렬히 비판하는 이 책은 1978년 4월 25~28일 『르몽드』에 기고한 글을 토대로 한다. 바네겜은 알튀세르의 문제의식을 선취한다.

이 글을 시작하면서 저자가 한때 주도했던 상황주의와 구조주의를 비교하는 작업의 필요성을 제기했다. 2부에서 상황주의자로서 저자의 문제의식이 좀 더 명료하게 제기된다. (탈)구조주의의 구조가 주체와 동떨어져 존재하는 대상은 아니지만, 어쨌든 그 구조가 주체보다 먼저 존재하는 것은 분명하다. 그러나 바르겜의 설명에 따르면 '상황'은 구조와는 구별된다. "상황주의자들이 만든 것과 같은 이론적이고 실천적인 행동단체는 정치-문화적 스펙터클 안에 전복적으로 들어갈 능력을 이미 갖추고 있다."(207면) 여기서 상황은 "정치-문화적 스펙터클"과 대비된다. 바르겜에게 스펙터클은 권력의 관점에서 관철되는 현실의 모습이다. 상황은 이런 스펙터클에 균열을 내는 것이다. 상황은 구조적으로 이미 주어진 것이 아니다. "현재는 건설해야 하는 것이다."(215면) 상황은 주체의 활동에서 그때그때 형성되는 것이다. 상황은 생성이다.

함께 한다는 환상만이 공동체의 것이다. 분명히 진정한 집단생활의 시작은 환상의 한복판에서 잠재적 상태 ─ 실체적 매체 없는 환상은 존재하지 않는다 ─ 로 존재한다. 그러나 진정한 공동체는 아직 만들어야 하는 것이다. (49면)

마지막 문장이 상황주의의 문제의식을 요약한다. "진정한 공동체는 아직 만들어야 하는 것"이듯 진정한 상황은 만들어야 하는 것이다. 그렇다면 이런 상황은 어떻게 만들어질 수 있는가? 저자는 삶에 대한 개입을 말한다. "삶에 대한 개입은 정치적인 개입이다. 우리는 지겨워 죽을 위험 대신에 굶어 죽지 않으리라는 보장이 맞교환되는 세계를 원하지 않는다."(19면) 그러나 지금의 현실은 저자의 말과는 달리 "지겨워 죽을 위험 대신에 굶어 죽지 않으리라는 보장이 맞교환되는 세계"를 원하고 있다. 이제는 지겨움조차도 사치스러운 말이다. 오직 "굶어 죽지 않으리라는 보장"만이 중요하다. 그런 보장이 더 잘 될 것처럼 보이는 직업에 구직자들은 매달린다. 이런 이들에게 진정한 삶의 전망은 어떻게 열리는가? 저자는 이런 대안을 말한다. "거리낌 없이 살고자 하는 의지"(257면)라든지, "한 사람을 수천 번씩 뒤흔드는 창조적 에너지, 충족되지 않은 욕망의 격동, 실재를 통해 찾아지는 몽상, 혼란스럽지만 확실하게 선명한 감각들, 이름 없는 전복들을 담은 생각과 행위들"(260면)을 강조한다. 이런 발언들은 저자와 동시대에 활동한 들뢰즈가 말하는 '생성의 정치' 혹은 '리좀의 정치'를 연상시키지만 차이가 있다.

들뢰즈는 욕망과 에너지를 제약하는 체제의 힘, 영토화시키는 힘에 주목한다. 도주는 가능하지만 도주는 언제나 포획의 위험에 처한다. 도주의 "의지"가 중요한 게 아니라, 그 도주를 저지하는 힘의 배치assemblage를 분석하는 것이 중요하다. 들뢰즈에게 미시정치는 거시정치와 분리해서 작동하지 않는다. 그런데 적어도 이 책만을 보고 판단한다면 상황주의자로서 바네겜의 입장은 욕망과 "위계화된 권력과 끝장을 보겠다는 의지"(61면)를 강조하는 의지주의에 기반한 미시정치로 기운다. "억압이 사방에 있으므로 더는 억압의 중심지가 없다"(335면)는 관점의 귀결이다. 거시정치는 거부된다. "양적인 충원에 기반을 둔 집단과 대중 정당들로부터는 더는 기대할 것이 아무것도 없다."(273면) 생기를 잃어가는 대중 정당에 대한 비판으로는 의미 있다. 그러나 저자가 강조하는 소집단 정치나 상황주의의 한계도 고려해야 한다. 저자의 의지주의는 낙관주의와 짝을 이룬다. "일상생활은 현재 가진 수단들을 갖고 집단적 놀이의 항구적인 확장 조건들을 만들어낸다."(195면) 나는 이런 낙관주의보다는 "집단적 놀이의 항구적인 확장 조건들"조차도 재영토화하는 자본주의의 역량에 주목하는 들뢰즈의 비판주의가 더 설득력이 있다고 본다.

다시 이 책의 원제를 살펴보자. '젊은 세대를 위한 삶의 지침서'. 2018년 한국의 "젊은 세대"에게 이 책은 양가적 의미를 지닌다. 한편으로 지금의 세대가 잃어버린 열정과 의지와 낙관의 가치를 이 책은 상기시켜 준다. 미덕이다. 그러나 이 책이 견지하는 의지주의는 지금의 자본주의 현실에서는 한가한 소리로 들릴 수도 있다. 끝으로 번역에 대해. 불어를 거의 못하는 나로서는 번역의 좋고 나쁨을 세세히 가릴 역량이 없다. 예전에 출간한 책을 재번역·출간하면서 "거친 문장들과 잘못 번역된 문장들"(395)을 바로 잡았다고 역자는 말한다. 그런데 여전히 그런 대목들이 적지 않다. 그것이 원문의 문제인지 번역의 문제인지는 불어에 능통한 다른 연구자가 살필 일이다. 한 가지만 예로 들면 "감압"(83면)이라는 개념의 경우 영어판에서는 "decompression"으로 되어 있다. 이 개념을 그냥 '압력을 줄인다'는 뜻의 '감압'으로 옮기는 건 불친절하다. 풀어서 옮기거나 맥락을 고려한 역자의 주석이 달렸으면 싶다. 그런 대목들이 적지 않게 눈에 띈다. (2018)

다시,
맑스를 위하여

루이 알튀세르 『마르크스를 위하여』와 백승욱 『생각하는 마르크스』

1

자본주의에 대한 과학적 연구로서 맑스주의는 자본주의가 존속하는 한 부침은 겪지만, 그 생명력이 소진될 수 없다. 맑스(주의)에 대한 찬반을 떠나서 맑스적 사유를 통과하지 않고서 자본주의를 연구하는 우회로는 찾기 힘들다는 뜻이다. 2008년 금융위기 이후에 맑스주의가 일종의 이론적 '부활'을 한 배경이다. 더욱이 올해(2017)는 맑스의 『자본』이 출간된 지 150년이 되는 해이다. 2018년은 맑스 탄생 200주년이다. 의미 있는 시점이다. 맑스주의 연구의 한 중요한 전환점을 마련한 알튀세르의 『마르크스를 위하여』와 맑스적 사유의 방도를 모색하는 백승욱의 『생각하는 마르크스』를 읽는 이유다.

모든 '주의'는 시간이 지나면 체계를 이루게 되고, 굳어지면서 생명력을 잃는다. 맑스주의도 예외는 아니다. 생전의 맑스는 자신은 맑스'주의자'가 아니라는 말을 했다. 그 이유도 굳어진 '주의'의 위험성 때문이리라. '맑스로 돌아가자'고 할 때 그 회귀점의 본성에 대한 논란이 생긴다. 알튀세르의『마르크스를 위하여』에서 '위하여'라는 의미도 그것과 관련되며, 백승욱의『생각하는 마르크스』도 맑스주의의 고정된 체계를 전제하는 시각을 비판한다.* 두 책 모두 맑스주의의 전화 transformation 혹은 개조, 현재성을 강조한다. 알튀세르는 맑스적 사유 안에서의 단절과 그 단절을 통한 맑스 사유의 변화 과정에 주목한다. 백승욱은 맑스주의의 공백 지점에 주목하면서 맑스주의의 개조를 시도했던 알튀세르와 발리바르의 시도를 재해석한다. 이 글에서는 두 책이 공유하는 맑스적 사유의 개조라는 문제의식에 주목하면서, 몇 가지 제한된 쟁점에 초점을 맞추고자 한다. 두 책 모두 단일 주제로 일관성 있게 집필된 주제 연구서 monograph 라기보다는 연구 논문과 강연 모음이기에 균질적이지 않다. 특히『생각』의 경우는 그 점이 두드러진다. 7장 강연록은 보완해서 별도의 대중서로 냈으면 어떨까 싶다.

두 책은 몇 가지 날카로운 현재적 문제의식을 공유한다. 첫째, 이론과 정세의 관계다. 알튀세르는『맑스』저작이 1960년대 "프랑스의 이론적·이데올로기적 정세, 그중에서도 특히 프랑스 공산당 내의 그리고 프랑스 철학 내의 정세"(『맑스』, 437면)로의 개입이라는 걸 밝힌다.** 『생각』은 맑스, 알튀세르와 발리바르의 사유와 현 단계 자본주의의 국면과의 연결 지점을 파고든다.『생각』이 맑스의『자본』분석에 상당 분

. . .

* 루이 알튀세르, 서관모 역,『마르크스를 위하여』, 후마니타스, 2017; 백승욱,『생각하는 마르크스』, 북콤마, 2017. 이하『맑스』,『생각』으로 약칭하며 인용 시, '약칭, 면수'로 표기한다.
** 1965년에 처음 출간되었던『맑스』의 세 번째 국역본이다. 알튀세르 연구자인 옮긴이의 공들인 번역, 상세한 역자 주석, 충실한 해제가 큰 도움이 된다. 이론의 고전 번역의 좋은 사례가 될 것으로 판단된다.

량을 할애한 이유다. 두 책은 모순과 정세의 관계와 차이를 따지면서, 모순의 추상성과 정세의 구체성을 대립적으로 바라보는 '경험주의'를 비판한다.

> 그들은 이 경우에 모순의 이토록 단순하고 순수화된 형상은 아주 단순히 추상적이라는 것을 잊고 있었다. 현실적 모순은 이 '정황들'과 하나를 이루고 있어서 단지 이 정황들을 통해서만 그리고 이 정황들 속에서만 판별될 수 있고 식별될 수 있고 다루어질 수 있는 것이다. (『맑스』, 176면)

모순이 "단순하고 순수화된 형상"으로 드러나는 경우는 없다. 모순의 '최종 시간'은 오지 않는다. 모순은 과잉 결정된 "정황"과 정세를 통해서만 나타난다. "구체적 상황, 구체적 정세"(『맑스』, 308면)의 "구체적 분석"이라는 레닌의 말을 알튀세르가 반복하는 이유다. 구체적 정세와 따로 존재하는 추상적 모순은 없다. "모순들이 구성하는 현 상황"(『맑스』, 311면)이 곧 정세다. 마오쩌둥의 『모순론』이 보여주듯이, 과잉 결정에 대한 알튀세르의 사유도 과잉 결정의 일반 이론이 아니며, 과잉 결정이라는 관점에서 구체적 모순을 분석하는 지침서이다. 유의할 점은 정세, 국면, 조건은 경험주의적인 맥락에서 '구체적'인 개념이 아니라는 것이다. 정세와 조건은 경험주의적인 개념이 아니라, "대상의 본질 자체에, 즉 항상-이미-주어진 복잡한 전체에 근거한 이론적 개념이다."(『맑스』, 358면) 예컨대 문학비평에서 '작품물신주의'가 좋은 예다. 경험주의적 '실물'로서 텍스트만이 구체적이고 텍스트 외의 것들은 추상적인 것으로 볼 수 있는 것이 아니다. 텍스트와 컨텍스트는 이미 얽혀 있다. 비평은 텍스트를 규정하는 얽힘의 정세를 분석한다. 맑스의 탁월성은 추상-구체의 이분법을 해체하고,* "추상에서 구체로 나아가는 분석의 방법"(『생각』, 28면)을 제시한 것이다. 맑스는 『자본』의 서문에서 추상에서 시작하는 이유를 밝힌다.

> 완성된 신체를 연구하는 것이 그 신체의 세포를 연구하는 것보다 더 쉽기 때문이다. 게다가 경제적 형태에 대한 분석에서는 현미경이나 화학적인 시약들이 아무런 도움이 되지 않는다. 거기에서는 이런 것들 대신에 추상화할 수 있는 힘이 필요하다. (『생각』, 36면)

"추상화할 수 있는 힘"이란 가시적 대상만이 아니라 그 대상을 지금의 모습으로 생산한 시공간적인 리듬과 정세를 같이 사유하는 능력이다. 추상-구체의 변증법이다. 화폐는 가시적인 '물건'이라는 점에서 '경험주의'의 구체적 대상이다. 그 구체성은 화폐에 응축된, 오직 "추상화할 수 있는 힘"으로만 파악할 수 있는 사회적·역사적 관계의 응축이라는 점에서는 추상적이다.

맑스의 탁월성은 "자기 자신에 대한 비판을 향유하여 또 '정세' 속에서 의미를 발견"(『생각』, 10면)한 것이다. 장기적 시간으로서의 구조만

. . .

* 통상 『맑스』를 '구조주의적' 맑스주의의 대표적 저작이라고 규정하지만, 알튀세르의 사유는 오히려 데리다나 스피노자와 친연성을 지닌다.(예컨대 342~344면) "우리는 구조주의자가 아니었지만 (…중략…) 우리는 스피노자주의자였다."(458면) 더 깊이 따져볼 주제다.

이 아니라 "시간의 중첩"과 리듬이 복합적으로 결정하는 정세의 파악에 맑스는 주목했다.

> 시간의 중첩과 그 속에서 리듬이라는 문제를 고민한 대표적 인물이 마르크스이다. 하나의 시간만을 가지고 있으면서 리듬을 읽어내는 눈까지 부족하면 정세에 개입하기는 힘들 수밖에 없다. 그런 의미에서 마르크스를 읽는다는 것은 세력 관계를 분석하고, 자기 방식의 리듬을 만들어내고, 그 속에서 개입할 수 있는 지점을 정확히 찾아내는 방법을 그의 사유를 통해 발견하는 일이기도 하다. (『생각』, 107면)

구조와 정세는 공간적 개념만이 아니라 중층적 시간의 리듬을 표현하는 역사적 개념이다. 두 책이 사회적 관계의 '앙상블ensemble'을 강조하는 이유다. 알튀세르는 학문이 과학으로 정립하려면 그 학문이 다루는 고유한 대상과 방법론이 필요하다고 말한다. 방법론의 핵심이 사회적 관계의 앙상블에서 표현되는 "개별 사회적 관계, 복수의 사회적 관계들이라는 복수성, 구조들의 구조라는 세 가능성을 동시에 사고"(『생각』, 148~149면)하는 능력이다. 이것이 발리바르가 맑스 이후의 이론이 맑스 이전으로 되돌아갈 수 없게 만든 이론의 불귀점으로서 맑스주의를 규정하는 이유다. 맑스는 우리에게 역사, 사회, 인간을 바라보는 관계론적, 초개인적 관점을 제시한다.

2

그러나 이론의 회귀 불귀점으로서 맑스주의를 바라보는 두 책의 관점, 특히 알튀세르의 시각은 이론과 철학, 과학과 이데올로기의 관계에 대한 질문을 제기한다. 알튀세르의 이론체계에서 그가 해석한 과학적 맑스주의가 과학적 이론 혹은 대문자 이론으로 부당 전제된 것은 아닌가라는 의문이다. 알튀세르는 맑스의 사유 발전 과정에서 인식론적 단절 개념을 강조한다. 백승욱도 이 문제를 비중 있게 다룬다.

한 과학의 이론적 실천은 자신의 전사에서의 이데올로기적인 이론적 실천과 항상 명백히 구별된다. 이 구별은 우리가 바슐라르와 함께 인식론적 절단이라는 용어로 지칭할 수 있는 질적 불연속의 형태를 취한다. (『맑스』, 289면)

요약하면 맑스의 사유 과정 내에 "이데올로기적인 이론적 실천"의 단계가 있었고, 1845년 '포이어바흐 테제'를 계기로 "과학의 이론적 실천"으로 질적 변화를 겪었다는 것이다. 이론적 단절은 "과거의 철학적 문제 설정을 기각하고 새로운 문제 설정을 채택한다는 것"(『맑스』, 397면)이다. 키워드는 문제 설정이다. 사유틀을 구성하는 요소의 재배치가 아니라 사유 방식의 틀 자체를 바꿔야 한다. 이런 단절을 통해 "마르크스의 이론적 반인간주의"(『맑스』, 401면)가 탄생한다. 그러나 질문은 남는다. "역사에 대한 과학(역사적 유물론)"(『맑스』, 77면) 혹은 "대문자로 시작된 이론 Theorie이라는 용어가 마르크스주의 '철학'(변증법적 유물론)을 지칭하기 위해 사용되었고, 반면 철학이라는 용어는 이데올로기적 철학들을 지칭하기 위해 사용되었다"(『맑스』, 79면)는 주장이 한 예이다. 알튀세르는, 그리고 부분적으로는 백승욱도 "과학"으로서 맑스주의 철학은 다른 "이데올로기적 철학"과 명료하게 구분될 수 있다고 본다. 대문자 이론으로서 맑스주의는 이론의 이론이라는 뜻이다.

이 학문 분야들의 지위에 대한 사전적 질문들을 유발하거나 제기할 수 있고 (기술적 실천들이 과학으로 변장한 것을 포함해) 다양하게 변장한 이데올로기를 비판할 수 있는 유일한 이론, 그것은 (이데올로기적 실천과 구별되는) 이론적 실천의 이론, 즉 유물론적 변증법 또는 변증법적 유물론, 변증법에 대한 특유한 마르크스주의적 이해(관념)다. (『맑스』, 296면)

"이론적 실천의 이론"으로서 맑스주의는 "진정으로 과학에 속하는 것과 진정으로 이데올로기에 속하는 것을 식별"(『맑스』, 296면)할 수 있는 능력을 지닌다고 선험적으로 간주된다. 어떤 (자기)비판적 입장을 취하든, 맑스주의의 사유의 지형 안에서는 이런 식의 주장이 통할 수 있다. 그러나 맑스주의의 지형 밖에 있는 다른 이론들을 "이데올로기적 철학"으로 단정 짓는 것은 적어도 지금의 시점에서는 경계할 일이다. 한때는 '죽은 개' 취급을 당했던 맑스주의가 자본주의의 위기와 관련해, 특히 2008년 금융위기 이후 재조명되는 것은 반갑지만(백승욱의 작업이 지닌 의의다), 그것이 "유일한" 과학적 이론으로서 맑스주의의 위상을 자동적으로 보장하는 것은 아니다.

3

새 번역으로 읽는『맑스』나 이 시대의 '생각하는 맑스주의'의 의미
를 천착하려는『생각』을 읽으면서, 문학 연구자인 내게 인상적인 것은
이데올로기, 예술, 지식의 문제를 다룬 부분들이다. 알튀세르는 문학예
술의 이데올로기적 성격이 다른 이데올로기적 형태들과 어떤 차이를 지
니는지를 명료하게 해명하지는 않지만, "환상적 의식"이 아닌 비의식의
생산이라는 측면에서 연극과 예술을 바라보는 시사적 관점을 제공한다.
좋은 작품은 그것의 균열된 구조를 통해 "환상적 의식의 신화적 세계"
에 타격을 가하고 "새로운 의식"을 생산한다. "연극이란 실로 새로운 관
객의 생산이다."(『맑스』, 262면) 이점에서 연극과 예술은 비의식으로서 이
데올로기와 내적 거리를 둔다. 알튀세르가 브레히트의 새로운 연극 이
론에 매료된 이유다. 이데올로기는 "의식과 거의 아무런 관계"가 없으며
"지극히 비의식적"(『맑스』, 406면)이다. "비의식적"이란 그것이 사람들에
게 명료하게 의식되지 못한 채로 영향을 미친다는 뜻이다. 이데올로기
의 영향력이다. 이데올로기는 비의식적인 믿음의 형태다. 그것이 "세계
에 대한 사람들의 살아지는 관계에 대한 것"이기에, 이 관계는 "비의식
적이라는 조건하에서만 의식적인 것"(『맑스』, 407면)으로 나타난다. 이런
이유 때문에 이데올로기는 의식적 노력이나 각성으로 극복되지 않는다.
사람들은 어떤 것이 옳다고 '의식'하기 때문에 따르지 않는다. 비의식적
으로 옳다고 믿기 때문에, 비로소 그것의 가치를 의식하게 된다.* 표상으

* 국정농단과 헌정훼손의 명백한 증거에도 불구하고 탄핵을 반대하는 '애국'시민들의 (비)의식도 이런 맥락
  에서 이해될 수 있다. 그들이 내세우는 주장의 옳고 그름을 논박하는 것은 그들의 비의식을 깨는데 아무런

로서 이데올로기는 의식과 아무런 관계가 없으며, 대부분 이미지와 개념들이다.[*]

　백승욱이 현 단계 맑스주의 과제로서 지식의 분할을 문제 삼는 것도 알튀세르적 이데올로기 개념의 문제의식과 통한다. 소수의 '각성한' 지식인의 선도로 비의식에 사로잡힌 대중을 해방하는 이분법적 사유를 해체할 필요성을 백승욱은 제기한다. 그것을 위한 구체적인 방책을 제시하지 않는 것은 다소 아쉽지만 중요한 문제제기다. 종래의 사회주의적 집단주의적 소유 개념을 넘어선, "개인적 소유"로 사회개조의 방향을 잡더라도 대중과 엘리트를 차별적으로 재생산하는 지적 생활양식이 지속되는 한 자본주의 체제는 지양되지 못한다. 무지자와 지식인의 분할을 넘어서야 한다.

　궁극적으로 그것은 노동자들의 지성화를 목표로 삼는 것이어야 한다. 제도의 변혁은 그 목표를 위한 과정으로 보아야 할 것이다. 자기 스스로 세계를 향해 움직이는 주체가 되고 기술에 대한 모든 가능성을 통제하고, 사람들을 위해 자신의 지식을 활용할 수 있는 존재. 우리는 그 어느 때보다 많은 지식에 토대하고 있는 사회에 살고 있는 이상 이는 불가능하지는 않을 것이다.

• • •

　도움이 못된다. 이데올로기는 이론이나 과학의 문제가 아니라 '살아지는' 믿음의 체계이기 때문이다. 이데올로기는 "작동 중이지만 자백되지 않은 문제 설정에 대해 비의식적"(『맑스』, 131면)이다. 관건은 이 "문제 설정"의 구조를 해체하는 것이다.

[*]　이미지와 이데올로기의 관계는 최근 주목받는 정동(affects) 이론과 알튀세르의 관계와도 관련된다. 알튀세르의 이데올로기론과 정동 이론을 다룬 연구로는 최원, 「정동 이론 비판」, 『라캉 또는 알튀세르』(난장, 2016) 참조.

그럼에도 현실은 사람들을 점점 더 끔찍한 불행으로 몰아넣고 있다. 왜 그럴까? 그것이 마르크스의 질문이다. (『생각』, 100면)

교류 혹은 교통 속에서 서로의 특이성들을 배우고 가르치는 실천적 경험들을 통해, 고정된 개인의 고유성이 초개인성 속에서 지양되는 방향으로 진행되어야 한다. 이때 '개인'은 주어진 속성이나 완전성을 갖춘 실체가 아니라 개체화(individuation)와 개성화(individualization)라는 더 일반적이고 더 유동적인 과정의 효과 또는 계기로 파악된다.(『생각』, 320면) 이런 개체화와 개성화는 특정한 특이성, 예컨대 계급이라는 특이성만이 아니라 성적 차이 등의 인류적 특이성을 추가하는 것을 통해 확장된다.(『생각』, 336면)

4

스피노자의 말대로 "무지는 논거가 될 수 없다".(『생각』, 16면) 그런데 무지의 반대로서 (맑스주의)이론은 완결된 정답이나 굳은 체계의 제시와는 거리가 멀다. 발리바르가 평하듯이 『맑스』의 "불완전성 및 이 책이 내장한 아포리아들에 대한 의식과 아마도 이 책의 취약성에 대한 의식, 그뿐 아니라 이 책은 항구적 재착수의 필요성을 내포하고 있다는 의식을 지닐 수밖에 없었기 때문이다. 오늘에도 여전히 우리를 놀라게 하고 우리의 흥미를 끄는 것은, 바로 이 재활성화가 미래를 가지고 있다는 점이다".(『맑스』, 37면) 데리다나 알튀세르가 지적하듯이 모든 텍스트는 분열되어 있고 내적 모순으로 가득 차 있다.(『생각』, 47면) 뛰어난 이론은 '정답'을 제시하기 때문이 아니라 자신이 제시한 주장의 타당성을 변화하는 현실 속에서 끊임없이 되묻고, 검증하고, (자기)비판하는 해체와 재구성을 통해서만 지속적인 생명력을 얻는다. 설령 유일한 '대문자 이론'으로서 맑스주의를 받아들이지 않더라도, '생각하는 맑스'에게서 배워야 할 사유의 방법과 태도가 바로 이것이다. (2017)

맑스주의 비평의
한 초상

테리 이글턴 『비평가의 임무』

　　문학 이론가나 사상가의 대담집을 통해 그의 이론적 면모나 궤적을 전면적으로 이해할 수는 없다. 하지만 대담은 책의 논리적 언어로는 담을 수 없는 삶의 궤적과 내면을 드러내주는 역할도 한다. 테리 이글턴 대담집 『비평가의 임무』*도 그렇다. 그렇게 된 데는 자신의 삶과 학문적 여력을 최대한 냉정하게, 하지만 그다운 유머와 위트의 감각을 잃지 않으면서 펼쳐 놓은 이글턴의 태도와 함께 이글턴의 모든 저작을 꼼꼼하게 읽고 날카롭고 꼭 필요한 질문들을 준비한 대담자 매슈 보몬트의 역할이 크다. 이 책은 한 비평가의 "마르크스주의 안에서의 모험에 대한 증언"이자, "전기적, 정치적, 지적 영향력들과의 연관성 속에서 연대기적 접근을 통해 이글턴 사유의 진화에 대한 포괄적인 회고적 설명을 제시"(33면)한다. 역자의 정확한 요약처럼 "전사로서의 비평가"(586면)의 초상화를 감상해보자.

...

* 테리 이글턴·매슈 보몬트, 문강형준 역, 『비평가의 임무』, 민음사, 2015. 이하 인용 시, 면수만 표기한다.

1. 맑스주의 비평가의 초상

먼저 이글턴이 고백하는 학자적 삶의 형성 과정. 영국의 경우에도, 특히 케임브리지나 옥스퍼드 같은 최고의 교육기관일수록 이글턴 같은 '좌파' 연구자가 겪는 고립감은 크다는 것이다. 노동계급 출신으로서 정서적으로 상당히 메말랐던 가정환경으로 인해, 사람들이 바랐던 지적생활과 공적 압력들에 대처하는 데 필요한 감정적 자원이 자신에게 결핍되었다는 것, 그것을 보충하기 위해 "스스로 풍요롭고, 고독하고, 내향적인 지적생활"(50면)을 형성할 수밖에 없었고, "열다섯 무렵부터 기관사가 아닌 좌파 지식인이 되고 싶어"했던 이글턴에게 옥스퍼드대학에서의 교수 생활은 큰 환멸감을 준다.(387~388면) "특히 옥스퍼드에서의 초기 몇 년 동안은 저에 대한 개인적 반감도 상당했어요. (…중략…) 저는 극도로 고립되었고 그로 인해 힘겨운 시간을 보냈어요."(189면) 이 대담집에서 눈길을 끄는 것은 주요 저작에 대해 이글턴 자신의 엄정한 자기 평가이다. 덧붙여 그런 저술활동의 뒷면, 소위 '좌파 교수'에게 적대적이었던 환경에서 학생들과 대학 밖의 노동자들과의 다양한 형태의 연대활동을 소홀히 하지 않았던 이글턴의 면모가 책에 생동감을 부여한다. 저서 『왜 맑스가 옳았는가』가 예증하듯이, 이글턴은 포스트 구조주의 등장 이후에 맑스주의(비평)에 제기된 여러 문제 제기를 한편으로는 받아들이면서도 맑스주의의 원칙은 포기하지 않는다. 예컨대 총체성에 대한 견해가 그렇다.

총체성이 그 자체로 모순과 갈등에 의해 구성되었다는 점을 간파하기 시작하면 전체 그림이 명백히 바뀌게 되지요. 자유주의적 공평무사함이 위험성을 내보이던 시기에 저는 불편부당한 시각(이 가진 문제점)은 의식하고 있었지만, 진리와 참여가 내적으로 얽혀 있다는 생각에 대해서는 충분히 주의를 기울이지 못했던 겁니다. (179면)

이런 지적은 표면적으로는 자기비판으로 읽히지만, 진리와 참여, 당파성과 총체성의 내적 통일성을 사유하지 못하는 맑스주의 비판가들을 겨냥한 것이기도 하다. 이런 이유로 이글턴은 1960년대 이후 '대세 이론'이 된 포스트구조주의에 거리를 둔다.(385면)

　맑스주의자로서 이글턴의 독특한 면모는 맑스주의와 기독교의 관계에 대한 그의 견해에서 표나게 확인된다. 최근 바울에 대한 몇 가지 '좌파'적인 독해가 이뤄지고 있지만, 이글턴의 시각은 좀 더 근본적이다. 청년 시절부터 이글턴에게 "가톨릭교는 결코 개인적 내면성을 의미하지 않았"으며, "마르크스주의와 기독교 모두를 실질적이고 제도적이며 세계 변형적인 용어들로 인식"했다.(131면) 이글턴이 보기에, 기독교 신앙이야말로 가장 엄하고 비타협적인 정치적 요구를 하고 있다. 기독교의 복음은 "새 포도주를 헌 병에 붓는 식의 개량주의적인 문제"가 아니다.

　오히려 그것은 우리가 생각조차 할 수 없는 다른 세상을 위해 우리가 알고 있는 모든 것을 상상할 수 없는 방식으로 소멸시키는 행위를 요구하며, 이를 위해서는 죽음, 무(無), 자기 해체라는 끔찍한 길을 통과해야만 합니

다. 그러니까 어떤 의미에서 이것은 충분히 혁명적인 것이겠지요. (498면)

이글턴은 기존의 맑스주의가 외면해 온 맹목 지점을 파고든다.

전형적으로 좌파, 특히 남성 좌파들이 논의하기를 꺼려 왔던 일련의 관념들이 있어요. 사랑, 죽음, 악, 신앙, 윤리학, 비극, 비존재, 필멸성, 희생, 고통 등이 거기에 속합니다. 저는 가장 최근의 제 저작들을 의도적으로, 도발적으로 그 좌파들에게 도전하는 혹은 그들과 대화를 시작하려는 시도로 여깁니다. (…중략…) 이들은 제가 보기에 그런 '영적'이고 '윤리적인' 혹은 '형이상학적인' 문제들을 회피하려고 합니다. 그 주된 이유는 이들이 대단히 명민한 방식이 아닌, 정말이지 상당히 관습적인 방식으로 자신들의 성향을 오해하고 있기 때문입니다. (463면)

통상적으로 "사랑, 죽음, 악, 신앙, 윤리학, 비극, 비존재, 필멸성, 희생, 고통"의 연구는 부르주아 학문의 대상으로 치부되어 왔다. 이글턴이 보기에 맑스주의는 일종의 새로운 맑스주의 인간학을 계발하고, 정신, 영성, 윤리의 문제에 그만의 방식으로 개입해야 한다. 이글턴이 주목하는 맑스주의와 기독교 간의 대화는 이런 개입의 한 예로 봐야 한다.

2. 학문적 동료와 적수들

이글턴이 직간접적으로 관계를 맺어온 다양한 이론가, 사상가들에 대한 그의 진솔하고 날카로운 평가도 주목할 만하다. 오해와는 달리 이글턴은 '인문주의' 비평의 대표자인 리비스[F.R.Leavis]를 높이 평가한다. "까다로운 분석, 꼼꼼한 읽기, 치열한 문화적 진지함, 용감한 논쟁, 광범위한 사회적 관심, 나아가 진정으로 자유주의적인 반기득권적 면모에서 많은 것을 배웠"다고 이글턴은 고백하며, "일부 문화 좌파들이 리비스를 동네북처럼 다루는 방식"에 동의하지 않는다고 밝힌다.(134면) 이책에서 이글턴이 깊은 존경을 표하는 인물은 윌리엄스[R. Williams]이다. 그이유는 윌리엄스에게서 맑스주의 문예 연구의 어떤 전범을 발견했기때문이다.

> 그의 작업은 종종 강철같이 차가운 사실주의를 내장하고 있었지만, 우리
> 사회에 이따금씩 떠다니는 탈마르크스주의적(post-marxist) 비관주의라는
> 다양한 유행의 물결에는 결코 굴복하지 않았다는 점입니다. 가장 깊은 의미
> 에서, 그는 희망을 가지고 있었어요. 그것은 물론 쉽게 무너지는 낙관주의
> 나 교조적인 진보주의와 결코 혼동해서는 안 되는 것입니다. (92면)

위트와 풍자를 무기로 이글턴은 수많은 이론가나 사상가의 미덕과 한계를 평가하는 데 대체로 정확하다. 예컨대 "유배를 낭만화"하고 "집 없는 지식인을 이상화하는 위험"(185면)을 보여준다는 사이드[Edward Said]에 대한 날카로운 평가가 그렇다. 하지만 지나치거나 부정확한 평가도 눈

에 띈다. 초기에 이글턴이 많은 영향을 받은 알튀세르가 한 예이다. 이글턴은 "알튀세르의 반휴머니즘은 실존주의적이고 현상학적인 마르크스주의의 조류가 물신화했던 그 주제(휴머니즘)를 몰아냈지만, 불행하게도 계급투쟁의 중요성을 충분히 강조하지 않았던 구조주의의 먹이"(204면)가 되었다고 보았다. 알튀세르의 주체 개념은 "황량하고 암울하며 조금은 축 늘어진 주체, 취약하고 종속된 주체"(215면)라고 폄하한다. 그러나 이런 견해는 알튀세르가 계급투쟁의 의미를 새롭게 해석했고, 주체 개념이 아니라 행위자^{agent} 개념을 통해 맑스주의 사회 이론에서 구조와 주체의 관계를 다시 사유했다는 점을 경시한 해석이다.

이 책에는 현재 미국을 대표하는 맑스주의 문예 이론가인 제임슨에 대한 이글턴의 견해가 여러 번에 걸쳐 나타난다. 각각 영미의 맑스주의 비평을 대표하는 두 사람의 차이점을 드러내주는 발언들이 눈길을 끈다. 제임슨의 저작이 준 강한 충격(207면), "제임슨의 마르크스주의에 깃든 뿌리 깊은 헤겔의 그림자"(301면)와 그와 달리 알튀세르에 경도된 이글턴의 입장에 대한 옹호, 제임슨이 견지하는 "역사화"하는 맑스주의에 대한 비판(420면) 등은 중요한 문제제기들이다. 그리고 이런 차이들은 영국과는 다른 미국의 상황, 대학 밖의 좌파대중운동이나 노동운동이 거의 궤멸된 상황에 기인한 바가 크다.

우리 유럽인의 위치에서 볼 때, 저는 이 분야의 미국인들(그중 가장 걸출하고 명민한 제임슨도 포함해서)이 가지는 관심사가, 활발한 당대의 사회주의 활동은 고사하고 탈정치화에 의해, 그리고 사회주의기억을 활용할 가능성의 결핍에 의해 얼마나 큰 영향을 받았는지를 우리가 단박에 알아차릴 수 있을 거라 생각합니다. 이는 그 사람들에 대한 비판이라기보다 그 시스템에 대한 비판입니다. 1970년대 후반과 1980년대의 페미니즘도 마찬가지예요. 유럽인이라면 페미니즘이 대체로 급진적 혹은 사회주의적 배경을 가지고 있을 거라 상정했지만, 미국에서는 그게 그렇게 당연히 받아들여질 수 없었지요. (414면)

각국의 지성사를 다룰 때 그 사회역사적 맥락과 '시스템'을 먼저 고려해야 한다는 점을 환기시켜 준다.

3. 비평의 역할

그동안의 독서 경험으로 판단해 볼 때, 제임슨은 '학자·연구자'에, 이글턴은 '(현장)비평가·논객'에 가깝다고 판단해 왔다. 이것은 우열의 구분이 아니라 기질과 성향의 차이에 따른 구분이다. 이런 판단이 아주 잘못된 것은 아니라는 것을 이 책에서 확인했다. 이글턴의 저서에 드러나는 두드러지는 특징 중 하나는 자신의 "작품들에 재치와 유머를 집어넣으려는 시도"(439면)이다. 유머, 위트, 풍자, 냉소, 그리고 "고귀함과 저속함, 혹은 이론적인 것과 일상적인 것을 카니발적으로 혼합"(416면)하는 것이 자신의 글쓰기라고 이글턴은 되풀이 지적한다. 이런 면모는 비평이나 학문 연구에서 논쟁이 갖고 있는 역할에 대한 이글턴의 긍정적 태도에서 비롯된다.

논쟁술은 제가 아주 편안해하는 방식이에요. 어떤 의미에서 이 영역(비평, 이론)에서 논쟁이 너무 없다고도 생각합니다. 저는 제임슨이 논쟁을 하지 않는 점을 항상 지적해 왔어요. 물론 다른 면에서는 그를 엄청나게 존경하지만요. (254면)

논쟁이나 저널리즘적 글쓰기를 이글턴이 마다하지 않는 이유. 그런 글쓰기가 "공적 지식인"의 역할이라고 이글턴이 믿기 때문이다.

저는 독자층이 누구냐에 따라 각기 다른 스타일로 글을 쓸 수 있다고 생각하고, 특히 지적 저널리즘 글쓰기를 대단히 높게 평가합니다. 제가 그런 글쓰기를 꽤 잘하는 것 같고, 또 그걸 매우 즐깁니다. (…중략…) 우리가 공적 지식인이라고 부르는 이들은 가끔씩 집 밖으로 나오는 사람이라고 생각합니다. 공적 지식인은 학계 너머의 영역들을 발견해야 하는데, 물론 오늘날 이런 사람들은 극소수입니다. 그래서 저는 반전 집회, 노동자 교육협회의 수업, 노동자 작가들 모임 등으로부터 강연 요청을 받으면 언제나 기쁩니다. (431~432면)

학계와 대중, 대학과 사회의 거리가 점점 멀어지고 있는 한국의 지적 지형에 비춰 봐도 새겨들을 발언이다. 요즘 한국문학계에서도 논란이 되고 있는 비평의 위기에 대한 이글턴의 진단도 그렇다. 비평의 위기는 문학교육의 위기, 언어의 위기, 그리고 공적 지식인의 위기 등과 복합적으로 관련된다. "한편으로 우리는 꼼꼼한 텍스트 분석의 습관을 잃어버렸고, 다른 한편으로는 비평가의 역할이 일반적으로 공공 영역의 운명이나 지식인의 역할과 뗄 수 없이 얽혀 있는 상황인 거지요."(307면) 더불어 무조건 글은 쉽게 써야 한다고 믿는 독서의 "소비주의적 방식"이나 문학에서 필요한 "구체적인 기량과 언어의 집합"(326면)을 홀대하는 경향을 이글턴은 비판한다. 한국의 독서문화계에도 울림이 있는 지적이다. 이글턴에게 비평의 본령은 "우리가 속해 있고, 그래서 그 속에서 우리가 역량을 발휘해야 하는 매체, 즉 언어의 두께와 복잡함을 살피는 일"(473면)이고, "유용성과 상품 형식에 대한 말 없는 저항으로서의 작품이 가진 영예로운 무용성"(477면)을 해명하고 알리는 일이다.

전체적으로 깔끔한 번역과 당대의 지성사적, 문화적 맥락을 파악하는 데 도움이 되는 충실한 역자의 주석도 책 읽기에 큰 도움이 된다. 한국지성계에서도 이런 지성사적 대담집이 좀 더 많이 나오길 기대하는 마음이 크다. (2016)

텍스트란
무엇인가?

제임슨, 이글턴, 사이드를 중심으로*

1. 텍스트성과 컨텍스트

다시, 텍스트가 문제가 되고 있다. 정확히 말하면 텍스트의 읽기
와 해석이 문제 되고 있다. 그 배경에는 '이론에서 텍스트로'라는 슬로
건으로 요약되는 문학교육의 새로운 흐름이 깔려 있다. 텍스트를 압도
하는 이론의 과잉을 경계하고 텍스트 자체로 돌아가자는 주장이다. 텍
스트의 고유성을 억압하고 특정한 이론적 틀로 텍스트를 재단하려는
'이론주의'에 대한 경계로는 의미 있는 주장이다. 그러나 두 가지가 문
제이다. 이론 없이 텍스트를 읽자는 입장 또한 '이론 없음'의 이론이 아
닌가? 이런 반론이 가능하다. 여러 현대비평 이론이 논증했듯이 읽기
와 해석은 읽기 주체의 선입견, 편견, 개념, 세계관, 이데올로기로 물들
어 있다. '순수한' 텍스트 읽기는 가능하지 않다. 두 번째 문제는 텍스

...

* 이 글은 오길영, 『이론과 이론기계』(생각의나무, 2008)에 실렸던 「텍스트의 세속성과 정치성」을 개고한
  것이다. 이 책이 절판된 상태이고 작품물신주의가 팽배한 상황에서 텍스트성의 의미를 살펴보는 작업의
  의미가 있다고 판단해서 손을 봐서 다시 싣는다.

트 개념 자체와 관련된다. 텍스트는 무엇인가? 간단한 질문에 답하기가 쉽지 않다. 텍스트의 텍스트다움, 텍스트성textuality을 둘러싸고 다양한 이론적 논박이 있어 왔다. 이 글은 텍스트성이 지배적인 문화담론으로 강조되는 현대비평의 지형에서 텍스트의 '세속성'과 '정치성'의 위상을 다시 검토한다. 텍스트에 스며 있는 세속성과 정치성의 양태, 혹은 세속성과 정치성이 어떤 의미에서 세계 안의 텍스트성이 될 수밖에 없는가? 이 글이 답하려는 질문이다. 텍스트 이론의 갈래는 다양하다. 다양하게 전개되어 온 텍스트론을 이 글에서 검토할 수는 없다. 특히 텍스트의 텍스트성을 새롭게 해명하는 데 중요한 기여를 한 것으로 평가되는 데리다의 해체론적 텍스트론은 별도의 검토를 요한다. 이 글에서는 다양한 텍스트론 중에서 때로는 입장을 공유하기도 하지만 각기 다른 각도에서 이 문제를 천착해 온 맑스주의 이론가들인 제임슨, 이글턴, 그리고 탈식민주의 이론가인 사이드의 텍스트론을 검토한다. 사이드가 제기했던 텍스트의 세속성 개념, 그리고 제임슨과 이글턴이 조금 다르게 강조하는 텍스트의 정치성 개념이 어떤 지점에서 만나고 갈라지는지를 분석하는 것이 초점이다.

　　텍스트와 텍스트성을 해명해 온 기존의 입장은 범박하게 말해 둘로 요약된다. 첫 번째 텍스트주의는 텍스트성의 문제를 좁게 이해하여 텍스트가 텍스트로서 구성되는 과정, 다시 말해 텍스트가 어떻게 구체적인 컨텍스트 속에서 텍스트화textualization되는가라는 문제를 소홀히 한다. 지금은 많이 위세를 잃었지만 여전히 영향력을 행사하는 텍스트 순수주의이다. 두 번째는 텍스트가 텍스트화되는 과정에 주목하면서 텍스트를 텍스트로 형성하는 컨텍스트의 역할에 주목하지만, 그것을 텍스트성과 분리된 것으로 간주하는 입장이다. 이런 입장은 텍스트가 컨텍스트 안에서 텍스트화되는 과정의 중요성을 제기한 점에서는 의미 있다. 그렇지만 텍스트성, 정치성, 세속성의 개념들을 별개의 것으로 놓고 상호 관계만을 논의함으로써 텍스트성을 규정하고 형성하는 텍스트의 세속성, 정치성의 위상을 제대로 규명하지 못 한다. 기존의 텍스트성 연구에서는 텍스트성의 문제를 텍스트의 형식이나 기법의 측면에서만 접근하거나, 세속성 혹은 정치성의 문제는 텍스트의 외적 현실, 혹은 텍스트의 내용으로만 규정하는 이분법적 시각을 보여 왔다. 결론을 당겨 말하자. 텍스트성을 제대로 규명하기 위해서는 텍스트-컨텍스트-텍스트화의 관계에 주목해야 한다. 텍스트의 텍스트성은 형식-기법의 문제가 아니라 특정한 컨텍스트에서 구성되는 과정을 통해 세속성과 정치성을 텍스트의 형식과 내용 안에 새기는 복합적 과정이다. 고정된 텍스트성은 없다. 텍스트성은 텍스트를 둘러싼, 더 정확히 말하면 텍스트와 얽혀 있는 컨텍스트 안에서 재형성된다. 텍스트와 컨텍스트는 범주적으로는 구분 가능하나 실제로는 구분될 수 없다.

(탈)구조주의, 해체론, 언어철학 등에 기댄 현대비평 이론들이 텍스트성의 문제를 다양한 각도에서 다루어 왔다. 데리다의 해체론적 텍스트론에서 절정에 이른 텍스트의 해체와 재구성 작업이 대표적이다.

(해체론의—인용자) 비평 방식은 특정 시기에 일련의 특성들을 (배제되지 않고) '포함되는 것'이라고 정의하려는 윤리-정치적인 전략적 배제에 의

혹을 던지는 것이다. '텍스트 자체', '시 자체', '내재적 비평' 등이 그런 전략적 정의들이다. (스피박이—인용자) 지금까지 옹호해 온 책 읽기 방식은 일회적이 아니라 계속해서 이런 구분들을 철폐하고 '내부'와 '외부'를 변화와 개입을 위한 텍스트로 활발하게 해석하는 것이다.[*]

이제 "텍스트 자체"를 손쉽게 전제하고 읽기와 해석을 말할 수 없다. 텍스트에는 그것을 텍스트로 생산하고 정체성을 부여하는 특정한 "윤리-정치적인 전략적 배제"의 전략이 작동한다. 해체론을 비롯한 현대비평 이론이 시도해 온 텍스트의 해체 작업에서 작품, 저자, 독자, 순수성, 절대 진리, 근원, 중심 등 근대미학에서 당연시해 온 개념이 논파된다. 근대미학 해체의 주요 희생자는 읽기와 쓰기의 순수주의이다. 순수한 텍스트는 없다. 텍스트는 컨텍스트와 관련해서 논의해야 한다. 텍스트성을 간략히 정의하면 이렇다.

텍스트의 텍스트됨을 뜻한다. 텍스트는 텍스트성이 드러나는 개별체이다. 셰익스피어의 『로미오와 줄리엣』, 단테의 『신곡』, 이광수의 『무정』은 텍스트이며, 그것들의 성질은 텍스트성이다. 그 텍스트성의 연구는 문학과학의 성립에 필요충분 요건이다. 문학과학을 야콥슨이 정의한 대로 문학성을 연구하는 과학으로 규정할 때, 그래서 문학성을 '말이 작품으로 바뀌는 것, 그 바뀜을 행하는 방법들의 체계'로 이해할 때 텍스트성은 그 문학의 필요

• • •

[*]   Gayatri Spivak, *In Other Worlds*, New York : Routledge, 1988, p.102.

충분 요건이다. 텍스트성의 규명 없이는, 말이 작품으로 바뀌는 것과 그 바꿈을 가능케 한 방법체계를 밝혀낼 수 없기 때문이다.[*]

크게 무리 없는 텍스트(성)의 설명이다. 그러나 무리가 없는 만큼 설명되어야 하는 개념들이 당연한 것으로 전제된다. 텍스트성을 "텍스트의 텍스트됨"이라고 동어 반복적으로 정의하는 것이 그렇다. 텍스트의 성질이 텍스트성인가 하면, 동시에 "텍스트는 텍스트성이 드러나는 개별체이다". 무엇이 앞서는가? 텍스트인가? 텍스트성인가? 텍스트는 사후적으로 "텍스트성이 드러나는 개별체"에 불과한가? 혹은 이렇게 선후를 구분하려는 질문 자체가 문제가 아닌가? 텍스트와 텍스트성의 관계를 규정할 때 동어반복적 정의가 나오는 이유는 텍스트를 컨텍스트와 떼어 놓고 텍스트 자체로만 접근할 수 있다고 전제하기 때문이다. 그러나 텍스트는 단어를 모아 놓은 것이 아니고 책이나 내용도 아니다. 혹은 "말이 작품으로 바뀌는 것"에 그치는 것도 아니다. 텍스트는 텍스트 내적인 것과 외적인 것이 만나는 곳이며 그 경계가 지속적으로 재정의되는 곳이다.

텍스트성은 고정되어 있지 않으며 컨텍스트의 운동에 따라 형성과 해체를 반복한다. 텍스트 해석의 다층성은 컨텍스트의 역동성의 산물이다. 텍스트성은 텍스트의 다양한 의미 구조들의 양상이다. 텍스트성은 텍스트의 정체성만을 가리키지 않는다. 텍스트성은 다른 것과 얽혀 있다. 그것은 이미 짜여져 있다.[**] "텍스트성"과 "문학성을 연구하는

• • •

[*] 김현, 「텍스트성에 대하여」, 『현대비평의 양상―김현문학전집』 11, 문학과지성사, 1991, 264~265면.

[**] Hugh Silverman, *Textualities : Between Hermeneutics and Deconstruction*, New York : Routledge,

과학"으로서 문학과학은 자명해 보이는 텍스트성을 구성하는 컨텍스트 없이 존재할 수 없다. "텍스트성의 규명"은 "말이 작품으로 바뀌는 것과 그 바뀜을 가능케 한 방법체계"를 분석하는 텍스트 내재주의 해석으로만 가능하지 않다. 텍스트 안팎을 이분법적으로 나누는 태도 자체가 문제이다. 안팎 경계를 나누는 기준이 무엇인가? 그 기준이 문제이며, 텍스트와 컨텍스트의 상호 작용의 해명이 긴요해진다.

텍스트와 세속성, 혹은 정치성의 개념을 연결해 이어 놓으면 어떤 인상이 들까? 무언가 연결짓기 곤란한 개념들을 이어 놓은 듯한 불편함이리라. 이런 불편함에는 텍스트, 세속성, 정치성의 개념들은 서로 다른 영역에 있다는 전제가 깔려 있다. 텍스트, 세속성, 정치성은 별개의 영역에 속하는가? 텍스트의 가치와 텍스트에 표현된 세속성이나 정치성은 어떻게 관련되는가? 텍스트의 정치성과 세속성은 텍스트의 정치적 혹은 세속적 읽기와 어떻게 연결되는가? 이런 질문에는 근대미학사에서 계속 논의되어 온 쟁점인 미적 가치와 세속성 혹은 정치성의 분리라는 해묵은 문제가 관련된다. 왜 독자나 비평가는 텍스트의 미적 가치를 따질 때 텍스트의 정치성의 문제를 다루는 것을 불편해 할까? 주된 이유는 미적 가치를 다루는 비평에 세속성이나 정치성의 문제를 끌어들이는 것이 텍스트의 미적 가치를 훼손하기 때문이라고 보기 때문이다. 세속과 분리된 텍스트의 순수 영역을 전제하는 텍스트 순수주의의 핵심 주장이다. 이렇게 텍스트성은 문학의 문학다움을 규정하는 이

. . .

1994, p.2.

론적 전투의 공간이다. 문학성, 문학과 현실, 텍스트와 컨텍스트, 문학과 정치 등의 다양한 관계들이 여전히 새로운 해석을 기다린다.

2. 변증법적 사유와 텍스트 — 제임슨의 텍스트론

순수한 것처럼 보이는 어떤 읽기도 순수하지 않다. 자신의 텍스트 읽기가 순수하며 사회적 가치나 이데올로기로 오염되지 않았다고 독자나 비평가가 믿을 수는 있다. 그것은 주관적 믿음에 불과하다. 읽기, 분석, 해석 행위는 사회적 가치체계에 뿌리내린 의식, 기호, 감성으로 물들어 있다. 현상학적 비평이나 해석학적 비평들이 설득력 있게 해명한 문제이다.

우리는 결코 텍스트를 가장 순수한 물 자체의 형태로, 결코 '직접적으로' 대면하지 않는다. 텍스트는 우리에게 언제나, 그리고 이미 읽혀진 것으로 다가온다. 우리는 기존의 해석 전통의 축적된 층을 통해, 그리고 그 텍스트가 새로 출판된 것이라면 이미 기존의 해석 전통에 의해 발전되고 축적된 독서 습관, 독서 범주들을 통해 텍스트를 이해한다.[*]

읽기는 독자가 의식하든 못하든 "기존의 해석 전통에 의해 발전되고 축적된 독서 습관, 독서 범주들을 통해"서만 이루어진다. 컨텍스트를 초

• • •

[*] Fredric Jameson, *The Political Unconscious*, London : Methuen, 1981, p.9.

월한 '순수'한 읽기는 없다. "텍스트 밖에는 아무것도 없다"[*]는 데리다의 강한 주장은 텍스트와 컨텍스트 사이의 경계를 허물려는 문제의식의 표현이다. 컨텍스트를 초월한 읽기는 불가능하다. 읽기와 비평은 언제나 세속적이고 정치적이다.

해석의 정치성과 세속성이 드러나는 공간이 텍스트의 컨텍스트이다. 컨텍스트에서 텍스트의 텍스트됨이 형성된다. 컨텍스트는 텍스트 바깥에 있기도 하지만, 텍스트의 텍스트성을 만들어낸다는 점에서 동시에 텍스트 안에 있다.(Hugh Silverman, p.85) 텍스트 안팎을 자의적으로 나누는 태도 자체가 의심의 대상이 된다. 그런 경계 구분은 텍스트의 정체성을 주어진 것으로 당연시한, 특정한 "해석 전통에 의해 발전되고 축적된 독서 습관, 독서 범주"의 산물이다. 해체론이 강조하듯이, 텍스트 읽기는 읽기의 대상인 텍스트와 읽기 행위의 주체에 배어 있는 "축적된 독서 습관, 독서 범주"를 새롭게 성찰하고 재해석하는 실천과 따로 존재하지 않는다. 이것이 제임슨이 언급하는 변증법적 사유와 비평의 역할이다.

변증법적 사유란 두제곱된 사고 즉 사유 자체에 대한 사고로서, 정신은 대상이 되는 자료뿐만 아니라 자신의 사고 과정도 다뤄야 하며 관련된 특정 내용과 그에 맞춘 사유 양식 모두가 정신 속에 포함되고 결합되어야 한다.[**]

. . .

[*] Jacques Derrida, *Of Grammatology*, Baltimore : The Johns Hopkins UP, 1998, pp.158~159.

[**] Fredric Jameson, *Marxism and Form*, Princeton : Princeton UP, 1971. p.45.

자신이 수행하는 읽기 행위의 전제를 끊임없이 되묻는 "사유 자체에 대한 사고"는 비평 행위의 "대상이 되는 자료"들인 텍스트만이 아니라 텍스트를 읽는 비평가 "자신의 사고 과정"도 분석의 대상으로 삼는다. 사유 과정의 주어진 전제를 해체한다. 텍스트 읽기의 과정에서 기존의 사유 대상과 사유 주체의 의미는 변형된다. 규정은 잠정적이며 변화에 열려 있다. "우리를 굳어진 관념으로부터 현실 자체에 대한 새롭고 더욱 생생한 이해로 탈출시키는 것이 진정한 변증법적 사고의 임무이다."(Jameson(1971), p.368) 읽기와 비평행위가 지닌 근원적 세속성을 성찰할 때 독단적 읽기, "굳어진 관념"을 넘어설 수 있다. 그런 "변증법적 사고"와 비평에서 "현실 자체에 대한 새롭고 더욱 생생한 이해로의 탈출"이 가능해진다.

이런 경험이 우리로 하여금 육체를 새로이 자각하게 만들 듯이 변증법의 사고 전환은 사유자 및 관찰자로서의 우리의 정신적 입장을 새로이 자각하게 만든다. 실로 그 충격은 근본적인 것이며 변증법 그 자체를 구성하는 것이다. 이러한 전환의 순간이 없다면, 즉 이전의 보다 소박한 입장에 대한 이와 같은 최초의 의식적 초월이 없다면, 어떤 진정한 변증법적 의식화도 불가능하다. (Jameson(1971), p.368)

텍스트와 컨텍스트의 경계를 사유할 때 "변증법적 의식화"가 발생한다. 의식화의 과정에서 "우리의 정신적 입장"은 새로운 "자각"의 과정을 겪는다.

제임슨이 보기에 (탈)구조주의가 기여한 텍스트 혁명의 의미는 "진정한 변증법적 의식화"의 메커니즘을 해명한 데 있다. (탈)구조주의의 문제 전환을 통해 텍스트는 이제 '담론'이나 '글쓰기'와 관련된다. 현실은 텍스트 밖에 덩그렇게 존재하는 물적 현실이 아니다. 텍스트 개념은 현실을 해체한다기보다는 경험주의적 대상으로 간주되어 온 것들, 예컨대 제도, 사건, 개별 작품 등을 컨텍스트에 다시 위치시키면서 구성된 것으로 바라보게 한다.(Jameson(1981), pp.296~297) 텍스트의 의미는 고정되어 있지 않다. 여기서 제임슨은 데리다와 만난다.

분석을 통해 실제적 차원으로부터 기능으로의 인식 전환이 이루어지면, 절대가치로부터 변별적, 상황적 관계로의 인식 전환이 아울러 이루어진다. (…중략…) 실체적 차원을 기능으로 바꾸는 이론적 전환에 필적하는 실천적 요소는 잠정성이다. 다시 말해 사람은 역사의 현장에서 분명한 이해 관계에 따라 활동하므로 편을 들지 않을 수 없다는 점을 인정하는 것이다. 일체의 진리가 결정 불가능하며 일체의 텍스트가 판독 불가능하다는 가설 아래 천사같이 공평무사한 자유주의적 초연의 자세를 취하는 것은 암묵적으로 일정한 권력 구조에 기여한다. 그와 같은 권력 구조에 대항한다는 정치적 이해의 명분에서는 잠재적 무한성과 미결정성을 지닌 텍스트를 잠재적으로 규제할 필요가 있다. 따라서 이런 잠정적 규제와 천사 같은 초연한 자세는 분명한 차이가 있다.[*]

• • •
[*] 마이클 라이언, 윤효녕 역, 『마르크스주의와 해체론』, 한신문화사, 1998, 68~69면.

텍스트의 "잠재적 무한성과 미결정성"은 텍스트를 읽는 주체의 의식이 다양하기 때문만이 아니다. 텍스트라는 대상이나 텍스트를 읽는 주체 모두는 "변별적, 상황적 관계"에 놓여 있다. 읽기는 상황적 관계의 역동성을 고려한 "잠정적 규제"의 읽기이다. 읽기는 읽는 주체의 의식적 혹은 무의식적인 "분명한 이해 관계"에 따라 이루어지는 세속적 행위이다. 읽기를 겉으로만 "공평무사한 자유주의적 초연"한 읽기와 혼동해서는 안 된다. "천사 같은 초연한 자세"에 기반한 읽기는 읽기의 대상인 텍스트와 읽는 주체인 독자나 비평가가 세속적 상황 속에 놓여 있다는 것을 놓친다. "변별적, 상황적 관계"를 초월한 대상과 주체는 존재하지 않는다.

되풀이 말하면, 해석의 정치성은 텍스트가 드러내는 좁은 의미의 정치성 분석에만 그치지 않는다. 텍스트 해석에서 비평가 자신의 사유 행위의 문제틀을 다시 점검하는 작업까지 아우른다. 비평가는 텍스트를 해석하고 평가하면서 동시에 주어진 텍스트에서 배운다. 이것이 "전환의 순간"이다. 변증법적 전환이 일어날 때 "이전의 보다 소박한 입장에 대한 이와 같은 최초의 의식적 초월"이 가능해진다. 비평행위의 요체인 분석과 해석은 세속적이고 정치적이다. 제임슨의 정치적 해석론은 여기서 출발한다. 제임슨은 텍스트 해석의 본령이라고 여겨지는 "개별 작가를 파고드는 전문적 연구"에 거리를 둔다.

한 개별 작가를 파고드는 전문적 연구는, 그것이 아무리 능숙하게 추구된다 하더라도, 바로 그 구조상 피할 수 없게 왜곡을 낳을 수밖에 없다. 실제로는 인위적으로 고립시킨 것에 불과한 것을 전체로 투사하는 총체성의 환각을 낳을 수밖에 없는 것이다. 현대 작가들이 이런 종류의 고립화를 촉발시킨다는 것, 즉 마치 하나의 '세계'에 귀의하듯이 비평가들이 자기네 작품에 철두철미 '귀의'하도록 촉발한다는 것은 그런 비평을 할 구실이 되기보다는 그 자체로 연구해 볼만한 흥미로운 현상이다. (Jameson(1971), p.315)

작품이 생산되고 수용되는 컨텍스트에서 하나의 텍스트를 떼어내서 내재적 의미를 찾는 '작품 연구'는 텍스트에 대한 잘못된 전제에 근거한다. 그런 연구는 단지 "인위적으로 고립시킨 것에 불과한 것을 전체로 투사하는 총체성의 환각"을 낳는다. 많은 현대문학 비평은 텍스트와 컨텍스트의 관계에 주목하기 보다는 신성한 종교적 대상에 "귀의"하듯이, 작가들의 "작품에 철두철미 귀의"한다. 이런 '작품 연구'에서 비판적 해석은 나오기 힘들다. 눈에 보이지 않지만, 눈앞에 놓여진 '텍스트의 현전'을 가능케 한 컨테스트의 위상을 놓친다. 어떻게 텍스트가 컨텍스트와 얽혀 형성되는가? 이 문제를 깊이 고려할 때에만 "총체성의 환각"을 벗어날 방도가 열린다. 해석의 대상과 해석의 주체 모두를 성찰하는 "두제곱된 사유"의 변증법적 비평을 제임슨이 강조하는 이유도 텍스트 비평의 근본 전제를 성찰하려는 문제의식의 소산이다.

3. 비평제도와 텍스트 — 이글턴의 텍스트론

이글턴이 탐구하는 텍스트의 정치성론은 제임슨과는 차이가 있다. 이글턴이 구상하는 정치적 비평은 비평 행위 자체가 근원적으로 이데올로기적이고 정치적이라는 것을 표나게 강조한다. 이글턴은 텍스트의 근원적인 정치성과 세속성의 문제를 사유하기보다는 텍스트 읽기의 정치성, 비평의 정치성에 관심을 기울인다. 읽기와 쓰기의 근간을 이루는 문학담론의 문제틀이 우선 문제이다.

아마도 어떤 주제나 혹은 작가에 대한 연구를 시작하려고 책상 앞에 앉은 한 비평가가 갑자기 다음과 같은 곤혹스러운 질문에 사로잡히는 순간을 상정해 봄으로써 내가 이 책을 어떤 동기에서 쓰게 되었는가를 가장 잘 설명할 수 있으리라. 그런 연구의 '요점'은 무엇인가? 그 연구는 어떤 이들에게 다가가고 영향을 미치고 감화를 주려는가? 전체 사회적 맥락에서 볼 때 도대체 그런 연구들은 어떤 기능을 지니는가? 비평가는 기존 비평계가 별다른 문제점을 드러내지 않을 때는 자신 있게 평론을 쓸 수 있을지 모른다. 그러나 일단 기존 비평계가 근본적인 물음의 대상이 될 때는 개별적인 비평 행위들은 혼란에 빠지게 되고 의문시되는 상황을 우리는 추측해 볼 수 있다. 그런 개별적인 비평 행위들이 적어도 겉으로는 기존의 전통적인 자신감으로 계속 이루어지고 있다는 사실은 분명하게 다음의 사실을 입증해 준다. 그것은 비평제도의 위기가 아직까지 충분히 깊이 있게 지적되지 않았다는 사실, 혹은 그 위기가 적극적으로 회피하고 있다는 사실이다.*

이글턴은 당연한 것으로 간주되는 텍스트 읽기와 해석 행위의 전제를

• • •

* Terry Eagleton, *The Function of Criticism*, London : Verso, 1984, p.7.

의심한다. 비평은 주어진 텍스트를 꼼꼼히 분석하고 평가하는 것이라고 여겨진다. 그런데 왜 그런 작업을 비평가는 당연시할까? 비평의 본령으로 간주되어 온 텍스트 분석과 해석은 왜 당연하게 받아들여야 할까? 분석 대상인 텍스트는 과연 무엇을 지칭하는가? 이글턴은 텍스트를 둘러싼 힘의 계보학에 관심을 쏟는다. 이글턴의 정치적 비평론은 문학과 비평의 굳은 통념을 무너뜨리는 데서 출발한다. 그가 보기에 현대비평의 위기는 "기본적으로 주제를 규정하는 데 있어서의 위기"*이다. 문학 텍스트를 연구하고 방법론을 세우는 이유와 목표가 불분명하다. 이글턴은 '미적인 것'의 고유성 혹은 문학의 '문학성'을 자명한 것으로 간주하는 근대 미학주의의 전제를 거부한다. 미적인 것은 단지 미적인 것이 아니다. 미적인 것의 가치는 넓은 의미의 정치적 가치와 얽혀 있다. 그가 말하는 텍스트의 정치성은 사회과학적 개념으로서의 정치성이기보다 인간의 인식과 행위에 작동하는 헤게머니적 사회관계의 역학을 일컫는다. 텍스트의 정치성은 특정한 상황에 놓인 인간 존재의 필연적 규정성, 혹은 세속성을 지칭한다. 그래서 이런 질문이 나온다. "문학 이론의 요점은 무엇인가? 우선 왜 문학 이론을 놓고 고심하는가? 이 세상에 약호, 씨니피앙, 독서 주체보다도 더 중요한 문제가 없단 말인가?"(Eagleton(1983), p.194) 이글턴이 언뜻 반反지성주의적 발언으로 들리는 투박한 질문을 던지는 이유는 비평의 고정관념을 문제 삼기 때문이다.

. . .

* Terry Eagleton, *Literary Theory : An Introduction,* Lodon : Basil, 1983, p.214.

내가 정치적 믿음이나 행동과 관계된 가치관에 근거해서 문학 텍스트를 대하는 '정치적 비평'을 주장하는 것은 아니다. 어떤 비평이든 이런 일은 이미 하고 있다. 비평 중에 '비정치적인' 형태가 있다는 생각은 문학을 정치적 용도로 사용하도록 효과적으로 조장하는 신화에 불과하다. '정치적 비평'과 '비정치적' 비평가의 차이는 수상과 군주간의 차이에 불과하다. 후자는 정치적이지 않은 척하면서 일정한 정치적 목적에 기여하지만 전자는 그런 문제에 전혀 구애받지 않는다. (…중략…) 문학비평에서 어떤 정치가 더 바람직한가라는 문제를 해결할 방도는 없다. 문제는 '문학'이 '역사'와 관련을 맺어야 하는가, 그렇지 않은가에 관한 논쟁이 아니며 역사 자체의 서로 다른 해석의 문제이다. (Eagleton(1983), p.209)

텍스트 읽기와 해석은 해석 주체가 주관적으로 인식하든 그렇지 못하든 이미 정치적이다. 이글턴은 "정치적 믿음이나 행동과 관계된 가치관에 근거해서 문학 텍스트를 대하는 정치적 비평"의 뿌리를 파고든다. 텍스트 읽기와 비평은 언제나 정치적이다. 단지 서로 다른 "역사 자체의 서로 다른 해석의 문제", 다양한 정치성의 가치를 평가하는 게 다를 뿐이다. 텍스트를 작가나 비평가 개인이 자의적으로 선택하여 창조하는 것으로 보여도, 텍스트는 각자의 개인적 선택 이전에 그들이 놓여 있는 역사적 상황에 필연적으로 얽혀 있다. 따라서 "역사 자체의 서로 다른 해석의 문제"가 관건이 된다. 사이드식으로 표현하면 해석의 상황성이 문제이다. 작가나 비평가는 주어진 상황에 반응하지 않을 자유가 없다. 그들은 어떤 형식으로든 반응을 보이기 마련이다. 반응에서 현실의 정치성이 포착된다. 여기서 천재적 작가의 창조적 생산물이라는 낭만주의적 작품 개념은 해체된다. 상황과 비평의 역동적 작용의 산물인 텍스트 개념이 탄생한다.

텍스트 비평은 부르디외Pierre Bourdieu에 기대 말하자면, 특정한 작가나 비평가가 놓인 역사적 공간과 그의 고유한 아비투스habitus의 길항 작용의 산물이다. 따라서 "반대할 것은 문학 이론이 정치적이라는 사실도 아니고, 그 정치성에 대한 잦은 망각이 엉뚱한 데로 오도하는 경향이 있다는 사실도 아니다. 진짜 반대할 것은 문학 이론이 가진 정치성의 내용"(Eagleton(1983), p.195)이다. 텍스트가 정치성을 띨 수밖에 없는 이유는 텍스트성과 정치성, 혹은 세속성을 아우르는 컨텍스트의 역학 때문이다.

> 문학 이론의 역사는 정치체제적 역사의 일부, 정치적 이데올로기적 역사의 일부분이 되고 그 정치체제적 역사의 변천에 의해 비평의 위상도 달라진다. 문학 이론이라는 것은 그 자체로서 지적인 탐구의 대상이 되는 것이 아니라 우리 시대의 역사를 바라보는 특정한 시각이 된다. (Eagleton(1983), pp.194~195)

다른 영역과 분리된 "문학 이론의 역사"는 불가능하다. 미적인 것의 고유성은 부정된다. 문학의 역사는 정치의 역사다. 그러므로 "역사 자체"와 그것을 바라보는 "특정한 시각"과 얽혀 있지 않은 "'순수한 이론'은 아카데믹한 신화"(Eagleton(1983), p.194)이다. 문학을 포함한 "인간적 의미나 가치, 언어, 감정, 경험 등과 관련된 이론체계는 그 어떤 것이든 개인과 사회의 본성에 대한 광범위하고 뿌리 깊은 신념들, 권력과 성의 문제, 과거 역사의 해석, 현재에 대한 설명, 그리고 미래에의 희망과 필연적으로 연결되어 있기 때문이다."

이런 분석에는 현대비평의 혁명을 가져온 (탈)구조주의적 사유와 인간 행위의 사회적 근거를 강조하는 맑스주의 비평의 문제의식이 깔려 있다. 텍스트가 컨텍스트에서 텍스트화되면서 잠정적으로 결정된 텍스트성을 얻는 과정은 진공 속에서 이루어지지 않는다. 그것은 인간의 행위, "인간 사회의 본성에 대한 광범위하고 뿌리 깊은 신념들, 권력과 성"의 광범위한 사회체계 안에서 이루어진다. 텍스트의 '무정치성'이나 '비세속성'을 강조하는 텍스트주의도 어떤 감추어진 정치성의 표현이다. 텍스트를 컨텍스트에서 떼어놓고 물신화하는 텍스트주의는 그들의 순수주의로 "현금의 상황을 만든 권력체계가 품고 있는 전제들에 도전하지 않고 오히려 그것을 강화"시키는 비정치적인 정치성, 비세속적인 세속성을 실천한다. 텍스트 비평의 정치성이 있고 없음을 따지는 것은 중요하지 않다. 비평적 입장이 주어진 "권력체계가 품고 있는 전제들에" 도전하는가, 그렇지 않은가? 그것이 문제이다.

텍스트의 정치성의 의미를 탐색하는 이글턴은 기존 텍스트 개념을 급진적으로 해체한다. 무엇을 '문학'으로 혹은 '비문학'으로 나누는 것 자체가 자명하지 않다. 이런 태도는 주어진 전제와 기준에 따라 이루어지는 정치적 해석의 산물이다. 문학연구의 영역은 방법이나 연구대상에서 정의될 수 없다. 질문을 바꿔야 한다. 문학연구는 "대상이 무엇이고 대상에 접근하는 방식이 어떤 것인가를 묻기 전에 사람들이 처음에 대상과 접촉하는 이유를 묻는 전략적인 방법"(Eagleton(1983), p.120)이된다. 비평은 이미 있다고 전제된 문학이라는 대상을 사후적으로 연구하는 것이 아니다. 어떤 대상을 문학 텍스트로 규정하는 근거는 무엇인가를 먼저 물어야 한다. 문학 텍스트라는 "대상과 접촉하는 이유를 묻는전략적인 방법"이 무엇인지를 계보학적으로 규명해야 한다. 읽기와 해석 행위의 근거를 이글턴은 묻는다. 텍스트 해석은 주어진 작품의 '미적가치'를 내재적으로 따지는 데 그쳐서는 안 된다. 사회적 담론의 전 영역으로 확장된 "문학 텍스트의 의미작용체가 행사하는 이데올로기적영향력"(Eagleton(1983), p.212)을 분석하는 것이 비평의 과제이다.

텍스트가 행사하는 영향력의 분석은 텍스트의 형식적 측면에서만 연구되지 않고 의미화의 정치적 효과와 결합된 레토릭 연구로 이어진다.

언어 장치는 변호하고 설득하고 선동하는 기능을 하는 수단이기에, 레토릭은 언어 장치를 구체적인 실행의 견지에서 대하고 담론을 대하는 사람들의반응을 언어구조 및 언어 구조가 기능하는 물질적 상황의 견지에서 보며 또한 말과 글을 작가와 독자, 연설가와 청중 사이의 더욱 넓은 사회적 연관에서분리시킬 수 없는 활동의 형태로, 그리고 그들이 속한 사회적 목적과 상황을떠나서는 대부분 이해하기 어려운 것으로 파악한다. (Eagleton(1983), p.206)

텍스트가 행사하는 효과와 수용의 문제, "언어구조 및 언어구조가 기능하는 물질적 상황"과 "작가와 독자, 연설가와 청중 사이의 더욱 넓은 사회적 연관", 그리고 "그들이 속한 사회적 목적과 상황"이라는 복합적 컨텍스트들 사이에서 작동하는, 텍스트의 레토릭과 그것의 정치적 힘에 초점을 둬야 한다. 이글턴이 개진하는 텍스트의 정치성론은 "문학적 사실에 대한 논평, 해석, 풀이, 진단"(Jameson(1971), p.416)에 주목하는, 제임슨이 구상하는 텍스트의 정치적 해석론과는 구별된다. 이글턴은 제임슨을 비판하며 "발자크의 한 군소 소설을 맑스주의-구조주의적으로 분석하는 것이 자본주의의 토대를 뒤흔드는 데 어떤 도움을 줄 수 있는가"라는 질문을 던진다.* 투박하지만 강력한 문제제기에서 드러나듯 이글턴의 입장은 텍스트의 정치성을 탐색하는 정치적 해석론, "겉으로 보기에 적대적이거나 같은 기준 아래 잴 수 없는 비평 작업을 지양하고 보전함으로써 의심의 여지가 없는 부분적인 타당성을 그 모든 (윤리적 비평, 정신분석 비평, 신화 비평, 기호학적 비평, 구조주의 비평, 신학적 비평 등의) 작업들에 부여하는"(Jameson(1981), p.10) 정치적 해석론과는 문제의식이 다르다. 이글턴도 텍스트의 정치적 해석론의 가치를 완전히 부인하지는 않는다. 더 넓은 차원의 정치적 레토릭의 분석을 강조하는 이글턴이 보기에 비평의 과제를 작품의 정치적 해석에 한정시키는 비평은 정치성의 본뜻을 좁게 해석한 것이다.**

텍스트의 정치성 개념을 사유하면서 텍스트와 문학 개념의 급진적 해체를 주장하는 이글턴의 주장은 문제적이다. 그는 내재적 본질을

...

* Terry Eagleton, *Against the Grain*, London : Verso, 1986, p.64.
** Terry Eagleton, *Walter Benjamin*, London : Verso, 1981, p.97.

지닌 문학 개념을 부정하고 "문학은 독자에게 어떤 효과를 주기 위해 어떤 관습의 테두리 안에서 언어를 사용하는 것"이라거나 "물질적 실천의 한 종류로서의 언어이며, 사회적 행위로서의 담론"(Eagleton(1983), p.118)으로 문학을 정의한다. 텍스트는 미학적 범주가 아니라 역사적 범주가 된다. 이런 주장은 개념이 생성되고 변화되는 컨텍스트를 강조하는 푸코의 계보학적 담론 이론에 많이 빚진다. 문학은 선험적으로 주어진 것이 아니며 담론의 형성과 규정, 유지, 재생산과 관련된 사회 전체를 지배하는 권력 관계와 관련되어 있다는 주장이 그렇다. 이런 견해는 본질적인 내적 속성을 지닌 창조적인 글로 텍스트를 규정하는 텍스트주의의 토대를 허문다.

그러나 이글턴의 급진적 텍스트 해체론에는 몇 가지 문제가 있다. 텍스트가 지닌 문학적 현실 전유와 영향력 행사의 특수성을 이글턴은 소홀히 취급한다. 현실의 형상적 전유를 위한 문학 형식의 생성과 발전, 예컨대 문학 형식의 최고 발현 형태로서 장르 성립의 필연성은 텍스트가 자신 안에 품고 있는 정치성과 긴밀히 관련된다. 장르의 생성과 쇠퇴는 해당 장르로서 변화된 현실의 모습을 담지 못할 때 현실의 강제에 직면해서만 가능하다. 각 양식이나 장르는 현실을 통일된 관점에서 인식케 하는 매체이다. 따라서 텍스트, 그리고 텍스트의 체계를 구성하는 작품과 비평을 포함한 문학 장르의 생성과 발전, 쇠퇴는 "사회적 담론의 전 영역의 일부분에 사람들이 이런저런 이유로 붙인" 결과에 불과한 것이 아니다. 장르의 탄생과 쇠퇴는 이글턴이 강조하는 컨텍스트의 복합적 작용, 사회 관계의 변화의 산물이지 자의적인 이름 붙이기의 결과가 아니다. 그도 인정하듯이 사회 관계의 변화에 따른 "이데올로기상의 중대한 변화에 조응하여 문학 형식의 변화가 일어난다".*이것이 형식-내용-현실의 상호 관계 속에서 이루어지는 텍스트화의 과정이다. "형식상의 모든 양식화나 추상화란 궁극적으로 내용상의 어떤 깊은 내적 논리를 표현하며 그 존재도 궁극적으로 사회적 원자료의 구조에 의존한다는 뜻이다."(Jameson(1971), p.403) 문학적 현실 전유의 고유성은 문학 형식의 고유성에서 잘 드러난다. 문학 개념의 역사성과 사회성은 이들이 '문학'이라는 역사적이자 미학적인 개념으로 구체화되는 경로인 미학적 특수성을 고려해야만 의미가 있다. 그렇지 못할 때, 문학 개념을 자의적인 것으로 치부하면서 문학 개념을 폐기해버리고 그것의 영역을 사회적 담론의 영역으로 확장시키는 급진적이기는 하나 궁극적으로는 안이한 대안이 나온다. 문학이 자신의 이름에 새겨 놓은 역사성과 사회성, 특히 장르 등의 문학 형식에서 집약적으로 드러나는 문학적 현실 전유의 미학적 특수성을 깊이 고려할 때 이글턴이 제기하는 정치적 비평의 의의가 제대로 살아날 것이다.

4. 세속성과 텍스트―사이드의 텍스트론

현대비평에서 텍스트성 담론의 강력한 지배자는 해체론을 필두로 한 넓은 의미의 텍스트주의이다. 텍스트 해석에서 "해석의 정치"로

* * *

* Terry Eagleton, *Marxism and Literary Criticism*, Berkeley : U of California P, 1976, pp.24~25.

나아갈 것을 제안하는 사이드의 문제의식에는 이런 해체적 텍스트성에 대한 비판이 깔려 있다.

　　전문 분야의 영역을 서로 가로 지르는 대담한 간섭운동의 일환으로 70년대 말의 미국문학 이론은 유감스럽게도 자신들의 이론이 대서양을 건너 미국에서 신성화되고 미국화되는 것을 스스로 격려하는 것처럼 보이는, 유럽의 혁명적 텍스트성의 사도인 데리다와 푸코와 더불어 텍스트성의 미궁 속으로 은둔했다. 그래서 현재는 미국이나 유럽의 문학 이론은 명백히 불개입의 원칙을 내세우고 있다. 그 결과 이들이 연구 주제를 선정하는 데서 드러나는 (알튀세르의 표현을 빌면) 고유한 특징은 세속적이거나 상황적이거나 또는 사회적으로 오염된 것은 연구대상으로 다루지 않게 된 것이라고 해도 과언이 아니다. 대신에 '텍스트성'은 문학 이론의 다소간 신비스럽고 살균된 주제가 되었다. 그러므로 텍스트성은 역사라고 불릴 수 있는 것의 반명제가 되고 거기에서 배제되어 버렸다. (…중략…) 하지만 내 입장은 텍스트란 세속적인 것이며, 어느 정도는 사건이라는 것이다. 그리고 텍스트는 스스로 앞의 사실을 부정하는 것처럼 보이는 경우에도 사회세계, 인간생활, 그리고 텍스트 스스로가 자리 잡고 있고 해석되는 역사적 계기들의 부분이다.[*]

데리다와 푸코가 "텍스트성의 미궁 속으로 은둔"했다고 뭉뚱그려 비판한 것은 지나친 감이 있다. 하지만 "문학 이론의 다소간 신비스럽고 살

---

* * *

*　Edward Said, *The World, the Text, and the Critic,* Cambridge : Harvard UP, 1983, pp.3~4.

텍스트란 무엇인가?　　**467**

균된 주제"가 되어버린 "텍스트성"의 문제를 "세속적이거나 상황적이거나 또는 사회적으로 오염된," 텍스트와 얽혀 있는 컨텍스트의 운동이 생산하는 "사건"으로 보는 사이드의 문제의식은 주목할 만하다. 사이드가 보기에 텍스트라는 개념은 그 어원이 드러내듯이 안팎이 서로 구분하기 힘들게 짜여져 있다. 그 짜여짐에서 텍스트성은 세계와 맞물린다. 그것이 텍스트의 세속성이다. 텍스트는 단지 언어 텍스트verbal text가 아니라 "세계를 세계로 만드는 것"이다. 텍스트화는 세계를 만드는 일과 긴밀히 관련된다.* "세계를 세계로 만드는 일"과 맞물린 텍스트화의 과정을 소홀히 할 때 "살균된 주제"로서의 편협한 텍스트주의로 가거나, 텍스트성의 문제를 배제한 채 텍스트 밖의 세속성과 정치성을 강조하는 사회학주의로 귀결된다. 둘 다 극단적이다.

　텍스트성을 제대로 사유하는 것은 이미 텍스트 안에 틈입해 텍스트와 한 몸이 되어 있는 세속성과 정치성의 흔적을 통찰하는 것이다. 사이드의 표현대로, "텍스트란 세속적인 것이며, 어느 정도는 사건"이다. "사건"으로서 텍스트는 텍스트 외부에 별도로 존재하는 외적 사건이 아니다. 그것은 텍스트를 지금의 모습으로 구성하게 하는 세속성의 양상들인 "사회세계, 인간 생활, 그리고 텍스트 스스로가 위치하고 있고 해석되는 역사적 계기들의 부분"들을 자기 안에 품는 사건, 텍스트 안팎의 경계를 허무는 "사건"이다.

　사이드는 서구비평의 지배적 흐름인 아카데미즘이나 편협한 전문

• • •

* 　Gaytri Spivak, Sarah Harasym(Ed.), *The Post-.colonial Critic*, New York : Routledge, 1990, pp.1~2.

주의professionalism에 사로잡힌 주류 비평에 거리를 두면서 비평의 정치성을 고민하는 '좌파' 비평가들의 의의를 인정한다. 하지만 사이드가 보기에 좌파 비평의 정치적 비평론은 충분히 세속적이지 않다. 텍스트의 폐쇄된 회로에 갇혀 있는 서구 고급비평의 대안을 모색하는 좌파 비평조차 세속과 분리된 아카데미즘의 닫힌 체계에 갇혀서 이론이 지향해야 할 개방과 여행을 단념한다. 사이드의 대안은 무엇인가? 사이드는 텍스트의 본래적 세속성에 주목한다. 사이드가 보기에 텍스트 읽기는 해석과 평가에 그치지 않는다. 이것은 협소한 텍스트주의이다. 문제는 해석과 평가가 이루어지는 상황의 "네트워크"를 가능한 한 세밀히 이해하는 것이다.

독자와 마찬가지로 텍스트도 문화 안에 있다. 텍스트나 독자도 '자유롭게' 아무렇게나 의미를 생산하는 것이 아니다. 앞서 지적했듯이, 의미의 그룹들이 그렇듯이 어떤 시간이나 장소에서 텍스트가 존재하든 독자나 텍스트 모두 그것들을 규제하는 네트워크의 부분이기 때문이다.[*]

해석의 대상과 주체인 독자와 텍스트는 진공 속에 있지 않다. 그들은 특정한 규제에 놓여 있다. 이런 "규제하는 네트워크"를 보지 못할 때, 다시 말해 텍스트와 컨텍스트의 얽힘을 소홀히 할 때 협애한 텍스트주의가 태어난다.

사이드가 데리다를 비판하는 이유도 데리다의 해체론적 텍스트

• • •

[*]   Edward Said, *Reflections on Exile*, London : Granta Books, 2001, p.92.

론이 텍스트주의의 변종이라고 보기 때문이다. 사이드는 데리다가 세계에 대한 '적극적 지식' 대신에 일종의 '소극적 신학'을 제공했다고 비판한다. 데리다는 텍스트가 바깥 세계를 향해 무엇을 말하는가에 관심을 두기보다는 텍스트성과 의미가 생성될 수 있는 조건이나 수사학에 관심을 둔다. 여기서 '적극적 지식'은 텍스트를 생산하는 권력의 맥락을 텍스트가 매개하고 변형하고 억압하는 방식을 뜻한다. 사이드가 보기에 권력의 맥락 바깥에 존재하는 분석은 없다. "우리는 어떻게 데리다가 로고스 중심적 세계 바깥에 자신을 탄탄하게 위치시킬 수 있는지 물어야 한다. 그 작업은 누구도 할 수 없었던 것이 아닌가?"(Said(1983), p.189) 관건은 텍스트를 쓰고 읽고 해석하는 행위의 세속성이다.

> 한편으로 개인의 정신은 스스로가 속해 있는 집합적인 전체, 맥락 또는 상황을 기록하고 또한 그것들을 알고 있다. 다른 한편으로는 바로 앎, 지배문화에 대해 예민한 반응을 보이고 세속적으로 자신을 자리매김하며 지배문화에 예민하게 반응하는 앎 때문에 개인의 의식은 자연스럽고 손쉽게 문화의 자식이 되지 않고 문화 속의 역사적이며 사회적인 행위자가 된다. 그리고 순응과 귀속만 있었던 곳에 상황과 구별을 끌어들이는 그런 안목에서 거리, 혹은 우리가 비평이라고 부를 수 있는 것이 생겨난다. (Said(1983), p.15)

비평가는 "집합적인 전체, 맥락 또는 상황", 다시 말해 텍스트화textualization 의 과정에 예민해야 한다. 비평가는 초월적 존재가 아니라 구체적인 상황 속에 놓여 있는 존재이므로, "세속적으로 자신을 자리매김하며 지배문화에 예민하게 반응"해야 한다. "핵심은 텍스트들은 가장 세련된 형식에서조차 언제나 상황, 시간, 장소 그리고 사회 속에 얽혀 있는 방식으로 존재한다는 점이다. 요컨대 텍스트들은 세계 안에 있으며 세속적이라는 것이다."(Said(1983), p.35) 세속적 비평은 지배문화가 강요하는 "순응과 귀속"의 전제를 성찰하며 지배 논리의 "상황"적 맥락을 파악하고 틈새를 파고든다. 틈새에서 지배문화와 "구별"되는 담론을 생산한다. 비평은 세계 속에 있으며 비판적이다. 비평의 정체성은 그것을 제외한 다른 무엇과의 차이와 보충이다. 비평criticism은 필연적으로 비판critique이 된다. "비평은 삶을 고양시키고 본질적으로 모든 현대의 독재, 억압, 학대에 저항하는 것으로서 자신을 인식해야 한다. 그것의 사회적 목표는 인간의 자유를 위해 창조되는 비강압적인 앎"(Said(1983), p.29)이다.

　　세속적 텍스트는 현실을 반영할 뿐 아니라 현실을 구성하고 창조한다. 텍스트는 자신을 생산한 컨텍스트에 수동적으로 종속되지 않는다. 텍스트는 컨텍스트를 재형성시키는 힘으로 컨텍스트에 개입한다. 그로부터 새로운 텍스트성이 창조된다. 현실의 반영만이 아니라 현실의 구성으로서 텍스트가 지닌 세속성을 사이드는 강조한다. 좌파비평이 제기하는 정치적 텍스트론의 한계를 사이드가 지적하는 이유도 비평 행위의 세속성에 대한 성찰이 이들에게 부족하다고 보기 때문이다. 좌파비평은 거대담론에 근거한 "전 지구적 정치global politics"에 집착하면서 "일상생활에서 벌어지는 투쟁과 권력의 정치"(Said(2001), p.133)에서 멀어졌다. 구체적인 일상적 투쟁과 더 넓은 맥락에서 벌어지는 "권력의 정치"사이의 연관 관계를 탐색하는 "세속적 관점"(Said(2001), p.136)

이 요구된다. 이글턴은 제임슨의 정치적 비평이 텍스트의 정치적 해석론에 갇혀 있다고 비판한다.

사이드는 이글턴의 비판을 되받아, 이글턴의 대안이 무엇인가를 물으며 "해석에서 해석의 정치"(Said(2001), p.147)로 나아갈 것을 제안한다. 세속적인 텍스트와 그렇지 않은 텍스트를 나누는 것이 가능한가? 사이드의 질문이다. 사이드는 텍스트와 컨텍스트의 분리를 인정하지 않는다. "텍스트란 세속적인 것이며" 그것이 구체적인 상황 속에서 작가와 비평가의 만남 속에서 의미를 생산한다는 점에서 "어느 정도는 사건"이 된다. 해석은 언제나 '세속적인 지평'을 고려해야 한다. 텍스트는 특정한 상황에 놓여 있는 "사건"이다. 세속에 놓인 텍스트의 상황으로 인해 텍스트의 해석은 이미 시작되었다.

> 비평은 간단히 말해 언제나 상황적이다. 그것은 회의적이고 세속적이며 자신의 실패에 반성적 태도로 열려 있다. 이 말은 비평이 일체의 가치판단에서 자유롭다는 것을 결코 의미하지 않는다. 오히려 정반대인데, 왜냐하면 비평의식의 궤도가 필연적으로 이르는 곳은 바로 모든 텍스트의 독서와 생산 그리고 전달에 어떤 정치적, 사회적, 인간적 가치들이 얽혀 있는가를 날카롭게 인식하는 지점이기 때문이다. (Said(1983), p.26)

비평은 스스로 의식하든 그렇지 않든 "가치판단"을 전제한다. 세속적 비평은 가치판단의 전제에 비판적이고 "반성적 태도로 열려 있다." 비평이 필연적으로 가치판단을 전제할 수밖에 없는 이유. 비평의 대상이 텍스트가 컨텍스트 속에서 텍스트화되는 지점, "모든 텍스트의 독서와 생산 그리고 전달에 어떤 정치적, 사회적, 인간적 가치들이 얽혀 있는 가를 날카롭게 인식하는 지점"이기 때문이다. 텍스트는 자기 내부의 상황뿐 아니라 텍스트가 방출되는 사회적 담론들과도 끊임없이 길항한다. 그런 길항 관계가 텍스트의 형성과 해체를 이끈다. 텍스트는 사회화의 과정이며 사회의 일부이다. 작가의 창조성은 새롭게 이해되어야 한다. 작가는 개인이라기보다는 사회 속에서 어떤 담론이 특징 지워지는 차원에서 포착되어야 한다. 사이드가 신성불가침의 근원을 해체하면서 세속적 '시작beginning'에 주목하는 이유이다.

　　간단히 말해, 시작은 차이를 만드는 것이다. 그러나 그 차이란 이미 친숙한 것과 새로운 인간의 작업이 결합한 결과이다. 이후의 각 장은 이 새로운 것과 관습적인 것의 상호 작용—이것 없이는 시작이 있을 수 없다—을 전제로 씌어졌다.*

시작이란 차이를 만들어내는 행위이므로 급진적이며 비판적인 사고를 정당화한다. 이런 작업은 동시에 "친숙한 것"이나 "관습적인 것과의 상호 작용" 없이는 불가능하다. 세속성에서 완전히 벗어난 새로운 것은 존재하지 않는다. 시작은 반복 안의 독창성과 통한다. 반복은 단순히 일상적인 어감의 되풀이가 아니라 그 안에 유사성과 차이의 속성을 지

• • •

* 　Edward Said, *Beginnings : Intention and Method*, New York : Basic Books, 1975, p.xiii.

닌다. 작가나 비평가는 특정한 컨텍스트에서 주어진 "친숙한 것"과 "관습적인 것"의 길항 관계 안에서 작업하는 세속적 존재이다. 작가나 비평가의 창조성, 텍스트의 창조성은 주어진 것을 강하게 의식하되 그것에 안주하지 않고 혁신과 창조를 시도하는 데서 나온다.

세속적 비평은 사회를 지배하는 "친숙한 것"과 "관습적인 것"을 해체하고 그로부터 지배적인 것과는 다른 행위나 의도를 대변한다. 비평은 사회의 표현되지 않은 잠재적 공간을 표현한다. 윌리엄스^{Raymond Williams}의 발언을 빌려 사이드는 설명한다.

아무리 한 사회체계가 지배적일지라도, 바로 그것이 지배적이라는 이유 때문에 그 체계가 다 아우르지 못하는 활동들의 한계와 선택을 하게 된다. 따라서 이런 이유로 한 사회체계가 모든 사회적 경험을 다 포괄할 수는 없다. 그러므로 아직 사회제도나 프로젝트로 정교화되지 못한 대안적 행위나 의도가 자리 잡을 수 있는 공간이 잠재적으로 언제나 존재한다. 비평은 시민사회의 그런 잠재적 공간에 속한다. 그리고 비평은 근본적인 인간적이며 지적인 의무를 옹호하는 대안적 행위와 의도를 위해 활동한다. (Said(1983), pp.29~30)

비평은 "대안적 행위나 의도"의 표현이다. 아직 드러나지 못한 "시민사회 안의 잠재적 공간"의 표현이다. 비평가는 자신만의 좁은 울타리에 갇힌 전문주의의 하수인이 아니라 끊임없이 울타리를 넘어 유목하는 방랑자이다.

오늘날 문학비평을 쓰면서 자신이 어떤 전통을 따르고 있다고 생각하는 것은 어렵다. (그렇다고 현재의 모든 비평가들이 기존의 것을 자신의 것으로 대체시키기 위해 규범을 파괴하는 혁명가들이라는 말은 아니다) 더욱 적합한 이미지는 자료를 위해 이곳저곳을 돌아다니나, 본질적으로 항상 기존의 것들 사이에 남아 있는 방랑자이다. 그런 과정에서, 한 곳에서 취한 것이 결국 기존의 존재 양상을 변화시킨다. 그리하여 끊임없는 자리 바꿈이 생겨난다. (Said(1975), p.14)

텍스트의 세속성에 유념하는 세속적 비평가는 주어진 것에 안주하지 않으며 "대안적 행위나 의도"를 찾아 "항상 기존의 것들 사이에 남아 있는 방랑자이다." 하지만 그는 기존의 "규범"들을 초월한 존재가 아니다. "기존의 것"을 갖고 작업할 수밖에 없는 세속적 존재이다. 비평가는 "이곳저곳을 돌아다니"는 유목민이면서, "본질적으로 항상 기존의 것들 사이에 남아 있는 방랑자"이다. 사이드는 익숙한 것과 새로운 것 사이에 놓여 있는 비평가의 세속적 위치를 강조한다. 그런 긴장 관계를 제대로 버텨낼 때 비평 작업은 "결국 기존의 존재 양상을 변화시킨다". 세속적 비평가는 전통의 보존자이면서 동시에 전통을 새로운 상황 속에서 끊임없이 수정하고 변형하는 혁신가이다. (2007)

월트 휘트먼,
힘의 시인

1

영문과를 다니며 내가 배운 영문학English literature은 영국문학British literature, 미국문학American literature을 아우른 개념이었다. 그리고 종종 아일랜드문학, 혹은 캐나다, 호주 등 영연방문학이 포함되기도 했다. 이들은 동양에서 영문학을 공부하는 나에게는 모두 당연히 '외국문학'일 뿐이었다. 그런데 미국에서 다시 박사과정 수업을 들으면서 문득 미국학생들에게는 미국문학이 그들의 민족문학 혹은 국가문학national literature이고 영국문학은 일종의 외국문학이라는 사실을 느꼈다. 미국학생들에게는 영문학과 미국문학 사이의 명확한 구분이 작동한다는 사실. 아마도 그들에게는 당연했을 사실이 내게는 뒤늦게 새삼스럽게 다가왔다. 이런 기억을 적고 있는 이유? 미국인들에게 미국문학과 영국문학의 거리가 만만치 않다는 걸 상기시키고 싶어서다. 18세기 말에 영국에서 독립한 신생 국가 미국의 과제는 '유럽적인 것' 혹은 '영국적인 것'과 다른 '미국적인 것Americanness'을 창조하는 것이었다. 거기에는 당연히 오랜 전통과 문화를 지닌 영국에 대한 문화적 열등감이 작용한다. 신생 국가에서 그들만의 고유한 문학, 일종의 민족·국가문학national literature의 가능성과 전망을 찾는 여러 고민들과 모색들이 시작된다. 19세기 미국문학의 대가들인 호손Nathaniel Hawthorne, 멜빌Herman Melville, 포우Edgar A. Poe 등의 문학은 각기 다른 방식으로 그런 모색을 하는 궤적 위에 있다. 이 글에서 다루는 휘트먼Walt Whitman은 그런 모색의 여정이 다다른 귀결의 한 부분을 보여준다. 시에서는 휘트먼이, 소설에서는 트웨인Mark Twain에 이르러 비로소 '영국문학'과는 구분되는 '미국문학'의 목소리를 분명히 들려준다. 미국문학의 정체성이 확립된 것이다.

길지 않은 이 글에서 휘트먼 시에 대한 미국문학 강의를 할 의도도, 능력도 나는 갖고 있지 않다. 나는 좁은 의미에서 휘트먼 전공자도 아니다. '휘트먼의 시 세계'를 다룬 전문적인 연구는 국내에서도 적지 않게 발표된 관련 학술논문들을 참고할 수 있다. 이 글에서 주로 살펴보려는 시집 『풀잎Leaves of Grass』만 하더라도 적지 않은 연구가 이뤄졌다. 이 글은 기존 휘트먼 연구를 쉽게 풀어서 설명하려는 것이 아니다. 휘트먼 전문 연구자가 아닌 내 관심사는 조금 다르다. 영문학 연구자면서 동시에 틈틈이 한국문학에 관한 글을 쓰는 비평가로서 요즘 내가 갖고 있는 시에 관한 몇 가지 질문들, 혹은 화두들이 있다. 사유와 시는 어떤 관련을 맺는가? 시적 사유와 산문적 사유는 어떻게 다른가? 시는 지성과 사유를 포장하는 수단에 불과한가? 사유가 먼저 있고 시는 그 사유를 전달하는 수단에 불과한가? 아니면 오직 시적 형식을 통해서만 표현 가능한 고유한 사유가 존재하는가? 나는 이 질문들에서 사유, 지성이라는 개념에 초점을 둔다. 나는 시를 단지 감정과 감성의 표현으로만 보는 통념에 불만을 갖고 있다. 시는 사유의 표현, 더 정확히 표현하면 "감각적 사유"(T. S. 엘리엇)의 표현이다. 그렇다면 휘트먼 시가 표현하는 "감각적 사유"는 무엇인가? 그의 시는 '미국적인 것'을 어떻게 다루는가? 그 질문을 다뤄보겠다.

2

최근 비평에서는 시인의 사적 삶과 시·작품을 분리해서 읽는 것이 상식처럼 되어 있다. 신비평New Criticism의 강력한 효과다. 그러나 시인의 삶과 시를 무매개적으로 연결하는 케케묵은 전기비평biographical criticism 은 경계해야 하지만 특정한 시공간을 살았던 물리적 존재로서 시인의 삶과 시의 관계를 외면할 수는 없다. 문제는 그 삶과 시를 매개하는 여러 변수와 요소들을 섬세하게 고려하는 것이다. 예컨대 20세기 시의 대표작 중 하나인 T. S. 엘리엇의 시「황무지The Waste Land」를 어떻게 읽어야 하는가? 비평가 이글턴의 답변이다.

「황무지」를 완전히 이해하려면 이 모든 (그리고 다른) 요소들을 고려할 필요가 있다. 그것에 대한 완전한 이해는 그 시를 당시의 자본주의 상태로 환원시킬 문제도 아니며, 너무나 명석하고도 복잡한 것들을 도입해서 자본주의 같은 원초적인 요소를 사실상 잊혀지도록 할 문제도 아니다. 반대로 앞에서 열거한 모든 요소들(작가의 계급적 위치, 이데올로기적 형식과 그것이 문학 형식과 맺는 관계, '정신성'과 철학, 문학 생산의 기법, 미학 이론) 은 직접적으로 토대-상부구조의 모델과 관계가 있다. 맑스주의 비평은 이 요소들을 「황무지」라는 독특한 것으로 결합시키려고 한다. 이 요소들 중 어 느 것도 다른 요소에 용해될 수 없으며 각 요소는 자체의 상대적 독립성을 갖고 있다. (…중략…) 따라서 「황무지」가 당시의 실제 역사와 맺는 관계는 다른 예술 작품과 마찬가지로 고도로 매개된 것이다.[*]

휘트먼의 경우에도 그런 매개 요소로서 그가 살았던 19세기 미국사회 의 맥락을 이해할 필요가 있다. 그리고 그 맥락에 고유한 개성을 지닌 시인으로서 휘트먼의 삶을 배치할 필요가 있다. 사회역사적 맥락-시인 의 삶과 시가 아무 모순이나 충돌 없이 매끈하게 연결되지는 않다. 그들 은 "자체의 상대적 독립성"을 갖고 있다. 그 연결 관계에는 간단치 않은 단락 지점과 균열과 갈등이 작동한다. "고도로 매개된" 관계를 갖는다.
　　그러나 이런 매개를 충분히 고려하더라도 어쨌든 시를 발생시키 는 것은 시라는 텍스트를 구성하는 요소들, 컨텍스트들contexts이다. 시 라는 텍스트를 컨텍스트로 환원하는 것도 문제지만, 컨텍스트와 별개 로 존재하는 시가 있다고 여기는 것도 문제다. 나는 앞 문장에서 시를 '발생'이라는 개념과 연결했다. 굳이 말하면 시는 시인이 창조하는 것 이 아니다. 창조로서의 시라는 개념은 낭만주의가 남긴 유산일 뿐이다. 시는 창조물이라기보다는 힘들이 부딪쳐 발생한 결과물이다. 휘트먼

* * *

[*]　Terry Eagleton, *Marxism and Literary Criticism*, London : Methuen, 1976, pp.14~15.

의 시가 좋은 예이다. 휘트먼 시의 활력은 그 시 안에 제시된 수많은 힘들과 목소리들에서 나온다. 시인, 혹은 시적 화자^{poetic narrator}인 '나', 곧 "월트 휘트먼, 미국인, 불량자들 중 하나, 하나의 우주"*는 이런 힘들의 전달자에 불과하다. 시적 화자도 그런 힘들의 하나에 불과하다. 이 점이 유럽문학, 혹은 영국문학의 시 작법과 날카롭게 구별되는 휘트먼 시의 특징이다. 그의 시는 힘의 시다. 어떤 점에서는 격동의 시대가 뛰어난 시를 낳는다. 그 격동이 시인의 육체와 영혼을 자극하기 때문이다. 그런 점에서 모든 시인은 휘트먼의 지적대로 육체와 영혼의 시인이다. "나는 육체의 시인이다. / 또 나는 영혼의 시인이다."(78면)

그렇다면 어떤 점에서 휘트먼의 시대는 격동의 시대인가? 『풀잎』이 살아낸 1850년대부터 1890년대에 이르는 기간은 우리가 아는 미국이라는 나라가 형성된 시대다. 몇 가지 사건들만 언급해도 그 점을 알 수 있다. 무엇보다 미국역사상 가장 중요한 사건이라 할 내전인 남북전쟁(1861~1865). 이 전쟁은 당시 미국 인구 약 3천만 명 중에서 군인 희생자만 60만에 이르는 비극적 전쟁이었다. 거기에 자칫 그 전쟁으로 인해 나라가 두 동강 날 뻔했던 위기를 막은 걸출한 지도자인 링컨이라는 존재가 있었다. 많은 연구자들이 지적하고 있듯이 휘트먼은 확고한 북부연합^{Union}과 링컨의 지지자였다. 1861년 남북전쟁이 발발했을 때 휘트먼은 42세였다. 그는 군인 병원에서 간호 일을 하거나 나중에는 군 경

· · ·

* 월트 휘트먼, 허현숙 역, 『풀잎』, 열린책들, 2011, 83면. 이하 시집 인용은 면수만 표기한다. 『풀잎』은 시인이 36세인 1855년 열두 편의 시와 산문이 담긴 초판이 나왔다. 그 후 1892년 시인이 세상을 떠날 때까지 계속 수정, 보완한 시집이다.

리관 사무실에서 파트타임으로 일했다. 남북전쟁 이전인 1850년대까지 미국은 기본적으로 농업국가였다. 남북전쟁 이후 1870년대부터 1890년대 이르러 자본주의 국가로서 미국의 모습이 형성되기 시작한다. 그 자본주의 국가의 시대가 F. S. 피츠제럴드가 『위대한 개츠비』에서 그리고 있는 1920년대였다. 그리고 앞서 설명했듯이 문화적으로는 이 시대에 비로소 미국문화, 미국문학의 독자성과 자긍심이 뿌리 내린다.

3

휘트먼은 이런 시대의 기운을 받아들였다. 그런데 그런 특징은 어떤 면에서 탁월한 모든 시인들, 작가들에게서 공통적으로 볼 수 있다. 영국문학의 경우만 보더라도 영국의 자본주의 발생기에 배출된 셰익스피어, 프랑스혁명과 산업혁명의 격동에 반응해서 나타난 낭만주의 시인들, 유례없는 세계대전과 유럽문명의 위기가 낳은 모더니즘이 좋은 예들이다. 한국문학의 경우만 하더라도 4·19혁명이 없었다면 김수영의 시는 없었거나 적어도 매우 달랐을 것이다. 되풀이 말하지만 시인은 창조하는 자가 아니라 시대의 기운과 힘에 '온 몸으로'(김수영) 반응할 뿐이다. 그 반응의 강도intensity가 시의 질을 규정한다. 그런 점에서 시인은 일종의 매개체이다. 그렇다면 그 매개체를 구성하는 힘들이 무엇인지가 궁금해진다. 시를 시인의 삶으로 환원해서는 안되지만 시는 시인의 삶과 시대가 가하는 힘의 구성체라는 것도 부인할 수 없다. 이런 점에서도 시는 창조되는 것이 아니라 제작 혹은 형성된다.

휘트먼의 경우 그가 무엇보다 거리의 시인이라는 점을 주목해야한다. 그와 함께 미국문학의 길을 확립한 트웨인과 비슷하게 휘트먼은 '정규 교육'을 받지 않고 거리의 학교에서 삶과 사유를 단련했다. 그는 학교를 5년 남짓 다니고 그만뒀다. 그 뒤 다양한 직종에서 일을 한다. 변호사 사무실 사환, 인쇄소 견습공, 신문 발행인 편집자, 목수, 건설 노동자, 독립 저널리스트, 교사 등. 굳이 구분하자면 휘트먼은 유럽문학의 근간을 이루는 지식인 문학과는 다른 계보에 속한다. 물론 그렇다고 그를 자연과 야성의 시인이라고 규정하는 것도 안이한 판단이다. 그렇지만 그의 시가 보여주는 역동성, 강건함, 자신만만함의 정서의 뿌리를 찾다보면 한편으로는 좋은 의미든 나쁜 의미든 세계 제1의 강대국으로 커나가던 미국이라는 나라의 힘을, 그리고 다른 한편으로는 그힘에 대해 사유하고 시적 형식과 언어를 부여한 거리의 시인 휘트먼의 강인한 삶을 발견하게 된다. 휘트먼이 보기에 미국은 "일반 국민들 안에서는 항상 최고다. 그들의 관습과 말, 옷, 우정이, 그들 인상의 신선함과 솔직함이, 그들 태도의 그림 같은 느슨함이".(8면) 거기에는 미국 민주주의에 대한 휘트먼의 강한 신뢰가 작용한다. "그들이 대통령에게 경의를 표하는 것이 아니라 대통령이 그들에게 모자를 벗어 경의를 표하는 것"(9면)이고 "미국인 집단과 정부의 대단한 조화는 그 아름다움으로 빛난다".(29면) 미국 민주주의에 대한 강한 자부심이 드러난다. 그렇지만 휘트먼 당대가 아니라 현재적 시각에서 판단하면 미국 민주주의의 이상이 어떤 상황에 놓여 있는지를 냉정하게 점검할 필요가 있다.

그렇다면 『풀잎』은 어떤 힘을 드러내는 시인가? 오랜만에 다시 휘트먼의 시를 읽으면서 조금은 뜬금없이 갖게 된 느낌. 휘트먼은 일종의 스피노자주의자이다. 이 시집의 제목인 '풀잎'이 이미 그것을 알려준다. 수십 년에 걸쳐 수정, 보완된 시집의 역사 자체가 계속 생성되고 뻗어가는 '풀잎'의 생명력을 드러낸다. 시인이 마주치는 대상과 현실이 넓어지면서 그 접점에서 '발생'되는 새로운 시들이 『풀잎』의 영토로 편입된 것이다. '풀잎'은 경계를 나누지 않는다. 그것은 어디에나 있고 어느 곳이든 뻗어나간다. "잎사귀들은 무한하다."(50면) 풀잎은 무한한 개별성을 뜻한다. 또한 풀잎은 모든 생명체의 비유이자 개별성의 '객관적 상관물'이다.

> 나는 풀잎은 아이 그 자체라고, 식물로 만들어진 아이라고 생각한다
> 아니면 나는 그것이 불변의 상형문자라고 여긴다
> 그리고 그것은, 넓은 곳에서든 좁은 곳에서든 똑같이 피어나며
> 흑인들 사이에서, 마치 백인들 사이에서처럼
> 프랑스계 캐나다인, 버지니아 사람, 하원 의원들, 아프리카
> 출신 미국인들 사이에서처럼 자라난다는 것, 내가 그들에
> 게 똑같이 주고 똑같이 받는다는 것을 의미한다 (51면)

풀잎은 "땅과 물이 있는 곳이라면 어디서든 자라는 풀이다 / 이것은 지구를 가득 채우는 흔하디 흔한 공기다."(72면) 어떤 면에서 풀잎은 스피노자가 말하는 생산하는 자연Natura naturans과 생산되는 자연Natura naturata을 모두 뜻한다. 풀잎은 지구에 존재하는 모든 생명체를 생산하는 자연

의 대표자이자, 바로 그 자연이 생산한 모든 생명체의 상징이다. 그래서 풀잎은 "각각의 구체적 사물이나 조건, 조화나 과정의 아름다움을 드러"(29면)내고 "나는 그들 모두가 아름답다고 맹세한다."(196면) 풀잎은 휘트먼에게 절대적 평등주의의 상징이다.

휘트먼 시를 읽으면서 지금 시대에 어쩌면 당연해 보이는 것들이 눈에 띈다. 민주주의, 평등주의, 자유의 가치. 인권. 동물권 등의 쟁점들이 그렇다. 그런데 이 시가 나온 19세기 후반기는 우리 시대와는 다른 시대였다. 예컨대 동물권은 고사하고 노예제조차 당연시 여기던 시대였다. 그리고 노예를 둘러싼 엄청난 논쟁과 그 해결책으로 전쟁이 벌어진 시대였다. 그렇다면 그 시대에 휘트먼이 옹호했던 절대적 평등주의는 어떤 현재적 함의를 지니는가? 우리 시대의 한 시인인 김해자에게서 비슷한 견해를 발견한다. "어느 누구도 어느 누구보다 높지/않으므로" "우리의 절대 희망"*으로서 절대적 평등의 민주주의. 어떤 점에서 시인은 이미 이뤄진 가치를 말하는 존재가 아니다. 휘트먼과 김해자가 시에서 표현하는, 혹은 꿈꾸는 절대적 평등의 민주주의는 현실화된 적이 없다. 그러나 이미 현실화된 현실the actualized reality을 단순히 재현하는 건 별다른 감흥이 없다. 들뢰즈가 그의 예술론에서 강조하듯이 작품의 대상은 아직 현실화되지 못했지만 앞으로 현실화될 잠재성의 세계를 미리 감지하는 것이다. 그러므로 휘트먼 시의 경우도 그의 시가 당대 미국사회의 현실을 얼마나 '올바르게' 정확히 반영 혹은 재현하고

. . .

* 김해자, 「여기가 광화문이다」, 『해자네 점집』, 걷는사람, 2018, 99·102면.

있는가는 그다지 흥미로운 문제가 아니다.

뛰어난 시는 그 시가 발생한 시대적 맥락을 따라가지 않는다. 오히려 그 시대를 앞서간다. 그래서 그 시대가 아직 이루지 못한 문명의 과제, 윤리적 가치를 앞서 보여준다. 어떤 시나 작품이 시대를 앞서가는 힘은 거기서 나온다. 시의 전위성이다. 휘트먼의 말대로 "조금도 망설일 것 없이 단언컨대, 구세계의 시는 신화, 허구, 봉건제, 정복, 전쟁, 신분제도, 왕위 쟁탈전, 화려하고 예외적인 인물과 사건들의 시다. 그러한 시들도 훌륭했다. 하지만 신세계는 현실과 과학의 시, 그리고 평균적이고 기본적인 민주적 특징의 시를 필요로 한다. 이러한 시들이 더 훌륭할 것이다." 휘트먼의 시는 "평균적이고 기본적인 민주적 특징의 시"의 선구적 예시가 된다. 그리고 그 민주주의는 '현실'에 대한 철저한 존중, 민중에 대한 신뢰에 기반한다.

4

이제는 철 지난 말처럼 들리지만 휘트먼의 시는 사실주의의 시, 민중의 삶을 다룬 시다. 휘트먼은 자신과 밀레의 친화성을 지적한다. "밀턴과 단테에 관해서는 별 관심이 없소. 나는 현대적인 화가들을 더 좋아하오. 나는 밀레가 라파엘이나 중세의 화가들보다 오늘날 우리에게 더욱 더 많은 것을 말해주고 있다는 데 동의하오. 그는 더욱 직접적이오". 밀레의 그림이 그랬듯이 휘트먼은 "진실한 눈과 솔직하고 관대한 마음을 지닌 정말 가난하지만 자유로운 기계공이나 농부"(28면)를 믿었다. 민중들의 삶이 보여주는 강인함, 육체노동의 영웅성, 존엄성, 근면성 등을 주목한다.

> 가장 위대한 시인이라 할지라도 하찮은 것과 소소한 것에 관해서는 거의 알지 못한다. 만약 그가 이전에 소소한 것으로 여겨졌던 것에 숨결을 불어넣 는다면 그것은 웅장함과 우주의 생명으로 팽창할 것이다. (15면)

그리고 그 삶을 휘트먼은 사실주의적 묘사와 나열의 기법으로 표현한 다. 휘트먼의 시작법으로 유명한 '나열하기cataloging'는 그가 좋아했던 당대의 발명품이었던 사진기의 시적 대체물이다. 그것은 마치 만나는 대상에 주저 없이 스마트폰이나 디지털 카메라를 들이대고 사진을 찍 거나 동영상을 만드는 요즘의 모습과 유사하다. 시적 화자인 '나·휘트 먼'가 마주치는 수많은 대상을 가로지르고 나열하고 연결하는 것이 시 작법의 요체다. '나'가 마주치는 대상과 풍경에 대한 세밀한 관찰과 파 노라마식 묘사를 이 시집에서 수없이 만난다.(예컨대 55·58·59·61면) 그 대상은 알토 가수, 목수, 결혼한 사람들, 결혼하지 않은 아이들, 항해사, 오리 사냥꾼, 부제들, 창녀, 농부, 정신 이상자, 신문 인쇄공, 장애인, 주 정뱅이, 기계 수리공, 경찰관, 잡종견, 사격수, 개혁가, 검둥이들, 감정 가, 갑판원, 어린 여동생, 아내가 된 지 1년 된 여자, 도로 포장 인부, 지 휘자, 가축상 등이다.(65~67면)

지금까지는 휘트먼의 시가 지닌 미덕을 정리했다. 그러나 지금의 시점에서 보면 휘트먼의 시에서 그가 계속 강조하는 막강한 자아, 모든 것을 포함하고 장악하는 자아의 문제점이 드러난다. "남자와 여자, 지구와 그 위에 있는 모든 것들은 그저 있는 그대로 받아들여져야 하며, 그들의 과거와 현재, 미래를 탐구하는 것은 중단되어서는 안 되며, 완전히 솔직하게 이루어져야 한다."(25면) 누구든 "지구와 그 위에 있는 모든 것들은 그저 있는 그대로 받아들"일 수는 없다. 무차별적인 사랑과 포용은 그 사랑의 구체성에 대해 의문을 갖게 만든다. 모든 것과 결합할 수 있다고 믿는 시적 자아는 위험하다. 영국의 소설가 D. H. 로런스는 이 점을 정확히 지적했다.

> 월트 휘트먼, 당신의 태엽(mainspring)이 부서졌네. 당신 자신의 개별성의 태엽 말이지. 그래서 그대는 큰 소리로 윙윙거리면서 달리면서 아무것하고나 융합하는 거야. 그대는 그대의 고립된 모비 딕을 죽였네. 그래서 그대의 깊은 육감적인 몸(deep sensuous body)을 두뇌화했고(mentalised), 그것이 육감적인 몸의 죽음이지.[*]

모든 것을 포용하는 자아는 그 "자신의 개별성의 태엽"이 망가진 것이다. 그때 몸은 구체성의 몸이 아니라 마구 외부로 확장하는 자아의 두뇌에 종속되는 몸으로 축소된다. 한마디로 진짜 몸이 아닌 것이다. "나는 나 자신을 찬양한다. / 내가 생각하는 바를 또한 그대가 생각할 터, / 내가 속한 모든 원자는 마찬가지로 그대에게 속하므로"(43면) 여기에는 자

• • •

* D.H. Lawrence, *Studies in Classic American Literature*, London : Cambridge UP, 2014, p.150.

신의 자아에 대한 강력한 확신이 있다. 그러나 "내가 생각하는 바를 또한 그대가 생각"한다고 전제할 근거는 없다. 이런 태도를 가라타니 고진은 독아론이라고 규정한다.

> 따라서 내가 독아론(獨我論)이라고 부르는 것은 나 혼자밖에 없다는 생각과는 전혀 무관하다. 나에게 타당한 것은 다른 모든 사람들에게도 타당하다는 사고방식, 바로 그것이 독아론인 것이다. 그러므로 독아론을 비판하기 위해서는 타자를 또는 이질적인 언어게임에 속하는 타자와의 커뮤니케이션을 도입할 수밖에 없다.[*]

이 대목이 지적하듯이 독아론은 "나 혼자밖에 없다는 생각", 즉 유아론唯我論, solipsism이 아니다. 극단적 주관주의인 유아론과는 달리, 독아론은 오히려 자신의 주관적 관념을 외부로 확장시켜 다른 타자들을 동질화시키려는 태도이다. 다시 말해 "나에게 타당한 것은 다른 모든 사람들에게도 타당하다는 사고", "윙윙거리고 달리면서 아무것하고나 융합하는" 자아의 문제를 지적한다. 어떤 면에서 19세기 후반부 세계의 제국으로 나아가던 미국식 민주주의의 막강한 자아가 지닌 어두운 심연과 폭력성을 휘트먼의 시는 그대로 드러낸다. 그의 시가 던진 빛만큼이나 그 빛이 드리운 그늘도 살펴야 한다.

결론을 맺자. 휘트먼은 어떤 시인인가? 뛰어난 시인은 '정답'을

---

* 가라타니 고진, 송태욱 역, 『탐구』 1, 새물결, 1998, 14면.

제시하는 시인이 아니라 미완의 과제를 제시하고 지속적으로 '사유의 모험'(D. H. 로런스)을 과감하게 제시하는 시인, 곧 힘의 시인이다. 그렇다면 휘트먼은 뛰어난 시인이다. 그는 단지 세련된 감각의 시인이 아니라 사유의 시인이다. 그 사유의 힘을 통해 독자를 자극하는 시인이다. "이것이 아름다움을 적절하게 표현하는 것에는 정확성과 조화로움이 있어야 하는 이유다. (…중략…) 시의 기쁨은 멋진 가락과 은유와 소리를 지닌 것들에 있지 않다."(19면) 시는 단지 "멋진 가락과 은유와 소리"의 문제가 아니다. 시는 그런 것들을 무시하지 않는다. 그러나 동시에 그런 것들을 넘어선다. "그래 선율이 아름다운 시를 쓰는 시인이 되는 것은 좋은 일 / 일 것이다. / 그러나 무슨 시가 있단 말인가, 당신이 지녀야 하는 흐르는 / 듯한 성격 너머… 아름다운 태도와 행동 너머에?"(225면) 시의 본령은 "흐르는 듯한 성격, 아름다운 태도와 행동"이다. 그리고 그 "흐르는 듯한 성격, 아름다운 태도와 행동"은 이미 있는 것의 반복이나 모방이 아니다. 그는 있어야 할 것이 왜 없는지를 묻고, 그것이 어떻게 있어야 하는지를 사유한다. "가장 위대한 시인은 앞으로 존재할 것의 지속성을 이미 존재해 왔던 것과 현재 존재하는 것으로부터 형성한다."(20면) 지금도 휘트먼의 시가 현재적 힘을 지닌다면 그의 시는 독자에게 "앞으로 존재할 것의 지속성"을 상상하게 만들기 때문이다. 모든 위대한 시인들이 그렇듯이. (2019)

민족문화와
민족언어

조이스James Joyce를 중심으로

1. 민족— 본질들의 형이상학

저명한 탈식민주의 이론가 사이드Edward Said는 한 민족이나 인종의 정체성identity의 문제에 대해 이렇게 언급한다. "네그리튀드, 아일랜드성, 이슬람, 그리고 가톨릭주의 같은 본질들의 형이상학을 위해 역사적 세계를 떠나는 것은 한마디로 역사를 포기하는 것이다."* 사이드는 고정된 정체성을 설정하는 것을 "본질들의 형이상학"이라고 비판한다. 이런 사이드의 견해에 기대면, "아일랜드성Irishness"의 연구에서도 그 개념을 둘러싼 맥락과 역사가 중요하다. 고정된 아일랜드성은 없다. 수정주의 비평, 특히 탈식민주의 비평이 대두되면서 조이스를 탈식민문학, 혹은 민족주의문학의 시각에서 재해석하려는 흐름이 나타난다. 그런 시각을 통해 조이스 문학의 새로운 면모가 밝혀진 것은 사실이다. 하지만 조이스를 근대문학의 고정된 정체성이라는 맥락에서 이해하려는
· · ·

* Edward Said, "Yeats and Decolonization", *Nationalism, Colonialism, and Literature*, Minneapolis : University of Minnesota Press, 1990, p.82.

것은 또 다른 편향일 수 있다. 사이드의 지적대로 탈근대와 해체의 시대에 어떤 것의 본질을 따지는 것은 시류에 맞지 않는다. 본질은 해체의 대상으로 여겨진다.

이 글에서는 아일랜드성의 문제를 대하는 조이스의 입체적 면모를 조명한다. 아일랜드성과 관련된 세 가지 중요한 문제인 아일랜드 민족성, 문화, 언어를 조이스가 어떤 시각에서 접근했는가를 살펴보는 것이 이 글의 초점이다. 사이드의 지적대로 아일랜드성을 비롯해서 고정된 정체성은 해체의 대상이지만, 역사적으로 힘을 행사하면서, 살아 움직이는 집단적 정서로서의 민족성, 혹은 민족문화에 대한 탐색은 여전히 필요하다. 관건은 개념에 대한 역사적 접근이다. 아일랜드 민족과 언어에 대한 조이스의 태도도 이 문제와 관련된다. 조이스 작품의 이해에서 논란거리인 세계주의와 지방주의의 대립구도는 조이스 당대에도 문제였다. 도시적이고, 세계주의적 작가인 조이스. 지역과 국가의 협소한 틀을 뛰어 넘어 보편적 가치를 혁신적인 기법으로 표현한 탈국가적 모더니스트이자, 당대의 민족주의적 분위기와는 거리를 두었던 세계주의자 조이스. 그러나 조이스 문학은 이런 이분법적 사유를 흔들고 허문다.

먼저 아일랜드 민족성에 대한 조이스의 견해를 살펴보자. 탈식민주의 비평이 부각시켰듯이, 조이스가 식민주의를 강하게 비판한 것은 분명하다.

정복자는 우연일 수 없다. 벨기에 사람들이 오늘날 콩고에서 저지르고 있다. 일본의 난장이들이 내일 다른 어떤 섬에선가 또 저지를 짓을 영국인 들은 수세기 동안 아일랜드에서 해 왔다. 영국은 내분을 일으켰고 재물을 차지했다. 영국은 새로운 농경체제를 도입함으로써, 원주민 지도자들의 권 력을 축소시키고 영국군에게 많은 토지를 주었다. 또한 가톨릭교회가 반항 적일 때는 박해했고 지배의 효과적인 도구가 되었을 때는 박해를 멈추었다. 영국의 주요 관심은 아일랜드를 분열 상태로 유지하는 것이었다. 만일 언젠 가 영국 유권자들이 아일랜드의 자치권을 내일 넘겨 줄 것이라고 영국 정부 가 확신한다면 보수적인 영국 언론은 당장 얼스터(아일랜드 북부지역—인 용자) 지방으로 하여금 더블린의 권위에 도전하도록 부추겼을 것이다.[*]

조이스가 식민주의를 강하게 비판한 것은 사실이다. 그러나 식민주의 의 비판이 자동적으로 민족주의나 고정된 민족성의 옹호로 이어지지는 않는다. 여기에 조이스가 취한 입장의 복합성과 독특성이 있다. 식민주 의를 비판한 만큼이나 조이스는 언어나 민족 등의 순수성을 강조하는 시각에 거리를 둔다.

우리의 문화는 가장 다양한 문화가 서로 섞여 있는 거대한 피륙이다. 그 속에서 북유럽 사람들의 호전성과 로마법, 새로운 부르주아의 관습과 옛 시 리아의 종교(기독교)의 잔여물이 화해를 이룬다. (…중략…) 그런 피륙에 서 이웃한 실의 영향을 받지 않고 순수하고 순결하게 남아 있는 실을 찾는

* * *

* James Joyce, Eds, Richard Ellmann & Mason, *The Critical Writings of James Joyce*, London : Faber & Faber, 1959. p.166. 이하 *CW*로 약칭하고 인용 시, '약칭, 면수'로 표기한다.

것은 부질없다. 오늘날 어떤 인종, 어떤 언어가 (…중략…) 순결함을 자랑할 수 있는가? 그리고 지금 아일랜드에 살고 있는 인종이야말로 이런 자랑을 하기 힘든 인종이 아닌가? 민족성은 현대의 과학자들이 그들의 예리한 해부칼로 멋지게 만들어내는 편리한 허구 중 하나가 안 되려면 피와 언어처럼 변화하는 것을 넘어서서 이들의 의미를 알려주는 어떤 것에서 자신의 존재 이유를 찾아야 한다. (*CW*, pp.165~166)

여기서 주목할 것은 조이스가 혈연이나 언어human word를 변화하는 사물로 본다는 것이다. 이런 태도는 피와 언어에서 민족의 근원을 찾는 태도와는 큰 차이가 있다.* 여기에는 언어나 민족 등의 정체성의 문제를 관계의 맥락에서 해체하고 재구성하는 해체론적 태도가 작동한다. 언어나 민족을 단일한 의미로 규정할 수 없고, 그것들이 유동적으로 존재한다면 단일한 의미의 텍스트도 성립할 수 없다. 데리다가 조이스의 후기 작품인 『율리시스』나 『피네간즈 웨이크』에 주목하는 이유도 이들 작품이 근대예술론의 고정된 틀을 해체하기 때문이다.** 텍스트의 내재성은 자신의 외부의 작용에 영향을 받는다. 더 정확히 표현하면 텍스트

· · ·

* 탈식민주의의 주요 이론가 중 한 명인 바바(Homi Bhabha)는 민족의 근원이나 순수한 민족의 혈통을 내세우는 것이 근대 민족주의가 만들어낸 상상적 공동체(imagined community)의 신화라는 것, 그리고 이 신화는 확고한 현실적 뿌리가 없기에 교육적 담론(pedagogic discourse)과 수행적 담론(performative discourse)을 통해 반복적으로 '민족' 구성원들에게 각인되어야 한다고 설명한다. John Mcleod, *Beginning Post-colonialism*, Manchester : Manchester UP, 2000, pp.118~119 참조.

** 데리다의 사유에 조이스가 끼친 영향에 대해서는 OH. Gilyoung, "Joyce with Derrida", 『제임스 조이스 저널』 14권 1호(2008.6), 129~149면; 오길영, 『세계문학 공간의 조이스와 한국문학』, 서울대 출판문화원, 2013, 27~35면 참조.

의 내재성과 외부성은 따로 존재하지 않는다. 외부는 이미 내부로 들어와 있는 내부다. 라캉의 표현을 빌리면 그것은 내부안의 외부성ex-timacy이다. 텍스트는 항상 자기 밖에 놓이게 되며, 텍스트는 그 관계 속에서 이미 자신과 다르다. 텍스트는 자신과 어긋난다.* 이 어긋남을 천착하는 것이 해체의 읽기이다. 이런 맥락에서 데리다는 작품work과 텍스트를 구분한다. 작품은 안정되고 명확한 중심과 부분들로 구성된 조화로운 전체를 가리킨다. 텍스트는 닫히지 않는 의미화 회로와 무한정한 유희, 의미의 과잉 등을 가리킨다. 작품은 유기적이고 총체적이고 닫혀 있다. 텍스트는 의미가 아니라 흔적의 구조물이다. 작품은 유기적인 총체성의 관념을 전제한다. 작품의 총체성은 그 작품이 표현하는 지시 대상의 총체성을 필요로 한다.

데리다가 말라르메부터 조이스에 이르는 특정한 작가들의 글쓰기에 초점을 맞춘 이유다. 그들은 총체성과 유기적 구조, 단일한 의미를 추구하는 작가들이 아니라 균열과 위반과 혼종성의 작가들이다. 문학적이라고 분류되는 몇몇 텍스트는 가장 앞선 지점에서 균열이나 위반을 행하는 것처럼 보인다. 혼종성의 텍스트는 텍스트의 운동 속에서 문학에 대한 오랜 재현을 드러내고 그것의 해체를 실천한다. 그런 면에서 조이스 문학은 고정된 의미를 되풀이 반복하는 작품이 아니라 수많은 의미들을 산포dissemination하는 유동적 텍스트다. 순수한 내재성은 존재하지 않는다. 피와 언어, 문학도 마찬가지다. 성, 종교, 민족 등 어떤 정체성이

• • •

* Jacques Derrida, *Positions*, London : Continuum, 2002, p.33.

든 고정된 것은 없다. 정체성은 다른 존재의 흔적을 지니며 "언제나 이미 분열되어 있고, (무엇인가의) 반복이며, 오직 자신의 부재를 통해서만 자신의 존재를 드러"낸다.* 조이스는 단일한 의미로 표현되는 단순화된 정체성 개념을 비판한다.** 문화나 민족의 정체성을 설명하면서 조이스가 (컨)텍스트text/context의 울림을 지닌 피륙fabric의 비유를 사용하는 것이 흥미롭다. 다양한 색과 굵기의 실이 모여 피륙을 짜듯이 문화도 혼종성의 성격을 띤다. 이웃한 실의 영향을 받지 않고 순수하고 순결하게 남아 있는 실을 찾는 것은 부질없듯이 다른 민족과 문화의 영향을 입지 않은 순수하고 순결한 문화적 정체성은 없다. 예컨대 조이스는 "현재의 민족으로부터 외래의 가족들의 후손인 모든 사람들을 배제하는 것은 불가능한 일"이라고 지적하며, 민족주의 지도자 파넬Charles S. Parnell의 예를 든다. "아마도 아일랜드의 지도자들 중 가장 압도하는 인물이었으나, 한 방울의 켈틱인의 피도 섞이지 않았다는 이유로 파넬 등에게 그 이름(애국자)을 붙이기를 거부하는 것"을 조이스는 비판한다.(CW, p.162) 애국의 문제는 피의 문제가 아니라 태도와 입장의 문제라는 것이 조이스의 판단이다.

『율리시스』의 「키클롭스Cyclops」 에피소드에서 전개되는 주인공 블룸Bloom과 시민Citizen의 논쟁은 아일랜드 민족(성)의 의미를 재조명

• • •

* Jacques Derrida. *Of Grammatology*, Baltimore : Johns Hopkins UP, 1976, p.112.
** Colin MacCabe, "The Voice of Esau : Stephen in the Library", *James Joyce : New Perspectives*, Bloomington : Indiana UP, 1982, p.117; Terry Eagleton, "Joyce and Mythology", *Essays for Richard Ellmann*, Montreal : McGill-Queen's UP, 1989, p.316.

한다. 이 논쟁에서 조이스는 명료하게 피와 언어의 순수성에 근거하는 근대적 민족 개념이나 민족주의에 거리를 두며 블룸이 제기하는 열려 있는 민족 개념의 손을 들어준다. 조이스를 단순하게 탈식민 작가나 민족주의 작가의 틀 안에 넣기가 어려운 이유다. 민족은 "피와 언어처럼 변화하는 것"을 넘어선 어떤 것의 표현이다. 블룸의 정신적 아들이라 할 스티븐도 편협한 민족주의나 국가주의를 거부하며 이런 거창한 개념들이 억압하는 개별 존재의 가치를 내세운다.

> 자네(영국병사—인용자)는 자네의 조국을 위해 죽는 거야. 상상해봐. (…중략…) 난 자네에게 다음과 같은 일을 바라지는 않아. 그러나 나는 이렇게 말해 : 나의 조국은 나를 위해 죽어 달라고. 지금까지 쭉 그랬어.*

민족, 국가는 시민들이 목숨을 바칠 가치가 있는 것일까? 이 질문에 스티븐은 "나의 조국은 나를 위해 죽어 달라고" 도발적으로 반박한다. 민족-국가는 확고한 정체성의 토대를 갖고 있지 않다. 민족국가의 구성원들은 서로 공유한다고 믿는 공통의 이미지에 따라 동질적인 민족과 민족국가를 상상한다. 민족은 실체가 아니다.** 이 점에서 조이스는 예이츠나 싱J.M. Synge 등의 문예부흥론자들과 거리를 둔다. 신교도계 출신인 예이츠나 싱은 문예부흥운동에 적극 참여하면서 민족 정체성의 확립을

• • •

* James Joyce, *Ulysses*, New York : Vintage, 1986, p.15, 4471~4474행. 이하 *U*로 약칭하고 이하 인용 시, '약칭, 면수.행수'로 표기한다.
** Benedict Anderson, *Imagined Communities*, New York : Verso, 1991, p.6.

고대 아일랜드 신화의 복원이나 조이스 당대에는 거의 죽은 언어가 되어버린 게일어의 부활 등에서 찾았다. 사멸해 가는 민족언어의 부활이 아일랜드를 탈식민화하는 유력한 방도라는 입장이다. 그러나 조이스는 다른 태도를 취한다. 그는 아일랜드성, 아일랜드 민족의 어떤 점에 대해 호의를 표명하지만 동시에 아일랜드 사회와 문화가 지닌 억압과 갑갑함을 못 견뎌 한다.

더블린 사람들은 엄격히 말해서 나의 동포들이지만 나는 '사랑스럽고 더러운 더블린'에 대해 다른 사람들처럼 얘기할 생각은 없다. 더블린 시민은 섬나라나 대륙에서 내가 만난 사람 중에 가장 무기력하고 쓸모없고 지조 없는 허풍선이 민족이다. 영국 국회가 세계에서 가장 수다스러운 사람들로 가득찬 것은 바로 이 때문이다. 더블린 사람들은 술집이나 식당이나 매음굴에서 지껄이고 술을 돌리면서 시간을 보내는데 위스키와 아일랜드의 자치라는 두 가지 약에 결코 물리지 않으며, 밤에 더 이상 먹을 수 없게 되면 두꺼비처럼 독으로 부어올라 옆문을 통해 비틀대며 나와서 쭉 늘어선 집들을 따라 안정에 대한 본능적인 욕구에 인도되어 벽이나 구석들에 등을 대고 미끄러지듯 간다. 영어로 말한다면 휘청거리며 간다. 이것이 더블린 사람들이다. 그리고 이 모든 것에도 불구하고 아일랜드는 여전히 연합왕국의 두뇌이다. 현명하게 실질적이고 지루한 영국인들은 배를 꽉 채운 인간들에게 완벽한 고안물인 수세식 화장실을 제공한다. 자기 고유의 언어가 아닌 다른 언어로 표현하도록 저주받은 아일랜드인들은 그 위에 그들이 지닌 천재성의 인장을 찍고 신의 영광을 위해 문명화된 국가들과 경합한다. 이것이 이른바 영문학이라고 하는 것이다.*

아일랜드 민족이든 어느 민족이든 그것의 정체성은 하나의 단일한 틀로 포착되지 않는다. 아일랜드성이라는 개념 안에는 수많은 이질성과 혼종성과 균열이 존재한다. "사랑스럽고 더러운 더블린"이라는 말이 그런 태도를 요약한다. 언뜻 봐서는 병존할 수 없는 것(사랑과 더러움)이 서로 관계 맺고 존재한다는, 삶이 지닌 양가성에 대한 조이스의 깊은 천착이 식민과 탈식민, 민족주의와 탈민족주의, 지배와 종속의 손쉬운 이분법을 다시 사유하게 만든다.

『젊은 예술가의 초상』에서 스티븐의 모습은 민족, 언어, 종교라는 그물을 넘어서려는 좋은 예이다. 창조적 예술가의 정신을 옥죄는 아일랜드의 식민 상황, 그리고 편협한 남성적 국수주의male chauvinism에 사로잡힌 당대 민족운동에 대한 거부감이 일관되게 작품에 그려진다. 이런 점만 주목하면 조이스는 탈민족주의의 전범으로 보인다. 그러나 아일랜드의 갑갑한 현실을 벗어나려는 자발적 망명자인 청년 스티븐에게도 조이스는 전적인 공감을 하지는 않는다. 『젊은 예술가의 초상』에서 "경험의 현실"인 아일랜드의 현실, 특히 가족의 고통스런 삶을 치기어린 예술가의 관념으로 외면하는 스티븐에게 조이스는 비판적 거리를 유지한다. 아일랜드의 척박한 식민 현실은 젊은 예술가에게 질곡이다. 스티븐은 탈출의 욕망을 불태운다. 그러나 스티븐의 예술적 망명이 그가 꿈꾸

• • •

* Richard Ellmann, *James Joyce* (Revised Edition). New York : Oxford UP, 1982, p.217.

는 예술의 뿌리이고 경험의 현실인 아일랜드를 외면하는 도피에 그친다면 그것 또한 문제라는 복합적 시선을 조이스는 견지한다. 조이스가 겨눈 비판의 칼날은 유럽 식민주의와 한 몸체를 이루는 민족주의 흐름으로 정점에 이른 근대주의의 핵심인 동질성의 모티프를 찌른다. "탁월하게 신학적인 주제인 이런 동질성의 모티프야말로 반드시 파괴해야만 한다."* 동질성의 모티프는 내부자와 외부자, 고유한 것과 낯선 것, 자아와 타자를 이분법적으로 나누는 힘으로 작동한다. 조이스는 동질성의 논리와 이항대립 구도에 뿌리박은 순수주의를 해체한다. 관계 없는 정체성은 존재할 수 없다. 고정된 아일랜드 민족성이나 언어에 대한 조이스의 비판은 동질성의 모티프를 비판하는 것이며, 근대성의 근거를 해체하는 작업이다.

"동질성의 모티프"를 비판하고 민족과 언어의 이질성과 혼종성을 옹호하는 조이스의 입장은 「키클롭스」 에피소드에서 잘 나타난다. 외눈박이 거인 키클롭스가 자신의 맹목 때문에 파멸했듯이 민족주의의 완강한 옹호자 시민Citizen의 맹목과 편협성을 조이스는 풍자한다. 시민이 보기에 아일랜드는 자신의 순수함과 경제적 자원을 영국에게 약탈당한 희생자라는 민족주의적 신화에 갇혀 있다. 그는 자신이 싫어하는 것을 모두 비민족적이라고 비난하며, 아일랜드적인 것을 부풀리면서 아일랜드성의 신화 만들기에 몰두한다. 그런 신화에서 다른 이들의 목소리는 허용되지 않는다.** 시민은 아일랜드 민족신화의 영웅들과 아

* * *

* Derrida(2002), pp.63~64.
** Mark Osteen, *The Economy of Ulysses : Making Both Ends Meet*, Syracuse : Syracuse UP, 1995,

일랜드의 영광된 역사를 허풍스럽게 열거한다. 조이스는 이런 복고주의적 태도에 동의하지 않는다. 시민 같은 편협한 민족주의자들의 주장처럼 과거를 신비화하는 것은 별무소득이다. 아일랜드의 과거는 이미 사라졌다. 사라진 것을 되살릴 수는 없다.

> 만일 이런 식으로 과거에 호소하는 것이 타당하다면, 카이로의 농부가 영국 여행자를 위하여 짐꾼으로 일하는 것을 조롱하는 보편적 권리를 가질 수 있을 것이다. 고대의 이집트가 죽은 것처럼 고대의 아일랜드도 죽었다. 그것의 장송곡은 불렀고 묘지석에는 봉인이 놓였다. (*CW*, p.173)

철저한 현실주의자인 조이스는 동시에 현재주의자이다. 시민은 영국이 더럽힌 순결한 아일랜드의 현실을 비통해한다. 순수하고 영광스런 민족신화와 영웅 찬미는 민족주의 이데올로기에 필수적이다.

> 성공적인, 성취된 민족주의는 회고적으로, 그리고 미래를 전망하면서, 서사 형태로 추려진 선택적 역사를 정당화한다. 따라서 모든 민족주의는 건국의 아버지, 의사종교적인 텍스트들, 소속감을 고취하는 수사 장치들, 역사적이며 지리적인 지표들, 공식적인 적과 영웅들을 갖고 있다.[*]

• • •

　p.259.

*　Edward Said, *Reflections on Exile and Other Essays*, Cambridge, Mass : HarvardUP, 2002, p.176.

시민은 유대인 블룸을 아일랜드의 "이방인"(*U*, 12.1151)으로 판정하는 분명한 지표, "공식적인 적과 영웅"을 판정하는 잣대를 갖고 있고 아일랜드 민족운동에 "소속감을 고취하는 수사 장치들"을 구사한다. 이 수사 장치들의 뼈대는 주체-타자의 이분법이다. 시민과 그의 추종자들은 자신들이 아일랜드 민족운동의 대의를 대변한다는 강한 소속감을 공유한다. 이런 상상적 믿음이 민족을 구성하는 힘이다. '민족'에 속한다는 감정의 뿌리는 피와 언어의 순수주의이고, 그로부터 비롯되는 동질성의 모티프다. 시민은 영국과 벨기에가 흑인을 차별한다고 비난한다. 그러나 시민은 식민주의 논리를 따라 유대인 블룸을 흑인과 동일시하며 차별한다. 블룸은 "하얀 눈을 가진 카피르"(*U*, 12.1552)요 "검은 말"(*U*, 12.1558)이 된다. 카피르^{kaffir}는 남아프리카에 살던 반투^{Bantu}족의 일족을 가리키는 말로서 백인들이 아프리카 흑인을 경멸적으로 일컫던 말이다. 유대계 아일랜드인 블룸은 인종화^{racialized}, 흑인화된다. 인종은 자연적인 것이 아니라 인종화^{racialization}의 산물이다. 시민의 흑인 이미지 만들기는 영국인들이 아일랜드인들을 하얀 검둥이^{white nigger}나 원숭이로 규정했던 식민 상징화 작업의 재연이다.

시민의 편협한 민족주의와 대조적으로, 블룸은 예수의 산상 수훈을 빌어 "다른 사람의 눈 속의 조그만 티끌은 보면서도 자신들의 눈에 있는 들보는 보지 못하는"(*U*, 12.1237~1238) 민족주의 이데올로기의 한계를 날카롭게 지적한다. 이런 맹목은 시민이 공공연하게 드러내는 반^反유대주의에서 전형적으로 나타난다. "그놈들은 참 지긋지긋한 놈들이야, 하고 시민이 말한다. 이곳 아일랜드까지 다가와서 이 나라를 빈대로 득실거리게 하다니."(*U*, 12.1141~1142) 순수 아일랜드인들이 아닌 영국인이나 유대인들은 아일랜드의 순수한 피를 더럽히는 "빈대"와 같은 존재들이다. 그들은 제거되어야 한다. "더 이상 우리나라에 이방인들은 필요하지 않아."(*U*, 12.1150~1151) 이런 민족주의의 편협함과 인종주의의 거리는 멀지 않다. 그것이 어떤 파멸적 결과를 낳는가를 『율리시스』가 출간된 지 십여 년 후 나치의 유대인 학살이 증명해 준 바 있다. 「네스토르Nestor」 에피소드에서 완고한 민족주의자인 디지 교장은 스티븐에게 그의 반유대주의를 자랑스럽게 털어 놓는다. 시민이나 디지 교장의 형상화에서 조이스가 드러내는 민족주의 이데올로기의 편협성은 아일랜드 사회를 지배하는 반유대주의의 면모, 그리고 민족운동이 기본적으로 중산층에 기반을 둔 "남성파벌주의"*에 빠질 수 있다는 점을 보여준다.

「키르케Circe」 에피소드의 첫 장면이 보여주듯이 유대인, 여성, 아이들, 도시 빈민 등의 사회적 소수자들은 민족주의운동이 내세우는 자랑스럽고 순결한 아일랜드 민족의 순수주의에서 배제된다. 파넬에게 그랬듯이 민족주의자들은 블룸을 민족의 지도자인 양 받들다가 신부들의 말 한마디에 그를 파렴치범으로 몬다. 다른 정체성을 지닌 존재나 의견의 존중이 아니라 선동과 폭력만이 득세한다. 식민주의에 맞서 싸우면서 민족주의는 식민주의를 닮아간다. "사나이답게 힘으로 거기에 대항"할 것을 요구하는 시민 등의 자칭 민족주의자들에 맞서 블룸은 평

...

* James Fairhall, *James Joyce and the Question of History*, New York : Cambridge UP, 1995, p.94.

화주의를 제시한다. 블룸의 평화주의를 듣고 시민은 "보편적 사랑"(*U,* 12.1489)은 허울 좋은 이야기라고 비아냥댄다. 적을 제압하는 것이 초미의 관심사인 민족주의에게 중요한 것은 힘이다. 그러나 "남녀를 불문하고 삶"의 의미를 논하며, "진정한 삶"은 "증오의 정반대"라는 블룸의 견해가 세상물정 모르는 이상주의자의 견해는 아니다. 거기에 시민이나 그의 추종자 존 와이즈가 주장하듯이 "사나이답게 힘으로 거기에 대항하는" 것이 문제의 현실적 해결책은 아니다. 오히려 "두 나라가 당장은 그 양극이 서로 떨어져 있다 하더라도 상호 존중하려고 애쓰는 것이 당분간은 정말이지 현명하리라는"(*U,* 16.1038~40) 블룸의 판단이 현실의 실상을 정확히 포착한다.

> 서로 간에 우월성을 자랑하는 것은 그럴 수 있다고 치고 상호의 평등성에 대해서는 어떻지. 나는 어떤 형태든지 폭력이나 불관용에 대해서는 분개하네. 그따위 것은 어떤 것도 달성하거나 저지시키지 못하지. 혁명도 적당한 분납 계획에 입각하여 일어나야만 해. 그런 점에서 바로 근처에, 말하자면 옆집에 사는데 단지 그들이 다른 말을 사용한다고 증오한다는 것은 확실히 말이 안 되는 짓거리지. (*U,* 16.1098~1104)

"어떤 형태든지 폭력이나 불관용에 대해서는 분개"하면서 보편적 형제애를 대안으로 내세우는 견해, 혹은 "옆집에 사는데 단지 그들이 다른 말을 사용한다고 증오한다는 것은 확실히 말이 안 되는 짓거리"라고 관용의 정신을 강조하는 블룸의 입장은 힘을 앞세우는 식민주의와 동일한 힘의 논리로 그에 맞서는 민족주의 이데올로기 앞에 일견 무력해 보인다. 그러나 힘의 논리와 블룸의 평화의 대안 사이에 어느 쪽이 더 현실적인 방도일까? 블룸이 민족주의 이데올로기가 포용할 수 없는 '이단적' 견해를 제기하는 데는 블룸이나 스티븐이 "교조적인 종교적, 민족적, 사회적, 그리고 윤리적 독단들"(*U*, 17.21~25)을 거부하기 때문이다. 이런 이유로 블룸은 더블린 사회에서 "오해받는 인간"(*U*, 15.775)이 된다.[*]

2. 아일랜드문화의 새로운 형태

아일랜드문화의 독자성에 대한 조이스의 견해는 영국 식민주의와 가톨릭의 강한 영향하에 있었던 아일랜드의 상황에 대한 분석의 뿌리이다.

문화의 중심으로부터 아일랜드만큼이나 멀리 떨어진 섬이 사도들을 위한 학교로서 탁월할 수 있을지가 다소 이상하게 보일지 모른다. 그러나 가장 피상적인 사고라도 우리에게 보여줄지니, 자신의 문화를 독자적으로 발전시켜 온 아일랜드 민족의 끈기가 유럽적인 것과 조화를 이루어 성공하기를 원하는 신생 국가의 요구라기보다 오히려 과거 문명의 영광을 새로운 형

• • •

[*] 자신보다 한 세대 앞선 시인 맹건(James C. Mangan, 1803~1849)의 예를 들어 이런 고립의 문제를 조이스는 다룬 바 있다. "맹건은 그의 조국에서 이방인이었으며, 희귀하고 사람들의 공감을 얻지 못하는 거리의 인물이었다."(*CW*, p.76) 이런 평가에는 아일랜드에서 자신이 놓인 고립된 위치에 대한 조이스의 씁쓸한 자기 인식이 깔려 있다. "오해받는 인간"인 블룸의 모습에는 조이스의 초상도 겹쳐 있다.

태하에 새롭게 하자는 바로 오랜 민족의 요구라는 것이다. (CW, p.157)

민족주의자들의 주장에 일견 동의하면서 조이스는 아일랜드가 지녔던 "과거 문명의 영광"에 주목한다. 하지만 그것은 아일랜드 문예 부흥론자들처럼 복고주의를 내세우는 것이 아니다. 요는 전통문화를 "새로운 형태하에 새롭게 하는 것"이다. 8세기에 걸친 영국의 침략적 지배로 아일랜드문화는 심대한 변화를 겪었고 전통문화는 소실의 위기에 처한다. 여기에서도 조이스는 복고주의가 아니라 철저한 현실주의의 입장을 취한다. "그 당시의 아일랜드는 유럽에서 지적 힘을 행사하지 못했다. 고대 아일랜드인들이 탁월성을 보여준 장식예술은 사라졌고, 신성한 문화와 세속적 문화는 폐기되었다."(CW, p.161) 조이스는 아일랜드문화를 낮춰 보는 영국인들의 편협성을 비판한다. 영국은 식민주의의 결과를 원인으로 오도한다.

영국인들은 아일랜드인들이 가톨릭 신자인데다 가난하고 무지하다고 경멸하지만, 어떤 사람들한테는 그런 비난을 정당화하기란 쉬운 일이 아니다. 영국이 국가의 산업, 특히 모직물 공업을 황폐화시켰기 때문에, 영국 정부의 태만으로 감자 기근 시기에 대부분의 인구가 굶어죽었기 때문에, 현 정부하에 있기 때문에, 아일랜드가 인구를 잃고 범죄가 거의 사라지는 동안, 판사들은 거금의 월급을 받고 정부의 공직자나 공무원들은 거의 일도 하지 않고도 많은 돈을 받았다. (CW, p.167)

냉소와 좌절감이 뒤섞인 비판이다. 하지만 문제는 식민주의만이 아니다. 아일랜드문화에 더욱 심대한 영향을 미친 것은 사람들의 정신세계를 지배하는 가톨릭교회다. 가톨릭계 아일랜드인으로서 조이스는 가톨릭과 식민주의의 결탁 관계, 그것이 아일랜드문화에 미친 파괴적 영향에 주목한다. 여기에 아일랜드문화의 독특성이 있다. 아일랜드문화는 아일랜드에서 신교와 구교의 관계와 깊은 연관을 맺고 있다.

> 그러나 아일랜드에서 신교는 거의 생각할 수 없다. 의심할 바 없이, 아일랜드는 지금까지 가장 성실한 가톨릭교회의 딸이었다. 아일랜드는 아마도 최초로 기독교 선교사를 정중하게 받아들였으며, 피 한 방울 흘리지 않고 새로운 교리로 개종한 유일한 나라일 것이다. (…중략…) 6~8세기 동안 아일랜드는 기독교의 정신적 중추였다. (…중략…) 그러면 교황권에 대한 충성과 영국 왕위에 대한 불성실로부터 아일랜드가 얻은 것은 무엇이었던가? 그것은 상당한 것 같으나, 아일랜드 자체를 위한 것이 아니었다. (*CW*, p.169)

조이스가 보기에 많은 아일랜드 출신의 작가들은 아일랜드가 아니라 "영국예술과 사상에 공헌"한다. 여기에는 자유로운 영혼, 개인성의 발전을 허락하지 않는, 꽉 막힌 아일랜드의 사회문화적 조건이 작용한다. 이런 문화적 상황에서 교회의 영향력은 거의 절대적이다. 자국에 팽배한 지배적인 경제적, 지적 조건들은 개인성의 발전을 허용하지 않는다. 국가의 영혼은 무용한 투쟁과 허물어진 법제에 의하여 쇠약해지고, 개인의 독창성은 교회의 영향과 설교에 의하여 마비된다. 그러는 동안 그 실체는 정치, 세관과 군대에 의하여 족쇄가 채워진다. 이런 상황에서 예민한 정신을 소유한 이들은 탈출의 꿈을 꾼다. 조이스 작품에 나타난 탈출과 자기망명의 모티프는 현실을 외면하는 소극적인 욕망의 표현이 아니라 어쩔 수 없는 불가피한 선택이 된다.

> 어느 누구든 자기 존중감을 지닌 사람이라면 아일랜드에 머물지 않고, 분노한 신의 방문에 시달린 이 국가로부터 멀리 도망친다. (CW, p.171)

아일랜드문화에 대한 조이스의 태도는, 예이츠가 주도했던 아일랜드 문예부흥운동을 비롯한 민족주의적·국수주의적 민족문화 혹은 지역문화 옹호와는 날카롭게 구분된다. 조이스의 입장은 무정부주의에 가깝다. 조이스가 보기에 문예부흥운동은 당대 아일랜드가 처한 구체적 상황의 구체적 분석에는 못 미친다. 그것은 잃어버린 과거의 영광이나 민족적 신화에 붙들려 있다.

그리고 문예부흥운동의 한계는 곧 아일랜드문화의 한계이다. 조이스가 견지한 예술적 무정부주의는 정치적 차원의 무정부주의라기보다는 아일랜드문화의 질곡과 억압을 깰 수 있는 입지점을 가리킨다.(CW, p.185) 조이스가 택한 자발적 망명self-exile은 이런 예술적 무정부주의의 표현인데, 그것은 주어진 문화적 헤게머니를 거부하겠다는 것이다. 조이스가 당대의 문화 중심지였던 런던이 아니라 굳이 프랑스 파리를 택한 이유는, 그가 아일랜드의 편협한 민족문화와 식민지배 국가의 수도였던 런던의 문학적 헤게머니를 동시에 거부했기 때문이다. 여기서도 조이스의 독특한 면모가 확인된다. 조이스는 예이츠와 다른 길을 걷는다. 예이츠가 거둔 문학적 명성은 기본적으로 그가 런던의 문학적 헤게머니에 의존했기 때문에 가능했다.[*] 이 점에서 조이스는 그의 문학적 선배였던 예이츠와는 다른 길을 택한다.

이것이 예컨대 조이스가 궁극적으로 파리를 망명지로 선택하였고 이중의 거부전략을 택한 이유이다. 조이스는 런던의 망명객들이 대표했던 식민권력에 종속되는 것을 거부했을 뿐만 아니라 마찬가지로 아일랜드의 민족적인 문학 규범의 순응성을 거부함으로써 자유롭게 유례가 없는 대담하고 신선한 기획을 펼칠 수 있었다.[**]

조이스는 일종의 이중전선double front의 싸움을 했다. 조이스에게 더블린과 런던은 둘 다 선택할 수 없는 대안이었는데, 이런 조이스의 선택은 그를 식민주의와 반식민주의의 이분법적 틀로 설명할 수 없는 근거가 된다. 그는 민족주의자이자 동시에 민족주의자가 아니었고, 탈식민주의 작가이자 동시에 그런 규정에서 벗어난다. 여기에 조이스 문학이 지닌 복합성과 애매성의 뿌리가 있다.

19세기 아일랜드문학을 대표하는 시인 맹건James C. Mangan에 관한 글에서 조이스는 비순응주의의 태도를 표명한다. 맹건에게서 조이스는 자신의 모습을 발견한다.

• • •

[*] Pascale Casanova, *The World Republic of Letters,* Cambridge, Mass. : Harvard UP, 2007, p.307.

[**] Casanova, p.95.

모든 젊고 단순한 마음을 가진 자들에게 그런 값진 현실을 가져다 주는 꿈이 함께 한다면 과연 어떨까? 본성이 몹시도 예민한 사람은 안전하고 분투하고 노력하는 삶에서도 그의 꿈을 잊을 수 없다. (…중략…) 시는 분명히 가장 환상적인 때라도 언제나 책략에 대한 반항이요, 어떤 의미에서는 현실에 대한 반항이다. 그것은 현실의 시련인 단순한 직감을 잃어버린 자들에게, 환상적이요 비현실적인 것처럼 보이는 것에 대해 말한다. 그리고 시가 그 시대와의 불화에서 종종 발견되듯, 기억의 딸들이 가공한, 역사에 대해 설명하지 않고, 동맥의 맥박보다 적은 매 순간, 6천년의 기간과 맞먹는 순간을 중시한다. (*CW*, p.77)

맹건의 문학은 "특이한 악덕을 지닌 이국적이고 비애국적"(*CW*, p.76)인 태도의 표현인 바, 그것은 맹건이 "자신을 안내하는 어떤 토속적인 문학의 전통을 갖고 글을 쓴 것이 아니라, 당대의 문제들에 관심을 가진 대중을 위하여, 그리고 단지 이런 것을 설명할 수 있는 한 시를 위하여 글을 썼다는 것이다".(*CW*, pp.78·182) 조이스가 설명하는 맹건의 문학적 태도는 조이스 문학의 태도를 예견하는데, 당대의 지배적인 문학적 경향이었던 토속문학의 찬양이 아니라 도시(더블린)의 일상적 삶, 당대의 대중의 감정구조에 대한 세밀한 천착의 문학에 대한 지향이 그것이다. 조이스는 맹건의 시에서 아일랜드적인 문화의 정서들, 즉 슬픔, 열망, 한계의 상징을 발견한다.

조이스는 맹건을 "오늘날의 문학운동"에 속한 주요 시인으로 규정하면서, 그의 시에서 "고양된 서정음악과 불타는 이상주의"를 발견한다. 한편으로 조이스는 맹건의 시가 지닌 민족주의적 면모를 높이 평가한다.

> 맹건은 분쟁이 조국의 땅과 외국 세력, 즉 앵글로 색슨과 로마 가톨릭 사이에서 결정되고, 그것이 토착적인 것이든 외래적인 것이든 새로운 문명이 일어나게 될 때, 그들의 민족 시인으로 아일랜드인들에 의해 인정받게 될 것이다. (CW, p.179)

그런데 이런 조이스의 평가는 세심하게 따져봐야 하는데, 여기서 조이스는 "민족 시인" 맹건을 이상화하는 민족주의적 태도가 자칫 신경증적 민족주의의 소산일 가능성을 경계한다. "슬픔과 절망, 높이 소리쳐 가는 위협에 대한 사랑 이런 것들이 맹건이 제시하는 민족의 전통이고, 여위고 나약한 가난한 인물들 속에서 신경증적인 민족주의는 마지막 변명을 얻는다."(CW, p.186) 그리고 철저한 도시의 작가이자, 지금, 여기의 현실에 뿌리박은 현재성의 작가인 조이스에게 맹건의 시가 보여주는 "캘빈주의의 맹목적이고 쓸쓸한 정신의 영향"은 동의할 수 없는 면모이다. 하지만 맹건에게서 조이스는 미래에 자신이 처하게 될 고립과 자기 추방의 면모를 발견한다. 맹건은 "자신 속에 한 나라와 세대의 영혼을 집약시키는 시인"이었고, "항상 그의 시적 영혼을 흠 없이 유지했다는 점은 부인할 수 없다. 비록 그가 놀랄 만한 영국적 문체를 썼다 할지라도, 영국신문이나 잡지와 타협하기를 거부했다. 그리고 설사 그가 당대의 정신적 중심이긴 했으나, 어중이떠중이에게 (정신의) 매춘 행위를 하

지 않았고 정치인들의 선동가가 되기를 거부했다".(*CW*, p.184)

조이스는 그것이 무엇이든 굳은 기존 체제의 목소리들과 타협하지 않았고, 문학과 정치의 관계를 깊이 사유하면서 동시에 문학을 정치의 선동으로 삼는 편협함에 거리는 두는 태도를 맹건에게서 배웠다. 맹건의 태도를 민족주의적이고 반식민주의적 시각으로 해석하는 것도 가능하지만, 조이스는 어떤 시스템이나 주어진 가치관에도 타협하지 않은 비타협의 정신에 주목한다. 맹건 시의 의미는 민족주의의 옹호가 아니라 "고귀하게 고통받는 불행과 그토록 회복할 수 없는 거대한 영혼들"의 고양된 묘사에 있다. 맹건의 시는 아일랜드문화의 편협함에 갇히지 않고, 당대의 수많은 "우상들"에 저항한다. 그런 저항의 태도는 조이스의 작품들에도 이어진다. 맹건의 시는 많은 시장의 우상들, 세대의 계승, 시대정신, 민족의 사명을 중요하지 않은 것으로 간주한다. 시의 주된 노력은 그를 타락시키는 이런 우상들의 불행한 영향으로부터 자유롭게 되는 것이다. 이런 시각은 『젊은 예술가의 초상』이나 『율리시스』에서 젊은 예술가 스티븐의 사고에서도 확인된다.

조이스는 아일랜드문화의 토속적 성격에 대해 맞서 싸웠다. 예이츠와 싱 등의 작품에 표현된 상투화된 아일랜드성의 가치들에도 맞섰다. 그는 '아일랜드 전통'에서 주어진 감수성과 가치의 재현에 머물지 않았다. 조이스 작품이 보여주는 관용과 유머, 때 묻고 상처 입은 현실을 이상화하지 않고 표현하는 태도, 단절된 전통과 이미 사라져버린 아일랜드적인 것들에 복고적으로 매혹되지 않는 태도는 『율리시스』에서 잘 드러난다.

조이스의 위장은, 예이츠와는 다르게 새로운 아일랜드를 형성하는 것을 외면하지 않는다. 아일랜드의 룸펜 프롤레타리아트, 다니엘 오코널, 혹은 발레라나 포딘 등의 유창하고, 묵인하는, 야비한 정신을 지닌 족속들은 조이스가 작품을 쓰는 걸 막지 못한다. 이것들이 그가 다루는 주제이다. 아일랜드 언어가 죽음을 맞은 뒤 아일랜드 현실을 위해 발언한 첫 번째 주요한 목소리가 조이스이다.[*]

편협한 민족주의자들과는 달리, 조이스는 자신이 계승하고 보존할 민족적 전통의 신화를 인정하지 않는다.

모든 세대마다 혁명을 목격했던 국가인 아일랜드에서는 적절하게 말하자면 민족적 전통은 없다. 이 나라에서는 어떤 것도 안정적이지 않다. 사람들의 마음도 마찬가지다. 아일랜드 작가가 글을 쓸 때는, 그는 자신의 도덕적 세계를 스스로, 그리고 그 자신만을 위해 창조해야 한다. 비록 이것이 평범한 재능을 지닌 작가들에게는 엄청나게 불리한 일이지만, 탁월한 독창성을 지닌 작가들, 예컨대 쇼나 예이츠, 그리고 내 형 같은 작가들에게는 엄청나게 좋은 조건이다.[**]

조이스의 문체와 형식 실험은 자신의 세계를 창조하려는 노력의 결과

• • •

[*]   Thomas Kinsella, *Mangan, Ferguson? : Tradition and the Irish Writer,* Dublin : Dolmen Press, 1970, pp.64~65.
[**] Stanislaus Joyce, *My Brother's Keeper*, London : Faber & Faber, 1958, p.187.

물이지 형식주의적 실험의 소산이 아니다. 조이스가 "새롭게 고안한 기법과 형식은 그가 맞부딪친 문학적이고 지적인 문제들을 해결하려는 시도였다".* 예컨대『젊은 예술가의 초상』마지막 대목에서 스티븐은 이렇게 말한다.

다가오라 삶이여! 나는 체험의 현실과 몇 백만 번이고 부딪쳐보기 위해, 그리고 내 영혼의 대장간 속에서 아직 창조되지 않은 내 민족의 양심을 벼리어내기 위해 떠난다.**

여기서 강조점은 "아직 창조되지 않은"에 있다. 스티븐의 욕망은 현존하는 민족성을 재현하는 것이 아니다. 그가 보기에 아일랜드의 양심, 아일랜드성은 미완의 상태다. 예술이 그 미완의 의식을 창조한다.

3. 저들의 영어, 우리들의 영어

식민 경험에 처해 있거나, 탈식민화를 겪은 국가의 경우 식민국가의 언어를 어떻게 할 것인가는 중요하고 곤혹스러운 문제이다. 이에 대해 먼저, 응구기Ngugi wa Thiong'o같은 아프리카 작가처럼 식민언어인 영어의 사용에 적대적인 입장이 있다. 언어는 세상을 보는 도구이기에

· · ·

*   Richard Ellmann, *Four Dubliners*, New York : George Braziller, 1987, p.88.

** James Jolyce, *A Portrait of the Artist as a Young Man*, New York : Penguin Books,1977, pp.252~253. 이하 *P*로 약칭하고 인용 시, '약칭, 면수'로 표기한다.

우리가 어떠한 도구, 즉 렌즈로 세상을 보느냐에 따라 당연히 세상은 각각 다르게 보인다는 것이다. 이러한 관점에서 응구기는 영어로 작품 활동을 한다는 것이 억압자의 가치체계를 담은 식민지 렌즈로 세상을 보는 것이기에 모국어 사용을 강력히 주장한다. 이와 다르게, 이미 현실적으로 사용되는 언어가 된 영어의 역할을 인정하되, 그것을 달라진 환경에 적합한 새로운 영어로 변형하려는 입장이 있다. 영어가 식민지 지역에서 사용될 때, 텍스트가 만들어진 지역의 특수성이 필연적으로 영어의 의미를 변화시킨다. 여기에서 새로운 '영어들englishes'이 만들어진다. 제국의 언어인 단 하나의 대문자 영어English가 아니라 다양한 소문자 영어가 창안된다.* 『율리시스』나 『피네간즈 웨이크』에서 강렬하게 시도된, 영어를 해체, 변형하면서 내파implosion하는 조이스의 작업은 이런 문제의식과 통한다. "전통의 영역을 넘어서고 모든 언어적이고 역사적인 민족주의들과 이데올로기를 극복하는 언어를 고안하려는 조이스의 욕망, "자아 속의 자기망명"**을 엘리트주의적인 모더니스트가 세운 고귀한 상아탑이 제공해 주는 단순하고 소박한 미학적인 몸짓으로 간주할 수는 없다.***

　　고정된 아일랜드 민족성에 대한 조이스의 해체 작업은 아일랜드어와 영어를 대하는 조이스의 태도에서도 확인된다. 『더블린 사람들』

* * *

　*　Mcleod, pp.122~129.

　**　James Joyce, *Finnegans Wake*, New York : Penguin Books, 1976, p.184, 6~7행. 이하 *FW* 로 약칭하고 인용 시, '약칭, 면수.행수'로 표기한다.

　***Laurent Milesi, Ed. Laurent Milesi, "Introduction : Language(s) with a Difference", *James Joyce and The Difference of Language*, New York : Cambridge UP, 2003, pp.3~4.

의 단편「어느 어머니A Mother」의 키어니 부인Mrs Kearney이나『율리시스』
의「텔레마커스Telemachus」에피소드에 등장하는 우유배달 노파의 형상
화에서 드러나듯이, 조이스는 민족이나 언어의 순수주의를 신랄하게
비판한다. 언어 순수주의는 역사적 연유가 어떻든 영어가 아일랜드의
지배언어로 현실적으로 사용되고 있는 상황을 외면한다.『젊은 예술가
의 초상』에서 스티븐은 이 점을 지적한다.

> 나는 영혼의 흔들림 없이는 이 (영어—인용자) 단어들을 말하거나 쓸 수
> 가 없다. 그의 언어는 너무 낯익으면서도 또한 너무 낯설기에 내게 항상 습
> 득한 언어로 남아 있을 것이다. 나는 그 언어의 단어들을 만들지도, 받아들
> 이지도 않았다. 내 목소리는 그 낱말들을 경계하며 거리를 둔다. 내 영혼은
> 그의 언어의 그늘에서 초조해한다. (P, p.189)

영어의 위상은 스티븐에게 양가적이다. 영어는 "너무 낯익으면서도 또
한 너무 낯선" 언어이다. 조이스는 "유럽대륙의 매개체"인 영어를 현실
적으로 쓸 수밖에 없다. 하지만 동시에 그는 자신의 언어가 아닌 "습득
한 언어"인 영어를 "경계하며 거리를" 둔다.『더블린 사람들』의「죽은
사람들The Dead」에서 그려지는 주인공 게이브리얼Gabriel과 민족주의자
아이버스Miss Ivors 사이의 논쟁은 조이스의 영어에 대한 양가적 태도를
집약적으로 보여준다.

아이버스가 물었다.

"그런데 거기가 어디예요?"

게이브리얼이 어색하게 말했다.

"저, 우린 보통 프랑스나 벨기에, 또는 독일 같은 데까지도 갑니다."

아이버스가 말했다.

"그런데 자기 자신의 땅을 놔두고, 왜 하필 프랑스나 벨기에로 가시는 거죠?"

게이브리얼이 말했다.

"음, 언어를 접하기 위해서도 그렇고 또 기분 전환도 하자는 거지요."

"그러데 자기 자신의 언어도 접해야 하는 것 아닌가요? 아일랜드어 말이에요?"

게이브리얼이 말했다.

"음, 그 문제로 말하자면 아일랜드어는 내 언어가 아니지 않습니까?"

이미 주위 사람들은 무슨 추궁이 나오나 하고 이쪽으로 고개를 돌리고 있었다. 게이브리얼은 초조하게 힐끔힐끔 주변을 살피다가 이마까지 빨개질 정도로 난처한 곤경 속에서도 좋은 낯빛을 잃지 않으려고 애썼다.

"선생님은 전혀 모르는 곳이겠지만" 하고 아이버스가 계속 말했다. "마땅히 찾아가 봐야 할 선생님 자신의 땅이 있지 않아요? 자신의 민족과 자신의 나라 말이에요."

"아, 사실을 말하자면" 하고 게이브리얼이 갑자기 대꾸했다. "난 나 자신의 나라가 진저리납니다, 진저리가!" 아이버스가 물었다.

"어째서요?"

게이브리얼은 대꾸하느라 열이 받쳐 대답을 못 했다.

아이버스가 되풀이해 물었다.

"어째서냐고요." (…중략…) "하긴, 대답하실 말이 있겠어요?"

(…중략…) 또 한 차례의 춤이 다시 시작하려는 찰나, 여자가 발끝으로 서서 귀에 대고 속삭였다. "친영파!" (…중략…) 노파의 혀가 장황한 얘기를 떠벌이는 동안 게이브리얼은 아이버스와의 사이에 있었던 불쾌한 사건의 기억을 모두 마음속에서 떨쳐 버리려고 애썼다. 처년지 여인넨지 뭔지 하는 그 여자가 아무리 열성분자라고 해도 매사 적당한 때라는 게 있질 않은가. 그 여자에게 그런 식으로 대답할 일이 아니었을지 모른다. 그러나 그 여자가 사람들이 있는 데서 자기를 친영파라고 부를 권리를 가진 것은 아니었다. 농담으로라도 말이다. 그 여자는 자기를 몰아세우고 똥그란 눈으로 노려보면서 우스운 꼴로 만들려고 했던 것이다.[*]

아이버스의 형상화는 우호적이지 않다. 민족주의 "열성분자"로서 아이버스는 "적당한 때"를 모르는, 자기와 다른 의견을 가진 사람을 "우스운 꼴"로 만드는 편협한 여성으로 그려진다. 게이브리얼을 자기 편의대로 "친영파"로 몰아붙이는 것은 분명 지나친 감이 있다. 많은 평자들은 이 논쟁에서 아이버스의 경직된 민족주의를 비판하며 조이스가 게이브리얼 편에 서 있다고 해석한다. 예컨대 "아일랜드어는 제 언어가 아니"라는 주장이나, "난 나 자신의 나라가 진저리" 난다는 게이브리얼의 말은 조이스 자신의 생각이라고 봐도 무리가 아니다. 『더블린 사람들』의 착잡한 삶의 모습을 끝까지 읽어온 독자라면, 이 단편집의 마지막을 장식

• • •

* James Joyce, *Dubliners*, New York : Penguin Books, 1968, pp.189~191.

하는 이야기에서 피력되는 아일랜드에 대한 게이브리얼의 염증에 일견 동의하게 된다.

그러나 다른 해석도 가능하다. 아이보스가 목청 높여 주장하는 게일어 살리기 운동에 조이스가 비판적인 것은 분명하다. 그러나 조이스는 아일랜드의 현실에 염증을 내는 얼치기 국제주의자 게이브리얼의 태도에 대해서도 거리를 둔다. 뒤로 갈수록 분명해지는 식민지 지식인 게이브리얼의 양면성과 위선성을 그런 거리를 보여주는 예로 꼽을 수 있다.

마지막 작품인『피네간즈 웨이크』에서 벌어지는 언어의 향연은 현란한 말의 축제만이 아니라 조이스가 비판한 언어 순수주의의 해체 작업이다. 언어는 언제나 다른 언어의 흔적을 지닌다. 언어는 순수하지 않으며 그 본성상 "훔친 / 도둑맞은 말하기stolentelling"(*FW*, 424.35)* 이다. 그래서 조이스는 "숲 / 언어의 정글 / 뒤범벅 속에서 길을 잃기를a puling sample jungle of woods[pure and simple jumble of words]"(*FW*, 112.2~3) 권유한다. 아일랜드 문예부흥론자들의 언어 순수주의는 영국문화의 우월성을 비판하면서 아일랜드의 고유문화, 특히 농촌문화를 옹호하는 민족 순수주의에 기반을 둔다. 켈틱문화야말로 가장 순수하고 우수한 문화로 칭송된다. 성공한 민족주의는 자신에게 진리의 위치를 부여하고 자신이 맞선 식민주의, 그리고 그것이 포용하지 못하는 내부의 이질적 존재들, 특히 사회적 소수자들에게 악의 이미지를 부여한다. 언어 순수주의와 민족 순수

• • •

* Finn Fordham, *I do I undo I redo : The Textual Genesis of Modernist Selves in Hopkins, Yeats, Conrad, Forster, Joyce, and Woolf*, Oxford : Oxford UP, 2010, p.214.

주의는 동전의 양면이다. 언어·민족 순수주의는 자신에게 선의 이미지를 부여하고 다른 존재에게는 악의 이미지를 덧씌운다.

그러나 이상화된 아일랜드 농민문화를 스티븐은 통렬하게 비판한다. "나는 정말로 아일랜드의 농민이 매우 존경할 만한 문화를 대변한다고 생각하지 않는다."* 이런 스티븐의 태도는 아일랜드적인 것의 핵심이 타락하지 않은 농민들에 있다는 식의 문화적 복고주의를 거부하는 조이스의 입장을 대변한다. 스티븐은 영국 도시인들의 지성이 "아일랜드 농민들의 정신적 후진성"(*SH*, p.55)보다 낫다는 도발적 주장을 펼친다. 예이츠와 마찬가지로 조이스는 토착어를 거의 몰랐다. 예이츠는 아일랜드 문화의 무기력하고 자기 파괴적인 열등함에 대해 부정적 태도를 지니지 않았다. 조이스는 다른 입장을 취한다. 아일랜드는 자기 새끼를 잡아먹는 암퇘지에 비유된다. 앵글로-아일랜드인으로서 예이츠는 이상화된 아일랜드의 과거와 아일랜드 농인들이 지닌 순수한 정신을 찬양한다. 조이스는 그런 덕목을 인정하지 않는다. 조이스는 철저히 도시의 작가였으며 시골 사람들의 아둔함을 경멸했다. 그는 아일랜드 어딘가에 보존되어 있다고 이상화되는 아일랜드성을 인정하지 않는다. 스티븐과 그의 친구인 매든 사이의 논쟁이 좋은 예이다.(*SH*, p.59) 영어를 쓸 수밖에 없는 현실적 상황을 인정하면서, 그 현실의 힘에 수동적으로 굴복하는 것이 아니라 새로운 영어를 실험하는 이중적인 작업을 조이스는 수행한다. 조이스는 영어라는 거대한 제국의 내부 게릴라였다. (2016)

· · ·

* James Joyce, Theodore Spencer(ed.), *Stephen Hero*, London : Jonathan Cape, 1975, p.54. 이하 *SH*로 약칭하고 인용 시, '약칭, 면수'로 표기한다.

시인이 읽은
프루스트

이성복 『프루스트와 지드에서의 사랑이라는 환상』

시인이자 불문학자인 이성복이 쓴 『프루스트와 지드에서의 사랑이라는 환상』은 믿음, 상상력, 욕망, 사랑 등의 열쇳말로 프루스트의 『잃어버린 시간을 찾아서』와 지드의 『좁은 문』을 분석한다. 하지만 보통의 전공 연구논문과는 달리 읽는 게 재미있다. 실린 글들은 애초 연구논문으로 쓰였다. 그런데 그 글들에는 학술 업적을 위한 성과가 아니라 저자의 절실한 삶의 고민이 담겨 있다. 나는 지드의 『좁은 문』은 읽어보지 못했지만 이 책을 읽고 나니 독서의 욕망이 생긴다. 프루스트의 『잃어버린 시간을 찾아서』도 미국 유학 중 마침 비교문학과에서 개설된 강좌에서 이 작품을 다룬지라 그때 따라 읽었다. 그 수업에서 프루스트를 읽으면서 받은 충격은 컸다. 내 생각에 20세기 전반기 본격 모더니즘high modernism을 대표하는 세 명의 거장은 조이스, 카프카, 프루스트이다. 모두 각자의 독특한 작품세계를 갖고 있다. 프루스트의 작품이 지닌 매력은 그의 작품에 조이스와 카프카 등과 비교해도 더 분명하게 작가의 고뇌와 욕망, 특히 이성복이 이 책에서 탐색하는 사랑, 욕망, 믿음, 대상 등 우리가 삶의 행로에서 겪는 문제들이 깊이 있게 다뤄지기 때문이다.

요컨대 프루스트의 작품에는 조이스나 카프카보다는 상대적으로 어떤 인공성의 냄새가 덜하다. 프루스트가 작품에서 그의 분신인 주인공 마르셀에게 자신의 고뇌와 욕망을 투사하고 있기 때문일 것이다. 그렇다고 마르셀이 프루스트의 대변인이라는 뜻은 아니다. 조심스러운 판단이지만 한국의 리얼리즘-모더니즘 연구가 지닌 문제점은 모더니즘의 대가들의 구체적인 작품 분석과 그들이 작품 내외로 남긴 예술론의 문제의식에 맞서 정면승부를 하지 않는 것이다. 한국의 리얼리스트들이 프루스트가 통렬히 비판하는 19세기적 사실주의자들과는 다르다. 하지만 이들은 모더니즘의 문제는 이미 정리된 걸로 여기고 그들의 작품을 제대로 다루지 않는다. 반면에 한국의 모더니스트들은 한국적 리얼리즘의 고유한 문제의식이 무엇인지에 별 관심이 없다. 그저 자신이 우러러 모시는 작가들, 그 대상이 조이스든, 울프든, 카프카든, 프루스트든 그들을 모신 문학적 성전에서 절을 올리기 바쁘다. 그리고 그 성전의 가치는 이미 서구 아카데미에서 공인된 것이기에 의심받지 않는다. 그런 이유로 한국적 리얼리즘은 철지난 이야기를 되풀이하는 것으로 치부된다. 이렇게 서로 간의 무시와 무관심 속에 모더니즘의 대가들은 그저 뜬소문으로만 논의된다. 그게 비난이든 숭상이든 결과는 비슷하다. 이 경우에도 판단은 확정적이나 개념은 우둔하다는 어떤 프랑스 철학자의 말이 잘 들어맞는 셈이다. 이성복의 이 책은 그점에서 독특한 읽기를 보여준다. 내가 읽은 몇 가지 인상적인 대목과 단상을 적는다.

1. 욕망, 상상력, 믿음

욕망, 상상력, 믿음은 한 나무의 뿌리, 줄기, 가지와 마찬가지로 인간의 내면세계가 외부 세계와 접하는 위치에 따라 달리 표현되는 것이다. 그 셋의 작용을 갈라 설명하자면 욕망은 부재하는 대상을 꿈꾸고, 상상력은 그 대상을 그려내며, 믿음은 그 대상에 실체성을 부여하는 것이다. 요컨대 그 셋은 대상에게 '요지부동의 본질'을 갖추게 하는 것이다.[*]

대상은 즉자적으로 의식 밖에 존재한다. 해체론을 비롯한 현대비평이 날카롭게 밝혔듯이 인간화된 현실을 다룰 수밖에 없는 예술의 경우 즉자적 대상, 혹은 객관적 대상은 의미가 없다. 중요한 것은 그 대상이 '내'게, 주체에게 갖는 의미이다. 그렇게 모든 즉자적 대상은 예술에서, 그리고 삶에서 대자적 대상, '내'게 의미를 갖는 대상으로 변용된다. 일종의 현상학적 변용이다. 예술에서는 언제나 변용하는 주체가 대상보다 더 힘이 세다. 그 변용의 경로에서 마주치는 핵심적 안내 표지가 욕망, 상상력, 믿음이다. 그래서 다음과 같은 진술이 가능해진다.

그러므로 소박한 실재론자들의 생각과 달리, 외부대상으로부터 믿음이 비롯되는 것이 아니라, 주체의 믿음으로부터 대상이 존재하게 되는 것이다. 즉 대상은 주체의 지각 이전에 즉자적으로 존재하는 것이 아니라, 주체의

· · ·

[*] 이성복, 『프루스트와 지드에서의 사랑이라는 환상』, 문학과지성사, 2015, 23면. 이하 인용 시, 면수만 표기한다.

믿음에 의해 생성되며, 믿음의 쇠퇴와 더불어 소멸한다. 요컨대 믿음은 우리의 감각 세계를 지탱하는 필수 불가결한 지주가 되는 것이다. (26면)

2. 사랑

사랑은 믿음의 변동에 불과하기에 본질적으로 무이다. 즉 사랑은 결핍에서 비롯된 욕망이 만들어내는 믿음들의 총체일 뿐이다. 사랑은 사랑의 대상보다 먼저 존재하고 항상 유동적이다. 사랑이 한 대상에 일시적으로 고정되는 것은 그 대상이 다른 대상들에 비해 특별한 자질을 갖추고 있어서가 아니라 다만 그 대상을 손에 넣기가 거의 불가능하게 보이기 때문이다. (…중략…) 여기서 '거의'의 부사는 각별한 주목을 요한다. 한 대상을 손에 넣는 일이 완전히 가능해 보이거나 완전히 불가능해 보일 때, 그 대상은 욕망을 불러일으키지 않을 것이다. 욕망은 '거의'라는 부사가 가리키는 반투명성에 의해 자극된다. (29면)

날카로운 통찰이다. 특히 근대의 낭만적 사랑의 한계에 대한 날카로운 통찰이다. 저자가 다른 대목에서 지적하는 것처럼 사랑은 충족이 아니다. 사랑은 불안에서 시작된다. 그 불안은 자기가 사랑하는, 아니 정확히 말하면 사랑한다고 믿는 대상을 내 손에 넣지 못할지 모른다는 불안감에서 나온다. 사랑의 지속도 불안에서 나온다. 예컨대 결혼이라는 제도로 상대방을 내 손에 완전히 넣(었다고 믿)는 순간 사랑은 왜 식는가?

바로 사랑이라는 판타지를 가능케 하는 힘인 불안이 사라지기 때문이다. 그 지점에서 연애와 결혼이 갈린다. 따라서 "불안의 고통이 끝나는 순간, 사랑 또한 끝나는 것이다."(98면) 사랑과 평안함은 양립할 수 없다.

3. 인간

인간은 자기 자신으로부터 빠져 나올 수 없는 존재이며, 자신 안에서만 남들을 알 수 있고, 그와 반대되는 말을 하면 거짓말을 하게 되는 존재이다. 그럼에도 불구하고 인간은 자신에 대해서는 생각하지 않고, 자신으로부터 빠져나올 생각만 한다. 인간의 역설은 자기로부터 빠져나올 수 없는 자신을 돌이켜볼 생각은 않고, 자기로부터 빠져나올 생각만 한다는 데 있다. 애초에 자기로부터 벗어날 수 있거나, 벗어날 생각을 하지 않는다면 인생의 끝없는 착오는 존재하지 않는 것이다. 우리와 타인, 우리와 사물들의 관계는 오직 우리의 생각 속에서만 존재하며, 그러한 관계가 존재한다는 믿음에도 불구하고, 우리는 저마다 홀로 존재할 따름이다. 달리 말하면 우리와 타인, 우리와 사물들 사이에는 '우발성의 가장자리'가 끼여 있는 것이다. 그 가장자리는 인간 고독의 증거이며, 인간은 고독하게도, 그 가장자리를 만들도록 운명 지어져 있다. (52~53면)

덧붙일 말이 없다. 다만 예술은, 문학은 "자기로부터 빠져나올 수 없는 자신을 돌이켜 볼 생각은 않고, 자기로부터 빠져나올 생각만 한다"는

"인생의 끝없는 착오"를, 그 착오의 이유를 끊임없이 탐구해야 한다고 믿는다. 섣불리 인간 관계의 견고성을 믿고, 연대를 믿고, 이해를 믿고, 사랑을 믿는 낙관론자들은 곰곰이 따져볼 일이다. 어디까지 나와 당신 사이의 이해, 사랑, 연대가 가능한지 말이다. 그런 것들이 불가능하다는 말이 아니다. 그 가능성의 한계에 유념하지 않는다면 이런 말들은 그저 공허한 말장난으로 남을 것이다. 그러므로 다음과 같은 프루스트의 말을 그저 '유심론'이나 '관념론'으로 몰아붙일 것이 아니라 그 말의 본뜻을 새겨들어야 한다.

세계는 우리 모두에게 진실하지만 우리 각자에게 서로 다르다. (…중략…) 매일 아침 깨어나는 것은 하나의 세계가 아니라 수백만의 세계, 이 세상에 존재하는 사람들의 눈동자와 지성들과 같은 수만큼의 세계들이다. (61면)

이런 생각을 잊을 때 우리는 자신이 보는 세계만이 진실이라고 믿는 독단론에 빠진다. 뛰어난 예술은 그 독단을 해체한다. 그리고 어떻게 세계가 "우리 모두에게 진실하지만 우리 각자에게 서로 다"른지를 궁구한다.

4. 정신과 실체

그러나 그가 모든 것이 정신 속에 있다는 진실에 눈뜨게 되었을 때, 여태까지 실체라 여겼던 존재들이 다만 환상에 지나지 않음을 보게 된다. 그 깨달음에 의해 '외부적 현실'뿐만 아니라, '내면적이고 순전히 주관적인 현실'까지도 소멸하게 된다. 즉 주관적 자아와 객관적 대상 모두가 실체성이 결여된 본래의 모습으로 드러나는 것이다. (77면)

이성복이 날카롭게 지적하듯이 이런 태도는 불교적 사유방식과 통한다. 그릇된 것을 부수고 바른 것을 드러내는 행위는 별개의 행위가 아니다. 그릇된 것을 부수는 자체가 바른 것을 드러내는 행위이다. 비유컨대 구름이 걷히면 자연히 해가 빛나는 것이다. 그래서 "프루스트에 있어 인식의 허망함을 아는 인식 외에 다른 진실한 인식은 없으며, 인식된 허망함은 진실의 유일한 내용이 된다."(77면) 하지만 어쩌면 빛나는 해를 그대로 볼 수 없는 게 인간의 운명은 아닐까? 그 점을 저자도 지적한다.

비록 우리가 꿈에서 깨어나 꿈이라는 것을 깨달았다 할지라도, 그 깨달음이 환상이 아니라는 보장은 어디에도 없다. 깨달음의 주체는 이미 욕망과 상상력에 감염되어 있으며, 깨달음의 대상 또한 주체의 욕망과 상상력의 오염으로부터 멀리 있지 않기 때문이다. 그렇다면 환상이 환상임을 깨닫고, 있는 그대로의 현실을 받아들인다는 것은 어불성설에 지나지 않을 것이다. (110면)

그렇다면 어떻게 살 것인가? 저자는 프루스트의 문학의 미덕은 바로 이 곤혹스러운 질문을 회피하지 않고 응시하는 데 있다고 본다.

사랑이 환상이라는 사실을 깨닫는 순간, 그 깨달음은 환상이 아니면서 동시에 환상이다. 프루스트 문학의 진정성은 현실과 상상, 환상과 깨달음이 얽혀 있는 삶의 배면을 끝까지 응시하되, 어떤 속단이나 편가름에 치우치지 않는다는 점에 있다. (111면)

문학의 설자리는 이른바 객관적 현실이나 주관적 내면의 어느 한쪽이 아니라 그 두 세계가 만들어내는 긴장된 공간에 있다. 프루스트를 비롯한 당대의 모더니스트들이 이룩한 것은 완고한 리얼리스트들의 오해나 무지와는 달리 그들이 각자의 방식으로 이 공간의 깊은 의미를 탐색했다는 점이다. 이성복의 책은 그가 의도했든 아니든 이 탐색의 의미에 둔감한 한국의 리얼리스트들에게 보내는 부드러운 훈계로 읽힌다. (2016)